Dansende Kraanvogels

FRANK CHING

Dansende Kraanvogels

het verhaal van een Chinese familie

TIRION-BAARN

Vertaling: Jan Smit
Omslagontwerp: Mariska Cock
Fotografie omslag: Maarten van der Velde
Eindredactie: drs. Yolande Michon
Uitgever: Henk J. Schuurmans

CIP-GEGEVENS KONINKLIJKE BIBLIOTHEEK, DEN HAAG

Ching, F.

Dansende Kraanvogels : het verhaal van een Chinese familie /
F. Ching ; [vert. uit het Engels: J. Smit]. – Baarn : Tirion. – Ill.
Vert. van: Ancestors : 900 years in the life of a Chinese family. –
New York : Morrow, 1988. – Oorspr. titel: Kroniek van een
Chinese familie : 900 jaar Chinese cultuurgeschiedenis. – 1991. –
Met lit. opg., reg.
ISBN 90-5121-505-3
NUGI 644

Trefw.: China ; cultuurgeschiedenis.
© MCMLXXXVIII Frank Ching
© MCMXCIV voor de Nederlandse taal:
B.V. Uitgeversmaatschappij Tirion, Baarn

Niets uit deze uitgave mag worden verveelvoudigd en/of openbaar gemaakt door middel van druk, fotocopie, microfilm of op welke andere wijze ook, zonder voorafgaande schriftelijke toestemming van de uitgever.

Inhoud

Verantwoording / 10
Woord vooraf – Op zoek naar een negen eeuwen oud graf / 15
  1. Qin Guan: De romantische dichter / 29
  2. Qin Guan: De bedroefde balling / 43
  3. Qin Kui: De verrader in ons midden? / 53
  4. Qin Yubo: De stadsgod van Shanghai / 61
  5. Qin Weizheng: De 'stevige wortels' van de familie / 73
  6. Qin Xu: De blauwe berg en het verhaal van het bamboefornuis / 81
  7. Trouwe zonen uit de Qin-familie / 91
  8. Qin Jin: Geleerde en strateeg / 99
  9. Qin Jin: De 'correcte en behendige' minister / 111
10. Qin Liang: Een voorspelling die uitkwam / 121
11. Qin Yao: Held en redder / 129
12. Qin Yong: Ming-loyalist en filosoof / 141
13. Qin Dezao: De gemeenschappelijke voorvader van mijn ouders / 153
14. Qin Songling: Het jongste lid van de Hanlin Academie / 163
15. Qin Songling: Bewaarder van het keizerlijke dagboek / 175
16. Qin Daoran: Leraar van de negende prins / 185
17. Qin Daoran: De politieke gevangene / 195
18. Qin Huitian: 'De man die naar bloemen zocht' / 205
19. Qin Huitian: Minister van Strafvervolging / 215
20. Qin Zhenjun: Een uur van roem / 227
21. Qin Ying: Provinciaal rechter en strijder tegen piraten / 243

22. Qin Ying: Minister in Peking / 255
23. Qin Xiangye: De 'eervol gezakte' / 267
24. Mijn grootvader: Districtsmagistraat Qin Guojun / 281
25. Mijn vader: Juridisch pionier Qin Liankui / 299
26. Mijn moeder: Zhaohua maakt haar opwachting / 315
27. Mijn broer: Communistisch martelaar Qin Jiajun / 329
28. Mijn vader: Zijn laatste jaren / 337

Noten / 351

Register / 375

Dit boek is opgedragen aan mijn moeder

Qin Guan – Qin Zhan ⟨ Xun – Shizeng – Zongju – Shiyang – Dang – Cong – Huai – Mo – *Weizheng* (stichter Qin-familie in Wuxi)
Yuande – Boqing – Tianyou – Zhirou – Lianghao – *Yubo* (stadsgod)

Schema 1. Stamboom van de Qin-familie, te beginnen bij Qin Guan, de dichter uit de Song-dynastie, tot aan Qin Yubo, de stadsgod van Shanghai, en Qin Weizheng, de stichter van de Qin-familie in Wuxi.

Weizheng ⟨
 Zhongyi – Ranhe – Jisheng – *Xu* – Kuai ⟨ *Yongfu* – Tang ⟨ Huai – He – *Yao* – Jun – Zhongxi ⟨ *Dezao* (gemeenschappelijke voorvader van beide ouders)
 trouwe zonen *Chongfu* Han – *Liang* – Cho – Ercai – *Yong* Dezhan
 Shuqian – Ranqi – Pu – Jingxun – Lin – *Jin*

Schema 2. Stamboom van de Qin-familie in Wuxi, vanaf Qin Weizheng tot aan Qin Dezao, van wie beide ouders van de auteur afstammen.

Dezao ⟨
 Songling ⟨ Daoran – Huitian ⟨ Taijun
 Shiran – Chuntian ⟨ Jongjun – *Ying*
 Xiangye
 Songqi – Xianran – Huan – Wenjin – Hongtao – Fengwu – Bingbiao – *Guojun* – Liankui (vader)
 Xiangwu – Zhen – Dunshi – Tongli – *Zhaohua* (moeder)
 Kaijie
 Fengxiang } trouwe broeders

Dezhan – Songhua – Zengrong – Zhijun – Zhongding – Yunquan

Schema 3. De afstammelingen van Qin Dezao, tot aan Zhaohua, de moeder van de auteur, en Liankui, zijn vader.

De spelling van Chinese namen

In dit boek houd ik mij aan de *pinyin*-spelling van Chinese namen, een systeem dat steeds meer ingang vindt. Daarom spel ik mijn achternaam als Qin in plaats van Chin, zoals in de oude spelling. (Onze familie heeft de 'g' pas later toegevoegd, vanwege de uitspraak van de naam in het dialect van Shanghai.) In slechts enkele gevallen, zoals bij Peking (in plaats van Beijing) en Mao Tse-toeng (in plaats van Mao Ze-dong), wijk ik van de *pinyin*-spelling af om verwarring te voorkomen. Ook komt het voor dat de Chinese bronnen in het Engels zijn gesteld, en in die gevallen leek het me evenmin zinvol de spelling te wijzigen.

Verantwoording

Dit boek had niet tot stand kunnen komen zonder de medewerking van de talloze personen en instanties die mij de afgelopen zes jaar hebben geholpen. Vooral de informatie van mijn familieleden was van groot belang. Ik dank mijn moeder, mijn stiefvader, mijn broers, mijn zusters en mijn schoonfamilie voor hun hulp en geduld tijdens de periode van mijn onderzoek en het schrijven van dit boek.
Ook talloze andere familieleden zijn mij van dienst geweest. Ik dank vooral mijn neef Qin Zhihao in Wuxi, die mij vele uren bij mijn onderzoek heeft geholpen en allerlei documenten met de hand heeft gekopieerd. Qin Zhifen, het hoofd van de Qin-familie in Wuxi, heeft mij veel informatie verstrekt en belangrijke documenten en portretten van mijn voorouders voor mij gevonden. Voorts dank ik mijn oom, professor Y.H. Ku uit Philadelphia, mijn tante in Taiwan, de schrijver Lin Hai-yin, mijn nicht Linda, mijn familie in Shanghai, mijn oom en tante Qin Wanhua en Jin Honglin, en mijn nicht Chen Yanheng en haar man Zhang Renying.
Veel dank ben ik verschuldigd aan het Eerste Historische Archief van China, met name aan de heer Qin Guojin en mevrouw Fu Meiying. De heren Wang Daorui, Liu Kui en hun collega's hebben mij geholpen de relevante documenten in het archief op te sporen. Ook heb ik veel hulp gekregen van de bibliotheek en de universiteit van Peking.
Voorts dank ik onderdirecteur Chang Pi-te, Nancy C.H. Wang, Hung Ming-chu en hun collega's van het National Palace Museum in Taipei. De heer Chang Wejen ben ik zeer dankbaar voor zijn gegevens uit de archieven van het Institute of History and Philology van de Academia Sinica in Taiwan.
De Chinese Academie van Sociale Wetenschappen heeft mij toegang verschaft tot enkele van haar afdelingen, zoals het Historisch Instituut, het Instituut voor Moderne Geschiedenis en het Juridisch Instituut, en heeft bovendien talloze introducties voor mij verzorgd.
Ook van de Academie van Sociale Wetenschappen in Shanghai heb ik veel medewerking gekregen, met name van de heer Zhou Yi-zheng van de afdeling Buitenlandse Zaken en de heer Ni Zhengmou van het Juridisch Instituut. In het gemeentearchief en de bibliotheek van Shanghai heb ik

veel nuttige gegevens kunnen vinden.

Graag spreek ik mijn dank uit aan de Academie van Sociale Wetenschappen van Zhejiang, vooral aan de vice-voorzitter, de heer Wei Qiao, en aan de heer Wang Baomin.

De universiteit van Hong Kong, met name het Centre of Asian Studies van professor Edward K.Y. Chen, heeft mij uitstekend geholpen bij mijn onderzoek en de universiteitsbibliotheek voor mij opengesteld. In dit verband ben ik vooral mevrouw Coonoor Kripalani-Thadani veel dank verschuldigd.

De East Asian Library van de universiteit van Columbia, met name Jack Jacoby, maakte mij voor het eerst attent op het rijke bronnenmateriaal waarover deze instellingen, zowel in de Verenigde Staten als in China zelf, beschikken.

Ook de hulp van talloze andere personen is onontbeerlijk geweest. Van hen noem ik dr. Peter Bol, dr. Jerry P. Dennerline, wijlen professor Fang Chaoying, Wendy Locks, dr. Dian Hechtner Murray, dr. Charles O. Hucker, dr. Hilary K. Josephs, dr. James T.C. Liu, dr. Elizabeth Sinn, mevrouw Wang Pao-chen en dr. Wei Peh T'i.

De heer Zhu Xiyuan van het Culturele Bureau in Gaoyou en de curator van het museum in Wuxi, de heer Gu Wenbi, zijn mij bijzonder behulpzaam geweest.

En natuurlijk had ik dit boek nooit kunnen schrijven zonder de hulp van Raphael Chan – die vele jaren heeft besteed aan het vertalen van passages uit het klassiek Chinees in het Engels – en van mijn leraar, de heer Lin Zhengzong.

Woord vooraf – Op zoek naar een negen eeuwen oud graf

Mijn vroegste jeugdherinnering, als kind van vijf jaar oud in de zomer van 1946, is het uitzicht door een patrijspoort van een passagiersschip op de Zuidchinese Zee, dat mijn familie naar Hong Kong bracht, waarheen wij waren verbannen.

Ik groeide op in het naoorlogse Hong Kong, afgesneden van het land van mijn voorouders en buiten het familieverband van grootouders, ooms, tantes, neven en nichten, waarin Chinese kinderen normaal worden grootgebracht. Omdat mijn vader drie vrouwen had, die met hun eigen kinderen apart woonden, wist ik niet eens hoeveel broers en zusters ik precies had. Daar kwam ik pas wat meer over te weten toen ik al lang volwassen was.

Mijn vader, Qin Liankui, werd geboren in 1888, het veertiende jaar van het bewind van keizer Guangxu, vijf jaar voordat Mao Tse-toeng werd geboren en één jaar na de geboorte van Tjiang Kai-sjek. Hij groeide op in een periode van politieke en sociale spanningen, waarin de laatste keizerlijke dynastie begon te wankelen en ten slotte werd vervangen door een zwakke, onstabiele republiek. Toen hij in de twintig was, nam mijn vader een jonge voormalige courtisane, Cao Yueheng, bij zich in huis, zonder officieel met haar te trouwen. Ze kregen zes kinderen, drie zonen en drie dochters.

In die tijd was een man niet echt getrouwd als de bruid niet dezelfde maatschappelijke status had als hij en als het huwelijk niet door koppelaarsters was gearrangeerd. Bigamie en zelfs polygamie kwamen veelvuldig voor. Daarom kon mijn vader opnieuw trouwen. Na zijn verbintenis met zijn Suzhou-schoonheid trad hij officieel in het huwelijk met Xu Peihua, de jongere zuster van een van zijn voormalige leraren. Voor het huwelijk had hij haar nog nooit gezien, maar een van zijn oudere zusters had haar namens de familie bezocht en haar beschreven als 'zeer aantrekkelijk'. Toen mijn vader echter na de huwelijksceremoniën de rode sluier oplichtte die haar hoofd bedekte, zag hij een lelijke vrouw met kleine spleetogen. Het duurde niet lang voordat hij naar zijn eerste liefde terugkeerde en zijn wettige echtgenote verliet.

Tegen de tijd dat mijn vader met mijn moeder trouwde, waren zijn eerste twee vrouwen al overleden. In de Chinese terminologie was mijn moeder een *tian-fang* of 'vervangende echtgenote' – een vrouw die met een weduwnaar trouwt. Omdat de kinderen uit de vorige verbintenissen van mijn vader bijna net zo oud waren als mijn moeder, woonden de meesten van hen niet meer bij ons thuis. Toen ik in Hong Kong opgroeide, kende ik dus alleen mijn eigen broer en zusjes en het jongste kind van de eerste vrouw van mijn vader.

Ik ging naar een rooms-katholieke school, die net als andere missiescholen in Hong Kong van Chinese jongens keurige Engelse *gentlemen* wilde maken. We zwaaiden met Britse vlaggetjes, waren diep onder de indruk van het glorieuze verleden van het Britse rijk en leerden rekenen in ponden, shillingen en penny's. Terwijl onze leeftijdgenoten in China leerden hoe ze in dienst van de klassenstrijd de laatste sporen van het feodalisme en imperialisme moesten uitwissen, leerde ik westerse manieren in een Britse kolonie aan de Chinese grens, een van de laatste buitenposten van het vrije kapitalisme.

Toen ik twaalf jaar was, bestond mijn wereld nog slechts uit drie personen: een zieke, norse oude man die ik vader noemde, mijn moeder (een veel jongere, wilskrachtige vrouw, met wie hij voortdurend ruzie maakte) en mijn zus Priscilla, die niet veel ouder was dan ik. Zelf was ik het jongste kind. Ik was geboren toen mijn vader al in de vijftig was. Ik wist toen nog niet dat deze nurkse man een van de architecten van de Chinese grondwet was en dat hij verbanning en armoede had verkozen om zijn principes niet te hoeven verloochenen. In 1949, aan de vooravond van de deling van China, besloot hij noch de Kwomintang van Tjiang Kai-sjek noch de communisten van Mao Tse-toeng te steunen, maar zijn advocatenkantoor in Shanghai te sluiten en in vrijwillige ballingschap te gaan. Daarom vertrok hij naar Hong Kong, waar zijn familie zich toen al bevond.

Hier bracht mijn vader de laatste tien jaar van zijn leven door. Hij was niet langer in staat zijn vak uit te oefenen, werd ziek en ging zich steeds excentrieker gedragen. We woonden in een gehuurd appartement in een gebouw van drie verdiepingen in een vrij goede buurt. We deelden de keuken met een andere familie. Zelf lieten we een doorspoeltoilet installeren, maar de buren hadden nog een tonnetje, dat iedere avond door een ophaaldienst werd geleegd. Onze buren spraken Cantonees, zoals de meeste mensen in Hong Kong, terwijl wij alleen het Shanghai-dialect kenden. Hoewel ik zelf in Hong Kong was geboren, had ik niet het gevoel dat ik er thuishoorde. Dat gevoel van vervreemding werd nog versterkt door onze armoede. Dat bleek bijvoorbeeld op school. Arme gezinnen hoefden minder schoolgeld te betalen. Het geld werd maandelijks geïnd en het bedrag dat iedereen betaalde, werd door de onderwijzer hardop voorgelezen. Ik stond ergens onderaan op de lijst, omdat ik zo weinig betaalde.

Ik verlangde naar veiligheid en comfort, naar een verleden dat ik nooit had gekend. Hoewel ik dat nog niet besefte, lag hier het begin van mijn jarenlange speurtocht naar de achtergronden van mijn familie. Pas veel later begreep ik dat ik daarmee een oude Chinese traditie volgde, want een van de ernstigste verwijten die de ene Chinees de andere kan maken is *wang ben*, dat hij 'zijn afkomst is vergeten'.

Toen ik negentien was, vertrok ik uit Hong Kong naar de Verenigde Staten, maar ook daar kon ik niet aarden. De enige manier om daar iets aan te doen was in mijn verleden te duiken. En dat verleden lag in China.

Het duurde echter tot het begin van de jaren zeventig, toen de betrekkingen tussen China en de Verenigde Staten wat beter werden, voor ik besloot naar China terug te keren om kennis te maken met familieleden van wie ik alleen de namen kende – en soms die niet eens.

Bij de pas gevestigde Chinese ambassade in Ottawa vroeg ik een visum aan, maar hoewel ik op persoonlijke titel wilde reizen, reageerde de ambassade nogal achterdochtig, vanwege mijn functie als buitenlandredacteur bij *The New York Times*. Ik kreeg te horen dat ik de toestemming van het Chinese ministerie van Buitenlandse Zaken nodig had. Ten slotte vloog ik naar Hong Kong om mijn zaak te bepleiten bij de China Travel Service, het officiële reisbureau van de Volksrepubliek. Ik betoogde dat ik het recht had China te bezoeken als 'landgenoot', omdat ik was geboren in Hong Kong, dat ondanks het Britse bestuur door Peking nog altijd als Chinees grondgebied wordt beschouwd. In tegenstelling tot buitenlanders hebben 'landgenoten' geen visum nodig om tot de Volksrepubliek te worden toegelaten, omdat zij in theorie slechts van het ene deel van het land naar het andere reizen. Na herhaald aandringen werd mijn verzoek ingewilligd en kreeg ik een 'Introductie voor terugkeer naar het geboortedorp'.

Op 1 augustus 1973 stapte ik, tweeëndertig jaar oud, in een oude dieseltrein naar Lowu, een stadje aan de grens tussen Hong Kong en China. Rustige, goedgeklede mannen en vrouwen, buitenlanders en Chinezen van overzee, stapten in de eersteklasrijtuigen. Omdat ik een 'landgenoot' was, had ik van de China Travel Service een kaartje voor de derde klas gekregen. Daar verdrongen de mensen elkaar voor een plaatsje in de trein. Kinderen en bagage werden door de ramen naar binnen geduwd, en zelfs volwassenen klommen op die manier in de trein, omdat de smalle gangetjes totaal geblokkeerd waren. Veel mensen droegen stokken waaraan levende kippen, manden met voedsel en andere geschenken voor de familie in China bungelden. Zelfs de staanplaatsen waren beperkt. Met moeite wrong ik me aan boord, met één voet op de treeplank van de coupé en mezelf vastklampend aan de handreling om niet uit de trein te vallen. Zo werd ik door de puffende locomotief langzaam in de richting van China vervoerd.

Bij de grens aangekomen staken we lopend een gammele houten brug over, die de scheiding vormde tussen het door de Britten bestuurde Hong Kong en de Volksrepubliek China. Aan de ene kant van de brug wapperde de Union Jack, aan de andere kant de Chinese rode vlag met haar vijf gele sterren. Toen we de brug over waren, werden we naar een grote loods gebracht voor controle door de immigratiedienst en de douane.
Ik werd ondervraagd door een man die alles wilde weten over mijn achtergrond, mijn werk, mijn familie en mijn vrienden. Ik moest al mijn zakken legen. In een ervan zaten een paar visitekaartjes van mensen die ik in Hong Kong had gesproken. Mijn ondervrager had er veel belangstelling voor. Ook hoorde hij me uit over mijn ouders en mijn broers en zusters. Hij noteerde al mijn antwoorden en stelde toen alle vragen opnieuw, maar op een andere manier. De ondervraging duurde ruim een uur.
Toen hij er eindelijk van overtuigd was dat ik geen directe bedreiging voor de veiligheid van de Chinese staat vormde, kreeg ik toestemming om verder te gaan naar de douane. Daar werden alle kranten uit Hong Kong die ik bij me had in beslag genomen.
De reis naar Canton was heel wat plezieriger dan mijn rit vanuit Hong Kong naar de grens. De trein van Shenzhen naar Canton was de enige in China die van airconditioning was voorzien, vooral ten behoeve van de buitenlanders. Ik liet me in de zachte kussens zakken en keek naar de groene velden van Guangdong, die buiten het raampje voorbijgleden. Door de luidspreker hoorde ik de klanken van 'Het Oosten is rood', een loflied op voorzitter Mao, dat tijdens de Culturele Revolutie bijna het nationale volkslied was geworden.
Toen we eindelijk op het station van Canton aankwamen, werden de passagiers via de luidsprekers bedankt voor hun hulp aan het treinpersoneel bij het volbrengen van de reis.
De China Travel Service in Hong Kong had me geadviseerd een kamer te nemen in het Overseas Chinese Hotel in Canton, maar het meisje achter de balie zei dat er geen plaats meer was en weigerde me naar een ander hotel te verwijzen.
'Landgenoten uit Hong Kong logeren meestal bij familie,' zei ze. 'Wij hebben alleen kamers voor buitenlandse gasten.' Ik bevond me in een lastig parket. Ik was China binnengekomen als 'landgenoot', maar daarom werd me nu een hotelkamer geweigerd. Als ik zou toegeven dat ik eigenlijk uit New York kwam, zou ik misschien problemen krijgen, maar ik had geen keus. Daarom liet ik haar een Amerikaans identiteitsbewijs zien en legde uit dat ik wel een landgenoot uit Hong Kong was, maar in New York woonde. De houding van de receptioniste veranderde op slag. Ik kon nu opeens kiezen uit verschillende kamers. De beste kamer, die tien dollar per nacht kostte, was voorzien van bad, telefoon en een elektrische venti-

lator. Ik besloot deze kamer te nemen.
De volgende dag stapte ik vol verwachting in het vliegtuig naar Shanghai, waar mijn speurtocht naar mijn onbekende familieleden pas echt zou beginnen.
Ik had het adres van mijn oom Qin Kaihua, de broer van mijn moeder, die ik nog nooit had ontmoet. Hij en mijn moeder hadden nooit veel contact gehad. Hij was het niet eens geweest met haar huwelijk, omdat mijn vader en moeder familie van elkaar waren – zij het heel in de verte. Maar in 1973 vormde deze oom het enige aanknopingspunt dat ik met de rest van mijn familie had. Ik zocht het adres op een stadsplattegrond op, en om geen onnodige aandacht op me te vestigen besloot ik er lopend heen te gaan. Toen ik het huis had gevonden, klopte ik aan – heel zachtjes, zodat de buren het niet konden horen. Een magere oude man, alleen gekleed in een hemd en een onderbroek, deed open. Hij bleek mijn oom te zijn. Ik stelde me voor met mijn Chinese naam, Qin Jiacong, de zoon van Zhaohua, en hij vroeg me binnen te komen. Door een donker kamertje met een houten bed kwam ik in een kleine zitkamer. Het was hartje zomer en de hitte was drukkend. Toen we in de zitkamer tegenover elkaar stonden, wisten we geen van beiden iets te zeggen. Ten slotte zette mijn oom de elektrische ventilator aan en gebaarde dat ik in de luchtstroom moest gaan zitten, terwijl hij zelf wat koelte vond door te wapperen met een ouderwetse strooien waaier. Daarna stelde hij me voor aan zijn vrouw en zijn dochter van zestien jaar.
Vreemd genoeg voelde ik me meteen thuis in het gezelschap van deze onbekenden. Ik vertelde hun het een en ander over onze familie buiten China, en voordat ik vertrok, nodigde ik hen uit om de volgende avond in mijn hotel te komen eten.
Op de afgesproken tijd belde de receptie dat mijn gasten in de lobby zaten te wachten. Beneden gekomen zag ik dat er een discussie gaande was tussen mijn familie en het hotelpersoneel. Het bleek dat mijn bezoekers zich moesten legitimeren. Daarna moesten ze een reeks formulieren in drievoud invullen, met hun naam, adres, werkgever en hun relatie tot de hotelgast die ze een bezoek brachten. Pas daarna kregen ze toestemming met de lift naar de eetzaal te gaan. Na het eten nodigde ik hen op mijn kamer uit, maar de liftbediende wilde hen niet meenemen. In de lobby kregen we te horen dat alleen ouders of kinderen van hotelgasten op de kamers mochten komen; alle andere bezoekers moesten in de lobby worden ontvangen. Na veel heen en weer gepraat moesten ze nog een aantal formulieren invullen en mochten ze bij wijze van uitzondering mee naar mijn kamer. Natuurlijk was het de laatste keer dat ze mijn hotel bezochten.
Maar bij hen thuis was ik hartelijk welkom. Bijna elke avond ging ik naar

hen toe, en van mijn oom en tante kreeg ik allerlei dingen over China en mijn familie te horen die totaal nieuw voor me waren.
Voordat ik Shanghai verliet, kocht ik nog een verjaarscadeau voor mijn tante. Daarvoor ging ik naar de Vriendschapswinkel, waar alleen buitenlanders mogen komen, en kocht daar een duur Chinees horloge. Mijn oom gaf ik een paar kleine cadeaus die ik van thuis had meegenomen. Als dank kreeg ik van hem een konijntje van jade dat nog van zijn grootvader was geweest – een van de weinige voorwerpen van waarde die hij bezat. Jade is voor een Chinees veel waardevoller dan andere edelstenen. Volgens het Chinese volksgeloof vormt jade een bescherming tegen onheil en gevaren. Met dat konijntje van jade gaf mijn oom me in zekere zin een deel van zichzelf.
Vanuit Shanghai reisde ik naar het noordelijker gelegen Peking. Het contrast tussen de twee steden was opvallend. Shanghai, waar de westerse gebouwen na een kwart eeuw van verwaarlozing geheel waren vervallen, was een deprimerende stad, nog slechts een schim van haar stralende, kosmopolitische verleden. Maar Peking was prachtig, met in het noorden de Chinese muur en in het centrum het uitgestrekte Plein van de Hemelse Vrede – waar voorzitter Mao aan het begin van de Culturele Revolutie miljoenen Rode Gardisten aan zich voorbij had zien trekken – en de Boulevard van de Eeuwige Vrede, de hoofdstraat van de stad, aangelegd tijdens de Ming-dynastie in de vijftiende eeuw en meer dan tien rijstroken breed. De hele stad ademde historie, als het centrum van een oude maar nog altijd levende beschaving.
Deze korte reis naar China was een geweldige ervaring geweest: de vervulling van alle dromen en verlangens die ik jarenlang had gekoesterd. Zelfs in die korte tijd was ik meer over mijn vaderland te weten gekomen dan ik uit honderden boeken had kunnen leren. Ik nam me voor me nog verder in mijn familiegeschiedenis te verdiepen.
Het jaar daarop, in juli 1974, reisde ik opnieuw naar China. Dit keer sloot ik me aan bij een georganiseerde reis vanuit Hong Kong. We bleven een week in de provincie Guangdong, die aan Hong Kong grenst, en brachten bezoeken aan Canton, Foshan en de warme bronnen van Xichao, waar ook de Chinese leiders graag vertoeven.
Aan het einde van de week keerde de rest van de groep naar Hong Kong terug, terwijl ik doorreisde naar Shanghai voor een bezoek aan mijn oom en zijn familie. Ik stuurde hem een telegram om mijn komst aan te kondigen, maar omdat ik onbekend was met Chinese telegramformulieren vergat ik de afzender in te vullen, zodat mijn oom zeer verbaasd was toen ik die avond bij hem binnenstapte.
'O, ben jij het,' zei hij, enigszins teleurgesteld. 'Ik had eigenlijk je moeder verwacht.'

Ondanks hun onenigheid in het verleden was mijn moeder altijd heel hartelijk tegen hem geweest, en dat was de reden waarom hij haar graag nog eens zou zien. Toen hij die ochtend het telegram zonder afzender had gekregen, had hij daarom veel moeite gedaan om wijn, kip en andere lekkernijen in te slaan om hun weerzien te vieren.

Na het eten stelde ik een spelletje Chinees schaak voor. Ik wist dat hij graag schaakte. Na de partij leunde hij achterover, keek zijn vrouw aan en zei met een zekere droefheid in zijn stem: 'Zelfs in mijn stoutste dromen had ik nooit kunnen vermoeden dat de zoon van Zhaohua nog eens hier zou komen en met mij zou schaken.'

Zijn wens om mijn moeder terug te zien zou niet worden vervuld. Het jaar daarop schreef mijn tante me dat hij aan een leverziekte was overleden. Nu deze schakel met mijn Chinese verleden was verbroken, probeerde ik wat meer te weten te komen over mijn halfbroers in China. Ik nam contact op met mijn halfzuster Margaret, een van de kinderen die in China waren achtergebleven toen de rest van ons naar Hong Kong was vertrokken. Zij en haar man Henry woonden nu in Taiwan. Ze gaf me het adres van een zekere Mao Xungou in Shanghai. Ik schreef hem een brief waarin ik uitlegde wie ik was en hem om informatie over mijn halfbroers vroeg, maar ik kreeg geen antwoord. Ruim een jaar later hoorde ik dat hij dood was en dat zijn weduwe niets over mijn familie wist.

In januari 1976 stierf de Chinese premier Tsjow En-lai na een lang ziekbed aan kanker. Zijn dood dompelde het land in rouw en leidde tot uitbarstingen van wanhoop, die uitliepen op de rellen op het Plein van de Hemelse Vrede in Peking in april 1976. Vijf maanden later overleed ook voorzitter Mao, en slechts enkele weken later werden zijn weduwe en zijn belangrijkste politieke vrienden uit de laatste tien jaar van zijn leven gearresteerd. Deze 'Bende van Vier' werd ervan beschuldigd een samenzwering te hebben beraamd om de macht te grijpen.

Inmiddels was ik uit New York naar Hong Kong verhuisd, en als journalist van *The Asian Wall Street Journal* kwam ik regelmatig in China. Door mijn werk had ik de mogelijkheid om zowel in de Volksrepubliek als in Taiwan te reizen. Eind 1978 ging ik naar Taiwan om afscheid te nemen van Margaret en Henry, die hadden besloten naar Australië te emigreren om dichter bij hun dochter te wonen, die daar met een restauranthouder was getrouwd. Op een avond na het eten verdween Margaret naar een achterkamertje en kwam terug met een plastic tas in haar hand waarin een stapeltje stoffige oude boeken zat. Ze gaf me de tas met de woorden: 'Hier, ik heb ze nu lang genoeg bewaard. Het wordt tijd dat een zoon ze krijgt.'

De boeken en papieren in de tas behoorden tot de schaarse bezittingen die mijn vader had nagelaten toen hij in 1959 stierf en die door Margaret

twintig jaar lang waren bewaard. Voorzichtig haalde ik ze uit de tas. Twee van de drie boeken waren officiële publikaties van de republikeinse regering, met foto's van mijn vader als lid van de Nationale Vergadering.
Het derde boekje was al heel oud. Het was ingenaaid en gedrukt op dun rijstpapier, en op de kaft stond in oudchinees schrift de titel: 'Stamboom van de Qin-familie uit Wuxi'.
Dit broze boekje bevatte de namen van al mijn voorouders van de laatste drieëndertig generaties, een stamboom die een periode van negenhonderd jaar besloeg en terugging tot één man uit de elfde eeuw: Qin Guan. Zowel mijn vader als mijn moeder stamde af van deze vooraanstaande dichter uit de Song-dynastie (960-1279). Aan mijn vaders kant lagen er drieëndertig generaties tussen Qin Guan en mijzelf, aan mijn moeders kant vierendertig.

Toen mijn halfzuster me deze boekjes gaf, besefte ik nog niet hoe zeldzaam deze stambomen tegenwoordig zijn. Maar ik ontdekte al snel dat zelfs in het verleden alleen vooraanstaande families een dergelijke stamboom of *zong pu* bijhielden. Ze waren bedoeld om de leden een gevoel van trots bij te brengen. Als een lid van de familie een belangrijke positie verwierf, deelden de anderen bijna altijd in zijn rijkdom en macht. Maar als iemand in ongenade viel, werd ook zijn familie met schande overladen. Hele families werden uitgemoord voor het vergrijp van slechts één ervan. Zo schreef de geleerde Zhuang Tinglong ooit een geschiedenis van de Ming-dynastie die de Mantsjoe-heersers niet beviel. Het werk werd pas na zijn dood ontdekt, maar de wraak van de Mantsjoes was verschrikkelijk. De lijken van Zhuang Tinglong en zijn vader werden opgegraven en verbrand en de Zhuang-familie en de families van andere geleerden die aan het werk hadden bijgedragen werden bijna volledig uitgemoord.
Het bijhouden van een familiestamboom vergde een efficiënte organisatie. Alle gegevens over geboorten, huwelijken en sterfgevallen moesten worden genoteerd en van ieder familielid werd een beknopte biografie samengesteld. Het feit dat iemand in de familiestamboom werd opgenomen, betekende dat hij als een gerespecteerd familielid werd beschouwd. Wie zich had misdragen werd verstoten. Een interessant voorbeeld is Qin Qi, een communist van het eerste uur, en de belangrijkste van de zeven mannen die in 1927 in Wuxi werden geëxecuteerd[1] toen Tjiang Kai-sjek het sein gaf tot de massamoord op communisten in Shanghai. Qin Qi's hoofd werd afgehouwen en aan de stadsmuur gehangen als een waarschuwing aan anderen om zich niet bij de communisten aan te sluiten. Ik wist niet wat onze familierelatie was, omdat zijn naam niet te vinden is in de laatste editie van onze familiestamboom, die een jaar of twee na zijn dood werd samengesteld. De man die opdracht gaf tot zijn executie was Qin Yuliu, een van de samenstellers van deze laatste stamboom. Ook hij behoorde tot

de Qin-familie en was een belangrijke activist in de Kwomintang. Samen met dr. Sun Yatsen organiseerde hij het verzet tegen de Mantsjoes.
Na 1949, toen de communisten aan de macht waren gekomen, kwam er een einde aan de eeuwenoude traditie van de familiestamboom, die als een overblijfsel uit het feodale tijdperk werd beschouwd. Veel genealogische bronnen die nog in particuliere handen waren, gingen verloren tijdens de Culturele Revolutie. Jeugdige Rode Gardisten doorzochten de huizen en verbrandden alles wat nog aan de voormalige bourgeoisie – de uitbuitende klasse – herinnerde. Uit angst voor vervolging vernietigden veel mensen zelf de kostbare documenten die van vader op zoon waren doorgegeven. De verliezen, niet alleen voor individuele Chinezen maar ook voor China als geheel, waren onvoorstelbaar. Gelukkig hadden westerse bibliografen in de jaren dertig en veertig vele van deze documenten verzameld, zo dat de grote Amerikaanse universiteiten tegenwoordig nog over Chinese genealogische bronnen beschikken die in China zelf vaak niet meer te vinden zijn.
Een groot deel van mijn familiegeschiedenis ging tijdens de Culturele Revolutie verloren. Angstige familieleden verbrandden de oude portretten en genealogische gegevens voordat de fanatieke Rode Gardisten ze in handen konden krijgen. Toch was er één familielid dat, met groot gevaar voor zijn eigen veiligheid, enkele pagina's met gegevens over de jongste generaties bewaarde. Van hem kreeg ik voor het eerst de biografieën van mijn vader en mijn grootvader te zien. Mijn grootmoeder had twee boeken met essays en gedichten geschreven, waarvan de familie van al haar kinderen kopieën had. Na de Culturele Revolutie was alles verdwenen, op één exemplaar van één deel na, dat door een nicht voor de Rode Gardisten was verborgen. Later was zij zo vriendelijk het aan mij te geven.[2]

Nadat de Verenigde Staten op 15 december 1978 de regering in Peking als de enig wettige vertegenwoordigster van het Chinese volk hadden erkend en zich van de Kwomintang-regering in Taipei hadden gedistantieerd, vloog ik samen met een groot aantal andere journalisten naar Peking om de formele bevestiging van de diplomatieke betrekkingen tussen Amerika en China te verslaan. Een halfjaar later werd ik door *The Wall Street Journal* naar Peking gestuurd om daar, in een kamer in het moderne Peking Hotel, het eerste Chinese kantoor van de krant te vestigen. Tussen mijn werkzaamheden door probeerde ik zoveel mogelijk te weten te komen over mijn eigen familiegeschiedenis. Ik legde talloze contacten, onder meer met twee van mijn halfbroers, die ongeveer twintig jaar in gevangenkampen hadden gezeten als slachtoffers van het Maoïstische bewind. In de herfst van 1979 werden ze vrijgelaten als gevolg van de nieuwe, meer liberale koers die door Deng Xiaoping was ingezet.

Toen ik mijn speurtocht naar het verleden begon, had ik geen idee waar ik moest zoeken, omdat ik niet wist welk materiaal er nog bestond. Een China-deskundige wees me op de collectie zeldzame boeken in de East Asian Library van de universiteit van Columbia en daar ontdekte ik een twaalfdelige uitgave van mijn familiegeschiedenis, gepubliceerd in 1873. Dit werk bevatte biografieën van de belangrijkste familieleden, in chronologische volgorde. Een van de interessantste delen was een *nien pu*, een gedetailleerde beschrijving, van het leven van Qin Guan, de elfde-eeuwse dichter uit de Song-dynastie.

Ook vond ik een familiestamboom, die eens in de vijftig jaar was bijgewerkt. De laatste editie dateerde uit 1929. Het boek dat ik in handen had maakte deel uit van een serie van zeventien. Pas zeven jaar later kreeg ik ook de andere delen in mijn bezit. Toen las ik tot mijn verbazing dat mijn vader, die nooit in Wuxi had gewoond, bij de samenstelling betrokken was geweest – zo sterk was de greep van de oude familiewoonplaats.

Ik kwam nog meer over mijn familiegeschiedenis te weten toen ik in contact kwam met een neef, Qin Zhihao, die mijn naaste bloedverwant in Wuxi bleek te zijn. Wij zijn neven in de vierde graad – dat wil zeggen dat we dezelfde betovergrootvader hebben. In China is dat de grens tussen naaste en verre verwanten. Verre verwanten rouwen niet, maar iedereen binnen de 'vijf gradaties van verwantschap', dus ook neven in de vierde graad, zijn verplicht te rouwen. Via mijn neef, een stille, bescheiden man van in de zeventig, ontdekte ik dat onze familie – zij het zeer verzwakt – ook na het uitroepen van de Chinese Volksrepubliek nog functioneerde en zelfs door de communistische regering was erkend totdat de Culturele Revolutie uitbrak.

Vroeger hadden bijna alle families een voorouderhal, een gebouw waar de archieven werden bewaard en de familieleden regelmatig bijeenkwamen om hun voorouders te eren. Ik wilde een bezoek brengen aan de voorouderhal van de Qin-familie, die in de zestiende eeuw was gebouwd, aan de Zesde Pijl Rivier. De rivier was inmiddels drooggelegd en vormde nu een belangrijke verkeersader in Wuxi, de Cong Ning Weg, waar mijn neef ook woonde. De voorouderhal, vertelde hij me, was het grote gebouw naast zijn huis.

Ik wandelde om het gebouw heen. Van de oorspronkelijke functie was weinig meer te bespeuren. Er woonden nu twaalf gezinnen in. Achter de kasten en de betimmering van de woningen waren nog oude stenen plaquettes te vinden, maar het originele interieur had de Culturele Revolutie niet overleefd.

Terug in de hoofdstad bezocht ik daar de bibliotheek, de grootste van het land. Daar vond ik genealogische gegevens over takken van de Qin-familie uit andere delen van China. Ook ontdekte ik talloze boeken met proza en poëzie van familieleden uit Wuxi. Bij mijn bezoeken aan de bibliotheek werd ik vaak vergezeld door mijn Chinese leraar Lin Zhengzong, een vriendelijke, erudiete man, die me hielp met geschriften die in klassiek Chinees waren gesteld. Omdat fotokopiëren niet altijd mogelijk was, brachten we vele uren door met het overschrijven van teksten in de slecht verlichte leeszaal. Zelfs mijn chauffeur, Xiao Yu, bood aan om te helpen met kopiëren en stroopte de boekwinkels af, op zoek naar alles wat voor mij interessant zou kunnen zijn.

Van 1984 tot 1986 bracht ik ook veel tijd door in het Eerste Historische Archief van China, waar bijna tien miljoen documenten uit de laatste twee Chinese dynastieën – de Ming-dynastie (1368-1664) en de Qing-dynastie (1664-1912) – bijeen zijn gebracht. Daar stuitte ik op gedichten die door familieleden aan de keizer waren opgedragen, op keizerlijke besluiten die op hen betrekking hadden en op bepaalde documenten die door hen aan de keizer waren gericht.

Het was mijn chauffeur, Xiao Yu, die mijn aandacht vestigde op een artikel in een krant uit Shanghai[3], waarin werd vermeld dat in het huis van een boerenfamilie in de buurt van Shanghai genealogische gegevens over de afstammelingen van de Sijing-tak van de familie van Qin Guan (de dichter uit de Song-dynastie) waren gevonden.

Verheugd vroeg ik familieleden in Shanghai contact op te nemen met deze boerenfamilie. Zelf kon ik dat niet doen, omdat buitenlanders, vooral journalisten, niet zonder speciale toestemming naar het Chinese platteland mochten reizen. Toevallig was een oude kennis van mij uit Amerika, de filmregisseuse Shirley Sun, er achter gekomen dat Qin Yubo, een achter-achter-achter-achterkleinzoon van Qin Guan, de stadsgod van Shanghai was en dat er daar een tempel aan hem was gewijd.

Ik nam het vliegtuig naar Shanghai en ontdekte dat Qin Yubo tot de Sijing-tak van de familie behoorde. Het Sijing-archief bevatte niet alleen een portret van hem, maar ook zijn briefwisseling met de eerste keizer uit de Ming-dynastie in de veertiende eeuw. Na zijn dood was Qin Yubo door deze keizer tot stadsgod van Shanghai uitgeroepen. Helaas bleek zijn tempel tot een winkelgalerij te zijn verbouwd.

In Shanghai kreeg ik een tip van mijn familie. Er was nog iemand, een zekere Zhu Xiyuan, die onderzoek verrichtte naar Qin Guan en zijn afstammelingen. Hij was ambtenaar van culturele zaken in Gaoyou, de geboorteplaats van Qin Guan. Een paar maanden later had ik in Shanghai een ontmoeting met Zhu Xiyuan, en terwijl we zaten te praten over Qin Guan, zijn afstammelingen en mijn eigen plaats in de familie, kreeg ik bijna het gevoel dat hij een familielid van me was. Zhu Xiyuan was een enthousiast onderzoeker en bijzonder trots op Qin Guan, die uit zijn stad afkomstig was.

De volgende dag vertelde Zhu me tijdens de lunch over zijn vorderingen. Hij was naar Changzhou geweest, waar de zoon van Qin Guan zich had gevestigd. Daar had hij veel boeren met de naam Qin ontmoet, die voorouders uit Gaoyou hadden. Zhu had ook een bezoek aan Wuxi gebracht, waar hij oude graven en inscripties had gevonden.
Zhu adviseerde me toestemming te vragen naar Gaoyou te reizen. Als ik officieel zou worden ontvangen door de plaatselijke autoriteiten, zou het veel gemakkelijker voor hem zijn mij rond te leiden. Ik diende een verzoek in, dat tot mijn grote vreugde werd ingewilligd.
Toen ik in Gaoyou aankwam, kreeg ik de eerste avond een diner aangeboden, waar bijna alle autoriteiten uit de stad bij aanwezig waren. Maar daar bleef het bij. De rest van mijn verblijf gebruikte ik iedere maaltijd in eenzame afzondering. Ik was een vreemdeling en moest van de gewone mensen gescheiden blijven. Toch waren Zhu en de andere functionarissen zeer hoffelijk en behulpzaam. Ze lieten me de plek zien waar ze een expositiehal ter ere van Qin Guan wilden bouwen, bij een paviljoen dat het 'Terras van Literatuur en Ontspanning' werd genoemd. Toen ik de stenen trap naar dit paviljoen had beklommen, bleef ik verbijsterd staan. Ik bevond me in een ruimte waarvan de muren van boven tot beneden vol stonden met gekalligrafeerde teksten in reliëf. Het waren teksten van Qin Guan, zijn broers en andere Song-geleerden. Ik verbaasde me over de zorg waarmee de autoriteiten in Gaoyou deze reliëfs hadden bewaard. Na mijn bezoek aan Gaoyou reisde ik naar Changzhou, waar de zoon van Qin Guan zich had gevestigd, en naar Loyang, een stadje buiten Changzhou, waar meer dan zestig procent van de tweeduizend inwoners de achternaam Qin draagt. Toen ik vroeg waar hun voorouders vandaan kwamen, antwoordde bijna iedereen: 'Uit Qin.' Dit bleek een dorpje halverwege Changzhou en Wuxi te zijn, van waaruit de jonge Qin Weizheng ooit naar Wuxi was gereisd. Tegenwoordig wordt hij vereerd als de stichter van de Wuxi-tak van de Qin-familie. Zowel de Qins uit Loyang als die uit Wuxi stammen dus af van de zoon van de dichter uit de Song-dynastie, die zich in de omgeving van Changzhou had gevestigd.

Al in november 1980 had ik een bezoek gebracht aan de oude familietuin van de Qins in Wuxi. Bij de ingang van de Ji Chang-tuin zag ik een houten bord met de tekst: 'Deze tuin is in de Zhengde-periode van de Ming-dynastie (1506-1510) aangelegd door Qin Jin, en kreeg de naam "Fenggu Xingwo" (Huis van de Phoenix-vallei). In het 27ste jaar van de regering van keizer Wanli (1599) werd de tuin door Qin Yao gerestaureerd en omgedoopt tot Ji Chang-tuin.'
Ik wist dat Qin Jin de man was die de eerste editie van onze familiestamboom had samengesteld. Van Qin Yao had ik nog nooit gehoord. Hij

bleek mijn over-over-over-over-over-over-over-over-over-over-overgrootvader te zijn.

Een jaar later keerde ik naar Wuxi terug, in het gezelschap van mijn zuster Julia en haar man Will Oxtoby, die beiden verbonden zijn aan de filosofische faculteit van de universiteit van Toronto. Julia stelde voor op zoek te gaan naar het graf van Qin Guan op de berg Hui in Wuxi. Het leek me zeer onwaarschijnlijk dat het graf van een man die al bijna negenhonderd jaar dood was nog te vinden zou zijn, maar ik ging met haar mee. De heer Wu van het plaatselijke toeristenbureau keek ons verbijsterd aan toen we hem zeiden dat we een twaalfde-eeuws graf zochten. Hij belde met het museum in Wuxi, waar een bejaarde medewerker zich herinnerde dat hij ooit had gelezen dat Qin Guan begraven lag onder de tweede top van de berg Hui. We reden, samen met de heer Wu, naar de westelijke buitenwijken van de stad, stopten aan de voet van de berg Hui en begonnen aan de lange en vermoeiende beklimming. Niemand die we tegenkwamen kon ons vertellen waar we moesten zoeken, totdat Wu een oude man aanklampte die niet wist waar Qin Guan begraven lag maar ons wel een paar andere Qin-graven op de berg kon wijzen.

Toen we bij deze graven aankwamen, bleken de grafstenen vreemd genoeg onbeschreven te zijn. Maar de oude man pakte een steen en bikte wat kalk van een ervan. Er kwam een inscriptie te voorschijn waaruit bleek dat dit het graf was van een functionaris uit de Qing-dynastie. De oude man vertelde dat de Rode Gardisten tijdens de Culturele Revolutie de graven hadden geschonden van mensen die zij als feodale overheersers beschouwden. Om dat te voorkomen hadden de boeren de grafstenen met kalk overgoten, zodat de inscripties niet meer te lezen waren. De oude man ontdekte ook een vreemde grafsteen die plat op de grond lag en met vele kleine lettertekens was bedekt. Met natte bladeren en speeksel wisten we een deel van de inscriptie weer leesbaar te maken. Dit was het graf van een vrouw die getrouwd was geweest met een lid van de Qin-familie. Eindelijk hadden we dus de laatste rustplaats van een familielid gevonden. Maar het was al laat en we moesten onze speurtocht staken.

Een jaar later bracht mijn zuster Alice uit New York voor het eerst weer een bezoek aan China sinds ze het land dertig jaar eerder had verlaten. Ook zij wilde graag op zoek gaan naar het graf van onze verre voorvader.

Op een vroege ochtend namen we daarom de trein naar Wuxi, in het gezelschap van Jiaju, de oudste zoon van mijn vader. Toen we bij de voet van de berg Hui kwamen, besloten we eerst naar de top te klimmen en daarna langzaam af te dalen. Boven op de berg stond een oude tempel die nu als souvenirwinkel dienst deed. Je kon er de kleine kleipopjes kopen waar Wuxi zo bekend om is.

De eigenaar van de souvenirwinkel, een man van in de zeventig, wist dat er in de omgeving een heel oud graf moest liggen, maar hij kon zijn winkel niet in de steek laten om ons erheen te brengen. Even later kwam zijn vrouw, die bij een beekje de was had gedaan, naar de winkel terug. Tegen een vergoeding was zij bereid ons het graf te wijzen. Van de eerste bergtop daalden we af naar een dal en vandaar beklommen we de tweede top, waarop een televisiezendmast stond. Opnieuw daalde de vrouw een helling af en halverwege wees ze voor zich uit.

We zagen een cirkel van rotsblokken, met in het midden één grote steen. Er liep geen pad naartoe en voorzichtig zochten we onze weg naar deze witte steen. De kuilen en spleten in de bodem werden aan het oog onttrokken door het verraderlijk hoge gras.

De witte steen was inderdaad een grafsteen, die al eeuwenlang aan de elementen was blootgesteld. Toch was de inscriptie van vier karakters nog goed leesbaar: QIN LONG TU MU, het graf van Qin Long Tu. Ik was al teleurgesteld, maar mijn broer Jiaju vertelde me dat Long Tu een titel was, en geen naam. Ik sloeg er de biografie van Qin Guan op na en las dat hij in 1130, dertig jaar na zijn dood, inderdaad tot 'Geleerde van het Long Tu Paviljoen' was benoemd. We hadden zijn graf gevonden!

Terwijl we na elkaar achter de grafsteen gingen staan om ons te laten fotograferen, was ik ten prooi aan een mengeling van vreugde en verdriet. De ontdekking van dit graf betekende de bekroning van een speurtocht die was begonnen toen ik nog een kleine jongen in Hong Kong was geweest, dertig jaar geleden.

Mijn artikel over de ontdekking van het graf van de dichter uit de Songdynastie verscheen op de voorpagina van *The Wall Street Journal*[4], werd meteen vertaald in het Chinees en overgenomen door talloze Chinese kranten en tijdschriften. De belangstelling voor het graf nam in en buiten China snel toe en in 1984 gaf de Chinese regering het stadsbestuur van Wuxi opdracht het graf te restaureren. In 1986 waren de werkzaamheden voltoooid[5] en in de herfst van dat jaar kwamen geleerden uit de gehele wereld samen in Gaoyou, de oude woonplaats van Qin Guan, voor een congres over zijn leven en werk. De cirkel was nu rond. De traditionalistische dichter, die als een verguisd man was gestorven en pas na zijn dood eerherstel kreeg, werd nu opnieuw gerehabiliteerd, ditmaal door de communisten. Vermoedelijk had Qin Guan deze ironie wel kunnen waarderen.

1. Qin Guan: De romantische dichter

Op een winterse dag in 1074 arriveerde een man bij het boeddhistische klooster van Daming in Yangzhou. Hij droeg de hoed en toga van een hoge functionaris en had een klein gevolg bij zich. Zijn naam was Su Shi, maar later zou hij bekend worden als Su Dongbo, 'Su van de Oostelijke Helling'. Hij had juist een driejarige ambtsperiode voltooid als vice-administrateur van Hangzhou, de op een na grootste stad van het Chinese rijk. Hij was achtendertig jaar en had al een bestuurlijke carrière van vijftien jaar achter de rug, zowel in de hoofdstad Kaifeng als in de provincie. En hij werd beschouwd als een van de meest begaafde dichters in het land.

Toen Su Dongbo de Pingshan-zaal van het klooster betrad, werd zijn aandacht getrokken door een paar teksten op een muur. Hij liep er naartoe en zag dat het een nieuw gedicht was. De inkt glinsterde nog. Het gedicht was geschreven in zijn eigen stijl en zelfs het handschrift deed aan het zijne denken. Wie was deze geheimzinnige dichter, die Su Dongbo zo goed kon imiteren? En waarom had hij dit gedicht op de muur geschreven?

Later vertelde Su Dongbo dit verhaal aan zijn oudere vriend Sun Jue, die zwijgend luisterde en hem toen een stapel gedichten gaf, met de woorden: 'Die zijn van een vriend van mij. Ik wil graag weten wat je ervan vindt.'

Su Dongbo stond versteld van de omvang en de kwaliteit van het werk van deze dichter. Toen begreep hij het. 'Dat moet dezelfde man zijn die dat gedicht op de muur heeft geschreven!' riep hij uit.[1]

En zo was het ook. Sun Jue vertelde hem dat de gedichten waren geschreven door een vrij onbekende geleerde Qin Guan genaamd, afkomstig uit Gaoyou. De jongeman bewonderde Su Dongbo al heel lang en zou hem graag eens ontmoeten. Toen hij hoorde dat Su Dongbo in Yangzhou zou zijn, wist Qin Guan dat hij zeker het klooster van Daming zou bezoeken en door de Pingshan-zaal zou lopen, die nog door zijn overleden leraar was gebouwd. Om Su Dongbo's nieuwsgierigheid te prikkelen had Qin Guan daarom een gedicht op de muur geschreven. Toen hij dit hoorde, vond Su Dongbo het een prachtig verhaal.

Dit alles speelde zich af in het zesde jaar van het bewind van keizer Shenzong, een achter-achterneef van Taizu, de stichter van de Song-dynastie. In Europa had acht jaar eerder de Slag bij Hastings plaatsgevon-

den en had Willem de Veroveraar de Engelse troon opgeëist.
Yangzhou was een van de grootste steden in China, en economisch van zo groot belang dat er zich in de tiende eeuw al een aanzienlijke gemeenschap van buitenlandse kooplieden bevond, onder wie Perzen en handelaren uit Champa, een land in het zuiden van het huidige Vietnam.[2] Twee eeuwen later zou een Venetiaans koopman Marco Polo genaamd door de Mongoolse keizer Kublai Khan naar Yangzhou worden gestuurd en de stad drie jaar lang besturen. Marco Polo beschreef Yangzhou als 'zo groot en machtig dat zevenentwintig andere – grote, rijke en economisch welvarende – steden ervan afhankelijk zijn'.[3]
De eerste ontmoeting tussen Su Dongbo en Qin Guan vormde het begin van een levenslange vriendschap tussen de twee mannen. Qin Guan werd een van Su Dongbo's vier belangrijkste discipelen, een groep die bekend werd als 'De Vier Eminente Geleerden uit de Su-School'. Later zouden ze betrokken raken bij de politieke intriges in de hoofdstad van het land.

Qin Guan werd in 1049 geboren als telg uit een geslacht van geleerden. Ten tijde van zijn geboorte was zijn grootvader, Qin Zhengyi, onderweg naar Nankang, het huidige Jiangxi, om daar een functie te aanvaarden. Zijn zoon en zijn zwangere schoondochter vergezelden hem. De familie stopte in Jiujiang ('de stad van de negen rivieren') aan de Jang-tse, waar de baby werd geboren.
Tot zijn vierde jaar woonde Qin Guan bij zijn grootvader in Nankang. Daarna keerde de familie terug naar Gaoyou. Hoewel hij de eerste zoon van zijn vader was, nam hij onder zijn neven de zevende plaats in, en daarom werd hij 'Qin de Zevende' genoemd. Omdat zijn vader, Qin Yuanhua, grote bewondering had voor een vriend van hem, Wang Guan, die ook aan de beroemde Nationale Academie in de hoofdstad had gestudeerd, noemde hij zijn zoon Guan, in de hoop dat ook hij een groot geleerde zou worden.[4]
Daarin werd zijn vader niet teleurgesteld. Al voordat hij op vijfjarige leeftijd naar school ging, kon Qin Guan lezen en schrijven.[5] Het Chinees kent geen alfabet, maar maakt gebruik van karakters, die uit het hoofd moeten worden geleerd. Pas als iemand twee- tot drieduizend van de in totaal ongeveer vijftigduizend karakters kent, wordt hij als 'geletterd' beschouwd.
In de tijd van Qin Guan leerden schooljongens Chinees uit teksten als het *Drie-Karakter Leerboek* (de *San Zi Xun*[5]), de *Honderd Achternamen* en het *Leerboek van Duizend Karakters*, waarin door middel van zinnen het gebruik van duizend woorden wordt geleerd, die geen van alle worden herhaald.[6]
In Gaoyou begon Qin Guan aan een studie die bestond uit opstellen

schrijven, kalligrafie (in die tijd een kunstvorm die hoger aangeschreven stond dan de schilderkunst), geschiedenis en kennis van de klassieken en de poëzie. Toen hij negen jaar was, kende hij het *Boek van Kinderlijke Vroomheid*, de *Mencius*, de *Grote Kennis* en de *Analecta* van Confucius uit zijn hoofd.[7] Uit het *Boek der Liederen* leerde Qin Guan de gedichten van het oude China, waarvan sommige toen al tweeduizend jaar oud waren. Zo ontwikkelde hij zich tot een geleerde.

Geleerden behoorden tot de elite van een zeer klassebewuste maatschappij, waarin het gros van de bevolking analfabeet was. De geleerde stond hoger in aanzien dan de landeigenaar, de handwerksman en de koopman, in die volgorde. Bestuurders waren afkomstig uit de rijen der geleerden, die daardoor veel macht en grote rijkdom konden vergaren. Hoewel deze functies niet erfelijk waren, waren alleen de geleerden rijk genoeg om hun zonen jarenlang te laten studeren voor de overheidsexamens. Minder rijke families moesten hun zonen al op jeugdige leeftijd op het land laten werken. Toch spaarden veel arme boerenfamilies jarenlang om één van hun zonen naar school te kunnen sturen, in de hoop dat hij een hoge positie voor zichzelf en roem voor zijn familie zou kunnen verwerven.

Kooplieden stonden niet hoog aangeschreven omdat ze vaak werden beschouwd als economische parasieten die geen welvaart produceerden maar slechts profiteerden door de vruchten van andermans werk te kopen en te verkopen. Maar onder de Song-dynastie, de tijd waarin ook Qin Guan leefde, was de koopmansstand inmiddels algemeen geaccepteerd. Zelfs de geleerden/bestuurders dreven nu soms handel, en ook door huwelijken ontstonden banden tussen beide klassen.

Mensen met een 'onwaardig' beroep, zoals acteurs en bordeelhouders, evenals hun kinderen en kleinkinderen, waren van de overheidsexamens uitgesloten.

In de tijd van Qin Guan stoelde de speciale positie van de geleerde al op een traditie van meer dan duizend jaar. De eerste keizer van China, Qin Shi Huang-di, had vanuit zijn eigen staat Qin alle andere staten overwonnen en het land verenigd. Hij bouwde de Chinese muur, om de barbaren in het noorden tegen te houden, en vestigde de Qin-dynastie (221-207 v.Chr.). De pracht en praal van zijn hof kunnen worden afgeleid uit zijn enorme leger van terracotta-soldaten dat is ontdekt in zijn graf in Xi'an, in de buurt van zijn oude hoofdstad. Maar de confuciaanse geleerden die kritiek hadden op zijn harde, legalistische bewind werden door hem meedogenloos vervolgd. Bij honderden werden ze levend begraven en hun boeken verbrand. Binnen drie jaar na de dood van de Eerste Keizer raakte zijn dynastie, die volgens hem 'tienduizend generaties' stand zou houden, in verval. In het algemeen wordt dit verval toegeschreven aan de wreedheid van het bewind.

Omdat Qin wordt uitgesproken als 'Chin', werd dit de naam waaronder het land in het Westen bekend werd: China. De Chinezen zelf noemen hun land Zhongguo, het 'Rijk van het Midden'. Sommige historici menen dat mensen met de achternaam Qin, zoals Qin Guan (in het Chinees wordt de familienaam het eerst vermeld), afstammelingen zouden zijn van de oorspronkelijke bewoners van de staat Qin in het noordwesten van China, of zelfs van de koninklijke familie. De Eerste Keizer heette zelf Ying, maar nadat zijn dynastie ineen was gestort, veranderden zijn familieleden hun achternaam in Qin, om aan vervolging te ontkomen. Volgens één versie zou een kleinzoon van de Eerste Keizer zich in Gaoyou hebben gevestigd, waar tot dan toe geen mensen met de naam Qin hadden gewoond. De Qins uit Gaoyou ontwikkelden zich daarna tot een vooraanstaande familie. Als dit verhaal klopt, zou Qin Guan – en ikzelf dus ook – een rechtstreekse afstammeling kunnen zijn van de Eerste Keizer. Maar dat is slechts een hypothese.

Het verval van de Qin-dynastie leidde tot een periode van burgeroorlog, waaruit een eenvoudig militair, Liu Bang, als overwinnaar te voorschijn kwam. Hij stichtte de Han-dynastie (206 v.Chr.-220 n.Chr.). Deze boerenkeizer zorgde ervoor dat de confuciaanse geleerden hun vooraanstaande positie weer terugkregen. Tijdens het bewind van zijn achterkleinzoon, keizer Wu-di, hadden de confuciaanse geleerden grote invloed aan het keizerlijke hof verworven en werd er een stelsel van examens ingevoerd om geleerden op overheidsfuncties voor te bereiden. In verschillende vormen bleven deze examens eeuwenlang bestaan en tot aan de twintigste eeuw vormden zij de sleutelvoorwaarde tot een bestuurlijke carrière. Ook mijn vader werd nog voor deze examens opgeleid, totdat ze in 1905 werden afgeschaft.

Als voorbereiding op deze examens bestudeerde de jonge Qin Guan de klassieken. Net als zijn leeftijdgenoten droomde hij ervan zich ooit te zullen onderscheiden.

De dood van Qin Guans vader in 1063, hetzelfde jaar waarin keizer Renzong overleed, was een grote slag voor de familie. Hij had goede vooruitzichten gehad op een geslaagde carrière in het landsbestuur. Hij was pas in de dertig toen hij overleed en hij liet een vrouw, drie zonen en zijn bejaarde ouders achter. Qin Guan, die toen veertien was, en zijn twee jongere broers moesten een rouwperiode van drie jaar in acht nemen, zoals was voorgeschreven sinds de Zhou-dynastie (1122-256 v.Chr.). Deze rouwperiode kende vaste rituelen en het niet nakomen hiervan werd als een misdrijf beschouwd.[8]

Qin Guan was zeventien toen deze periode eindigde. Het jaar daarop trof zijn grootvader, zoals gebruikelijk was, voorbereidingen om een vrouw voor hem te zoeken.

Omdat hij uit een familie van geleerden en bestuurders afkomstig was, gold Qin Guan als een goede partij en zijn grootvader wist een verloving tot stand te brengen met de oudste dochter van Xu Chengfu, het hoofd van de rijkste familie in Gaoyou.[9] Xu was een man die respect had voor een goede opleiding en zelf in zijn jeugd graag had willen studeren. Maar zijn vader had hem het beheer van de familiebezittingen opgedragen. Daarom had Xu Chengfu zich voorgenomen dat zijn zonen zouden gaan studeren en dat zijn dochters met geleerden zouden trouwen.

Volgens de tradities van de Song-dynastie werd het huwelijk geregeld via een koppelaarster[10] en werden zelfs astrologen geraadpleegd om vast te stellen of de twee jonge mensen bij elkaar pasten.

De dag vóór het huwelijk stuurde de familie van de bruid dienstmeisjes naar het huis van de bruidegom om de bruidskamer te versieren. Op de huwelijksdag zond de familie van de bruidegom een rode draagstoel met gordijnen en versierd met rode bloemen naar het huis van de bruid, vergezeld door een groep muzikanten. De bruid, gekleed in het rood, de kleur van de vreugde, droeg een rode sluier over haar hoofd, die haar gezicht geheel bedekte. Begeleid door de vrolijke tonen van de muziek werd ze naar het huis van de bruidegom gebracht, waar een loper werd uitgerold, zodat haar voeten bij het uitstappen de grond niet zouden raken, want dat zou ongeluk brengen. Onmiddellijk daarna hield een man haar een spiegel voor, om de boze geesten af te weren en bracht haar naar de slaapkamer, waar ze op het bed ging zitten. Nadat de bruidegom zijn opwachting had gemaakt bij de familieoudsten, begaf hij zich naar de slaapkamer, waaruit hij even later samen met zijn bruid weer te voorschijn kwam. Daarna ontvingen ze ieder een stuk zijde in de vorm van een hart. Bij een altaar achter in het huis eerden zij de voorouders van de familie, waarna ze samen met hun familie en vrienden naar de slaapkamer terugkeerden en voor elkaar knielden als teken van het respect dat zij elkaar hun hele leven zouden betonen. Ten slotte wierpen de gasten fruit en geld op het bed om het jonge paar een vruchtbare en voorspoedige verbintenis te wensen.

Het instituut van het huwelijk werd door beide partijen zeer serieus genomen. Hoewel een man er één of meer concubines op na kon houden – vaak werd dat zelfs van hem verwacht – hadden zij niet dezelfde status als zijn echtgenote. Een concubine stond slechts een trede hoger dan een dienstmeid. Vaak waren ze dat ook geweest, voordat ze aan de andere wensen van de heer des huizes tegemoet waren gekomen. Omdat seks voor fatsoenlijke vrouwen een taboe-onderwerp was, lieten vele echtgenotes dit deel van hun verplichtingen graag aan een concubine over.

Concubines konden zonder veel ceremonieel in de huishouding worden opgenomen en weer verstoten, maar een scheiding moest tot elke prijs worden vermeden. Als het huwelijk op de klippen liep, werd de vrouw weer naar haar eigen familie teruggestuurd. Geldige gronden voor een scheiding waren verwaarlozing van de ouders van de echtgenoot, het uitblijven van mannelijke nakomelingen, overspel, jaloezie, ernstige ziekten of een neiging tot roddelen. Een man kon niet van zijn echtgenote scheiden als haar ouders dood waren of als ze drie jaar had gerouwd om een van zijn ouders. Ook als ze zijn jaren van armoede had gedeeld, mocht hij later niet van haar scheiden als hij rijk was geworden.

Xu Wenmei – de naam betekent 'beschaafd en mooi' – was nog maar heel jong toen ze met Qin Guan trouwde. Haar moeder was gestorven na de geboorte van een tweede kind, een zoon. De tweede vrouw van haar vader had zes kinderen gekregen. Als het oudste kind in de familie had Wenmei geleerd voor haar jongere broers en zusjes te zorgen.

Vrouwen uit de betere klassen kwamen zelden op straat, en dan alleen in overdekte draagstoelen. Na hun huwelijk moesten ze hun schoonmoeder helpen. Ze waren immers niet door hun echtgenoot, maar door diens ouders gekozen. De Chinese uitdrukking is dan ook dat een familie 'een schoondochter neemt', en niet dat 'de man een vrouw neemt'.

Acht jaar na haar huwelijk overleed Wenmeis vader, eenenveertig jaar oud. Zijn diepbedroefde weduwe, de stiefmoeder van Wenmei, nam vergif in en volgde hem twee dagen later in de dood. Qin Guan stelde als aankomend geleerde een in memoriam op. Dit was een van de dingen die hij tijdens zijn opleiding had geleerd. Maar afgezien van zijn literaire vaardigheden was Qin Guan ook geïnteresseerd in staatszaken en militaire strategie. En hij was zich pijnlijk bewust van de militaire zwakte van zijn land.

Grote gebieden die onder vroegere dynastieën tot China hadden behoord waren nu bezet door vijandelijke volken die door de Chinezen als 'barbaren' werden beschouwd. De Khitans, een groep semi-nomadische stammen die de voorlopers van de Mongolen waren, hadden in de tiende eeuw een rijk gevestigd dat Liao werd genoemd[11] en zeven miljoen Chinese onderdanen telde. De Khitans beheersten een gebied dat zestien prefecturen ten zuiden van de Chinese muur omvatte. Ook Peking behoorde hiertoe. De naam Khitan werd in het Westen verbasterd tot Cathay en zelfs nu nog is Kitai de Russische benaming voor China.

In het noordwesten van China hadden de Tanguts, een volk dat aan de Tibetanen verwant was, een rijk gevestigd dat zij Xixia noemden. Het koninkrijk Xixia, een voormalige vazalstaat van China, was tegen het einde van de tiende eeuw onafhankelijk geworden. Zeven jaar vóór de geboorte van Qin Guan was de Song-dynastie gedwongen de jaarlijkse schattingen die zij aan deze twee oorlogszuchtige buurstaten betaalde te verhogen, uit vrees voor vijandelijke invallen.

Het noorden van China was een gebied van constante strijd tussen Liao,

Xixia en de Song-dynastie. Vanwege hun militaire zwakte moesten de Song-heersers, ondanks het numerieke overwicht van de Chinezen, ieder jaar aanzienlijke bedragen aan Liao en Xixia betalen om de vrede te bewaren. Uit vrees voor een militaire coup in eigen land gaf de Song-dynastie, die zelf ook door een coup aan de macht was gekomen, echter de voorkeur aan een zwak militair apparaat en een verzoenende houding tegenover de buurstaten.

Kort na zijn huwelijk schreef Qin Guan een lang gedicht met de titel 'Ruiter ontwaart de vijand', over een beroemde generaal uit de Tang-dynastie, die een grote opstand onder leiding van een 'barbaar' had neergeslagen. In dit gedicht liet hij doorschemeren dat een goede strategie veel effectiever was dan bruut geweld bij de pogingen van de machthebbers om China te verenigen. 'Goed kunnen slaan en steken is niet de beste eigenschap voor een generaal. Een bloedig offensief is niet de beste tactiek,' schreef hij.[12]

Toen Qin Guans politieke denkbeelden zich verder ontwikkelden, nam hij een van de belangrijkste beslissingen in zijn jonge leven: hij veranderde zijn naam. De officiële naam die een kind van zijn ouders kreeg werd zelden gebruikt. Een geleerde koos meestal een omgangsnaam, waarmee hij door zijn vrienden werd aangesproken en die zijn ambities en zijn kijk op het leven weerspiegelde. Als hij een nieuwe, belangrijke fase van zijn leven begon, zijn werk publiceerde, een nieuwe carrière opvatte of zich uit het officiële leven terugtrok, kon hij opnieuw een andere naam kiezen, die beter bij zijn nieuwe status paste.

Qin Guan koos de naam Tai Xu, of 'Grote Leegte'.[13] Jaren later vertelde hij een vriend waarom hij die naam had aangenomen:

'Op dit moment bevinden de twee vijanden de Khitans en de Tanguts zich in een moeilijke situatie. Ik wil de perfecte strategie ontwikkelen om hen een hemelse straf op te leggen... om een stem te laten horen die nooit zal verstommen en plannen te maken die eeuwig effect zullen hebben. Is dat niet prachtig? Daarom heb ik de naam "Grote Leegte" gekozen om mijn ambities te sturen.'

Het lijkt misschien vreemd dat een 'grote leegte' een verheven ideaal symboliseert, maar in de taoïstische filosofie is een leegte geen vacuüm maar is gevuld met qi, de 'vitale kracht'. Uit deze grote leegte kon Qin Guan dus de energie putten die hij nodig had om zijn ambitieuze idealen te verwezenlijken. Hij wilde zijn land een nieuw elan geven, de verloren gegane gebieden heroveren en de glorie van China herstellen.

Ondertussen begon het machtsevenwicht aan het hof zich te wijzigen. In 1067 stierf keizer Yingzong, na een kort bewind. Hij werd opgevolgd door zijn oudste zoon, Shenzong, een man met moderne ideeën. Hij liet zich

adviseren door een bijzonder begaafde geleerde, Wang Anshi, die de leiding kreeg over bijna het gehele landsbestuur.
Wang was nogal excentriek. Hij waste zijn gezicht niet en trok nooit schone kleren aan. Het verhaal gaat dat hij ooit was uitgenodigd voor een banket waarbij de gasten met aasvisjes hun maaltijd uit een vijver moesten vangen. Wang was zo verstrooid dat hij de aasvisjes opat.[14]
Vóór het begin van zijn bliksemcarrière had Wang al vijfentwintig jaar diverse functies in het provinciale bestuur vervuld, waarin hij zich had onderscheiden. Aanbiedingen om naar het keizerlijke hof te komen had hij altijd afgeslagen, totdat Shenzong aan het bewind kwam en hem de vrije hand liet. Wang Anshi voerde op alle terreinen belangrijke hervormingen door, waartegen de conservatieve bureaucratie zich sterk verzette.[15] Functionarissen die zich tegen Wangs plannen keerden, werden echter naar de provincie verbannen of namen zelf ontslag.
Zelfs de censors waren niet langer onaantastbaar. Sinds de tijd van de Eerste Keizer waren er censors geweest, die andere functionarissen kritisch volgden en iedere misstap aan de keizer meldden. Onder de Songdynastie konden ze zelfs kritiek uitoefenen op de keizer zelf, als hij volgens hen afweek van het smalle pad van gerechtigheid en welwillendheid.[16] Ze werden voor een periode van twaalf jaar benoemd en werden zelden bestraft voor hun kritiek en beschuldigingen. Overigens hadden ze zelf geen macht – ze konden slechts morele druk uitoefenen.
Aan het hoofd van het censoraat stond Lu Gongqu, die door Wang Anshi was benoemd. Maar toen Lu kritiek had op het monddood maken van de oppositie aan het hof, werd hijzelf ook ontslagen. Zoals Wang Anshi tegenover de keizer verklaarde, gaf hij de voorkeur aan de benoeming van 'gewone, middelmatige functionarissen in plaats van mensen die zich hebben onderscheiden, omdat die de regering alleen maar voor de voeten lopen'.[17]
Een van zijn meest controversiële hervormingen was een maatregel, de zogenoemde 'spruitjeswet', waarbij de regering aan boeren leningen verstrekte tegen lagere rentetarieven dan de woekeraars tot wie zij zich voorheen hadden moeten wenden. In de praktijk werkte het plan niet, omdat lagere ambtenaren de boeren nu dwongen leningen bij de overheid af te sluiten en rente te betalen, of ze het geld nodig hadden of niet. Als ze weigerden, werden ze in de gevangenis gegooid. Om geen enkel risico te lopen, dwongen de ambtenaren rijke boeren garant te staan voor de leningen van hun arme buren.
Uiteraard werd hiertegen fel geprotesteerd en Sun Jue – die de titel 'Bewaarder van het Keizerlijke Dagboek' droeg en tot taak had de officiële activiteiten van de keizer vast te leggen – kreeg opdracht de zaak te onderzoeken. Toen hij meldde dat de maatregel inderdaad niet werkte, werd

Wang Anshi zo woedend dat hij Sun Jue, zijn oude vriend, al zijn titels ontnam en hem naar de provincie verbande.[18]
Sun Jue was een vriend van de familie van Qin Guan en toen hij een secretaris zocht die hem moest assisteren als prefect in Wuxing, meldde Qin Guan zich aan en werd aangenomen. Door dit werk kreeg Qin Guan een goed inzicht in de intriges aan het hof en het was ook via Sun Jue dat hij in contact kwam met Su Dongbo, de man die de rest van zijn leven zo'n grote invloed op hem zou hebben.
Ook Su Dongbo had zich tegen Wang Anshi verzet en de keizer gewaarschuwd dat Wangs politiek tot grote onrust leidde. Daarop was hij door Wang Anshi in staat van beschuldiging gesteld. Su had ontslag genomen en om een post in de provincie gevraagd, een verzoek dat werd ingewilligd. Hij kreeg een functie in Hangzhou. Toen hij drie jaar later naar een andere stad werd overgeplaatst, reisde hij via Yangzhou, en bij die gelegenheid ontdekte hij het mysterieuze gedicht op de muur van de Pingshan-zaal.
De eerste ontmoeting tussen de beide mannen vond plaats in 1078, toen Qin Guan op weg was naar de hoofdstad, om examen te doen. Hij onderbrak zijn reis in Xuzhou, waar Su Dongbo prefect was. Zijn enthousiasme over de ontmoeting legde Qin Guan vast in een gedicht, waar deze twee regels uit afkomstig zijn:

> Ik hoef niet over 10 000 families te regeren,
> als ik maar één keer Su [de prefect van] Xuzhou kan ontmoeten.

De prefectuurexamens waarvoor Qin Guan zich had ingeschreven, waren bijzonder belangrijk. Kandidaten behoorden ze af te leggen in hun eigen prefectuur, en het is niet duidelijk waarom Qin Guan ervoor naar de hoofdstad reisde. Misschien wilde hij, zoals vele anderen, profiteren van het feit dat het aantal geslaagden in de hoofdstad hoger scheen te zijn.
De examens, die in drie zittingen waren verdeeld, werden afgenomen op een afgesloten terrein, onder strenge bewaking. Iedere kandidaat kreeg een cel toegewezen, met als meubilair slechts drie planken, die als bed, stoel en bureau konden dienen. Elke zitting duurde een dag en een nacht, waarna een rustdag volgde. De uitslag werd een maand later bekendgemaakt. In die tijd werden alle examens gekopieerd en zorgvuldig met de originelen vergeleken. De examinatoren kregen alleen de kopieën te zien, die slechts het nummer van de kandidaat vermeldden, maar niet zijn naam – om te voorkomen dat zij deze of het handschrift zouden herkennen en daardoor iemand zouden kunnen bevoor- of benadelen.
Toen de resultaten werden bekendgemaakt, bleek dat Qin Guan was gezakt. Blijkbaar tilde hij er niet zo zwaar aan, want samen met Su Dongbo

en de monnik Can-liao, eveneens een vooraanstaand dichter, maakte hij een vakantiereis langs de oostkust. Boeddhistische monniken, die wereldse titels afwezen, waren vaak even goed opgeleid als de geleerden, hoewel ze geen examen mochten doen. Su Dongbo was op weg naar een nieuwe post in Huzhou, een groeiende prefectuur met ongeveer 150 000 huishoudens, en Qin Guan wilde een bezoek brengen aan Kuaiqi, waar zijn oom een functie bekleedde. Deze reis leverde Qin Guan stof voor een reeks gedichten. Bovendien ontmoette hij enkele beroemde monniken en literaire figuren, zoals Xianyu Xian, de nieuwe prefect van Yangzhou, die ook een van zijn mentors werd.

Qin Guan, Su Dongbo en Can-liao reisden naar Wuxi via het prachtige Tai-meer. Ze beklommen de berg Hui en in die mooie, rustige omgeving schreven ze gedichten, die ze aan elkaar opdroegen. Ze wisten niet dat één van hen een week later in de gevangenis zou zitten, bedreigd met de doodstraf. In Huzhou verliet Su Dongbo de anderen om zijn taak als prefect op te vatten, terwijl Qin Guan en Can-liao hun reis voortzetten. Maar al snel kregen ze te horen dat Su Dongbo was gearresteerd wegens belastering van de keizer.

Blijkbaar had Su Dongbo de keizer een brief geschreven om hem te bedanken voor zijn nieuwe post, wat niet ongebruikelijk was. Maar hij had uiting gegeven aan zijn minachting voor de bureaucraten aan het hof door hen te betitelen als 'die jonge strebers' of 'die nieuwkomers die hun baantje aan nepotisme te danken hebben'.[19] Dit was de kans waarop Su Dongbo's tegenstanders aan het hof hadden gewacht. Ze interpreteerden zijn opmerkingen niet als kritiek op henzelf, maar als een indirecte belediging van de keizer die hen had benoemd, en Su Dongbo werd in staat van beschuldiging gesteld. Hij werd gearresteerd door agenten van de censorpolitie en naar de hoofdstad Kaifeng overgebracht, waar hij gevangen werd gezet.

Het proces tegen Su Dongbo moest een waarschuwing zijn aan alle leiders van de oppositie, onder wie velen van zijn persoonlijke vrienden. Tegen Su en enkele anderen, onder wie Sun Jue, werd de doodstraf geëist. Behalve de bewuste brief werden ruim honderd gedichten van Su Dongbo als bewijs overgelegd. Hij werd ervan beschuldigd dat hij historische verwijzingen had gebruikt om hoge functionarissen – en dus impliciet de keizer – te bekritiseren. (Het gebruik van historische verwijzingen om eigentijdse misstanden aan de kaak te stellen is een traditionele tactiek van Chinese intellectuelen. Ook in de moderne tijd zijn daarvan voorbeelden te vinden. In de jaren zestig schreef de eminente historicus Wu Han een toneelstuk over een keizer uit de Ming-dynastie, dat algemeen werd gezien als een aanval op voorzitter Mao Tse-toeng. De veroordeling van dit stuk en

de vervolging van de schrijver was een van de eerste wapenfeiten van de Culturele Revolutie.)
Na afloop van het proces tegen Su Dongbo weigerde keizer Shenzong de doodstraf op te leggen, maar wel werd Su verbannen naar Huangzhou, in de buurt van het huidige Wuhan. Volgens het aloude principe van schuld-door-verwantschap werd ook de broer van Su Dongbo van al zijn titels ontheven en verbannen.
Toen ze hoorden dat Su Dongbo was gearresteerd, waren Qin Guan en Can-liao meteen naar Wuxing gereisd om meer te weten te komen. Maar ze konden weinig uitrichten tegen Su's machtige tegenstanders. Moedeloos zetten ze hun reis weer voort. Qin Guan ging naar het Tai-meer en bezocht daar de tempel die gewijd was aan Yu de Grote, een legendarische koning die China van een rampzalige overstroming zou hebben gered door het overtollige water via kanalen naar de oceaan af te voeren – een bijna bovenmenselijke taak. Qin Guan was te gast bij de prefect van Yuezhou en logeerde in een gebouw dat het Penghai-paviljoen werd genoemd. Enkele van zijn bekendste gedichten werden in deze tijd geschreven, zoals het beroemde 'Wispelturige jeugd':

> Bergen, gestreeld door lichte wolken
> Een hemel die kleeft aan het verdorde gras,
> De klank van de beschilderde hoorn breekt tegen de wachttoren.
> Laat mijn boot halt houden
> Zodat ik met jou een afscheidsdronk kan drinken!
> Hoeveel is er niet gebeurd in Sprookjesland...
> Maar omzien is zinloos; slechts flarden mist blijven ons over.
> Voorbij de dalende zon:
> Een paar stipjes, kille kraaien,
> Een rivier die zich rond een eenzaam dorpje slingert.[20]

Tegen het einde van het jaar 1079 keerde Qin Guan eindelijk naar Gaoyou terug. Daar kwam hij op voor Su Dongbo en verklaarde dat 'zijn poëzie en kalligrafie onze tijd versteld hebben doen staan... hoewel zijn enorme talent nu door de wereld is verworpen'. Su Dongbo schreef hem een brief om hem over zijn leven in ballingschap te vertellen:
'Toen ik in Huangzhou aankwam, maakte ik me zorgen hoe ik mijn grote gezin moest onderhouden, omdat mijn salaris was weggevallen. Maar door heel zuinig te leven hadden we niet meer nodig dan 150 contanten per dag. Op de eerste van elke maand neem ik 4500 contanten, verdeel die in dertig pakketjes en hang ze aan de balken van de zoldering. Elke ochtend haal ik met een stok één pakketje van het plafond en zet de stok dan weer weg. Ook heb ik een groot stuk bamboe, waarin ik alles bewaar wat er aan het

einde van de dag nog over is, zodat ik wat extra geld heb om bezoekers te kunnen ontvangen. Ik denk dat ik nog genoeg geld heb voor ruim een jaar, en daarna zien we wel weer.'[21]

Hoewel er tijdens de Song-dynastie ook papiergeld werd gebruikt, waren de zogenoemde 'contanten' – koperen munten met een gat erin – het meest voorkomende betaalmiddel. Voor grotere transacties werden 1000 contanten samengebonden tot een 'snoer'. Su Dongbo bracht vier jaar in ballingschap door en uiteindelijk raakte zijn geld op. Hij werd boer op een stuk land waar vroeger een militair garnizoen gelegerd was geweest. Dit land lag op de oostelijke helling van een berg. Daarom nam de dichter de naam Dongbo, of 'Oostelijke Helling', aan.

Vanuit zijn ballingschap bleef Su Dongbo zijn vriend Qin Guan adviseren en bemoedigen. Ook spoorde hij hem aan opnieuw examen te doen. In 1081 deed Qin Guan voor de tweede maal prefectuurexamen, dit keer in Yangzhou, en nu slaagde hij. Een jaar later deed hij het zogenaamde hoofdstadexamen in Kaifeng, waarvoor hij zakte. Dat was een grote teleurstelling voor hem en toen hij naar Gaoyou terugkeerde, besloot hij zich nog eens ernstig op zijn ambities te bezinnen.

Negenenveertig dagen ging hij in retraite. In een brief aan Su Dongbo schreef hij dat hij zich uit de wereld had teruggetrokken om zichzelf terug te vinden. Om zich te reinigen werd hij vegetariër. In deze periode schreef hij een boek over de zijdecultuur, iets geheel anders dan zijn andere publikaties. Hij had gezien hoe zijn vrouw zijderupsen kweekte en hoe zij de zijde kamde en spinde. Zijn boek was een wetenschappelijke verhandeling, met hoofdstukken over mutaties, voedsel, metamorfosen, morfologie en de gereedschappen die werden gebruikt. Zijde was een belangrijk produkt van de Jang-tse vallei en het bekendste exportartikel uit China. De Romeinen noemden het volk dat zijde produceerde de Seres, en hun land Serica. Seres was ook de naam die Columbus voor de Chinezen gebruikte. Pas in de zestiende eeuw begon het tot de westerse wereld door te dringen dat Cathay, China en Serica één en hetzelfde land waren.

Qin Guan keerde uit zijn retraite terug als een gerijpt man, die niet langer werd gedreven door de ambities uit zijn jeugd. Zijn droom om de wereld te verbeteren had hij opgegeven, en in plaats daarvan wilde hij nu zichzelf overwinnen. Als symbool van deze belangrijke ommekeer koos hij ook een andere naam. Hij was niet langer de ambitieuze Grote Leegte uit zijn jonge jaren.

De naam die hij aannam was die van een vrij onbekende dichter uit de Han-dynastie, Ma Shaoyou. De letterlijke betekenis van 'Shaoyou' is 'gezworven als jongeman'. Waarschijnlijk vond Qin Guan dat de tijd om te zwerven voorbij was en dat hij zich nu definitief moest vestigen. Tegenover een vriend verklaarde hij zijn nieuwe naam als volgt:

'Ik ben mij van mijn leeftijd bewust geworden en het valt mij nu niet moeilijk mezelf te beschouwen. Ik voel berouw, al voordat ik het gevaarlijke gebied betreden heb. Ik keer mij af van de zaken van de vier hoeken van dit rijk en ik zal terugkeren om thuis oud te worden, zoals Ma Shaoyou.'[22]

Qin Guan was toen pas vijfendertig jaar, maar hij was snel oud geworden. Op een portret van hem, geschilderd in het jaar waarin hij zijn naam veranderde, zien we een man met een grijze vlasbaard en grijze wenkbrauwen. Zijn lange vingernagels maken duidelijk dat hij een geleerde is, die niet met zijn handen hoeft te werken. Zijn blik is sereen, maar zijn rug is al een beetje krom.

Zijn leven had een keerpunt bereikt. Alleen zijn mentor, Su Dongbo, kon hem ertoe bewegen nog één keer het hoofdstadexamen af te leggen. In 1085, toen hij zesendertig jaar was, slaagde Qin Guan eindelijk hiervoor. Het succes dat hem altijd was ontgaan toen hij nog vol ambitie was, viel hem in de schoot zodra hij had besloten de wereld de rug toe te keren en zich geheel op zijn innerlijk te richten. Maar nu hij voor het examen was geslaagd, lag een bestuurlijke carrière voor hem open. En zelfs al had hij dat gewild, dan had hij zich niet kunnen onttrekken aan de politieke intriges die de fundamenten van de dynastie ondermijnden.

2. Qin Guan: De bedroefde balling

De eerste post die Qin Guan kreeg toegewezen, was vrij bescheiden: administrateur van het district Dinghai, waarvan de prefectuur in de stad Mingzhou zetelde. Mingzhou, het huidige Ningbo, was een drukke havenstad, die toen veel belangrijker was dan tegenwoordig. Schepen uit Japan brachten goud, parels en hout. Uit Korea kwam textiel, lakwerk en ginseng, een kruid waarnaar veel vraag was vanwege de talloze medicinale toepassingen. Niet alleen zou het de levensduur verlengen, maar het scheen ook de geslachtsdrift op te wekken. Uit het zuiden, vanuit het huidige Vietnam, werden allerlei andere kruiden geïmporteerd. Mingzhou was gunstig gelegen, omdat het door het Grote Kanaal met Hangzhou en de steden in het binnenland verbonden was.
Als administrateur moest Qin Guan de magistraat van Dinghai – de belangrijkste man van het district – assisteren. De magistraat stelde registers samen, inde belastingen, velde vonnissen, bood hulp bij natuurrampen, maakte regeringsmaatregelen bekend en was in algemene zin verantwoordelijk voor het welzijn van de bevolking. De administrateur was belast met de civiele aspecten van het bestuur. De politie en het leger handhaafden de orde, onderdrukten opstanden en arresteerden misdadigers.
Het is niet bekend of Qin Guans echtgenote zich in Dinghai bij hem voegde. Waarschijnlijk bleef ze in Gaoyou. Qin Guan maakte al snel promotie en werd overgeplaatst naar de prefectuur Caizhou, vlak bij de hoofdstad, waar hij de leiding kreeg van de confuciaanse school. Spoedig daarna werd hij het slachtoffer van allerlei politieke problemen, want de elfde eeuw was een periode van grote spanningen. Tijdens de jeugd van Qin Guan had de grootste strijd zich afgespeeld tussen de hervormer Wang Anshi en de conservatieven. Vreemd genoeg verklaarden beide partijen dat China weer moest terugkeren naar de legendarische tijd waarin het land door wijsgeer-koningen werd geregeerd. China richtte zich sterk op het verleden. Filosofen en politici treurden om een voorbije tijd, die sterk werd geïdealiseerd. Zelfs de hervormingsgezinde Wang Anshi had keizer Shenzong de legendarische wijsgeer-koningen Yao en Shun ten voorbeeld gesteld. Als jong idealist was Qin Guan ook een voorstander van hervormingen geweest, maar al zijn leraren waren tegenstanders van

Wang Anshi. Qin Guan werd met hen geïdentificeerd, en daarom waren hun vijanden ook de zijne.
Kort nadat Qin Guan naar Caizhou was overgeplaatst, overleed keizer Shenzong, de grote hervormer. Het politieke landschap wijzigde zich op slag. De nieuwe keizer was een jongen van negen jaar en zijn grootmoeder, keizerin-moeder Gao, nam de macht in handen als regentes. Zij had zich altijd verzet tegen de veranderingen die haar zoon had doorgevoerd, en onmiddellijk na zijn dood riep ze de oude adviseurs weer naar het hof terug. Sima Guang, een aartsvijand van Wang Anshi, werd eerste minister en draaide meteen het hele hervormingsproces terug. Su Dongbo, zijn broer Su Zhe en andere leraren van Qin Guan, zoals Sun Jue en Xianyu Xian, kregen weer hoge posities. De aanhangers van Wang Anshi werden ontslagen of verbannen, terwijl de ontgoochelde Wang zelf zich uit het openbare leven terugtrok.
Toch kwam er hiermee geen einde aan de intriges aan het hof. Ook de conservatieven vielen in verschillende fracties uiteen. De meer liberale vleugel schaarde zich achter Su Dongbo en de orthodoxe groepering werd geleid door Cheng Yi, een leraar van de jonge keizer. Cheng Yi speelde een belangrijke rol in de ontwikkeling van het neo-confucianisme en had felle kritiek op Boeddha, die hij zelfs een 'barbaar' noemde.
Ook in Caizhou waren de gevolgen van deze interne machtsstrijd te bespeuren. Vergeleken bij zijn latere jaren in de hoofdstad leidde Qin Guan echter nog een rustig bestaan. Enkele van zijn bekendste gedichten dateren uit deze tijd, soms geïnspireerd door courtisanes met wie hij een verhouding had. Dergelijke verhoudingen waren heel gebruikelijk en algemeen geaccepteerd. Omdat vrouwen uit fatsoenlijke families zich niet in het openbaar vertoonden, namen de courtisanes deze functie over. Ze waren vaak goed ontwikkeld en konden gedichten voordragen en muziekinstrumenten bespelen. Evenals de Japanse geisha's hadden ze vaak uitsluitend een sociale functie; hun seksuele gunsten waren niet vanzelfsprekend. Maar de moralistische Cheng Yi en zijn volgelingen meden het gezelschap van deze vrouwen. En natuurlijk hadden ze kritiek op het gedrag van Su Dongbo en zijn aanhangers.[1]
Een van de courtisanes van Qin Guan heette Oosterse Jade. Er is niets over haar bekend, behalve het feit dat Qin Guan een gedicht aan haar opdroeg, het 'Lied van de Waterdraak', waarin hij een vrouw beschrijft die zojuist afscheid heeft genomen van haar minnaar:

> Een dubbel hek onder de bloesem,
> Eenzame laantjes tussen de wilgen,
> Zij durft niet terug te denken.
> Maar de heldere maan uit voorbije dagen

> Kijkt als altijd op haar neer,
> En herinnert zich hoe hun liefde was.²

Een gedicht voor een andere courtisane heeft als titel 'Bocht in de rivier':

> Vragende wenkbrauwen, bedwelmde ogen –
> O, als je er maar naar kijkt
> Raakt je ziel in verwarring en ben je verloren!
> Ik herinner me nog goed die keer,
> Westelijk van het smalle, bochtige pad,
> Met haar lokken los als wolken,
> Wandelde ze in haar zijden kousen;
> Het roze puntje van haar tong lachend vooruitgestoken,
> Zo betoverend charmant.
> Met zachte stem fluisterde ze:
> 'Wanneer is mij dit ooit overkomen?'
> Voordat de wolken hun regen vergoten,
> Werden ze verdreven door de oostenwind, te vroeg!
> Het doet zoveel pijn,
> Maar de hemel is onverschillig!³

Dit is een van de bekendste gedichten van Qin Guan. Gezien het sociale klimaat in die dagen was het nogal erotisch en gewaagd. Qin Guan maakt gebruik van een nauwelijks verholen seksuele allegorie (wolken die hun regen vergoten) en de vrouw ontkent preuts dat zij gewend is aan amoureuze avances.

De gedichten van Qin Guan zijn wel vergeleken met die van Keats en de Rosetti's. Maar de dichtkunst in China ontwikkelde zich totaal anders dan in het Westen. Chinese gedichten waren lyrisch, ritmisch en nauw verwant aan muziek. Het verhalende aspect van de westerse poëzie ontbrak grotendeels. Maar het belangrijkste verschil is dat de dichtkunst in kringen van Chinese intellectuelen een deel van het dagelijks leven was. Er werden gedichten geschreven voor vrienden, voor geliefden, zelfs voor de keizer. En ook de keizer zelf schreef poëzie. Het was gebruikelijk voor vrienden om gedichten uit te wisselen en zelfs boerenfamilies hingen bij feestelijke gelegenheden gedichten naast de deur.

De zogenoemde *ci*-gedichten werden geschreven op (vaak al bestaande) muziek, en ook gezongen. De melodie van een *ci*-gedicht had niets te maken met het thema en veel mensen schreven op dezelfde muziek gedichten van een hiervan totaal verschillende stemming. Zo is er een *ci*-gedicht van Qin Guan bekend met dezelfde melodie als die waarop Mao Tse-toeng meer dan acht eeuwen later een geheel andere tekst heeft geschreven.

Was Qin Guan een groot dichter? Over die vraag waren de critici in zijn eigen tijd het niet eens. Een van hen verklaarde: 'De enige wiens emoties passen bij zijn taalgebruik is Qin Guan.' Maar een ander vond zijn gedichten veel te sentimenteel en bestempelde ze als 'meisjespoëzie'.[4]

Toen Qin Guan nog in Caizhou woonde, deden zijn vrienden in de hoofdstad hun best hem te helpen bij zijn carrière. In 1087 bevalen Su Dongbo en Xianyu Xian, het voormalige hoofd van zijn eigen prefectuur, hem bij het hof aan als 'wijs, goed, eerlijk en correct'. Dergelijke aanbevelingen werden zeer serieus genomen. Als iemand die op grond van zo'n advies was bevorderd een misstap beging, werd ook zijn promotor zwaar gestraft. Het nadeel voor Qin Guan was dat de tegenstanders van Su Dongbo zich nu ook tegen hem keerden, juist omdat Su hem had aanbevolen. Daarom hadden de aanbevelingen geen resultaat.

Een jaar later werden de speciale hofexamens weer in ere hersteld. Qin Guan meldde zich aan als kandidaat en reisde naar de hoofdstad. Het examen bestond uit twee gedeelten. Qin Guan moest vijftig verhandelingen schrijven, over zulke uiteenlopende onderwerpen als de rol van de keizer in de militaire strategie – met de nadruk op de bescherming van het rijk tegen de barbaren uit het noorden – tot de binnenlandse politiek of de overheidsfinanciën. Wie voor dit examen slaagde, bereidde zich daarna meestal voor op het keizerlijk examen, dat door de keizer persoonlijk werd afgenomen, of – als hij te jong was – door anderen in zijn naam. Qin Guan slaagde voor het hofexamen maar werd om politieke redenen door de groepering van Cheng Yi van het keizerlijk examen uitgesloten op grond van immoreel gedrag, een beschuldiging die niet nader werd toegelicht.[5]

Toevallig reisde Li Changning, de oom van Qin Guan, in 1088 ook naar Kaifeng om examen te doen. De voorafgaande dertig jaar was hij steeds gezakt. Maar in 1088 slaagde hij niet alleen, maar bleek hij bovendien de beste van alle kandidaten in het land. Zodra de uitslagen bekend waren, kreeg Li een aantal cadeaus van de keizer: een groene mantel, een stijve kanten hoed en een ivoren plaquette, een zogenoemde *hu*. De hoed die zwart was geverfd en van 'oren' was voorzien, maakte duidelijk dat de drager een ambtenaar was en de groene mantel gaf zijn rang aan. De *hu* moest in aanwezigheid van de keizer in twee handen op borsthoogte worden gehouden, terwijl de drager zijn ogen er strak op gericht hield. Li Changning kreeg de titel van assistent-secretaris van het letterkundig college en werd ook in een hoge militaire functie benoemd. Eindelijk had hij succes. Maar een paar maanden later overleed hij.

In zijn grafrede schreef Qin Guan: 'Dertig jaar lang slaagde hij niet voor zijn examens, en hij heeft slechts enkele maanden een hoge functie bekleed. Waarom was dat zo moeilijk te verwezenlijken en zo gemakkelijk te

verliezen?' Zoals later zou blijken, kon deze tekst ook van toepassing zijn op Qin Guan zelf.
In 1090 kreeg Qin Guan de functie aangeboden van professor aan de Nationale Academie, waar zijn vader had gestudeerd, maar het aanbod werd weer ingetrokken, opnieuw wegens 'immoreel gedrag'. Waarschijnlijk hadden zijn amoureuze avonturen met courtisanes en zijn erotische poëzie hem een slechte reputatie bezorgd bij de puriteinse groepering rondom Cheng Yi. Een maand later werd hij benoemd tot controleur bij de keizerlijke bibliotheek, een veel lagere, maar politiek erg gevoelige functie.
Vijf jaar werkte Qin Guan in de hoofdstad in een redactionele functie. Hij genoot aanzien en respect en had goede contacten met enkelen van de hoogste functionarissen in het land. Hij woonde in een exclusieve wijk, en zijn kantoor bevond zich in het centrum, niet ver van het keizerlijk paleis.
Het werd als een voorrecht beschouwd om in Kaifeng te mogen wonen. Het centrum van de hoofdstad weerspiegelde de pracht en praal van het keizerlijk hof en de buitenwijken bruisten van economische activiteit. Langs de belangrijkste wegen bevonden zich talloze winkels, waar uiteenlopende artikelen werden verkocht, van prachtige zijde en kostbare juwelen tot medicinale kruiden. Restaurants serveerden maaltijden uit alle delen van het rijk. Ook de wijnkelders, die werden aangeduid met driehoekige vlaggen, waren bijzonder populair.
De Nationale Academie en de keizerlijke tempels bevonden zich in het zuiden van de stad, waar voetgangers, paardekoetsen, draagstoelen, ossekarren en riksja's elkaar verdrongen. Vanaf de Xiangguo-tempel, het beroemdste heiligdom van de hoofdstad, keek men uit over de rivier de Bian. Op de binnenplaats probeerden kooplui hun handelswaar – veren, katten, honden, wasbakken, beddegoed – aan de man te brengen. De boeddhistische nonnen van de tempel zelf verkochten naaldwerk en hoofdversieringen. In stalletjes aan de achterkant waren boeken, schilderijen en reukwater te koop.[6]
Kaifeng stond bekend om zijn bruisende nachtleven. De bekendste gelegenheid was de Chang Xing Lou, met een keten van tweeënzeventig restaurants-annex-wijnkelder, verspreid over de stad. Dikke gordijnen tussen de tafeltjes boden enige privacy aan de klanten, die vaak gezelschap kregen van meisjes die liedjes zongen en hun diensten aanboden. In het zuidoosten van de stad bevonden zich dierenwinkels waar adelaars en valken werden verkocht, terwijl er ook stallen waren die paarden, muildieren en ezels verhuurden. De gokhuizen gingen om middernacht open en sloten hun deuren pas tegen de ochtend.
Ook Qin Guan bezocht veelvuldig de wijnkelders, vaak in het gezelschap van andere hoge functionarissen. Tijdens deze bezoeken schreef hij teks-

ten die in die tijd als 'popsongs' konden worden beschouwd. Ze waren erg populair bij de courtisanes, die ze voor hun klanten zongen.[7]
Het leven in de hoofdstad was duur, en Qin Guan had geen hoog salaris, maar toch waren geldzorgen niet zijn grootste probleem. De intriges aan het hof vormden een veel groter gevaar. Zijn mentor Su Dongbo, die zich zoveel mogelijk aan de politieke strijd wilde onttrekken, vroeg herhaaldelijk om een post in de provincie. In de loop van 1089 werd zijn verzoek eindelijk ingewilligd en werd Su Dongbo naar Hangzhou overgeplaatst, waar hij twee jaar als prefect zou werken.
Nu Su Dongbo zich in de provincie had teruggetrokken, concentreerden de aanvallen zich op zijn kameraden, vooral de Vier Geleerden – Qin Guan, Huang Tingjian, Chang Lei en Zhao Puzhi – die alle vier in redactionele functies in de hoofdstad werkzaam waren.
Een incident uit 1091, opgetekend in het dagboek van eerste minister Liu Zhi, illustreert de sfeer van politieke intriges in de hoofdstad.[8] Zhao Junxi, de voorzitter van het censoraat, stelde voor Qin Guan een kleine promotie te laten maken, van controleur tot corrector van karakters. Bijna onmiddellijk stuurde Jia Yi, die tot de vleugel van Cheng Yi behoorde, een memo aan de troon waarin hij verklaarde dat Qin Guan niet geschikt was voor deze post vanwege zijn slechte gedrag (een aantijging die nog altijd niet werd toegelicht). Zhao, bang ervan te worden beschuldigd dat hij de vleugel van Su Dongbo steunde, veranderde meteen van mening en schreef nog dezelfde dag het volgende memo:
'Eerder heb ik Qin Guan voor deze functie voorgedragen, vanwege zijn verdiensten. Inmiddels heb ik echter ontdekt dat hij zich schuldig heeft gemaakt aan verwerpelijk gedrag. Daarom trek ik mijn aanbeveling in. Ik aanvaard de volledige verantwoordelijkheid voor dit foutieve advies.'
Memo's aan de troon waren vertrouwelijk, maar toch wist Qin Guan wat Zhao geschreven had, vermoedelijk via zijn contacten bij het kantoor van de eerste minister. De volgende dag bracht hij een bezoek aan Zhao en waarschuwde hem dat Jia Yi hem wilde vervangen door iemand van zijn eigen vleugel. 'Waarom stuurt u niet nog een memo, waarin u Jia Yi aan de kaak stelt?' stelde hij Zhao voor. 'Dan is de hele zaak geregeld.'
Maar Zhao weigerde. Hij had al de kant van Jia Yi gekozen en besloten om Qin Guan te laten vallen. Toen deze weer was vertrokken, kreeg hij nog een bezoeker, die hem een boodschap van Su Dongbo bracht. Su had kritiek op Zhao, omdat hij Qin Guan eerst had aanbevolen en toen zijn aanbeveling weer had ingetrokken. Natuurlijk was Jia Yi tegen deze benoeming, schreef Su, maar waarom had Zhao zich laten intimideren? De volgende maand stuurde Zhao echter nog een memo naar de troon, waarin hij zijn twee bezoekers bekritiseerde en hen ervan beschuldigde dat ze Su hadden gebruikt om hem onder druk te zetten.

Het zou nog twee jaar duren voordat Qin Guan tot corrector van karakters werd benoemd, ditmaal op voordracht van de eerste minister zelf. In hetzelfde jaar kreeg hij ook de functie van redacteur bij het Departement voor Nationale Geschiedenis, waar hij meewerkte aan de samenstelling van een officiële biografie van de inmiddels overleden keizer Shenzong, de grote hervormer.[9]

De geschiedenis van het bewind van Shenzong scheen voornamelijk te zijn gebaseerd op het dagboek van Sima Guang, die zich zeer kritisch tegenover de adviezen van Wang Anshi had uitgelaten. De redacteuren van de officiële biografie van de overleden keizer besloten die lijn voort te zetten en de hervormingspolitiek van Wang in een kwaad daglicht te stellen. Bijna alle redacteuren behoorden tot de aanhangers van Sima Guang en Su Dongbo. Su's vier discipelen waren er ook bij.

Mede door de gespannen sfeer aan het hof was Qin Guan in zijn persoonlijk leven tot het besluit gekomen zich geheel aan de mysteries van het taoïsme te wijden, alle wereldse genoegens af te zweren en verder als celibatair door het leven te gaan. Dit betekende niet dat hij ook wilde scheiden van zijn vrouw, die vermoedelijk sinds hun huwelijk hun woonplaats nooit had verlaten. Maar wel zou hij zijn concubine, de twintigjarige Bian Zhaohua – een meisje van eenvoudige afkomst, waarvan hij zeer veel hield – moeten verstoten.

Toen Qin Guan besloot zijn relatie met Zhaohua te beëindigen, weigerde ze te gaan. Hij bood haar vader zilver en mooie stoffen aan, om haar te helpen een echtgenoot te vinden, maar het meisje was ontroostbaar. De nacht voordat ze hem moest verlaten, huilde ze tot het ochtendgloren. In een poging haar te troosten schreef Qin Guan vlak voor haar vertrek nog een gedicht:

> Mistig en somber is de maan;
> Droevig klopt de morgen aan.
> Mijn hart breekt als ze ten afscheid wuift.
> Het heeft geen zin te huilen bij de lamp.
> Scheidingen horen bij het leven.

Maar Qin Guan was niet zo standvastig als deze woorden doen vermoeden. Drie weken later kwam de vader van Zhaohua hem bezoeken met een smeekbede van zijn wanhopige dochter en vroeg de dichter dringend haar terug te nemen. Qin Guan gaf toe, en dus had hij Zhaohua weer aan zijn zijde toen de neergang van zijn politieke carrière zich langzaam maar onvermijdelijk begon af te tekenen.

Een jaar na Zhaohua's terugkeer stierf de keizerin-moeder en nam haar kleinzoon Zhezong de regering over. Hij was al even hervormingsgezind als zijn vader Shenzong. De politiek van Wang Anshi werd in ere hersteld, en diens aanhangers begonnen meteen een felle campagne tegen de adviseurs van de keizerin-moeder. Su Dongbo werd naar het eiland Hainan verbannen, een van de verste uithoeken van het rijk. Qin Guan en anderen werden ervan beschuldigd dat ze de feiten in de biografie van Zhezongs vader, keizer Shenzong, hadden vervalst.[10] Cai Bian, de schoonzoon van Wang Anshi, stelde voor de biografie te herzien, en dit keer werden de feiten gebaseerd op de dagboekaantekeningen van Wang Anshi zelf.

Qin Guan, die 'wel wist dat er een Su Dongbo was, maar niet dat er ook een keizerlijk hof bestond', zoals de aanklacht luidde, werd gedegradeerd tot vice-prefect van Hangzhou, in die tijd de op één na grootste stad van het rijk, maar wel vele honderden kilometers van de hoofdstad gelegen.

Vergezeld door Zhaohua begon Qin Guan de lange reis naar Hangzhou. Verbanning uit Kaifeng, het centrum van het wetenschappelijke en culturele leven, was een zware straf. Beroofd van zijn wereldse status bezon Qin Guan zich opnieuw op zijn leven. Bij de rivier de Huai, ongeveer halverwege de reis, ontmoette hij een taoïstische priester met wie hij een lange, filosofische discussie begon.[11] Het gevolg was dat hij opnieuw voor een ascetisch leven koos en een boodschapper naar de hoofdstad stuurde om Zhaohua's vader te vragen zijn dochter te komen halen. Dit keer bleef hij bij zijn besluit en liet hij zich niet vermurwen. Wat er van Zhaohua is geworden, is niet bekend. Wellicht is ze de concubine van een andere man geworden, of misschien is ze de herinnering aan Qin Guan trouw gebleven. Het is zelfs mogelijk dat ze zelfmoord heeft gepleegd.

Voordat hij in Hangzhou aankwam, kreeg Qin Guan bericht uit de hoofdstad dat hij nog verder was gedegradeerd. Hij kreeg nu bevel naar het stadje Chuzhou te reizen, om daar als belastingambtenaar de accijnzen op thee, zout en wijn te innen.

Alle belangrijke discipelen van Su Dongbo werden op dezelfde wijze van hun functies en titels beroofd. Op dit dieptepunt van zijn bestaan, zonder enige status en zonder de liefde van Zhaohua, kreeg Qin Guan in Chuzhou een droom die als een visioen van zijn eigen dood wordt beschouwd. In deze droom schreef hij een gedicht dat hij noteerde toen hij ontwaakte:

> Naast de weg, in de lente, heeft de regen bloemen gebracht.
> En de bloemen hebben de helling met lentekleuren geschilderd.
> Ik loop naar de diep verborgen bron van een kleine beek
> Waar ik honderden, nee, duizenden spreeuwen zie.
> De grote wolk van vogels verandert in draken en slangen,
> Dansend en buitelend tegen een hemel van azuur.
> Dronken lig ik onder een oude, schaduwrijke blauweregen
> Ik kan het zuiden niet meer van het noorden onderscheiden.[12]

Later werd Qin Guan naar Zhenzhou in het zuiden van de huidige provincie Hunan overgeplaatst – nog verder van de hoofdstad. Terwijl hij vermoeid verder trok, schreef Qin Guan het volgende gedicht:

> De droevig zingende shamane zit aan de andere kant van het altaarbosje,
> Hongerige ratten achtervolgen elkaar in de vervallen muur.
> De reiziger uit het noorden denkt aan thuis en kan de slaap niet vatten.
> In de troosteloze bergen wordt de avondregen voortgejaagd door de wind.[13]

Zo werd Qin Guan van de ene uithoek van het rijk naar de andere gestuurd. Zijn vriend Su Dongbo zag hij nooit, omdat beide mannen aan hun verbanningsoord gebonden waren. Maar ze schreven elkaar wel brieven.
In het voorjaar van 1100 stierf keizer Zhezong op vierentwintigjarige leeftijd. Hij had geen kinderen en werd daarom opgevolgd door zijn broer, Huizong, die nog minderjarig was. Opnieuw nam een conservatieve oudere vrouw de regering over. Keizerin-moeder Xiang, de belangrijkste vrouw van de overleden keizer Shenzong, kondigde een gedeeltelijke amnestie af en gaf de verbannen functionarissen toestemming wat dichter bij de hoofdstad te komen wonen, hoewel Kaifeng voor hen verboden bleef. Su Dongbo mocht vanaf het eiland Hainan terugkeren naar Lianzhou op het vasteland en Qin Guan werd overgeplaatst naar Hengzhou, in Hunan. Op voorstel van Su Dongbo ontmoetten de twee mannen elkaar bij Xuwen, waar een emotioneel weerzien plaatsvond.
Daarna scheidden zich de wegen van de twee oude vrienden, die beseffen dat ze elkaar waarschijnlijk nooit meer zouden zien. Qin Guan vertrok naar Hengzhou, maar kwam daar nooit aan. In de prefectuur Teng werd hij ziek, zodat hij niet verder kon reizen. Op een dag ging hij naar het Guanghua-paviljoen om wat uit te rusten. Hij had vrij veel gedronken, om zijn zorgen te vergeten. Terwijl hij daar op een bank lag, vertelde hij zijn twee bedienden over het gedicht dat hij ooit in een droom had geschreven. De bedienden schrokken van de laatste twee regels:

> Dronken lig ik onder een oude, schaduwrijke blauweregen
> Ik kan het zuiden niet meer van het noorden onderscheiden.

De woorden leken profetisch. De naam Teng betekent 'blauweregen' en hier lag hij, dronken en niet in staat zijn richting te bepalen.
Dorstig vroeg hij om wat water. Toen een van de bedienden terugkwam met een jadekom vol fris bronwater, keek Qin Guan even op, glimlachte

en blies zijn laatste adem uit. Hij was eenenvijftig jaar geworden.[14]
In 1102, twee jaar na zijn dood, kwam zijn naam voor op een zwarte lijst van ongeveer honderd functionarissen uit de regering van keizerin-moeder Gao die op een stenen plaquette aan de oostelijke muur van het Paleis van Cultuur en Deugd werd opgehangen. Deze mannen en hun families mochten de hoofdstad niet betreden. Er ontstond een hetze, en de geschriften van Su Dongbo, Qin Guan en anderen werden vernietigd.[15] De officiële portretten van de overleden eerste ministers Sima Guang, Liu Zhi en Lu Dafang werden verbrand. Daarna werd een nieuwe zwarte lijst opgesteld.
In 1106 werd in het westen een komeet waargenomen en werd de stenen plaquette met de zwarte lijst door bliksteminslag gespleten. Deze gebeurtenissen werden als een teken van goddelijk misnoegen opgevat en om een ramp te voorkomen werden de vervolgingen onmiddellijk gestaakt.
Tien jaar later werd Qin Zhan, de zoon van Qin Guan, tot administrateur van Changzhou benoemd, een prefectuur waartoe ook het gebied van Wuxi behoorde.[16] Toen Xu Wenmei overleed, liet Qin Zhan de stoffelijke resten van zijn vader naar Wuxi overbrengen, waar ze samen met het lichaam van Xu Wenmei op de berg Hui werden begraven.[17] Er werd een gunstige plek voor het graf gekozen, om ervoor te zorgen dat de nakomelingen van de dichter welvarend en groot in aantal zouden zijn. Dit graf, dat vele jaren was verwaarloosd, vond ik negen eeuwen later terug.

In 1126 besloot keizer Huizong, die steeds vaker met invallen uit het noorden werd geconfronteerd, af te treden ten gunste van zijn zoon, keizer Qinzong. Maar de binnenvallende legers brachten de Chinezen een vernietigende nederlaag toe en namen de keizer en zijn vader gevangen. De hele noordelijke helft van het land, met de hoofdstad Kaifeng, werd bezet.
De leden van het koninklijk huis die de invasie hadden overleefd vluchtten naar het zuiden, waar de negende zoon van Huizong als keizer Gaozong werd geïnstalleerd. Zo begon de periode die door historici wordt aangeduid als de Zuidelijke Song-dynastie, met Lin'an als hoofdstad. Het verlies van het halve rijk was voor keizer Gaozong voldoende reden voor drastische maatregelen. Hij verwierp de politiek van zijn directe voorgangers en keizerin-moeder Gao en haar adviseurs kregen postuum eerherstel.
Drie jaar nadat keizer Gaozong de troon had bestegen, voltooide hij deze rehabilitatie door ook Su Dongbo en zijn discipelen postuum eerherstel te verlenen. Qin Guan en de drie andere geleerden kregen de eretitel 'Geleerden van het Long Tu Paviljoen'.[18] Het graf van Qin Guan in Wuxi kreeg een opknapbeurt. Naast het graf werd een paviljoen gebouwd, met stenen plaquettes met de beeltenissen van Qin Guan en zijn twee broers. Bezoekers van de graftombe meldden dat er midden op het graf van Qin Guan een blauweregen was gegroeid.[19]

3. Qin Kui: De verrader in ons midden?

In het begin van de jaren zeventig, toen ik nog bij *The New York Times* werkte, kreeg ik een zekere bekendheid toen een van mijn artikelen over de veranderende houding van de Chinees-Amerikaanse gemeenschap ten opzichte van Peking en Taiwan de woede van belangrijke figuren in Chinatown opwekte.[1] Voor het gebouw van de *Times* op Times Square in New York werd een demonstratie gehouden, waarbij exemplaren van de krant werden verbrand. Een krant in Chinatown verklaarde dat 'een afstammeling van Qin Kui problemen maakt'. Buitenstaanders zegt die opmerking niet veel, maar een Chinees weet meteen dat ik hiermee voor bandiet en verrader werd uitgemaakt.
Volgens de orthodoxe Chinese geschiedschrijving was Qin Kui een aartsschurk, die zijn land aan de vijand had verraden. Als belangrijkste adviseur van de veelgeplaagde Song-dynastie zou hij in de twaalfde eeuw een vredesverdrag hebben gesloten met de gehate Jurchens of Nuzhen-tataren, die het hele noorden van China bezet hielden. Daarbij zou hij bovendien Yue Fei, een heldhaftige generaal die had getracht de bezetters te verdrijven, hebben vermoord. Door de eeuwen heen is de naam Yue Fei in China een symbool geweest voor moed en vaderlandslievendheid, terwijl die van Qin Kui synoniem was aan misdaad en verraad.
Zelfs nu nog worden in Hangzhou, de Chinese hoofdstad tijdens de Zuidelijke Song-dynastie, beelden van Qin Kui en zijn vrouw, knielend in een metalen kooi, door bezoekers bespuwd. Dit gebeurt zo vaak, dat ik tijdens een bezoek aan Hangzhou in 1985 een bordje zag waarop de autoriteiten het publiek uit het oogpunt van hygiëne verzochten niet langer naar de beelden te spuwen. De twee beelden zitten voor de graftombe van Yue Fei geknield en een aangrenzende tempel wordt gedomineerd door een reusachtig standbeeld van Yue Fei, in uniform. De generaal is in zithouding afgebeeld, met zijn hand op het gevest van zijn zwaard. Op een verguld bord boven zijn hoofd staat het bekende citaat: 'Geef ons onze rivieren en bergen terug.'
Hoewel ik me gekwetst voelde door de opmerking in de krant uit Chinatown, dacht ik aanvankelijk dat het nergens op sloeg. Jaren later kreeg ik echter van geleerden zowel in China als daarbuiten te horen dat algemeen

wordt aangenomen dat de Qin-familie uit Wuxi verwant is aan Qin Kui.
In het eerste deel van onze stamboom[2] trof ik een discussie aan over de bewering dat wij van Qin Kui zouden afstammen, gevolgd door drie argumenten die moesten bewijzen dat er van enige verwantschap geen sprake kon zijn.
Dit waren de argumenten:
Ten eerste: De familie van Qin Kui was afkomstig uit Nanking en er wonen nog altijd Qins in Nanking. Geen van onze voorouders is van Wuxi naar Nanking verhuisd. Vanaf Qin Guan zijn er over iedere volgende generatie voldoende gegevens bekend.
Ten tweede: Het graf van Qin Guan bevindt zich op de berg Hui. Zijn zoon Zhan heeft het lichaam van zijn vader naar Wuxi laten overbrengen toen hij zelf in Changzhou woonde. Tijdens het Kaixi-bewind (1205-1207) liet de magistraat Ying Chunzhi het graf, dat verwaarloosd was, herstellen en liet hij de nakomelingen van Qin Guan tot de plaatselijke academie toe.[3] Ze kregen een maandelijkse toelage om hun voorvader te kunnen eren. Ook in die tijd werden de Qins uit Wuxi dus als afstammelingen van Qin Guan beschouwd.
Ten derde: Volgens historische bronnen zijn alle nakomelingen van Qin Kui's enige zoon, die was geadopteerd, later gedood. Qin Chu, de achterkleinzoon van Qin Kui, was vice-prefect van Chizhou. Toen die stad door de Jurchens werd aangevallen, trachtten Qin Chu en de militaire bevelhebber Li Chengzhi in bloedige straatgevechten de stad te behouden. Toen de strijd verloren was, rende Qin Chu zijn huis in en stak het in brand. Een oude soldaat sleepte hem naar buiten, maar Qin Chu riep: 'Ik wil niet meer leven. Liever sterf ik voor mijn land.' Daarna wierp hij zich in de vlammen, en ook zijn twee zoons kwamen in de vuurzee om. Volgens de officiële geschiedschrijving van de Song-dynastie zijn alle nakomelingen van Qin Kui dus gestorven.
De samensteller van onze familiestamboom wist de oorsprong van het gerucht dat wij van de verrader zouden afstammen te traceren tot het bewind van keizer Yongzheng, de derde Mantsjoe op de Chinese drakentroon, die regeerde van 1723 tot 1736. Deze keizer was pas aan de macht gekomen na een bittere strijd met zijn broers, die later voor hun ambities met hun leven moesten betalen. De leraar van een van deze broers was een lid van onze familie, een zekere Qin Daoran, die door Yongzheng werd gehaat. Het was keizer Yongzheng die het gerucht in de wereld bracht dat de Qins zouden afstammen van Qin Kui.
Toen ik het probleem besprak met Gu Wenbi, de curator van het museum van Wuxi, zei hij: 'Dit gerucht kan natuurlijk nooit worden ontzenuwd door iemand die zelf Qin heet, maar ik zal het voor u doen.' En in een lang artikel verklaarde hij dat het gerucht nergens op gebaseerd was en dat het

afkomstig was van keizer Yongzheng.

Of Qin Kui nu tot onze familie behoorde of niet, ik vond de discussie over deze verwantschap toch voldoende aanleiding om hem in deze beschrijving van onze familiegeschiedenis op te nemen.

Qin Kui was afkomstig uit Jiangning, het huidige Nanking. In 1112, twaalf jaar na de dood van de dichter Qin Guan, slaagde hij voor het hoofdstadexamen en werd benoemd tot docent in Mizhou, in de provincie Shandong. Later kreeg hij een positie aan de Nationale Universiteit in de hoofdstad Kaifeng. Ten slotte werd hij tot censor benoemd en in 1126 bracht hij het tot adjunct-hoofdcensor.

Het was een tijd van grote verwarring. De Song-dynastie, die regeerde over een groot gebied met tientallen miljoenen inwoners, werd al jaren bedreigd door de Khitans en moest voortdurend het hoofd buigen voor dit naburige koninkrijk, dat slechts 750 000 inwoners telde. Maar tegen het tweede decennium van de twaalfde eeuw lieten de Khitans zich steeds sterker door de Chinese beschaving beïnvloeden, waardoor hun militaire kracht snel afnam, en zij in een gevaarlijke positie raakten.

Onder de Jurchens, een voormalige vazalstaat van de Khitans, was een nieuwe leider opgestaan, een zekere A-ku-ta, die een geducht leger wist op te bouwen. In 1115 leidde hij een opstand en riep zichzelf tot keizer uit.

De Song-dynastie, blij dat de Khitans grote problemen hadden en blind voor het gevaar dat de Jurchens op de lange termijn zouden vormen, begonnen onderhandelingen met de Jurchens om het Khitaanse koninkrijk te vernietigen. In 1121 trok een Song-leger van 150 000 man tegen de Khitans op en werd vernietigend verslagen. Een tweede veldslag in 1122 liep ook op een nederlaag uit. Daarna deden de Jurchens zelf een aanval en zij wisten de Khitans wèl te verslaan. In 1122 riepen de Jurchens hun eigen dynastie uit, de Gouden Dynastie, genoemd naar een rivier in hun land.[4]

Bij het verdrag tussen de Jurchens en de Song-dynastie werden Kaifeng en de omringende provincie Yan aan de Chinezen teruggegeven. In ruil daarvoor verplichtte de Song-dynastie zich tot jaarlijkse betalingen aan de Jurchens, zoals ze voorheen de Khitans hadden betaald. Maar het pact duurde niet lang. De Song-keizer Huizong overreedde de administrateur van de prefectuur Pingzhou om van de Jurchens naar de Chinezen over te lopen. De Jurchens reageerden met een aanval op het hart van het Chinese rijk.

Toen de militaire situatie bijna onhoudbaar leek, trad keizer Huizong af ten behoeve van zijn zoon. Het leger van de Jurchens sloeg het beleg voor Kaifeng en de nieuwe keizer Qinzong trachtte tot een akkoord te komen met de bevelhebber van de Jurchens. Deze eiste de overdracht van drie prefecturen en een enorme schadeloosstelling, een voorproefje van wat

China zevenhonderd jaar later zou overkomen toen 'barbaren' uit het Westen voor de Chinese kust verschenen.
Het is overigens interessant dat Qin Kui, die op dat moment onderminister van Riten was, zich tegen ieder compromis verzette. Als de keizer nu zou toegeven, waarschuwde hij, zouden de Jurchens later nog meer eisen gaan stellen. Om tijd te winnen stelde hij voor één prefectuur af te staan, zodat de Song-dynastie daarna haar defensie zou kunnen versterken. Maar uiteindelijk willigde de keizer de eisen van de Jurchens in. Het verdrag uit 1126 was zeer vernederend voor de Song-dynastie, want de Chinese keizer werd hierin de 'neef' van zijn 'oom, de doorluchtige keizer van de grote Gouden Dynastie' genoemd. In de strakke hiërarchie van de oosterse samenleving in die tijd betekende dit dat de Song-keizer zich symbolisch voor de Jurchens in het stof had geworpen.
Ook dit keer was de vrede van korte duur. Enkele maanden later werd de Chinese hoofdstad opnieuw door de Jurchens belegerd. De adviseurs van de keizer waren verdeeld. Ongeveer zeventig van hen raadden hem aan de nieuwe eisen van de Jurchens in te willigen, maar Qin Kui en zesendertig andere adviseurs waren daar tegen.
De tijd begon te dringen. Een maand later vielen de Jurchens de stad aan en behaalden een gemakkelijke zege. Kaifeng werd ingenomen en de Jurchens installeerden een marionettenregering. De keizerlijke familie werd buitenspel gezet en de Jurchens stelden Zhang Bangchang, een voormalige functionaris van het Song-bewind, als nieuwe keizer voor. Enkele getrouwen van de Song-dynastie, die nu gevangenen van de Jurchens waren, verzetten zich daar hevig tegen. Onder hen was ook Qin Kui. 'De Jurchens beschikken over een krachtig leger en kunnen ons hun wil opleggen,' schreef hij. 'De Zhao-familie is nu al honderdzeventig jaar aan de macht. De Song-dynastie is een grote en hechte dynastie en de vervanging van de keizer is een ernstige zaak. Toen Zhang Bangchang nog voor de keizer werkte, heeft hij vele foutieve beslissingen genomen. Hij is mede verantwoordelijk voor onze nederlaag, en onze burgers haten hem. Als hij tot keizer wordt uitgeroepen, zullen er overal opstanden uitbreken, en daarom zal hij de Jurchens niet goed kunnen dienen. Ik zeg dit in het belang van zowel de Song-dynastie als de Gouden Dynastie.'
Maar het pleidooi van Qin Kui werd door de Jurchens genegeerd. Er werd een marionettenstaat opgericht die Chu werd genoemd, met Zhang Bangchang als keizer. De Song-keizer Qinzong, diens vader, de voormalige keizer Huizong en bijna het gehele hof werden gevangengenomen. De Jurchens beheersten nu geheel China ten noorden van de rivier de Huai, en de Song-getrouwen moesten uitwijken naar het zuiden.
Daar werd een nieuwe Song-keizer gekozen – de negende zoon van ex-keizer Huizong, het enige lid van de keizerlijke familie dat nog in vrijheid

was. In 1127 werd hij als keizer Gaozong gekroond en begon het tijdperk dat door historici als de Zuidelijke Song-dynastie wordt aangeduid.

De Song-dynastie bleek in staat haar greep op zuidelijk China te consolideren. Als hoofdstad had men Lin'an gekozen, in Hangzhou. Deze stad, waarvan de naam letterlijk 'Tijdelijke Vrede' betekent, zou de resterende 150 jaar van de dynastie als hoofdstad fungeren.

Ondertussen deden de Jurchens in Kaifeng een beroep op Qin Kui, die zij respecteerden. Hij werd onder het gezag geplaatst van Ta-lan, een zoon van de Jurchen-keizer. Niet veel later wisten Qin Kui en zijn hele familie zich bij de Song-regering in het zuiden te voegen. Of hij was ontsnapt of een geheime overeenkomst met de Jurchens had gesloten om voor hen te werken, is nooit duidelijk geworden.

Op grond van zijn kwaliteiten werd Qin Kui meteen tot minister van Riten aan het hof van de Song-dynastie benoemd. Hij drong aan op vrede met de Gouden Dynastie en vond dat de Song-dynastie het zuiden en de Jurchens het noorden moesten besturen.

Binnen twee jaar was Qin Kui opgeklommen tot eerste raadsheer en was hij een van de twee machtigste functionarissen aan het hof. Eerste minister Lu Yihao was verantwoordelijk voor militaire kwesties, terwijl Qin Kui alle andere zaken onder zijn beheer had. In 1132 werd Qin Kui echter tijdelijk van zijn functie ontheven omdat hij zich voorstander had getoond van een 'schandelijke' vrede met de Jurchens. Pas vijf jaar later kreeg hij zijn positie weer terug.

In die tijd waren er aan het hof twee groeperingen die elkaar bestreden. De militaire revanchisten wilden het Jurchen-leger aanvallen, de keizerlijke gevangenen bevrijden en het verloren gebied heroveren. Tot de leidende figuren van deze vleugel behoorde generaal Yue Fei. Hij was een geducht bevelhebber, die van zijn troepen een strikte discipline eiste. Over zijn achtergrond is niet veel bekend, behalve dat hij als jongeman een leger van boeren had aangevoerd dat zich tegen de Jurchens verzette.

De spanning tussen de duiven en de haviken aan het hof werd weerspiegeld door de conflicten tussen Qin Kui en generaal Yue Fei, met op de achtergrond natuurlijk de keizer zelf. Gaozong had weinig te winnen bij een militaire confrontatie. In het onwaarschijnlijke geval dat zijn legers de Jurchens zouden verslaan, zou zijn broer weer vrij komen en zou hij de troon dus moeten afstaan.

Volgens sommige historici was het Gaozong zelf die vrede met de Jurchens wilde, en volgde Qin Kui slechts zijn orders op. Mogelijk werd de keizer daarbij niet gemotiveerd door eigenbelang, zoals hierboven werd gesuggereerd, maar was hij realistisch genoeg om te beseffen dat de Jurchens militair veel sterker waren. Volgens een andere versie was de keizer slechts een pion in de duivelse plannen van Qin Kui, die de redder des

vaderlands wilde vermoorden om zich met de vijand te kunnen verzoenen. Aan dit verhaal wordt in China nog altijd het meeste geloof gehecht.
In 1138 kwam Qin Kui opnieuw in politieke problemen toen hij een vernederend vredesverdrag accepteerde. In 1140 werd dit verdrag door de Jurchens geschonden en probeerde Qin Kui nogmaals tot overeenstemming te komen.
Terwijl de diplomaten onderhandelden, vochten de legers door. Tijdens deze campagne behaalde Yue Fei enkele overwinningen op de troepen van de marionettenregering en op de Jurchens zelf. Zijn leger rukte op naar de hoofdstad van het noorden, Kaifeng. De Jurchens likten hun wonden en het zag ernaar uit dat ze zich ten noorden van de Gele Rivier zouden terugtrekken.
De Song-diplomaten vreesden echter dat dit militaire succes de kansen op een nieuw vredesakkoord zou verkleinen en gaven daarom bevel de troepen terug te trekken. Yue Fei zou twaalf dringende boodschappen van de keizer hebben genegeerd voordat hij het bevel eindelijk opvolgde.
Daarna werden alle militaire bevelhebbers, ook Yue Fei, door de keizer van hun functie ontheven en kregen zij titels die geen enkele werkelijke macht inhielden. Het leger begon te morren. Er werd een aanklacht tegen de zoons van Yue Fei en een van zijn onderbevelhebbers ingediend omdat ze een opstand zouden hebben voorbereid. Yue Fei werd zelf van medeplichtigheid beschuldigd en gevangengezet.
Het nieuwe vredesakkoord met de Jurchens, dat in 1141 werd gesloten, bepaalde dat de Huai de grensrivier tussen de beide staten zou vormen. Het gezag van de Song-keizer over het zuidelijke gebied werd nu door de Jurchens erkend,[5] al zou de Zuidelijke Song-dynastie als vazalstaat van de Gouden Dynastie worden beschouwd. De toon van het verdrag was opnieuw zeer vernederend voor de Song-keizer. Uit Kaifeng werden de lichamen van de familieleden van de keizer, die in gevangenschap waren gestorven, naar het zuiden overgebracht. Alleen Gaozongs moeder leefde nog. Zij werd in vrijheid gesteld.
Tijdens deze periode werd Yue Fei in de gevangenis vermoord, blijkbaar op bevel van Qin Kui. Het was een lafhartige moord, geen officiële executie, vermoedelijk omdat Yue Fei nog veel aanhangers had.
Qin Kui overleed zelf in 1155. Door latere generaties werd hij steeds vaker als een verrader afgeschilderd. Yue Fei werd achthonderd jaar lang als held vereerd, tot aan de Culturele Revolutie in 1966, toen zijn graf werd besmeurd en hij als feodale *warlord* aan de kaak werd gesteld. In 1979, na de dood van Mao en de val van de Bende van Vier, werd het graf van Yue Fei gerestaureerd en weer voor het publiek opengesteld.
Tegenwoordig gaan historici ervan uit dat Yue Fei en Qin Kui beiden op hun eigen manier hun land hebben gediend, de generaal vanuit zijn mili-

taire idealen en Qin Kui vanuit zijn persoonlijke trouw aan de keizer. Omdat keizers nooit werden bekritiseerd, werd Qin Kui als zondebok aangewezen voor besluiten die waarschijnlijk grotendeels door de keizer zijn genomen.

Voor de gewone Chinees blijft Yue Fei echter een held en Qin Kui een schurk. De naam Qin was besmet, zoals blijkt uit het gedicht dat in 1752, tijdens de Qin-dynastie, werd geschreven door een zekere Qin Dashi. Geknield voor het graf van Yue Fei in Hangzhou schreef hij:

> Sinds de tijd van de Song-dynastie heeft niemand meer de naam Kui gedragen.
> Nu, voor dit graf gezeten, schaam ik me ervoor een Qin te zijn.

4. Qin Yubo: De stadsgod van Shanghai

'De feodale heersers van China kenden twee soorten machthebbers om de volksmassa in toom te houden,' zei de curator van het museum in Shanghai eens tegen mij. 'Machthebbers voor deze wereld èn voor de volgende. Zo wisten de mensen dat ze nooit aan hun heersers zouden kunnen ontsnappen, zelfs niet na de dood. En daarom had elke stad een eigen stadsgod.'[1]
In de herfst van 1982 bezocht ik dit museum op zoek naar gegevens over Qin Yubo, de stadsgod van Shanghai en een van mijn verre voorvaderen. Want stadsgoden begonnen hun leven als gewone stervelingen.
De stadsgod die ik zocht was een afstammeling van Qin Guan, die zeven generaties eerder leefde.[2] Tegen de tijd dat Qin Guan in 1130 postuum de titel 'Geleerde van het Long Tu Paviljoen' kreeg, was de helft van het land al in vreemde handen. En ruim een eeuw later werd China voor het eerst geheel overheerst door een ander volk: de Mongolen. Onder leiding van Dzjenghis Khan waren deze woeste krijgers vanuit de dorre noordelijke steppen hun zegetocht begonnen.
Uiteindelijk veroverden de Mongolen de heerschappij over het grootste rijk dat de wereld ooit heeft gekend en dat zich uitstrekte van de oostkust van Azië tot de Zwarte Zee en van de Siberische steppen tot aan de grenzen van India.
In 1279 werden de restanten van de Song-dynastie verslagen in een zeeslag voor de kust van Hong Kong. Daarop stichtten de Mongolen een dynastie in Chinese stijl, die zij de Yuan ('Het eerste begin') noemden, omdat zij meenden dat ze de geschiedenis zouden ingaan als de stichters van het eerste echte wereldrijk.[3] Omdat de Mongolen ten opzichte van de Chinezen numeriek ver in de minderheid waren, probeerden ze het uitgestrekte gebied te besturen met de hulp van anderen. Daarom is het niet zo verbazingwekkend dat Kublai Khan, de kleinzoon van Dzjenghis Khan, en de eerste Mongoolse keizer van China, gebruik maakte van de diensten van de Venetiaan Marco Polo.[4]
Hoewel ze alle Chinezen wantrouwden, waren de Mongolen vooral achterdochtig tegenover zuiderlingen. De Chinezen uit het noorden, die al meer dan een eeuw onder vreemde overheersing hadden geleefd, werden als minder gevaarlijk beschouwd. De geschiedenis zou de Mongolen gelijk

geven, want de opstanden die uiteindelijk hun val zouden veroorzaken, werden geleid door zuidelijke Chinezen.
Om hun greep op het land te versterken stelden de Mongolen de studie van hun taal verplicht. Kort nadat Marco Polo in 1292 na een lang verblijf weer uit China was vertrokken, liet de Yuan-dynastie in elk district scholen oprichten waar Mongools werd onderwezen. De Mongolen wilden voorkomen dat ze door de veel talrijker en cultureel superieure Chinezen zouden worden overvleugeld.

De vijf zoons van Qin Tianyou, de achter-achterkleinzoon van Qin Guan, waren vóór de Mongolen uit over de Jang-tse gevlucht. De oudste, Qin Zhirou,[5] had zich gevestigd in Shanghai, een stad aan de kust.
Qin Zhirou had twee zoons, Liangxian en Lianghao,[6] die opgroeiden onder Mongoolse heerschappij. Lianghao reisde naar Daming, een belangrijk wetenschappelijk centrum in het noorden van China, om te studeren onder een vooraanstaand Mongools geleerde. Al spoedig maakte hij naam, onder meer door de vertaling van driehonderd belangrijke passages uit oude documenten, die hij bijeenbracht in een boek met de titel *Een compendium van kennis*. Vanwege zijn grote verdiensten werd hij door Temur Khan, die in 1295 zijn grootvader Kublai Khan als keizer was opgevolgd, tot professor aan de keizerlijke academie benoemd.
Qin Yubo, Lianghao's oudste zoon, werd in 1295 in Daming geboren, waar hij ook ging studeren, samen met zijn broer Hengbo. In 1344 behaalde hij, negenenveertig jaar oud, de hoogste graad van *jinshi*. Een jaar later werd hij benoemd tot magistraat van de provincie Shandong. Vervolgens kreeg hij een hoge positie in de provinciale regering van Fujian, waar hij zijn reputatie vestigde als een kundig en rechtvaardig bestuurder. Al na een jaar bood hij echter zijn ontslag aan, omdat hij als confuciaans geleerde vond dat de Mongolen het morele recht om te regeren hadden verspeeld. Het politieke en maatschappelijke klimaat in het land verslechterde, er braken voortdurend opstanden uit en de macht van de centrale regering nam zienderogen af. In 1354 trok Qin Yubo zich daarom uit het politieke leven terug en ging bij zijn bejaarde moeder in Shanghai wonen.
In die tijd werd het zuiden van China in feite bestuurd door een aantal *warlords* die, elk voor zich, probeerden hun gebied te vergroten. De belangrijkste waren Zhang Shicheng en Zhu Yuanzhang.
Zhang Shicheng had in 1354 de titel 'prins Cheng' aangenomen en twee jaar later stak hij de Jang-tse over en bezette het grootste deel van het gebied ten oosten van het Tai-meer, de vruchtbaarste landbouwstreek van China. Hij koos het huidige Suzhou als zijn hoofdstad en vestigde zijn hoofdkwartier in een voormalig boeddhistisch klooster. Soldaten van andere opstandelingenlegertjes sloten zich bij hem aan en hij had weinig

moeite om geleerden te vinden voor het organiseren van een efficiënte bureaucratie.

Suzhou ligt maar veertig kilometer van Shanghai, en toen Zhang hoorde dat Qin Yubo zich daar had teruggetrokken, vroeg hij hem om steun. Zhang kende de reputatie van Qin Yubo als geleerde en bestuurder. Twee keer benaderde hij hem, maar twee keer werd zijn verzoek door Qin Yubo afgewezen.[7]

Qin Yubo bleek een vooruitziende blik te hebben, want Zhang Shicheng was niet opgewassen tegen zijn rivaal Zhu Yuanzhang. Hij probeerde nog gemene zaak te maken met de Yuan-dynastie, maar uiteindelijk werd hij in 1366 door Zhu definitief verslagen. Na een beleg dat tien maanden had geduurd viel Zhangs hoofdstad Suzhou en werd Zhang meegevoerd naar Nanking, waar Zhu zijn hoofdkwartier had gevestigd. Daar werd hij ter dood gebracht, evenals velen van zijn ambtenaren en adviseurs.[8] Als Qin Yubo zich bij hem had aangesloten, had hem hetzelfde lot gewacht.

Zhu Yuanzhang kwam uit een arme familie. Op twintigjarige leeftijd ging hij in een boeddhistisch klooster en werd monnik. Na vier jaar keerde hij het klooster echter de rug toe en maakte hij snel carrière in een van de rebellenlegers. Mogelijk vanwege zijn boeddhistische achtergrond eiste hij een strikte discipline van zijn mannen en verbood hij plunderingen en zinloze moordpartijen. Zich bewust van zijn eigen gebrekkige opleiding liet Zhu zich door geleerden adviseren.

Zodra hij Zhang Shicheng had verslagen, nam Zhu de titel 'prins van Wu' aan. Omdat hij steeds meer adviseurs nodig had, schreef ook hij nu een persoonlijke brief aan Qin Yubo, om zijn hulp in te roepen:[9]

> Dit jaar heb ik de helft van Guangdong en Guangxi veroverd, Fujian is gepacificeerd en ook Shandong valt onder mijn gezag. Mijn troepen hebben Kaifeng en verschillende gebieden langs de Gele Rivier bezet. Ik was niet van plan mijzelf tot keizer te laten kronen... Maar ik heb de situatie geanalyseerd en het is duidelijk dat de Yuan-dynastie het hemelse mandaat om te regeren heeft verspeeld en zal worden verdreven. Omdat ik een Chinees ben, heb ik het recht een nieuw tijdperk te beginnen...
>
> Hoewel ik over voldoende troepen en voorraden beschik, heb ik hulp nodig. Mensen vertellen mij dat Yubo een rechtschapen man is, en daarom heb ik uw verblijfplaats opgespoord... Ik hoop dat u uit vrije wil en zonder bedenkingen naar mij toe zult komen om mij te helpen het land te regeren volgens correcte principes... Yubo, denk alstublieft zorgvuldig na over mijn verzoek. Ik leg mijn hart bloot in deze brief. Vergeef me mijn taalgebruik, want ik ben slechts een onontwikkeld man en ik schrijf deze brief zonder hulp van geleerden.

Na rijp beraad besloot Qin Yubo zijn lot toch niet te verbinden aan de rijzende ster van Zhu Yuanzhang. In zijn antwoord, gericht aan de minister van Zhu Yuanzhang, probeerde hij uit te leggen waarom:

> Onze familie heeft veel eerbewijzen en emolumenten van de Yuan-dynastie ontvangen. We woonden in Yangzhou. In 1354 heb ik mij teruggetrokken in de prefectuur Songjiang. Mijn moeder was toen al tachtig. De heer Zhang uit Pingjiang [Zhang Shicheng] heeft tweemaal mijn hulp gevraagd, maar ik heb geweigerd. De Yuan-regering heeft mij een officiële post in Zhejiang aangeboden, maar ook dat heb ik geweigerd. Op de achttiende dag van de tiende maand [1365] is mijn bejaarde moeder overleden. Ik heb haar begraven in het dorp Changren in het district Shanghai en sindsdien ben ik in de rouw. Nu krijg ik van u deze vererende uitnodiging om u als ambtenaar te dienen. Helaas kan ik om rituele redenen niet op uw verzoek ingaan.
> Al twintig jaar lang heb ik een toelage van de Yuan-regering. Als ik mij nu afwend van het verleden en mij tegen de Yuan-dynastie keer, gedraag ik mij niet loyaal. En als ik de vereiste rouwperiode niet in acht neem, ben ik mijn moeder onwaardig.[10]
> Het is mij opgevallen dat het hof van [Zhu Yuanzhang] zich laat leiden door hemelse waarden en het belang van het volk. Opstanden zijn neergeslagen en de orde is hersteld. Het hof regeert mild en rechtvaardig, en kiest zijn ambtenaren op grond van loyaliteit en vroomheid. Bekwame mannen worden benaderd om deel te nemen aan de regering. Ik voorzie vrede in het hele land en ik weet zeker dat ik baat zal hebben bij zo'n goede regering.
> Ik ben een man met bescheiden talenten en een gebrekkige gezondheid. Als ik de rest van mijn dagen zou mogen slijten als onopvallend burger op een rustige boerderij en mijn tijd zou mogen doorbrengen met het onderwijzen van de jongere generatie, zou ik daar zeer dankbaar voor zijn.
> Als ik mij tegen mijn weldoeners [de Yuan-dynastie] zou keren, mijn plicht tegenover mijn moeder zou verzaken en schaamteloos macht en rijkdom zou najagen door een officiële functie te aanvaarden, zou men mij minachten en zou de wijze prins van Wu mij ongetwijfeld veroordelen en straffen, als een waarschuwing aan andere nieuwe functionarissen.
> Ik vraag u mij clementie te verlenen en mijn oprechte goede wensen aan de prins van Wu over te brengen. Als mijn verzoek kan worden ingewilligd, zou ik mijzelf zeer gelukkig prijzen. Als ik straf verdien, zal ik die gewillig ondergaan. Vergeeft u mij mijn gebrekkige stijl en mijn slechte handschrift, omdat ik mij zeer verward voel.

Maar zo gemakkelijk liet Zhu Yuanzhang zich niet afschepen, en opnieuw stuurde hij een brief, die veel scherper was gesteld. De brief eindigde als volgt:

> Ik heb nog nooit gehoord van een loyaal minister die als zijn land in gevaar verkeerde zich liever in de wildernis verborg dan zijn werk te doen. Daar kan ik het niet mee eens zijn. Hoewel ik maar een eenvoudig man ben, heb ik wel gehoord van Wei Qing uit de Tang-dynastie, die Confucius citeerde toen hij zich afvroeg of een hoge functionaris die zijn vorst in tijd van nood niet bijstaat nog wel loyaal kan worden genoemd. Ik heb uw brief gelezen. Ik weet dat u vroeger voor de Yuan-dynastie hebt gewerkt en dat u de bandiet Zhang Shicheng, die zich de macht wilde toeëigenen, uw hulp hebt geweigerd. Zelfs als u mij had willen dienen, hebt u er de kans niet toe gekregen. Dat betreur ik. De barbaren uit het noorden waren nu eenmaal uw broodheren. Maar er is een verschil tussen deze noordelijke barbaren en mijzelf. Een rechtschapen man moet weten welke weg hij moet volgen. Omdat u niet voor mij wilt werken, moet ik u de kans geven opnieuw uw voormalige heer en meester te dienen. Zal ik mijn mannen sturen om u naar Yanjing [Peking] te escorteren?

Toen Qin Yubo deze tweede brief ontving, wist hij dat hij geen keus had. De dagen van de Yuan-dynastie waren geteld.
Bezorgd formuleerde Qin Yubo een antwoord, opnieuw aan de minister van Zhu Yuanzhang gericht, waarin hij zich zeer voorzichtig uitdrukte:

> Ik, Qin Yubo, ben door de Yuan-dynastie opgeleid en heb meer dan dertig jaar een toelage van hen gehad. Nu is het de wil van de hemel dat ik weer een gewoon burger word, en als eenvoudig visser of boer mijn dagen slijt. Het verzoek van zijne hoogheid bewijst zijn genade en wijsheid: genade door mijn leven te sparen en wijsheid door bekwame mensen om zich heen te willen verzamelen. Toch durf ik zijn uitnodiging niet aan te nemen vanwege de rouwperiode die ik na de dood van mijn moeder in acht moet nemen, en vanwege mijn slechte gezondheid. Bovendien weerhoudt mij een gevoel van schaamte. Een geleerde zonder schaamte gebruikt zijn vorst slechts als een visfuik. Een vrouw zonder schaamte slaat haar echtgenoot niet hoger aan dan een haarspeld. Als een natie haar schaamtegevoel verliest, is zij verloren.
> Ik vraag u nederig zijne hoogheid te vragen medelijden met mij te hebben. Laat mij vrij zijn, als de herten in de bergen en de vissen in de oceaan.

Qin Yubo was al in de zeventig en waarschijnlijk liet zijn gezondheid inderdaad te wensen over. Maar Zhu Yuanzhang nam geen genoegen met Yubo's antwoord. Hij stuurde een derde brief, waarin hij zonder omwegen verklaarde:

> Op de vierentwintigste dag van de vierde maand leidde ik mijn troepen naar Longjiang. Daar ontmoette ik twee confuciaanse geleerden, genaamd Pan en Qin, die naar mijn boot kwamen voor een gesprek. Pan liet mij een gedicht van u zien, in uw eigen handschrift. Het was erg mooi. Als de hemel licht wordt, moet een man bereid zijn met zijn vorst samen te werken en hem te adviseren hoe hij het land moet regeren. Dat is mijn mening. Maar ik begrijp uit uw gedicht dat u het karakter van de kluizenaar bewondert. Ik weet dat dit nobele sentiment toekomstige generaties zal inspireren. Maar u hebt me zo ontmoedigd dat ik mijn plannen voor een nieuw bestuur niet langer met u wil bespreken.
> U bent nog steeds gebonden aan uw rouwceremonie. Ik zal geen inbreuk maken op het respect dat u de doden betoont. Maar zodra de rouwperiode voor uw moeder voorbij is, zal ik u een escorte sturen om u en uw familie waardig te begeleiden naar de noordelijke barbaren, zodat u hun uw trouw kunt bewijzen. Als u, nadat hun dynastie is gevallen en hun keizer dood is, nog steeds weigert u bij mij aan te sluiten, zal ik u met eer en geschenken overladen om de wereld mijn grootmoedigheid te tonen. Vindt u dat niet ruimhartig?
> U kunt dus terugkeren naar uw dynastie en uw keizer. Als ik u zou dwingen in mijn gebied te blijven, zou ik inbreuk maken op uw loyaliteit. Daarom moet ik u laten gaan. Maar als u verkiest hier te blijven, kunt u beter zwijgen over uw hoge idealen van trouw, want dan zal niemand u meer geloven. Dat zult u met me eens zijn. Denkt u nog eens goed over uw situatie na, als u deze brief gelezen hebt. Over minder dan tien maanden is uw rouwperiode voorbij. Daarna zal ik u een escorte sturen, zoals ik heb beloofd.
> Het oude gedicht luidt: 'De paarden der barbaren zuchten in de noordelijke bries en trekvogels bouwen hun nesten op de zuidelijke takken van de bomen.'[11] Als zelfs paarden en vogels weten waar ze thuishoren, hoe zit het dan met de mens?
> Yubo, u kunt niet ontkennen dat u uit Chinese ouders bent geboren. Helaas hebt u voor de barbaren gewerkt en weigert u zich bij mij, een andere Chinees, aan te sluiten. Ik ben geen geletterd man, maar ik heb gehoord dat er bij de val van de Shang-dynastie één minister was die de nieuwe heersers de instrumenten aanbood om rituele muziek te spelen, terwijl de andere achterbleef om de nieuwe Zhou-dynastie de principes

van het landsbestuur bij te brengen.
Uw gedicht heeft mijn belangstelling voor de geschiedenis aangewakkerd. Ik heb ontdekt dat iedere keizer gebruik maakte van functionarissen van de vorige dynastie om hem te helpen het land rechtvaardig te besturen. Daaruit moet ik afleiden dat al uw verhalen over trouw en loyaliteit slechts leugens zijn!

Terwijl Zhu Yuanzhang deze briefwisseling met Qin Yubo voerde, kwam de Yuan-dynastie in 1368 ten val. Zhu Yuanzhang riep een nieuwe, Chinese, dynastie uit. Vanuit zijn boeddhistische achtergrond koos hij de naam Ming (de 'Verlichte'). Nadat hij door zijn militaire bevelhebbers als keizer was geïnstalleerd, beloonde hij hen rijkelijk.

Hoewel Zhu het belang van de confuciaanse bureaucratie voor het landsbestuur erkende, gaf hij de ambtenaren niet veel werkelijk gezag maar hield hij de macht in eigen handen. Het ambt van eerste minister werd afgeschaft en de hoofden van de ministeries moesten rechtstreeks aan de keizer rapporteren. Zhu verklaarde dat iedereen die na zijn dood de functie van eerste minister in ere wilde herstellen, moest worden geëxecuteerd. Ook riep hij een nieuwe instantie in het leven, het Grootsecretariaat, dat in theorie echter weinig meer dan een coördinerende taak had. Gedurende de gehele Ming-dynastie, die 276 jaar bestond, werd het ambt van eerste minister niet meer in ere hersteld. Sommige grootsecretarissen waren echter dank zij hun krachtige persoonlijkheid in staat hun stempel op de regering te drukken.[12]

Ook op andere manieren probeerde Zhu zijn wil aan latere generaties op te leggen. Bezorgd over de invloed die eunuchen en paleisdames onder vorige dynastieën op de landspolitiek hadden gehad, beperkte hij hun aantal tot minder dan honderd. De vijftien keizers die na hem kwamen, en van wie de meesten zijn visie en dynamiek moesten ontberen, trokken zich hier echter niets van aan. Tegen het einde van de Ming-dynastie telde het hof maar liefst negenduizend paleisdames en was het aantal eunuchen in de hoofdstad tot zeventigduizend gestegen. De laatste Ming-keizers waren meer in hun eigen pleziertjes dan in het landsbestuur geïnteresseerd, waardoor eunuchen de macht konden grijpen, meestal met rampzalige gevolgen.

Nadat Qin Yubo de derde brief van de keizer had ontvangen, kon hij niet meer weigeren. Met tegenzin trad hij in dienst van Zhu Yuanzhang, in de nieuwe 'zuidelijke hoofdstad' Nanking. Hij kreeg de functie van hofdocent aan de vooraanstaande Hanlin Academie, die de keizer op literair en wetenschappelijk gebied adviseerde. In 1370 werd hij tot hoofdexaminator in de hoofdstad benoemd, maar later werd hij gedegradeerd tot prefect van Longzhou, vermoedelijk na onenigheid met de keizer. Hij stierf op

achtenzeventigjarige leeftijd. Qin Yubo was wel getrouwd geweest, maar had geen kinderen. Daarom had hij een zoon van zijn broer, Hengbo, geadopteerd om zijn familielijn voort te zetten. Maar deze zoon was al jong gestorven en Yubo had dus geen directe afstammelingen.
Toch eindigt het verhaal niet met zijn dood. Volgens de legende zou keizer Zhu, toen hij hoorde dat Qin Yubo was gestorven, hebben opgemerkt: 'Toen hij nog leefde, wilde Yubo niet voor me werken. Laat zijn geest me dan dienen na zijn dood.' En daarmee riep hij Qin Yubo uit tot stadsgod van Shanghai.[13]
Hoewel dit blijkbaar als een straf voor Qin Yubo was bedoeld, beschouwden de inwoners van Shanghai het als een eer. In de loop der eeuwen ontstonden er talloze verhalen over de wonderen die de god verrichtte om de burgers van de stad te helpen.
Zo behoedde Qin Yubo de bevolking van Shanghai voor een bloedbad kort na het einde van de Ming-periode en de vestiging van de Qing-dynastie. In 1653, ongeveer 250 jaar na de dood van Qin Yubo, voerde generaal Wang Jing zijn troepen aan tegen piraten in de omgeving van Shanghai. Door lafheid en onbekwaamheid van de generaal mislukte de actie. Gouverneur Zhou kreeg opdracht een onderzoek in te stellen. Bang dat zijn gebrek aan moed en leiderschap aan het licht zou komen, meldde generaal Wang de gouverneur dat de piraten waren ontsnapt omdat ze een groot aantal medeplichtigen hadden onder de bevolking van Shanghai. Hij adviseerde om alle mannelijke inwoners langs een bepaald gedeelte van de kust terecht te stellen. De pas gevestigde Qing-dynastie maakte zich zorgen over de activiteiten van de piraten, omdat ze ook steun verleenden aan Ming-loyalisten die de jonge dynastie weer omver wilden werpen. Daarom nam gouverneur Zhou het advies van de generaal over.
De avond voordat de massa-executie zou plaatsvinden, meldde een delegatie van vooraanstaande burgers uit Shanghai zich bij de gouverneur, knielde voor hem neer en vroeg hem om genade, omdat de veroordeelden onschuldig waren. De gouverneur weigerde zijn bevel echter in te trekken en verklaarde dat de executies bij zonsopgang zouden worden voltrokken.
Die nacht zag de gouverneur een verschijning. Het was Qin Yubo, de stadsgod van Shanghai, in zijn officiële gewaad. Qin Yubo schudde langzaam zijn hoofd en verdween toen weer. Gouverneur Zhou weet het visioen aan zijn vermoeidheid en zijn fantasie, en ging weer verder met zijn werk. Maar opnieuw verscheen Qin Yubo en schudde zijn hoofd. Vier keer negeerde de gouverneur de verschijning, maar vier keer verscheen de stadsgod. Tegen de ochtend was de gouverneur eindelijk overtuigd en trok hij het bevel tot executie in.
Toen bekend werd dat de ter dood veroordeelden waren gered door tussenkomst van de stadsgod, stroomden de opgeluchte inwoners van Shang-

hai naar Qin Yubo's tempel om hun dankbaarheid te tonen. Grote sommen geld werden geschonken voor de renovatie van zijn tempel, die sinds het begin van de Ming-dynastie door taoïstische priesters was beheerd, en er werd een terras gebouwd ter nagedachtenis aan deze wonderlijke gebeurtenis.

Het bleef echter niet bij dit ene wonder. In talloze legenden speelde de stadsgod een prominente rol en het geloof in zijn bovennatuurlijke krachten was zo groot dat de mensen de as van de wierookstokjes uit de tempel met hun medicijnen mengden om hun werking te vergroten.

Hoewel in de meeste legenden Qin Yubo de inwoners van Shanghai te hulp komt, bestaat er ook een verhaal waarin de stadsgod zelf in moeilijkheden raakt. In 1748, tijdens de regering van keizer Qianlong, had Wang Ting, de magistraat van Shanghai, een droom waarin Qin Yubo verscheen en hem om hulp vroeg. Magistraat Wang schrok wakker, ervan overtuigd dat er iets ernstigs aan de hand moest zijn. Hij sprong zijn bed uit, rende naar buiten en zag dat de tempel van de stadsgod in brand stond. Met gevaar voor eigen leven sprong hij in de vuurzee en redde het beeld van Qin Yubo voordat het ten prooi viel aan de vlammen. De tempel werd door het vuur verwoest, maar later door de magistraat herbouwd.

In de negentiende eeuw werd de Qing-dynastie steeds zwakker. Net als in de laatste jaren van de Yuan-dynastie had het centrale gezag voortdurend met opstanden te kampen. De situatie werd nog ernstiger toen de westerse grootmachten een welgevallig oog op China lieten vallen en steeds meer invloed kregen. Dit leidde onder meer tot de beruchte Opiumoorlog van 1839-1842, waarbij de Britten kanonneerboten stuurden om hun export van opium naar China veilig te stellen.

In 1842 werd Shanghai door de Britten tot overgave gedwongen. Onder aanvoering van Sir Henry Pottinger marcheerde het Britse leger op 11 mei de stad binnen. Bij gebrek aan een betere locatie werden de troepen ondergebracht in de tempel van de stadsgod. Gelukkig bleven ze maar vijf dagen en richtten ze weinig schade aan.

Elf jaar later, in 1853, werd de tempel opnieuw bezet. Een plaatselijke opstandige groepering, het Genootschap van het Kleine Zwaard, kreeg het grootste deel van de stad in handen en vestigde haar hoofdkwartier in de tempel van Qin Yubo. De centrale regering was niet in staat de opstand neer te slaan en de gevechten duurden, met tussenpozen, anderhalf jaar voort. Ten slotte slaagde het keizerlijke leger, gesteund door Franse troepen, er in 1855 in de stad te veroveren en de rebellenleider te doden. Helaas hadden de langdurige bezetting van de tempel en de voortdurende gevechten grote schade aangericht.

In 1860 trok een Frans-Britse troepenmacht op verzoek van de Chinese regering Shanghai binnen om de stad te beschermen tegen de Taiping-rebellen, die steeds meer macht kregen. Opnieuw werd de tempel veranderd in een kazerne, dit keer voor Franse en Britse soldaten. Een kunstmatige heuvel op het tempelterrein werd afgegraven en een vijver dichtgegooid om ruimte te scheppen voor tijdelijke barakken. Tegen de tijd dat de Taiping-dreiging was bezworen en de buitenlandse troepen zich hadden teruggetrokken, had het tempelterrein zo'n gedaanteverandering ondergaan dat het nauwelijks meer te herkennen was.

Omstreeks 1870 onderging de tempel een ingrijpende renovatie en tegen het einde van de negentiende eeuw was het gebouw een toeristische trekpleister geworden voor de inwoners van Shanghai en de directe omgeving. Op feestdagen werden er bloementoonstellingen en festiviteiten gehouden. Natuurlijk trokken deze feesten ook veel handelaren aan, en het plechtige karakter van de tempel werd steeds meer door de commercie verdrongen.

Een reeks branden in de jaren twintig van deze eeuw richtte grote schade aan, maar een groep filantropen stelde veel geld beschikbaar voor de wederopbouw. In 1927 verrees een geheel nieuwe constructie van staal en beton. Daarin bevond zich een beeld van de stadsgod met zijn rode gezicht, gekleed als een Ming-bestuurder en gezeten achter een bureau. De armen waren beweegbaar, om het mogelijk te maken het beeld in ieder seizoen de bijpassende officiële kleding aan te trekken. Een paar keer per jaar werd de godheid tijdens godsdienstige feesten in een draagstoel geplaatst en door het netwerk van straatjes in het oude stadsdeel van Shanghai gedragen. Omdat de god verantwoordelijk was voor het handhaven van de orde in Shanghai waren deze regelmatige processies noodzakelijk. In een artikel in de Engelstalige *North China Herald* uit 1935 wordt een van deze processies beschreven:

'Eerst kwamen 24 ruiters voorbij, gekleed in rood en purper, en gewapend met klassieke speren, pijlen en bogen. Ze werden onmiddellijk gevolgd door een grote groep mannen gehuld in wapperende rood-witte gewaden, met soms een variatie in purper en rood. Ze droegen zwarte hoge hoeden van papier – althans zo leek het, in westerse ogen.

Het geluid van de gong nam toe, evenals de geur van de wierook in de branders die door koelies in draagstoelen werden meegevoerd of door acolieten werden gedragen. Mannen in zwart-witte toga's met zilveren kettingen werden gevolgd door anderen in blauwe gewaden, die een prachtige, waaiervormige pauwestaart op hun achterhoofd droegen.'

De processie strekte zich drie tot vijf kilometer uit en duurde vele uren. Zo nu en dan werd de stadsgod naar een tijdelijke tempel gebracht die te zijner ere was opgericht, waar hij volgens het kranteartikel 'enige tijd rustte, terwijl hij het eerbetoon van honderden van zijn onderdanen in ontvangst nam, voordat hij door veertien of vijftien andere straten weer naar de stadstempel terugkeerde. De festiviteiten eindigden pas om elf uur 's avonds.'[14]

Ondanks de toenemende commercialisering van de stadsgod bleven de gelovigen hem aanbidden in zijn tempel, zelfs na de communistische machtsovername in 1949. Maar in april 1966, aan de vooravond van de Culturele Revolutie, werden alle kerken en tempels in Shanghai gesloten.[15] Taoïstische priesters haalden het beeld van de godheid uit de tempel om het, samen met andere religieuze voorwerpen, op hun eigen tempelterrein te verbergen. In de nacht van 23 augustus 1966 werden bijna alle tempels in Shanghai bestormd. Jeugdige Rode Gardisten verschaften zich toegang tot het taoïstische tempelcomplex, waar ze alle heilige voorwerpen – ook het beeld van Qin Yubo – vernietigden of wegsleepten.

Daarna werd de tempel omgebouwd tot een winkelgalerij. Halverwege 1986 hoorde ik van een woordvoerder van het Taoïstische Genootschap van China dat er plannen bestonden om de tempel te heropenen. Ik hoop dat een nieuw beeld van Qin Yubo spoedig weer het interieur zal sieren. Shanghai is op dit moment de welvarendste stad van China, bruisend van economische en industriële activiteit. Ik zou graag willen geloven dat Qin Yubo, de stadsgod, nog altijd over het lot van de inwoners waakt.

5. Qin Weizheng:
De 'stevige wortels' van de familie

In de Zaal van het Loflied, de belangrijkste ruimte van onze voorouderhal in Wuxi, hing een portret van Qin Guan, met links daarvan een schilderij van zijn zoon, Qin Zhan. Beide mannen zijn afgebeeld in hun fraaie officiële gewaad. Rechts hiervan zag ik een portret van een man met de eenvoudige hoed en mantel van een gewone burger. Deze bescheiden figuur was Qin Weizheng, de stichter van de Wuxi-tak van onze familie. Hij was een afstammeling van Qin Guan van de elfde generatie.[1]
Qin Guans reputatie had na zijn dood ook invloed op het leven van zijn kinderen en kleinkinderen. Omdat Qin Guan in het tweede decennium van de twaalfde eeuw postuum werd gerehabiliteerd kreeg zijn zoon Qin Zhan de kans op te klimmen tot assistent-administrateur van de prefectuur Changzhou.
Van oudsher beschouwen de Chinezen ieder individu als een schakel in een keten, zowel verbonden met zijn voorouders als met zijn nageslacht. Daarom eerden de keizers vaak postuum de ouders, grootouders en zelfs overgrootouders van een functionaris die zich verdienstelijk had gemaakt. Op dezelfde wijze kon een familie soms generaties lang profiteren van de verdiensten van slechts één man.
Maar in de loop der jaren daalde het sociale aanzien van de nakomelingen van Qin Guan steeds verder. Terwijl Qin Zhan nog een vooraanstaande positie in het bestuur van een prefectuur had bekleed, bracht zijn kleinzoon het niet verder dan docent en vervulde diens zoon slechts de post van districtsgriffier, een van de laagste treden van de bureaucratische ladder. En tegen het einde van de Song-dynastie waren zelfs deze nederige baantjes niet meer voor de familie weggelegd.
Toch bleven de Qins behoren tot de traditionele klasse der geleerden, en iedere generatie bracht wel enkele kluizenaar-dichters voort, mannen die de voorkeur gaven aan een rustiek bestaan boven de nationale politiek, of die waren gezakt voor de examens die de sleutel tot een ambtelijke carrière vormden.[2]
Zo'n kluizenaar was Qin Huai, een afstammeling van Qin Guan van de negende generatie. Hij en zijn zonen leidden een teruggetrokken bestaan en stelden zich tevreden met eenvoudige genoegens. Natuurlijk werd het

bezit van de familie steeds geringer, omdat bij elke nieuwe generatie het beschikbare land weer moest worden herverdeeld. Qin Mo, de jongste zoon van Qin Huai, leefde daardoor al in stille armoede. Zijn eerste vrouw baarde hem geen kinderen, maar bij zijn tweede echtgenote, met wie hij pas heel laat trouwde, kreeg hij drie zonen. Toen Qin Mo op vijfenzeventigjarige leeftijd overleed, was zijn tweede zoon, Weizheng, nog heel jong[3] en Ruiba, zijn derde en laatste zoon, nog maar een kleuter.

Niet veel later overleed ook Weizhengs moeder, zodat hij en zijn broers voor zichzelf moesten zorgen.[4] Geld was er niet, en de jonge Weizheng nam een drastisch besluit. Hij keerde Qin – het dorp dat naar zijn voorvaderen was genoemd en waar zijn familie tien generaties lang had gewoond – de rug toe en onttrok zich aan de verplichting om de graven van zijn ouders te verzorgen en die van zijn voorouders te eren. Weizheng trok de wijde wereld in.

Met zijn schamele bezittingen in een knapzak ging hij op weg naar het oosten, in de richting van Wuxi, in die tijd een middelgrote stad die de hoofdplaats van het gelijknamige district vormde. Tegen de avond had hij bijna dertig kilometer gelopen en naderde hij Hudai, een stadje dat tot het district Wuxi behoorde. Uitgeput strekte hij zich uit op de Zhuangyuanbrug en viel in slaap. De naam van de brug was symbolisch, want *zhuangyuan* was de titel van de beste kandidaat bij de belangrijkste staatsexamens die iedere drie jaar in de hoofdstad werden gehouden.

In Hudai woonde een griffier, Wang Yazhou genaamd. Hij en zijn vrouw hadden drie kinderen, allemaal dochters, en verlangden naar een zoon. Omdat ze niet zo jong meer waren, vreesden ze dat ze geen mannelijke erfgenaam zouden hebben om hun graven te verzorgen en offers te brengen aan hun voorouders.

Die nacht had griffier Wang een vreemde droom. Hij zag een prachtige witte kraanvogel op de Zhuangyuan-brug. Kraanvogels werden als een gunstig voorteken beschouwd. Onder de brug klapwiekten duizenden jonge vogels. Toen hij vroeg in de ochtend wakker werd, was hij zo nieuwsgierig dat hij samen met zijn vrouw naar de Zhuangyuan-brug liep om een verklaring voor de droom te zoeken.

Daar zagen ze een jongeman, of eigenlijk nog een jongen, die op de brug in diepe slaap verzonken lag. Hoewel hij vuil was door zijn reis, leek de jongen eerder een student dan iemand van boerenafkomst. De Wangs maakten Weizheng wakker en ondervroegen hem. Toen ze zijn verhaal hadden gehoord, concludeerde Wang dat de kraanvogel in zijn droom deze vreemde jongeman moest zijn, en de jonge vogels zijn talrijke nakomelingen.

De Wangs namen de verbaasde Weizheng mee naar huis en behandelden hem als hun eigen zoon. Weizheng bleek een uitstekend student, slaagde

voor alle plaatselijke examens en werd als *xiucai* of 'bloeiend talent' in de rijen der geleerden opgenomen. Dit betekende dat hij nu bepaalde voorrechten genoot, zoals vrijstelling van handarbeid en vrijwaring van lijfstraffen.
Daarna bood Wang de jongeman een van zijn drie dochters als echtgenote aan, op voorwaarde dat hij zijn eerste zoon de achternaam Wang zou geven, zodat de familielijn kon worden voortgezet.[5] In feite betekende dit dat de vrouw zich niet bij de familie van de man aansloot, maar andersom. Dit kwam wel vaker voor, meestal om financiële redenen, maar de meeste mannen voelden er niet voor, omdat ze het vernederend vonden.
Misschien vond Weizheng het ook vernederend, maar toch stemde hij toe, waarschijnlijk omdat hij zich aan zijn weldoener verplicht voelde. Helaas stierf Weizhengs eerste zoon al jong, maar de twee andere zonen van het echtpaar namen alle verplichtingen tegenover Weizhengs schoonvader op zich. Daarom werden later ook de voorouders van Wang door de Qin-familie geëerd, zoals zij ook eer bewezen aan hun eigen voorvaderen, met name Qin Guan en Weizheng.[6]

Qin Weizheng was een geleerde en een kunstenaar, maar slechts een van zijn gedichten, oorspronkelijk op een van zijn schilderijen genoteerd, is bewaard gebleven. Het is een schilderij van een pijnboom, en de tekst luidt als volgt:

> Mijn leven is in een impasse, ik vervloek mijn lot,
> De vermoeide aarde wordt door stormen heen en weer geworpen,
> Mijn eigen stad lijkt vreemd voor mij, ontworteld,
> Mijn nieuwe thuis is Hudai.
> De hoge, brede pijnboom verwarmt mijn hart,
> Het gras geurt groen.
> Geen hereniging meer met mijn broeders.
> Ik ben heer in een vreemd land. Een heildronk!'

Omdat Weizheng nooit een ambtelijke carrière heeft doorlopen, wordt hij in de officiële literatuur niet vermeld. We kunnen echter aannemen dat hij als *xiucai* plaatselijk toch enig prestige genoot, vooral in een kleine gemeenschap als Hudai. Maar verder heeft hij een rustig en onopvallend bestaan geleid.
Een geleerde heeft ooit over de stichter van de Qin-familie in Wuxi geschreven: 'Hoewel zijn biografie niet in de annalen van de Song-dynastie is opgenomen, blijkt uit zijn afstammelingen, onder wie beroemde functionarissen en trouwe zonen, dat de hemel hem voor zijn deugden heeft beloond.'[8]

Het huidige Wuxi is een van de welvarendste middelgrote steden uit het gebied van de Neder Jang-tse, met goede weg- en treinverbindingen met Shanghai en Nanking. Het ligt in het hart van het rijkste deel van China, dat bekendstaat als 'het land van rijst en vis'. In de tijd dat Weizheng door de familie Wang in huis werd genomen, telde Wuxi al bijna een half miljoen inwoners. Het is een zeer oude stad, die dateert uit de begintijd van onze geschreven geschiedenis, nog voor de omverwerping van de Shang-dynastie (1766-1122 v.Chr.) door koning Wu, de stichter van de Zhou-dynastie. Volgens de legende zou Wu's grootvader, Tai Po, de staat Wu hebben gesticht.

Omstreeks de vijfde eeuw v.Chr., in de tijd van Confucius – dezelfde tijd waarin Babylon door de Perzen werd veroverd – was het Chinese rijk uiteengevallen in een zestal staten, die elk slechts in naam onderhorig waren aan de zwakke Zhou-keizer die toen op de troon zat. In het zuiden van China ging de strijd om de macht vooral tussen Wu en de aangrenzende staat Yue.

In 496 v.Chr. deed koning He-lu van Wu een aanval op Yue, maar in deze strijd werd hij dodelijk verwond door Gou-jian, de koning van Yue. Vlak voordat He-lu stierf, liet hij zijn zoon Fu-cha zweren dat hij wraak zou nemen.

Drie jaar later hoorde Gou-jian dat koning Fu-cha bezig was een leger op te leiden om de dood van zijn vader te wreken. Gou-jian besloot dat de aanval de beste verdediging was en negeerde daarmee het advies van zijn minister Fan Li.

Maar in de veldslag die volgde, werden de troepen van Gou-jian verpletterend verslagen door de koning van Wu. Berouwvol zei Gou-jian tegen zijn minister: 'Ik had beter naar je adviezen moeten luisteren. Wat moet ik nu doen?'

Fan Li adviseerde Gou-jian zich als gijzelaar aan Fu-cha's genade over te leveren. Dus stuurde Gou-jian zijn minister Wen Zhong naar de koning van Wu. Wen Zhong kroop op zijn knieën naar hem toe en zei: 'Uw onwaardige onderdaan Gou-jian laat u door zijn slaaf verzoeken hem als uw dienaar te aanvaarden en zijn vrouw als uw dienstmeid.'

Fu-cha accepteerde zijn overgave en Gou-jian bracht de volgende jaren als slaaf aan het hof van zijn grote rivaal door, waar hij de stallen moest schoonmaken. Hij was bereid iedere vernedering te ondergaan, totdat Fu-cha dacht dat hij van Gou-jian geen gevaar meer te duchten had en hem toestond weer naar zijn land terug te keren.

Twintig jaar lang toonde Gou-jian zich een voorbeeldig vorst, die de armen hielp, de doden eerde en de lasten van zijn volk deelde. Zijn onderdanen droegen hem op handen, maar net als hun koning zonnen ze op wraak.

Minister Fan Li, die Fu-cha's zwakheid voor vrouwen kende, zocht het hele land af naar mooie meisjes. Op een dag vond hij de knappe Xishi, een meisje van eenvoudige komaf. Ze was zo mooi dat haar vader, een houthakker, een gouden munt vroeg aan iedereen die zijn dochter wilde zien. Fan Li nam haar onder zijn hoede en onderwees haar in de verleidingskunst. Daarna stuurde hij haar naar koning Fu-cha, hoewel hijzelf van haar was gaan houden. Zoals hij had gehoopt werd de koning van Wu zo verliefd op haar dat hij al zijn belangstelling voor staatszaken verloor, waardoor de macht van Wu zienderogen afnam.

Toen Fan Li de tijd gekomen achtte, mobiliseerde koning Gou-jian zijn troepen en behaalde een grote overwinning op Wu. Ze slaagden erin de kroonprins te doden, maar toch konden ze Wu niet vernietigen. Vier jaar later viel Gou-jians leger opnieuw het buurland binnen en stootte dit keer door tot aan de hoofdstad. Koning Fu-cha stuurde een gezant die om genade smeekte, maar Gou-jian weigerde, op advies van Fan Li. Toen hij dat hoorde, pleegde Fu-cha zelfmoord.

Kort na deze triomf nam Fan Li ontslag. In een boodschap waarschuwde hij zijn collega-minister Wen Zhong: 'Als alle vogels zijn gedood, wordt de nuttige boog opgeborgen. Als de slimme hazen zijn verschalkt, worden de honden tot vlees verwerkt. De koning van Yue, met zijn lange nek en zijn roofzuchtige mond, is een goede metgezel in tijden van tegenspoed, maar niet als het vrede is. Je kunt beter zo snel mogelijk vertrekken.'

De trouwe Wen Zhong bleef echter aan het hof en werd, zoals Fan Li al had voorspeld, uiteindelijk door koning Gou-jian vermoord.[9]

Volgens de legende wisten Fan Li en de mooie Xishi op een nacht per boot te vluchten, waarna hij zich nooit meer met politiek inliet, een fortuin verdiende als handelaar en zich vestigde aan de oever van het mooie Tai-meer, een van de vijf grote meren van China. Zelfs nu nog is er in Wuxi aan de noordkant van het Tai-meer een tuin, de Li Yuan, die naar Fan Li is genoemd en zich op de plaats van zijn vroegere huis bevindt. Het verhaal wil dat Xishi zo mooi was dat de vissen zich naar de bodem van de rivier lieten zakken als ze voorbijkwam, omdat ze niet met haar durfden te wedijveren. Nog altijd bestaat in het Chinees het gezegde: 'Uit de ogen van een geliefde ontspringt een Xishi.'

De naam Wuxi betekent 'Geen tin'. Onder de Zhou-dynastie schijnt er op een bergtop ten oosten van de Huishan – de berg Hui – een tinmijn te zijn geweest. Tijdens de Han-dynastie, tweeduizend jaar geleden, was de tinvoorraad uitgeput en werd de naam van de stad veranderd van 'Heeft tin' in 'Geen tin'. In dezelfde tijd werd er op de berg een stenen plaquette opgegraven, met de tekst:

Als er tin is, zijn er wapens en oorlogen,
Als er geen tin is, heerst er vrede.
Als er tin is, steekt chaos de kop op,
Als er geen tin is, heerst er harmonie.

Vanaf dat moment werd deze berg de Tinberg genoemd en werd hij het symbool van Wuxi zelf. Hij vormt het hoogste punt in de omgeving en domineert de stad.
Zoals bijna alle steden uit die tijd werd Wuxi omgeven door een stadsmuur. Een groot kanaal liep van noord naar zuid dwars door de stad, en van oost naar west stroomden enkele rivieren, evenwijdig aan elkaar. Op de kaart lijkt Wuxi op een strak gespannen boog, met de rivieren als de pijlen. Daarom werden ze ook 'Eerste Pijl Rivier', 'Tweede Pijl Rivier' enzovoort genoemd, tot aan de 'Negende Pijl Rivier'. In het centrum van de stad liep de 'Zesde Pijl Rivier'.
Wuxi had een staatsuniversiteit en een particuliere academie, waar jongemannen werden voorbereid op de examens voor de overheidsdienst. Tijdens de Ming-dynastie verwierf de particuliere Donglin-academie een aanzienlijke reputatie en grote politieke macht. Leden van deze academie genoten in intellectuele kringen in het hele land veel respect vanwege hun integriteit en hun onverzettelijke houding tegenover de eunuchen die misbruik maakten van hun machtspositie aan het hof.
Er bestaat veel literatuur over Wuxi en de stad is vaak bezongen. De meeste gedichten prijzen de schoonheid van het Tai-meer, de Huishan en de 'Tweede Bron Onder de Hemel', aan de voet van de berg. Deze bron was vooral zo beroemd omdat het water erg geschikt was voor thee. Tegenwoordig is zij bijna opgedroogd, maar heeft haar romantische reputatie behouden.
Op de glooiende hellingen naast de bron ligt de Ji Chang-tuin, de tuin van de Qin-familie. Er loopt een kronkelig pad doorheen, dat de schoonheid en de romantische sfeer nog versterkt. Iedere bocht onttrekt het volgende gedeelte aan het gezicht, waarna zich weer een geheel ander landschap ontvouwt. Het kunstmatige meer is heel slim aangelegd, zodat het veel groter lijkt dan het in werkelijkheid is.
Er bestaan vele – al of niet waar gebeurde – verhalen over de tuin. Zo staat in een van de hoeken een bordje met de tekst 'Bord der Schaamte'. Volgens de legende zou keizer Qianlong hier een keer hebben geschaakt tegen een monnik. De keizer, die incognito reisde, was er niet aan gewend te verliezen. De monnik bemerkte de nervositeit van de mensen rondom Qianlong en besefte dat hij een belangrijk man tegenover zich had. Daarom zorgde hij ervoor dat hij verloor. Maar toen de keizer die nacht de partij analyseerde, besefte hij dat de monnik hem had laten winnen en

schaamde hij zich.

De tuin is niet langer eigendom van de Qin-familie; na de communistische machtsovername in 1949 is hij aan de staat overgedragen. Maar hij wordt goed onderhouden en als een cultureel erfgoed beschouwd.

In de tijd van Weizheng bestond de tuin nog niet. Zijn zonen bleven in Hudai, maar zijn kleinzoon Qin Ranhe verhuisde naar Wuxi en vestigde zich langs de Zesde Pijl Rivier. Daar kreeg hij kinderen en kleinkinderen, totdat er langs de oevers van de Zesde Pijl Rivier bijna alleen nog Qins woonden.

De familiegegevens over de drie generaties vanaf Weizheng tot zijn kleinzonen zijn niet compleet, maar vanaf zijn achterkleinzonen zijn er veel meer details bekend. Te beginnen met Ranhe's zoon Jisheng zijn de geboortejaren, -maanden en -dagen van iedere Qin terug te vinden. Jisheng zelf werd geboren op de zevende dag van de derde maand van het jaar 1382, tijdens de regering van de eerste keizer uit de Ming-dynastie.

Qin Xu, de zoon van Jisheng, is de bekendste uit deze lange lijn van dichters en kluizenaars.

6. Qin Xu: De blauwe berg en het verhaal van het bamboefornuis

In 1407 reisde Qin Jisheng, de zesentwintigjarige achterkleinzoon van Weizheng, per boot over het Tai-meer. Het was een stormachtige dag en hij was op weg naar de berg Maji toen hij een oude monnik in het water zag liggen, die bijna verdronk. Jisheng trok snel een paar kledingstukken uit en dook in het meer om hem te redden.
Uit dankbaarheid knielde de monnik voor zijn redder neer en zei: 'Omdat ik u in dit leven niet kan belonen voor wat u hebt gedaan, zal ik dat in mijn volgende incarnatie doen.'
Drie jaar later was Jishengs vrouw in verwachting. De familie was erg blij en bad voor een jongen. Toen de weeën begonnen ijsbeerde Jisheng rusteloos door de aangrenzende kamer. Opeens zag hij dat de geest van de monnik wiens leven hij had gered de kamer van zijn vrouw binnenging. Even later hoorde hij een baby huilen en kwam de vroedvrouw naar buiten met een gezonde zoon.[1]
Dit verhaal illustreert het Chinese geloof dat 'goedheid met goedheid wordt beloond en kwaad met kwaad wordt vergolden'. Het maakt ook duidelijk dat de omstandigheden van de geboorte van deze baby een aanwijzing vormden voor de toekomst.
Jisheng noemde zijn eerste zoon Xu, een naam die 'ochtendstond' betekent.[2] Qin Xu was de achterachterkleinzoon van de stichter van de Wuxi-tak van de familie en mijn directe voorvader, achttien generaties terug. Qin Xu zette de familietraditie voort en werd een dichter-kluizenaar, een leven dat paste bij de legende dat hij de reïncarnatie van de boeddhistische monnik zou zijn.
Hij werd geboren tijdens het tweeëntwintigjarige bewind van de Ming-keizer Zhu Di, die de naam Yong-le of 'Eeuwige Tevredenheid' aannam. Onder zijn krachtige leiding breidde de Ming-dynastie haar gebied sterk uit. Aanvallen van de Mongolen werden afgeslagen, er werden expedities naar het noordoosten gestuurd om de Jurchens onder de duim te houden en zelfs Annam (het huidige Vietnam) werd geannexeerd, hoewel de Annamezen niet lang onder Chinees gezag bleven.
Keizer Yong-le verplaatste het hof ook naar Peking, terwijl Nanking de status van tweede hoofdstad kreeg, met alle faciliteiten van een centrale

regering, inclusief eigen ministers die rechtstreeks aan de keizer verantwoording schuldig waren.

Tijdens Qin Xu's jonge jaren was het rijk in krachtige en bekwame handen. De Ming-hoofdstad was vermaard om haar pracht en praal. In 1419, toen Qin Xu negen jaar was, stuurde de Perzische keizer Shahrukh, de zoon van de befaamde Timoer, een delegatie naar Peking, die berichtte over de luister aan het Chinese hof. De Perzische hofgeschiedschrijver gaf het volgende verslag van de Chinese nieuwjaarsfeesten:

'Toen het middernacht was, kwam de dienstdoende officier om hen [de Perzische gasten] te wekken. Te paard reden zij naar het paleis. Het was een prachtig gebouw dat pas gereed was gekomen. De bouw had negentien jaar geduurd. Die nacht had iedereen in deze immense stad zijn huis en zijn winkel met zoveel kaarsen, lampen en toortsen verlicht dat het leek of de zon al op was. Als je een naald had laten vallen, zou zij in het licht hebben geschitterd.

Het was die nacht veel minder koud. Iedereen werd toegelaten tot het nieuwe paleis. Er waren minstens 100000 mensen, uit alle delen van Cathay, China, Machin, Qalmaq, Tibet, Qamul, Qara-Khoja, Churche, de zeekusten en andere, onbekende landen. De keizer gaf een feest voor zijn ministers, ambtenaren en officieren. Onze delegatie mocht vlak bij zijn troonzaal plaatsnemen. Op het plein stonden 200000 mannen met zwaarden, goedendags, hellebaarden, lansen, stokken, werpsperen, strijdbijlen en andere wapens. Ongeveer duizend tot tweeduizend mannen hadden Chinese waaiers met verschillende kleuren en motieven in hun hand, elk ongeveer ter grootte van een schild en opengevouwen over hun schouders. Jongens en acrobaten voerden steeds nieuwe dansen uit. Ze droegen zulke prachtige gewaden en kroontjes, dat woorden te kort schieten om ze te beschrijven.'[3]

Maar Qin Xu had weinig besef van al deze luxe aan het hof. Hij kende al heel jong verdriet, want zijn moeder stierf toen hij pas vijf jaar oud was. Zijn vader hertrouwde, en uit deze verbintenis werd vele jaren later een tweede zoon geboren.

Als tiener verbaasde Qin Xu zijn dorpsgenoten al met zijn goede geheugen, zijn ijver en zijn intelligentie. Ze drongen er bij Jisheng op aan hem voor de ambtenarenexamens te laten studeren. Maar Jisheng voelde daar niet veel voor, omdat hij zelf ook nooit een carrière bij de overheid had geambieerd. Tegen de dorpsoudsten zei hij: 'Ik heb gehoord dat je je ouders moet dienen met je hart, niet door roem en fortuin te vergaren.' Bovendien wilde hij zijn enige zoon graag bij zich houden. En Qin Xu gehoorzaamde zijn vader, zoals het een goede zoon betaamde.

Wel vond Jisheng een privé-leraar – een plaatselijke geleerde – voor zijn zoon, die Qin Xu een briljante student noemde.

Qin Xu werkte enige tijd als dorpsambtenaar, verantwoordelijk voor de voedselopslag. Maar zijn werkelijke interesse lag op literair terrein. Zijn biografen beschrijven hem als een zwijgende man, die zelden lachte. Toen zijn vader stierf zou zijn verdriet zo groot zijn geweest, dat zijn haar op slag wit werd. Daarna nam hij de zorg voor zijn stiefmoeder, zijn jonge halfbroer en zijn twee halfzusters op zich.

Qin Xu leidde het stereotiepe, geïdealiseerde leven van de Chinese kluizenaar-dichter, die de rust en de vrede vond waar zoveel geleerden naar op zoek waren. In zijn lange leven – hij werd vijfentachtig jaar – was hij getuige van grote veranderingen in zijn familie. Het ging de Qins nu steeds beter. Sinds de tijd van Weizheng waren de geleerden uit de familie nooit verder gekomen dan het eerste examen, waarmee ze de titel van *xiucai* verwierven, vergelijkbaar met het propaedeutisch examen van tegenwoordig.

In 1459 kwam daar echter verandering in, toen Qin Kuai, de zoon van Qin Xu, en zijn neef Fu naar Nanking reisden en voor de provinciale examens slaagden. Ze werden de eerste *juren* uit de Wuxi-tak van de Qins. Qin Fu kreeg een ambtelijke functie in de provincie Yunnan, maar Qin Kuai legde het volgende jaar in Peking het hoofdstadexamen af, de derde en laatste horde. Ook deze examens werden eens in de drie jaar gehouden. Qin Kuai slaagde en was daarmee de eerste in de familie die de hoogste graad van *jinshi* behaalde, die vaak wordt vergeleken met de moderne doctorstitel. Hij was toen zesentwintig.

Politiek gezien waren dit roerige tijden. Tien jaar voordat Qin Kuai zijn provinciale examens aflegde, was keizer Yingzong tijdens een expeditie tegen de Mongolen gevangengenomen. Tijdens zijn gevangenschap besteeg zijn broer de troon. Een jaar later, toen Yingzong weer werd vrijgelaten, weigerde zijn broer afstand te doen en plaatste hij Yingzong onder huisarrest. Dit duurde tot 1457, toen Yingzong na een coup weer aan de macht kwam.

Qin Kuai werd secretaris van het Departement van Voorzieningen bij het ministerie van Oorlog in Nanking. Hij kreeg zelfs de leiding over dit departement en werd later benoemd tot prefect in Wuchang, een belangrijk economisch centrum in het zuiden van China. Daar voerde hij een bijzonder evenwichtige belastingpolitiek in. Bovendien werd hij als een soort held beschouwd door twee reddingen die hij verrichtte. Toen hij een keer na een bezoek aan de tempel langs de oever van een rivier wandelde, zag hij tot zijn schrik een vrouw die met touwen vastgebonden half in het zand begraven lag. Nadat hij haar had bevrijd, vertelde ze hem wat er was gebeurd. Zij en haar man, een handelaar, waren per boot onderweg vanuit Hangzhou toen ze werden overvallen door piraten, die haar man vermoordden en haar wilden verkrachten. Maar ze verzette zich zo hevig dat ze haar vastbonden en haar half in het zand begraven achterlieten om te sterven. Nadat hij haar naar zijn huis had gebracht, zette Qin Kuai de achtervolging in en nog diezelfde nacht wist hij de piraten te arresteren. De tweede keer ging het om een mooi jong meisje uit een rijke plaatselijke familie, dat was ontvoerd door een bordeelhouder die haar voor de prostitutie wilde verkopen. De neef van het meisje vertelde dit aan Qin Kuai, toen hij in de provinciehoofdstad was om examen te doen. Kuai wist de ontvoerder te pakken te krijgen en het meisje te bevrijden. Daarmee verwierf hij zoveel respect dat hij werd geprezen als de eerste prefect in Hunan die zich een goed bestuurder had betoond.

Na de dood van zijn moeder en de verplichte rouwperiode van zevenentwintig maanden werd Kuai tot prefect in Jianchang benoemd, waar hij zich opnieuw onderscheidde, onder meer in de zaak He. He was een gewoon burger, die een klacht wilde indienen tegen de assistent-magistraat van Guangchang. Deze hoorde hiervan en liet iemand een valse beschuldiging tegen He inbrengen, die daarop ter dood werd veroordeeld. Kuai voelde echter dat er iets niet klopte. Hij heropende de zaak en wist de man die de valse aanklacht had ingediend tot een bekentenis te dwingen.

In 1485 werd Qin Kuai benoemd tot regeringscommissaris van de provincie Jiangxi. Daarmee had hij bijna de top van de ambtelijke piramide bereikt. Alleen de minister was hoger. Kuai was inmiddels in de vijftig en enige tijd later was hij om gezondheidsredenen gedwongen ontslag te nemen. Hij keerde terug naar zijn geboortestad, waar hij nog tien jaar een rustig leven leidde, in het gezelschap van zijn vader en zijn broers.

Het succes van zijn zoon had ook gunstige gevolgen voor zijn vader in Wuxi, zowel in maatschappelijk als in financieel opzicht. Qin Xu ontving een groot aantal eretitels, maar toch behield hij de onschuld die uit zijn gedichten naar voren komt.

Op eenenzeventigjarige leeftijd richtte Qin Xu het Dichtersgenootschap van de Blauwe Berg op. Het genootschap telde maar tien leden – intellectuelen die, net als Qin Xu, weinig belangstelling hadden voor politiek. Ze hadden geen van allen een overheidsfunctie maar genoten wel aanzien in hun eigen omgeving.

Omdat een politieke carrière onzeker en soms gevaarlijk was, gaven veel geleerden en edelen de voorkeur aan een rustig, landelijk bestaan. Die houding werd algemeen gewaardeerd, omdat men respect had voor iemand met hoogstaande idealen, die zich verre hield van de strijd om macht en rijkdom.

De tien mannen bouwden een huis aan de voet van de berg Hui, waar ze eens per maand bijeenkwamen. Het huis bevatte een grote ontmoetingsruimte, de 'Hal van de Tien Oudsten', een studeerkamer, een eetkamer en een keuken. Ook was er een tuin, met beekjes, pijnbomen en bamboe.

Het genootschap trok de aandacht van vele geleerden en dichters, en als er gasten uit andere provincies arriveerden, werd er een banket gegeven.
Met zijn drieënzeventig jaar was Qin Xu een van de oudste leden van de groep. In die tijd vond men iemand van tegen de vijftig al oud, omdat hij in de meeste gevallen al grootvader was. Maar in China bestond groot respect voor de ouderdom.
Iedere maand verdeelden de aanwezigen zich in groepjes, die schilderden, liederen zongen of filosofische discussies hielden. Shen Zhou, een van de vier grote schilders uit de Ming-dynastie, heeft het genootschap op een schilderij afgebeeld. Qin Xu is bezig met kalligrafie, een ander lid zit te tekenen, een derde kerft zijn gedichten op stukken bamboe. De anderen bewonderen hun werk of kijken naar de kraanvogels in de tuin.
Nadat Qin Kuai ontslag had genomen als regeringscommissaris van Jiangxi en naar Wuxi was teruggekeerd, ontpopte hij zich als een van de actiefste leden van het Dichtersgenootschap van de Blauwe Berg. Hoewel sommige van zijn stadgenoten het jammer vonden dat Kuai zich al zo jong uit de politiek had teruggetrokken, was Qin Xu bijzonder blij, zoals blijkt uit het gedicht dat hij schreef toen hij het nieuws hoorde:

> De hemel zal compleet zijn na je terugkeer,
> Ik hoop dat het waar is dat je komt,
> Bij het Genootschap kun je mijn waanzin delen,
> En zien hoe anderen vechten voor een plaats aan het hof,
> We zullen dansen, drinken en van het landschap genieten,
> De blauwe wateren en groene heuvels zullen ons gezelschap zijn,
> Als ik mijn zoon weer bij me heb op mijn oude dag,
> Zal ik nooit meer klagen over de jaren die voorbij zijn.

Qin Xu werd oud genoeg om niet alleen de pensionering van zijn zoon nog mee te maken, maar er ook getuige van te zijn hoe zijn achterneef Qin Jin een glanzende carrière opbouwde. Qin Jin was de hoogste functionaris die onze familie ooit heeft voortgebracht. Hij klom op tot hoofd van drie ministeries in Nanking en twee in Peking.
Qin Xu genoot het grootste deel van zijn leven een goede gezondheid. De dag voordat hij stierf, vijfentachtig jaar oud, stond hij op, kleedde zich aan, ging op zijn bed zitten en praatte met zijn zonen. Ze vroegen hem of hij nog een laatste boodschap had, en hij antwoordde: 'Ik heb een mooi leven gehad. Wat kan ik nog meer zeggen?'
Toen hij overleed, had hij drie zonen, vier kleinzonen, tien kleindochters en drie achterkleinkinderen. Hij werd begraven op de Drakenheuvel, naast zijn vrouw.
Na het overlijden van Qin Xu, een jaar later gevolgd door de dood van zijn

zoon Kuai,⁴ had het Dichtersgenootschap van de Blauwe Berg geen leider meer. In de loop van enkele jaren overleden ook de andere leden en na 1520 was nog slechts één van hen in leven. Het oorspronkelijke genootschap bestond niet meer.

Een belangrijk element in de geschiedenis van het Dichtersgenootschap van de Blauwe Berg is het verhaal van het bamboefornuis, hoewel het fornuis zelf nog ouder was.⁵

Het oorspronkelijke bamboefornuis werd tegen het einde van de veertiende eeuw, aan het begin van de Ming-dynastie, gebouwd door de bamboebewerker Zhen Gong uit Huzhou. Op een dag kwam hij langs de Ting Song-tempel in Wuxi toen de monnik Xing-hai hem vroeg een fornuis te bouwen waarop hij water kon koken om thee te zetten. Zhen Gong bouwde het fornuis volgens het ontwerp van de monnik. Opmerkelijk was de toepassing van bamboe als geraamte. De zijkanten werden met leem afgewerkt; de binnenzijde en de ring aan de bovenkant werden versterkt met ijzer. Het fornuis was ongeveer dertig centimeter hoog, rond van boven en vierkant van onderen, zoals de Qian Kun ('Hemel-Aarde') Pot uit de Chinese mythologie. Toen het fornuis gereed was, maakten twee beroemde kunstenaars uit Wuxi, Wang Zhongbi en Pan Kecheng, enkele schilderijen van het wonderbaarlijke ontwerp. Ook werden er gedichten over het fornuis geschreven. De schilderijen en de gedichten vormden samen de 'Rol van het Bamboefornuis'.

Het fornuis ging al snel in andere handen over, maar toen Qin Kuai ontslag had genomen en naar Wuxi was teruggekeerd, liet de beheerder van de Ting Song-tempel hem op een dag de Rol van het Bamboefornuis zien. Kuai was zo onder de indruk van de gedichten, dat hij op zoek ging naar het fornuis zelf. Toen hij het had opgespoord, werd het weer in de tempel geplaatst.

Qin Xu en de andere leden van het Dichtersgenootschap van de Blauwe Berg waren blij dat ze eindelijk het fornuis te zien kregen waar ze zoveel over hadden gehoord. Ze belegden een speciale bijeenkomst en gaven een banket om het heuglijke feit te vieren. Dichters uit alle delen van het land werden uitgenodigd en schreven allemaal een gedicht over deze bijzondere gebeurtenis. De gedichten werden toegevoegd aan de rol.

Maar tegen einde van de Ming-dynastie, in de eerste helft van de zeventiende eeuw, verdween het fornuis opnieuw. Inmiddels hadden de jaren hun tol geëist en begon de klei aan alle kanten af te brokkelen, maar het geraamte was nog intact. Omdat het een zeer roerige tijd was, werd het fornuis niet meteen gemist. En toen de verdwijning eindelijk werd opgemerkt, deed men geen pogingen om het terug te vinden. Later werd de Ting Song-tempel door brand verwoest en in de verwarring ging ook de rol met schilderijen en gedichten verloren.

Algemeen wordt aangenomen dat de rol weer opdook tijdens de regering van keizer Kangxi (1662-1722), toen hij door de beroemde Mantsjoe-dichter Singde van een onbekende werd gekocht. Singde liet hem zien aan zijn beste vriend, de dichter Gu Zhenguan uit Wuxi, die hoofd was van de keizerlijke bibliotheek. Gu leende de rol en bouwde zelf twee bamboefornuizen, aan de hand van de tekeningen op de rol. Omdat de rol zo lang was, maakte hij er vier kleinere rollen van. Op dat moment bevatten de rollen vier schilderijen, dertien verhandelingen en tweeënnegentig gedichten. Gu bracht de twee nieuwe fornuizen en de vier rollen naar de berg Hui, waar een nieuwe Ting Song-tempel werd gebouwd om er de waardevolle objecten in onder te brengen. Tijdens de feesten die hierna volgden, zetten nog meer dichters de pen op het papier om uiting te geven aan hun bewondering.

Ironisch genoeg kwam op dat moment het oorspronkelijke fornuis weer boven water. Een monnik, Song-chuan, ontdekte het bij toeval in een boerderij. Het fornuis was nog grotendeels intact.

Het fornuis werd teruggebracht naar de tempel in Wuxi, maar omdat het ooit door de Qin-familie was opgespoord en omdat Qin Xu de leider was van de dichters die over de eerste ontdekking hadden geschreven, bepaalde het ministerie van Riten dat het 'niet alleen een erfstuk van Wuxi maar ook van de Qin-familie was'.

In 1751, een paar jaar nadat het fornuis naar de tempel was teruggebracht, maakte keizer Qianlong een inspectiereis door zijn zuidelijke provincies, waarbij hij ook een bezoek bracht aan de tempel, omdat de faam van het bamboefornuis al lang geleden tot de hoofdstad was doorgedrongen. De keizer schreef vier gedichten over het fornuis, waarin hij de schoonheid en de lange historie ervan prees. Ook de thee, die met water uit de Tweede Bron op het fornuis werd gezet, beviel hem uitstekend.

Zes jaar later bezocht hij de tempel opnieuw. Hij dronk thee en schreef nog twee gedichten over het fornuis. De ruimte in de tempel waar het fornuis werd bewaard, werd door hem officieel 'Bergzaal van het Bamboefornuis' gedoopt. Na zijn terugkeer in Peking liet de keizer een replica van het fornuis maken en bouwde hij nog een 'Bergzaal' in de westelijke heuvels, een deel van de uitgestrekte keizerlijke paleistuinen buiten de hoofdstad.

Nog twee keer in de volgende tien jaar maakte de keizer een rondreis door de zuidelijke provincies, en beide keren bezocht hij Wuxi, schreef hij gedichten over het bamboefornuis en proefde hij de thee.

In 1768 besloot de keizer, die een produktief dichter was, dat hij niet helemaal tevreden was over zijn werk, en daarom liet hij al zijn oude gedichten naar de hoofdstad komen om ze te kunnen bijschaven. Ook de gedichten over het bamboefornuis waren erbij. Toen hij de vier rollen weer terugstuurde naar Wuxi, nam de magistraat ze mee naar zijn ambtswoning om ze opnieuw te laten inlijsten. Helaas brak er brand uit en werden de vier historische rollen met gedichten en schilderijen verwoest. De keizer ontstak in woede en gaf de verantwoordelijke ambtenaren opdracht de monniken van de Ting Song-tempel een schadeloosstelling van 200 zilverstukken te betalen – een aanzienlijk bedrag in die tijd. Ook besloot hij de rollen te laten reproduceren. Persoonlijk nam hij de taak op zich om de eerste rol samen te stellen, waarschijnlijk op basis van kopieën die toen al bestonden, en een van zijn zonen kreeg opdracht de tweede rol te vervaardigen. De reproduktie van de derde en vierde rol werd aan enkele hoge ambtenaren overgelaten. Deze replica's werden naar de Ting Song-tempel gezonden. In de volgende jaren bracht de keizer nog een paar keer een bezoek aan de tempel en voegde hij nog enkele gedichten aan de nieuwe rollen toe.

In de keizerlijke kunstcollectie bevond zich een schilderij van Wang Zhongbi – een van de twee Ming-kunstenaars die vierhonderd jaar eerder de eerste schilderijen van het bamboefornuis hadden gemaakt. Ook dit schilderij, getiteld 'De vissende kluizenaar', werd door de keizer als compensatie aan de tempel geschonken.

In 1860 sloeg het noodlot opnieuw toe. Wuxi werd bezet door troepen van de Taiping-rebellen, en bij de gevechten werd de Ting Song-tempel verwoest. Ook de rollen met gedichten en het schilderij van Wang Zhongbi verdwenen.

Vier jaar later ontdekte Qin Xiangye, een van de meest vooraanstaande geleerden uit onze familie onder de Qing-dynastie, de rollen in Shanghai. Hij nam ze mee naar Wuxi, maar de Ting Song-tempel was nog steeds een ruïne. Alleen de fundamenten waren nog intact. In 1865 werd op de plaats van de tempel een gedenkteken opgericht voor de soldaten die in de lange, bloedige strijd tegen de Taiping-rebellen waren gesneuveld. Qin Xiangye gaf de hoop op dat de 'Bergkamer van het Bamboefornuis' nog ooit zou worden herbouwd en schonk de rollen aan de monniken van een andere tempel.

Het schilderij van 'De vissende kluizenaar' ontbrak echter nog. Halverwege de jaren zestig van de vorige eeuw werd het door een neef van Qin Xiangye teruggevonden in de stad Dongting. Hij kocht het voor veel geld, bracht het terug naar Wuxi en schonk het aan dezelfde tempel die nu de rollen bezat.

Het verslag dat Qin Xiangye over de vier eeuwen lange geschiedenis van het bamboefornuis schreef, eindigt als volgt:

'Helaas zijn de gedichten en schilderijen zo vaak in andere handen overgegaan dat het spoor nauwelijks te volgen was. Onze voorouders hadden een geheel eigen stijl, die niet kan worden geïmiteerd, naar ik vrees. Deze rollen met schilderijen zijn uniek, veel mooier dan de schilderingen van Wu Chen uit de Tang-dynastie. Ze zijn lange tijd verloren gewaand, maar nu zijn ze weer teruggevonden. Dat is een feit dat gevierd moet worden. De Ting Song-tempel werd gebouwd onder de Tang-dynastie (618-907) en heeft tot in onze tijd bestaan. In de loop van duizend jaar is hij vaak verwoest en weer herbouwd. Misschien was dat zijn lot.'

7. Trouwe zonen uit de Qin-familie

China is sterk veranderd sinds de communisten in 1949 aan de macht kwamen. Familieplicht heeft plaats gemaakt voor trouw aan de communistische partij en de staat. Maar voor de generatie van mijn ouders was familietrouw nog het hoogste goed. Onze familie heeft een aantal 'trouwe zonen' voortgebracht over wie talloze verhalen bestaan en aan wie vele gedichten zijn opgedragen. Natuurlijk werden ontrouwe zonen in de familiegeschiedenis niet vermeld. Als ze al bestonden, werden hun daden als schandelijk beschouwd en daarom verzwegen, terwijl zijzelf niet in de stamboom werden opgenomen.
Ik herinner me dat ik als kind altijd zeer geroerd werd door de traditionele verhalen over familietrouw. Bijna alle Chinese kinderen krijgen zulke verhalen te horen, om hen de juiste houding tegenover hun ouders en voorouders bij te brengen. Het verhaal dat mij het meest aansprak ging over een jongetje van acht jaar, Wu Meng, dat tot een familie behoorde die te arm was om klamboes te kopen. Elke nacht stelde de jongen zich bloot aan duizenden muskieten, in de hoop dat zijn bloed de diertjes zou verzadigen, zodat zijn ouders ongestoord zouden kunnen slapen.[1] Zulke verhalen gaven mij het gevoel dat ik een waardeloze zoon was, omdat ik wist dat ik nooit zo'n offer zou kunnen brengen.
In de *Xiao Jing*, het 'Boek van familieplichten' – een belangrijk klassiek werk in China – wordt Confucius geciteerd, die gezegd zou hebben dat 'familieplicht de basis vormt van alle deugden en alle kennisoverdracht. Ons lichaam, elke haar en elke centimeter van onze huid, hebben wij gekregen van onze ouders, en dus mogen wij hen niet kwetsen of bezeren. Dat is de grondslag van onze familieplicht. Ook moeten wij onze naam beroemd maken bij toekomstige generaties en daardoor onze ouders eren – zoals wij dat leren volgens de Weg (Tao). Dit alles begint met dienstbaarheid aan onze ouders, het zet zich voort in dienstbaarheid aan de keizer en het wordt voltooid door de ontwikkeling van onze eigen persoonlijkheid.'[2] Kortom, familieplicht is de deugd waaruit alle andere deugden voortkomen.
Het ministerie van Riten kon iemand officieel erkennen als 'trouwe zoon', maar deze eer viel slechts weinigen te beurt. Nog zeldzamer was het dat

twee broers, of zelfs twee neven, deze eretitel verwierven. Toch bracht de Qin-familie tussen de vijftiende en de negentiende eeuw verschillende broers voort die als 'trouwe zonen' werden geëerd.
Yongfu en Chongfu, de jongste zonen van Qin Xu, vormden het eerste paar. Zij bleven thuis om voor hun ouders te zorgen, terwijl hun oudere broer Kuai carrière maakte bij de overheid. Toen Qin Xu drieënvijftig was, kreeg hij last van hartklachten. Medicijnen leken niet te helpen en de twee broers konden niets anders doen dan voor hem bidden. Hun vader herstelde, maar het jaar daarop kwamen de klachten in verhevigde mate terug. Zijn zonen sloegen zichzelf herhaaldelijk op de borst om zijn pijn te kunnen delen. Toen ontdekte Chongfu, die medicijnen was gaan studeren om zijn vader te kunnen helpen, in een oude medische tekst dat konijnebloed een goed middel tegen hartziekten was. Hij besloot dat mensenbloed dan nog beter moest zijn. Misschien liet hij zich ook beïnvloeden door het oude Chinese geloof dat een ernstige ziekte kan worden genezen als de patiënt het vlees eet van iemand die veel van hem houdt. (Zelfs in New York heb ik eens een vrouw ontmoet die tevergeefs had getracht op die manier haar man te redden, die kanker had.)
De twee broers drukten hun lange, scherpe vingernagels in hun borst, totdat het bloed eruit spoot. Ze vingen het op in een kom, vermengden het met medicinale wijn en gaven hun vader dit brouwsel te drinken. Qin Xu herstelde en had vele jaren geen klachten meer.
Een andere keer was hun moeder, vrouwe Yan, gevallen toen ze de trap opliep. Daarbij had ze haar knie verwond, die ernstig bloedde. De broers haalden er de beste artsen bij, maar door de hitte van de zomer begon de wond te ontsteken. Er kwam pus uit, en de wond stonk zo verschrikkelijk, dat niemand de vrouw wilde verzorgen. Maar haar twee zonen waakten bij haar bed en likten het pus uit de wond. Pas toen het winter werd, trad genezing in.[3]
De trouw en zorgzaamheid van de twee broers werden in het dorp alom geprezen en hun reputatie drong ook door tot Changzhou, de zetel van de prefectuur. Long Jin, de prefect, stelde een onderzoek in en stuurde in 1473 een uitvoerig rapport naar het ministerie van Riten in Peking. Na een eigen onderzoek bracht het ministerie het volgende advies uit aan de keizer: 'Hun bewijzen van familietrouw zijn uitvoerig onderzocht en verdienen waardering en bemoediging. Daarom stellen wij voor het plaatselijk bestuur opdracht te geven 30 zilverstukken aan de familie uit te keren om een boog op te richten ter ere van deze twee trouwe zonen.'
De keizer nam het advies over – een geweldige eer, want het kwam zelden voor dat twee broers gelijktijdig deze onderscheiding kregen.[4]
Yongfu was op dat moment veertig jaar, en Chongfu vier jaar jonger. Hun beide ouders leefden nog en konden dus delen in hun eer. Vóór hun huis

werd een boog opgericht met een plaquette waarop de tekst 'Twee trouwe zonen' werd gegraveerd.
De twee broers bereikten een respectabele leeftijd. Chongfu overleed toen hij achtenzeventig was, en Yongfu werd zelfs achtentachtig. Hij stierf de dag na het Chongyang Festival, als de Chinezen traditioneel heuvels en hellingen beklimmen om aan een legendarische verwoesting van het laagland te ontkomen. Chongfu was toen nog fit genoeg om aan de feestelijkheden deel te nemen en het volgende gedicht te schrijven:

> Geveld door ziekte wachtte ik op het festival.
> Ik beklom de heuvel, steunend op mijn stok.
> De chrysanten plaagden me dat ik zo mager was,
> Maar ik dronk nog uit mijn beker.
> De mussen vlogen snel naar huis,
> Ik hoorde het gemompel van herfstgeluiden.
> Ik durf niet meer in de spiegel te kijken,
> En ik steek geen bloem meer in mijn haar.

De zonen van Yongfu en Chongfu, Tang en Xun, zetten de traditie van familietrouw voort. Over Xun is niet veel bekend, maar er zijn voldoende gegevens over Tang, een van mijn voorouders, die zestien generaties voor mij leefde. Hij zorgde voor zijn ouders tot hij zelf bijna zeventig jaar was.
Tang was er getuige van geweest hoe zijn vader, Yongfu, zijn grootvader had verzorgd totdat Qin Xu in 1494 was gestorven. Yongfu was toen zestig, Tang achtentwintig. Geleidelijk nam Tang de rol van trouwe zoon over. Twee jaar na de dood van Qin Xu kreeg Yongfu last van een aanhoudende pijn in zijn been, dat hij niet langer kon strekken. Maandenlang bad Tang voor zijn vader, waarbij hij herhaaldelijk met zijn hoofd tegen de grond beukte om de hemel gunstig te stemmen. Dat deed hij zo vaak, dat zijn voorhoofd begon te bloeden. Ten slotte genas zijn vader.
Tang toonde zich een briljant student, maar hij zakte voor de provinciale examens. Omstreeks die tijd trouwde hij met een meisje uit de familie Kong. Tangs vrouw vormde een grote steun. Toen hij enkele malen achtereen voor de provinciale examens was gezakt, troostte ze hem met de woorden: 'Iets waardevols bereik je niet zomaar. Maar als je nu hard studeert, zul je er later de vruchten van plukken.'
Helaas stierf ze op dertigjarige leeftijd. Ze liet drie zonen achter. Later hertrouwde Tang, maar ook dit huwelijk eindigde tragisch. Binnen een jaar kreeg zijn nieuwe bruid een hartaandoening en werd bedlegerig. Ze overleed vijftien jaar later.
Bij zijn zevende poging in 1504, toen hij achtendertig was, slaagde Tang eindelijk voor de provinciale examens en kon hij zich voorbereiden op het

volgende obstakel: de hoofdstadexamens. Weer zakte hij enkele malen. De confuciaanse academie waar hij studeerde adviseerde hem naar Peking te gaan als 'beursstudent', om examen te doen aan de Hanlin Academie. Hiervoor slaagde hij wel en hij mocht zich inschrijven aan de Nationale Universiteit. Later kreeg hij een stageplaats bij de Hoge Raad van Beroep en daarna bij het ministerie van Personeelszaken.

Maar ook nadat hij zijn opleiding had voltooid, kreeg Tang geen officiële functie. Waarschijnlijk wilde hij dat zelf niet, vanwege de slechte gezondheid van zijn moeder. In 1507, toen ze negenenzestig was, had ze een beroerte gekregen. Tang nam de zorg voor zijn moeder op zich.

Haar toestand verslechterde echter. Ze kon niet meer spreken en ook raakte haar onderlichaam verlamd. Daarom wilde Tang niet deelnemen aan de hoofdstadexamens in 1517, maar omdat de toestand van zijn moeder stabiel was, overreedde zijn vader hem om toch naar Peking te gaan. Weer zakte hij. Zijn ouders waren toen in de tachtig.

Volgens Wen Zhengming, een vooraanstaand schilder, kalligraaf en geleerde, die Tangs grafschrift schreef,[5] verklaarde Tang na deze examens: 'Ik ben van huis vertrokken en heb vele duizenden kilometers gereisd om een officiële post te bemachtigen. Daarmee wilde ik mijn ouders eren. Nu zal ik misschien nooit meer een aanstelling krijgen, en mijn ouders zijn al oud. Ik geef het op.' En daar hield hij zich aan. In 1520 en 1523 liet hij de gelegenheid voorbijgaan om opnieuw aan de examens deel te nemen. In 1523 stierf zijn vader. Drie jaar later rouwde hij om de dood van zijn moeder. Hij had negentien jaar voor haar gezorgd, en nu nam hij een rouwperiode van nog eens drie jaar in acht.

Tangs trouw aan zijn ouders was ook de prefect van Changzhou ter ore gekomen, en na een diepgaand onderzoek adviseerde hij het ministerie van Riten om Tang de eretitel van 'trouwe zoon' te verlenen. Maar het ministerie wees het verzoek af, omdat Qin Tang nog altijd als kandidaat voor de examens stond ingeschreven en in theorie dus nog een functie zou kunnen krijgen. In dat geval zou hij niet zijn carrière hebben opgeofferd om zijn ouders te verzorgen.[6]

In 1540, toen Tang vierenzeventig was, werd hij door magistraat Wan Yukai van Wuxi opnieuw aanbevolen als kandidaat voor de hoofdstadexamens, zesendertig jaar nadat hij zijn eerste poging had gedaan. Maar Tang bedankte voor de eer, met de woorden: 'In het verleden heb ik het alleen voor mijn ouders gedaan. Wat heeft het voor zin, nu zij er niet meer zijn?' En hij voegde eraan toe: 'Nu ik al oud ben en de keizer niet meer goed kan dienen, wil ik niet met mijn nakomelingen wedijveren.'[7] Op dat moment waren zes van Tangs zonen en kleinzonen ook bezig zich op de verschillende examens voor te bereiden.

Een jaar later schreef Tangs oudste zoon, Huai, een brief waarin hij aan-

drong op een titel voor zijn vader. Hij wees erop dat Tang verscheidene keren voor de keuze had gestaan de keizer te dienen of zijn ouders te verzorgen. 'Hij meende dat hij genoeg tijd zou hebben om Uwe Majesteit te dienen, maar te weinig tijd om voor zijn ouders te zorgen,' verklaarde Huai de beslissing van zijn vader. 'Na de twee rouwperioden is mijn vader zwak en ziek geworden, en hoewel hij Uwe Majesteit graag wilde dienen, is hij daartoe niet in staat geweest.'
Als zijn vader niet in aanmerking kwam voor de titel van 'trouwe zoon', vond Huai, dan verdiende hij toch zeker een andere onderscheiding. Maar hij zou niet naar de hoofdstad kunnen reizen om die titel in ontvangst te nemen, omdat hij daar al te oud en te zwak voor was.[8]
Het ministerie van Personeelszaken verdiepte zich in de zaak en kwam tot de conclusie dat Huai gelijk had. Qin Tang werd benoemd tot assistentsecretaris van het Centraal Registratiekantoor in Nanking.[9] Het was slechts een eretitel, want Tang hoefde zich niet te melden. Hij bleef in Wuxi wonen en hielp bij de opvoeding van de jongere generatie.[10]
Qin Tang overleed in 1544, op achtenzeventigjarige leeftijd. 'Mijn vader was een trouwe zoon en mijn zuster een kuise vrouw,' zei hij kort voor zijn dood. 'Ik hoef mij nergens voor te schamen.'
Tachtig jaar na zijn dood diende een groep geleerden een verzoek in om de nagedachtenis van Tang te eren door hem op te nemen in de plaatselijke Tempel van Beroemdheden. Het voorstel werd door censor Sun Zhiyi goedgekeurd.[11]
Tangs oudste zoon Huai (mijn voorvader, die vijftien generaties voor mij leefde) volgde in de voetsporen van zijn vader en verkoos de zorg voor zijn ouders boven een carrière bij de overheid. Hij slaagde voor alle voorbereidende examens, maar toen hij de kans kreeg het hoofdstadexamen af te leggen, verzon hij allerlei excuses om niet te gaan. Hij wist dat zijn vader te oud en te zwak was om alleen te worden gelaten. Samen met zijn broers nam hij de verzorging van zijn ouders op zich.
Huais moeder was al jong gestorven, maar hij zorgde goed voor zijn ziekelijke stiefmoeder, Tangs tweede vrouw. Het verhaal wil dat zij na haar dood in een droom aan Huai verscheen en zei: 'Ik heb niets om je te belonen. Maar ik zal bidden dat je een goede zoon krijgt en dat je familie zich zal uitbreiden.' Huai kreeg vier zonen. Een van hen, Qin He, wist de hoogste graad te behalen. Enkelen van de belangrijkste functionarissen uit de geschiedenis van Wuxi stammen van hem af. Enkele jaren na zijn dood werd ook Qin Huai opgenomen in de Tempel van Beroemdheden in Wuxi.
Meer dan twee eeuwen later bracht de Qin-familie opnieuw twee trouwe zonen voort: de broers Qin Kaijie en Qin Fengxiang.[12] Hun vader, Qin Yunquan, was een geleerde die in 1811 naar Peking reisde om de hoofdstadexamens af te leggen. Zijn vrouw en zijn twee zoontjes, respectievelijk

vijf jaar en vier maanden oud, liet hij in Wuxi achter. Hij zakte voor de examens, maar in plaats van naar huis terug te keren, accepteerde hij een functie in de staf van de minister van Personeelszaken in Peking, Sung-yun, een politicus van Mongoolse afkomst.[13]

Twee jaar later werd Sung-yun benoemd tot militair gouverneur van Xinjiang in het westen van China, een gebied dat ook bekend staat als Chinees Toerkestan. Qin Yunquan reisde met hem mee. Xinjiang – de naam betekent 'Nieuw grensgebied' – viel tijdens de Ming-dynastie nog niet onder Chinees gezag en is nog altijd heel verschillend van de rest van China. Hoewel het ongeveer een zesde van het totale landoppervlak van China beslaat, is het zeer dun bevolkt. Een groot deel van het gebied bestaat uit de Taklamakan-woestijn ('Als je erin gaat, kom je er nooit meer uit').

Tegenwoordig is er een vliegverbinding tussen Peking en Urumqi, de hoofdstad van Xinjiang, maar in de negentiende eeuw was het gebied alleen bereikbaar via de eeuwenoude zijderoute, een reis die enkele maanden duurde en niet zonder gevaar was, omdat de omgeving onveilig werd gemaakt door rondtrekkende bandieten. Van alle Chinese provincies lag – en ligt – Xinjiang het verst van het centrum van de Chinese beschaving. De bevolking heeft geheel eigen zeden en gewoonten, die overeenkomen met de cultuur van verwante groepen aan de Russische zijde van de grens.

De islam heeft grote invloed en de straten van Urumqi ademen de sfeer van een Arabische bazaar. Terwijl er in andere delen van China speciale restaurants voor moslims bestaan, zijn er in Xinjiang speciale eetgelegenheden voor niet-moslims, omdat hun aantal zo gering is.

Sung-yun was hier slechts twee jaar gouverneur, maar om onduidelijke redenen bleef Qin Yunquan dertig jaar in Xinjiang. Onder leiding van Sung-yun was een groep geleerden begonnen aan de geschiedschrijving van Xinjiang, en het is mogelijk dat Qin Yunquan bij dit project betrokken was. Een andere verklaring kan zijn dat Sung-yun zonder zijn eigen staf uit Xinjiang moest vertrekken omdat hij in ongenade was gevallen.

Hoe het ook zij, de zonen van Qin Yunquan groeiden zonder vader op. Hun moeder had de grootste moeite de eindjes aan elkaar te knopen en de twee broers verlangden wanhopig naar hun vader. Elke bezoeker van Wuxi vroegen ze of hij iets over hem had vernomen.

Op een dag droomde de jongste van de twee broers, Fengxiang, dat hij zich in een vreemd land bevond, waar de huizen en de mensen totaal anders waren dan in Wuxi. Ook zag hij een oude man, die hem aan zijn vader deed denken. De volgende dag vertelde hij een van de dorpsoudsten, die zijn vader vele jaren geleden had gekend, over zijn droom. Uit zijn beschrijving concludeerde de man dat de plek die Fengxiang in zijn droom had gezien 'het land voorbij de pas' moest zijn, het gebied achter het meest westelijke gedeelte van de Chinese muur, dat door 'barbaren'

werd bewoond. Vanaf dat moment richtten de twee jongens hun aandacht vooral op reizigers die het noordwesten van China hadden bezocht.[14]
In 1844 ontmoette Fengxiang een koopman die zojuist was teruggekeerd van een zakenreis naar Xinjiang. Toen Fengxiang hem vroeg of er daar ook mensen uit Wuxi woonden, antwoordde de koopman: 'Ja, één. En die woont er al zo lang dat zijn haar wit is geworden.' Toen Fengxiang hem naar de naam van die vreemdeling vroeg, antwoordde de koopman: 'Qin Yunquan.'
Fengxiang was zo blij toen hij dat hoorde, dat hij danste en huilde van vreugde. Maar toen hij Kaijie het nieuws vertelde, hadden de twee broers een van hun zeldzame meningsverschillen.
'Laat mij op zoek gaan naar onze vader,' smeekte Kaijie. 'Nee,' antwoordde Fengxiang. 'Moeder is al oud en ze heeft iemand nodig om voor haar te zorgen. Ik kan dat niet doen. Dat is jouw verantwoordelijkheid als oudste zoon. Ik zal onze vader zoeken.'
En zo gebeurde het. De broers leenden vijftig zilverstukken van familie en vrienden en maakten grote hoeveelheden gedroogd voedsel klaar. Kaijie en zijn moeder reisden tot aan Jiayuguan – de Jiayu-pas, die ook nu nog als de culturele grens van China wordt beschouwd – met Fengxiang mee, maar daar scheidden zich hun wegen. Kaijie reisde met zijn moeder weer terug naar Wuxi, terwijl Fengxiang de pas overstak. Vijf maanden later bereikte hij Urumqi.
Toen hij navraag deed, kreeg hij te horen dat zijn vader in de Rode Tempel woonde. Hij ging erheen en vond een oude man. Fengxiang knielde voor hem neer en huilde. De oude man, geschrokken door het gedrag van de vreemdeling, vroeg hem: 'Wie bent u?'
'Ik ben uw zoon,' antwoordde Fengxiang.
Yunquan was achterdochtig en wilde hem niet geloven. Daarom vertelde Fengxiang hem alles over hun geboorteplaats, hun vrienden, hun buren en zijn moeder – Yunquans vrouw. Ten slotte was Yunquan ervan overtuigd dat hij de waarheid sprak. Nu was het zijn beurt om in tranen uit te barsten. Hij omhelsde zijn zoon, pakte zijn handen en sprak snikkend: 'Je bent inderdaad mijn zoon. Maar wat doe je hier?'
Fengxiang vertelde hem over zijn lange tocht en drong er bij zijn vader op aan met hem mee terug te reizen.
'Ik ben nu al zesendertig jaar van huis,' zuchtte Yunquan. 'Ik dacht dat ik zou sterven in dit vreemde land. Nu jij gekomen bent, zou ik graag met je teruggaan. Maar hoe komen we aan het geld voor zo'n lange reis?'
Al snel deed het verhaal over Fengxiang – die duizenden kilometers had gereisd om zijn vader te zoeken, die hij niet meer had gezien sinds hij een baby was – de ronde, en gelukkig bleken vrienden en buren bereid het geld bijeen te brengen voor de terugreis.

Tegen de tijd dat Fengxiang en zijn vader weer terug waren in Wuxi, was Fengxiang tweeënhalf jaar van huis geweest. Zijn vader was al zeventig. Zodra de oude man zijn vrouw zag, sloeg hij zijn handen ineen en boog hij vier keer voor haar, als dank dat ze zijn twee zonen alleen had opgevoed. Daarna was er groot feest in Wuxi.

Vier jaar later werd Yunquan ernstig ziek. Geen enkele behandeling leek resultaat te hebben. In zijn wanhoop zei Fengxiang tegen zijn broer: 'Ik heb gehoord dat patiënten vroeger wel genezen werden door hen mensenvlees te laten eten. Ik zal wat vlees uit mijn dijbeen snijden om aan vader te geven.'

De broers ruzieden over wie zich zou mogen opofferen, en dit keer won Kaijie. Voordat Fengxiang hem kon tegenhouden, had Kaijie al een mes gepakt en een stuk uit zijn linkerdijbeen gesneden. Ze sneden het in repen, mengden het met medicijn en gaven het de oude man, zonder dat hij wist wat hij kreeg voorgezet. Al spoedig voelde hij zich veel beter.

Helaas was de verbetering niet blijvend. Een paar maanden later ging zijn toestand snel achteruit en overleed hij. Enkele jaren daarna stierf ook zijn vrouw.

Kaijie, de oudste broer, sneuvelde in 1860 tijdens de Taiping-opstand, toen hij zijn dorpsgenoten probeerde te verzamelen om Wuxi te verdedigen. Hij was toen vijfenvijftig, en hij had geen nakomelingen. Na zijn dood liet Fengxiang zijn eigen zoon Yongcan postuum door zijn broer adopteren, om diens familielijn voort te zetten. Maar ook Yongcan sneuvelde in de gevechten, die vele maanden duurden en waarbij Wuxi werd verwoest en een groot deel van de inwoners om het leven kwam. Toen er ten slotte een einde aan de oorlog kwam, waren er van de vierentwintig takken van onze familie in Wuxi nog slechts veertien over.

Fengxiang rapporteerde dat zijn broer was gesneuveld bij de verdediging van Wuxi in naam van het keizerlijke hof, en Kaijie werd postuum onderscheiden voor zijn trouw aan de keizer. Maar ook de trouw van de beide broers aan hun ouders was opgevallen. Enige tijd later werd er een diepgaand onderzoek ingesteld. Zoals gebruikelijk werden daarbij vele getuigen gehoord, zodat het jaren duurde voordat een besluit kon worden genomen. Eenentwintig jaar na het begin van het onderzoek werd eindelijk besloten de twee broers de eretitel 'trouwe zonen' te verlenen. Inmiddels was ook Fengxiang, de jongste van de twee broers, acht jaar daarvoor al overleden.

Vierhonderd jaar eerder werden de eerste 'trouwe zonen' geëerd toen hun ouders nog leefden. De procedure was toen nog betrekkelijk eenvoudig, zodat er snel een besluit kon worden genomen. In de negentiende eeuw was het hele proces zo ingewikkeld geworden, dat tegen de tijd dat er een beslissing viel, alle personen die het betrof al lang overleden waren.

8. Qin Jin: Geleerde en strateeg

Zelfs in april zijn de steppen van Noord-China, voorbij de Chinese muur, nog bruin en troosteloos, met slechts hier en daar wat groen. Maar de delta van de Jang-tse, waar Wuxi ligt, staat dan al in volle bloei. Op 5 april 1983 zwierf ik met een paar vrienden door de heuvels bij Wuxi, op zoek naar oude graven, voornamelijk uit de Ming-dynastie. Toevallig was het juist Qing Ming, het 'Heldere en Lichte Feest', waarbij de Chinezen traditioneel hun voorouders eren door de graven schoon te maken, wierook te branden en offers te brengen. Hoewel de Culturele Revolutie, die zulke 'feodale praktijken' had verboden, al lang voorbij was, waagden slechts enkele mensen zich op de begraafplaatsen om de doden te eren.
Ik was vooral geïnteresseerd in het Shangshu Mu, het 'Ministersgraf' van Qin Jin,[1] die in de zestiende eeuw als minister van Belastingen, minister van Publieke Werken, minister van Riten en minister van Oorlog de keizer had gediend.
Vanwege zijn vooraanstaande positie nam zijn graf een groot gebied in beslag. Ik had er een tekening van gezien in een boek in de bibliotheek van Peking[2] en was vooral getroffen door de overeenkomst tussen dit graf en de beroemde Ming-graven ten noordwesten van Peking, waar dertien van de keizers die China tussen 1368 en 1644 regeerden begraven liggen. De Heilige Weg waarlangs de lichamen van de overleden keizers ten grave werden gedragen wordt omzoomd door stenen beelden van dieren- en mensenfiguren. Op de tekening werd ook het lange pad naar het graf van Qin Jin geflankeerd door stenen leeuwen, tijgers en schapen, en door meer dan manshoge beelden van burgerlijke en militaire functionarissen.
Nu, meer dan vierhonderd jaar later, was de Heilige Weg waarlangs het lichaam van Qin Jin naar zijn laatste rustplaats was gebracht overwoekerd door gras en waren de stenen beelden verdwenen. In 1958 kregen boeren tijdens de Grote Sprong Voorwaarts – een poging om het proces van industrialisatie te bespoedigen – opdracht staal te produceren in ovens in hun achtertuin. De meeste van deze kalkstenen beelden uit de Ming-dynastie waren daarbij verloren gegaan. De rest was kapot en door onkruid overwoekerd.
Het terrein waar Qin Jin begraven ligt is nu eigendom van de Produktie-

brigade van de Thuiskomstheuvel, een organisatie van de Hudai Commune, en van het graf is niets anders overgebleven dan een gapend gat. In 1967, tijdens de Culturele Revolutie, schijnt de Produktiebrigade te hebben besloten de kist op te graven. 'Omdat jullie het land nodig hadden voor bebouwing?' vroeg ik aan een lid van de brigade. 'Nee,' antwoordde hij. 'We wilden gewoon weten wat zich in zo'n enorm graf bevond. We hadden gehoord dat er een man in lag die was onthoofd en in zijn graf een gouden hoofd had meegekregen. Dat wilden we zien. Het kostte ons een week om het graf te lichten. De lijkkist was van steen en lag onder een paar zware stenen platen. We moesten er gaten in boren voordat we ze naar boven konden krijgen.'

Maar al hun inspanningen waren vergeefs. Grafschenners waren de boeren vóór geweest, waarschijnlijk al eeuwen geleden. De boeren vonden niets anders dan de stenen platen. Op een ervan stond de naam van de overledene, in heel oud schoonschrift. Op de andere stond een uitvoerige beschrijving van het leven van Qin Jin. De ongeletterde boeren wisten niet dat dit een *muzhiming*, een 'grafdocument' was – een stenen plaquette die de biografie van de overledene bevat. De stenen werden daarna door de boeren als wasbord gebruikt, en toen ik ze terugvond, waren nog slechts een paar inscripties te lezen. Gelukkig had een plaatselijke onderwijzer, die het historische belang van de vondst besefte, de moeite genomen alle teksten van de vier eeuwen oude platen te kopiëren voordat hij ze aan de boeren teruggaf.

In de loop van die dag struikelde ik bijna voortdurend over historische overblijfselen, voornamelijk fragmenten van *muzhiming*. In dit gebied met weinig hout en steen werden ze gebruikt als wanden van varkenskotten of als bruggen over beekjes, en in één geval had een boer er zelfs een bed van gemaakt. Alle zorg die ooit was besteed aan de graftomben van vooraanstaande figuren bleek dus voor niets te zijn geweest. Ze waren bijna allemaal vernietigd, niet uit boosaardigheid, maar gewoon door een combinatie van onwetendheid en tekort aan bouwmateriaal.

Volgens de biografie van Qin Jin, gekopieerd door de onderwijzer uit Wuxi, werd hij geboren op de elfde dag van de negende maand van het derde jaar van de regering van keizer Chenghua uit de Ming-dynastie – een datum die overeenkomt met het jaar 1467 in de christelijke jaartelling. Zestien jaar eerder was Jeanne d'Arc als ketter verbrand en zestien jaar later zou Maarten Luther worden geboren.

Qin Lin, de vader van Qin Jin, was de oudste van drie zonen. Hij was een geleerde uit een verarmde familie die al vier generaties lang de dorpskinderen onderwees.

Qin Lin koos de omgangsnaam Beimu of 'Nederige Herder', als symbool van zijn bescheidenheid en zijn taak als onderwijzer. Hij schreef het volgende gedicht over zijn omstandigheden:

> Omdat ik geen geld had om land te kopen,
> Bouwde ik een kleine hut om in te wonen.
> Zwaluwen vliegen door de gaten in en uit;
> Ik stoot mijn hoed tegen de lage balken.
> Met mijn ellebogen als kussen denk ik na over de toekomst;
> Rustend op mijn hurken weeg ik mijn ambities.
> Kijk niet neer op mijn nederige huis;
> Het bevat tienduizend bronnen.

Volgens de legende was Qin Jin een merkwaardig kind. Op een nacht kreeg hij een droom waarin zijn huisgod verscheen, die hem vertelde dat hij een groot en machtig politicus zou worden. Omdat zelfs goden moesten opstaan als er een groot man voorbijkwam, vroeg de huisgod om zijn altaar van de hal naar een zijkamer te verplaatsen, zodat hij niet steeds overeind hoefde te komen als Qin Jin passeerde. De volgende dag zou Jin opdracht hebben gegeven het altaar te verplaatsen, omdat hij in de droom geloofde.[3]

Als jongen legde hij vaak bezoekjes aan familieleden af als hij moe was van het studeren. Het viel op dat patiënten na zijn bezoek vaak genazen. Vrienden en familie concludeerden dat de duivels die de ziekte teweeg hadden gebracht Qin Jin als een groot man herkenden en daarom bang voor hem waren. Hoe het ook zij, het is duidelijk dat er al in zijn jeugd hoge verwachtingen van Qin Jin werden gekoesterd.

Zijn zelfvertrouwen blijkt ook uit een ander verhaal over zijn kindertijd. Als Qin Lin de kinderen van rijke dorpsgenoten onderwees, nam hij Jin vaak mee. Qin Lin werd dan meestal te eten gevraagd, maar zijn zoon niet. Op een dag schreef Qin Lin de eerste regel van een gedicht en vroeg Jin een tweede regel te schrijven – een veelgebruikte didactische methode. De vader schreef:

> Er wordt een diner gegeven, maar het kind is niet uitgenodigd.

Qin Jin antwoordde met:

> Maar de keizerlijke rollen in Peking zullen zijn naam vermelden.

Daarna zei hij tegen zijn vader: 'Ik zit er niet op te wachten voor het eten te worden uitgenodigd, vader. Dus maakt u zich in de toekomst alstublieft geen zorgen om dat soort dingen.'

Toen Qin Jin wat ouder was, liet zijn vader hem onderwijzen in de klassieken en de principes van het landsbestuur. Jins moeder, aan wie hij erg was gehecht, stierf toen hij veertien was. Ondanks zijn jeugdige leeftijd was hij al in staat een in memoriam voor haar te schrijven. Daarna volgde een rouwperiode van drie jaar. Na afloop daarvan deed hij zijn eerste examens.

Het examenstelsel tijdens de Ming-dynastie was nog zwaarder dan in de tijd van Qin Guan, vier eeuwen daarvoor, maar al op negentienjarige leeftijd slaagde Jin voor de provinciale examens. Zijn vader wilde hem echter niet laten deelnemen aan de hoofdstadexamens, een jaar later. Misschien vond hij het niet prettig dat zijn zoon al zo jong de lange reis naar Peking zou maken, of misschien waren familiezaken op dat moment belangrijker. Want omstreeks deze tijd trouwde Qin Lin voor de tweede maal en trof hij ook regelingen voor het huwelijk van zijn zoon. De bruid van Qin Jin was een goed opgevoede en opgeleide jongedame uit de Niu-familie. Veel is er over haar niet bekend, behalve dat ze drie jaar ouder was dan hij en dat haar familie vermoedelijk vrij welgesteld was, want alleen rijke families konden het zich veroorloven hun dochters een goede opleiding te geven. Omdat het nogal ongebruikelijk was dat meisjes op hun twintigste nog niet getrouwd waren, mogen we aannemen dat ze geen schoonheid was.

Ze toonde zich een voorbeeldige echtgenote, die al snel het hele huishouden bestierde en goed met haar schoonvader en diens tweede vrouw overweg kon. In 1492, toen Jin vijfentwintig was, schonk zijn vrouw hem een zoon, Pan. Het jaar daarop hervatte Qin Jin zijn academische carrière en reisde hij eindelijk naar Peking voor de hoofdstadexamens.

Hij slaagde met goede cijfers en de grootsecretaris – tevens voorzitter van de examencommissie – droeg hem voor als lid van de Hanlin Academie, die de keizer en het hof op literair en wetenschappelijk gebied adviseerde. Qin Jin sloeg het aanbod echter af. Zijn vader was ziek en hij wilde liever naar Wuxi terugkeren. De grootsecretaris was zeer onder de indruk van deze jongeman, die het welzijn van zijn vader belangrijker vond dan zijn eigen carrière.

Nadat hij een jaar bij zijn vader had doorgebracht, accepteerde Qin Jin in 1495 zijn eerste officiële functie, bij het ministerie van Belastingen in Peking, waar hij verantwoordelijk was voor de graanvoorraden. Hij stortte zich enthousiast op zijn werk, inspecteerde graanschuren, pakhuizen en tolhuizen in zijn gebied, waartoe ook een deel van het Noordelijk Hoofdstedelijk District behoorde. Bovendien reorganiseerde hij zijn departement en maakte hij een einde aan corruptie.

Een jaar later werd hij door zijn ministerie naar Linqing gestuurd,[4] een stad langs het Grote Kanaal, waar hij de leiding kreeg van een tolhuis dat tolgelden hief van schepen die het kanaal gebruikten.

Tijdens de Ming-dynastie werden alle ambtenaren eens in de drie jaar uitvoerig beoordeeld. Iedere chef bepaalde of zijn directe ondergeschikten hun werk 'uitstekend', 'naar behoren' of 'slecht' deden. Qin Jin kreeg een zeer gunstige beoordeling van de minister van Belastingen. Niet alleen werd hij bevorderd tot onderdirecteur van het kantoor in Henan, en later tot directeur van het kantoor in Shanxi, maar ook zijn ouders en zijn vrouw werden onderscheiden.

In 1503 overleed Jins vader. Hij liet weinig meer na dan zijn gedichten en een bundel die hij had samengesteld over de legenden van Hunan. Qin Jin onderbrak zijn carrière voor de gebruikelijke rouwperiode van drie jaar. Zijn verdriet schijnt zo groot te zijn geweest, dat hij in die tijd geen voet buiten zijn huis heeft gezet.

Het einde van zijn rouwperiode viel samen met een regeringswisseling. Keizer Hongzhi overleed en werd opgevolgd door zijn oudste zoon, die de naam Zhengde ('Fatsoen en deugd') aannam. Helaas gedroeg hij zich daar niet naar. Hij leidde een zorgeloos en losbandig leven en liet de staatszaken op hun beloop. Daardoor kon een groep paleis-eunuchen, bekend als de Acht Tijgers, de macht grijpen.

Eunuchen waren de enige mannelijke hovelingen die in het paleis mochten wonen. Ze moesten de paleisdames bewaken en de keizer op zijn wenken bedienen. Ze waren meestal van eenvoudige afkomst en stonden niet hoog aangeschreven, maar vaak lukte het hun bij de keizer in het gevlei te komen, bijvoorbeeld door vrouwelijk gezelschap voor hem te zoeken. De Chinese geschiedenis kent talloze voorbeelden van eunuchen die het volledige vertrouwen van de keizer genoten en het in feite in het land voor het zeggen hadden.

Qin Jin keerde bij het ministerie van Belastingen terug als hoofd van het kantoor in Sichuan. Als beloning voor zijn verdiensten kreeg hij de eretitel Groot-Officier van Fengzheng. Ook zijn overleden ouders werden geëerd, evenals zijn vrouw.

Maar al spoedig raakte ook Qin Jin bij de paleisintriges betrokken. Tijdens zijn afwezigheid had een groep eunuchen, samen met de schoonfamilie van de keizer, toestemming gekregen om in zout te handelen, buiten het staatsmonopolie om. Toen hij weer terug was op zijn post vroeg Qin Jin deze maatregel ongedaan te maken, omdat de militaire positie van het land erdoor werd geschaad. Zout werd namelijk geruild voor graan, dat nodig was voor de militaire garnizoenen langs de grens. Ook de minister van Belastingen, Jins directe chef, drong er bij de nieuwe keizer op aan zijn familie te verbieden in zout te handelen. Bovendien verzocht hij om het ontslag van een aantal eunuchen. De keizer was echter niet van plan

het besluit van zijn vader terug te draaien. De minister werd ontslagen, maar Qin Jin wist zijn baan te behouden.
Nadat hij tien jaar in de hoofdstad had gewerkt, werd Qin Jin in 1508 naar de provincie Henan gestuurd, waar hij zich onderscheidde bij het censoraat – het enorme apparaat dat al tweeduizend jaar de Chinese bureaucratie controleerde. In 1510 verliet hij het censoraat en werd hij bevorderd tot assistent-regeringscommissaris.
In die tijd had de Ming-dynastie regelmatig te kampen met boerenverzet. Een van de grootste opstanden begon in 1510 en werd geleid door twee broers, bekend als Liu de Zesde en Liu de Zevende. Ze hadden de wapens opgenomen nadat ze onterecht van rebellie waren beschuldigd en al hun bezittingen waren geconfisqueerd. Al snel kregen ze veel volgelingen. Hun opstand bedreigde eerst het Hoofdstedelijk District van Peking en daarna Shandong. Vervolgens trokken de rebellen naar het zuiden en liepen de provincie Henan onder de voet. De ene stad na de andere viel in hun handen, en vaak werden alle bestuursambtenaren door de opstandelingen vermoord. De plaatselijke functionarissen vluchtten in doodsangst, of gaven zich samen met de bevolking over. De commandant van Xinyang in het zuiden van Henan verzette zich en sneuvelde in de strijd. Vervolgens trokken de rebellen op naar Kaifeng, de hoofdstad van de Noordelijke Song-dynastie, waar Qin Guan nog als hofhistoricus had gewerkt.
Op dat punt kreeg Qin Jin van Deng Xiang, de gouverneur van Henan, de weinig benijdenswaardige taak Kaifeng met zijn plaatselijke militie te verdedigen. Tegelijkertijd gaf het hof in Peking commandant Song Cheng bevel met zijn troepen naar het zuiden op te rukken om het legertje van Liu de Zesde te verslaan.
Halverwege 1511 was Qin Jin op inspectie op ongeveer vijftig kilometer van Kaifeng toen hij het bericht kreeg dat Liu de Zesde en een andere rebellenleider, Tijger Yang, in westelijke richting naar Kaifeng oprukten. Onmiddellijk meldde hij dit aan gouverneur Deng en begon hij voorbereidingen te treffen voor een militaire confrontatie. Daarna kreeg hij het nieuws dat de troepen van Tijger Yang op nog geen vijftig kilometer van Fengqiu, een noordelijk district van Kaifeng, waren gesignaleerd.
Op dat moment arriveerden de troepen van commandant Song, op weg naar Kaifeng. Qin Jin vroeg zijn hulp bij de verdediging van Fengqiu, maar de bevelhebber weigerde. 'Ik heb orders om tegen Liu de Zesde te vechten, niet tegen Tijger Yang,' verklaarde hij, en trok toen verder om zich bij de gouverneur in Kaifeng te melden.
Qin Jin wist dat hij zonder de troepen van commandant Song weinig kans tegen de rebellen had. En Fengqiu lag zo dicht bij Kaifeng dat een nederlaag de veiligheid van de oude hoofdstad ernstig in gevaar zou brengen. Qin Jin sprong op zijn paard en reed naar Fengqiu, ongeveer tachtig

kilometer naar het noordwesten. Toen hij daar aankwam, werd hij begroet door de plaatselijke bestuurders, die hem waarschuwden: 'De bandieten zijn machtig en vol zelfvertrouwen. U kunt Fengqiu beter vanavond weer verlaten.'
Maar Qin Jin weigerde. Hij vond dat iedereen bij de verdediging van de stad moest helpen. 'Als ik nu uit Fengqiu vertrek,' zei hij, 'zal het zeker door de bandieten worden ingenomen. U moet niet proberen mij van het rechte pad af te brengen.' Daarna gaf hij bevel alle plaatselijke troepen voor te bereiden op de strijd.[5] Korte tijd later kreeg hij toch versterking van het leger van commandant Song, die van gouverneur Deng alsnog bevel had gekregen Fengqiu te verdedigen.
Spoedig kwam het bericht dat de rebellen waren gesignaleerd bij een dorpje op nog geen zes kilometer afstand. Qin Jin gaf commandant Song bevel om aan te vallen. Zodra de commandant op zijn paard klom, hief Qin Jin zijn hand op en zei: 'U kunt rekenen op onze logistieke steun. Maar u hebt de grootste troepenmacht onder uw bevel, dus u moet de aanval leiden.' Qin Jin nam zelf de leiding op zich van de plaatselijke militie, die de reguliere troepen zou ondersteunen. Commandant Song voerde een snelle aanval uit en wist de vijandelijke hoofdmacht uiteen te slaan. Een groot aantal rebellen werd gedood of gevangengenomen. Die nacht trokken de opstandelingen zich in een naburig dorp terug.
De volgende morgen omsingelden de rebellen de omgeving van de Chenbrug, die door regeringstroepen werd verdedigd. Door een verrassingstactiek wisten zij hun tegenstanders te verslaan. Veel soldaten werden krijgsgevangen gemaakt en een groot aantal burgers werd gedood. Toen de versterkingen van commandant Song arriveerden, trokken de rebellen zich terug. Songs troepen zetten de achtervolging in en versloegen het opstandelingenleger in een bloedige strijd.
Toen de soldaten terugkeerden naar Fengqiu, was het al bijna middernacht. Volgens de berichten van verspieders bevonden de restanten van het rebellenleger zich in Huanglinggang, waar ze een tegenoffensief voorbereidden. Qin Jin gaf commandant Song opdracht de opstandelingen in de richting van Changheng te drijven.
Ondertussen had commandant Li Qin, die de rebellen vanuit Shandong had achtervolgd, besloten zich bij Qin Jin aan te sluiten. Met zijn troepenmacht van duizend man dreef hij de opstandelingen naar Huaxian, waar een veldslag plaatsvond, maar in een zware regenbui wisten enkelen van de rebellen te ontkomen.
Pas in de herfst van 1512 werd de opstand van Liu de Zesde definitief neergeslagen. Het mislukken van deze en andere opstanden tijdens de Ming-dynastie wordt meestal toegeschreven aan het ontbreken van een samenhangende ideologie en een goede organisatie. Enkele rebellenlei-

ders slaagden erin het zittende bewind omver te werpen en zelf een nieuwe regering te vormen, maar de meeste pogingen liepen op niets uit. Een bekend Chinees gezegde luidt: 'Wie wint is keizer, wie verliest is een bandiet.' Voor de communisten waren al deze opstanden gerechtvaardigd. Mao verklaarde dat de klassenstrijd van de boeren 'de werkelijke kracht achter de historische ontwikkeling in de Chinese feodale maatschappij vormde'.[6] Hij schijnt zichzelf ook eens de leider van China's laatste boerenopstand te hebben genoemd.

Als beloning voor zijn successen bij Fengqiu werd Qin Jin benoemd tot regeringscommissaris van Shandong,[7] waar de opstand was begonnen. Daarmee had hij bijna de top van de ambtelijke ladder bereikt.
In Shandong hadden de zwaarste gevechten plaatsgevonden en de stad was grotendeels verwoest. Er was gebrek aan alles en speculanten verdienden veel geld ten koste van de gewone bevolking. Qin Jin ging meteen aan de slag. Hij verbood de zwarte markt en stelde een prijscontrole in.
Na een periode van drie jaar in Shandong werd Qin Jin in 1514 tot *xunfu* ('reizende vredestichter') of gouverneur van de provincie Huguang en tevens tot vice-hoofdcensor benoemd.[8] In Huguang trof hij een bestuurlijke chaos aan. De autochtone bevolking had van oudsher het recht haar eigen leiders aan te wijzen, waarna deze keuze door de centrale regering werd bekrachtigd. Qin Jin ontdekte dat bijna een eeuw tevoren stammen uit andere gebieden de provincie waren binnengetrokken en deze posten hadden opgeëist. In de verwarde situatie die hiervan het gevolg was, had de regering alle titels weer ingetrokken. Qin Jin slaagde erin de oude situatie te herstellen, zodat de oorspronkelijke bevolking haar rechten herkreeg.[9] Overigens was aan deze titels geen werkelijke macht verbonden, maar ze verleenden de plaatselijke leiders wel enige invloed en prestige.
In de zomer van 1517 stuurde Qin Jin een rapport aan Peking over een keizerlijk bevel aan Huguang om ruim duizend pond zalm aan het hof te leveren. Hij wees erop dat de provincie erg arm was, vaak door rondtrekkende bandieten werd geplunderd of door hongersnood werd geteisterd, en daarom niet aan deze eis kon voldoen. Hij schreef dat het niet eenvoudig was de vis te kweken of te vangen. Bovendien was de afstand tot Peking zo groot, dat de vissen vermoedelijk al dood zouden zijn tegen de tijd dat ze de hoofdstad hadden bereikt. Daarom vroeg hij het bevel in te trekken. Het hof weigerde.[10]
Toen later dat jaar enkele belangrijke steden in de provincie door overstromingen werden getroffen, vroeg Qin Jin dringend om hulp uit Peking. Het ministerie van Belastingen hield een spoedvergadering en besloot een deel van de graanvoorraden, die speciaal voor dat doel achter de hand

werden gehouden, ter beschikking te stellen. Bovendien zouden de belastingen voor de getroffen gebieden worden kwijtgescholden of verminderd. Ook werd een aantal voorstellen van Qin Jin tot civiele en militaire hervormingen aangenomen. Op basis van zijn ervaringen in Huguang schreef Qin Jin twee boeken, *De principes van bestuur* en *De pacificatie van Huguang*.
Tijdens zijn verblijf in Huguang kreeg Qin Jin ook toestemming een tempel te bouwen ter ere van zijn grote held Yue Fei, de generaal van de Zuidelijke Song-dynastie die de barbaren uit het noorden had willen verdrijven maar in de gevangenis was vermoord als gevolg van paleisintriges. Hoewel de Mongolen geen groot gevaar meer vormden, voerden ze nog steeds aanvallen op de Chinese grenzen uit.
Bovendien werd Huguang geteisterd door opstanden. De rebellen en bandieten, die een verbond hadden gesloten met de Miao- en Yao-stam, opereerden vanuit een veilige positie in de bergen. Hun aantal liep in de tienduizenden en ze trokken voortdurend heen en weer tussen de verschillende provincies, ongrijpbaar voor het leger. Omstreeks 1517 was het probleem zo ernstig geworden dat het hof tot een gecoördineerde actie besloot om de opstand neer te slaan. Qin Jin kreeg de leiding van deze operatie en zijn overwinning betekende een van de grootste successen uit zijn lange carrière.[11]
Met een grote troepenmacht rukte Qin Jin op naar Chengui, een gebied in het zuidoosten van Huguang, grenzend aan Jiangxi, Guangdong en Guangxi. De rebellenleider Kong Fuquan, een boom van een kerel met een angstaanjagend uiterlijk, had zichzelf tot Prins van Yanchi uitgeroepen. Vijf onderbevelhebbers voerden zijn indrukwekkende leger aan.
Qin Jin verdeelde zijn troepen in vier legers plus een reservemacht. Hij begon zijn campagne op de tweede dag van de elfde maand. Twee dagen later gaf hij bevel tot de aanval. Na een week van gevechten hadden zijn vier legers zeven vijandelijke steunpunten veroverd, honderden rebellen gedood en vele gevangenen gemaakt. Een van de rebellenleiders werd geëxecuteerd, samen met 134 van zijn volgelingen.
De opstandelingen probeerden zich in de bergen terug te trekken, maar Qin Jin sneed de terugweg af. Opnieuw behaalde hij enkele belangrijke overwinningen, waarbij vele honderden rebellen, onder wie twee bevelhebbers, gevangen werden genomen. De verliezen aan regeringskant waren minimaal.
Het staat wel vast dat de rebellen in Chengui vernietigend werden verslagen, want na het offensief van Qin Jin bleef het nog tientallen jaren rustig in het gebied. Maar of er aan de kant van het regeringsleger werkelijk zo weinig doden en gewonden zijn gevallen, is niet zeker. Misschien waren er tactische redenen om de werkelijke verliezen geheim te houden, en het is zelfs mogelijk dat grote aantallen gesneuvelde soldaten tot de opstande-

lingen werden gerekend. Er waren namelijk beloningen uitgeloofd voor iedere gedode vijand, en van de verminkte lijken was waarschijnlijk moeilijk vast te stellen tot welke partij ze behoorden.
Ondanks zijn militaire overwinningen was Qin Jin niet tevreden, want de rebellenleider Kong Fuquan was nog steeds op vrije voeten. Qin Jin loofde een beloning van vijfhonderd goudstukken uit voor wie hem levend gevangen zou nemen – of tweehonderd goudstukken voor degene die hem zijn hoofd zou brengen. Op oudejaarsdag vond er opnieuw een veldslag plaats, waarbij niet alleen Kong, maar ook zijn vrouw, zijn neef en zijn dochter gevangen werden genomen. Dit betekende het definitieve einde van de onrust in Chengui.
Vele eeuwen later stond een andere Chinese leider, generalissimo Tjiang Kai-sjek, voor hetzelfde probleem. Hij leidde vijf campagnes, met een troepenmacht van meer dan een miljoen soldaten, om de 'communistische bandieten' van Mao Tse-toeng 'in te sluiten en uit te roeien'. Maar steeds als de Kwomintang de overwinning binnen handbereik had, kwamen de communisten weer terug. Ten slotte werden zij echter gedwongen de bergen in te vluchten. Daarna begon de beroemde Lange Mars van 1935-1936. Meer dan een jaar lang staken ze moerassen, woestijnen, snelstromende rivieren en besneeuwde bergen over. Niet alleen werden ze achtervolgd door de Nationalistische troepen, maar onderweg moesten ze zich ook voortdurend tegen vijandelijke stammen verdedigen, tot ze ten slotte het dorre noordwesten van China bereikten en hun hoofdkwartier vestigden in de grotten van Yanan. Vele jaren later lanceerden ze van daaruit een beslissend offensief waarbij het leger van Tjiang Kai-sjek de zee in werd gedreven en een goed heenkomen moest zoeken op Taiwan.
Na de strijd beloonde Qin Jin al zijn bevelhebbers en soldaten en gaf hij ondersteuning aan de families van de doden en gewonden. Qin Jin en drie van zijn hoogste commandanten werden door de regering tot een hogere rang bevorderd. Qin Jin kreeg bovendien een eretitel en zijn zoon Pan mocht aan het befaamde Directoraat van de Keizerlijke Academie studeren zonder toelatingsexamen te hoeven doen.
Omstreeks deze tijd kwam censor Zhang Yuli op een inspectiereis in Wuxi aan. Daar werd hij benaderd door Qin Rui, de zoon van Qin Kuai, die hem toestemming vroeg een vooroudertempel te mogen bouwen ter ere van de stichter van zijn familie, Qin Guan. De tempel zou gebouwd moeten worden op de plaats van een oudere tempel aan de Zesde Pijl Rivier, die op dat moment werd gesloopt. Toen de censor toestemming gaf, schreef Qin Rui dit aan Qin Jin, zijn neef in de vijfde graad.[12] Omdat hij zelf niet naar Wuxi kon komen, bood Qin Jin hem geld en de diensten van zijn twee zonen Pan en Bian aan.
De voorouderhal werd voltooid in het voorjaar van 1519, hetzelfde jaar

waarin Pan voor zijn provinciale examens slaagde. Het gebouw had een centrale zaal, waarin een portret van Qin Guan, de stichter van de familie, werd opgehangen. Vier andere kamers waren gewijd aan de vader en grootvader van Qin Jin, als eerbetoon aan de 'Qins die bij de westelijke poort woonden', en aan de vader en grootvader van Qin Rui, die behoorden tot de 'Qins die bij de rivier woonden'. Dit gebouw, bekend als de 'Tempel van de Vijf Heren', werd de voorouderhal van de hele Qin-familie in Wuxi.

9. Qin Jin:
De 'correcte en behendige' minister

In 1520, een jaar nadat de vooroudertempel in Wuxi was gebouwd, werd Qin Jin op drieënvijftigjarige leeftijd tot rechter onderminister van Belastingen in Peking benoemd. Elk ministerie had twee onderministers, een linker en een rechter, van wie de linker de oudere was, hoewel hij dezelfde rang bekleedde.

Kort daarna overleed keizer Zhengde, die kinderloos was gebleven. Tijdens de zestien jaar van zijn bewind had hij zich voornamelijk aan zijn eigen genoegens overgegeven en de staatszaken verwaarloosd. Het gevolg was dat eunuchen en andere gunstelingen het land regeerden. Adviseurs die hem vanwege zijn excessen bekritiseerden kregen zweepslagen, werden aan de schandpaal genageld en gevangengezet. Een tijd lang verbood hij zelfs het fokken van varkens, omdat het Chinese woord voor varken net zo klonk als zijn eigen achternaam.

Na zijn dood werd een dertienjarig neefje tot elfde keizer van de Ming-dynastie gekozen, zogenaamd omdat dit de laatste wens van Zhengde zou zijn geweest. Traditioneel werd een kinderloze keizer altijd opgevolgd door een oomzegger of een ander familielid van de volgende generatie. De keuze van iemand van zijn eigen generatie leidde tot problemen, omdat hij niet als 'zoon' van de overleden keizer kon worden geadopteerd.

Zodra de jongeman uit het zuiden naar Peking vertrok, eiste hij dat hij niet als troonopvolger maar als keizer zou worden ingehaald. Hoewel dat niet gebruikelijk was, gaf het hof toe. Op de dag dat hij de hoofdstad bereikte, werd hij meteen tot keizer gekroond.

Al spoedig na zijn troonsbestijging eiste de nieuwe keizer – die de naam Jiajing of 'Schitterende rust' koos – dat zijn overleden vader ook postuum tot keizer zou worden uitgeroepen. Zijn adviseurs hielden hem voor dat hij de vorige keizers uit de Ming-dynastie als zijn voorouders zou moeten eren. De jonge keizer was het daar niet mee eens. Mao Cheng, de minister van Riten, stelde voor dat hij zijn echte vader als 'keizerlijke oom' en zijn moeder – die nog leefde – als 'keizerlijke tante' zou eren, maar ook dat accepteerde de keizer niet. De bureaucratie raakte verdeeld en uiteindelijk wist de keizer grotendeels zijn zin door te drijven.

Na de machtswisseling werd Qin Jin benoemd tot hoogste onderminister van Personeelszaken, het belangrijkste van de zes ministeries, waar over de carrière van de ambtenaren van alle andere ministeries werd beslist. Maar hij bleef niet lang in deze functie. Critici beschuldigden hem ervan dat hij problemen veroorzaakte omdat hij de traditionele criteria voor promotie had veranderd. De censors schilderden Qin Jin en andere hoge functionarissen als 'zwarte schapen' af, die geen recht hadden op een hoge post. Het gevolg was dat de benoeming van Qin Jin ongedaan werd gemaakt en dat hij zijn oude functie van onderminister van Belastingen weer terugkreeg. Mogelijk bij wijze van protest bood hij zijn ontslag aan, dat echter werd geweigerd. Een paar dagen later vroeg hij ziekteverlof aan. Ook dit verzoek werd afgewezen. Wel werd hij van rechter tot linker onderminister gepromoveerd, waarschijnlijk als gebaar van verzoening. Omdat de minister ziek was, had Qin Jin nu de leiding van het ministerie en hield hij toezicht op de kantoren in de dertien provincies en de twee hoofdstedelijke districten, die de controle hadden op het zoutmonopolie, de tolhuizen, de graanschuren en de keizerlijke stallen en weidegronden.

Een van de eerste rapporten die hij aan de nieuwe keizer stuurde had betrekking op het probleem van de familieleden van de keizer die van hun positie misbruik maakten om zichzelf te verrijken. Qin Jin diende bij het censoraat een verzoek in, gestaafd met precedenten, om deze mensen te verbannen. Het ging onder meer om de oom van de keizer, Shao Xi, die zich landerijen rondom de hoofdstad probeerde toe te eigenen die altijd openbaar bezit waren geweest. In zijn rapport verklaarde Qin Jin:

> Onlangs is een keizerlijk besluit uitgevaardigd dat alle overheidsfunctionarissen het recht geeft 'keizerlijke woningen' te bouwen, die geheel hun eigendom worden. Wij, de hovelingen, waren hierover zeer verbaasd. Van oudsher werd het als onredelijk beschouwd dat de hogere klassen, inclusief de keizerlijke familie, met het gewone volk om grondbezit en privileges zouden moeten strijden. Dat hoort niet in een rijk waar rust en vrede heersen. Heel lang geleden bepaalde de eerste keizer uit de Han-dynastie dat het gewone volk de keizerlijke Jin-tuinen mocht gebruiken en zijn afstammeling keizer Zhao stelde een paleis open en gaf dat aan het volk. Keizer Yuan gaf het volk zelfs alle landerijen en paleizen die niet werden gebruikt. Tijdens de Song-dynastie kregen burgers die rondom de hoofdstad woonden toestemming grasland te bewerken waar zij normaal geen toegang hadden. Het is duidelijk dat alle goede keizers uit vorige dynastieën het gewone volk een goed hart toedroegen.
>
> Onze eerste keizer beschouwde het gebied rondom Nanking als de belangrijkste plek van het rijk, maar liet de mensen die daar woonden toch het land bewerken en gaf hun vrijstelling van belasting. Zijn op-

volgers handhaafden deze traditie. Maar sinds het bewind van keizer Zhengde [1506-1522] hebben handige groeperingen misbruik gemaakt van het vertrouwen van de keizer en landerijen rondom de hoofdstad geconfisqueerd. Ze hebben dit land aangeboden aan adviseurs [eunuchen] van Uwe Majesteit, die u vervolgens voorstelden om deze gronden bouwrijp te maken voor 'keizerlijke woningen'. Dit voorstel komt erop neer dat de keizer met geweld landerijen in beslag zou nemen die aan het gewone volk toebehoren.

Een ander belangrijk nadeel van dit voorstel is dat degenen die de huur en de belastingen voor deze woningen vaststellen persoonlijk voordeel zullen behalen. Het keizerlijk hof zal de schuld krijgen van deze praktijken, waardoor de reputatie van het jonge bewind van Uwe Majesteit zal worden geschaad. Wij vragen Uwe Majesteit dringend een onderzoek te laten instellen en wij adviseren om de grond die na het bewind van keizer Zhengde aan het volk is ontnomen aan de oorspronkelijke eigenaars terug te geven. Het volk is erg ongelukkig met deze onrechtvaardige situatie. Wij vragen Uwe Majesteit dan ook met klem om dit onrecht te herstellen, in het belang van zowel de hogere als de lagere klassen.[1]

In zijn antwoord erkende de keizer dat 'belangrijke gebieden rondom de hoofdstad door onze voorouders altijd aan het gewone volk zijn gegeven. De laatste tijd hebben sommige mensen hiervan misbruik gemaakt. Dat weet ik, hoewel ik binnen de paleismuren blijf. Nu ik uw rapport heb gelezen, is mij duidelijk hoe ernstig de situatie is. Uw adviezen lijken mij reëel. We zullen ze ten uitvoer brengen.' De keizer voegde er echter aan toe dat Shao Xi, zijn oom, vergiffenis zou krijgen.

Door het beleid van Qin Jin namen de staatsinkomsten gestaag toe. Omstreeks deze tijd ontving hij nog een verlate onderscheiding voor zijn optreden tegen de rebellen in Huguang. Een van zijn zoons ontving de erfelijke titel van compagniescommandant bij de Geborduurde-Uniform Garde, de persoonlijke lijfwacht van de koning. Qin Jin weigerde deze onderscheiding echter te aanvaarden. Zijn besluit werd gerespecteerd, hoewel niet bekend is welke reden hij daarvoor had. Mogelijk had de reputatie van de Geborduurde-Uniform Garde er iets mee te maken. De keizerlijke lijfwacht, die vaak met de eunuchen samenwerkte, fungeerde namelijk ook als geheime dienst. De officieren hadden een bijna onbeperkte macht en martelden hun gevangenen.

Ambtenaren van de traditionele stempel, zoals Qin Jin, waren blij met de troonsbestijging van de nieuwe keizer, omdat ze geschokt waren geweest door het gedrag van zijn voorganger. Ze hoopten dat de nieuwe, jonge vorst zijn verantwoordelijkheden beter zou beseffen. Aanvankelijk leek die hoop te worden bewaarheid. De keizer beperkte de macht van de eunuchen en stelde grenzen aan de uitbreiding van adellijke bezittingen, maar structurele hervormingen bleven uit en na enige tijd begon ook deze keizer zijn taken te verwaarlozen.

In 1523 werd Qin Jin tot minister van Riten in Nanking benoemd – zijn eerste echte ministerspost. Kort daarna werd het land getroffen door grote droogte in het noorden en overstromingen in het zuiden. Deze natuurverschijnselen werden als een teken van goddelijk ongenoegen beschouwd. Een deugdzame keizer moest voor een overvloedige oogst en een harmonieuze samenleving zorgdragen. Droogte en hongersnoden werden veroorzaakt door keizers die hun plichten niet vervulden.

Een groep hoge functionarissen, onder leiding van Qin Jin, greep de overstromingen in Henan aan om kritiek op de keizer uit te oefenen – een gevaarlijke stap, die tot verbanning of de doodstraf kon leiden. Qin Jin stuurde een brief aan de troon, met als aanhef: 'Een eerlijke analyse van de reden waarom het land door rampen wordt getroffen'. Na de gebruikelijke strijkages begon de brief aldus:

> Toen Uwe Majesteit de troon besteeg, deed u vele beloften. Het volk wachtte hoopvol tot ze zouden worden ingelost – tevergeefs, zoals nu blijkt. Daarom zijn de woorden van Uwe Majesteit niet meer zo geloofwaardig als voorheen.
>
> Toen Uwe Majesteit de troon besteeg, werd het hof gezuiverd van ijdele nietsnutten en werden ijverige ambtenaren beloond. Nu laat Uwe Majesteit zich echter leiden door vleierij en benoemt u onbekwame mensen in plaats van capabele functionarissen, zoals voorheen.
>
> Toen Uwe Majesteit de troon besteeg, stond u dag en nacht open voor kritiek en klachten. Maar zelfs als de Negen Hoofdministers u nu aanspreken over zaken die uw keizerlijke verwanten of de eunuchen betreffen, antwoordt u slechts: 'De zaak is al geregeld.' Dus staat Uwe Majesteit niet meer zo open voor adviezen als voorheen...
>
> Toen Uwe Majesteit de troon besteeg, verwierp u het boeddhisme en verstootte u de boeddhistische monniken en nonnen. Nu worden offeraltaren opgericht. In dit opzicht is uw eerbied voor de orthodoxe leer dus niet meer zo groot als voorheen.
>
> Toen Uwe Majesteit de troon besteeg, was uw lichamelijke conditie uitstekend. Nu verkeert uw heilige lichaam in een slechte gezondheid en is uw gelaat niet langer stralend. Dus is uw geestkracht niet meer zo groot als voorheen.
>
> In het begin voerde Uwe Majesteit een verlicht bewind. Regeringsbesluiten werden in alle openheid in het buitenhof genomen, zonder inmenging van de kliek om u heen. Nu is het beleid echter onduidelijk,

omdat deze kliek beslissingen neemt zonder medeweten van het buitenhof. Het landsbestuur kan zelfs niet één enkele dag aan het gezag van het hof worden onttrokken. De macht kan niet worden overgedragen aan een kliek. Een kloof tussen de keizer en zijn hof werkt vooroordelen in de hand en de adviezen van paleisdames en eunuchen zullen tot een ramp leiden. Als Uwe Majesteit deze principes hooghoudt, zult u het land weer kunnen regeren alsof u het heft van het machtige Tai-ah zwaard stevig in handen hebt.[2]

Deze brief verwoordde de gevoelens van een groot aantal functionarissen aan het hof, en de minister van Riten in Peking, Wang Chun, adviseerde de keizer de wijze raad van Qin Jin op te volgen. Qin Jin werd niet bestraft, en maakte zelfs promotie. Hij werd benoemd tot minister van Oorlog in Nanking, het belangrijkste van de zes ministeries in de zuidelijke hoofdstad.

Hij vervulde deze functie slechts twee maanden. Daarna werd hij benoemd tot minister van Belastingen in Peking, zijn eerste post in het kabinet. De zes ministers in Peking en het hoofd van het censoraat vormden samen de zeven machtigste functionarissen van het rijk, die de keizer in alle belangrijke zaken adviseerden. (Bij nog ernstiger kwesties werden ook twee andere adviseurs gehoord, de hoofden van het Departement van Verbindingen en de Hoge Raad van Beroep. Samen werden deze negen mannen de Negen Hoofdministers genoemd.)

Toen Qin Jin in Peking aankwam, werd hij meteen betrokken bij een politieke storm. De keizer, die nog altijd vond dat zijn natuurlijke ouders te weinig eer werd bewezen, had besloten zijn echte vader nu als 'keizer Xian' en zijn moeder als 'keizerin-moeder' te betitelen. Adviseurs die zich hiertegen verzetten werden in de gevangenis geworpen. Bijna het hele hof was echter tegen deze beslissing van de keizer gekant, en onder leiding van de Negen Hoofdministers knielden vele honderden ambtenaren voor het paleishek neer om huilend en onder luid geweeklaag te protesteren. Toen zij weigerden zich te verspreiden, liet de keizer acht van hen gevangenzetten. De anderen bleven echter zitten en gingen door met hun protest. De keizer liet nu tweehonderd demonstranten afranselen, waarna ze in de gevangenis van de Geborduurde-Uniform Garde terechtkwamen. Meer dan twaalf van hen overleefden deze beproeving niet. Enkele anderen werden verbannen.

Vanwege zijn hoge rang stond de naam van Qin Jin vaak boven aan de lijst van mensen die zich verzetten tegen de overdreven behoefte van de keizer om zijn overleden vader te eren. Maar in de herfst van 1524 stuurde de werkelijke leider van de protestacties, He Mengcun, een memo aan de troon met de aanhef 'Erkenning van Schuld', waarin hij alle verantwoor-

delijkheid op zich nam en Qin Jin en andere hoge functionarissen van schuld vrijpleitte.[3]
Het was niet eenvoudig om minister te zijn voor een onberekenbare keizer, die de staatszaken voor een groot deel aan zijn eunuchen en andere vertrouwelingen overliet. Bovendien stonden de Ming-keizers bekend om de wrede wijze waarop ze soms hun ministers behandelden. Een van de voorgangers van Qin Jin was eens door zijn keizer aan zijn bureau vastgeketend omdat hij zijn werk niet goed deed. Gelukkig voor Qin Jin was keizer Jiajing hem gunstig gezind, ondanks Jins standpunt in de 'Grote Ritenstrijd'.
Een ander probleem voor Qin Jin was het zoutmonopolie. Al vele jaren woedde er een strijd tussen de keizer – die familieleden en gunstelingen toestond in zout te handelen – en het ministerie, dat een betere controle op dit kostbare produkt wenste.
Een confrontatie tussen Qin Jin en de paleis-eunuchen was onvermijdelijk. In de herfst van 1525 verzetten enkele censors en andere functionarissen zich tegen het feit dat de eunuchen hun macht hadden vergroot door enkele duizenden extra arbeiders in dienst te nemen. Omdat de fondsen hiervoor van het ministerie van Belastingen afkomstig waren, stuurde Qin Jin een vlammend protest aan de troon.[4] De keizer gaf hem gelijk en nam maatregelen, maar de eunuchen hielden zijn vertrouwen.
Een paar maanden later rapporteerde een van de eunuchen, Liang Dong, dat het paleis extra voorraden goud, parels en edelstenen nodig had en vroeg het ministerie van Belastingen de noodzakelijke fondsen beschikbaar te stellen. In zijn antwoord aan de keizer wees Qin Jin erop dat er een officiële procedure bestond voor het indienen van zo'n verzoek. Bovendien was de staatskas bijna leeg. Maar de keizer koos de zijde van de eunuch en droeg de minister op voor extra juwelen te zorgen.
Tijdens de Ming-dynastie was het gebruikelijk dat ambtenaren in de hoofdstad eens in de zes jaar aan een beoordeling werden onderworpen. In 1527 kregen Qin Jin en een andere functionaris, Chao Huang, na een dergelijke beoordeling toestemming om zich 'terug te trekken'. Het is niet duidelijk wat er precies was gebeurd, maar blijkbaar hadden zij het ongenoegen van de hoogste instanties opgewekt, mogelijk door hun voortdurende confrontaties met de eunuchen.[5] Toch werden de twee mannen niet oneervol ontslagen. Ze kregen een levenslange toelage en een vergoeding voor de terugreis naar hun geboortestad.[6] In het algemeen moesten hovelingen hun reiskosten zelf betalen, ook wanneer het een dienstreis betrof.
Nu er een einde was gekomen aan zijn officiële carrière, wijdde Qin Jin, die inmiddels zestig was, zich na zijn terugkeer in Wuxi aan een veel persoonlijker kwestie: de samenstelling van zijn familiestamboom, een taak waaraan zijn overgrootvader was begonnen. Tijdens deze periode van

relatieve rust kocht Qin Jin een stuk land in de buurt van de tempel op de berg Hui. Daar legde hij een prachtige tuin aan, met een huis dat hij de Villa van de Phoenixvallei noemde, omdat zijn omgangsnaam 'Phoenixberg' betekende. Het lot van de tuin zou de volgende vier eeuwen nauw verbonden blijven met de opkomst en neergang van de Qin-familie. Ter gelegenheid van de voltooiing van huis en tuin schreef Qin Jin het volgende gedicht:

> Nu, teruggetrokken, leef ik op een beroemde berg,
> Mijn woning is een kleine villa
> De beek slingert zich tussen de rotsen door
> Dennen verheffen zich hoog boven de struiken
> Vogels fladderen om de berg
> De bergpaden zijn afgelegen en verlaten
> De geluiden van de lente omringen mij
> Tinkelend als een muziekinstrument van jade.

Toen hij vier jaar in de politieke vergetelheid had doorgebracht werd Qin Jin weer teruggeroepen. Zijn vrienden aan het hof hadden op zijn terugkeer aangedrongen, omdat ze vonden dat hij veel te bekwaam en veel te jong was om met pensioen te worden gestuurd. Wel moest Qin Jin een stapje terug doen, want hij werd nu benoemd tot minister van Belastingen in Nanking. Toch aanvaardde Qin Jin de benoeming en ging serieus aan het werk. Hij diende meteen een reeks voorstellen tot hervormingen in, met betrekking tot het beheer van weidegronden, het transport van hooi, het bouwen van stenen dammen tegen overstromingen, het aankopen van zijde tegen door de staat vastgestelde prijzen en het bepalen van de prijs van katoenen stoffen. Al deze voorstellen werden goedgekeurd.
Terwijl hij elf jaar eerder nog door een censor een 'zwart schaap' was genoemd, niet geschikt om de keizer te dienen, bracht een andere censor nu een rapport uit waarin hij Qin Jin hemelhoog prees en de keizer adviseerde hem een passende positie aan het hof te geven.[7]
Ondanks dit rapport werd Qin Jin niet gevraagd naar Peking te komen. Teleurgesteld bood hij zijn ontslag aan, maar dit werd geweigerd. In 1533 werd Qin Jin eindelijk naar Peking overgeplaatst, dit keer als minister van Publieke Werken. Opnieuw bevond hij zich in het centrum van de macht. Zijn belangrijkste taak was de controle op de bouw en de restauratie van paleizen en het onderhoud van de kanalen.
Samen met een aantal andere hoge functionarissen vroeg Qin Jin de keizer om enkele boeken, waaronder de *Minglun Dadian*, geschreven in opdracht van de keizer zelf. Dit boek bevatte een beschrijving van de 'Grote Ritenstrijd', waarin de keizer triomfeerde over de adviseurs die zich had-

den verzet tegen zijn buitensporige eerbetoon aan zijn natuurlijke ouders. Dat Qin Jin en de anderen om dit boek verzochten, was een symbolisch gebaar van capitulatie, en de keizer voldeed dan ook graag aan het verzoek.

Een van de belangrijkste projecten waarmee Qin Jin zich in zijn nieuwe functie bezighield was de verbouwing van de keizerlijke vooroudertempel, die van een tempel met negen kamers moest worden uitgebouwd tot negen afzonderlijke tempels. Toen het project in 1536 werd voltooid had Qin Jin al een andere functie, maar vijf jaar later werden de nieuwe tempels na een blikseminslag door brand verwoest. De bijgelovige keizer besloot de tempel op veel kleinere schaal te herbouwen, opnieuw als een tempel met negen kamers.

Tegen het einde van zijn carrière werd Qin Jin met eerbewijzen overladen. In 1534 – hij was inmiddels zevenenzestig – werd hij benoemd tot assistentvoogd van de troonopvolger, en een jaar later tot voogd. Daarmee had hij de hoogste rang in het ambtelijke apparaat bereikt. Ondanks het feit dat zijn gezondheid achteruitging, werd hij in 1536 nog overgeplaatst naar Nanking als minister van Oorlog en grootadjudant, een functie die hij dertien jaar eerder ook had bekleed. Opnieuw gaf hij blijk van een groot strategisch inzicht. Hij deed een aantal belangrijke voorstellen voor een reorganisatie van de strijdkrachten, zoals een collectieve opleiding van rekruten, een systeem om 's nachts wacht te lopen, het herstel van de stadsmuren van Nanking (de langste van alle steden in China), het bijhouden van persoonlijke dossiers van iedere soldaat, een hervorming van het soldijstelsel en een uitbreiding van de administratieve staf.

Maar al enkele maanden nadat hij in Nanking was aangekomen, vroeg Qin Jin toestemming met pensioen te mogen gaan. De keizer besefte dat Qin Jins gezondheid steeds zwakker werd, maar uit respect voor de minister wees hij diens eerste verzoek nog af. Een tweede verzoek, enkele maanden later, werd echter ingewilligd en overladen met eerbewijzen trok Qin Jin zich uit het openbare leven terug.

Eenmaal terug in Wuxi wijdde Qin Jin zich opnieuw aan de genealogie van zijn familie en de studie van de confuciaanse klassieken. Maar hij vond nog voldoende tijd om met zijn kleinkinderen te spelen en ook blies hij informeel het Dichtersgenootschap van de Blauwe Berg weer nieuw leven in. Regelmatig kwamen hij en zijn vrienden samen om een paar koppen wijn te drinken en gedichten te schrijven.

Anders dan Qin Guan, zijn voorvader uit de tijd van de Song-dynastie, nam hij nooit een concubine en werd hij nimmer van immoreel gedrag beschuldigd. Qin Jin was een rechtschapen man, een geleerde die – als het moest – ook een leger kon aanvoeren. Maar hij was niet geïnteresseerd in wereldse roem. Hij hield van zijn familie, hij was trots op zijn afkomst en hij verdiende de eeuwige dank van zijn nakomelingen door een stamboom samen te stellen en een voorouderhal te bouwen.

In 1544 overleed Qin Jin, zesenzeventig jaar oud. Toen de keizer dit vernam, kondigde hij een dag van rouw af en gaf toestemming Qin Jin een canonieke naam toe te kennen, die zijn verdiensten voor het land moest symboliseren. De naam die werd gekozen was Duan Min, 'Correct en Behendig'.[8] Toen de naam bekend werd gemaakt, werd erbij vermeld dat Qin Jin 'geen misstappen had begaan, zich een rechtschapen man had betoond en zijn plichten bekwaam had vervuld'.

Qin Jin werd met veel ceremonieel begraven op de Thuiskomstberg, niet ver van zijn vader. Hij werd ter aarde besteld in de helft van een dubbel graf. Zijn vrouw, die zes jaar later overleed, werd begraven in de andere helft. Ook haar begrafenis werd met veel plechtigheden omgeven, onder persoonlijk toezicht van de prefect van Changzhou, die daartoe instructies van de keizer had gekregen.

Qin Jins echtgenote was een vrouw met karakter. Toen haar man de rebellen in Huguang bestreed, ging op een gegeven moment het gerucht dat hij was ontvoerd. 'Als mijn heer dood is,' reageerde ze op dat bericht, 'zal de dood mij ook welkom zijn.' Toen Wuxi werd geteisterd door dieven en rovers, weigerde ze een persoonlijke lijfwacht in te huren. 'Als ik lijfwachten in dienst neem,' verklaarde ze, 'zullen zij hun leven riskeren om mij te beschermen, omdat ik hen betaal. Ik wil niet dat iemand alleen voor geld zijn leven waagt.'

Een kronkelig pad, omzoomd door bomen en stenen beelden, leidde naar het gezamenlijke graf van Qin Jin en zijn vrouw. De keizerlijke voorschriften bepaalden dat iemand met de rang van Qin Jin recht had op twee stenen tijgers en twee stenen schapen, twee meer dan manshoge stenen beelden van ambtenaren en twee militaire figuren. Dit waren de beelden waarvan ik in 1983 de verspreide brokstukken vond.

Het hiërarchische karakter van de Chinese maatschappij bleek zelfs uit de grafstenen die werden gebruikt. Qin Jin had recht op een stenen zuil, rustend op een stenen schildpad – het symbool van een lang leven. Een ambtenaar van een lagere rang moest het zonder de schildpad stellen. Ook de hoogte en breedte van de steen waren afhankelijk van de positie van de overledene, evenals de vorm van de top: plat of rond.

Hoewel grafstenen en andere bovengrondse markeringen de naam van de overledene vermeldden, zorgden de Chinezen ervoor dat zelfs indien deze grafstenen in de loop van de tijd zouden verdwijnen, de identiteit van de dode toch kon worden vastgesteld. Daartoe begroeven ze samen met de overledene twee grote stenen platen, waarop zijn naam en zijn levensgeschiedenis werden gegraveerd. Deze twee platen werden, met de inscripties naar elkaar toe, met metaaldraad stevig tegen elkaar gebonden voor-

dat ze werden begraven, in het graf zelf of ervoor.
Omdat Qin Jin de hoogste rang had bekleed, had hij recht op een grafplaats van negentig passen in het vierkant. Functionarissen van de tweede rang kregen een plek van tachtig passen in het vierkant, en dat ging zo door tot aan ambtenaren van de zevende rang, die slechts twintig passen kregen toegemeten.
Zijn oude vriend Yan Song, die in dat jaar tot grootsecretaris was benoemd, schreef een graftekst voor Qin Jin, die werd gegraveerd op een stenen zuil – de *shendaobei* of 'inscriptie op de heilige weg'. Later zou Yan Song echter als een van de meest verraderlijke politici uit de Ming-dynastie worden afgeschilderd. Daarom is in de verzamelde poëzie en proza van Qin Jin geen enkele verwijzing naar Yan Song te vinden. Blijkbaar heeft iemand zijn werk zorgvuldig nageplozen om elk spoor van deze pijnlijke associatie uit te wissen. Maar het grafschrift, dat op de steen was gegraveerd, kon niet worden verwijderd.
Over de begrafenis van Qin Jin bestaat nog een interessante legende. Sommigen van de arbeiders die aan de graftombe werkten waren ontevreden over de manier waarop ze werden behandeld, en daarom vervloekte een van hen de bewoner van het graf met de woorden: 'Deze familie zal geen voorspoed meer kennen totdat de stenen schildpad naast het graf zal omvallen.' Omdat deze schildpad door een zware stenen plaat op zijn plek werd gehouden, leek dat niet snel te zullen gebeuren. Maar in 1600, zesenvijftig jaar na de dood van Qin Jin, werd de stenen plaat door een storm van zijn plaats gerukt en viel de schildpad om.[9]

10. Qin Liang: Een voorspelling die uitkwam

Op dezelfde dag dat ik ontdekte dat het graf van Qin Jin tijdens de Culturele Revolutie was opgegraven, vond ik ook een graf dat nog bijna geheel intact was. Het lag verborgen achter een bamboebosje, op een helling die dichtbegroeid was met bomen, wijnranken en struiken. In de nabijheid vond ik tussen de roze perzikbloesem de brokstukken van een stenen paard met inscriptie, een stenen schildpad en vier stenen zuilen, die nu als primitieve bruggetjes over een paar droge beddingen werden gebruikt.

Gu Wenbi, de curator van het museum van Wuxi die mij vergezelde, slaakte een opgewonden kreet. Met drukke armgebaren reconstrueerde hij het graf en verklaarde: 'Dit is een karakteristiek graf uit de Mingdynastie, een *san-jian si-chu* "drie kamers met vier zuilen".' Het graf werd gemarkeerd door een ronde grafheuvel, omgeven door een lage muur van lapis lazuli. Hoewel het graf vier eeuwen oud was, was op deze muur de afbeelding van een oude man met een golvende baard nog duidelijk zichtbaar. Links van de oude man bevond zich een hert en rechts een kraanvogel, met dennetakken erboven. Gu Wenbi vertelde dat deze afbeeldingen een lang leven symboliseerden en dat hun aanwezigheid betekende dat het graf al was gebouwd toen de bewoner nog in leven was. De Chinezen hechtten veel waarde aan de geschiedenis en hun eigen plaats daarin. Daarom was de plek waar ze begraven zouden worden erg belangrijk voor hen. Vooraanstaande figuren kozen vaak al een plaats voor hun graf als ze nog kerngezond waren. De Chinese staatsman Li Hongzhang, die in 1901 overleed, had zelfs een lijkkist bij zich toen hij in 1896 door Europa reisde. De grafsteen van de graftombe in Wuxi was verdwenen, maar ongeveer honderd meter bergafwaarts stond een gebouwtje dat een *xiang-tang* of 'offerhal' werd genoemd, waarin het lichaam van de overledene meer dan vierhonderd jaar geleden was opgebaard. Het gebouwtje was nu in gebruik als recreatiezaal voor een leprakliniek, maar verscheidene inscripties in de muren waren nog goed leesbaar. Met een vochtige doek veegde Gu Wenbi de witkalk van de muur en zonder veel moeite ontcijferde hij het verslag van een voormalige grootsecretaris, die uitlegde waarom Qin Han in 1564, twee jaar voor zijn dood, deze plaats voor zijn graf had uitgekozen. Ook zijn zoon Liang, die in 1578 overleed, lag hier begraven.

Qin Han was de achterkleinzoon van Qin Xu, de oprichter van het Dichtersgenootschap van de Blauwe Berg, en de zoon van Tang, de man die zijn carrière had opgegeven om negentien jaar lang voor zijn zieke moeder te kunnen zorgen. Qin Han werd geboren in 1493, het zesde jaar van het bewind van keizer Hongzhi en een jaar nadat Columbus uit Spanje was vertrokken, op zoek naar India.
Als jongeman van twintig jaar was Qin Han voor zijn eerste examens geslaagd en had hij een bruid gevonden. Twee jaar later werd Liang geboren. In de *Verhalen uit Wuxi*, een boek met anekdotes, wordt verteld dat een buurvrouw tijdens de zwangerschap van Liangs moeder droomde dat de familie Qin een kind zou krijgen dat het tot regeringscommissaris – de op één na hoogste post in een provincie – zou brengen.[1] Eenenvijftig jaar later kwam die voorspelling uit.
Liang scheen een bijzonder kind te zijn. Hij hield niet van de gebruikelijke spelletjes, maar was dol op vliegeren. Hij had een vlieger van drie meter lang en drie meter breed, die zo zwaar was dat er een paar sterke mannen voor nodig waren om hem de lucht in te krijgen.[2]
In 1531, toen Liang zestien was, verloor de tante van zijn vader haar man. Omdat haar beide zonen al jong waren gestorven, wilde ze de stamboom van haar overleden man voortzetten door een van haar neven te adopteren. De keuze viel op Liangs vader. Op achtendertigjarige leeftijd kreeg Qin Han dus opeens een nieuwe familienaam en een nieuwe afstamming.[3] Officieel heette hij nu Wu, had hij geen vader meer en was zijn tante zijn moeder geworden. Hij vatte zijn nieuwe rol blijkbaar heel ernstig op, want drie jaar later vroeg hij het hof zijn geadopteerde moeder te eren voor haar trouw aan haar overleden man. Het verzoek werd ingewilligd.
Na een aantal jaren nam Qin Han zijn eigen naam weer aan, maar het is niet duidelijk waarom en hoe. Waarschijnlijk had hij een andere kandidaat gevonden om hem te vervangen als stamhouder van de familie Wu.
Liang was een ijverig student, maar pas in 1543 slaagde hij voor de provinciale examens. Hij was toen achtentwintig. In 1544 nam hij voor het eerst aan de hoofdstadexamens deel, maar hij zakte. Pas drie jaar later zou hij een nieuwe poging kunnen doen. In de tussentijd werkte hij als leraar. Hij probeerde zijn studenten ervan te doordringen dat een geleerde 'trouw aan zichzelf moet zijn en niet moet proberen bij de rijken en machtigen in het gevlei te komen'. In 1547 – hij was toen tweeëndertig – slaagde hij voor de hoofdstadexamens en kreeg hij de titel van *jinshi*. Daarop volgde zijn benoeming tot prefect-rechter in Nanchang in de provincie Jiangxi.
Na zijn aankomst in Nanchang hoorde hij dat de omgeving onveilig werd gemaakt door een beruchte bendeleider, Ping de Twaalfde, die steeds aan de politie wist te ontkomen omdat hij contacten had met een hoge functionaris. Qin Liang ontbood deze corrupte politieman en beloofde hem zijn

leven te sparen als hij voor Liang zou spioneren. Op die manier wist Liang het hoofdkwartier van de bende te ontdekken. Ping de Twaalfde werd gevangengenomen en op het marktplein onthoofd, als een waarschuwing voor anderen.

Toch sprak Qin Liang niet lichtvaardig het doodvonnis uit. Voordat hij naar Nanchang was vertrokken had zijn vader hem op het hart gedrukt: 'Wees niet luchthartig. Een mensenleven is veel waard.' Liang luisterde goed naar dit advies. In gevallen die tot de doodstraf konden leiden bestudeerde hij zorgvuldig en gewetensvol al het bewijsmateriaal. Toen Liang een keer tot diep in de nacht zat te werken, knielde zijn zoon voor hem neer en smeekte hem rust te nemen. Maar Liang wees hem terecht, 'Je bent nog te jong om het belang van dit werk te beseffen,' zei hij. 'Eén fout van mij kan de dood van een onschuldig man tot gevolg hebben.'

Zo redde hij het leven van een gevangene die een provinciale intendant had beledigd. De man had hem gearresteerd en hem zo lang laten afranselen dat de gevangene op het randje van de dood balanceerde. Toen Liang dit hoorde, stelde hij een onderzoek in en gaf bevel de gevangene weer vrij te laten.

Na drie jaar in Nanchang werd Liang in 1551 overgeplaatst naar de hoofdstad, waar hij werd benoemd tot eerste secretaris van het Departement van Personeelstoezicht, dat de rest van de bureaucratie controleerde.

Toen keizer Jiajing ouder werd, raakte hij steeds meer in de ban van de taoïstische mystiek, die een formule voor onsterfelijkheid zocht. De keizer ging zich bezighouden met speciale riten, waaronder alchimie, en besteedde steeds minder tijd aan bestuurlijke zaken.

Nadat Liang naar de hoofdstad was overgeplaatst, haalde hij zich de toorn van de keizer op de hals door te weigeren aan diens mystieke ceremonies deel te nemen. Misschien had hij zelfs openlijk kritiek op deze praktijken. Het was zijn taak om misstappen – ook die van de keizer – aan de kaak te stellen. Hoe het ook zij, hij was niet bereid om 'wierook te offeren', en werd daarom gestraft met stokslagen. Daarvoor werden zware houten stokken gebruikt, die ernstig letsel konden toebrengen. Qin Liang mocht van geluk spreken dat hij het er levend af bracht.

Toen Qin Han hoorde wat zijn zoon was overkomen, schreef hij hem: 'Omdat je je lichaam en ziel in dienst van de keizer hebt gesteld, is het niet erg om te sterven – zolang het maar voor een goede zaak is.' En hij troostte hem met de woorden: 'Omdat het je officiële taak is kritiek uit te oefenen, zou je je plicht verzuimen als je niet je stem verhief wanneer dat nodig is. Pas dan zou je jezelf iets kunnen verwijten.'[4]

In de eerste helft van de zestiende eeuw hadden de Mongolen enkele invallen gedaan in gebieden voorbij de Chinese muur. Ze begonnen de hoofdstad steeds dichter te naderen en in 1550 sloegen ze zelfs hun tenten op in de voorsteden van Peking. Het was duidelijk dat er een muur moest worden gebouwd om de buitenwijken, waar de meeste mensen woonden, te beschermen. Twee jaar later werd Qin Liang tot een van de opzichters van dit project benoemd. (De muur om de binnenstad was al 130 jaar eerder voltooid.)

Liang vatte zijn werk zo serieus op dat hij zelfs op de bouwplaats sliep. Op een gegeven moment ontdekte hij dat de bouw werd vertraagd doordat een hoge functionaris een deel van de fondsen in eigen zak stak. Liang meldde dit aan de keizer en de man werd ontslagen. Maar ongetwijfeld had Liang hiermee ook politieke vijanden gemaakt.

Omdat de bouw hierna voorspoedig verliep, werd Liang na de voltooiing ervan benoemd tot assistent-regeringscommissaris bij het Departement van Verbindingen, een politiek gevoelige instantie, die verantwoordelijk was voor alle verbindingen tussen de regeringsinstellingen onderling en tussen de hoofdstad en de verschillende provinciale autoriteiten.

Tijdens deze periode werkte hij nauw samen met de onderminister van Publieke Werken, Yan Shifan, de zoon van grootsecretaris Yan Song, die zoveel macht had dat hij in feite als eerste minister fungeerde, hoewel die functie niet meer bestond. Later zou Liang zich echter van de familie Yan distantiëren.

In 1558 werd Liang benoemd tot onderminister van het Hof van de Keizerlijke Stoeterij in Nanking, dat rechtstreeks onder het ministerie van Oorlog ressorteerde. Het Hof van de Keizerlijke Stoeterij had het beheer over de weidegronden waar de keizerlijke paarden graasden. Liangs kantoor bevond zich in Chuzhou, vlak bij Nanking. In Chuzhou kon Liang van de bergen en het water genieten en woonde hij veel dichter bij zijn vader.

Toen Liang nog in Peking woonde, had zijn vader een gedicht geschreven waaruit bleek hoeveel hij van zijn zoon hield:

> Opeens is het jaar voorbij,
> Mijn gedachten zijn duizend mijl van hier.
> Mijn dagen zijn druk en jachtig,
> Maar mijn nachten zijn vol van eenzaamheid.
> Het is nog te vroeg voor sneeuw.
> Wanneer zal er een vogel over de rivier vliegen
> Met nieuws van jou?
> Morgen zijn wij al een jaar van elkaar gescheiden,
> Ik krab mij op het hoofd en kan de slaap niet vatten.

In 1554 besloot Qin Han het Dichtersgenootschap van de Blauwe Berg, dat al zestig jaar niet meer bestond, nieuw leven in te blazen. Sinds de

dood van zijn overgrootvader was het gebouw in verval geraakt, maar met de hulp van andere vooraanstaande plaatselijke geleerden liet Han het restaureren.[5] Ook hield hij zich bezig met de tuin die door zijn oom Qin Jin aan de rand van de stad was aangelegd, aan de voet van de berg Hui. Qin Liang had de tuin voor zichzelf en voor zijn vader gekocht.
Terwijl Qin Han van zijn oude dag genoot, was Liang inmiddels bevorderd tot minister van het Hof van Staatsceremonieel in Nanking. Binnen een jaar volgde zijn benoeming tot hoofd van het Departement van Verbindingen. Deze snelle promotie wordt wel gezien als bewijs voor de steun die hij van Yan Song en diens zoon ontving, die op dat moment op het hoogtepunt van hun macht stonden.
Het verhaal gaat dat Yan Shifan na Liangs dubbele promotie een boodschapper naar hem toe stuurde met het bericht: 'Je hebt nu twee keer in één jaar promotie gemaakt. Weet je aan wie je dat te danken hebt?' De boodschapper eiste een aanzienlijk bedrag uit naam van Yan Shifan, maar Liang weigerde.[6] Het was in die tijd niet ongebruikelijk om voor promoties te betalen, maar Liang keurde deze praktijken af. Dat schijnt de reden te zijn geweest voor zijn latere breuk met vader en zoon Yan.
Korte tijd later werd de macht van Yan Song en zijn zoon gebroken, nadat ze bijna twintig jaar het hof hadden gedomineerd. Yan Song raakte bij de keizer uit de gratie en werd later in de officiële geschiedschrijving van de Ming-dynastie bij de categorie 'Verraderlijke functionarissen' ingedeeld, omdat hij de keizerlijke macht aan zich had getrokken, zijn critici had vervolgd en het corrupte en tirannieke gedrag van zijn zoon door de vingers had gezien.
Als een hoge functionaris in ongenade viel, betekende dit ook de val van zijn vrienden en aanhangers, en nadat Yan Song en zijn zoon verstoten waren, werden de open plaatsen onmiddellijk ingenomen door hun politieke tegenstanders. Het lag voor de hand dat Qin Liang zou worden gestraft voor zijn contacten met de familie Yan, en dat gebeurde ook. Hij werd naar de provincie Zhejiang overgeplaatst als assistent-regeringscommissaris, een rang lager dan de post die hij op dat moment bekleedde. Liangs vader probeerde hem te troosten met hetzelfde advies dat Liang ooit zijn studenten had voorgehouden: 'Het is geen schande te worden gestraft omdat je de rijken en machtigen niet wilt vleien.'
Maar ondanks deze tegenslag was het nog lang niet afgelopen met de carrière van Qin Liang. Hij had nog altijd vrienden aan het hof. Grootsecretaris Xu Jie, die verantwoordelijk was voor de val van Yan Song, was bevriend met Liangs vader, en Li Chunfang, die samen met Liang voor de *jinsji*-examens had gestudeerd, maakte snel carrière. In 1565 kreeg Liang daarom zijn oorspronkelijke rang weer terug en een jaar later werd hij bevorderd tot regeringscommissaris van de provincie Jiangxi, waarmee de

voorspellende droom die de buurvrouw voor zijn geboorte had, was uitgekomen. Hij zou zijn nieuwe post echter nooit bekleden.
In 1565 was zijn vader namelijk door een beroerte getroffen. Bezorgd over zijn toestand vroeg Liang toestemming om naar huis terug te keren. Zijn verzoek werd ingewilligd. Terug in Wuxi verzorgde hij zijn vader en probeerde hem met geneeskrachtige kruiden weer op de been te helpen, maar de gezondheidstoestand van Qin Han ging snel achteruit. Twee maanden later overleed hij.
Zelfs op zijn sterfbed had Qin Han nog een laatste advies voor Liang. 'Mijn zoon,' zei hij, 'vergeet nooit dat je je lot zelf kunt bepalen. Succes komt niet zomaar, maar is altijd het resultaat van hard werken.'
Liang onderbrak zijn carrière voor de gebruikelijke rouwperiode. Daarna trok hij zich meteen uit het openbare leven terug, vermoedelijk niet geheel vrijwillig. Hij was begin vijftig en had nog zeker tien jaar in de politiek actief kunnen zijn, maar blijkbaar bestond er bij de tegenstanders van Yan Song nog altijd veel verzet tegen hem. Hoewel zijn machtige vriend Li Chunfang hem steunde en zelfs een grafschrift voor Liangs vader opstelde, was de oppositie te sterk.
De laatste twaalf jaar van zijn leven bracht Qin Liang in Wuxi door, voornamelijk met schrijven. Hij redigeerde de memoires van Qin Kuai en publiceerde een nieuwe editie van *De pacificatie van Huguang*, het boek van zijn oom Qin Jin, waarbij hij zelf een voorwoord schreef.
Ook al was hij niet meer actief, toch had Qin Liang nog altijd een grote belangstelling voor de politiek. Zijn voormalige studenten, die nu zelf carrière maakten, schreven hem brieven en vroegen zijn advies. Ook raakte hij bevriend met de plaatselijke magistraat, die hij overreedde het belastingstelsel te vereenvoudigen door alle bestaande regelingen te vervangen door één enkele belasting, een hervorming die bekend werd als het 'één zweep systeem'.
In 1574 vroeg magistraat Zhou Bangjie hem een herziene versie van de plaatselijke geschiedenis en geografie, de *Wuxi Almanak*, samen te stellen. Tachtig jaar daarvoor had zijn oud-oudoom Kuai een eerdere editie gepubliceerd. Liang stemde toe en schreef in zijn voorwoord:

> Landen houden hun geschiedenis bij en districten hun archieven. Het districtsarchief dient ter informatie van toekomstige generaties en moet zo volledig mogelijk zijn.
> Ons district, ooit ontdekt door Tai Po, is vermaard om zijn prachtige landschap en de welvaart van de bewoners. Omdat sommige documenten uit het verleden echter verloren zijn gegaan, zijn de oudste gegevens waarover wij beschikken de geschriften van Wang Wenyu. Tijdens het Jingtai-bewind [1450-1456] van deze dynastie heeft Feng Zexian

deze geschriften geredigeerd. In het begin van het Hongzhi-bewind hebben Wu Fengxiang en Li Xunming de gegevens bijgewerkt. Inmiddels zijn er tachtig jaar verstreken en is er veel gebeurd – geboorten, sterfgevallen, veranderingen in de wetgeving en gebruiken, enzovoort. Als dit alles niet wordt vastgelegd, zal het voor de toekomst verloren gaan.
In het kantoor van de magistraat is een commissie geïnstalleerd. Geleerden als Hua Pan, Li Shifang, Yu Yong, Sheng Pan en mijn neef Qin Ping hebben mij geholpen. Wij hebben de oude archieven doorgewerkt, de oorsprong van iedere gebeurtenis achterhaald, lastige passages geredigeerd en overbodige informatie weggelaten. De periode die wordt bestreken loopt van het derde jaar van het Hongzhi-bewind [1524] tot het eerste jaar van het Wanli-bewind [1573]. Er zijn tien categorieën, verdeeld in vierentwintig hoofdstukken. Deze categorieën zijn: geografie (grondbezit); paleizen (en hun voorschriften); voedsel en opslag (met betrekking tot de belastingen); militaire verdediging (voorzorgsmaatregelen), figuren die een vermelding verdienen, zoals geleerden en filosofen; bestuurders (en hoe zij hun werk hebben gedaan); examens; literatuur; officieuze geschiedschrijving (als compensatie voor de verloren gegane officiële bronnen); en diversen.[7]

Nog tijdens Liangs leven oefenden sommigen van zijn collega's echter kritiek uit op de wijze waarop hij de *Wuxi Almanak* had geredigeerd. Een van zijn belangrijkste medewerkers, Hua Pan, beweerde zelfs dat Liang bepaalde vooraanstaande personen niet had willen vermelden omdat hun nakomelingen niet langer rijk en machtig waren.

Het feit dat zijn oud-oudoom was gevraagd een voorwoord bij de editie van 1494 te schrijven en dat Liang zelf de nieuwste versie had geredigeerd, maakt wel duidelijk dat de Qin-familie inmiddels een vooraanstaande positie in Wuxi innam. Vanaf die tijd, tot aan de laatste *Wuxi Almanak*, die in 1881 werd gepubliceerd, werd bijna iedere editie door een Qin samengesteld.

Evenals zijn vader wandelde Qin Liang graag door zijn tuin aan de voet van de berg Hui, die hij nog verder uitbreidde. De oude naam, 'Villa van de Phoenixvallei', bleef behouden. In een gedicht schreef Liang:

> Vanochtend had ik last van het warme weer;
> Ik ging naar de Phoenixvallei om rust te vinden.
> De rode bloem is verdwenen – ik treur om wat oud is;
> De paden en paviljoens worden door gras overwoekerd.
> De krekels tjirpen, verborgen tussen de bladeren van de hoge bomen;

De kraanvogels in het woud voeren hun rustige dans uit;
Ik drink alleen, terwijl een bries door de pijnbomen strijkt.

Deze tuin zou 450 jaar in het bezit van onze familie blijven.
Na de dood van zijn vader was Liang hoofd van de familie geworden die behalve zijn eigen gezin uit zijn moeder en twee jongere broers bestond, van wie een nog maar een kind was. Het was natuurlijk ook zijn taak om de huwelijken van zijn eigen kinderen te regelen. Omdat huwelijken in die tijd werden gesloten volgens het principe dat 'bamboedeuren bij bamboedeuren horen en houten deuren bij houten deuren', kon de maatschappelijke status van een familie ook worden afgemeten aan de positie van de schoonfamilie. De drie zonen van Qin Liang en zijn echtgenote trouwden met dochters uit vooraanstaande families. De zoon van zijn concubine trad in het huwelijk met een meisje van iets lagere stand, hoewel hijzelf aan de Keizerlijke Academie studeerde. Ook de drie dochters van Qin Liang sloten een goed huwelijk, evenals zijn kleinkinderen.
In de herfst van 1577, toen hij tweeënzestig was, werd Liang ziek. In de winter liep hij een ernstige verkoudheid op die niet wilde overgaan. Maar op de verjaardag van zijn moeder, het volgende voorjaar, stond hij erop zijn ziekbed te verlaten om haar de vereiste eer te bewijzen, opdat ze zich geen zorgen zou maken. Ook nam hij aan de feestelijkheden deel. In de herfst van 1578 ging zijn toestand echter snel achteruit. Zijn laatste woorden aan zijn kinderen waren:
'Onze familie heeft altijd voor de goede zaak gewerkt. Ik heb nooit iets gedaan waarvoor mijn voorouders zich zouden schamen. Ik heb mijn plichten zo goed mogelijk vervuld en ik heb de familienaam nooit te schande gemaakt. Het enige dat me spijt is dat ik niet de plichten van een zoon zal kunnen vervullen door de begrafenis van mijn moeder te regelen. Jullie zullen voor je grootmoeder moeten zorgen.'[8]

11. Qin Yao: Held en redder

In het voorjaar van 1985 vond ik tussen mijn post een brief uit Wuxi, afkomstig van Zhihao, mijn neef in de vierde graad. Bij de brief waren vijf pagina's gevoegd van wat een 381 jaar oud juridisch document bleek te zijn, keurig gekopieerd op dun papier met rode lijnen: een eigendomsoverdracht van Qin Yao, de neef van Qin Liang, een van mijn voorouders van dertien generaties terug.
Dit document, vergelijkbaar met een testament omdat het blijkbaar voor zijn dood was opgesteld maar pas een paar weken na zijn dood in 1604 door vier getuigen was ondertekend, is niet alleen bijzonder zeldzaam, maar ook erg interessant, omdat het een testament van een hoge functionaris betreft, die zeer rijk was en zowel kinderen bij zijn wettige echtgenote als bij zijn concubines achterliet.
Qin Yao werd geboren in 1544, tijdens het drieëntwintigste jaar van het bewind van keizer Jiajing, tien jaar nadat in Europa de Engelse koning Hendrik VIII de banden met de Heilige Stoel had verbroken en de Anglicaanse Kerk had gesticht. Yao was de jongste zoon van Qin He, die voor de hoofdstadexamens was geslaagd en in 1553 tot districtsmagistraat in Wukang in de westelijke provincie Zhejiang werd benoemd.
In die periode was de macht van de piraten bijzonder groot.[1] Talloze steden in de kustprovincies Zhejiang, Jiangsu en Fujian werden door hen veroverd of belegerd. Vooral marktsteden zonder stadsmuur, zoals Wukang, waren erg kwetsbaar.
De vice-administrateur van Zhejiang gaf Qin He opdracht een stadsmuur te bouwen om Wukang tegen de piraten te beschermen, maar Qin He weigerde. Hij vond dat zo'n project een te zware last voor de burgers betekende. Bovendien zou door de bouw van de muur de angst voor de piraten nog toenemen en de wilskracht van de burgerij om zich te verdedigen juist worden verzwakt. In plaats van een muur te bouwen leidde Qin He daarom persoonlijk een plaatselijke militie van sterke jongemannen op, die opdracht kreeg de stad te bewaken.
Qin He nam zelf het bevel op zich en zijn troepen wachtten de komst van de piraten rustig af. Wukang kreeg verscheidene aanvallen te verduren, maar steeds opnieuw werden de piraten teruggeslagen. Daarna wijzigden

ze hun tactiek. Ze stuurden als monniken verklede mannen naar de stad om te spioneren en onrust te veroorzaken. Maar Qin He vertrouwde het zaakje niet. Hij deed alsof hij de 'monniken' hartelijk verwelkomde en nodigde hen uit voor een groot diner, waarbij ze gevangen werden genomen. De volgende dag werden ze onthoofd. De piraten beseften nu dat ze weinig kans hadden om Wukang te veroveren en te plunderen.

Na zijn verblijf in Wukang werd Qin He tot secretaris en vervolgens tot hoofd van het ministerie van Belastingen in Nanking benoemd, voordat hij in 1562 opnieuw naar de provincie Zhejiang werd gestuurd, dit keer als prefect van Jinhua.[2] Omdat zijn neef Liang een post in dezelfde provincie kreeg toegewezen, werd hij vervolgens overgeplaatst naar Yunnan, als prefect van Yongchang. Daar overleed hij in 1566, op de vrij jeugdige leeftijd van negenenveertig jaar. (Volgens de zogenoemde 'Wet van Vermijding' mochten in China niet twee functionarissen uit één familie in dezelfde provincie worden benoemd, om een belangenconflict te voorkomen.)

Qin He was een edelmoedig man geweest, die altijd bereid was om zijn vrienden en familie financieel te helpen. Na zijn dood wilden zijn zoons – Bing, van zesentwintig, en Yao, tweeëntwintig jaar oud – de openstaande schulden opeisen, maar hun moeder zei: 'Als jullie niet in het leven slagen, zal dat niet zijn door gebrek aan geld. Jullie willen deze schulden innen. Denk je dat jullie vader het daar mee eens zou zijn geweest?' De twee broers bedachten zich en verscheurden de schuldbekentenissen.

Yao nam een rouwperiode van zevenentwintig maanden in acht en zorgde in die tijd ook voor zijn grootvader, totdat ook hij in 1568 overleed. In april 1571, het vijfde jaar van het bewind van keizer Longqing, slaagde Yao voor de hoofdstadexamens en mocht hij zich *jinshi* noemen. Zijn examinator was de latere grootsecretaris Zhang Juzheng, die zou opklimmen tot de machtigste man in de regering van het rijk. Tijdens de examens formuleerde Zhang vragen die nauw verband hielden met de actuele situatie en die zijn geloof onderstreepten in zaken als de juiste relatie tussen een vorst en zijn ministers, de instelling van verschillende wetten voor verschillende tijden en het confuciaanse concept dat een titel niet ijdel gebruikt mocht worden: een keizer moest zich ook daadwerkelijk met de taken van een keizer bezighouden.

Zhang was zeer onder de indruk van Qin Yao en op zijn voordracht werd Yao benoemd tot lid van de vermaarde Hanlin Academie, die het hof en de keizer op literair en wetenschappelijk gebied van advies diende.[3]

Drie jaar later volgde zijn benoeming tot 'rechter' eerste secretaris van het Departement van Straftoezicht, dat alle officiële stukken, ook keizerlijke besluiten, controleerde voordat ze openbaar werden gemaakt. Documenten die door provinciale instanties aan de ministeries werden gestuurd

werden eerst door het departement beoordeeld, eventueel herschreven en soms zelfs teruggestuurd, als een eerste secretaris van mening was dat de inhoud strijdig was met de gangbare principes van bestuur.
Bovendien hadden de eerste secretarissen een vertrouwenspositie aan het hof. Ze konden zelfs de keizer op zijn vingers tikken als ze vonden dat hij onverstandig handelde, en vaak werden ze door de keizer naar de provincie gestuurd om bepaalde kwesties te onderzoeken.
Nog altijd kon Qin Yao rekenen op de steun van de machtige Zhang Juzheng, die sinds 1572 de post van grootsecretaris bekleedde. Toen de negen jaar oude Wanli een jaar later de troon besteeg, trad Zhang niet alleen als zijn leraar op, maar was hij in feite ook verantwoordelijk voor het landsbestuur. Evenals Yan Song behoorde Zhang tot de grootsecretarissen uit de Ming-dynastie die zoveel politieke macht bezaten dat ze in feite als eerste minister fungeerden, hoewel hun titel officieel geen speciale bevoegdheden inhield. Theoretisch was er plaats voor zes grootsecretarissen, maar in de praktijk werden er zelden meer dan drie of vier benoemd. Omdat ze in het paleis werkzaam waren, behoorden de grootsecretarissen ook tot het 'binnenhof', terwijl de andere officiële instanties tot het 'buitenhof' werden gerekend. Hoewel hij postuum in ongenade viel, ging Zhang Juzheng – anders dan de beruchte Yan Song – de geschiedenis in als een goed en loyaal minister, een van de bekwaamste staatslieden uit de Ming-dynastie.
Als gunsteling van Zhang Juzheng maakte Qin Yao een bliksemcarrière. In 1575 werd hij benoemd tot 'rechter' eerste secretaris van het Departement van Defensietoezicht en een maand later al tot 'linker' eerste secretaris van het Departement van Ceremonieel Toezicht.
Een jaar later zond keizer Wanli, inmiddels een jongen van twaalf jaar, Qin Yao als zijn persoonlijke afgezant naar de inhuldiging van de echtgenote van Hou Ping, Prins van Qidong en oudoom van de keizer. In hetzelfde jaar overleed Yao's moeder en onderbrak hij zijn carrière voor de vereiste rouwperiode.
Toen hij weer naar Peking terugkeerde, werd hij benoemd tot 'linker' eerste secretaris van het Departement van Straftoezicht en zes maanden later tot algemeen secretaris van het Departement van Personeelstoezicht. In deze functie had hij kritiek op de minister van Personeelszaken omdat deze niet zorgvuldig genoeg te werk ging bij de keuze van kandidaten die voor promotie in aanmerking kwamen. De minister probeerde hem weg te werken, maar Yao kon rekenen op de bescherming van zijn mentor Zhang.[4]
Hoewel de grootsecretaris hem waarschuwde voor openlijke conflicten met politieke tegenstanders, bleef Yao kritiek uitoefenen wanneer hij dat nodig vond. Toen hij zevenendertig was, werd hij benoemd tot examinator

aan de Keizerlijke Academie, een invloedrijke positie, omdat velen van zijn studenten later belangrijke posten kregen.

Twee jaar later, in 1582, volgde zijn benoeming tot onderminister van het Hof van Keizerlijke Offers, dat verantwoordelijk was voor de offerriten en de bijbehorende muziek. Daartoe behoorde ook het College van Vertalers – belast met de contacten met de vazalstaten – en het Departement van Muziek en Dans.

In 1584 kreeg Qin Yao de leiding over het College van Vertalers, dat eigenlijk het 'Departement van de Vier Soorten Barbaren' heette, omdat China zichzelf als het middelpunt van de beschaafde wereld beschouwde, omringd door barbaren in het noorden, oosten, zuiden en westen.

In 1582 overleed grootsecretaris Zhang Juzheng. Hij werd postuum overladen met eerbewijzen – zo kreeg hij de titel 'Belangrijkste Steunpilaar van de Staat' – maar nu hij dood was, grepen zijn tegenstanders meteen hun kans. Ze beschuldigden Zhang van alle mogelijke vergrijpen, variërend van corruptie tot verraad. Zijn huis werd geplunderd en zijn zonen werden gemarteld om hen tot bekentenissen te dwingen. Zijn postume eretitels werden hem weer afgenomen en politici die met zijn steun aan de macht waren gekomen, werd het vuur na aan de schenen gelegd.

Qin Yao was een van hen. De vice-administrateur van de prefectuur Peking diende een rapport in waarin hij Yao ervan beschuldigde als 'bloedhond' voor Zhang te zijn opgetreden toen hij bij het Departement van Personeelstoezicht werkte, en op advies van Zhang bepaalde mensen te hebben bekritiseerd. Hij drong aan op Yao's ontslag en werd in dat verzoek door anderen gesteund.

Hoewel Yao niet werd ontslagen, waren zijn kansen op promotie voorlopig verkeken. De volgende vier jaar werd hij nog diverse malen overgeplaatst – naar het Hof van de Keizerlijke Stoeterij en later naar het Hof van het Keizerlijk Vermaak, dat verantwoordelijk was voor het eten en drinken bij offerplechtigheden en banketten – maar hij steeg niet meer in rang.

In 1586 werd hij benoemd tot gouverneur (letterlijk 'Inspecteur en Vredestichter') van Nankan, een onherbergzaam gebied, ver van de hoofdstad. Ook kreeg hij de titel van assistent-hoofdcensor. Als gouverneur ressorteerde Yao niet onder een specifiek ministerie, maar was hij een soort surrogaat van de keizer, en uitsluitend aan hem verantwoording schuldig.

Nankan had al tientallen jaren te kampen met opstanden, voornamelijk onder de Yao-stam, en tijdens het eerste decennium van het bewind van keizer Wanli bereikten de onlusten opnieuw een hoogtepunt. Een van de eerste taken waar Qin Yao zich voor gesteld zag was het onderdrukken van deze opstanden. Drie dagen na zijn aankomst in Nankan gaf hij bevel tot een aanval op het hoofdkwartier van een van de rebellenleiders, Li Pei.

Het legertje van de opstandelingen werd verpletterend verslagen en Li Pei werd gevangengenomen. Een andere rebellenleider, de monnik Li Yuanlang – lid van de sekte van de Witte Lotus, een mystieke religieuze cultus die tot aan de twintigste eeuw de drijvende kracht achter talloze opstanden zou vormen – was echter nog op vrije voeten. Toen zijn troepen een aanval deden op de stad Nanxiong, vroeg de plaatselijke bevolking om hulp. Qin Yao gaf zijn generaals opdracht de aanvoerlijnen van de rebellen af te snijden en korte tijd later vond er een beslissende confrontatie plaats bij Nanshao. In plaats van te vechten nam Li Yuanlang zijn toevlucht tot spreuken en bezweringen. Een groot aantal rebellen sneuvelde en Li Yuanlang werd samen met twintig van zijn belangrijkste volgelingen gevangengenomen. Uiteindelijk werden hij en vijftien van zijn mannen bij Longnan geëxecuteerd. De anderen kregen gevangenisstraf.[5]

Als beloning voor zijn militaire successen in Nankan werd Qin Yao eindelijk weer een rang bevorderd en ontving hij zelfs twintig zilverstukken. Op een plaquette die nog generaties lang in het bezit van mijn familie is gebleven, staat in het eigen handschrift van de keizer de kwalificatie Qinhou You-gong, 'Wegens verdiensten bij het arresteren van bandieten'.

Eind 1589 werd Qin Yao tot gouverneur van de provincie Huguang benoemd en bevorderd tot vice-hoofdcensor. De geschiedenis herhaalde zich. Qin Yao, geboren in het jaar waarin Qin Jin overleed, bekleedde nu dezelfde post als Qin Jin drieënzeventig jaar voor hem – en toevallig ook op dezelfde leeftijd.

Toen Qin Yao in Huguang aankwam, heerste er grote droogte. Hij stuurde een rapport aan het hof, met het verzoek om hulp voor de getroffen gebieden. Hij stelde voor de plaatselijke belastingen te gebruiken om de hongersnood te bestrijden. In dit rapport gaf hij een zeer beeldende beschrijving van de afschuwelijke toestanden die hij op weg naar zijn nieuwe post was tegengekomen:

> Vanuit Jiujiang reisde ik in een rustig tempo naar Huangmei. Wat ik onderweg zag, was tragisch en schokkend. Tussen Hanyang, Jiangshan en Yingcheng lagen de wegen bezaaid met lijken. Verbijsterd vroeg ik me af of de toestand in de omliggende districten even dramatisch zou zijn. Ik stuurde bericht aan de verantwoordelijke autoriteiten om overheidsgelden aan te wenden voor het inhuren van arbeiders om al deze lijken te begraven. Toen dit was gebeurd en ik naar de stad terugkeerde, zag ik dat de hongersnood de boerenbevolking naar de stad had gedreven. Ze leken nauwelijks nog menselijk, met hun lange haar en hun naakte lijven. Huilend en schreeuwend stroomden ze de stad binnen. Hoewel de regeringspakhuizen werden opengesteld om de

mensen te eten te geven, stierf een groot aantal van hen. Opnieuw gaf ik de plaatselijke autoriteiten opdracht de lijken zo snel mogelijk te begraven.
Ik noem deze feiten omdat ik er getuige van ben geweest. Ik heb geen idee hoeveel duizenden slachtoffers elders nog zijn gevallen. Toen ik het de plaatselijke bestuurders vroeg, antwoordden zij: 'Rampen komen vaker voor, maar zoiets als dit is nog nooit gebeurd. Vorig jaar was in de lente de bodem zo slecht dat de rijstplantjes niet konden worden overgezet. In de herfst kwamen de sprinkhanen. De afgelopen winter hebben mensen grassen en varens gegeten. Maar zelfs die zijn er nu niet meer. We kunnen het misschien nog twee weken volhouden, maar als de winter komt, is al het voedsel op. Wie oud en zwak is, zal onherroepelijk sterven. Zelfs de sterksten hebben honger en kunnen niet meer opstaan als ze vallen. De rijkere families proberen voor weinig geld hun boerderijen te verkopen, maar niemand is geïnteresseerd. De armen proberen hun kinderen weg te geven, maar niemand wil ze adopteren.'
Toen ik dat hoorde, kon ik niet slapen en had geen eetlust meer. Ik probeer een manier te vinden om deze mensen te redden. Zodra ik hier aankwam, heb ik aan alle prefecturen en disctricten gevraagd hoeveel financiële steun ze nog kunnen bieden. Maar ze meldden allemaal dat hun gebied in het veertiende en vijftiende jaar [1586 en 1587] was overstroomd en in het zestiende jaar [1588] door droogte was getroffen. Ze hebben geen geld of voedsel meer om andere gebieden te helpen. Bovendien zijn er bandieten uit Qihuang, Changsha en andere streken de provincie binnengevallen om de handelaren te beroven. Met de hulp van de plaatselijke autoriteiten heb ik actie ondernomen en het probleem van de bandieten is nu wat minder ernstig...
Ik heb begrepen dat Uwe Majesteit medelijden had met de bevolking van Zhejiang en het Zuidelijke Hoofdstedelijk District toen daar een noodsituatie heerste, en dat u deze gebieden toestemming gaf hun belastingen voor hun eigen militaire verdediging te gebruiken. Deze politiek werd door zowel burgers als militairen toegejuicht. Inmiddels heb ik ontdekt dat 117 van de 123 districten in de vijftien prefecturen onder mijn gezag door natuurrampen zijn getroffen en dat er slechts zes geen problemen kennen. De omvang van de schade is veel groter dan in Zhejiang of het Zuidelijk Hoofdstedelijk District. De familie van Uwe Majesteit is uit de zuidelijke provincies afkomstig en u moet een speciale band hebben met de mensen in dit gebied. Ik hoop dat Uwe Majesteit medelijden met hen zal tonen.
Het volk is altijd het fundament van een land geweest. Geen enkele vorst heeft vrede gekend zonder de steun van zijn volk. Nu sterven alle

mensen in het zuiden... Huguang ligt 2000 li [ongeveer 12 000 kilometer] van Peking en het zou veel te lang duren voordat geld uit de schatkist ons bereikt. Ik durf u niet te vragen ons fondsen te sturen. Maar uit naam van het volk vraag ik u wel om ons een deel van de belastingen kwijt te schelden, zodat die kunnen worden gebruikt om de nood te lenigen. Ik weet dat zo'n verzoek geen precedenten heeft. Het geld moet spoedig naar Peking worden gestuurd. Maar we zouden het graag behouden om de mensen te helpen, anders zullen zij deze ramp niet overleven. Ik durf Uwe Majesteit dit rapport te schrijven omdat ik geen feiten voor Uwe Majesteit kan achterhouden, zoals ik zonder rijst niet koken kan. Het bevel om de belastingen te betalen is inmiddels ontvangen, maar ik ben zo stoutmoedig Uwe Majesteit te verzoeken dit bevel in te trekken, vanwege de eer en voldoening die Uwe Majesteit van zo'n besluit zou hebben.

De mensen in Huguang zijn zwak en sterven. Dit is de grootste ramp die hun ooit is overkomen. Als wij niets voor hen doen en er nog meer tegenslagen volgen, zal het te laat zijn.[6]

Qin Yao's verzoek werd ingewilligd en zo kwam hem de eer toe honderdduizenden mensen van een wisse dood te hebben gered. Toen hij Huguang een jaar later weer verliet, was de graanprijs sterk gedaald en waren de vluchtelingen die de provincie hadden verlaten weer teruggekeerd.
In het voorjaar van 1590 kreeg Qin Yao opdracht een opstand in het zuiden, in de buurt van de provincie Guangdong, neer te slaan. In een campagne die drie weken duurde wist hij de rebellenleider gevangen te nemen en enkele honderden opstandelingen in de strijd te doden.
Qin Yao was nu vijfenveertig en leek nog een glanzende carrière voor de boeg te hebben, maar het lot bepaalde anders. Omdat grootsecretaris Zhang Juzheng postuum in ongenade was gevallen, bleef ook Yao's positie zeer kwetsbaar. De eerste poging van Zhangs politieke tegenstanders om Qin Yao weg te werken was mislukt, maar zeven jaar later probeerden zij het opnieuw, en dit keer met meer succes. Er werd een aantal beschuldigingen tegen Qin Yao ingebracht, onder meer dat hij zich van de steun van belangrijke functionarissen zou hebben verzekerd door hun grote sommen geld te geven. Dat was op zich niet ongebruikelijk, maar de aanklacht was dat Yao overheidsgeld zou hebben gebruikt om invloed te kopen.
Qin Yao reisde naar Peking om zich tegen deze beschuldigingen te verdedigen. Hij nam tijdelijk zijn intrek in een tempel. In die dagen boden tempels, net als herbergen, onderdak aan reizigers. De faciliteiten waren vaak uitstekend, hoewel er uitsluitend vegetarische maaltijden verkrijgbaar waren. In ruil voor de verzorging werd van de reiziger een donatie verwacht.

Toen de rechtszaak begon, legde Yao een verklaring over waarin hij zich verweerde. In het ergste geval verwachtte hij een lichte straf. Maar Li Zhen, zijn opvolger als gouverneur van Huguang, oefende scherpe kritiek op hem uit. Het gerucht ging dat er uit Guangdong een zeer gunstig rapport over Yao's optreden tegen de rebellen onderweg was, en de algemene verwachting was dat Yao door de keizer in zijn functie zou worden hersteld. Maar juist op dat moment kwam Shen Fu, een van Yao's ondergeschikten die de leiding had over de subprefectuur van Hengzhou, met een uitvoerige lijst van beschuldigingen tegen Yao. Hij noemde data waarop Yao's persoonlijke assistenten elke prefectuur en elk district hadden bezocht, compleet met de namen van de betrokken assistenten en de bedragen die zij van de plaatselijke overheden in Huguang hadden geëist. Volgens Shen Fu zou Yao op die manier ruim honderdduizend zilverstukken in eigen zak hebben gestoken.

Dit gaf de doorslag. Er werd een uitvoerig onderzoek gelast en het Departement van Personeelstoezicht kwam uiteindelijk met een lange en gedetailleerde aanklacht tegen Yao. Bovendien werden nu ook allerlei – soms zeer geringe – misstappen van Yao uit het verleden opgerakeld. Zo zouden zijn assistenten ooit een keer negen zilverstukken te weinig hebben betaald voor een paar lappen stof die ze als geschenk voor enkele invloedrijke functionarissen hadden gekocht. Bij een andere gelegenheid hadden ze geëist dat ze de stof voor niets zouden krijgen. Op basis van dit onderzoek werd Yao schuldig bevonden en veroordeeld tot het terugbetalen van het verduisterde geld – honderdduizend zilverstukken. Bovendien werd hij verbannen, wat als een nog veel zwaardere straf werd beschouwd.

Qin Yao betaalde de boete, die ongeveer een tiende van zijn totale bezittingen bedroeg, maar hij ging niet in ballingschap. Dat deel van zijn straf zou hem zijn kwijtgescholden door de invloed van een prinses, die door Yao voor honderdduizend zilverstukken zou zijn omgekocht. Hoewel de identiteit van deze dame nooit is onthuld, was ze vermoedelijk een ouder lid van de keizerlijke familie, die enige invloed had op de keizer zelf. In de officiële stukken wordt de kwijtschelding echter nergens vermeld.

Er bestaan verschillende verhalen over de manier waarop Qin Yao zijn enorme rijkdom zou hebben vergaard. Zo zou hij in zijn strijd tegen de rebellen van tevoren hebben aangekondigd wanneer zijn troepen de schuilplaatsen van de bandieten in de bergen zouden bestormen. De rebellen kregen daardoor de kans te vluchten, maar met achterlating van hun buit. Als Yao's troepen arriveerden, werd hun een veldslag bespaard en kon Yao zelf al het goud en zilver in beslag nemen.

Over dit gerucht werd nog tot lang na zijn dood gespeculeerd. Daaruit blijkt nog eens hoeveel invloed iemands daden op de positie van zijn nakomelingen konden hebben.

Velen van Yao's afstammelingen verwierven grote macht en rijkdom, en sommige mensen schreven dit toe aan de verdiensten van Qin Yao. Anderen waren het daar niet mee eens. In een boek dat een aantal fascinerende beschrijvingen van vooraanstaande figuren uit Wuxi bevat, is de volgende passage te vinden: 'Als de rebellen geen gevaar voor de bevolking vormden, had men met hen tot overeenstemming moeten komen en hen niet moeten aanvallen. Maar als ze wèl gevaarlijk waren, had men hen krachtig moeten bestrijden. Als deze rebellen over een aanval hoorden, sloegen ze meteen op de vlucht. Zo gevaarlijk waren ze dus niet. Zelfs als een functionaris bevel van het hof kreeg om deze groepen uit te roeien, had de bevelvoerende generaal hun de kans moeten bieden zich over te geven. In die zin zou Yao's optreden dus te prijzen zijn. Maar dat geldt niet voor iemand die de rebellen de kans gaf te vluchten en vervolgens hun bezittingen confisqueerde.'[7]

Qin Yao werd ontslagen in de winter van 1590-1591, toen keizer Wanli zevenentwintig jaar was. Op dat moment had de keizer nog enige belangstelling voor regeringszaken, maar spoedig daarna begon die interesse af te nemen en ten slotte onttrok hij zich volledig aan zijn keizerlijke verplichtingen. De volgende dertig jaar waren het anderen die de macht uitoefenden.[8] De keizer had alleen nog belangstelling voor het heffen van belastingen om zijn dure pleziertjes te kunnen financieren. Hij stelde allerlei nieuwe belastingen in en gaf eunuchen opdracht het land door te reizen om ze te innen. Hij weigerde rechtstreeks met zijn grootsecretarissen te spreken. Alle contacten met hen verliepen via zijn eunuchen. Van 1603 tot 1614 hield hij slechts één keer een vergadering met zijn grootsecretarissen, en daarna nog twee keer – in 1615 en vlak voor zijn dood in 1620.

Door dit alles raakte het landsbestuur totaal verlamd. Brieven en rapporten werden niet langer beantwoord, zelfs verzoeken om pensionering niet, zodat bejaarde, zieke of teleurgestelde ambtenaren zonder toestemming hun post verlieten en niet werden opgevolgd. Op een gegeven moment had één minister de leiding over drie van de zes ministeries. De rest werd bestuurd door onderministers. En in de provincies was de helft van de posten onbezet.

Toch kon niemand officieel de regering overnemen, want dat zou een staatsgreep betekenen. Daarom kregen de eunuchen steeds meer macht, want alleen zij hadden toegang tot de keizer. De bureaucratie en het militaire apparaat raakten steeds verder verzwakt, en ook de opvolgers van keizer Wanli bleken geen krachtfiguren. Vierentwintig jaar na de dood van keizer Wanli werd Peking ten slotte veroverd door de rebellenleider Li Zicheng en daarna door de Mantsjoes, die vervolgens ook de rest van het Chinese rijk onderwierpen.

Het was in de Chinese geschiedenis nooit eerder voorgekomen dat een regering in vredestijd niet meer functioneerde. Pas van 1966 tot 1976 deed zich een vergelijkbare situatie voor, toen tijdens de Culturele Revolutie opnieuw vele regeringsposten onbezet bleven, na grootscheepse zuiveringen waarbij talloze hoge functionarissen door politieke fanatici van 'kapitalistische sympathieën' werden beschuldigd en ter dood gebracht of naar het platteland verbannen om te worden 'heropgevoed'. Mao Tsetoeng gedroeg zich als een keizer, en was alleen toegankelijk voor een kleine kliek, die het contact met de buitenwereld – en met degenen die in theorie het land bestuurden – onderhield.

Qin Yao bracht de laatste dertien jaar van zijn leven als een kluizenaar in Wuxi door. Hij kocht de beroemde tuin die door Qin Jin was aangelegd en door Qin Liang was overgenomen. Yao liet de tuin, die hij had omgedoopt tot Ji Chang Yuan, of 'Tuin van Ontspanning', geheel opnieuw aanleggen. Toen het werk was voltooid, bestond de tuin uit twintig afzonderlijke gedeelten, elk met een geheel eigen landschap. Qin Yao schreef er twintig gedichten bij, die hij in een boek liet publiceren. In het voorwoord schreef hij: 'Ik heb mijn tuin de "Tuin van Ontspanning" genoemd. Het is een ideale omgeving om te wandelen of gedichten te schrijven terwijl men naar het ruisen van de beekjes luistert.'[9]

Ook liet Qin Yao een heiligdom bouwen voor Guan Di, de oorlogsgod, die niet alleen werd aanbeden om zijn moed, maar ook om zijn rechtschapenheid en trouw. Door Guan Di te vereren maakte Yao duidelijk dat ook hij niet alleen een moedig, maar ook een integer mens was.

Maar het proces tegen Qin Yao wierp zo'n smet op de familienaam dat acht generaties later een van zijn nakomelingen, Qin Ying, zijn voorvader nog verdedigde in een artikel met de titel 'Weerlegging van een valse aanklacht'.[10] Hierin verklaarde hij dat Yao het slachtoffer was geworden van politieke intriges. Om deze bewering te staven verwees hij naar het lot van zijn aanklagers. Met geen van hen was het goed afgelopen, zei hij. Shen Fu, de belangrijkste aanklager, was later wegens corruptie terechtgesteld en zijn vader was tot zelfmoord gedwongen. 'Vlak na de dood van mijn voorvader werden Shen Fu en zijn vader door het noodlot getroffen, vermoedelijk omdat de geest van mijn voorvader in het hiernamaals een aanklacht tegen hen had ingediend en zijn zaak gewonnen had.' Aldus Qin Ying.

Qin Yao stierf in 1604. Na zijn dood werden zijn rijkdommen onder zijn erfgenamen verdeeld. Dit testament, volgens de regels opgesteld, werd door vier getuigen – Yao's broer, zijn zwager, zijn schoonzoon en zijn neef – ondertekend.

Yao's belangrijkste bronnen van inkomsten waren de pacht van zijn landerijen en de rente op uitgeleend kapitaal geweest. Daarmee was hij zo rijk

geworden, dat zelfs na de verdeling van zijn bezittingen al zijn erfgenamen afzonderlijk tot de rijkste inwoners van Wuxi behoorden.
Hoewel Qin Yao in 1604 overleed, werd hij pas zes jaar later officieel begraven, vermoedelijk omdat zijn kinderen op een gunstige datum voor zijn begrafenis wachtten. De plaats van het graf was door Yao al tijdens zijn leven uitgekozen. Zoals gebruikelijk werd een stuk land rondom het graf voor onbepaalde tijd in leen gegeven aan een boerenfamilie, hier Zhou genaamd, die van vader op zoon het graf moest verzorgen.

Hoe ongelooflijk het ook klinkt, toen ik halverwege 1985 opnieuw een bezoek aan Wuxi bracht, vond ik dit graf weer terug en sprak ik zelfs met nakomelingen van de familie Zhou. Ik had gedacht dat het graf zou zijn verwoest, omdat de *muzhiming* waren opgegraven en zo ernstig waren beschadigd dat de inscripties grotendeels onleesbaar waren. Als deze grafstenen waren opgegraven, zo redeneerde ik, zou het graf zelf ook verdwenen zijn.
Maar ik vergiste me. Aan de hand van een primitieve plattegrond van het gebied ging ik samen met mijn neef Zhihao, Gu Wenbi van het plaatselijk museum, mijn zuster Priscilla en haar twee zonen op zoek naar het graf. Gu Wenbi kwam in gesprek met een boer genaamd Shao, die ons de juiste plek kon wijzen, op een helling, niet ver van de weg, aan de andere kant waarvan moestuintjes lagen. We vonden de romp van een stenen schaap en een deel van een ander stenen beeld dat langs het pad naar het graf had gestaan.
Shao bracht ons naar een jonge vrouw die Zhou Jinfu heette, een nakomelinge van de familie die in 1610 de taak had gekregen het graf van Qin Yao te verzorgen. Zij vertelde ons dat de familie deze verplichting altijd was nagekomen, tot aan de Culturele Revolutie van 1966. Daarna hadden Rode Gardisten geprobeerd de kist op te graven, maar deze was zo stevig gebouwd dat ze daar niet in waren geslaagd. Wel hadden ze de grafplaquettes meegenomen en vernietigd.
Opnieuw verbaasde ik me over de continuïteit van de Chinese samenleving. Hier stond ik oog in oog met iemand uit een familie die twaalf generaties lang het graf van mijn voorvader had verzorgd. Trouw hadden ze honderden jaren lang die taak vervuld, ondanks regeringswisselingen, revoluties, oorlogen en natuurrampen. Nog sterker werd ik me bewust van de grote samenhang die de basis vormt van de Chinese maatschappij – een samenhang die blijft bestaan, welke veranderingen zich ook voltrekken.

12. Qin Yong: Ming-loyalist en filosoof

In het noordoosten van Wuxi staat een groep onopvallende gebouwen van het type dat je in China tegenwoordig vaak aantreft: zakelijke, fantasieloze betonnen dozen. Het zijn de gebouwen van de Donglin-school, een basisschool, waar de leerlingen – van wie velen een rode sjaal dragen ten teken dat ze lid zijn van de Jonge Pioniers – zich voor en na de lessen uitleven op het basketbalveld. In het midden van deze zee van kinderen verheft zich een prachtige, uit drie verdiepingen opgebouwde boog, van ongeveer tien meter hoog en steunend op vier pilaren. Elke verdieping is versierd met een gemetseld hekwerk, dat aan beide uiteinden uitloopt in een omhoog gedraaide krul, bekroond door een motief dat aan een zeeleeuw doet denken. In het midden van de boog is een plaquette aangebracht met de tekst: 'Oude sporen van Donglin'.
Achter de boog ligt een groot, ommuurd complex, dat van vrij recente datum is, maar geheel in oude stijl is opgetrokken, compleet met schuine pannendaken. Dit is het Donglin Museum, dat in de jaren tachtig is gebouwd ter gedachtenis van enkele gebeurtenissen die meer dan drie eeuw geleden hebben plaatsgevonden. Het museum bevindt zich op het terrein van de Donglin Academie, die in de zeventiende eeuw enkele tientallen jaren lang een belangrijke politieke factor vormde.
De Donglin Academie was het centrum van een nationale intellectuele beweging die aandrong op het herstel van de confuciaanse politieke en filosofische waarden aan het verzwakte hof van de Ming-dynastie. Zoals we al eerder zagen, hadden de gedegenereerde Ming-keizers uit de zeventiende eeuw alle belangstelling voor het landsbestuur verloren, zodat hun voedsters, eunuchen en schoonfamilie alle gelegenheid kregen misbruik te maken van het keizerlijk gezag.
De Donglin Academie probeerde het hof weer enig moreel besef bij te brengen. De academie had aanhangers in het gehele land, hoewel het centrum van de beweging zich in de steden langs de Jang-tse bevond. Op het toppunt van haar macht beheerste de Donglin Academie de hoogste echelons van het regeringsapparaat, maar aan deze machtspositie kwam spoedig weer een eind en halverwege de jaren twintig van de zeventiende eeuw werden de leden van de inmiddels verboden 'Donglin Partij' op

gruwelijke wijze vervolgd door de beruchtste eunuch-dictator uit de Chinese geschiedenis, Wei Zhongxian.
Leden van de academie werden uit overheidsfuncties ontslagen, in de gevangenis geworpen, verbannen, gemarteld en vermoord. Toen de leider van de academie, Gao Panlong, bericht kreeg dat leden van de Geborduurde-Uniform Garde – die onder gezag van de eunuchen stond – in Wuxi waren om hem te arresteren, pleegde hij zelfmoord door zich in een vijver te verdrinken, gekleed in zijn ambtsgewaad. Na Gao's dood gaf Wei Zhongxian opdracht de academie te verwoesten. Geen steen werd op de andere gelaten. Overigens was de keizer totaal niet geïnteresseerd in de strijd tussen de eunuchen en de leiders van deze morele kruistocht. Hij hield zich uitsluitend bezig met zijn hobby, houtsnijden, en liet de regering van het land aan eunuch Wei over.
Toen ik het Donglin Museum bezocht, viel het me op dat deze academie uit het Ming-tijdperk nog altijd als een toonbeeld van rechtschapenheid wordt gezien en dat er ook nu nog Chinezen zijn die zichzelf als de erfgenamen van deze morele traditie beschouwen.
Onder hen is ook Liao Mosha, een bekende intellectueel, die zich vereenzelvigt met de geest van de Donglin Academie. Hij was lid van een groep prominente intellectuelen, bekende als het 'Dorp van de Drie Families', waartoe ook de historicus Wu Han en de vooraanstaande schrijver en redacteur Deng Tuo, de onderburgemeester van Peking, behoorden. Deze drie mannen werden tijdens de Culturele Revolutie meedogenloos vervolgd. Liao Mosha zat acht jaar gevangen, maar bleef in leven – zijn twee collega's niet.[1]
Een van de voorboden van de Culturele Revolutie was de reactie op een historisch toneelstuk van Wu Han over een integere ambtenaar uit de Ming-dynastie, die werd ontslagen nadat hij kritiek had uitgeoefend op de keizer. Wu Han werd ervan beschuldigd dat hij in feite een aanval deed op voorzitter Mao, die een populaire minister van Defensie had ontslagen omdat deze zich kritisch had uitgelaten over de Grote Sprong Voorwaarts, Mao's rampzalige poging om het tempo van de industrialisatie te versnellen.[2]
In 1982, zes jaar na de Culturele Revolutie, besloten de autoriteiten in Wuxi echter tot de bouw van het Donglin Museum. Ter gelegenheid van de opening werd de enige overlevende van het 'Dorp van de Drie Families', Liao Mosha, gevraagd om een tekst in zijn eigen handschrift. Hij koos een couplet dat was geschreven door de stichter van de academie en dat ooit door Deng Tuo in zijn krant was geciteerd – een van de redenen voor zijn vervolging tijdens de Culturele Revolutie. Dit couplet bevindt zich nu op twee houten pilaren in de hal van het museum.
Het belang van deze handgeschreven regels in het museum ontging de

Chinezen niet. De meeste mensen weten dat bijvoorbeeld de tekst in het logo van de Chinese staatskrant, het *Volksdagblad*, door Mao zelf is geschreven, evenals de naam van het station in Peking. Zo'n handgeschreven tekst wordt als een grote eer beschouwd. Een bekend voorbeeld hiervan is het *Chungking Dagblad*, de belangrijkste krant uit Sichuan, de provincie waar Deng Xiaoping vandaan komt. De krant had Deng om een handgeschreven tekst voor haar logo gevraagd, en Deng had aan dat verzoek voldaan. Maar toen hij tijdens de Culturele Revolutie werd afgeschilderd als de 'op één na belangrijkste figuur in de partij die de kapitalistische weg heeft gekozen', werd zijn handschrift door de redactie onmiddellijk uit het logo van de krant verwijderd. In 1975, toen Deng tijdelijk werd gerehabiliteerd om de aan kanker lijdende premier Tsjow En-lai bij te staan, verscheen het weer in het logo van de krant, om het jaar daarop opnieuw te verdwijnen, toen Deng na de dood van premier Tsjow voor de tweede maal in ongenade viel. Toen Deng Xiaoping na de dood van Mao als sterke man van China terugkeerde, haalde ook het *Chungking Dagblad* zijn logo weer te voorschijn.

De Donglin Academie werd in 1604 – het jaar waarin Qin Yao overleed – gesticht door Gu Xiancheng, een vooraanstaand filosoof en politicus, nadat hij door politieke intriges aan het hof was gedwongen zich uit het openbare leven terug te trekken. Gu en zijn mede-oprichters, onder wie zijn broer Gu Yuncheng, Gao Panlong, An Xifan en enkele andere vooraanstaande filosofen uit Wuxi en omgeving, propageerden niet alleen de confuciaanse principes, maar oefenden ook kritiek uit op de politiek van het keizerlijke hof. De Donglin Academie kreeg zoveel invloed dat ook in naburige steden academies werden opgericht, die dezelfde idealen nastreefden.
Ondanks de grote afstand tot de hoofdstad wist de Donglin Academie haar stempel op de nationale politiek te drukken en de benoemingen van functionarissen die zij ongeschikt achtte tegen te houden. De dood van keizer Wanli in 1620 betekende echter een keerpunt. Hij werd opgevolgd door zijn zoon Taichang, die al een maand later overleed. Vervolgens besteeg de vijftienjarige kleinzoon van Wanli de troon, onder de naam Tianqi. Inmiddels was Gu Xiancheng overleden en als hoofd van de academie opgevolgd door Gao Panlong. Hij en andere Donglin-geleerden kregen hoge posities aan het hof, vooral dank zij de invloed van hoofd-eunuch Wang An, die sympathiek tegenover hun ideeën stond. De Donglin Partij was niet langer de oppositie, maar had nu zelf de macht.
Maar al snel kwam er verandering in de situatie toen Wang An nog datzelfde jaar in de val werd gelokt en vermoord door zijn rivaal, de eunuch Wei Zhongxian. Keizer Tianqi liet de regering over aan Wei en zijn vroe-

gere voedster Ke, die samen het hele binnenhof beheersten. De bom barstte toen een protégé van de eerste grootsecretaris een eunuch liet geselen. Wei's leger van eunuchen omsingelde het huis van de grootsecretaris en dwong de man tot aftreden. Daarna volgde een bloedige hetze tegen alle aanhangers van de Donglin Partij, met de hierboven vermelde gevolgen.

De leer van Gao Panlong en de andere stichters van de Donglin Academie had grote invloed op hun discipelen. Gao probeerde de waarden van het traditionele confucianisme hoog te houden en legde zichzelf een strenge discipline op om geestelijke rust te bereiken. Een van de middelen hiertoe was meditatie – letterlijk 'stilzitten', zonder na te denken. 'Stilzitten, de geest vrijmaken en ons intens bewust worden van de hemelse norm,' schreef hij, 'betekent dat onze geest op dat moment wordt bevrijd van alle andere zaken... En het enige dat wij daarvoor hoeven te doen is ons zwijgend verdiepen in ons innerlijke zelf.'

De plotselinge verlichting, een concept uit het Zen-boeddhisme, speelde een belangrijke rol in Gao's denken. Over zijn eigen verlichting schreef hij: 'Opeens leek het of al mijn zorgen van mij afgleden, alsof een last van honderd pond met een klap op de grond viel. Dat gevoel doordrong mijn lichaam en mijn ziel als een lichtflits, en ik werd één met de Grote Verandering. De scheiding tussen hemel en mens, tussen binnen en buiten, bestond niet meer. Nu zag ik dat de zes punten oost, zuid, west, noord, zenit en nadir één geest zijn, met de borst als domein en het hart als zetel. Maar wie het werkelijk begrijpt, kan die plaats eigenlijk niet benoemen.'[3]

Als gevolg van zijn verlichting besefte hij dat alle externe gebeurtenissen slechts relatief zijn en dat 'er in diepste wezen geen leven en geen dood bestaan', waardoor hij de dood ging beschouwen als 'een terugkeer', die hij met kalmte onder ogen kon zien.

Een van Gao's favoriete studenten aan de Donglin Academie was Qin Ercai, de kleinzoon van Qin Liang. Ercai ging vaak naar Gao's huis bij de rivier om raad te vragen en te mediteren of 'stil te zitten'. Een jaar nadat hij zich als student aan de academie had ingeschreven, werd Ercai benoemd tot docent. Hij stierf echter twee jaar later en liet een vrouw en drie zoons achter. Toen hij stierf, was Gao aan zijn zijde. Ercai vroeg zijn oudste zoon, de tienjarige Yong, om voor Gao te knielen en Gao te vragen hem als leerling aan te nemen. Yong werd veertien jaar lang door Gao onderwezen en ontwikkelde zich tot een van de belangrijkste exponenten van Gao's filosofie.

In 1621, toen de aanhangers van de Donglin Partij nog de macht hadden, werd Gao benoemd tot onderminister van de Hoge Raad van Beroep in Peking. Twee jaar later, toen hij allerlei belangengroepen tegen zich in het

harnas had gejaagd door voortdurend op de strikte toepassing van morele normen aan te dringen, trok hij zich weer in Wuxi terug om zich nog uitsluitend met de leiding van de academie bezig te houden. Qin Yong was inmiddels zesentwintig en had zijn eerste examens achter de rug.
Een jaar later werd Gao opnieuw naar Peking geroepen, waar hij de post van onderminister van Justitie kreeg. Vervolgens werd hij tot hoofdcensor benoemd, maar die functie zou hij niet lang bekleden. Toen hij een regionaal inspecteur van corruptie beschuldigde, verschool de man zich achter eunuch Wei Zhongxian en beweerde dat hij diens aangenomen zoon was. In het conflict dat hieruit voortkwam dolf de Donglin Partij het onderspit en tegen het einde van het jaar was Gao weer terug in Wuxi. In de daaropvolgende jaren werden steeds meer Donglin-aanhangers gearresteerd en gemarteld, totdat de Donglin Academie ten slotte werd verwoest en Gao zelfmoord pleegde.
Tegen de tijd dat Qin Yong in 1630 voor de provinciale examens slaagde, was de Donglin-controverse al lang voorbij.
De dood van keizer Tianqi betekende ook de val van eunuch Wei en zijn aanhangers. De eunuch kreeg bevel zelfmoord te plegen door zich op te hangen, en toen Qin Yong in 1637 zijn hoogste graad behaalde, begon de Donglin Academie weer te functioneren. In dat jaar deed overigens een groot aantal Donglin-aanhangers examen en slaagde voor de hoogste graad.
Gao Shitai, een neef van Gao Panlong en een medestudent en vriend van Qin Yong, nam de leiding van de Donglin Academie op zich – een functie die hij tot aan zijn dood, dertig jaar later, zou blijven vervullen. De Qing-dynastie was toen al begonnen.
De officiële carrière van Qin Yong begon in 1637, toen het einde van de Ming-dynastie met rasse schreden naderde. De schatkist was bijna leeg, het Chinese rijk werd vanuit het noorden bedreigd door de Mantsjoes en vanuit het noordwesten door een rebellenleger onder Li Zicheng, terwijl het hof door intriges werd verscheurd. Tegen die achtergrond kreeg Qin Yong zijn eerste benoeming, als magistraat van het district Qingjiang in Jiangxi. Om wat meer over de geschiedenis en de geografie van het gebied te weten te komen, vroeg Yong naar de plaatselijke almanak, maar die bleek niet te bestaan. Daarom nam hij zelf de taak op zich om de geschiedenis van Qingjiang te reconstrueren. In 1641 begon hij met de samenstelling van een almanak.
Als bestuurder paste Yong de leer van de Donglin Academie ook in de praktijk toe. In die tijd werd de streek geteisterd door hongersnood en tierde de misdaad welig. De rijke families hadden vrijstelling van belasting verkregen door paarden te houden, die in geval van nood door het leger konden worden opgeëist. Daardoor was de belastingdruk op andere lagen

van de bevolking onaanvaardbaar hoog. Om de allerarmsten te kunnen helpen, bepaalde Yong dat ook de lagere ambtenaren belasting moesten betalen.[4]

In die tijd waren enkele bendes actief in de omgeving van Tianchang. Yong zette een val voor hen op door zijn soldaten zich als boeren te laten verkleden en hen naar Tianchang te sturen. De bendeleider probeerde de ogenschijnlijk weerloze boeren te beroven en werd prompt gearresteerd.

Een andere bendeleider bleef echter voortvluchtig, totdat Yong een list bedacht om hem te pakken te krijgen. Hij deed alsof hij zijn troepen aanvoerde op een missie die hen langs het huis van de bandiet voerde. De man dacht dat Yong uit de stad vertrokken was, waardoor zijn waakzaamheid verslapte. Yongs troepen keerden echter terug en verrasten hem.

Yong schreef een reeks liederen die door de boeren tijdens hun werk konden worden gezongen. Deze liederen, bekend geworden als de 'Vier Verboden' en de 'Vijf Geboden', bevatten allemaal een morele boodschap en spoorden de mensen aan zich als goede burgers te gedragen.

De 'Vier Verboden' drukten de mensen op het hart niet te stelen, de sociale gebruiken niet te schenden, andere mensen niet te snel bij de overheid aan te klagen en het leven niet gering te schatten door zelfmoord te plegen.

De 'Vijf Geboden' riepen mensen op hun belastingen op tijd te betalen, mee te helpen aan gemeenschappelijke projecten om water te besparen, ijverig hun werk te doen, hun steentje bij te dragen aan de beveiliging van hun buurt en voorraadschuren te bouwen voor het graan.

Te oordelen naar de tekst van de liederen maakte Yong zich vooral zorgen over de toenemende gewoonte van jongemannen zich door de familie van hun bruid te laten adopteren, in plaats van andersom, vermoedelijk omdat die families geen zoons hadden. Yong vond dit tegennatuurlijk, en het lied waarin hij deze praktijk veroordeelde, was maar liefst vierenvijftig regels lang, meer dan drie keer zo lang als de andere. Een deel van de tekst luidde:

> Het is onwerkelijk, als een poppenkast.
> Vlees en bloed worden verwisseld.
> O, hoe treuren de ouders
> Die hun zoon zien vertrekken.
> Geld is zo zwaar als de bergen
> Terwijl botten en vlees licht als veren zijn.
> Adoptie van een schoonzoon
> Zet de wereld op zijn kop.
> Wat wij nodig hebben
> Is een terugkeer tot de goede gebruiken van weleer.[5]

In 1643, na een verblijf van ruim vijf jaar in Qingjiang, werd Yong naar de hoofdstad teruggeroepen. Inmiddels werd er in het noordoosten van het Chinese rijk hevig gevochten en waren er functionarissen nodig om ambtenaren te vervangen die waren gedood of hun post hadden verlaten. Yong werd benoemd tot magistraat van het district Fenglai in Shandong, waar drie grote veldslagen hadden plaatsgevonden.

In 1644 wachtte Yong een nieuwe benoeming, maar eerst ging hij terug naar Wuxi voor een vakantie. In deze vakantieperiode viel het einde van de Ming-dynastie. Een groot rebellenleger onder de 'Drieste Generaal' Li Zicheng sloeg het beleg voor Peking. Het dichtstbijzijnde keizerlijke leger lag bij de Chinese muur om de Mantsjoes tegen te houden. Geheel weerloos pleegde keizer Chongzhen, de vijftiende opvolger van Zhu Yuanzhang, zelfmoord door zich te verhangen aan een boom op de Steenkoolheuvel.[6] Eindelijk had de Ming-dynastie haar hemelse mandaat verloren. Al lang voor die tijd was zij al haar steun onder het volk kwijtgeraakt.

Tot degenen die zich bij de rebellen aansloten behoorde ook Yongs neef, Qin Xian.[7] Nadat hij en enkele vrienden uit Wuxi hun diensten aan het nieuwe gezag hadden aangeboden, kregen ze opdracht een nieuw huis te zoeken en niet meer naar hun oude huis terug te keren. Deze maatregel was bedoeld om de troepen van Li Zicheng de gelegenheid te geven de huizen van voormalige ambtenaren van de Ming-dynastie te plunderen.

Xian en de anderen moesten zich melden bij generaal Liu Congmin, een van Li's vertrouwelingen. Xian besloot zijn orders te negeren en keerde heimelijk naar huis terug om zijn bezittingen te redden. Toen hij op het afgesproken tijdstip niet bij generaal Liu verscheen, stuurde deze zijn soldaten om hem te arresteren. Juist op dat moment arriveerde Xian. Hij wierp zich in het stof en verontschuldigde zich uitvoerig, maar de generaal liet zich niet vermurwen. Liu had uiterst wrede martelwerktuigen laten ontwerpen om het laatste onsje zilver uit voormalige Ming-functionarissen te kunnen persen, en ook Xian werd nu gemarteld. 'Zijne scherpzinnigste majesteit wil het zuiden van het Jang-tse-bekken veroveren en daarvoor heeft hij mensen nodig!' schreeuwde Xian. 'Als u mijn leven spaart, zal ik alles voor u doen.' Zijn vriend Wang Sunhui deed ook een goed woordje voor hem en ten slotte werd Xian vrijgelaten, op voorwaarde dat hij een boete van vijfhonderd zilverstukken zou betalen.[8]

Xian trad in dienst van het nieuwe bewind, maar omdat Li overlopers niet erg vertrouwde, benoemde hij hem in een lage functie in de verre provincie Sichuan, een gebied dat mogelijk nog niet eens door zijn troepen werd beheerst.

Nog ongelukkiger voor Xian was dat Li er niet in slaagde een nieuwe dynastie te vestigen. Zijn leger werd vernietigend verslagen door een gezamenlijke troepenmacht van de Mantsjoes en Ming-generaal Wu Sangui.

(Generaal Wu had besloten zich bij de Mantsjoes aan te sluiten toen hij had gehoord dat zijn favoriete concubine door Li was verkracht.) Na deze nederlaag trok Li zich snel in Peking terug, smolt al het goud en zilver uit de keizerlijke bezittingen om, riep zichzelf tot keizer uit en vluchtte de volgende dag, nadat hij het paleis in brand had gestoken. Hij had Peking negenendertig dagen bezet gehouden en was slechts één dag keizer geweest.

Qin Xian was achtentwintig toen hij zijn diensten aan Li aanbood. Vijftig jaar lang zou hij daar nog spijt van hebben. De Mantsjoes probeerden voormalige Ming-functionarissen aan hun kant te krijgen, maar voor overlopers naar Li hadden ze de grootste minachting. Na Li's nederlaag keerde Xian naar Wuxi terug. Daar bleef hij de rest van zijn leven wonen, in het verlaten gebouw van het Dichtersgenootschap van de Blauwe Berg. Hij stierf op tweeëntachtigjarige leeftijd.

De Mantsjoes vestigden nu de Qing-dynastie (Qing betekent 'zuiver') en beweerden dat ze China waren binnengevallen om de laatste Ming-keizer, die door Li Zicheng van de troon was gestoten, te wreken. Ze gaven keizer Chongzhen een staatsbegrafenis en verklaarden dat hij slechte adviseurs had gehad.

Hoewel de Mantsjoes een sterke positie hadden, gaven de Ming-getrouwen de strijd niet op. Ze verzamelden zich rond een neef van de overleden keizer, de Prins van Fu, die in Nanking tot keizer werd uitgeroepen. Fu speelde het spelletje mee en stuurde een delegatie naar Peking om de Mantsjoes te bedanken voor het feit dat ze Li hadden verdreven. Hij beloofde hun het gezag over al het gebied ten noorden van de Chinese muur en een jaarlijkse schatting, als ze zich nu zouden terugtrekken. De Mantsjoes deden een tegenaanbod: als het hof in Nanking geen aanspraak meer zou maken op het wettig gezag over het hele rijk en de status van afhankelijk koninkrijk zou accepteren, zouden de Mantsjoes de nieuwe keizer tolereren.

Dit aanbod werd door Nanking verworpen.

Het nieuws van de dood van keizer Chongzhen bereikte Yong twee weken na zijn terugkeer naar Wuxi. Door de nieuwe zuidelijke Ming-keizer werd hij tot censor van de provincie Henan benoemd. Helaas werd het hof van de zuidelijke Ming-dynastie, evenals zijn voorgangers, verscheurd door intriges en Yongs rapporten werden genegeerd. Al spoedig besefte hij dat hij niets kon doen om de val van de dynastie te voorkomen. Hij probeerde zich te verhangen, maar werd door zijn familie gered. Daarna vroeg hij om toestemming zich uit het openbare leven te mogen terugtrekken. Dit verzoek werd ingewilligd.

In plaats van alle krachten te bundelen om de dreiging van de Mantsjoes het hoofd te kunnen bieden liet de zuidelijke Ming-dynastie de interne conflicten zo hoog oplopen dat er een soort burgeroorlog uitbrak. Daardoor raakte het leger dermate verzwakt dat de Mantsjoes Nanking konden veroveren. De zuidelijke Ming-keizer werd gevangengenomen en naar Peking afgevoerd, waar hij stierf. Yong dook onder in een klooster in het oosten van Wuxi.

Verscheidene leden van het koninklijk huis van de Ming-dynastie riepen zichzelf hierna nog tot keizer uit, maar de opmars van de Mantsjoes was niet meer te stuiten en de troonpretendenten werden één voor één verslagen. Ten slotte bleef alleen de Prins van Gui, een kleinzoon van keizer Wanli, nog over. Achtervolgd door de Mantsjoe-troepen vluchtte hij eerst naar Wuzhou en daarna naar Ping-le in Guangxi. Toen de Mantsjoes Ping-le innamen, trok hij zich in Chuanzhou terug. In april 1647 sloegen de Mantsjoes het beleg voor Guilin en vluchtte de Prins van Gui naar Wukang, in Hunan. Hij werd opgejaagd tot hij nergens meer naartoe kon en ten slotte gedwongen was met zijn hele hofhouding een goed heenkomen te zoeken op een paar boten voor de kust.

Door de invloed van een eunuch die in Peking door een jezuïtische missionaris was gedoopt had de hele hofhouding van de prins – behalve de prins zelf – zich tot het katholicisme bekeerd. De moeder van de prins had de christelijke naam Anna aangenomen, terwijl de belangrijkste vrouw van zijn vader (die keizerin-moeder werd toen de prins zich tot keizer had laten uitroepen) zich nu Helena noemde.

Toen de situatie steeds grimmiger werd, stuurde keizerin-moeder Helena in november 1650 een persoonlijke boodschap naar Rome waarin zij paus Innocentius X en de generaal van de jezuïeten vroeg voor hen te bidden en meer missionarissen naar China te sturen. De brieven bereikten Italië pas tegen het einde van 1655, toen Innocentius X al was overleden. De nieuwe paus, Alexander VII, schreef een antwoord, maar dat kwam pas in 1659 in China aan. Keizerin-moeder Helena was toen al zeven jaar dood.

In de jaren vijftig vond de Prins van Gui een tijdelijk toevluchtsoord in de afgelegen provincie Yunnan. Toen hij ook daar niet meer veilig was, zocht hij asiel in Birma, waar hij de volgende twee jaar bijna als een gevangene werd behandeld. Begin 1662 bereikte een Qing-leger de grens met Birma en eiste dat hij zou worden uitgeleverd. De Birmezen voldeden aan dat verzoek, en de laatste van de zuidelijke Ming-keizers werd met een boogpees gewurgd.

Yong was inmiddels uit het klooster in Wuxi vertrokken en had ten noorden daarvan een huis betrokken dat hij de 'Hal van de Duizend Rustplaatsen' noemde. Zeventien jaar lang waagde hij zich nauwelijks meer buiten, behalve om op feestdagen offers te brengen in de vooroudertempel. Hij had geen concubines en geen belangstelling voor wereldse goederen, behalve boeken. Om problemen te voorkomen sprak hij nooit over politiek en meed hij zelfs het contact met oude vrienden die nu in overheidsdienst waren. Hoogst zelden had hij nog wel eens een filosofische discussie met een of twee van zijn beste vrienden. Daartoe behoorde ook Gao Shitai, de neef van Gao Panlong, die de leiding van de Donglin Academie op zich had genomen.

Yong bracht een groot deel van zijn tijd met lezen en schrijven door. Hij verdiepte zich vooral in de *I-Tsjing*, het *Boek der Veranderingen*, waarin hij een expert werd. Ook stelde hij een nieuwe editie van de familiestamboom samen, die in 1660 werd gepubliceerd. Toen Qin Jin in 1528 voor het eerst een stamboom had uitgegeven, had hij voorgesteld elke dertig jaar een bijgewerkte editie te laten verschijnen. In de tussenliggende 132 jaar was de stamboom slechts één keer bijgewerkt, door een kleinzoon van een van de 'trouwe zonen'. De eerste twee uitgaven bestonden hoofdzakelijk uit schema's die de onderlinge relaties tussen de verschillende familietakken duidelijk maakten. Yong breidde de stamboom echter uit door ook levensbeschrijvingen op te nemen van iedereen over wie hij informatie kon vinden. Hij werkte tien jaar aan dit project en schreef in totaal drie versies.

In de definitieve versie besprak Yong de kwestie van hoofd- en zijtakken van de stamboom, waarbij hij tot de slotsom kwam dat de hoofdtak – de afstammelingen van de oudste zoon van de oudste zoon, enzovoort – niet noodzakelijk de belangrijkste tak hoefde te zijn. Hij noemde de 'trouwe zonen' en Qin Jin als leden van familietakken die zich veel sterker hadden uitgebreid. De voorspoed en het succes van deze takken, meende hij, was te danken aan het feit dat zij nakomelingen hadden voortgebracht die wijs en deugdzaam waren. Hij vatte dit als volgt samen: 'Als men zich ruimhartig opstelt, zal de hoofdtak groeien, evenals de zijtakken.' Hij drong er bij alle leden van de familie op aan 'zich te verenigen en de voorouders niet te vergeten'. Pas dan, zei hij, 'zullen zonen hun vaders respecteren, jongere broers hun oudere broers en iedere generatie alle vorige'.

Ook liet Yong de vooroudergraven opknappen en herstelde hij het gebruik om landerijen apart te houden waarvan de opbrengsten uitsluitend voor de voorouderverering waren bestemd.

Tot aan zijn dood in 1661 sprak hij graag over filosofische vraagstukken met zijn achterneef Songdai, die docent was aan de Donglin Academie. De dag voordat hij, vierenzestig jaar oud, overleed, liet hij zijn broer bij zijn bed komen om zijn laatste woorden te noteren:

'Rechtschapenheid leidt uiteindelijk tot verlichting. Dat stadium hebben de heilige wijsgeren bereikt, maar ik nog niet. Ik zucht om het verleden. In de Hal van de Duizend Rustplaatsen heb ik daaraan zeventien jaar dag en

nacht gedacht. Ik ben nu tevreden. Ik ben bereid morgen te sterven.'
Zijn broer wilde dat Yong zijn laatste uren zo gerieflijk mogelijk zou doorbrengen en stelde daarom voor hem naar zijn eigen huis te laten overbrengen. Yong opende zijn ogen en zei: 'Maar ben je mijn laatste wil dan vergeten?' En zijn broer zweeg. De volgende morgen stond hij op, waste zich en ging weer naar bed. Zijn broer en zijn neven waakten bij hem. Toen de avond viel, werden zijn ledematen koud. Opeens hief hij zijn rechterhand op om over zijn voorhoofd te wrijven en zijn armen te krabben. Daarna leunde hij op een bediende. Op zijn gezicht stond geen angst te lezen en hij had geen pijn. Hij stierf een vredige dood, op 11 september 1661, zeven maanden na het vermoedelijke overlijden van Shunzhi, de eerste Mantsjoe-keizer van China.
Zijn tijdgenoot Zhang Youyu schreef over Qin Yong: 'Door zijn harde werken, zijn geloof en zijn kennis ontwikkelde hij zich tot de grootste filosoof na zijn voorgangers uit de Song-dynastie.'[9]

13. Qin Dezao: De gemeenschappelijke voorvader van mijn ouders

Mijn ouders hadden een gemeenschappelijke voorvader, die leefde in de zeventiende eeuw. Dat betekent niet dat ik hem kon opsporen door eenvoudig de stamboom terug te volgen. Het was veel ingewikkelder. Een tijd lang dacht ik dat hun dichtstbijzijnde gemeenschappelijke voorvader een zekere Qin Zhongxi was, de tweede van drie zoons van Qin Jun, de oudste zoon van gouverneur Qin Yao. Jun was een zeer rijk man, die in zijn geboortestad groot aanzien genoot. Het bleek echter dat ik nog een generatie verder moest zoeken.
Zhongxi studeerde aan de Nationale Universiteit, maar hij maakte geen carrière bij de overheid, vermoedelijk vanwege zijn slechte gezondheid. Een groot deel van zijn rijkdom besteedde hij aan het verzamelen van schilderijen en voorbeelden van kalligrafie. Hij wordt beschreven als een begaafd man, met een groot inzicht in de geschriften van oude geleerden.
Hij stierf toen hij nog geen vijftig was, en liet drie zoons achter: Decheng, Dezao en Dezhan. In feite ben ik een afstammeling van hen alle drie. Decheng, de oudste, had een zwakke gezondheid en stierf in 1638, drieëntwintig jaar oud. Hij liet een vrouw en een dochtertje achter. Zijn weduwe eerde hem door nooit te hertrouwen.
Uit onze genealogische gegevens blijkt dat mijn vader van een van Dechengs broers afstamde en mijn moeder van de andere. Maar omdat Decheng geen zoons had, lieten zijn beide broers later een van hun zoons postuum door hem adopteren. Een van hen was de voorvader van mijn moeder. Daarom ben ik dus eigenlijk een nakomeling van alle drie de broers.
De eerste zoon die postuum door Decheng werd geadopteerd was Songdai, de zoon van Dezhan. Meestal werd één geadopteerde zoon als voldoende beschouwd om de familielijn voort te zetten, maar omdat Songling, het jongste zoontje van Dezao, omstreeks de tijd van Dechengs overlijden was geboren, werd hij in zekere zin als Dechengs reïncarnatie beschouwd en daardoor ook postuum door hem geadopteerd – een zogenoemde 'tweevoudige adoptie'.
Mogelijk waren er ook praktische redenen voor deze dubbele adoptie. Omdat de familie rijk was, leek het misschien eerlijker om de bezittingen

van de oudste broer tussen zijn jongere broers te verdelen. De geadopteerde kinderen zouden opgroeien met twee moeders, hun natuurlijke moeder en hun adoptiefmoeder, die beiden meestal in hetzelfde huis woonden.
Onze stamboom vermeldt niet de bloedverwantschap maar de adoptieve relaties. Daarom is mijn moeder dus officieel een nakomelinge van Songdai. Maar Songdai had geen zoons. Toen hij zonder stamhouder overleed, werd een van de zoons van zijn 'broer' Songling postuum aan hem toegewezen, om de familielijn voort te zetten. In feite stamde mijn moeder dus af van Songling, de eerste zoon van Dezao.
Mijn vader was een afstammeling van Dezao's tweede zoon Sonqi. Daardoor waren mijn vader en mijn moeder achterneef en achternicht in de achtste graad. Deze zeer verre verwantschap vormt noch in China noch in het Westen een wettig obstakel voor een huwelijk, maar omdat deze twee takken van onze familie al die jaren contact hadden gehouden, was hun huwelijk toch nog aanleiding tot een schandaal.
Dezao, hun dichtstbijzijnde gemeenschappelijke voorvader, werd geboren in 1617. Hij was een veelbelovend student, die al op jeugdige leeftijd voor zijn licentiaatsexamen slaagde. Maar verder bracht hij het niet en daarom was een carrière bij de overheid niet voor hem weggelegd. Zijn zonen bereikten wel posities aan het hof en Songling was zelfs een tijd lang een gunsteling van de keizer. Dezao nam een prominente plaats in de familie in, niet zozeer vanwege zijn daden, maar omdat hij zo oud werd en zoveel nakomelingen had, van wie velen een hoge positie verwierven. Toen hij op vijfentachtigjarige leeftijd overleed, had hij al ruim honderd van zijn nakomelingen overleefd. Bovendien verwezenlijkte hij een traditioneel Chinees ideaal: vijf generaties van dezelfde familie bijeengebracht onder één dak.

Terwijl onze familie haar positie in Wuxi consolideerde, deed in het noorden – voorbij de Chinese muur – een geheel andere familie van zich spreken. Zoals Dzjenghis Khan in de dertiende eeuw de Mongolen tot een onoverwinnelijke strijdmacht had gesmeed, zo verzamelden de verschillende Mantsjoe-stammen zich vier eeuwen later rondom een nieuwe charismatische leider, Nurhaci.
In 1590, toen Zhongxi nog maar een kind was in Wuxi, reisde Nurhaci met andere Mantsjoe-leiders naar het hof van de Ming-dynastie, om zich te onderwerpen. Vijf jaar later gaf keizer Wanli hem de titel 'Draak-Tijger-Generaal', omdat hij had aangeboden zijn troepen naar Korea te sturen om de Japanners een halt toe te roepen. Maar hoewel Nurhaci zich dit eerbetoon liet welgevallen, koesterde hij de heimelijke ambitie om geheel China te veroveren.

Dertig jaar lang oefende hij geduld, terwijl hij huwelijksbanden smeedde met bondgenoten en andere stammen overwon. Zo kwamen geleidelijk alle Mantsjoe-stammen onder zijn gezag, en bovendien kreeg hij ook steeds meer steun van Mongolen en Chinezen. Bij de voorbereidingen van hun invasie van China bestudeerden de Mantsjoes zorgvuldig de strategie van hun voorgangers, zoals de Khitans, de Jurchens en de Mongolen. Chinese boeken waarin deze historische gebeurtenissen werden beschreven werden in het Mantsjoe vertaald, zodat men lering kon trekken uit de fouten uit het verleden.

Zoals Dzjenghis Khan de verovering van China zelf niet meer meemaakte, zo stierf ook Nurhaci voordat de Mantsjoes de macht in het Hemelse Rijk overnamen. Maar toen hij in 1625 overleed, waren de plannen voor de invasie van China al in een vergevorderd stadium. Een jaar eerder was een nieuwe hoofdstad gevestigd in Shenyang, in het noordoosten van China.

De achtste zoon van Nurhaci, de drieëndertigjarige held Abahai, nam de leiding over de Mantsjoe-troepen op zich. Hij onderwierp Korea en maakte er een vazalstaat van, terwijl hij het Mantsjoe-gezag ook uitbreidde tot aan het gebied rondom de Amoer, de rivier die tegenwoordig de noordelijke grens van China met de Sovjetunie vormt. Vanaf 1629 voerden Abahais troepen bijna elk jaar invallen in China uit, waarbij ze tot voorbij de Chinese muur oprukten, Chinese steden overvielen en hun tenten opsloegen in de omgeving van Peking. Abahai kwam heel dicht bij zijn doel, maar ook hij zou nooit op de drakentroon zitten. In 1643, een jaar voor de val van Peking, stierf hij.

Daarna ontstond een machtsstrijd tussen zijn oudste zoon Haoge en Abahais broer Dorgon. Uiteindelijk werd een compromis bereikt waarbij Abahais jongste zoon, een jongetje van vijf jaar, tot zijn opvolger werd benoemd, met Dorgon als regent – waardoor hij de feitelijke leiding in handen kreeg. Onder aanvoering van Dorgon werd Peking veroverd en de Qing-dynastie gevestigd. Maar hij en Haoge bleven vijanden. In 1648 werd Haoge op valse beschuldigingen door Dorgon gevangengezet en een paar weken later was hij dood. Dorgon nam Haoges vrouw in zijn eigen huishouding op en bleef regent tot aan zijn dood in 1650, toen de jonge keizer Shunzhi dertien jaar was.

Shunzhi, de eerste Mantsjoe op de drakentroon, was een opmerkelijk kind. Hij besefte dat hij de Chinese taal niet goed genoeg kende om het land te besturen, omdat hij zelfs de rapporten die hem werden voorgelegd niet kon lezen. Daarom wierp hij zich op de studie van de taal en leerde die zo goed beheersen dat hij na enkele jaren niet alleen vloeiend Chinees sprak en schreef, maar zelfs bij de paleisexamens als examinator optrad.

Shunzhi was bedachtzaam, erg wijs voor zijn leeftijd en bijzonder vroom. Hij raakte bevriend met de Duitse jezuïet Adam Schall, die de Ming-dynastie eerst als astronoom had gediend en vervolgens had geadviseerd bij het gieten van kanonnen. Het nieuwe bewind had hem tot voorzitter van de Astronomische Raad benoemd. De jonge keizer bezocht hem vaak om vele uiteenlopende onderwerpen met hem te bespreken. Na ieder bezoek moest de jezuïet de stoel waarop Shunzhi had gezeten opzij zetten, want niemand mocht een stoel gebruiken waarop de keizer zelf had gezeten.[1]

De jezuïeten hoopten dat zij de keizerlijke familie van de Qing-dynastie tot het katholicisme zouden kunnen bekeren, zoals zij ook de zuidelijke Ming-keizer hadden bekeerd. Daar slaagden ze niet in, maar de gunsten die hun door het hof werden verleend maakten hun missiewerk in de hoofdstad en de provincies veel gemakkelijker.

Hoewel hij belangstelling had voor het christendom, deed de jonge keizer geen afstand van zijn boeddhistische geloof. Zijn toewijding aan het boeddhisme werd zelfs steeds groter, zeker na het bezoek van de Dalai Lama, de geestelijk en wereldlijk leider van Tibet, aan Peking. Het is niet bekend of keizer Shunzhi in 1661 op drieëntwintigjarige leeftijd overleed of afstand deed ten gunste van zijn zevenjarige zoon, om de rest van zijn leven als anonieme monnik te slijten.[2] Wel bestaan er talloze legenden over Shunzhi's geheime leven als monnik.

Hoe het ook zij, na de verovering van Peking stootten de Mantsjoe-troepen naar het zuiden door, onder aanvoering van Dodo, een andere broer van Dorgon. Hier en daar was nog enig verzet van Ming-loyalisten, zoals in Yangzhou en Jiading, waar een bloedbad plaatsvond. Elders werd het nieuwe bewind gelaten aanvaard, al bestond er grote weerstand tegen het voorschrift dat alle mannen hun hoofd van voren moesten kaalscheren, volgens Mantsjoe-gebruik, en hun haar in de nek moesten laten groeien, zodat het in een staart kon worden gevlochten. Dit werd als een vernederend symbool van hun onderwerping gezien en veel mannen die meer waarde hechtten aan hun haar dan aan hun leven pleegden zelfmoord bij de nadering van de Mantsjoe-legers.[3]

Qin Dezao, die toen achtentwintig was, bracht zijn moeder en zijn vrouw in veiligheid op het platteland. Daarna keerde hij naar de stad terug om voor zijn grootouders te zorgen, die te zwak waren voor de reis. In de herfst van 1645 had de Qing-dynastie bijna alle verzet in de omgeving van Wuxi gebroken.

Hoewel het zuiden van China nog niet geheel was gepacificeerd, toonden de Mantsjoes het jaar daarop hun talent om het land te besturen door de Chinese gebruiken te respecteren en de hoofdstadexamens in Peking gewoon te laten doorgaan. Door deel te nemen aan deze examens en benoemingen door het nieuwe bewind te aanvaarden, erkenden ook studenten

uit het zuiden het wettige gezag van de Qing-dynastie.
Onder de Mantsjoes ging het onze familie bijzonder goed, en verscheidene Qins brachten het tot nog hogere posten dan hun voorouders ooit hadden bekleed. Qin Dezao schijnt nooit aan de examens onder het nieuwe bewind te hebben deelgenomen, maar dat wil niet zeggen dat hij de Qing-dynastie niet erkende. Waarschijnlijk zag hij ervan af vanwege de woelige tijden en zijn eigen familieproblemen. Zijn academische carrière was onderbroken door de dood van zijn vader, en de rouwperiode was nauwelijks voorbij of zijn oudste broer overleed, zodat Dezao op eenentwintigjarige leeftijd als hoofd van de familie de zorg op zich moest nemen voor de weduwe en de dochter van zijn broer – en natuurlijk voor zijn eigen gezin, waartoe ook zijn moeder en zijn grootouders behoorden. Als trouwe zoon was hij zelfs bereid zich voor zijn moeder aan de boeddhistische gebruiken te houden, hoewel hij zelf geen boeddhist was.
Zijn zonen Qin Shi, Qin Lu en Songling maakten snel carrière. Qin Shi en Songling werden lid van de Hanlin Academie, Qin Lu werd benoemd tot prefectuurrechter in Wenzhou, in de provincie Zhejiang.
Dezao had nog vijf andere zonen, drie bij zijn vrouw Hou en twee bij zijn concubine Zhang. Zijn jongste zoon, Weihang, was al vroeg een devoot boeddhist. Hij besloot niet te trouwen, maar in het klooster te gaan. Het Chinese woord voor monnik is *chu-jia-ren*, of 'iemand die zijn familie heeft verlaten', omdat dit het onvermijdelijke gevolg was van een keuze voor het geloof. Dat is ook de reden waarom Weihangs naam in sommige van onze familiekronieken niet voorkomt. Zoals hij zich van zijn familie had afgekeerd, zo had zijn familie ook hem verstoten.
Omdat Songling postuum door zijn oom was geadopteerd, werd Dezao's tweede zoon Songqi – van wie mijn vader afstamt – als hoofd van de belangrijkste tak van Dezao's familie beschouwd. Songqi had het licentiaatsexamen gedaan en werd in verscheidene functies benoemd, maar hij verkoos in Wuxi te blijven om zijn vader te kunnen bijstaan. In 1714 werkte hij de familiestamboom bij en publiceerde hij de vierde editie.
Songqiao studeerde ook, maar vervulde nooit een overheidsfunctie. Hij bereikte de eerbiedwaardige leeftijd van eenentachtig jaar en was een vriendelijke, enigszins wereldvreemde man. Kinderen noemden hem 'Oude Boeddha nr. 3', omdat hij de derde zoon was.
De vierde zoon, Songru, bracht het tot districtsmagistraat in de zuidelijke provincie Guangdong. Het was zeer onrustig in dit gebied omdat generaal Wu Sangui en andere Ming-bevelhebbers die zich aanvankelijk bij de Qing-dynastie hadden aangesloten, in opstand waren gekomen. Songru stelde voor om de belastingdruk voor de boeren te verlichten, maar omdat het hof in Peking geld nodig had om de oorlog te kunnen bekostigen, werd hij ontslagen. Twee jaar later herzag de regering echter haar belastingpoli-

tiek en werd Songru gerehabiliteerd. De dankbare inwoners van Guangdong bouwden een tempel voor hem.
Dezao's vijfde zoon, Songqiu, het kind van een concubine, studeerde aan de Nationale Academie. Hij stierf vrij jong, op drieëndertigjarige leeftijd.
In 1660, toen Dezao vierenveertig was, overleed zijn vrouw, met wie hij zesentwintig jaar getrouwd was geweest. Dezao nam de ongebruikelijke stap haar te eren door een uitvoerige biografie van haar te schrijven. Daarin kwamen onder meer de volgende passages voor:

> De voorouders van mijn vrouw waren rijk en beroemd. Haar vader was bureausecretaris bij het ministerie van Belastingen, haar grootvader minister van het Hof van de Keizerlijke Stoeterij.
> Voor haar huwelijk werd mijn vrouw onderwezen door haar grootmoeder, een weduwe die ervoor had gezorgd dat haar zonen en kleinzonen voor de hoogste graad van de hoofdstedelijke examens waren geslaagd. Ze hield van mijn vrouw en vond dat ze op haar leek.
> Mijn moeder is lichamelijk altijd zwak geweest. Mijn vrouw heeft haar goed verzorgd. Toen er een andere dynastie kwam, ging ze met mijn moeder mee naar het platteland, terwijl ik bij mijn grootouders in de stad bleef. Als ik mijn moeder bezocht, zei mijn vrouw altijd: 'Ik zal voor haar zorgen, en jij moet voor je grootouders zorgen.' Ze heeft bijna dertig jaar met mijn moeder samengeleefd en ik heb mijn moeder nooit over haar horen klagen. Toen ze overleed, was mijn moeder in tranen en riep ze elke nacht haar naam.
> Mijn vrouw respecteerde mij. Ze zorgde voor de hele familie en ze vroeg altijd naar mijn mening en mijn beslissingen. Ze hield van de kinderen, maar ze kon ook streng zijn. Ik herinner me dat we op een winteravond om het vuur zaten. Songling klaagde dat hij het koud had. Mijn vrouw wees hem terecht en zei dat een heleboel mensen nu zonder kleren of voedsel in de sneeuw lagen te sterven, en dat Songling niets te klagen had, in zijn warme jas bij het vuur. Toen Songling een *jinshi* werd, waarschuwde ze hem voor een arrogante houding en drukte hem op het hart dat hij het respect van anderen moest verdienen. Ook schreef ze hem dat hij zich over haar geen zorgen hoefde te maken, maar dat hij zijn best moest doen voor de keizer. Meer dan twintig jaar had ze de leiding over het huishouden. Ze droeg nooit mooie kleren en ze was altijd bereid de armen te helpen. Maar ze hield niet van monniken en nonnen. Ze zei dat ze medelijden had met de armen, maar monniken en nonnen niet tot de armen rekende.

In 1684 ondernam keizer Kangxi de eerste van zes lange inspectiereizen door zijn zuidelijke provincies. Officieel kwam hij om de bouw van enkele dammen langs de Gele Rivier te inspecteren en om kennis te maken met het leven van het gewone volk. Maar natuurlijk kwam hij ook om de steun en het respect van de vele invloedrijke families in het zuiden – waarvan een groot aantal nog ernstige bedenkingen had tegen het nieuwe Mantsjoe-bewind – te verwerven.[4]

Deze eerste reis duurde twee maanden. Kangxi toonde zijn begrip voor de Chinese gevoeligheden door Yangzhou en Jiading, waar het verzet tegen de Mantsjoe-overheersing in de jaren veertig bloedig was onderdrukt, op zijn reis te mijden.

Tijdens zijn reizen naar het zuiden benadrukte keizer Kangxi zijn respect voor de Chinese cultuur en tradities. In Shandong, de provincie waar Confucius vandaan kwam, bezocht hij een tempel om eer te bewijzen aan de wijsgeer. In Nanking, de oorspronkelijke Ming-hoofdstad, nam hij deel aan offerceremonies bij het graf van Zhu Yuanzhang, de eerste keizer van de Ming-dynastie, en trachtte hij de Mantsjoes als de wettige opvolgers van de Ming-keizers voor te stellen. Om de steun van de prominente zuidelijke families te verkrijgen verhoogde hij het quotum studenten uit de twee zuidelijke provincies Jiangnan en Zhejiang.

De keizerlijke stoet bereikte Wuxi via het Grote Kanaal.[5] Tijdens de eerste reis meerde de keizerlijke sloep af bij een pier aan de westelijke rand van de stad, in de buurt van de berg Hui, waar het stadsbestuur de hoge bezoekers opwachtte. Geleerden verzamelden zich bij een tempel in het noorden. Vanaf de pier was het maar een korte afstand tot de Ji Chang-tuin. Toen de keizer de tuin naderde, werd hij verwelkomd door Qin Dezao, het hoofd van de familie, en vier van zijn zonen, die langs de rand van de weg geknield zaten.

Toen de keizer kennismaakte met Dezao,[6] vroeg hij de patriarch naar zijn leeftijd en keek hem volgens ooggetuigen doordringend aan. Daarna wendde hij zich tot Songqi, de oudste van de aanwezige zonen, en vroeg hem of hij familie was van Qin Songling. 'Hij is mijn broer,' antwoordde Songqi.[7]

Dezao was toen zevenenzestig en had, behalve zijn zes zonen, ook zestien kleinzonen en twee achterkleinzonen – zijn dochters en kleindochters buiten beschouwing gelaten.

In de loop van de volgende drieëntwintig jaar zou de keizer nog enkele bezoeken aan Wuxi brengen, en steeds keerde hij terug naar de Ji Chang-tuin. Hij vond de tuin zo mooi dat hij er zijn 'reizende paleis' vestigde en er altijd verbleef als hij Wuxi bezocht.

In januari 1689, tijdens zijn tweede reis naar het zuiden, gaf hij een aantal vooraanstaande kunstenaars, onder leiding van de beroemde schilder Wang Hui, opdracht zijn reizen vast te leggen. Alle hoogtepunten van de reis werden geschilderd, te beginnen met het vertrek uit de hoofdstad. Uit deze schilderingen blijkt dat het gevolg van de keizer zo'n drieduizend functionarissen en soldaten telde. Toen de keizer via de Yongdingmen, de Poort van de Eeuwige Vrede, uit de Verboden Stad vertrok, stelden de soldaten zich aan beide zijden van de weg op. Alle functionarissen die in de hoofdstad achterbleven, kwamen de keizer uitgeleide doen, knielend langs de route. Op weg naar het zuiden kwam de stoet langs de oude keizerlijke jachtgronden bij Nanyuan en vervolgens bij de Grote Rode Poort. Aan het hoofd van de stoet liepen functionarissen met parasols, die waren versierd met afbeeldingen van draken en een speciale grassoort die geluk moest brengen. Anderen droegen waaiers om de stoet tegen de wind en het stof te beschermen. Er was een groep die 109 verschillende vlaggen droeg, en de stoet telde ook een groot aantal muzikanten.

Direct na de muzikanten kwamen de voertuigen waarin de belangrijkste figuren uit het gevolg van de keizer werden vervoerd. Eerst kwamen er twee koetsen, waaronder de jadekoets, die door twee olifanten werden getrokken. Ze werden gevolgd door een koets met een span van acht paarden en een kleinere koets met twee wielen, eveneens door paarden getrokken. Daarna kwam een grote draagstoel, die met lange palen op de schouders van achtentwintig dragers rustte. Zij werden gevolgd door vijf olifanten, elk met een groot vat op hun rug, om de dorst van de reizigers te lessen. Vier andere olifanten werden gebruikt om eventuele obstakels uit de weg te ruimen.

De keizer zelf zat te paard, tegen de zon beschermd door een ruiter met een grote parasol. Hij werd voorafgegaan door twintig man cavalerie op witte paarden, en de achterhoede werd gevormd door de keizerlijke lijfwacht, gewapend met hellebaarden, kromzwaarden, pijl en boog en met luipaardstaarten versierde lansen. Daarna kwam de keizerlijke banier, een driehoekige gele vlag met een rode rand en een afbeelding van een draak.

Op deze tweede reis bracht de keizer opnieuw een bezoek aan Wuxi, tot grote vreugde van de bevolking. De hoge gast werd verwelkomd met parades en liederen. De volgende dag bezocht hij de Tweede Bron Onder de Hemel. Zoals gebruikelijk knielde het gewone volk voor hem. Plotseling begon het te regenen en veranderde de aarde in modder. Meteen gebaarde de keizer dat de mensen niet in de modder hoefden te knielen. De menigte kwam overeind en scandeerde: *'Wan sui! Wan sui! Wan wan sui!'* 'Dat uwe majesteit tienduizend keer tienduizend jaar moge leven!'

Ook dit keer bezocht de keizer de Ji Chang-tuin, waar hij werd begroet door Songling en de andere leden van de Qin-familie. In de vijf jaar sinds het eerste bezoek van de keizer was Dezao's familie uitgebreid met drie kleinzonen en drie achterkleinzonen. Waarschijnlijk kreeg Dezao tijdens dit bezoek toestemming zijn overgrootvader Qin Yao te eren door zijn beeld in de Tempel van Wijsgeren in Wuxi te laten plaatsen.

Tien jaar later, in 1699, ondernam keizer Kangxi voor de derde maal een reis naar het zuiden. Dit was de laatste keer dat Dezao hem ontmoette. De pater familias was toen tweeëntachtig. In de tussenliggende tien jaar had hij er nog vijf kleinzonen en twaalf achterkleinzonen bij gekregen. De oude man ontving de keizer opnieuw in de familietuin, en dit keer brachten de keizer en zijn moeder de nacht door als gasten van de familie Qin. Kangxi schonk Dezao twee voorbeelden van zijn handschrift. Hij vond de tuin zo mooi, dat hij zijn keizerlijke goedkeuring hechtte aan de naam, Ji Chang-tuin.
In 1701 overleed Qin Dezao, vijfentachtig jaar oud. Hoewel hij nooit een hoge positie aan het hof had bekleed en in dat opzicht dus geen belangrijke rol speelde, werd hij tijdens zijn leven door iedereen gerespecteerd als een toonbeeld van familietrouw, broederliefde en integriteit.
Na zijn dood verklaarde Yan Shengsun, een tijdgenoot: 'Ik heb bewondering voor die mannen uit het verleden, kluizenaars als Qin Xu. Zij hielden van de oude tradities, ze lazen veel en ze leefden lang. Hun gedichten waren vredig en weerspiegelden de gebruiken uit hun tijd. Qin Dezao, die tweehonderd jaar later leefde, vertoonde veel overeenkomsten met zijn voorouders. Hij was een afstammeling van Qin Xu van de negende generatie. Evenals Qin Xu was hij een trouwe zoon en had hij zelf ook trouwe zonen. Xu werd erg oud en gedroeg zich nooit arrogant. Dezao bereikte ook een hoge leeftijd en had nooit met iemand ruzie.
Sinds die oude tijd wordt geluk wel gedefinieerd als een lang leven, rijkdom, een vreedzaam bestaan, vele verdiensten en een zachte dood. Met dit alles was Dezao gezegend.'[8]

14. Qin Songling:
Het jongste lid van de Hanlin Academie

In de herfst van 1983 werd ik uitgenodigd voor een conferentie over genealogie in Taiwan. Een van de deelnemers was Chang Pi-te, de beheerder van het archief van de Qing-dynastie in het National Palace Museum in Taipei. Met zijn hulp traceerde ik alle Qins in het archief van het museum. Daarbij vond ik veel biografische informatie over Qin Songling, de oudste zoon van Qin Dezao en mijn over-over-over-over-over-over-over-overgrootvader van moeders zijde. Er waren zelfs zes versies van de biografie van Songling, met kleine onderlinge verschillen. Hier en daar waren de feiten bijgewerkt. De zesde en definitieve versie was vijfenhalve pagina lang. Alle karakters waren prachtig getekend en er was nog maar één correctie, in een woord dat verkeerd geschreven was.

Het was de taak van hofgeschiedschrijvers om biografieën van hoffunctionarissen, vooraanstaande literaire figuren en andere belangrijke personen samen te stellen. Deze biografieën waren meestal beknopt en vermeldden slechts de hoogtepunten uit de officiële carrière van een persoon.

Songling werd geboren in 1637. Hij begon al op zeer jeugdige leeftijd aan zijn studie en hij bleek bijzonder begaafd. Toen hij pas elf jaar was, slaagde hij voor zijn licentiaatsexamen. Op zeventienjarige leeftijd werd hij *juren* en een jaar later, in 1655, slaagde hij in Peking voor zijn hoofdstadexamens, nog voordat hij getrouwd was – iets dat bijna nooit voorkwam.[1] Hij werd onmiddellijk toegelaten tot de Hanlin Academie en was daarmee het jongste lid dat de academie ooit had gehad. Vervolgens regelde zijn vader een huwelijk voor hem met een dochter uit de familie Wu.

In die tijd schreef keizer Shunzhi een poëziewedstrijd uit, met als onderwerp de kraanvogel. Songling stuurde het volgende gedicht in:

> Vaak zingt hij luidkeels tot de maan,
> Een danser die niet van mensen houdt.

De keizer was er zeer over te spreken en merkte tegen zijn hovelingen op dat dit een man met een goed karakter moest zijn.

Een van Songlings taken aan de Hanlin Academie was het schrijven van teksten voor de keizer, als een soort 'ghost-writer'. Hij moest de gevoelens van de keizer verwoorden, en in die hoedanigheid kreeg hij een goed inzicht in wat zich aan het hof afspeelde. Zo moest hij een keer een verhandeling schrijven over een onbelangrijke echtgenote van wijlen prins Haoge, de broer van de keizer. De verhandeling was slechts kort, maar toonde duidelijk de affectie die Shunzhi voor zijn overleden broer had gekoesterd, en zijn haat jegens zijn oom Dorgon, die als regent had geregeerd totdat Shunzhi oud genoeg was. Hij had Haoge gevangengezet en was verantwoordelijk voor diens dood. Tegen de tijd dat Shunzhi meerderjarig was, was Dorgon al overleden, maar toch vaardigde de jonge keizer nog een decreet uit waarin Dorgon werd veroordeeld omdat hij zich de macht had toegeëigend.

In 1657, toen Songling twintig was, werd hij benoemd tot corrector bij het Historiografisch Departement, opnieuw als een van de jongsten die ooit deze belangrijke post hadden bekleed. Hij leek een glanzende carrière tegemoet te gaan, vooral omdat hij ook een zeer gunstige indruk op de keizer had gemaakt. Maar toen sloeg het noodlot toe.

De oorzaak hiervan lag jaren terug. In de beginperiode van de Qing-dynastie, toen de Mantsjoes het noorden van China stevig in handen hadden, werden ze voortdurend gedwongen tot militaire acties in het zuiden, waar het verzet steeds de kop opstak. Deze operaties betekenden een forse aanslag op de schatkist, en daarom schaften de Mantsjoes de meeste belastingvoordelen af die onder de Ming-dynastie aan de families van ambtenaren en geleerden waren verleend. Dit leidde tot belastingontduiking op grote schaal. Begin 1657 zette het nieuwe regime de plaatselijke autoriteiten onder grote druk om nog meer belastingen van de rijke families in het zuiden te innen, om de tekorten van de centrale regering te dekken. In 1658 schreef keizer Shunzhi een memo aan het ministerie van Belastingen, waarin hij de zuidelijke landadel ervan beschuldigde dat zij de belastingen ontdook. In dit memo werd Wuxi met name genoemd: 'Sommige functionarissen accepteren smeergeld van machtige plaatselijke families en zijn bang om te hoge belastingen van hen te eisen. Het ministerie zou soortgelijke gevallen als in Wuxi nader moeten onderzoeken.'[2]

Songling was hiervan natuurlijk op de hoogte en zorgde ervoor dat hij keurig zijn belastingen betaalde. Maar hij werd het slachtoffer van de omstandigheden. In 1660 stierf zijn moeder en keerde hij naar huis terug voor de rouwplechtigheden. Tijdens zijn afwezigheid werd hij geschorst wegens belastingontduiking, omdat een van zijn tantes met dat oogmerk een deel van haar bezittingen op Songlings naam had gezet, zonder dat hij daarvan op de hoogte was. Zijn vader vroeg hem zich niet tegen de aanklacht te verdedigen, om de tante een publieke vernedering - of een nog erger lot – te besparen.[3] Songling gaf toe, hoewel met grote tegenzin. Hij werd schuldig bevonden, zijn titels werden hem ontnomen en hij werd van zijn functie ontheven. Zonder zijn titels kwam hij niet meer in aanmerking voor een overheidsfunctie en daarmee was dus een einde aan zijn carrière gekomen.

In 1661, toen Songling nog steeds rouwde om de dood van zijn moeder, werd het plotselinge overlijden van keizer Shunzhi bekendgemaakt. Er deden allerlei geruchten de ronde over zijn dood, die nog werden gevoed door de openbaarmaking van zijn testament, dat volgens velen een vervalsing was. In dit testament toonde de jonge keizer berouw over een aantal 'zonden', onder meer zijn voorkeur voor Chinese functionarissen boven Mantsjoes, en zijn gebrek aan liefde en respect voor zijn moeder. Vermoedelijk was dit testament geschreven door zijn moeder en vier Mantsjoe-leiders, die tot regenten werden benoemd zolang Kangxi, Shunzhi's zoon, nog minderjarig was. Deze vier regenten – met name Oboi, die zich tot een soort dictator ontwikkelde – waren zeer conservatief en behandelden de Chinezen als een overwonnen volk, zonder moeite te doen iets van hun cultuur of hun geschiedenis te begrijpen. Zij waren ook verantwoordelijk voor de buitensporige belastingen die onder meer in Jiangnan werden geheven.[4]

Het verzet tegen de Mantsjoes was altijd het grootst geweest in de twee zuidoostelijke provincies Jiangnan en Zhejiang, het gebied waar Wuxi lag. Daar kwam nog bij dat de bevolking grote sympathie koesterde voor de rebel Koxinga. In 1659 was Koxinga erin geslaagd diep in Jiangnan door te dringen, zelfs tot aan Nanking, voordat hij een verpletterende nederlaag leed. Tegen deze achtergrond besloten de Mantsjoes de twee opstandige provincies hoge belastingen op te leggen, die tot de laatste cent moesten worden voldaan. Het gevolg was een groot aantal strafzaken, waarbij mensen die hun belastingverplichtingen niet nakwamen werden ontslagen, van hun titels beroofd en soms zelfs afgeranseld.[5] Het trieste dieptepunt vormde een massa-executie in Nanking in augustus 1661, waarbij achttien mensen werden onthoofd, niet wegens belastingontduiking, maar omdat ze een opstand zouden hebben beraamd. Ongeveer drieduizend mensen werden gevangengezet.

Hoewel Songling officieel de verantwoordelijkheid voor zijn belastingontduiking op zich nam, wilde hij niet dat zijn vroegere mentor Hu Shaolong – die hem vaak tot steun was geweest in zijn carrière – slecht over hem zou denken. Daarom schreef Songling hem een brief waarin hij hem uitlegde wat er was gebeurd:

> Toen ik naar huis ging voor de rouwplechtigheden voor mijn moeder, werd ik van belastingontduiking beschuldigd. Volgens de gegevens in mijn woonplaats was ik geen belastingen meer verschuldigd. Het bleek echter dat mijn tante, een weduwe die in een andere stad woonde en al

enige tijd geen contact meer met mijn familie had gehad, mijn naam op haar lijst had gezet. Ik weet niet hoe ze op dat idee was gekomen, en ik ontdekte het pas toen ik bericht over mijn schorsing ontving. Het departement wilde een hoorzitting houden waarop ik mij kon verdedigen. Dat had ik natuurlijk moeten doen, maar mijn arme tante heeft geen nakomelingen en ik was bang dat ze de doodstraf zou krijgen als ze schuldig zou zijn bevonden. Daarom besloot ik de beschuldiging niet aan te vechten.

Door schuld te bekennen heb ik echter ook schande over u gebracht. Daar kan ik niets aan veranderen, behalve door mijzelf een strenge discipline op te leggen en nog harder te studeren, in de hoop dat de mensen mij – uw discipel – weer als een fatsoenlijk mens zullen beschouwen, ook al ben ik ooit voor een vergrijp veroordeeld. Dat is de enige manier waarop ik het tegenover u kan goedmaken.

Na zijn ontslag bleef Songling dertien jaar in Wuxi. Omdat hij uit een rijke familie kwam, had hij geen geldzorgen en kon hij zich aan zijn gezin en aan zijn eigen interessen – wijsbegeerte en de studie van de klassieken – wijden. Bij zijn vrouw kreeg hij een dochtertje, waarvan de naam niet bekend is, en een zoon, Daoran. De dochter bleek zeer intelligent te zijn, maar de zoon niet. Vaak vroeg Songling zich vertwijfeld af waarom zijn dochter niet als zoon geboren was.

Zijn vrouw stierf toen de kinderen nog heel jong waren. Songling hertrouwde met een meisje uit de familie Hua. De vader van zijn *tianfang* of 'vervangende echtgenote' was lid van de Hanlin Academie. De hogere status van de familie van zijn tweede vrouw weerspiegelde de verbetering in Songlings eigen positie. Hoewel hij nog steeds geen nieuwe functie had, werd hij algemeen gerespecteerd en spraken de mensen hem nog met zijn voormalige titels aan. Hij nam ook een concubine, Fei. Zijn tweede vrouw schonk hem een zoon, Shiran (de voorvader van mijn moeder) en bij zijn concubine kreeg hij nog vier zoons.

In 1666 bracht hij een bezoek aan zijn neef, Qin Shi, bekend als de 'Oudere Qin', die rechterlijk commissaris was in de provincie Jiangxi. In tegenstelling tot Songling was Qin Shi erg arm. Vele jaren later, toen Qin Shi stierf, schreef Songling zijn graftekst, waarin hij vermeldde dat zijn neef drie jaar lang op een houten plank had geslapen en zich nauwelijks in leven kon houden, maar zo geliefd was bij de mensen dat ze hem voedsel en wijn kwamen brengen. In Jiangxi kon hij zich niet eens een secretaris veroorloven en moest daarom zijn hele administratie zelf doen.

In 1674, meer dan tien jaar nadat hij van belastingfraude was beschuldigd, kreeg Songling – die inmiddels zevenendertig was – gedeeltelijk eerherstel.

Hij kreeg een officieuze functie, niet via de reguliere kanalen, maar op voordracht van een beschermer. Hij werd benoemd tot docent van de troepen die in Huguang vochten. Zo raakte hij betrokken bij een van de belangrijkste gebeurtenissen tijdens het bewind van keizer Kangxi: het neerslaan van de opstand van de Drie Leenmannen.

Generaal Wu Sangui, die in 1644 van de Ming-keizer naar de Mantsjoes was overgelopen, was na hun overwinning beloond met een leengoed in het zuidwesten. In 1674 leidde hij echter een opstand tegen de Qing-dynastie, waarbij hij al spoedig steun kreeg van twee andere voormalige Ming-generaals, die leengoederen in het zuiden hadden gekregen.

Gouverneur-generaal Cai Yurong van Huguang kreeg bevel de opstand neer te slaan. Ondanks zijn inspanningen werd geheel Hunan echter veroverd door Wu Sangui, die zichzelf vervolgens tot keizer van een nieuwe dynastie uitriep en zo een serieuze bedreiging voor de Mantsjoes vormde.

Songling onderwees de troepen in de leer van de filosofen uit de Song-dynastie en in begrippen als trouw en ouderliefde – om zo de loyaliteit van de soldaten aan het Mantsjoe-regime te verzekeren.

Vier jaar, tot aan de dood van rebellenleider Wu Sangui in 1678, bleef hij bij de troepen van Cai Yurong. Tegen die tijd was duidelijk dat de Qing-dynastie de overwinning had behaald. Om het succes van deze lange militaire campagne te vieren, schreef Songling een gedicht, met onder meer de volgende strofen:

> De keizer trad op tegen een slachter;
> De beloning was groot.
> De velden worden weer geploegd
> En de soldaten zijn naar huis.
> In het paleis klinkt muziek
> . En worden de wijnglazen weer gebruikt.

De opstand van Wu Sangui maakte opnieuw duidelijk hoe wankel het gezag van de Mantsjoes in zuidelijk China was. Keizer Kangxi stelde alles in het werk om het zuiden op zijn hand te krijgen. Daartoe volgde hij het voorbeeld van zijn vader en nam hij steeds meer Chinezen in de regering op. Chinese instellingen kregen volledige erkenning en het belang van de Chinese cultuur werd benadrukt, waarbij de keizer zelf het goede voorbeeld gaf. Om de steun van vooraanstaande geleerden te verkrijgen stelde hij een speciaal examen in, de *boxue hongru* ('grote geleerden met de uitvoerige kennis'), om hen over te halen in zijn dienst te komen.[6]

In het voorjaar van 1678 stuurde de keizer een richtlijn aan het ministerie van Personeelszaken:

'Sinds de stichting van onze dynastie hebben geleerden steeds in hoog aanzien gestaan, is de Weg Tao benadrukt en is talent zorgvuldig gekoesterd... Ik geef hierbij opdracht aan alle functionarissen in de hoofdstad boven de rang van derde graad en aan hen die in dienst zijn bij het censoraat, en buiten de hoofdstad aan de onderkoningen en gouverneurs, de regeringscommissarissen en de provinciale rechterlijke commissarissen, om drie geleerden te noemen die zij kennen, zodat ik hen persoonlijk aan een examen voor een benoeming kan onderwerpen.'[7]

Gouverneur-generaal Cai Yurong, voor wie Songling vier jaar had gewerkt, beval hem aan als kandidaat. Het examen werd gehouden in het voorjaar van 1679. In totaal waren er 202 geleerden aanbevolen, maar sommigen van hen, die in hun hart nog altijd aanhangers van de verdreven Ming-dynastie waren, meldden zich ziek omdat ze niet wilden deelnemen.

Ten slotte deden 152 kandidaten examen. De keizer zelf trad als hoofdexaminator op, geassisteerd door zijn hoogste literaire adviseurs. Vijftig kandidaten slaagden, van wie negentien evenals Songling de hoogste graad behaalden.[8]

De vijftig geslaagde kandidaten werden allen tot lid van de Hanlin Academie benoemd. Songling kreeg al zijn vroegere titels weer terug en was daarmee een van de weinige geleerden onder de Qing-dynastie die twee keer tot deze vooraanstaande instelling werd toegelaten.[9] Bovendien werd hij opnieuw benoemd tot corrector bij het Historiografisch Departement, een functie die hij tweeëntwintig jaar eerder ook al had bekleed. Op tweeënveertigjarige leeftijd begon hij dus aan een nieuwe carrière bij de overheid. Met enkele andere pasbenoemde leden kreeg hij opdracht de geschiedenis van de Ming-dynastie te schrijven. Ook dit was een handige manoeuvre van keizer Kangxi. Door deze geleerden, die misschien nog sympathie voor het vorige regime koesterden, te betrekken bij de geschiedschrijving van de Ming-dynastie, versterkte hij de legitieme positie van zijn eigen bewind.

Het was gebruikelijk in China dat iedere dynastie een officiële geschiedenis van haar voorgangster samenstelde. Onder het Qing-regime werd dus de geschiedenis van de Ming-dynastie geschreven, zoals onder de Ming-dynastie de historie van de Mongoolse Yuan-dynastie was vastgelegd. Op dit moment is de Volksrepubliek China, tot grote ergernis van Taiwan, bezig met de geschiedschrijving van de Chinese Republiek, hoewel Taiwan zichzelf nog zo noemt.

De samenstelling van zo'n officiële geschiedenis was niet alleen een veelomvattend maar ook een politiek erg gevoelig project. Er was al eerder een poging gedaan, door geleerden die nog trouw waren aan de vorige dynastie. Omdat in deze versie titels van de zuidelijke Ming-dynastie waren gebruikt in plaats van de dynastieke titels van de Mantsjoe-heersers, waren de samenstellers van verraad beschuldigd en zijzelf en al hun

mannelijke familieleden ouder dan vijftien jaar geëxecuteerd. Alle vrouwen en kinderen waren tot slaven gemaakt. Zelfs functionarissen die zelf niet bij het project betrokken waren, maar van het bestaan op de hoogte waren zonder dit aan de autoriteiten te hebben gemeld, werden terechtgesteld. Het lijk van de belangrijkste redacteur, die was overleden voordat het project was voltooid, werd opgegraven en verbrand.
Songling werkte slechts twee jaar aan het nieuwe project. In 1681 – hij was toen vierenveertig – werd hij benoemd tot hoofdexaminator bij de provinciale examens in Jiangxi, die eens in de drie jaar werden gehouden. Later dat jaar volgde zijn benoeming tot bewaarder van het keizerlijke dagboek. In deze functie moest hij, samen met enkele collega's, dagelijks de officiële activiteiten van de keizer vastleggen. Natuurlijk moest hij daarvoor nauw contact met de keizer onderhouden. De inhoud van deze dagboeken is bijzonder interessant.
Kangxi's dag begon gewoonlijk met een bespreking met zijn adviseurs, die nog voor het ochtendgloren op het terrein buiten het paleis bijeenkwamen. Een groot deel van deze bespreking betrof personeelskwesties, zoals het opvullen van vacante functies en het inwilligen van verzoeken om pensionering. De keizer was al van tevoren op de hoogte gebracht van de zaken die aan de orde zouden komen.
Ook probeerde de keizer dagelijks een bezoek te brengen aan het Vijf Draken Paviljoen, om eer te bewijzen aan zijn grootmoeder, de grootkeizerin-moeder. Zij had hem grotendeels opgevoed, omdat zijn ouders jong gestorven waren.
Doordat de bewaarders van het keizerlijke dagboek bij toerbeurt dienst hadden, staat Songlings naam niet onder elke notitie. Maar op de zevenentwintigste dag van de zevende maand van het eenentwintigste jaar van het bewind van keizer Kangxi (23 augustus 1682) noteerde Songling het volgende:

> Zijne Majesteit is bij het Yingtai Paviljoen aangekomen en heeft de rapporten van alle departementen aangehoord. Daarna vroeg de grootsecretaris [Mingju] of het ministerie van Personeelszaken de functie van assistent-adviseur van het grootsecretariaat mocht opvullen. Daarbij noemde hij censor Wang Guochang als eerste en censor Wu Xingzu als tweede keus.
> 'Hoe geleerd is Wang Guochang?' vroeg de keizer.
> 'Wang Guochang is een uitnemend geleerde,' antwoordde grootsecretaris Mingju. 'Hij is de broer van de vroegere lector Wang Guo'an en is dus een waardig opvolger.'
> 'En hoe staat het met de geleerdheid van Wu Xingzu?' vroeg Zijne Majesteit.

'Onder de censors is hij de grootste geleerde, op Wang Guochang na,' antwoordde de grootsecretaris. 'Hij is al eerder als een alternatieve kandidaat voorgedragen, ter vervanging van Jin Ruxiang.'
'Laat Wu Xingzu deze functie dan maar vervullen, omdat hij al eerder een alternatieve keuze is geweest,' besloot Zijne Majesteit.

Toen deze kwestie was geregeld, kwam de volgende zaak aan de orde. Songling noteerde:

> De gouverneur van het Hoofdstedelijk District, Ko-erh-ku-te, had gemeld dat de kuststreek van het district uit zandige bodem bestond, die niet geschikt was voor landbouwgrond.
> 'Bij Tianjin en andere plaatsen ligt veel landbouwgrond langs de kust,' zei Zijne Majesteit. 'Als dit land door burgers wordt bewerkt, zullen ze belasting moeten betalen. Daar kan geen discussie over zijn. Maar als de grond door edelen wordt overgenomen, betalen zij geen belasting en moet de schatkist dus inkomsten derven. Laat de plaatselijke overheid een onderzoek instellen en de uitkomst melden.'

De gouverneur van Guizhou had om vrijstelling van belasting gevraagd omdat er hongersnood heerste in Guizhou. Songling schreef in het dagboek:

> 'Guizhou is een groot gebied,' zei Zijne Majesteit, 'en de regeringstroepen zijn daar nog niet zo lang gelegerd. De regeling voor belastingvrijstelling is duidelijk. Dit verzoek is alleen maar bedoeld om de plaatselijke bevolking gunstig te stemmen. Afgewezen.'[10]

Op de achttiende dag van de negende maand hield keizer Kangxi zitting bij de Poort van de Hemelse Reinheid, waarvoor twee vergulde bronzen leeuwen stonden. Er werd een troon voor de keizer neergezet, waarop hij zou plaatsnemen om de rapporten van hoge functionarissen aan te horen en besluiten te nemen. Achter de troon stond een scherm, dat de keizer voor de blikken van zijn functionarissen afschermde, en ervoor stond een tafel met een geel blad. Links voor de tafel lag een kussen waarop de functionaris moest knielen die rapport uitbracht.
Vroeg in de ochtend arriveerden de paleiswachten, die zich aan weerszijden van de troon opstelden. De keizerlijke lijfwacht had een luipaardstaart als embleem gekozen. Lijfwachten met lansen stonden rechts van de troon, lijfwachten met zwaarden links.
Vertegenwoordigers van de verschillende ministeries, die het buitenhof vormden, waren al voor het ochtendgloren gearriveerd om de komst van

de keizer af te wachten. Ze stonden in een rij, met hun gezicht naar het westen. Tegenover hen stonden de functionarissen van het binnenhof, zoals de leden van de Hanlin Academie. Toen de keizer verscheen, uit zijn draagstoel stapte en zijn troon besteeg, liep de bewaarder van het keizerlijke dagboek naar een verhoging naast de troon, om aantekeningen te maken. Een minister bracht een kist met de rapporten, knielde en plaatste de kist op de tafel van de keizer. Daarna stond hij op, liep terug naar zijn plaats en knielde vervolgens opnieuw, om rapport uit te brengen.
Bij deze gelegenheid noteerde Songling:

> Zijne Majesteit arriveerde bij de Poort van de Hemelse Reinheid om de rapporten van functionarissen van alle departementen aan te horen.
> De grootsecretaris [Mingju] stelde voor dat het ministerie van Personeelszaken Huang Jiuchou uit Guizhou [een voormalige rebel, die zichzelf had aangegeven] tot assistent-secretaris zou benoemen.
> 'Huang Jiuchou is een trouwe volgeling van Wang Fuchen een overleden rebellenleider,' zei Zijne Majesteit. 'Hij is een sluwe bedrieger. Benoem hem nooit op een officiële post. Dit soort bandieten mag geen functies krijgen, zelfs niet als ze zichzelf aangeven.'
> Eén rapport was afkomstig van minister Huang Ji, die toestemming vroeg zich wegens zijn hoge leeftijd uit het openbare leven te mogen terugtrekken.
> 'Huang Ji is een voorzichtig man,' zei Zijne Majesteit. 'Hij heeft niet te veel vrienden en hij doet zijn werk nog uitstekend, ondanks zijn leeftijd. Laat hem op zijn post blijven.'
> Zijne Majesteit zei ook tegen de grootsecretarissen en anderen: 'Tijdens de oorlog heeft het gewone volk het geld voor het onderhoud van het leger opgebracht. Ik heb eerder gezegd dat ik hun belastingen zou verlagen als het vrede was. Dit jaar zijn er maar weinig meldingen van hongersnoden en natuurrampen. Controleert u de belastingrapporten bij het ministerie van Belastingen, en let u vooral op de provincie Shaanxi, omdat die het zwaarst getroffen is en van belasting moet worden vrijgesteld.'
> 'Uwe Majesteit is groot,' antwoordde Mingju. 'Er heerst nu vrede, en we moeten het volk enigszins ontzien.'[11]

Op de twintigste dag van de twaalfde maand noteerde Songling, vlak voor het Chinese nieuwjaar:

> Zijne Majesteit kwam aan bij de Poort van de Hemelse Reinheid. De kwestie van de herbouw van het Paleis van Rust en Levensduur werd aan de orde gesteld: het ministerie van Publieke Werken had te veel

uitgegeven. Daarom is er een vervolging ingesteld tegen de onderministers Subai en Jin Ding.
'Het welslagen van bouwprojecten is afhankelijk van de financiering en de begroting moet daarom realistisch zijn en goed worden gecontroleerd. Ik constateer dat men zich noch aan het tijdschema noch aan de begroting heeft gehouden. Zij de twee onderministers hebben misbruik gemaakt van de financiële situatie. Ik heb hun opgedragen orde op zaken te stellen, maar zij hebben niet geluisterd. Zo'n houding dient zwaar bestraft te worden. Ik zie echter dat er nu goede voortgang in het project zit en dat er eindelijk een verantwoord beleid wordt gevoerd, en daarom mogen Subai en Jin Ding hun positie behouden, maar ze worden twee rangen gedegradeerd. Hetzelfde geldt voor Bai Erlai. Ze zullen bij het project betrokken blijven en het ministerie van Strafvervolging hoeft geen stappen te ondernemen.'[12]

Na het Chinese nieuwjaar, op de eerste dag van de tweede maand, maakte Songling een aantekening die rechtstreeks met zijn eigen werk verband hield en duidelijk maakte hoe gevoelig zijn positie was – een positie waarvan, volgens keizer Kangxi, gemakkelijk misbruik kon worden gemaakt. Omdat de keizer zelf geen toegang had tot het keizerlijke dagboek, vreesde hij dat zijn daden verkeerd konden worden weergegeven, zodat hij in een kwaad daglicht zou worden gesteld. Songling meldde:

Op het uur van de draak [7 tot 9 uur 's ochtends] kwam Zijne Majesteit bij de Poort van de Hemelse Reinheid aan. De Hanlin Academie rapporteerde dat de notities van de bewaarder van het keizerlijke dagboek voor het eenentwintigste jaar van het Kangxi-bewind gereed waren om te worden gearchiveerd, na inspectie door leden van het Grootsecretariaat.
'Notities van de bewaarders van het keizerlijke dagboek zijn bijzonder belangrijk, omdat ze historische betekenis hebben,' zei Zijne Majesteit. 'Er kunnen gevallen voorkomen waarin een kwestie niet rechtstreeks aan mij wordt gemeld, maar alleen aan de bewaarders van het keizerlijke dagboek. Sommige bewaarders kunnen hun eigen rapporten schrijven en ze meteen doorsturen. Elke dag doen slechts twee bewaarders dienst. Zij kunnen vrienden hebben die hun vragen slechts de positieve dingen te noteren en negatieve opmerkingen weg te laten. De bewaarders van het keizerlijke dagboek moeten dus zeer betrouwbaar zijn. Maar zijn ze dat ook? Ik ben niet van plan de dagboeken zelf te controleren. Het volk zal zich mijn daden toch wel herinneren, ook als er geen dagboeken werden bijgehouden. Vraag de Negen Hoofdministers om een controlecommissie in te stellen en de dagboeken

zorgvuldig door te nemen. En straf degenen die verantwoordelijk zijn voor falsificaties.'[13]

Op de drieëntwintigste dag van de achtste maand was er een notitie van een van Songlings collega's. Het is niet duidelijk of Songling op dat moment geen dienst had, of dat het onderwerp er iets mee te maken had, want op die dag besprak de keizer de promotie van Songling. Het ging om de benoeming van een secretaris van de Inspectie op het Keizerlijk Onderwijs, die was belast met het toezicht op het onderwijs aan de troonopvolger. Keizer Kangxi had zijn tweede zoon, de acht jaar oude Yin-jeng, wiens moeder, de keizerin, in het kraambed was gestorven, als troonopvolger gekozen en een uitgebreid ambtelijk apparaat was betrokken bij de opleiding van de jonge prins.
Het keizerlijk dagboek meldde:

'Ik heb de kanseliers Niu Niu en Zhang Yushu geraadpleegd, en beiden meenden dat van de leden van de Hanlin Academie de huidige bewaarder van het keizerlijke dagboek, Qin Songling, wat karakter en wijsheid betreft het meest in aanmerking komt,' rapporteerde grootsecretaris Mingju. 'Hij heeft al een lange staat van dienst en mijn adviseurs achten hem rijp voor promotie.'
'Ik weet dat Qin Songling een uitnemend geleerde is, van onbesproken gedrag,' zei Zijne Majesteit. 'Laten we hem in deze vacature benoemen.'[14]

En zo werd Songling bevorderd tot secretaris van de Inspectie op het Keizerlijk Onderwijs. Daarnaast bleef hij werkzaam als bewaarder van het keizerlijke dagboek. Het is ironisch dat Songling een rol speelde in de opvoeding van troonopvolger Yin-jeng, want Songlings zoon Daoran werd later benoemd tot leraar van de negende zoon van keizer Kangxi, prins Yin-tang. De twee prinselijke halfbroers zouden bittere vijanden worden en Yin-tang zou worden betrokken bij een samenzwering om de kroonprins te vermoorden.
Voor Songling was 1683 een heel goed jaar. Op zesenveertigjarige leeftijd was hij aan een nieuwe carrière begonnen en binnen korte tijd had hij twee keer promotie gemaakt. Keizer Kangxi was hem goed gezind en het zag ernaar uit dat hij de verloren jaren zou kunnen inhalen. Maar het jaar daarop stond alles er opeens heel anders voor.

15. Qin Songling:
Bewaarder van het keizerlijke dagboek

Tijdens Songlings tweede jaar als bewaarder van het keizerlijke dagboek werd de strijd van de Qing-dynastie tegen de Ming-loyalisten op het eiland Taiwan – een conflict dat tientallen jaren had geduurd – eindelijk met succes bekroond. Op 4 september 1683 gaven de troepen van Koxinga, inmiddels geleid door zijn kleinzoon, zich aan de mariniers van de Qing-vloot over.

Het Qing-bewind had getracht Taiwan te verzwakken door de aanvoerlijnen af te snijden. De regering in Peking ging zelfs zo ver om de gehele bevolking van het kustgebied tegenover Taiwan te evacueren. Maar de Mantsjoes wisten hun gezag pas op Taiwan te vestigen nadat ze een vloot hadden gebouwd die sterk genoeg was om de Ming-loyalisten te verslaan.

De grote strateeg achter de Qing-campagne was Yao Qisheng, de gouverneur-generaal van Fujian, de provincie tegenover Taiwan. De gouverneur-generaal bouwde een machtige vloot op, met goed opgeleide vlootsoldaten, maar de praktische uitvoering van zijn plannen liet hij aan admiraal Shi Lang over. Het verslag van de admiraal over zijn overwinning, waarin hij nauwelijks melding maakte van de inbreng van Yao Qisheng, werd rechtstreeks over zee naar Peking gezonden, waar het twintig dagen eerder aankwam dan het rapport van de gouverneur-generaal, dat over land was verstuurd. Daardoor kreeg keizer Kangxi de indruk dat Yao Qisheng de eer wilde opeisen voor de overwinning van admiraal Shi Lang.[1]

Dit vooroordeel van de keizer tegen Yao Qisheng bleek duidelijk tijdens de zitting van het hof op 28 oktober 1683, toen – zoals Songling noteerde – de keizer reageerde op een memo van Yao Qisheng over de economische ontwikkeling van het kustgebied:

> 'Dit voorstel van Yao Qisheng mist elke grond,' zei Zijne Majesteit. 'Toen Shi Lang aanviel, kon Yao Qisheng niet eens op tijd de vloot bevoorraden. De oorlogsschepen die onder zijn leiding werden gebouwd waren grotendeels onbruikbaar. Hij zegt dat hij 170000 tot 180000 zilverstukken aan fondsen bijeen heeft gebracht, maar dat geloof ik niet. Yao Qisheng is onbekwaam, maar toch beweert hij dat hij betrokken is geweest bij de plannen voor de aanval op Taiwan. Nu

Taiwan bevrijd is van die piraten, zal het kustgebied geleidelijk worden ontwikkeld. Yao Qisheng heeft dit memo alleen gestuurd om zich geliefd te maken bij de bevolking. Zijn voorstel is afgewezen.'
'Yao Qisheng is een eerloos man,' antwoordde Mingju, 'zoals Uwe Majesteit zegt.'
'Wees op uw hoede voor hem,' zei Zijne Majesteit.[2]

Onder de Qing-dynastie beoordeelde de keizer eens per jaar persoonlijk alle criminele zaken waarin de doodstraf was uitgesproken. De keizer nam uiteindelijk de beslissing of het vonnis zou worden voltrokken (en zo ja, op welke manier), of er een nader onderzoek moest worden ingesteld of dat de straf moest worden herroepen. Deze jaarlijkse beoordeling vond plaats in het najaar, tijdens de zogenaamde Herfstzitting.

Vaak was niet de aard van het vergrijp bepalend voor de straf, maar de relatie tussen de beklaagde en het slachtoffer. Een zoon die zijn vader vermoordde, pleegde een veel zwaarder misdrijf dan een vader die zijn zoon doodde, omdat de zoon zijn vader veel meer eerbied verschuldigd was dan andersom. Een knecht die zijn meester sloeg of belasterde, maakte zich schuldig aan een ernstige midaad, terwijl meesters die hun knechten sloegen of zelfs doodden er met een lichte straf af kwamen.

In het keizerlijke dagboek beschrijft Songling de Herfstzitting van 1 december 1683:

> Op het uur van het paard [11 uur 's ochtends tot 1 uur 's middags] kwam de keizer aan bij de Hal van Ernst en Vlijt in de Verboden Stad en gaf de grootsecretarissen en kanseliers opdracht te beraadslagen en tot een oordeel te komen in de belangrijke strafzaken die tijdens deze Herfstzitting in de hoofdstad zouden worden behandeld. Zijne Majesteit vroeg de grootsecretarissen, kanseliers en anderen plaats te nemen.
> Zijne Majesteit nam persoonlijk alle zaken uitvoerig door. Voor hen aan wier schuld geen twijfel bestond en voor wie geen pardon kon gelden, bevestigde Zijne Majesteit het gevelde vonnis.

Daarna verdiepte de keizer zich in de zaken die minder duidelijk waren, of waarin verzachtende omstandigheden konden worden aangevoerd. Daartoe behoorden onder meer:

– Een moordzaak waarin een zekere Ku Na schuldig was bevonden aan moord op zijn heer, en tot de doodstraf was veroordeeld, die zou worden voltrokken door hem in stukken te snijden:

> 'Hoewel Ku Na is veroordeeld, heeft hij nooit schuld bekend,' zei

Zijne Majesteit. 'Dat is vreemd. Daarom is de executie ook al vele jaren uitgesteld. Houd hem in de gevangenis. Wij zullen een beslissing nemen als er meer bewijzen zijn.' (Een schuldbekentenis was niet essentieel, maar wel wenselijk. Als verdachten zelfs na martelingen weigerden te bekennen, rees er grote twijfel aan hun schuld.)

– Een overspelige man die de echtgenoot van zijn minnares had vermoord:

> 'Liang Changshou en de vrouw van Yan Zigui hadden een verhouding en Liang heeft Zigui gedood,' zei Zijne Majesteit. 'Dat is zeer verwerpelijk. Maar zijn broer is in de oorlog gesneuveld. Daarom zal ik zijn leven sparen.'

– Dood door een misverstand:

> 'Omdat Sun Liansheng hem naakt zijn huis zag binnenkomen, zag hij Liu Da voor een dief aan en doodde hem,' zei Zijne Majesteit. 'De twee mannen kenden elkaar niet. Daarom krijgt hij gratie.'

– Zelfverdediging:

> 'Wan Jian, een nachtwaker, deed dienst in de tuin. Pan Guofu sloeg hem het eerst,' zei Zijne Majesteit. 'Wan Jian verdedigde zich en sloeg terug. Hij was onder invloed van alcohol. Hij was zelf het gevecht niet begonnen en het was niet zijn bedoeling om zijn aanvaller te doden.'

Na afloop van een dag waarop hij alle doodvonnissen in zaken waarin verzachtende omstandigheden konden worden aangevoerd had herroepen, verklaarde de keizer: 'Het leven is van grote waarde. Daarom vroeg ik u allen naar het binnenhof te komen om deze zaken te bespreken. Als er verzachtende omstandigheden zijn, moeten wij het leven van de verdachte sparen. Het is een vermoeiende dag geweest. Ga nu maar eten.'[3]

Tijdens een van de hofzittingen vroeg keizer Kangxi hoe de geschiedschrijving van de Ming-dynastie vorderde. Volgens Songling voegde hij eraan toe:

> 'Geschiedenisboeken zijn voor toekomstige generaties. Ze zijn van groot belang en ze moeten zorgvuldig worden samengesteld. Tegenwoordig houden mensen er niet van als hun teksten door anderen worden gecorrigeerd. Dat is een verkeerde houding. Elke tekst kan fouten bevatten en moet daarom worden gecontroleerd. Wij behoren

ons bescheiden op te stellen en open te staan voor kritiek, in plaats van koppig te zijn en onszelf als onfeilbaar te beschouwen.'

En Songling vervolgt:

> Daarna sprak Zijne Majesteit tot kanselier Niu Niu en de anderen: 'Zelfs wat ík schrijf moet worden gecorrigeerd als dat nodig is.'
> 'Uwe Majesteit heeft gelijk,' zei Li Wei. 'De teksten zijn natuurlijk niet volmaakt en moeten nog worden geredigeerd.'
> 'Ja, kijk maar naar de Hanlin Academie,' zei Zijne Majesteit. 'De grafgedichten en inscripties die zij opstellen zijn niet foutloos, maar toch worden correcties niet op prijs gesteld. Zorg ervoor dat de historische redactie dit weet.'[4]

Het woord van de keizer was wet, en hij probeerde zichzelf als een soort vaderfiguur te presenteren. Toen er op 24 april 1684 een brand uitbrak in de woonwijk buiten de Zhengyang-poort, nam keizer Kangxi persoonlijk de leiding van de bluswerkzaamheden op zich. Om te voorkomen dat het vuur zich zou verspreiden, gaf hij bevel de belendende percelen te slopen. Leden van het binnenhof kregen opdracht om daarbij te helpen. Ten slotte kon de brand met behulp van waterkanonnen worden bedwongen.[5]

Songlings laatste notitie in het keizerlijke dagboek dateert van 6 mei 1684. Op die dag vroeg keizer Kangxi de Hanlin Academie een verhandeling te vertalen die hij zelf had geschreven over de invloed van de boeddhistische en de confuciaanse filosofie.

In dat jaar werd Songling van secretaris tot opzichter bij de Inspectie op het Keizerlijk Onderwijs bevorderd, een functie waarin hij verantwoordelijk was voor de morele en sociale vorming van de tienjarige kroonprins. Nog in hetzelfde jaar werd hij benoemd tot eerste adviseur bij de Inspectie. Tegelijkertijd werkte hij als redacteur bij de Hanlin Academie. Hij was nu zevenenveertig, en zijn carrière verliep voorspoedig.

Vervolgens werd hij echter benoemd tot hoofdexaminator in de prefectuur Shuntian,[6] het district waaronder ook Peking viel. Hij was nu verantwoordelijk voor het toezicht op de examens van dat jaar, een taak die meestal enkele maanden in beslag nam.

De examinator droeg een grote verantwoordelijkheid. De selectie was streng, en dus moest hij het merendeel van de kandidaten laten zakken, waardoor hij hun de enige kans op een carrière bij de overheid ontnam. En hij moest zeer zorgvuldig te werk gaan, want alle examens gingen naar functionarissen van het ministerie van Riten, die ze nog een keer minutieus controleerden.

Als er fouten werden gevonden, konden de geslaagde kandidaten niet alleen hun titel weer kwijtraken, maar ook van volgende examens worden uitgesloten. De examinatoren konden een berisping of een forse boete krijgen. Als er corruptie of nepotisme in het spel was, kon een examinator zelfs worden verbannen of terechtgesteld.

Uit de officiële bronnen blijkt dat bij de controleprocedure van dat jaar werd geconstateerd dat drie van de geslaagde kandidaten stijlfouten hadden gemaakt, terwijl twee anderen een 'belachelijke redenering' hadden aangevoerd. Er was geen sprake van corruptie of bedrog, maar Songling en al zijn ondergeschikten werden ontslagen,[7] de ernstigste strafmaatregel sinds keizer Kangxi twintig jaar eerder aan het bewind was gekomen.

Wat er precies is gebeurd is niet duidelijk, en historici gaan ervan uit dat de zaak bewust in de doofpot is gestopt. De vooraanstaande Qing-deskundige Meng Sen wijt de val van Songling aan een wraakactie van Gao Shiqi, op dat moment een van de gunstelingen van keizer Kangxi. Songling had Gao's misnoegen gewekt door te weigeren een voorwoord te schrijven bij een bundel van Gao's geschriften. Songling minachtte Gao omdat hij hem een vleier vond.

Omdat alle geslaagde zuidelijke kandidaten in dat jaar afkomstig waren uit de hoogontwikkelde provincies Jiangnan en Zhejiang, terwijl er uit de meer achtergebleven provincies Huguang, Jiangxi en Fujian niemand was geslaagd, had Gao een excuus om een onderzoek te laten instellen. Bovendien waren twee van de geslaagde kandidaten familie van de vooraanstaande geleerde Xu Qianxue – zijn zoon en zijn neef. Als gevolg van het onderzoek raakte Xu's zoon zijn titel weer kwijt.[8]

Het is niet bekend wat de 'belachelijke redenering' inhield waarvan twee van de kandidaten werden beschuldigd. Als het een onduidelijke formulering betrof, die als beledigend voor de Mantsjoe-heersers kon worden uitgelegd, hadden de gevolgen zeer ernstig kunnen zijn, omdat de Mantsjoes zich er pijnlijk van bewust waren dat ze bij een groot deel van de Chinese intelligentsia niet erg geliefd waren. Tenslotte was het pas drie jaar geleden dat de opstand van generaal Wu Sangui en zijn bondgenoten, die acht jaar had geduurd, was neergeslagen.

Er kunnen ook andere redenen zijn geweest voor de zware straf voor Songling en de andere examinatoren. Songling had enkele machtige vijanden aan het hof. Zo had hij het misnoegen van Songgotu, de oom van de keizerin, gewekt door verscheidene keren een uitnodiging voor een diner af te slaan.

Voor de tweede maal in zijn leven leek er een vroegtijdig einde te zijn gekomen aan de carrière van Qin Songling. Maar hij werd nog altijd als een vooraanstaande figuur beschouwd, vooral in de academische wereld. Zijn officiële loopbaan was dan misschien voorbij, maar hij werd niet met schande overladen. Songling bracht de rest van zijn leven in Wuxi door, en

tot aan zijn dood bleef de keizer hem gunstig gezind.
Vijf jaar na het ontslag van Songling bracht keizer Kangxi een bezoek aan Wuxi. Hij kwam aan op de avond van 21 februari 1689. Honderden lampions waren aangestoken om hem te verwelkomen. De volgende dag bezochten de keizer en zijn gevolg de tuin van de familie Qin, waar de pruimebloesem bloeide. Songling was er om hem te begroeten – waaruit duidelijk bleek dat hij niet uit de gratie was. In de tuin zag de keizer een kamferboom met een zeer dikke stam. 'Hoe oud is die boom?' vroeg hij aan Songling.
'We hebben deze tuin al tweehonderd jaar,' antwoordde Songling, 'maar deze boom stond er al voordat de tuin werd aangelegd. We weten niet hoe oud hij is.'[9]
Daarna vertrok de keizer naar de Tweede Bron Onder de Hemel, niet ver van de tuin. Nadat hij de bron had bewonderd, vroeg hij inkt, papier en een penseel en tekende twee karakters, *pin quan* of 'nobele bron'. Hij gaf het papier aan Songling en vroeg hem het handschrift te bewaren en de tekst op een steen te laten graveren, voor het nageslacht. Die herfst werd de steen met de eigenhandig door de keizer geschreven tekst plechtig onthuld.[10]
Songling voltooide nu zijn editie van de *Wuxi Almanak*, waar hij jaren geleden aan was begonnen. Wuxi had inmiddels zoveel grote namen voortgebracht dat hij moeilijk kon beslissen wie hij wel en wie hij niet moest opnemen. 'Als er zich grote veranderingen voordoen, is het niet eenvoudig een archief bij te houden,' zei hij. 'Als er te veel bijzonderheden worden weggelaten, is de tekst niet meer objectief. Als alle details worden vermeld, kan de tekst verwarrend zijn.'
Songlings belangrijkste bijdrage aan de Chinese literatuur was zijn annotatie van het klassieke *Boek der Poëzie*. Zijn kortstondige officiële carrière was misschien toch een verkapte zegen, omdat hij nu veel meer tijd had voor literaire bezigheden. In de officiële geschiedschrijving van de Qinfamilie is zijn biografie dan ook terug te vinden bij de literaire figuren, niet bij de hoge ambtenaren.
Toen zijn werk aan de *Wuxi Alamanak* was voltooid, begonnen Songling en zijn broer Songqi aan het bijwerken van de familiestamboom.
In 1703, toen Songling zesenzestig was, bracht de keizer opnieuw een bezoek aan Wuxi. Tijdens deze reis herstelde hij Songling in zijn oorspronkelijke rang en gaf hij hem zijn titels terug, waarmee hij definitief een einde maakte aan alle twijfel over Songlings status. Het was wel duidelijk dat de keizer Songling nooit van verraad had verdacht, want hij vroeg Songling en zijn broer Songqi welk lid van hun familie een geschikte leraar voor zijn zoon zou zijn. Songqi noemde Qin Daoran, de oudste zoon van Songling, die inmiddels vijfenveertig was. Toen de keizer weer naar

Peking terugreisde, nam hij Daoran mee als leraar voor zijn negende zoon, Yin-tang.
In 1713, toen Songling zevenenzeventig was, reisde hij naar de hoofdstad voor de viering van de zestigste verjaardag van keizer Kangxi. Dagenlang was het groot feest in Peking. Pater Matteo Ripa, een katholieke missionaris in dienst van de keizer, beschreef de feestelijkheden in zijn memoires:

> Op de vierde dag van april kwamen de belangrijkste mandarijnen uit alle delen van het rijk in Peking aan om te helpen bij de festiviteiten en deel te nemen aan de geweldige feesten die bij deze gelegenheid werden georganiseerd. Ieder van hen bood de vorst prachtige geschenken aan, passend bij zijn rang of stand.
> Peking was geheel versierd en iedereen droeg galakleding. Er waren voortdurend banketten en er werd vuurwerk afgestoken alsof het nieuwjaar was. Maar ik was toch het meest onder de indruk van de koninklijke weg van Chang Chun Yuan (het Park van de Eeuwigdurende Lente) naar Peking – een laan van ongeveer vijf kilometer lengte. Aan weerszijden van de route was uit mattten een kunstmatige muur opgetrokken, geheel bedekt met prachtige zijde, terwijl op regelmatige afstanden fraaie huizen, tempels, altaren en triomfbogen waren gebouwd. Ook stonden er enkele theaters, waarin muziekspelen werden uitgevoerd.
> Op de elfde dag van die maand maakte de keizer een staatsierit van het Park van de Eeuwigdurende Lente naar zijn paleis in Peking, waarbij hij zich aan iedereen liet zien. Normaal gesproken wordt Zijne Majesteit altijd voorafgegaan door een groot aantal ruiters, die de weg geheel vrijmaken, huizen en winkels laten sluiten en zeildoek voor iedere opening spannen, zodat niemand de keizer kan zien. Maar bij de viering van zijn zestigste verjaardag mochten alle ramen en deuren open blijven en werden de mensen niet verwijderd. Een grote menigte was uitgelopen om de keizer te zien. Hij reed te paard, en droeg een kimono versierd met in gouddraad geborduurde draken met vijf klauwen (de vijfklauwige draak is het exclusieve symbool van de keizerlijke familie). Hij werd voorafgegaan door ongeveer tweeduizend soldaten te paard, in prachtige wapenrusting, en achter hem kwamen de prinsen, gevolgd door een stoet van mandarijnen.
> De provincies hadden een groot aantal bejaarde maar gezonde mannen gestuurd, die in groepen stonden opgesteld, onder de vlag van hun provincie. Na afloop verzamelden zij zich op een plaats waar de keizer hen in ogenschouw kwam nemen. Dit eerbiedwaardige gezelschap telde maar liefst vierduizend leden. Zijne Majesteit was bijzonder verheugd over dit schouwspel. Hij vroeg naar de leeftijd van vele aanwe-

zigen en behandelde hen met de grootste voorkomendheid. Hij nodigde hen zelfs allemaal uit voor een banket, waarbij hij zelf aanwezig was. Zijn zoons en kleinzoons kregen opdracht hen van drank te voorzien. Hierna gaf hij iedereen persoonlijk een geschenk. De oudste van het hele gezelschap, een man van bijna honderdelf jaar, kreeg een complete mandarijnenmantel, met een staf, een inktstel en nog enkele andere zaken.[11]

Eerbied voor de ouderdom is een constant thema in de Chinese geschiedenis, en veel contact met ouderen wordt als gunstig beschouwd.
De voorbereidingen voor het grote feest hadden bijna een jaar in beslag genomen. Als ambtenaar in ruste bood Songling zijn gelukwensen aan tijdens een ceremonie in het Paleis van Opperste Harmonie. Iedereen die naar Peking was gekomen, van prins tot eenvoudig burger, bood de keizer geschenken aan, variërend van oude boeken tot religieuze beeldjes, snuifdozen, brokaat en ivoorsnijwerk, paarden en verse vis.
Ook werden er vele gedichten geschreven om de keizer te eren. Songling schreef er tien, met een voorwoord waarin hij verwees naar de reizen die keizer Kangxi naar het zuiden had gemaakt:
'Toen Zijne Majesteit de waterwerken in het oosten inspecteerde, heerste er vrede in het land. Alle mensen in het zuiden dansten van vreugde om hem te verwelkomen. Nu vieren wij de verjaardag van Zijne Majesteit en bieden wij onze wensen voor een lang leven aan. Ik heb twee keizers gediend en mijn misstappen zijn mij vergeven. Nu zitten mijn tanden los, maar nog altijd is de keizer mij gunstig gezind. De verdiensten van Zijne Majesteit zijn groot in getal en kunnen niet in woorden worden uitgedrukt. Ik heb tien gedichten geschreven, die slechts een druppel vormen in een meer van eerbewijzen aan Zijne Majesteit.'
Een van Songlings gedichten luidt als volgt:

> Hij werkt dag en nacht, zonder klachten;
> Hij houdt de wereld in zijn handen.
> De wind blaast 's nachts langs zijn baard;
> De maan weerspiegelt in zijn theekopje.
> Hij houdt zitting in drie paleizen;
> Hij kiest de beste mensen voor het bestuur.
> Ik herinner me een schildpad die hem ooit diende,
> Lang geleden, aan het begin van zijn carrière.

Met de schildpad bedoelde Songling natuurlijk zichzelf.
Songling behoorde tot de ruim tweeduizend oudere gasten uit Jiangnan en de omringende provincies die voor een groot banket in het Park van de

Eeuwigdurende Lente waren uitgenodigd. Het diner telde acht hoofdgangen, waaronder zes soorten graan. Ter afsluiting werden honderd verschillende soorten fruit geserveerd. De tafelschikking werd bepaald door de leeftijd en de status van de gasten. Songling, die zevenenzeventig was en al achtenvijftig jaar geleden de graad van *jinshi* had behaald, kreeg een ereplaats.
Na het banket werd een keizerlijk schrijven over de deugden van familietrouw voorgelezen. De keizer nodigde iedereen van boven de tachtig uit naar voren te komen en bracht persoonlijk een dronk op hen uit. De gasten kregen geschenken, in overeenstemming met hun rang. Songling kreeg een warme hoed, twee mantels versierd met kronkelende draken en een inktstel van turkoois.[12]
In Peking had Songling ook een ontmoeting met prins Yin-tang, de leerling van zijn zoon Daoran. Na de verjaardagsfeesten reisde Daoran met zijn vader terug naar Wuxi.
Een jaar later, in 1714, overleed Songling op achtenzeventigjarige leeftijd. Op zijn sterfdag nam hij een bad, legde zijn hand op zijn hoofd, glimlachte, kleedde zich aan en ging toen op bed liggen, waar hij kalm zijn laatste adem uitblies.
Songling stierf als een tevreden mens. Zijn familie had de wisseling van dynastieën overleefd, en hoewel hij zelf twee keer was ontslagen, had hij uiteindelijk toch eerherstel gekregen. Zijn zoon gaf les aan de zoon van de keizer en was lid van de beroemde Hanlin Academie, evenals zijn neef Jingran. Zijn kleinzoon Zhitian leek een schitterende carrière tegemoet te gaan. Zijn familie stond bij de keizer in de gunst, werd door de inwoners van Wuxi gerespecteerd en behoorde nog altijd tot de rijkste geslachten ten zuiden van de Jang-tse. Maar binnen tien jaar na zijn dood zou er van die rijkdommen niet veel meer over zijn en zouden de Qins in ongenade zijn gevallen.

16. Qin Daoran: Leraar van de negende prins

Ik hoorde voor het eerst van Qin Daoran, de oudste zoon van Songling en de over-over-over-over-over-over-overgrootvader van mijn moeder, in april 1983, toen ik naar Wuxi terugkeerde en de gelegenheid kreeg met plaatselijke historici en verre familieleden te spreken. Daarna verdiepte ik mij verder in het leven van deze voorvader, die dertien jaar in de gevangenis moest doorbrengen als slachtoffer van een wraakzuchtige keizer.[1]
Als kind werd Daoran voor dom gehouden. Zijn leraar adviseerde Songling zelfs zijn zoon van school te nemen. Maar Daoran studeerde harder dan al zijn klasgenoten. Uit het hoofd leren was en is nog altijd een hoeksteen van het Chinese onderwijs en Daoran dwong zichzelf alle teksten zo vaak door te lezen tot hij ze kon dromen. In het begin moest hij ze soms wel twee- of driehonderd keer lezen, maar na een tijdje ging het sneller.[2] Ten slotte kende hij een tekst al na een paar keer lezen uit zijn hoofd. Hij had het gevoel dat hij een geestelijke barrière had overwonnen en zei tegen zijn vrienden dat zijn domheid het gevolg was geweest van een schaduw op zijn hart. Nu die schaduw was weggenomen, ontwikkelde hij een opmerkelijk goed geheugen en wijdde hij zich aan de studie van de klassieken, de geschiedenis en de wijsbegeerte.
Toen hij vijftien was slaagde hij voor het toelatingsexamen van de plaatselijke academie, nadat hij eerst zijn licentiaat had gehaald. Niet alleen kon hij goed uit zijn hoofd leren, maar hij schreef ook uitstekende verhandelingen. Op zestienjarige leeftijd stonden hij en drie van zijn neven al bekend als 'de vier geleerden uit de Qin-familie'.[3] Ook maakte hij naam als kalligraaf.[4] Ondanks al zijn inspanningen zakte hij echter verscheidene malen voor de provinciale examens. Pas na tien pogingen slaagde hij. Omdat deze examens eens in de drie jaar werden gehouden, kostte het hem dus bijna dertig jaar om de titel van *juren* te halen.
In die dertig jaar richtte Daoran samen met twee andere plaatselijke geleerden een letterkundig genootschap op, het 'Genootschap ter Discussie van Deugden', georganiseerd volgens de principes van de vroegere Donglin Academie. De leden kwamen regelmatig bijeen aan de voet van de Tinberg, om over de filosofie van de politiek te discussiëren.[5]
Maar aan Daorans rustige bestaan kwam in 1703 een eind, toen keizer

Kangxi voor de vierde maal een bezoek aan Wuxi bracht. Kangxi had op dat moment grote problemen met de troonopvolger, prins Yin-jeng. De keizer had aanwijzingen dat de kroonprins zich met duistere figuren had afgegeven en zich aan immoreel gedrag schuldig had gemaakt. Slechts een handjevol mensen was hiervan op de hoogte, maar Kangxi besloot voor alle zekerheid ook zijn andere zonen op het keizerschap voor te bereiden, zodat een van hen tot troonopvolger kon worden benoemd. Een jaar eerder had hij He Chao, een uitnemend geleerde uit Suzhou, als leraar voor zijn achtste zoon aangetrokken,[6] en tijdens een bezoek aan de tuin van de familie Qin in Wuxi ontmoette hij Daoran en nam hem mee naar Peking als leraar voor zijn negende zoon.

In Peking kreeg Daoran een functie bij de Keizerlijke Studieraad, ook bekend als de Zuidelijke Bibliotheek, een instelling die door de keizer in het leven was geroepen als tegenwicht voor de bureaucratie die de officiële examens controleerde. Tijdens het bewind van Kangxi was al enkele malen gebleken dat er bij de hoofdstadexamens was gefraudeerd en dat ondanks alle pogingen om de namen van de kandidaten geheim te houden, de kinderen van hoge functionarissen toch vaak de hoogste cijfers haalden. Ook persoonlijke vetes speelden een rol. He Chao, de leraar van de achtste zoon van Kangxi, was voor zijn provinciale examens gezakt omdat hij de examinator voor het hoofd had gestoten. In 1700 voerde de keizer een aantal nieuwe regels in, en om zijn respect voor He Chao en twee andere geleerden te tonen, verleende hij hun persoonlijk de graad van *juren*, zodat ze alsnog aan de hoofdstadexamens konden deelnemen. Maar de examinatoren lieten zich niet door de keizer beïnvloeden en zorgden ervoor dat zijn drie protégés zakten, waarop Kangxi zijn almacht demonstreerde door de drie kandidaten toch de hoogste graad toe te kennen.

Daarom was het misschien niet zo vreemd dat de keizer Daoran als lid van de Zuidelijke Bibliotheek benoemde, ook al was hij nog steeds niet voor zijn provinciale examens geslaagd.

Toen Daoran naar Peking kwam was zijn pupil, prins Yin-tang, al twintig. Evenals de vijfde zoon van de keizer was Yin-tang een kind van de keizerlijke concubine I-fei. Na de dood van de keizerin was I-fei een van de favoriete concubines van de keizer, evenals Te-fei, de moeder van zijn vierde en veertiende zoon. De moeder van zijn achtste zoon, Yin-ssu, was een dienstmeisje van lage komaf, wat een ernstig obstakel bleek voor de ambities van haar zoon.

De opleiding van de prinsen was een serieuze zaak. De lessen begonnen vroeg in de morgen, soms al voor het aanbreken van de dag, en omvatten onder meer lezen en opstellen schrijven. Het programma was gelijk aan de voorbereidingen op de overheidsexamens. Als dat nodig was, mochten de leraren disciplinaire maatregelen tegen de prinsen nemen. In hun jeugd hadden ze meestal gezelschap van familieleden van dezelfde leeftijd, die samen met hen studeerden.[7]

Behalve de Chinese geschiedenis, filosofie en klassieken leerden de prinsen uit de Qing-dynastie ook hun eigen taal, het Mantsjoe. En om hun culturele erfgoed niet verloren te laten gaan leerden ze paardrijden en werden ze onderwezen in de krijgskunst, met name het boogschieten.

De keizer zag dagelijks toe op de opvoeding van zijn zonen. Volgens een verslag uit die tijd onderwees hij zijn kinderen 's ochtends vroeg al in de klassieken, nog voor zijn ochtendbespreking met de ministers.[8]

Al spoedig werd Daoran zich bewust van de politieke intriges aan het hof. Op 30 april 1703 kwam hij in Peking aan en twee maanden later gaf de keizer bevel om Songgotu – een bejaarde staatsman die als oudoom van de troonopvolger grote invloed op hem had – gevangen te laten zetten. Kangxi's andere zonen begrepen hieruit dat de troonopvolger uit de gratie was, en meteen ontstond er een machtsstrijd tussen hen. De belangrijkste kandidaten voor de troonopvolging waren nu de oudste zoon van de keizer, Yin-shih, en zijn achtste zoon, Yin-ssu, die werd gesteund door de negende zoon, Yin-tang, en de dertiende zoon, Yin-hsiang. Ook prins Yu, de broer van de keizer, steunde Yin-ssu. Vlak voordat hij in 1703 overleed onthulde hij op zijn sterfbed dat de kroonprins zich aan onwettige praktijken schuldig had gemaakt en prees hij Yin-ssu als een bekwaam en integer man, die het verdiende tot troonopvolger te worden benoemd.[9] Zo begon een hevige strijd om de opvolging, die zich echter grotendeels achter de schermen afspeelde, omdat Yin-jeng officieel nog altijd kroonprins was.

Twee jaar na zijn komst in Peking behaalde Daoran eindelijk de graad van *juren*. Hij was toen zevenenveertig, en zijn oudste zoon, Zhitian, had hem al ingehaald. Vader en zoon slaagden in hetzelfde jaar voor hun examen. Drie jaar later, in 1708, werd Yin-jeng eindelijk zijn titel van kroonprins ontnomen. In een dramatische confrontatie liet de keizer zijn zoon geketend bij zich brengen in zijn jachthut. Daar, in aanwezigheid van hoge Mantsjoerijse en Chinese functionarissen beschuldigde Kangxi zijn zoon van ontrouw, seksuele uitspattingen en andere excessen. De zwaarste beschuldiging was dat Yin-jeng op een nacht de tent van zijn vader zou zijn binnengeslopen om hem te vermoorden en zelf de macht te grijpen. De prins werd onder arrest gesteld en bijna onmiddellijk barstte de strijd om de vacante titel openlijk los.[10]

De dag waarop Yin-jeng gevangen werd gezet, kwam zijn oudere broer Yin-shih, de oudste zoon van de keizer, naar Kangxi toe. Hij had besloten de kandidatuur van de achtste zoon te steunen. Hij ging zelfs zover dat hij suggereerde de voormalige kroonprins te laten vermoorden. Geschokt nam de keizer onmiddellijk stappen om Yin-jeng te beschermen en beval de arrestatie van zijn achtste zoon. Toen hij hoorde dat Yin-shih taoïs-

tische priesters had betaald om een vloek over de voormalige kroonprins uit te spreken en zwarte magie tegen hem had toegepast, veroordeelde de keizer hem tot levenslange eenzame opsluiting, omdat hij hem verantwoordelijk hield voor het wangedrag van de voormalige troonopvolger.
De keizer was diep teleurgesteld door de houding van zijn zonen. Hij sprak zelfs de vrees uit dat 'sommigen van jullie elkaar nog aan mijn sterfbed zullen bestrijden en boven mijn lijk de degens zullen kruisen!'[11] Verdriet en spanningen ondermijnden zijn gezondheid. Hij vermagerde zienderogen, terwijl zijn sikje steeds grijzer werd. Tegen het einde van 1708 was de keizer zo ziek, dat hij het advies van zijn ministers vroeg bij de keuze van een nieuwe troonopvolger. Met uitzondering van Tin-shih was hij bereid elk van zijn zonen te accepteren. Tot zijn verbazing en ergernis noemden de ministers bijna unaniem zijn achtste zoon, Yin-ssu. De enige uitzondering was Kangxi's naaste adviseur Li Guangdi, die zich niet uitsprak.[12]
Ondanks zijn belofte dat hij het advies van zijn ministers zou overnemen, verwierp Kangxi hun keuze, omdat Yin-ssu gevangen zat wegens zijn aandeel in een moordcomplot en omdat zijn moeder van eenvoudige afkomst was. Maar Yin-ssu genoot zoveel steun dat de keizer vreesde dat hij tot aftreden zou worden gedwongen ten gunste van zijn achtste zoon.
Kangxi overwoog nu om Yin-jeng zijn rechten als troonopvolger terug te geven, omdat hij ervan overtuigd was dat zijn zoon het slachtoffer was geworden van zwarte magie en dat zijn misstappen het werk waren geweest van de geesten die hem in hun macht hadden. Het volgende voorjaar, toen de 'geesten' waren uitgebannen, werd Yin-jeng door zijn vader opnieuw als troonopvolger geïnstalleerd, waarmee de hoop van Yin-ssu en zijn aanhangers de bodem in werd geslagen.
In dat jaar slaagde Daoran voor de hoofdstadexamens en behaalde de graad van *jinshi*. In 1712 werd hij tot redacteur bij de Hanlin Academie benoemd, terwijl hij prins Yin-tang bleef lesgeven en als zijn vertrouwensman optrad. Ook He Chao, de leraar van Yin-ssu en lid van de Hanlin Academie, had nog steeds een vertrouwensrelatie met zijn pupil.
In de loop van dat jaar begon Yin-jeng zich weer te misdragen en was de keizer gedwongen hem opnieuw zijn titel van kroonprins te ontnemen. Vanaf dat moment tot aan zijn dood, tien jaar later, verwierp de keizer ieder verzoek om een nieuwe troonopvolger aan te wijzen en werden functionarissen die hierop aandrongen of openlijk een van de prinsen steunden zwaar gestraft.
In 1714 overleed Songling, de vader van Daoran, die naar Wuxi reisde voor de rouwperiode. Toen hij naar Peking terugkeerde, werd hij benoemd tot bewaarder van het keizerlijke dagboek, dezelfde – politiek gevoelige – functie die zijn vader ruim dertig jaar eerder had vervuld.

In 1715 werd He Chao gearresteerd en werd zijn huis doorzocht, omdat hij ervan werd verdacht dat hij de ambities van de achtste prins steunde. Elk van de potentiële troonopvolgers had zijn spionnen in de directe omgeving van de keizer en daarom besloot Kangxi in 1717 dat niet al zijn beslissingen meer in de dagboeken mochten worden genoteerd. Mondelinge bevelen werden niet langer vastgelegd. Ook probeerde hij het aantal mensen dat toegang tot de dagboeken had te verkleinen. In hetzelfde jaar werd Daoran benoemd tot assistent-examinator bij de provinciale examens in Jiangxi, een teken dat zijn kwaliteiten werden gewaardeerd.

Omstreeks deze tijd werd de keizerin-moeder ernstig ziek. Haar stiefzoon, de keizer, was zelf al in de zestig en had ook problemen met zijn gezondheid. Het gerucht deed de ronde dat de keizer, uit respect voor zijn zieke stiefmoeder, eindelijk zijn troonopvolger bekend zou maken, zodat zij de nieuwe kroonprins nog zou kunnen zien voordat zij stierf.

De keizer had last van pijnlijke en gezwollen voeten, maar ondanks deze handicap was hij vastbesloten regelmatig een bezoek te brengen aan de keizerin-moeder. Zij verbleef in het Paleis van Rust en Levensduur, in het noordoosten van de Verboden Stad, op grote afstand van het Paleis van de Hemelse Reinheid, waar de keizer woonde. De ministers trachtten de keizer van dit voornemen af te brengen, maar drie dagen later noteerde Daoran in het keizerlijke dagboek:

> Op het uur van de draak [7 tot 9 uur 's ochtends] maakten prins Cheng [de derde zoon] en prins Yong [de vierde zoon] en de Zestiende Meester een keizerlijk edict bekend, dat luidde:
> 'De toestand van de keizerin-moeder gaat snel achteruit. Wij, moeder en zoon, hebben vele gelukkige jaren samen doorgebracht. Nu zijn wij door het ongeluk getroffen. Hoewel mijn lichaam ziek is, heeft mijn geest geen rust. Ik moet haar bezoeken. Hoe zou ik anders kunnen? Mijn eigen ziekte maakt het mij echter moeilijk om te reizen. Ik zal mijn lichamelijke conditie zorgvuldig beoordelen. Als het mogelijk is, zal ik de keizerin-moeder blijven bezoeken. Als ik dit lichamelijk niet meer kan volbrengen, zal ik er van afzien.'
> Prins Cheng en prins Yong maakten nog een ander keizerlijk edict bekend, dat luidde:
> 'Wat de kwestie van de verschillende prinsen betreft, verzoek ik alle ministers, grootsecretarissen, de hoge Mantsjoerijse en Chinese functionarissen van het ministerie van Riten en de Negen Hoofdministers een vergadering te beleggen over de vraag of de prinsen hun staart moeten afknippen [als teken van rouw als de keizerin-moeder zou sterven] en mij hun advies bekend te maken.'[13]

Nog diezelfde middag brachten de hoogste functionarissen van het hof advies uit over het juiste rouwritueel voor de dood van de keizerin-moeder. Daoran noteerde:

> Op het uur van de aap [3 tot 5 uur 's middags] kwamen minister van Riten Tunju en andere functionarissen met het volgende advies:
> 'Wij hebben vergaderd over de keizerlijke precedenten. In het verleden droegen keizers meestal rouwgewaden van gesponnen zijde. Tijdens de rouwperiode voor de Meevoelende en Harmonieuze Keizerin-Moeder [Kangxi's eigen moeder] heeft Uwe Majesteit zijde gedragen. In dit geval adviseren wij Uwe Majesteit en de keizerlijke familie de traditie voort te zetten en witte rouwgewaden van gesponnen zijde te dragen. We hebben ook vastgesteld dat Uwe Majesteit uw staart niet heeft afgeknipt toen de Meevoelende en Harmonieuze Keizerin-Moeder overleed. Het lijkt ons gepast dat Uwe Majesteit dit in het geval van het overlijden van de huidige keizerin-moeder ook niet zal doen.'

De keizer werd dus geadviseerd niet dieper om de dood van zijn stiefmoeder te rouwen dan om de dood van zijn eigen moeder. Volgens de Mantsjoe-traditie werd de staart alleen afgeknipt als teken van rouw bij de dood van een vader of grootvader. Kangxi had deze regel dertig jaar eerder overtreden, toen zijn geliefde grootmoeder was overleden.
Nadat hij het advies van het ministerie van Riten had gelezen, schreef Kangxi een antwoord, in rode inkt, zoals zijn voorrecht was. Met een paar zwierige streken van zijn penseel verklaarde de koppige keizer:
'Rouwkleding dient van katoen te zijn gemaakt. Er is geen regel die voorschrijft dat bejaarde mensen in de rouw hun staart niet mogen afknippen. Als de keizerin-moeder sterft, zal ik dat zeker doen.'
De keizer bleef zich grote lichamelijke inspanningen getroosten om de keizerin-moeder te kunnen bezoeken. Toen zijn voeten zo gezwollen waren dat hij niet meer kon lopen, gaf hij bevel er zakdoeken omheen te wikkelen en liet hij zich in een draagstoel naar het Paleis van Rust en Levensduur brengen. Die nacht keerde hij niet naar zijn eigen paleis terug, maar sliep hij buiten, in een tent bij de Changchen Poort, als gebaar van zijn toewijding aan de keizerin-moeder.
Zijn adviseurs vroegen hem dringend aan zijn eigen gezondheid te denken en niet te hoge eisen aan zichzelf te stellen in zijn trouw aan zijn stiefmoeder. Daoran noteerde:

> Het uur van de draak [7 tot 9 uur 's ochtends]. De hovelingen stuurden het volgende memo: 'De keizerin-moeder is meer dan zestig jaar van uw diensten verzekerd geweest, en mag zich daarom gelukkig prijzen.

Niemand in onze geschiedenis heeft zoveel familietrouw getoond als Uwe Majesteit. Toch vragen wij u om uzelf te ontzien. Wij hovelingen weten hoe een rouwceremonie moet worden voorbereid. Wij hebben ontdekt dat de confuciaanse geleerde Zheng Kangcheng tijdens de Tang-dynastie heeft verklaard dat iemand van boven de zestig tijdens de rouwplechtigheden mag blijven zitten terwijl zijn nakomelingen het offerritueel uitvoeren. Wij smeken Uwe Majesteit dit precedent te volgen en aan het welzijn van het rijk te denken.'

'Als de keizerin-moeder overlijdt,' antwoordde Zijne Majesteit, 'zal ik alle vereiste ceremonies uitvoeren, ondanks mijn ziekte. Omdat u allemaal ouders hebt, zult u mijn gevoelens begrijpen. Probeert u me niet tot andere gedachten te brengen, want dat zal mijn verdriet slechts vergroten.'

Later die dag gaf de keizer nog de volgende verklaring uit: 'Als de keizerin-moeder zou sterven, zal ik elke twee tot drie dagen de offerplechtigheden uitvoeren, tot de tijd waarop de kist wordt verplaatst. Als dat gebeurt, zal ik de kist volgen tot aan de poort van het Paleis van Rust en Levensduur, of zelfs tot de Oostelijke Bloemenpoort, als ik daarvoor de kracht nog heb.' Het was in die tijd gebruikelijk de overledene niet te lang in het paleis op te baren, maar het stoffelijk overschot naar een rouwkamer over te brengen, omdat de Mantsjoes geloofden dat de aanwezigheid van een overledene in het paleis het leven van de keizer zou bekorten. Die avond gebeurde wat de keizer en het hof al zo lang hadden verwacht. Daoran noteerde:

> Op het uur van het hoen [5 tot 7 uur 's middags] is de keizerin-moeder overleden in het Paleis van Rust en Levensduur. Zijne Majesteit heeft onmiddellijk zijn staart afgesneden en zijn katoenen rouwgewaad aangetrokken, terwijl hij onophoudelijk weende en zijn verdriet uitschreeuwde. De prinsen noch de bedienden konden dit verdragen. Ze knielden voor hem neer en zeiden: 'Uwe Majesteit is oud. Denk toch aan uw eigen gezondheid en het welzijn van het rijk, en wees niet zo verdrietig. Ga alstublieft terug naar uw paleis.'
> Ze smeekten hem verscheidene malen, maar Zijne Majesteit weigerde. Hij hield toezicht op de opstelling van de kist, hij bracht zelf het plengoffer en pas na herhaald aandringen van de prinsen keerde Zijne Majesteit weer terug naar zijn tent bij de Changchen Poort.[14]

Het plengoffer vormde een integraal onderdeel van de rouwceremonie en werd diverse malen herhaald. Meestal kreeg de keizer een vaatje wijn van de minister van Riten, dat hij vervolgens leeggoot in een grote gouden

schaal. Als de ceremoniemeester het teken gaf, wierpen alle aanwezige functionarissen zich languit op de grond.
De keizer bleef elf dagen in zijn tent bij de poort. Daarna werd de kist met de stoffelijke resten van de keizerin-moeder naar een rouwkamer elders op het terrein overgebracht. Daoran schreef:

> Zijne Majesteit ging naar het Paleis van Rust en Levensduur en bracht de rituele offers. Hij was in tranen en riep 'Moeder!' Zijn hele gevolg weende. Toen de kist door de Oostelijke Bloemenpoort naar de rouwkamer buiten de Chaoyang Poort werd gedragen, hielpen alle prinsen Zijne Majesteit naar het Westelijk Terras. Toen de kist passeerde, begon Zijne Majesteit opnieuw te wenen. Na herhaald aandringen van de prinsen keerde Zijne Majesteit weer naar zijn tent bij de Changchen Poort terug.[15]

Op de achttiende dag wijdde Daoran nog een korte notitie aan de rouw van de keizer:

> In de ochtend kwamen de prinsen en ministers, zowel Mantsjoes als Chinezen, de civiele en militaire autoriteiten, de Negen Hoofdministers en andere functionarissen naar de tent van de keizer. 'Het lichaam van de keizerin-moeder ligt opgebaard in de rouwkamer en alle ceremonies zijn uitgevoerd,' verklaarden zij. 'Het is nu bitter koud en wij hopen dat Uwe Majesteit uzelf in acht zult nemen en, gedachtig het welzijn van het land, naar het Paleis van Opperste Harmonie zult terugkeren.'[16]

Maar de officiële rouwperiode zou pas de volgende lente worden afgesloten, als de keizerin-moeder zou worden begraven in een mausoleum buiten Peking. Hoewel Kangxi de kist zelf naar het mausoleum wilde begeleiden, boog hij uiteindelijk voor de wensen van zijn ministers en verklaarde dat hij, met het oog op zijn gezondheidstoestand, de tocht niet zou meemaken. Op de veertiende dag van de derde maand van het zevenenvijftigste jaar van zijn bewind (14 april 1718), honderd dagen na de dood van de keizerin-moeder, was keizer Kangxi eindelijk bereid zijn normale werkzaamheden weer op te vatten en terug te keren naar het Park van de Eeuwigdurende Lente in de buitenwijken van Peking.
Later dat jaar schafte hij de functie van bewaarder van het keizerlijke dagboek af.[17] Daoran werd nu benoemd tot professor aan het Departement van Studie, waar leden van de Hanlin Academie op examens werden voorbereid, en vervolgens tot eerste secretaris van het Departement van Ceremonieel Toezicht. In deze functie was hij gemachtigd kritiek uit te

oefenen op het ministerie van Riten. Zes maanden eerder had prins Yin-tang hem overigens al het beheer van zijn huishouden en zijn financiën toevertrouwd, een functie die eigenlijk door een Mantsjoe behoorde te worden vervuld.[18]
Nadat hij tot eerste secretaris was benoemd, vroeg Daoran prins Yin-tang hem van zijn functie als zijn persoonlijk schatbewaarder te ontheffen, omdat hij die twee posities niet goed verenigbaar vond. Maar de prins weigerde zijn verzoek. Enkele malen bood Daoran ook zijn ontslag als eerste secretaris aan, maar ook die verzoeken werden niet ingewilligd. Het leek wel of Daoran voorvoelde dat zijn leven gevaar liep.

Tijdens de laatste jaren van het bewind van keizer Kangxi was prins Yin-tang een van de belangrijkste troonpretendenten. Hij was rijk en gebruikte zijn geld om steun te verwerven voor zichzelf en zijn fractie.

Na enige tijd werd echter duidelijk dat keizer Kangxi hem niet als troonopvolger wenste. Daardoor hadden de prinsen Yin-chen en Yin-ti, de vierde en de veertiende zoon, nu de beste kansen. Maar omdat zij dezelfde moeder hadden, waren ze gezworen rivalen. Yin-tang gebruikte zijn rijkdommen nu om Yin-ti te helpen. Tegen het einde van zijn leven leek de keizer een voorkeur te hebben voor Yin-ti. In 1718 benoemde hij Yin-ti tot opperbevelhebber van de troepen bij Xining in het noordwesten, met de opdracht de westelijke Mongolen, die de Chinese vazalstaat Tibet waren binnengevallen, terug te dringen. De tweeëndertigjarige generalissimo werd met veel pracht en praal uitgeleide gedaan en de algemene indruk bestond dat hij op dat moment bij zijn vader favoriet was. Met het oog op de zwakke gezondheid van de keizer zorgde Yin-tang ervoor dat Yin-ti van de ontwikkelingen aan het hof op de hoogte werd gehouden. Daoran was hierbij niet rechtstreeks betrokken, maar wist wel wat er zich afspeelde. Voordat Yin-ti naar het front vertrok, kreeg Daoran van Yin-tang opdracht hem een beleefdheidsbezoek te brengen. Yin-ti had het te druk om hem te ontvangen, maar gaf hem, via een bediende, wel een hoed als geschenk.

Na twee jaar werd Yin-ti naar de hoofdstad teruggeroepen voor beraad. Hij bleef zes maanden in Peking. Voordat hij eind mei 1722 weer naar het front vertrok, kreeg Daoran opnieuw opdracht van Yin-tang hem een beleefdheidsbezoek te brengen. Dit keer kreeg hij Yin-ti wel te spreken.

Zeven maanden later overleed keizer Kangxi. Hij was toen achtenzestig en had eenenzestig jaar op de drakentroon gezeten, het langst van alle keizers in de lange Chinese geschiedenis. Tijdens zijn bewind hadden de Mantsjoes zich van vreemde overheersers tot een dynastie naar Chinees model ontwikkeld. Kangxi was er grotendeels in geslaagd het rijk te verenigen en te versterken. Maar in zijn persoonlijk leven had hij veel verdriet gehad van de vijandschap tussen zijn zonen.

Het kwam echter niet tot een gewapend conflict tussen de broers, omdat de vierde prins, Yin-chen, in een snelle, efficiënte actie – maar zonder bloedvergieten – de troon voor zich wist op te eisen. Dit betekende het einde van de ambities van Yin-tang, Yin-ssu en Yin-ti, en van hun aanhangers, zoals Daoran. Voor hen was de troonsbestijging van de nieuwe keizer niets minder dan een ramp.

17. Qin Daoran: De politieke gevangene

Het bericht van de dood van zijn vader bereikte Yin-ti aan het front in Xining. Hoewel de vierendertigjarige prins een troepenmacht onder zijn bevel had, kon hij daar weinig mee beginnen, want op het moment dat de tijding hem bereikte, had zijn broer, de vierde prins Yin-chen, zichzelf al tot keizer uitgeroepen. Yin-chen, die als keizer de naam Yongzheng aannam, riep zijn broer onmiddellijk naar Peking terug en ontnam hem zijn commando.
Hoewel Yin-tang wel in Peking was toen Kangxi stierf, werden ook hij en Yin-ssu door de snelheid van de gebeurtenissen volledig verrast. De bevelhebber van de politie van Peking had zich aan de kant van Yin-chen geschaard en de snelle machtsovername mogelijk gemaakt. En nog voor de begrafenis van Kangxi stuurde de nieuwe keizer zijn broer Yin-tang al vanuit Peking – waar hij invloedrijke aanhangers had – naar het afgelegen Xining, waar Yin-ti juist vandaan kwam.
Bovendien begon Yongzheng onmiddellijk bewijzen te verzamelen tegen zijn rivalen. Voordat hij Yin-tang naar Xining zond, ondervroeg hij hem uitvoerig over de rol die Qin Daoran had gespeeld. Waarom had Yin-tang geen Mantsjoe maar een Chinees gevraagd zijn familiezaken te regelen? Yin-tang probeerde zich nog te redden door te verklaren dat Daoran zich alleen met opvoeding en onderwijs had beziggehouden, en niet met financiën en andere zaken.
Het zal misschien nooit duidelijk worden of Yin-chen werkelijk de keuze van zijn vader was. Sommige historici menen dat Kangxi eigenlijk Yin-ti als troonopvolger had aangewezen en dat in zijn testament de aanduiding 'veertiende zoon' in 'vierde zoon' was veranderd.[1] Dergelijke verhalen deden ook al vlak na Kangxi's dood de ronde. Er waren zelfs geruchten dat de vierde zoon zijn vader zou hebben vermoord.
Vaststaat in elk geval dat de bronnen uit die tijd op bevel van de nieuwe keizer zijn bijgewerkt. Uit het 'Waarachtig Archief' over het bewind van keizer Kangxi werden alle negatieve opmerkingen over de vierde zoon – en alle positieve verwijzingen naar zijn broers – geschrapt. Als beloning voor zijn diensten werd de redacteur van het Archief door keizer Yongzheng met eerbewijzen overladen.[2]

Ongeveer tien dagen na de troonsbestijging van Yongzheng kreeg Daoran bezoek van een boodschapper met een geheim bericht van Yin-tang, dat luidde: 'De keizer heeft naar je gevraagd. Hij wilde weten waarom een Chinees met de familiezaken van prins Yin-tang is belast en waaraan hij deze eer te danken had. Ik vrees dat ze ook jou zullen verhoren. Bereid je dus op deze vragen voor.'[3]

Kort daarna werd Daoran inderdaad gearresteerd en ondervraagd. In het Waarachtig Archief over het bewind van Yongzheng wordt zijn naam voor het eerst vermeld op 16 maart 1723, de tiende dag van de tweede maand van het eerste jaar van zijn bewind. Op die dag vaardigde Yongzheng een edict uit tegen Lesiheng, een trouwe volgeling van Yin-tang. Hierin werd Lesiheng ervan beschuldigd dat hij gegevens bewaarde over aanhangers van zijn broers die werden gestraft, hoewel hij opdracht had gekregen die gegevens te vernietigen.

Naar buiten toe deed Yongzheng het voorkomen alsof zijn broers het slachtoffer waren van onbetrouwbare bedienden, die hun gerechte straf niet zouden ontlopen. Maar, verklaarde de nieuwe keizer in zijn edict, 'ik heb tegen Lesiheng gezegd: "De bestraffing van deze bedienden is slechts een familiezaak, dus hoeft er niet officieel melding van te worden gemaakt." Lesiheng negeerde echter mijn orders. Hij wordt daarom van zijn post ontheven en naar Xining verbannen om Yin-tang te dienen.'

En nu de naam Yin-tang was gevallen, vroeg de keizer zich retorisch af: 'Hij had iedereen kunnen aanstellen om zijn familiezaken te behartigen. Waarom heeft hij dan een Chinees, de eerste secretaris Qin Daoran, uitgekozen?' Volgens de keizer wilde Yin-tang via Daoran de steun van hoge Chinese functionarissen verwerven. Ondanks alles wat Yin-tang had misdaan, verklaarde de keizer: 'Ik heb hem zijn titel niet ontnomen. Ik heb zijn toelage niet verminderd en ik heb hem zijn bedienden laten behouden. Ik heb slechts een of twee van deze verdorven figuren en één eunuch bestraft.'[4]

Helaas was Daoran een van deze 'verdorven figuren' die samen met de eunuch He Yuzhu werden gestraft.

Het ministerie van Strafvervolging adviseerde zelfs om Daoran te laten executeren. Op 8 november 1723 reageerde keizer Yongzheng als volgt op dit advies: 'Qin Daoran heeft vele vergrijpen gepleegd, vertrouwend op de steun van machtige vrienden. Hij heeft mensen veel geld afhandig gemaakt. Wij zullen zijn terechtstelling uitstellen, maar hem gevangenzetten in Jiangnan. Laat hem eerst het geld terugbetalen en breng dan opnieuw rapport uit.'[5]

Hoewel keizer Yongzheng zijn broers nog niet openlijk vervolgde, was hij minder omzichtig in het uitschakelen van andere politieke tegenstanders. Pater Ripa beschrijft in zijn memoires de dood van een hoge functionaris

die door Yongzheng was veroordeeld:
'Hij [Mo-lao] werd ervan op de hoogte gebracht dat de keizer hem ertoe had veroordeeld de hand aan zichzelf te slaan. Nadat de beul hem van zijn ketenen had bevrijd gaf hij Mo-lao een beker met gif, een strop en een dolk, om hem de keus te laten hoe hij zelfmoord wilde plegen. Hij liet geen voedsel bij hem achter. De volgende dag keerde de beul terug en verwachtte Mo-lao dood aan te treffen. Toen hij nog in leven bleek te zijn, drong hij aan op onmiddellijke voltrekking van het vonnis. Mo-lao trok zijn jas uit, die uit maliën was vervaardigd en met goud versierd, en gaf hem aan de beul, in de hoop dat hij meer tijd zou krijgen. De beul accepteerde het geschenk en ging naar de mandarijnen om te melden dat Mo-lao zich nog niet van het leven had beroofd. Maar toen hij hem de volgende dag nog levend aantrof, smoorde hij hem met een zak zand. Daarna werd zijn lichaam verbrand, en om de tragedie te voltooien werd zijn as in de wind verstrooid.'[6]

Drie jaar lang wist Yongzheng zijn positie te consolideren, terwijl hij het gezag van zijn potentiële tegenstanders steeds verder ondermijnde. Begin 1726, het vierde jaar van zijn bewind, vond hij dat het tijd werd voor nog krachtiger maatregelen. Er werd een brief van Yin-tang aan zijn zoon onderschept, die niet in Chinese karakters was geschreven maar in cyrillisch schrift, dat de negende prins van de Portugese missionaris Jean Mourao had geleerd. Yin-tang werd beschuldigd van een poging tot samenzwering en zijn broer Yin-ssu van clandestien contact met Yin-tang. Beide broers werden uit de keizerlijke familie gestoten, zodat ze als gewone burgers konden worden gestraft. Om de vernedering compleet te maken, werd Yin-ssu gedwongen de naam Acina ('straathond') en Yin-tang de naam Seshe ('zwijn') aan te nemen.

Yongzheng trok het net rondom zijn broers steeds strakker aan. Eerst verzamelde hij bewijzen tegen mensen die in een positie waren om de prinsen te beschuldigen. Zo was het getuigenis van Daoran van groot belang. Om zich van zijn medewerking te verzekeren bouwde Yongzheng eerst een forse bewijslast tegen hem op, waarbij hij gebruik maakte van de getuigenverklaringen van Shao Yuanlong,[7] een voormalige collega van Daoran die door Yin-tang terzijde was geschoven, en van Yao Zixiao, een bediende uit het gevolg van Yin-tang, die als boodschapper had gefungeerd om Yin-ti aan het front op de hoogte te houden van de stemming en de gezondheid van zijn vader Kangxi.

Op 10 maart 1726 kregen Huang Bing, onderminister van Strafvervolging, en Cha-pi-na, de gouverneur-generaal van Zhejiang en Jiangnan, van de keizer bevel om Daoran, die op dat moment in Nanking gevangen zat, te ondervragen. Hun opdracht luidde als volgt:

'U dient een onderzoek naar de gedragingen van Qin Daoran in te stellen en hem uitvoerig te ondervragen. Baseer u op de getuigenissen van Shao Yuanlong en Yao Zixiao. Qin Daoran is een Chinees en daarom anders dan de anderen. Waarom heeft hij Yin-tang geholpen bij zijn verdorven pogingen om mensen onder druk te zetten? Zijn daden zijn verwerpelijk. Hij heeft zelfs verklaard dat Yin-tang het gelaat van een keizer had. Hij verdient de doodstraf, maar zeg hem dat wij hem zullen sparen als hij alles met betrekking tot Yin-tang, Yin-ssu en Yin-ti bekent. Breng rapport uit zodra hij de waarheid heeft gesproken, en blijf ter plaatse om nadere orders af te wachten.'[8]

Daoran bekende zonder dat men hem hoefde te martelen, hoewel er wel grote psychologische druk op hem werd uitgeoefend. Hij werd er voortdurend aan herinnerd dat zijn leven zou worden gespaard als hij de 'waarheid' sprak.

Inmiddels zat Daoran al vier jaar gevangen. De eerste drie jaar had hij doorgebracht in de gevangenis van het ministerie van Strafvervolging in Peking. Het is niet precies bekend wanneer hij naar het zuiden werd overgebracht.

Uit het verslag van de ondervraging blijkt tussen de regels door dat Daoran op een gegeven moment een boete van 100 000 zilverstukken had gekregen, en dat hij slechts een halfjaar de tijd had om dit astronomische bedrag bijeen te brengen. Op het moment van de ondervraging had hij een tiende van deze som vergaard. De boete werd eufemistisch aangeduid als 'fondsen voor het leger'.

Daoran verklaarde herhaaldelijk dat hij schuldig was aan afschuwelijke misdaden en dat hij vele malen de doodstraf verdiende. Hij vertelde over talloze gelegenheden waarbij Yin-tang zich aan afpersing schuldig had gemaakt. Zo had hij een keer een bedrag van 80 000 zilverstukken geëist om iemand als zijn dochter te 'adopteren', omdat het als een grote eer werd beschouwd tot de keizerlijke familie te behoren. In de meeste gevallen is echter niet duidelijk op welke manier Yin-tang zijn slachtoffers onder druk zette. Voor zijn aandeel in deze afpersingszaken kreeg Daoran een klein percentage van de opbrengst, in totaal iets meer dan 3000 zilverstukken. De negende prins had zijn financiële positie ook verbeterd door de verkoop van ginseng die uit Mantsjoerije was gesmokkeld. Ginseng, een produkt waaraan eigenschappen werden toegeschreven die het leven zouden verlengen, vormde een belangrijke bron van inkomsten voor de overheid, en de verbouw, het transport en de verkoop waren daarom streng gereguleerd.

Waarschijnlijk had Daoran, als vertegenwoordiger van de Zuid-Chinese intelligentsia, een belangrijke rol gespeeld in de strategie van Yin-tang. Toch moet hij hebben beseft dat Yin-tangs kansen op de troon vrij gering waren, omdat hij en zijn broer Yin-ssu bij hun vader niet geliefd waren. Maar Daoran wist ook dat hij tot grote hoogte zou stijgen als zijn pupil toch tot keizer zou worden gekroond. Daarom merkte hij zo nu en dan op dat Yin-tangs gelaat 'keizerlijke trekken' vertoonde.

In zijn schuldbekentenis verklaarde hij: 'Ik zei dat Yin-tang een vriendelijk en edelmoedig man was, om de mensen een goede indruk van hem te geven. Dat deed ik omdat ik zelf verwerpelijke verlangens koesterde, waarvoor ik tienduizend keer verdien te sterven.'

In zijn verklaring gaf Daoran ook informatie over andere onwettige of zogenaamd onwettige praktijken van Yin-tang. Slavernij was in die tijd geaccepteerd, en het kopen en verkopen van meisjes was op zich dus niet onwettig, zolang dit niet gepaard ging met geweld of bedrog. Maar het maakte een groot verschil of de meisjes van goede komaf waren of uit een onaanzienlijke acteursfamilie kwamen. Yin-tang betrok zijn meisjes via de eunuch He Yuzhu. Ironisch genoeg deed de eunuch zich voor als de zoon van een rijke zouthandelaar. Hij 'trouwde' met meisjes uit respectabele families, waarna zijn slachtoffers in de slaapkamer van Yin-tang terechtkwamen.

Deze en andere verklaringen van Daoran zouden een belangrijke basis vormen voor het latere proces tegen Yin-tang, maar zijn getuigenis was ook belastend voor de prinsen Yin-ssu en Yin-ti.

Daoran beschreef Yin-ssu als een bedrieger en een huichelaar, iemand die zich deugdzaam voordeed om een goede reputatie te verwerven. Volgens Daoran had Yin-ssu zijn Chinese leraar, He Chao, voor zijn eigen politieke doeleinden misbruikt, maar de bewijzen hiervoor waren nogal vaag. Yin-ssu zou de broer van He Chao hebben gevraagd boeken voor hem te kopen in het zuiden, om de Zuidchinese geleerden te imponeren en hun steun te verkrijgen.

Yin-ssu was zelf geen studiehoofd, en zijn handschrift was zo slecht, dat keizer Kangxi hem had opgedragen dagelijks schrijfoefeningen te doen. Yin-ssu huurde echter iemand anders om zijn huiswerk te maken en bedroog op die manier de keizer.

Bovendien negeerde hij volgens Daoran het bevel van zijn vader zich van alcohol te onthouden. Hij dronk veel te veel en als hij dronken was, werd hij gewelddadig. Ook liet hij zich de wet voorschrijven door zijn vrouw. Als dat voor een gewoon burger al een onvergeeflijke zwakte was, hoe kon zoiets dan binnen de paleismuren worden getolereerd?

Over Yin-ti verklaarde Daoran dat hij zich een keer ziek had gemeld om de keizer niet op een reis te hoeven vergezellen. Kangxi had hem gestraft door hem zijn bedienden te ontnemen en hen het meest nederige werk te laten doen. Yin-ti verontschuldigde zich tegenover zijn bedienden en zei dat hij de oorzaak van hun ellende was. Dat was niet loyaal tegenover zijn

vader, meende Daoran, want zo zette hij zijn bedienden tegen de keizer op.
Alle drie de broers, Yin-tang, Yin-ssu en Yin-ti, hadden herhaaldelijk hun afkeer van de troonopvolger laten blijken. Ook dat veroordeelde Daoran als ongepast en onloyaal gedrag.
Een groot deel van Daorans verhoor had betrekking op de relatie tussen Yin-tang en Yin-ti. Daoran onthulde de geheime overeenkomst tussen de negende en de veertiende prins waarbij Yin-tang zijn broer van alle ontwikkelingen aan het hof – met name van de gezondheidstoestand van de keizer – op de hoogte zou houden. Volgens Daorans verklaring hoopte Yin-tang dat zijn broer een grote overwinning op het slagveld zou behalen, zodat hij als troonopvolger zou worden aangewezen. 'Als de veertiende prins de troonopvolger wordt, zal hij zeker mijn raad vragen,' had Yin-tang tegen Daoran gezegd. Nadat hij het bevel over de troepen in Xining had gekregen, had Yin-ti de Mongolen niet alleen uit Tibet verdreven maar hen nog een heel eind in hun eigen gebied achtervolgd. Hij bevond zich echter duizenden kilometers van de hoofdstad toen Kangxi stierf, en was wat de troon betreft dus machteloos.
Gedurende de hele ondervraging bleef Daoran volhouden dat hij zelf een zeer geringe rol in de samenzwering van de prinsen had gespeeld. Tegen het einde van het verhoor waagde de onderminister een gissing: 'U hebt nog veel voor ons verzwegen,' zei hij. 'Ik zal u tijd geven om na te denken. Daarna kunt u over alles een bekentenis afleggen. Als u probeert iets voor ons te verbergen, zult u gemarteld worden. U bent een geleerde. U weet wat belangrijk is. U hebt de goden en uw keizer bedrogen. Nu is het moment gekomen om berouw te tonen over uw zonden.'
Daoran stond onder grote druk. Hij moest zijn ondervragers van zijn oprechtheid en zijn gewilligheid overtuigen. 'Ik verdien tienduizend keer de dood,' herhaalde hij. 'Het keizerlijk hof heeft een onderzoek gelast. Als ik de waarheid vertel, zal mijn leven worden gespaard. Als ik lieg, zal ik sterven. Dat is zeer grootmoedig. Hoewel ik een beest ben, kan ik toch nadenken, en daarom ben ik Zijne Majesteit zeer dankbaar dat hij mij niet heeft terechtgesteld. Hoe zou ik iets durven verbergen? De afgelopen dagen heb ik u alles over de ontrouw en de clandestiene praktijken van Yin-tang, Yin-ssu en Yin-ti verteld – hoe ze mensen hebben omgekocht en afgeperst. Ik heb zelfs de waarheid gesproken over mijn eigen misdaden, waarvoor ik de doodstraf verdien. Ik heb niets verzwegen. Zijne Majesteit is zo scherpzinnig dat hij mijn oprechtheid zal inzien. Ik zou hem niet durven bedriegen.'
Na het verhoor brachten de onderminister en de gouverneur-generaal rapport uit aan keizer Yongzheng:
'Wij zijn tot de conclusie gekomen dat Qin Daoran sluw en verdorven is.

Nadat de overleden keizer hem tot leraar van Yintang had benoemd, heeft hij de verwerpelijke activiteiten van Yin-tang niet alleen getolereerd, maar zelfs aangemoedigd. Daaronder waren talloze vergrijpen, zoals het behartigen van Yin-tangs familiezaken, het afpersen van Man-pi en anderen, en het openbaar prijzen van Yin-tang. Hij heeft alle beschuldigingen van Shao Yuanlong toegegeven. Qin Daoran is een schurk, maar Yin-tang beschouwde hem als een vertrouweling en had geen geheimen voor hem. Deze informatie gebruikte Qin Daoran voor bedrog en chantage. Wie zich aan zulke misdaden schuldig maakt, verdient de zwaarste straf, als een waarschuwing aan anderen die de wet overtreden. Gouverneur-generaal Cha-pi-na zal druk op zijn familie uitoefenen om de 2320 zilverstukken terug te betalen die hij door afpersing heeft verkregen, plus een boete van 100 000 zilverstukken voor militaire fondsen. Dit geld zal aan het hof ter beschikking worden gesteld.'

Omdat Daoran slechts een tiende van de boete van 100 000 zilverstukken had opgebracht, zou zijn familie dus een fors bedrag moeten betalen.

Op basis van Daorans getuigenverklaring werden de drie prinsen Yin-tang, Yin-ssu en Yin-ti nu ook in staat van beschuldiging gesteld. Volgens het rapport had Qin Daoran zijn verklaring vrijwillig afgelegd en was hij niet gemarteld. De conclusie van de ondervragers was dat de drie prinsen hun gerechte straf niet mochten ontlopen en dat al het geld dat zij aan hun illegale praktijken hadden overgehouden moest worden opgespoord en geconfisqueerd. Het rapport, ondertekend door onderminister Huang en gouverneur-generaal Cha-pi-na, besloot met de woorden: 'De verklaring van Qin Daoran is geloofwaardig en redelijk. Wij wachten de beslissing en het oordeel van Uwe Majesteit af.'

Blijkbaar kreeg onderminister Huang opdracht Daoran vanuit Nanking naar Peking te laten overbrengen, want zes weken later werd hij opnieuw ondervraagd, dit keer in de hoofdstad. Hij was in een getraliede wagen naar Peking gebracht en onderweg bijna van honger omgekomen. Deze vernedering had hem zijn laatste restje zelfrespect ontnomen en hij was nu zover dat hij bijna alles zei wat zijn ondervragers wilden horen, terwijl hij om zijn leven smeekte.

Dit verhoor vond halverwege 1726 plaats, toen de drie prinsen al gevangen waren gezet. Ook andere verdachten waren naar Peking gebracht om te worden verhoord. Onder hen waren de katholieke missionaris pater Jean Mourao, de eunuch Chang de Blinde en Yin-tangs letterkundige vriend He Tu.

De transcriptie van het verhoor van Daoran is gedeeltelijk bewaard gebleven[9] – waarschijnlijk een geredigeerde, officieel goedgekeurde versie. Dit protocol bevat slechts twee vragen, met de antwoorden van Daoran, en verwijzingen naar 'nadere bewijzen', die niet worden gespecificeerd.

Ook bij deze gelegenheid werd Daoran blijkbaar niet gemarteld, maar wel bedreigd. Zoals hij zelf opmerkte: 'Als ik niet alles over mijn eigen misdaden en die van Yin-ssu, Yin-tang en Yin-ti vertel, riskeer ik niet alleen mijn eigen leven, maar ook dat van mijn vrouw en kinderen.' En hij vervolgt zijn verklaring aldus:
'Ik zal proberen mij alles zo goed mogelijk te herinneren en u nog meer te vertellen. Yin-tang is dom en onnozel. Keizer Kangxi wist dat en daarom zei hij nooit iets goeds over Yin-tang en gaf hij hem nooit speciale opdrachten. Hoewel hij zelf altijd zei dat hij weinig kans maakte als troonopvolger te worden gekozen, bleef hij hopen. Dat weet ik.'
'Als u wist dat Yin-tang dom en onnozel was,' wilden de ondervragers weten, 'waarom hebt u hem dan bij zijn verderfelijke praktijken geholpen? Hoe weet u dat Yin-tang hoop bleef koesteren, hoewel hij wist dat hij geen enkele kans had?'
Daoran antwoordde: 'Yin-tang vertelde me eens: "Toen mijn moeder zwanger was, voelde ze zich misselijk. Ze droomde dat een bodhisattva haar een rood koekje gaf, dat aan de zon deed denken. Ze at het op en herstelde van haar misselijkheid. Ze zei ook dat ik een gezwel achter mijn oor had, toen ik nog een kind was. Ik had last van stuipen. Plotseling hoorde ik een geluid, en toen ik mijn ogen opsloeg, zag ik een heleboel goden in gouden wapenrusting om mij heen staan, en ik herstelde weer. Uit dit alles blijkt dat ik onder een gelukkig gesternte ben geboren." Yin-tang bleef zich dit herinneren en ik zag hoe hij handelde. Daardoor wist ik – en ik alleen – dat hij stoute dromen koesterde. Anders is er geen verklaring te vinden voor zijn verhalen over dromen en bovennatuurlijke verschijnselen, zoals de zon die in de buik van zijn moeder afdaalde toen zij hem verwachtte. Maar ik ben bij hem gebleven, hoewel ik wist dat hij dom was, en daarom verdien ik te sterven.'
In zijn getuigenis voerde Daoran nog meer bewijzen tegen zijn voormalige beschermers aan. In 1708, toen keizer Kangxi zijn ministers had gevraagd een nieuwe troonopvolger voor te dragen, hadden de prinsen en hun aanhangers een geheim verbond gesloten om de kandidatuur van de achtste zoon, Yin-ssu te steunen. 'Iedereen schreef het karakter "acht" in zijn handpalm,' verklaarde Daoran. 'Ze droegen Yin-ssu bij de keizer voor en dachten dat ze in hun opzet zouden slagen. Maar ze wisten niet dat hun advies tegen de wens van de keizer indruiste. Yin-ssu, Yin-tang en Yin-ti waren verbaasd en teleurgesteld. Dat was niet alleen mij, maar iedereen bekend.'
Halverwege zijn militaire campagne was Yin-ti door zijn vader teruggeroepen voor overleg. Volgens Daoran had Yin-tang dit beschouwd als een aanwijzing dat Kangxi wilde voorkomen dat zijn zoon een militair succes zou behalen: 'Hij zei tegen mij: "Onze keizerlijke vader is blijkbaar niet

van plan Yin-ti een militaire overwinning te gunnen, omdat hij bang is dat hij hem dan in de toekomst niet meer onder de duim kan houden."' En Daoran vervolgde: 'Yin-tang wilde alles weten wat zich in het binnenhof afspeelde. Daarom had hij twee eunuchen, Chen Fu en Li Kun, omgekocht om dagelijks verslag uit te brengen over de bewegingen en de gemoedstoestand van de keizer. Het is wel duidelijk wat hij daarmee beoogde.'

De rest van het getuigenis bestond uit allerlei kleine feitjes, alsof Daoran zijn geheugen pijnigde om dingen te vinden waarmee hij zijn ondervragers tevreden kon stellen.

Ook alle andere verdachten werden langdurig verhoord. Op basis van hun getuigenissen vaardigde keizer Yongzheng op 1 juli 1726 een edict uit waarin Yin-tang achtentwintig en Yin-ssu veertig 'misdaden' ten laste werden gelegd. De twee broers kregen niet de gelegenheid zich tegen deze beschuldigingen te verweren. Nog geen drie maanden later waren ze in de gevangenis overleden aan de gevolgen van zware mishandeling.

Maar zelfs na hun dood was Yongzheng nog niet tevreden. Toen Yin-tang was gestorven, wilde de keizer de namen weten van iedereen die naar zijn lichaam kwam kijken en om zijn dood zou wenen. Tien dagen later kreeg Yongzheng te horen dat er nog niemand was gekomen. Maar de keizer liet het lichaam dag en nacht bewaken, voor het geval er toch iemand zou komen. Yin-tangs weduwe mocht het lichaam pas opeisen toen de prins al drie maanden dood was.[10]

Omdat Daoran had meegewerkt, werd zijn leven gespaard. Keizer Yongzheng stond grootmoedig toe dat hij in Wuxi, zijn woonplaats, gevangen zou worden gezet. Een jaar later werd hij als gevolg van een onderzoek door het Hof van de Keizerlijke Familie weer naar Peking overgebracht voor nader verhoor. Kort daarna liet de keizer zijn persoonlijke gevoelens tegenover Daoran blijken toen hij verklaarde dat verdorven functionarissen ook verdorven nakomelingen hadden. 'Qin Daoran is een afstammeling van Qin Kui de verrader uit de Song-dynastie en iedereen weet dat. Zelf ontkent hij dit echter, en daaruit blijkt maar weer dat het met zulke zondige figuren slecht afloopt.'[11]

Het lot van Daoran had gevolgen voor zijn hele familie, die onder druk werd gezet om Daorans schuld af te betalen. Toen Daorans broer, Shiran, aanbood zichzelf in Daorans plaats gevangen te laten zetten om het leed van zijn broer te kunnen overnemen, wees de plaatselijke magistraat hem erop dat hij door zijn oom was geadopteerd en dus juridisch niet langer Daorans broer was. Daarom had hij geen verplichtingen tegenover hem. Maar met tranen in zijn ogen antwoordde Shiran:

'Ik ben erfgenaam van een andere tak geworden en van mijn broer gescheiden. Maar wij zijn uit één lichaam geboren. In zijn grootmoedigheid heeft het hof mij niet in Daorans straf betrokken, maar ik kan mijn karakter niet veranderen. Dat heb ik van de natuur meegekregen. Als mijn broer leeft, dan zal ik leven. Als hij sterft, dan sterf ik ook.'[12] Om Daorans schuld te kunnen afbetalen verkocht hij alles wat hij had, maar het was veel te weinig.

Tijdens het bewind van keizer Yongzheng kwam er geen verandering meer in het lot van de familie Qin. Omdat Daoran zijn schuld niet had kunnen voldoen, werden alle familiebezittingen, ook de beroemde Ji Chang-tuin, verbeurd verklaard. De familie werd bestraft en verarmde. Niemand uit de familie kreeg nog een hoge functie, zelfs niet als hij voor al zijn examens was geslaagd. De Qins uit Wuxi leken gedoemd in de vergetelheid te raken.

18. Qin Huitian:
'De man die naar bloemen zocht'

In oktober 1735 overleed keizer Yongzheng, de derde Mantsjoe op de Chinese drakentroon, op de leeftijd van zesenvijftig jaar. Zijn dood riep nogal wat vragen op, net als zijn troonsbestijging dertien jaar eerder. Ondanks de officiële verklaring dat hij rustig was gestorven in het Park van de Eeuwigdurende Vrede, ging het gerucht dat hij was vermoord door de dochter van een man die hij had laten terechtstellen.
Wijs geworden door de heftige strijd om de troonopvolging waaruit hij zelf als overwinnaar te voorschijn was gekomen, had Yongzheng niet openlijk een opvolger aangewezen. In plaats daarvan had hij de naam van zijn favoriete zoon op een vel papier geschreven dat hij in een verzegelde kist had opgeborgen, die achter een houten paneel in het Paleis van de Hemelse Reinheid werd bewaard. Na zijn dood werd de kist geopend en bleek de keuze te zijn gevallen op de vierde van zijn tien zonen, het kind van een keizerlijke concubine van de tweede rang. Hij werd tot keizer gekroond onder de naam Qianlong.
De Mantsjoe-keizers besteedden veel aandacht aan de opvoeding van hun zonen en kozen als hun opvolger degene die zij het best in staat achtten het Mantsjoe-gezag in China te handhaven, of zijn moeder nu de keizerin zelf of een keizerlijke concubine was.

Tijdens het zestigjarige bewind van keizer Qianlong bereikte het Chinese rijk zijn grootste macht en invloed. Qianlong wist zijn gezag te vestigen over een gebied van bijna veertien miljoen vierkante kilometer, anderhalf keer zo groot als de Verenigde Staten. Maar tegen het einde van zijn bewind begon het verval van de dynastie zich af te tekenen. In het veilige besef van zijn superioriteit over alle buurlanden was Qianlong zich niet bewust van de ontwikkelingen overzee, waar de Europeanen de Chinezen in technologisch en vooral ook militair opzicht begonnen te overvleugelen.
Het was een zelfverzekerde jongeman van vijfentwintig, met een heldere blik, een lange neus en enigszins uitstaande oren die in 1735 de troon besteeg. Hij was goed opgeleid in de krijgstechnieken die een deel van zijn Mantsjoe-erfenis vormden, maar hij had ook een goede kennis van de Chinese klassieken, de schilderkunst en de kalligrafie. Hij ging nogal prat

op zijn literaire aanleg en tegen het einde van zijn bewind zou hij ruim 43 000 gedichten hebben geschreven.[1]
Geleidelijk maakte Qianlong een aantal beslissingen van zijn vader ongedaan. Zo werden zijn ooms Yin-tang en Yin-ssu postuum weer in de keizerlijke familie opgenomen en van verraad vrijgepleit.
Een van de eerste daden van de nieuwe keizer was het afkondigen van een algehele amnestie, die zich echter niet uitstrekte tot gevangenen die ter dood waren veroordeeld en tot andere speciale gevallen, zoals dat van Qin Daoran.
In april 1736 kwamen geleerden uit het gehele land in de hoofdstad bijeen om deel te nemen aan de driejaarlijkse hoofdstadexamens, de eerste die onder het bewind van Qianlong werden gehouden. Tot de kandidaten behoorde ook Qin Huitian, de jongste zoon van Daoran. Zijn moeder was een concubine genaamd Pu. Huitian had zijn best gedaan het lijden van zijn vader te verlichten. Toen Daoran in een houten kooi van de ene stad naar de andere was overgebracht, had Huitian de bewakers omgekocht om zijn vader zo goed mogelijk te behandelen.[2] Nadat Daoran was veroordeeld en alle familiebezittingen waren verkocht om de enorme boete te kunnen betalen, had Huitian zich voorgenomen hard te studeren, zodat hij ooit al het land en alle huizen van de familie zou kunnen terugkopen.
Ook zorgde Huitian ervoor dat het leven in de gevangenis van Wuxi, waarheen zijn vader was overgebracht, zo draaglijk mogelijk voor hem bleef. De plaatselijke magistraat, Wang Qiaolin, was onder de indruk van Huitian en nam hem onder zijn hoede. Hij verleende Daoran bepaalde privileges, zoals een eigen kamer. Bovendien mocht hij lezingen houden en onbeperkt bezoek ontvangen van zijn familieleden, die hem dagelijks maaltijden brachten. Dit strookte overigens met het bevel van keizer Yongzheng, die had bepaald dat Daoran 'niet al te streng hoefde te worden behandeld'. Magistraat Wang hielp Huitian ook bij zijn carrière en beval hem aan voor functies in Nanking en later in Canton, terwijl de jongeman zich op zijn examens voorbereidde.
Huitian behoorde tot de 352 kandidaten uit de ruim zesduizend deelnemers die voor de hoofdstadexamens slaagden en daarmee de garantie van een carrière bij de overheid verkregen. Maar voordat ze naar huis gingen, moesten ze eerst nog de paleisexamens afleggen, die door de keizer zelf werden gehouden. De beste drie kandidaten bij deze examens zouden in hoge posities worden benoemd.
Een van de onderdelen van de paleisexamens was een verhandeling over opmerkingen die de keizer over het landsbestuur had gemaakt, zoals 'In alle situaties is eerlijkheid geboden', 'Politiek wordt van bovenaf opgelegd, gebruiken ontstaan van onderaf', en 'Fatsoen en rechtschapenheid kunnen zich alleen ontwikkelen als mensen genoeg voedsel en kleding

hebben; goed onderwijs kan zich alleen ontwikkelen als de natie welvarend is en de oogst rijk'.[3]

In een lange verhandeling schreef Huitian onder meer: 'Het bewind van een keizer is afhankelijk van de Weg, en de Weg is in de geest geworteld. De geest vormt de grondslag voor vrede en de matiging van de natuur. Rechtvaardigheid dient de structuur te vormen, zodat verdiensten worden beloond en iedereen in harmonie kan leven. Het belangrijkste element is eerlijkheid. Volgens de Leer van het Midden is er maar één principe – eerlijkheid en matiging.'[4]

De examinatoren selecteerden de beste tien verhandelingen, maar de keizer kon in hun oordeel nog veranderingen aanbrengen. Op de ochtend van de 14de mei 1736 trok keizer Qianlong zich in het Paleis van de Geestelijke Beschaving terug om de beste tien essays te beoordelen.

Hij vatte zijn taak serieus op en las alle verhandelingen persoonlijk door. Daarna liet hij de examinatoren bij zich komen en zei: 'In de verhandeling die volgens u de beste is, komt een passage voor waarin wordt verwezen naar de keizer die de boeren het goede voorbeeld geeft door persoonlijk de ploeg ter hand te nemen. Deze passage is onjuist. Dit essay kan dus niet als het beste worden aangemerkt. Ik verwijs het naar de tweede plaats.' Hij doelde op het feit dat hij nog niet de traditionele lenteceremonie had uitgevoerd waarbij hij persoonlijk de aarde ploegde om een overvloedige oogst af te smeken. De keizer koos als beste verhandeling een essay dat door de examinatoren als zesde was geplaatst.

Nadat hij zijn keuze had bepaald, gaf de keizer bevel de zegels over de namen van iedere kandidaat te verwijderen. Het op twee na (oorspronkelijk op één na) beste werkstuk was dat van Qin Huitian.[5]

Huitian werd benoemd tot redacteur bij de Hanlin Academie,[6] waarvan zijn vader en grootvader ook lid waren geweest. Bovendien viel hem de eer te beurt te worden gekozen in de Keizerlijke Studieraad, de persoonlijke letterkundige adviescommissie van de keizer, waartoe Huitians vader ook had behoord.[7]

Nog dezelfde maand overleed Huitians moeder en keerde hij naar Wuxi terug voor de rouwplechtigheden. Hij hoefde niet de gebruikelijke rouwperiode van drie jaar in acht te nemen, omdat zijn moeder niet langer zijn wettige moeder was. Zijn grootvader Songling had enkele jaren eerder bepaald dat Huitian de familielijn van Daorans broer Yiran, die zonder erfgenamen was gestorven, moest voortzetten.[8]

Omdat zijn beide adoptiefouders jong waren gestorven, kende Huitian alleen zijn natuurlijke ouders. Over zijn overleden adoptiefouders sprak hij als 'vader' en 'moeder', zijn natuurlijke ouders noemde hij 'mijn moeder-van-geboorte' en 'mijn vader-van-geboorte'.

Kort na de beëindiging van de rouwplechtigheden zette Huitian zijn carrière, waarvoor hij zo lang en zo hard had gewerkt, op het spel door een verzoek aan de keizer te richten om Qin Daoran, zijn 'vader-van-geboorte', vrij te laten. Daarbij meed hij overigens iedere suggestie dat Yongzheng, die Daoran gevangen had laten zetten, een onrechtvaardig besluit zou hebben genomen.

Huitian werd door zijn tijdgenoten geprezen als een van de twee 'trouwe zonen' uit het gebied,[9] maar toch nam hij een groot risico, gezien de willekeur van sommige keizerlijke besluiten. Dit verzoek had hem zijn functie kunnen kosten, en hij liep zelfs de kans dat het hof hem van belediging van de vorige keizer zou beschuldigen. Niet voor niets bestond onder hovelingen het gezegde dat 'met de keizer verkeren hetzelfde is als met een tijger omgaan'.

Gelukkig voor Huitian vaardigde keizer Qianlong na het lezen van het verzoekschrift de volgende order uit: 'Qin Daoran zal worden vrijgelaten en de nog niet betaalde boete zal hem worden kwijtgescholden. De gouverneur-generaal en de gouverneur dienen de plaatselijke functionarissen opdracht te geven hem nauwlettend in het oog te houden en hem geen toestemming te geven buiten het gebied te reizen, zodat hij geen moeilijkheden kan veroorzaken.'[10]

Daoran mocht dus naar huis, waar zijn familieleden hem konden verzorgen, maar hij mocht Wuxi niet verlaten. Blijkbaar vertrouwde de keizer hem nog niet helemaal. Daoran schreef een boek over zijn overpeinzingen tijdens zijn dertienjarige beproeving, dat helaas niet bewaard is gebleven.

Maar door zijn besluit Daoran vrij te laten had keizer Qianlong zich van de levenslange trouw van Huitian verzekerd. Hoewel Huitian al midden dertig was toen hij aan zijn carrière begon, zou hij de keizer nog dertig jaar dienen. Blijkbaar ging hij zo in zijn werk op, dat hij zijn gezin verwaarloosde. Zijn vrouw, een meisje uit de familie Hou, had hem drie zonen geschonken, van wie er een al heel jong was gestorven, en een dochter. Later zou hij bij een concubine nog een zoon en een dochter krijgen.

De keizer was zeer te spreken over zijn nieuwe hoffunctionaris, en in de loop der jaren gaf hij vele malen van zijn waardering blijk. Zo schonk hij Huitian een *fu* of gelukwens, in zijn eigen handschrift. Het was gebruikelijk zo'n gelukwens tijdens de nieuwjaarsfeesten aan de deur van het huis te hangen,[11] en wie een persoonlijke wens van de keizer had ontvangen, was bijzonder bevoorrecht.

Spoedig nadat Huitian tot de Hanlin Academie was toegetreden, kreeg hij opdracht mee te werken aan een zeer omvangrijk project, de samenstelling van de *Complete Geografie van het Rijk*, waarmee zestig jaar eerder, onder het bewind van keizer Kangxi, een begin was gemaakt. In 1744 werd het werk voltooid. Het telde 356 hoofdstukken en bevatte een uitvoerige beschrijving van het hele rijk in die tijd – niet alleen van de geografie,

maar ook van het bestuurlijke stelsel, zowel in de hoofdstad als op het platteland.
In het voorjaar van 1738 vergezelde Huitian de keizer bij het hierboven al genoemde ritueel van het 'keizerlijke ploegen'. Omdat China grotendeels een agrarische samenleving vormde, was een goede oogst van groot belang. Op de ochtend van de 11de april trok de keizer, in vol ornaat, aan het hoofd van een indrukwekkende processie naar het Altaar van de Schepper van de Landbouw in het zuidwesten van Peking, waar hij offers bracht aan de legendarische wijsgeer-koning Shen Nong, die duizenden jaren geleden het Chinese volk in de landbouw zou hebben onderwezen. Vervolgens bad de keizer voor een overvloedige oogst. Daarna ontdeed hij zich van zijn ceremoniële gewaden en reed naar de Fengzeyuan, ten noordwesten van het Ying Paviljoen, waar een stuk land van bijna een halve hectare speciaal voor dit ritueel was gereserveerd. Onder het toeziend oog van zijn hoogste functionarissen en honderd oude boeren die zorgvuldig waren geselecteerd, pakte de keizer de ploeg, die door een os werd getrokken. Hij ploegde enkele voren in de akker, waarna de hoge functionarissen, in volgorde van hun rang, zijn voorbeeld volgden. De rest van het veld werd door de uitverkoren boeren geploegd.[12]
Dat jaar nam Huitian deel aan zijn eerste zelfonderzoek, een soort examen dat hoge functionarissen in Peking eens in de drie jaar moesten afleggen. Blijkbaar was de keizer tevreden over hem, want Huitian kreeg een audiëntie en werd een rang bevorderd. Vier maanden later volgde zijn benoeming tot examinator bij de provinciale examens in Peking. Later kreeg hij ook de functie van assistent-examinator bij de provinciale militaire examens, waarbij de nadruk minder op literaire kwaliteiten dan op vaardigheden als boogschieten en paardrijden lag.
In 1739, toen keizer Qianlong vier jaar aan de macht was, werden de volgende paleisexamens gehouden. In dat jaar was Qin Yongjun, een neef van Huitian, de op twee na beste kandidaat.[13] Deze prestatie – twee neven onder de drie beste kandidaten bij de paleisexamens – werd in de 260 jaar dat de Qing-dynastie bestond slechts door vier andere families geëvenaard.[14]
In 1742 werd Huitian benoemd tot docent aan de Paleisschool voor Prinsen, die onder keizer Yongzheng was opgericht.[15] Hij werd leraar van de zonen van keizer Qianlong, zoals zijn vader prins Yin-tang, de zoon van keizer Kangxi, had onderwezen.
Qianlong maakte niet bekend wie hem moest opvolgen. Evenals zijn vader schreef hij de naam op een vel papier, dat werd bewaard in een verzegelde kist achter een houten paneel in het Paleis van de Hemelse Reinheid. Na de heftige strijd tussen de troonpretendenten die de laatste decennia van het bewind van keizer Kangxi had beheerst, werd het gebruik om openlijk

een troonopvolger aan te wijzen definitief afgeschaft.

Huitian maakte snel carrière in de regering. In september 1742 werd hij benoemd tot commissaris van het Departement van Verbindingen, dat verantwoordelijk was voor alle documenten die tussen de keizer en zijn ondergeschikten werden verstuurd. Dat jaar nam de keizer het ongebruikelijke besluit een bedevaart te ondernemen naar Mukden in het hart van Mantsjoerije, om zijn verre voorouders te eren die daar begraven lagen.

De voorbereidingen voor deze reis vergden een uitgebreide correspondentie, die Huitian op het Departement van Verbindingen handenvol werk bezorgde. Drie maanden later werd hij echter al benoemd tot onderminister van Riten.[16] In die functie schreef hij de eerste uitvoerige rapporten die bewaard zijn gebleven. In een ervan wees Huitian erop dat plaatselijke functionarissen in vele districten te maken hadden met een rijke landadel die invloed kon uitoefenen op het bestuur. Hij vond dat de scheidslijn tussen ambtenaren en burgers veel scherper moest worden getrokken en dat de macht uitsluitend bij de ambtenaren mocht berusten.[17] Daarmee vestigde hij de aandacht op een van de grootste bestuurlijke problemen uit die tijd. Zijn oplossing was een strikte doorvoering van de confuciaanse principes van bestuur, waarin rituelen een belangrijke rol speelden en de ordening van het heelal duidelijk werd aangegeven, met de keizer – de Hemelse Zoon – als heerser over het volk èn als bemiddelaar tussen mensen en goden. Als iedereen zich bewust was van de juiste hiërarchische verhoudingen, zou de taak van de keizer veel eenvoudiger zijn.

In een ander rapport stelde hij een aanpassing van het belastingstelsel voor, waarbij niet alleen graan maar ook geld als betaalmiddel kon worden gebruikt, afhankelijk van de omstandigheden. Hij wees erop dat graan om praktische redenen niet te lang kon worden opgeslagen. Betaling in geld was veel eenvoudiger. Bovendien vond hij het onzinnig om een provincie haar belastingen in graan te laten voldoen, waardoor diezelfde provincie later gedwongen was graan te importeren voor eigen consumptie.[18]

In 1745, toen Huitian in Peking nog onderminister van Riten was, besloot de Qin-familie in Wuxi de familiestamboom bij te werken. De vorige editie dateerde van eenendertig jaar terug. De enige redacteur die nog leefde was Daoran, maar hij was te oud om nog actief aan het project te kunnen meewerken.

Toen de negentigste verjaardag van zijn vader naderde, kreeg Huitian toestemming naar Wuxi terug te keren om aan de feestelijkheden deel te nemen.

Deze verjaardag vormde een zeer emotionele gebeurtenis voor Daoran. Zijn tachtigste verjaardag had hij in de gevangenis moeten vieren, maar nu werd hij omringd door familie en vrienden. Het feest duurde een jaar. Hoewel Daoran de oorzaak was geweest van de grote problemen waarin

de familie vijfentwintig jaar geleden verzeild was geraakt, werd hij nu geëerd als de pater familias, omdat door het succes van zijn zoon de familie weer in aanzien stond.
Tijdens zijn verblijf in Wuxi werkte Huitian ook mee aan de samenstelling van de nieuwe stamboom. Hij verzamelde informatie over de verschillende takken van de familie, en waarschijnlijk was dit ook de tijd waarin hij stukje bij beetje de verloren gegane familiebezittingen begon terug te kopen.
Enkele jaren eerder had de regering de Ji Chang-tuin eindelijk weer aan de Qin-familie teruggegeven. De tuin was sterk verwaarloosd en Daoran werkte mee aan de plannen voor een restauratie. Keizer Qianlong bood aan duizend zilverstukken bij te dragen, maar de familie wees dit aanbod af.
Na de verjaardagsfeesten bleef Huitian zijn terugkeer naar de hoofdstad uitstellen, omdat hij zijn vader niet graag achterliet. Maar Daoran zei tegen zijn zoon: 'Zijne Majesteit is zeer edelmoedig tegenover ons geweest. Je moet proberen hem zo goed mogelijk te dienen. Ga snel weer terug naar je post. Ik ben wel oud, maar nog sterk van lichaam en geest. Maak je over mij geen zorgen.' En dus nam Huitian afscheid.
De familie had besloten een voorouderhal in de Ji Chang-tuin te bouwen, maar daarvoor was toestemming van de overheid nodig. Huitian legde het voorstel aan het ministerie van Riten voor en kreeg de gevraagde goedkeuring. In het linkergedeelte van de tuin werd nu de Tempel van de Trouwe Zonen gebouwd, als een eerbetoon aan de twee trouwe Qin-zonen uit de Ming-dynastie. De keizer gaf bovendien toestemming om Qin Yao, de over-over-over-overgrootvader van Huitian, in de tempel te eren. Ook werd er een hal gebouwd waarin de plaquettes met de teksten die keizer Kangxi bij zijn verschillende bezoeken had geschreven, werden ondergebracht.
In 1747, het twaalfde jaar van het bewind van keizer Qianlong, nam Huitian deel aan een volgend zelfonderzoek. In zeer bescheiden bewoordingen oordeelde hij zichzelf totaal onwaardig voor de post die hij bekleedde en smeekte hij om ontslag. Hij stelde zelfs een vervanger voor. 'Ik ben dom,' schreef hij, 'maar toch heb ik deze hoge functie gekregen en heeft Zijne Majesteit mij veel eer bewezen. Ik weet dat ik mij slecht van mijn taak heb gekweten en ik vraag dringend te worden gedegradeerd of ontslagen... Sun Hao, de gouverneur van de prefectuur Shuntian, is een zeer kundig en erudiet man, die ik graag als mijn opvolger wil voordragen.' Vier dagen later werd zijn verzoek om ontslag door de keizer afgewezen: 'Qin Huitian dient op zijn post te blijven.'
Dat jaar overleed Huitians vader. Huitian keerde naar Wuxi terug en bleef daar een jaar, om aan zijn rouwverplichtingen te voldoen. In die tijd

bestudeerde hij een belangrijk werk over rouwceremonies, geschreven door een collega-geleerde van zijn grootvader Songling. Ook wijdde hij zich aan zijn eigen monumentale werk, de *Wu-li Tung-kao* of *Uitvoerige Studie van de Vijf Riten*, een boek waaraan hij als jongeman van eenentwintig was begonnen, toen hij nog regelmatig met andere geleerden over de klassieken discussieerde. Pas achtendertig jaar later zou het werk zijn voltooid.

Spoedig na de beëindiging van zijn rouwperiode kwam het bericht over een militaire overwinning op de Jin-chuans, een minderheidsgroep in de afgelegen westelijke provincie Sichuan. Deze onverzettelijke rebellen hadden duizenden zware torens gebouwd, die bijna onneembaar waren. Twee militaire bevelhebbers waren al terechtgesteld omdat ze er niet in waren geslaagd de opstand neer te slaan. Ten slotte had de Mantsjoe-commandant Fu-heng, de zwager van de keizer, de rebellen verslagen. Keizer Qianlong beschouwde dit later als de eerste van de tien grote militaire campagnes uit zijn zestigjarig bewind. Maar hij moest een hoge prijs betalen voor zijn militaire expedities. Alleen al de strijd tegen de Jin-chuans kostte vermoedelijk 20 miljoen zilverstukken, meer dan een kwart van de jaarlijkse overheidsinkomsten.

De pacificatie van Sichuan was voor de keizer aanleiding een grote reis door het zuiden van zijn rijk te ondernemen, zoals zijn grootvader Kangxi ook vele malen had gedaan. Qianlong had veel respect voor Kangxi en probeerde zich met hem te meten. Toen hij de troon besteeg, bad hij dat hij bijna net zolang zou mogen regeren als zijn grootvader, die eenenzestig jaar aan het bewind was geweest. Gezien het feit dat Kangxi pas zeven jaar was toen hij tot keizer werd uitgeroepen en Qianlong al vijfentwintig, leek dit een irreële wens, maar toch zou zijn smeekbede worden verhoord.

De reden die Qianlong voor deze lange en kostbare reis naar het zuiden aanvoerde, was geheel in overeenstemming met de confuciaanse leer: familieplicht. De reis zou in 1751 moeten plaatsvinden, gelijktijdig met de feesten ter gelegenheid van de zestigste verjaardag van Qianlongs moeder.

Toen Huitian van de plannen hoorde, stelde hij de keizer voor ook een bezoek te brengen aan de tuin van de familie Qin, waarvan keizer Kangxi altijd zo had genoten. Een keizerlijk bezoek zou een grote eer zijn voor de familie en zou de hele wereld laten zien dat de Qins weer bij de keizer in de gunst stonden. Qianlong antwoordde dat hij de Ji Chang-tuin zou bezoeken om zijn grootvader, die voorbeelden van zijn handschrift in de tuin had nagelaten, te eren. Maar hij wilde geen problemen veroorzaken voor de mensen in de omgeving, zei hij. Bovendien zou Huitian de keizer niet mogen vergezellen, omdat Qianlong vreesde dat Huitian zijn stadgenoten zou aansporen veel te veel moeite te doen om bij de keizer in de gunst te komen.

Blijkbaar was Qianlong dus bang dat Huitian zijn positie aan het hof zou misbruiken voor zijn eigen belangen in Wuxi. Aangezien de manuscripten van Kangxi in de tuin werden bewaard, verklaarde de keizer, moesten de kosten van het bezoek niet door de familie Qin maar door de plaatselijke autoriteiten en middenstand worden opgebracht.[19] Maar ondanks deze richtlijn van de keizer spaarde de familie natuurlijk kosten noch moeite om de tuin zo mooi mogelijk te maken voor het keizerlijk bezoek. Er werd zelfs een groot aantal antieke voorwerpen opgesteld. De restauratie van de tuin duurde twee jaar en kostte 5000 zilverstukken.

Evenals in andere steden deden ook de autoriteiten in Wuxi hun uiterste best om het bezoek van de keizer tot een succes te maken. De hele stad kreeg een opknapbeurt en de straten werden versierd. Voor de accommodatie van het keizerlijk gezelschap werden twee speciale terreinen in het noorden en het zuiden van de stad, met een totale oppervlakte van vijfendertig hectare, gereserveerd. Hier zou het keizerlijk gevolg zijn tenten kunnen opzetten. Aangezien de keizerlijke stoet per boot via het Grote Kanaal de stad zou binnenkomen, werden de oude steigers afgebroken en door nieuwe vervangen en voorzien van een vergulde drakekop, die de aanwezigheid van de keizer symboliseerde. De steigers werden versierd met vijfkleurige zijde, en overal werden rode lopers uitgelegd. De kosten waren astronomisch hoog, zoals in iedere stad die door de keizer werd bezocht het geval was.

De berg Hui of Huishan was de voornaamste bezienswaardigheid van Wuxi. Delen van de tempel op de berg, waar het historische bamboefornuis en de bijbehorende rollen waren ondergebracht, werden geheel gerestaureerd. De werkzaamheden duurden een jaar en werden pas enkele dagen voor de komst van de keizer voltooid. Om ervoor te zorgen dat de Tweede Bron Onder de Hemel op peil zou blijven, was het al een jaar voor het bezoek verboden om het water uit de bron te gebruiken.[20]

Alles was dus in gereedheid toen de keizerlijke stoet op 16 maart 1751, zesendertig dagen na het vertrek uit Peking, in Wuxi arriveerde. De boot van de keizer ging voor anker bij de Welkomstbrug van de Draak in het noordwesten van de stad, tegenover het noordelijke kampement. De keizerin-moeder en haar gevolg kwamen enige tijd later. De stoet van keizerlijke vaartuigen strekte zich tot aan de horizon uit. De soldaten en een deel van het gevolg brachten de nacht al aan de wal door, maar de keizer en zijn familie sliepen op de boten.

De volgende morgen, voordat hij aan zijn tocht door de stad begon, ontbeet de keizer met zijn moeder in de tuin van de familie Qin.[21] De kunstmatige meren en bergen in de tuin, de zigzag-bruggetjes, de paviljoens en de groene wilgen bevielen de keizer zeer. Op zijn wandeling door de tuin betrad hij ook het speciale paviljoen waar de in steen gegraveerde gedichten van zijn grootvader Kangxi werden bewaard. Ook Qianlong besloot een gedicht te schrijven. Toen het klaar was, gaf hij een raadsheer bevel het voor te lezen aan de leden van de familie Qin, die bij de ingang geknield zaten.[22]

Na de Ji Chang-tuin bezocht de keizer de tempel op de berg Hui, waar hij thee dronk die op het bamboefornuis was gezet, met water uit de Tweede Bron. Later verklaarde de keizer: 'Ik herinnerde me dat de beroemde Huishan-bron ook door mijn geliefde grootvader was bezocht, en daarom dronk ik de thee van het bamboefornuis. Ook heb ik twee gedichten aan de rol toegevoegd, die ik aan de monniken in bewaring heb gegeven.'

Na de thee werd een bezoek gebracht aan de Hal der Rimpeling, waar de keizer de Tweede Bron Onder de Hemel bezichtigde. Het schouwspel prikkelde zijn fantasie en ook hier schreef hij een gedicht, evenals bij de hal van het oude Dichtersgenootschap van de Blauwe Berg. Daarna wandelden de keizer en zijn gevolg naar de Tinberg, waaraan de stad Wuxi ('geen tin') haar naam te danken heeft.

Nadat hij nog een aantal bezienswaardigheden had bezocht en zich met de inwoners van Wuxi had onderhouden, zette de keizer zijn reis in zuidelijke richting voort. Maar voor zijn vertrek gaf hij nog opdracht achtentwintig rollen zijde te schenken aan de leden van de familie Qin die hem in de Ji Chang-tuin hadden verwelkomd.

Op de terugreis naar Peking kwam de keizer opnieuw door Wuxi. De hele Qin-familie verzamelde zich bij Xin'an om de keizer voor zijn edelmoedigheid te danken en verwelkomde hem opnieuw in de familietuin. De negen oudste familieleden gaven hem gedichten die zij hadden geschreven, met hetzelfde rijmschema als het gedicht van de keizer. Hun gedichten werden door de keizer hoffelijk aanvaard. Na nog een wandeling door de tuin gaf de keizer aan Xiaoran, het oudste familielid, een speciaal gedicht met de titel 'Een Tweede Eerbetoon aan de Ji Chang-tuin'. En na zijn terugkeer in Peking gaf hij opdracht bij zijn Zomerpaleis een kopie van de Ji Chang-tuin aan te leggen.

'Van alle tuinen in Zuid-China,' schreef hij, 'heeft de tuin van de Qins bij de Huishan de langste historie. Mijn keizerlijke grootvader heeft er de naam Ji Chang aan gegeven. In 1751 ondernam ik een inspectiereis door het zuiden. Omdat de charme en afzondering van de tuin mij zo bevielen, heb ik een plattegrond mee teruggenomen en opdracht gegeven eenzelfde tuin aan te leggen op de oostelijke helling van de Heuvel van Levensduur. Deze tuin heb ik de "Huishan-tuin" genoemd. Alle paviljoens en alle paden zijn precies gelijk aan die van de oorspronkelijke tuin.'[23]

De tuin van het Zomerpaleis is nog altijd te bezichtigen, al is de naam veranderd in 'Tuin van het Harmonieuze Belang'.

19. Qin Huitian: Minister van Strafvervolging

Huitian was het meest vooraanstaande lid van onze familie onder de Qing-dynastie, zoals Qin Jin dat onder de Ming-dynastie was geweest.
In 1752, een jaar nadat keizer Qianlong uit het zuiden was teruggekeerd, werd Huitian tot onderminister van Strafvervolging benoemd, een functie waarin het bijna onmogelijk was om geen vijanden te maken en invloedrijke personen niet voor het hoofd te stoten. Het Chinese rechtsstelsel kende voor ieder vergrijp een bijpassende straf. Wie bij het ministerie van Strafvervolging werkte, liep zelf de kans te worden gestraft als hij een onschuldige veroordeelde of iemand een te lichte of te zware straf oplegde. Bovendien kwam het vaak voor dat in een en dezelfde zaak verschillende confuciaanse principes met elkaar in tegenspraak waren.
Onder de Qing-dynastie werd ieder ministerie geleid door twee ministers, een Chinees en een Mantsjoe, van wie de Mantsjoe de beslissende stem had. De ministers werden bijgestaan door vier onderministers – twee Chinezen en twee Mantsjoes.
Als onderminister van Strafvervolging was Huitian verantwoordelijk voor enkele van de lastigste strafzaken in het rijk. Een van deze zaken betrof een man die zijn vrouw op overspel had betrapt. Woedend had hij een hakmes gegrepen en was het overspelige paar aangevallen, waarbij hij zijn vrouw had gedood en haar minnaar had verwond. Hij werd gearresteerd, niet voor het doden van zijn vrouw, maar voor het verwonden van de man, die zijn oom bleek te zijn. Volgens de confuciaanse principes was geweld tegen oudere familieleden een zeer zware misdaad. Hoewel de oom ter dood werd gebracht wegens overspel, werd ook de echtgenoot ter dood veroordeeld, omdat hij zijn oom had aangevallen.
In een rapport aan de keizer gaf Huitian zijn visie op dit juridische en morele dilemma:
'Volgens de wet is een echtgenoot niet schuldig als hij zijn vrouw en haar minnaar doodt wanneer hij hen in bed aantreft. Als de minnaar die door de echtgenoot wordt verwond een ouder familielid blijkt te zijn, dient de echtgenoot volgens mij niet te worden vervolgd. Volgens de wet mag een willekeurig familielid van het echtpaar de overspeligen aanhouden, maar als een man een ouder familielid doodt, wordt hij van moord beschuldigd.

In de wet is echter alleen sprake van "doden", niet van "verwonden". Een echtgenoot die bij het betrappen van zijn overspelige vrouw een ouder familielid verwondt, is dus niet schuldig.

Als een ouder familielid overspel pleegt met een jonger lid van de familie, verdient hij volgens de wet de doodstraf. De wet staat de echtgenoot toe de overspelige man aan te houden. Verwondingen zijn daarbij vaak niet te vermijden. Wij hebben de zaak grondig onderzocht en konden geen precedent vinden waarbij een echtgenoot ter dood is gebracht omdat hij een ouder familielid dat overspel pleegde had verwond.'[1] Blijkbaar was keizer Qianlong gevoelig voor dit argument, want de echtgenoot kreeg gratie.

Toch was de keizer het niet altijd met Huitian eens. Zo was hij ontevreden over de wijze waarop het ministerie een zaak had afgewikkeld waarbij enkele personen betrokken waren die in de provincie van moord en diefstal waren beschuldigd en naar de hoofdstad zouden worden overgebracht om te worden bestraft. Omdat ze ziek waren, had het ministerie hun transport drie maanden uitgesteld. De keizer vond dit veel te lankmoedig en gaf een speciale commissie, onder voorzitterschap van zijn zwager, opdracht een juiste straf voor de leiding van het ministerie van Strafvervolging te bepalen.

Deze commissie – die bestond uit achtentwintig leden, onder wie de Chinese en Mantsjoerijse ministers van Personeelszaken en Oorlog, plus de onderministers van enkele andere departementen – stelde uiteindelijk voor de hoogste vijf functionarissen van het betrokken ministerie elk een boete van een jaarsalaris op te leggen. De keizer stemde hiermee in.[2] Dit lijkt een zware straf, maar in de praktijk viel dat wel mee. De Qing-dynastie werkte met een stelsel van verdiensten en straffen, die elkaar vaak compenseerden. Een boete kon dus worden weggestreept tegen bepaalde verdiensten of een hogere rang. Vaak bestonden de verdiensten en straffen alleen op papier. Maar als een functionaris geen enkele verdienste of beloning achter zijn naam had om een boete te compenseren, kon het hem wel degelijk zijn salaris kosten. Dat overkwam Huitian in dit geval.

Maar het salaris van een hoge functionaris vormde slechts het kleinste gedeelte van zijn inkomen. Hij ontving ook een toelage in graan die bijna even groot was als zijn salaris, aangevuld met een toeslag 'om corruptie tegen te gaan', die nog veel groter was. Bovendien was het geaccepteerd dat hoge functionarissen ook andere inkomsten hadden, zoals bijdragen en giften. Zolang deze bedragen niet uit de hand liepen, werd dit niet als corruptie beschouwd.

In 1754 werd Huitian naast zijn andere werkzaamheden ook benoemd tot assistent-beheerder van het Sterrenkundig College, een benoeming die de weerslag vormde van zijn grote wetenschappelijke verdiensten. Hij was niet alleen bekend om zijn letterkundige werk, maar ook om zijn kennis

van de klassieken, de riten, de wet en de muziek. Hij was zeer veelzijdig, net als de grote figuren uit de Europese renaissance.
In hetzelfde jaar slaagde zijn oudste zoon Taijun voor de paleisexamens. Hij werd benoemd tot redacteur bij de Hanlin Academie en trad daarmee in de voetsporen van zijn vader, zijn grootvader en zijn overgrootvader. Vier opeenvolgende generaties werden dus toegelaten tot de vooraanstaande Hanlin Academie, een prestatie die onder de Qing-dynastie slechts door één ander Chinees geslacht werd overtroffen: de familie van Zhang Ying, die zes generaties achtereen de Hanlin Academie van nieuwe leden voorzag.[3]
Het jaar daarop werd Huitian benoemd tot lector in het Colloquium der Klassieken. Dat wil zeggen dat hij leraar van de keizer werd[4] – een bijzonder hoge functie, die hij naast zijn andere taken moest vervullen. Deze colleges aan de keizer vonden meestal twee keer per jaar plaats, in het voorjaar en in de herfst. Het is bekend dat Huitian bij een van deze gelegenheden college gaf over een deel van de *I-Tjing*, het *Boek der veranderingen*, dat als het moeilijkste en diepzinnigste werk uit de klassieke Chinese literatuur wordt beschouwd.[5]
Huitian legde tijdens dit college een relatie met het bestuur van het rijk. Een keizer, zei hij, wordt met tienduizenden beslissingen geconfronteerd en het is niet eenvoudig steeds de juiste te nemen. En zelfs als hij daarin slaagt, kunnen zijn ambtenaren zich bij de uitvoering ervan vergissen. Zo is het verstandig om in jaren met een goede oogst veel graan te kopen en op te slaan. Maar als deze goede politiek verkeerd wordt uitgevoerd, zal er in de magere jaren te weinig graan zijn en kunnen de prijzen zelfs in de goede jaren te sterk stijgen.
Huitian noemde een soortgelijk voorbeeld dat betrekking had op de belastingen. Al deze problemen, meende Huitian, konden worden teruggevoerd op fouten in het systeem. De functionarissen in de hoofdstad gaven orders aan ambtenaren in de provincies, die de praktische besluiten uitvoerden. Maar vaak was men in de hoofdstad niet voldoende op de hoogte van de situatie in de provincies, en andersom. De oplossing, aldus Huitian, was om de ambtenaren te laten rouleren. Dat was in het verleden ook gebeurd, maar dit systeem was in onbruik geraakt. De ministers in Peking beoordeelden de provinciale gouverneurs, aldus Huitian, maar sommigen van hen waren te oud en anderen incompetent. Een ernstig probleem, maar niet onoplosbaar, meende hij.[6]
Na de colleges zette de keizer zijn eigen visie uiteen, en daarna gaf hij een banket voor de docenten en andere hoge functionarissen.[7]

In 1757 besloot keizer Qianlong opnieuw tot een inspectiereis door zijn zuidelijke gebieden. Dit keer maakte Huitian wel deel uit van het keizer-

lijk gevolg, op een reis die begon met een nieuw hoogtepunt in Huitians carrière. De keizerlijke stoet vertrok op 28 februari en al een dag later werd Huitian bevorderd tot minister van Publieke Werken. Dit ministerie was onder meer verantwoordelijk voor projecten als de aanleg van dammen.
In Wuxi was Huitian gastheer van de keizer in de Ji Chang-tuin, waar Qianlong de nacht doorbracht. Tijdens zijn verblijf in Wuxi werd Huitian om advies gevraagd over enkele slepende familieproblemen. Zijn neef Dongtian vertelde hem dat de familie zich zo snel uitbreidde dat het bijna niet meer mogelijk was om nog voor alle behoeftige familieleden te zorgen. In het verleden, zei hij, telde de familie genoeg welvarende leden, die elk de zorg voor hun naaste verwanten op zich namen. Maar nu waren er gezinnen die de eindjes niet meer aan elkaar konden knopen. Huitian vond dit een ernstige zaak en adviseerde voldoende akkerland te kopen, dat door de familie kon worden beheerd om zo voor behoeftige familieleden te kunnen zorgen. Huitian schatte dat hier duizend *mu*, ongeveer zestig hectare, voor nodig zou zijn. Maar afgezien van dit advies was Huitian niet in een positie om zelf iets te ondernemen. Als minister genoot hij een goed salaris, maar het inkomen van functionarissen in de hoofdstad was niet te vergelijken met wat lagere ambtenaren in de provincie verdienden.
Ook op deze reis liet de keizer zijn dichtader rijkelijk vloeien. Ter ere van zijn bezoek schreef hij een gedicht getiteld 'Een bezoek aan de Ji Chang-tuin'.
Als antwoord schreef Huitian de volgende regels, met hetzelfde rijmschema:

> De regen viert het keizerlijk bezoek;
> De rivier is rimpelloos.
> Voetpaden die door de voeten van de keizer
> worden betreden zullen nog honderd jaar nagloeien.
> De vissen in de vijvers en de vogels
> in de lucht weten ook dat zij gelukkig zijn.

Na zijn terugkeer in Peking ontdekte Huitian een ernstige fout in de werkwijze van zijn ministerie en diende een rapport in waarin hij enkele veranderingen voorstelde. 'Het ministerie van Publieke Werken beheert alle bouwprojecten,' verklaarde hij. 'Het ene project is moeilijker dan het andere, en ambtenaren hebben de neiging de lastige projecten te mijden. Ik stel daarom voor dat het ministerie van Publieke Werken de methode van het ministerie van Strafvervolging overneemt – dat wil zeggen dat al het werk door het lot wordt toegewezen. Alle projecten moeten naar hun graad van moeilijkheid worden ingedeeld. Voor projecten waarmee een bedrag van meer dan 100 zilverstukken is gemoeid, zullen loten worden getrokken door de chef of de sous-chef van een afdeling. Voor projecten tot bedragen van 30 zilverstukken zal door klerken worden geloot. Het hoofd van het ministerie zal het werk beoordelen en de beloningen en boetes vaststellen.' Dit voorstel werd door keizer Qianlong aanvaard.[8]

Maar al spoedig werd Huitian opnieuw geconfronteerd met de politieke risico's van een hoge positie. Hij behoorde nu tot de Negen Hoofdministers – de hoofden van de zes ministeries plus het censoraat, het Departement van Verbindingen en de Hoge Raad van Beroep. Gezamenlijk adviseerden deze ministers de keizer over zaken van groot belang. Als de keizer het niet met hen eens was, waren zij verantwoordelijk voor de gevolgen.

Voordat Huitian tot minister was benoemd, was de regeringscommissaris van de provincie Hunan gearresteerd omdat hij meer dan 3000 zilverstukken aan smeergeld had aangenomen. Omdat het geld was terugbetaald had Jiang Bing, de gouverneur van Hunan, als straf een 'uitgestelde executie' voorgesteld. Dit hield in dat de verdachte wel ter dood werd veroordeeld, maar dat het vonnis voorlopig niet werd voltrokken en later vaak werd herzien. Deze zaak verscheen op de agenda van de Herfstzitting van 1757 en de Negen Hoofdministers moesten er een uitspraak over doen voordat de keizer zich er zelf over zou buigen. Iedereen, ook Huitian, was het met het voorstel van gouverneur Jiang Bing eens, maar keizer Qianlong verklaarde woedend: 'Dit soort hebzuchtige functionarissen dient onmiddellijk te worden onthoofd. Als een hoge ambtenaar zijn straf kan ontlopen door het geld terug te betalen, zullen nog hogere functionarissen omkoperij als een onbelangrijke zaak gaan beschouwen.'

Niet alleen gaf de keizer bevel de man direct te executeren, maar bestrafte ook gouverneur Jiang Bing voor diens lankmoedigheid en de Negen Hoofdministers voor 'misbruik van hun macht om een collega te beschermen'. Het gevolg was dat alle bezittingen van Jiang Bing werden geconfisqueerd en dat hij werd gedegradeerd tot sous-chef van een afdeling. Zes ministers en onderministers werden in naam ontslagen, hoewel ze hun functie behielden – een gebruikelijke straf, waarbij de overtreder zijn oorspronkelijke titel weer terugkreeg als er vier jaar lang niets op hem aan te merken viel – en drie ministers kregen een slechte aantekening in hun dossier. Huitian behoorde tot de laatste categorie.[9]

Ondanks deze kwestie bleef het vertrouwen van de keizer in Huitians juridische kwaliteiten blijkbaar ongeschokt, want enkele maanden later werd hij tot minister van Strafvervolging benoemd.[10] Als minister van Publieke Werken werd hij opgevolgd door Ji Huang, wiens zoon met de dochter van Huitian was getrouwd.

Een van Huitians eerste rapporten in zijn nieuwe functie betrof het probleem van valsemunterij, dat toen ook al bestond. Koperen munten vormden in die tijd het meest voorkomende betaalmiddel, en vervalsers sloegen vaak munten uit goedkoper metaal, zoals lood, of ze hakten de randjes van bestaande munten af, gooiden die bij elkaar en smolten ze tot nieuwe koperen munten om. In zijn rapport wees Huitian erop dat er onderscheid moest worden gemaakt tussen de verschillende vormen van valsemunterij, zoals het vervaardigen van vals geld en het beschadigen van bestaand geld. 'De straf voor degenen die in het geheim munten slaan is een uitgesteld doodvonnis,' schreef hij, 'terwijl zij die in het geheim geld beschadigen onmiddellijk worden terechtgesteld.' Huitian vond dat deze straffen werden opgelegd zonder rekening te houden met andere factoren, zoals het aantal vervaardigde of beschadigde munten. Hij stelde voor een stelsel van straffen in te voeren dat in alle provincies gelijk zou zijn. Daarbij adviseerde hij om degenen die meer dan duizend koperen munten hadden vervalst onmiddellijk te executeren en lichtere vergrijpen met verbanning te bestraffen. Wie zich nogmaals aan dezelfde misdaad schuldig maakte, al was het maar op kleine schaal, zou ook worden terechtgesteld. Hij wilde dus af van het systeem van het 'uitgestelde doodvonnis', waarbij een zaak tijdens de jaarlijkse Herfstzitting opnieuw zou worden bekeken om tot een definitieve uitspraak te komen – een omslachtige procedure, die zowel de keizer als zijn hoge ambtenaren veel tijd kostte.[11]

Korte tijd later werd Huitian naast zijn dagelijkse werkzaamheden ook benoemd tot staatsraad van de Commissie voor Staatsmuziek, een bewijs van zijn veelzijdig talent.

Huitian was inmiddels in de vijftig en kreeg last van bepaalde ouderdomskwalen. Zijn ogen gingen achteruit, een gebrek dat hem enkele malen in moeilijkheden bracht. Keizer Qianlong, die tien jaar jonger was, had namelijk de gewoonte zijn hoge ambtenaren te straffen als hij een fout in een document ontdekte, ook als de betekenis duidelijk was. Daarom kregen Huitian en zijn collega's op het ministerie van Strafvervolging in juli 1759 een boete van een maandsalaris opgelegd, omdat een klerk per ongeluk twee keer dezelfde regel had gekopieerd zonder dat het de minister en zijn staf was opgevallen.[12] Een maand later vroeg Huitian ziekteverlof wegens zijn oogproblemen. Hij kreeg twee dagen vrij, maar dat veranderde natuurlijk weinig aan zijn toestand.

Korte tijd later werd hij benoemd tot kanselier van de Hanlin Academie. Dit was een bijzonder grote eer, maar het betekende ook extra werk, naast zijn taken als minister van Strafvervolging, lector in het Colloquium der Klassieken en staatsraad van de Commissie van Staatsmuziek. Bovendien kreeg hij vaak extra opdrachten, zoals de selectie van kandidaten voor

hoge posten in de provincie of het toezicht op de ambtenarenexamens. Als minister van Strafvervolging pakte Huitian ook een sociaal verschijnsel aan dat al vele jaren bestond: het probleem van mensen die om de een of andere reden uit hun geboortedorp waren weggegaan en nu een zwervend bestaan leidden. Vaak sloten deze zwervers zich aaneen tot bendes, die het de plaatselijke overheid lastig maakten.
Huitian stelde voor alle daklozen en bedelaars in elke provincie bijeen te brengen en terug te sturen naar hun geboortedorpen, waar een systeem van gemeenschappelijke verantwoordelijkheid – het *bao-jia*-stelsel – bestond. Honderd huishoudens vormden een *jia* en tien *jia* een *bao*. Iedereen behoorde tot een huishouden en elk huishouden moest de namen van zijn mannelijke leden laten registreren en hun bewegingen aan de *jia* melden. Bovendien waren binnen een *bao* de leden van elke *jia* verantwoordelijk voor elkaars veiligheid en stonden zij garant voor elkaar. Omdat deze verantwoordelijkheid door iedereen werd gedeeld, hielden de huishoudens een oogje op elkaar en lette het hoofd van elk huishouden erop dat de gezinsleden zich aan de wet hielden. Als de zwervers en vagebonden in dit *bao-jia*-stelsel zouden worden opgenomen, meende Huitian, zouden ze de autoriteiten geen last meer bezorgen. Keizer Qianlong was het in principe met Huitians voorstel eens, hoewel hij enkele wijzigingen aanbracht.[13]
In 1759 werden in het hele land de driejaarlijkse provinciale examens weer gehouden. Het werk van de kandidaten werd door examinatoren nagekeken en in tweede instantie nog eens beoordeeld door het ministerie van Riten. Om er zeker van te zijn dat het ministerie geen fouten maakte, werd er bovendien een controlecommissie van vier man ingesteld, onder leiding van Huitian. Keizer Qianlong gaf een verklaring uit waarin hij het betreurde dat vele kandidaten slecht waren in poëzie en het schrijven van verhandelingen. Het eerste was nog te vergeven, het tweede niet, omdat dit het hoofdvak van de studenten was. De controlecommissie kreeg opdracht vooral te letten op kandidaten die, ondanks een slecht geschreven verhandeling, toch waren geslaagd. 'Als zulke verhandelingen bij de controle over het hoofd worden gezien maar door mij wel worden ontdekt,' waarschuwde de keizer, 'zal de controlecommissie verantwoordelijk worden gesteld.'
Begin 1760 was de commissie klaar met haar werk, maar op 16 maart diende Zhu Pilie, de eerste secretaris van het ministerie van Riten, een rapport in waarin hij Huitian en zijn collega's in feite van ernstige nalatigheid beschuldigde. Zhu, die zelf eenenveertig werkstukken had beoordeeld, had in vijfentwintig ervan zulke ernstige fouten aangetroffen dat zowel de kandidaten als de examinatoren die hen hadden laten slagen gestraft dienden te worden. Volgens Zhu moesten de kandidaten van deelneming aan één tot drie toekomstige examens worden uitgesloten, afhan-

kelijk van de ernst van hun fouten, en de hoofdexaminator moest van zijn functie worden ontheven en overgeplaatst. Ook de betrokken examinatoren moesten worden gedegradeerd of een zware boete krijgen. Deze voorstellen waren geheel in overeenstemming met de richtlijnen van het ministerie van Riten, aldus Zhu, maar de controlecommissie had de voorgestelde straffen slechts in vijftien van de gevallen uitgevoerd. Door in tien gevallen tot een lichtere straf te besluiten, suggereerde Zhu, hadden Huitian en zijn collega's bepaalde examinatoren – vrienden of verre verwanten – willen sparen.

In zijn rapport verklaarde Zhu dat hij zijn opmerkingen op strookjes papier had genoteerd, die vervolgens op de werkstukken waren gelijmd. Hij beweerde dat sommige van zijn notities misschien met opzet waren veranderd, maar hij had de kopieën behouden. Hij eindigde zijn rapport met de volgende suggestieve overwegingen: dat de hoofdexaminator voor Jiangxi niet alleen uit dezelfde prefectuur kwam als Huitian, maar ook een goede vriend was van een ander commissielid, Qian Rucheng; dat de hoofdexaminator voor Fujian een oud-student van Huitian was en uit zijn eigen woonplaats afkomstig was; en dat de hoofdexaminator voor Guangxi een ver familielid van Qian was. 'Daarom,' zo verklaarde hij, 'moet ik helaas veronderstellen dat hun lankmoedige behandeling van deze kandidaten niet los kan worden gezien van persoonlijke relaties.' Vervolgens vroeg Zhu de keizer om alle vijfentwintig werkstukken persoonlijk na te kijken.

Qianlong nam onmiddellijk maatregelen. Twee dagen later vaardigde hij het volgende edict uit:

> De beschuldiging van Zhu Pilie aan het adres van Qin Huitian en anderen is door mij onderzocht. Ik heb de leden van de controlecommissie ondervraagd en de werkstukken doorgelezen, samen met leden van de Hoge Raad. Wij hebben geconstateerd dat Qin Huitian en de andere leden van de commissie inderdaad dingen over het hoofd hebben gezien die zij niet mochten laten passeren. Deze nalatigheid is niet te excuseren... Wel staat vast dat de opmerkingen van Zhu bij de werkstukken niet zijn veranderd of geschrapt. In dit geval heeft de commissie dus niet onrechtmatig gehandeld. Het belangrijkste doel van een scherpe controle op de werkstukken is studenten tot betere prestaties te brengen en de examinatoren tot zorgvuldigheid te bewegen bij de selectie van de kandidaten. Als examinatoren hun eigen familieleden of studenten bevoordelen en de controlecommissie de examinatoren de hand boven het hoofd houdt, zullen zij hun gerechte straf natuurlijk niet ontgaan. Qin Huitian en zijn collega's hebben zich niet aan dergelijke praktijken schuldig gemaakt. Hoewel zij enkele

fouten over het hoofd hebben gezien, vind ik dit geen onvergeeflijk vergrijp. Er zijn geen bewijzen voor Zhu's verdenkingen en ik kan het daarom niet met hem eens zijn. Bovendien is zo'n groot aantal werkstukken in zo'n korte tijd gecontroleerd, dat het voor Qin Huitian en drie of vier andere commissieleden onmogelijk was om alle fouten te ontdekken. Kan Zhu Pilie – die beweert dat hij zo nauwgezet is, maar die slechts een tiende van de werkstukken heeft gezien die de commissie heeft moeten nakijken – garanderen dat er bij een nadere controle van zijn eigen werkstukken geen fouten aan het licht zouden treden?
Tegen het einde van de Ming-dynastie waren er aan het hof allerlei intriges tussen rivalen. De keizer kon dit niet voorkomen, en uiteindelijk leidden deze interne ruzies tot de val van het rijk. Deze zaak mag geen aanleiding zijn tot het ontstaan van dergelijke vetes.
De juiste straf voor de onachtzaamheid van Qin Huitian, Guan-bao en Qian Rucheng dient door de geëigende instanties te worden vastgesteld, evenals de straf voor Zhu Pilie wegens het uitspreken van valse en ongegronde beschuldigingen.[14]

Als gevolg van deze zaak besloot het ministerie van Personeelszaken dat Huitian twee negatieve aantekeningen in zijn dossier zou krijgen. Onmiddellijk schreef Huitian een memo aan de keizer waarin hij hem bedankte voor zijn edelmoedigheid, zijn onachtzaamheid toegaf en zijn gebrek aan wijsheid en zijn slechte ogen als excuus aanvoerde. Tegelijkertijd stelde hij een standaardprocedure voor de controle op de examens voor.[15] Op 6 november vaardigde de keizer opnieuw een edict uit waarin hij de noodzaak van een zorgvuldige selectie van de kandidaten en het belang van een goede controle benadrukte. Wel vond hij het vergeeflijk als er één of twee kleine fouten over het hoofd werden gezien.
Het jaar daarop werd Huitian benoemd tot hoofdexaminator bij de hoofdstadexamens. Omdat hij wist hoeveel belangstelling de keizer voor de selectieprocedure had, legde Huitian hem niet de tien beste werkstukken voor, zoals gebruikelijk, maar vroeg hij of hij er twaalf mocht indienen – een bewijs van zijn voorzichtigheid en bescheidenheid.[16] Dit verzoek werd ingewilligd. Nog in hetzelfde jaar werd zijn zoon, Qin Taijun, benoemd tot assistent-examinator bij de provinciale examens in Zhejiang.
Huitians slechte ogen bezorgden hem twee jaar later opnieuw problemen, toen hij drie keer werd bestraft: een keer omdat hij niet had gezien dat de naam van een veroordeelde op een document verkeerd was gekopieerd, een keer omdat hij een spelfout in een examen over het hoofd had gezien en een keer omdat een klerk twee woorden met dezelfde klank had verwisseld, zonder dat het Huitian was opgevallen. Het lijkt misschien vreemd dat een minister verantwoordelijk werd gesteld voor zulke vrij onbelang-

rijke fouten, maar het werd als een belediging opgevat om de Hemelse Zoon een document voor te leggen waar fouten aan kleefden.
In 1761 voltooide Huitian zijn magnum opus, de *Wu-li Tung-kao* of *Uitvoerige Studie van de Vijf Riten*. De studie telde 120 delen en Huitian had er achtendertig jaar aan gewerkt. Huitian behandelde vijf categorieën: riten voor offerplechtigheden, voor feestelijke gelegenheden, voor gast en gastheer, voor militaire kringen en voor dood en ongeluk. Deze categorieën waren weer onderverdeeld in vijfenzeventig subgroepen. Bovendien had Huitian bij elke ceremonie ook de passende muziek aangegeven. Hoewel het grotendeels een historische en filosofische studie betrof, werd het boek toch gezien als een handboek voor praktische staatkunde en een complete gids voor sociale en bestuurlijke gebruiken. Het werd, geheel met de hand, gekopieerd in de reusachtige *Siku Quanshu* of *Complete Bibliotheek van de Vier Takken van Letterkunde*, een gigantisch letterkundig project uit de jaren zeventig en tachtig van de achttiende eeuw, bedoeld om zeldzame en belangrijke boeken voor het nageslacht te bewaren.
Eind 1761 konden hovelingen verzoeken indienen om hun voorouders postuum te laten eren. Huitian kreeg toestemming voor het eren van zijn adoptiefvader, zijn natuurlijke vader,[17] zijn grootvader Songling en Songlings adoptiefvader en natuurlijke vader. Bovendien werden ook Huitians vier moeders geëerd: zijn adoptiefmoeder, zijn natuurlijke moeder en de eerste twee echtgenotes van zijn vader.
Op 23 april 1762 werden Huitian en zijn Mantsjoerijse collega-minister van Strafvervolging bij de keizer geroepen omdat ze een strafzaak verkeerd hadden afgewikkeld. Het ging om een verdachte die zijn moeder, een weduwe, geld en voedsel afhandig had gemaakt. Zijn schuld stond vast, maar over de straf bestond onenigheid. Het ministerie van Strafvervolging wilde hem verbannen, maar de keizer was het niet met het verbanningsoord eens en vulde een andere plaats in. 'Het was mij in eerste instantie ontgaan, omdat ik op inspectiereis naar het zuiden was,' verklaarde de keizer. 'Gelukkig heb ik de zaak later nog eens uitvoerig bestudeerd, anders zou er een foutieve beslissing zijn genomen.' En hij gaf opdracht de beide ministers te bestraffen.[18]
Het jaar daarop deed zich een zaak voor die ernstige consequenties voor Huitian kon hebben omdat zijn neef Qin Rong, een provinciaal bestuurder, erbij betrokken was.
Gao Cheng, de provinciale rechter van Guizhou, beschuldigde Qin Rong – die waarnemend prefect was in zijn provincie – ervan dat hij een gevangene had doodgemarteld tijdens een onderzoek naar een roofoverval waarbij twee verdachten met dezelfde naam waren betrokken. De verkeerde verdachte was daarbij slachtoffer geworden. Het gerucht ging dat Rong in het geheim met zijn oom had overlegd, om zichzelf te bescher-

men. De zaak was van zo'n groot belang dat de keizer zich er persoonlijk mee bemoeide.

Op 28 juni 1763 verklaarde Qianlong in een edict dat het ministerie van Strafvervolging het eerst de verwisseling van de identiteit van de twee verdachten had opgemerkt. 'Uit het rapport van Gao Cheng blijkt dat hij zijn eigen fouten probeerde te verhullen door de schuld bij Qin Rong te leggen. Qin Rong zou een bandiet genaamd Ma Xiang hebben doodgemarteld,' schreef de keizer. 'Een functionaris heeft echter het recht om in een belangrijke zaak een verdachte te folteren om een bekentenis los te krijgen. Als de verdachte daarbij overlijdt, hoeft dat de functionaris niet te worden aangerekend. Maar Qin Rong werd het doelwit van een aanklacht omdat het ministerie van Strafvervolging fouten ontdekte in de afwikkeling van de zaak,' vervolgde de keizer. 'Qin Rong is de neef van minister Qin Huitian en daarom werd hij beschuldigd van contacten via particuliere kanalen. Deze aanklacht is ongegrond. Als Qin Rong de zaak verkeerd had beoordeeld en in het geheim contact zou hebben gehad met zijn oom, zou hij schuldig zijn geweest, evenals Qin Huitian zelf.

Het is mij echter gebleken dat de schuldige aan de roofoverval al was vrijgelaten en dat de verkeerde man was veroordeeld. Alle functionarissen in deze provincie, onder wie de gouverneur-generaal, de gouverneur, de regeringscommissaris en de provinciale rechter, hebben hierin samengespannen. Qin Rong had gelijk dat hij het ministerie hiervan op de hoogte bracht.'

De keizer gelastte een uitvoerig onderzoek, als gevolg waarvan de bovengenoemde functionarissen en een groot aantal lagere ambtenaren werden ontslagen. De gouverneur-generaal werd bovendien verbannen. Qin Rong werd bevorderd van waarnemend prefect tot prefect.

In 1763 trad Huitian opnieuw op als hoofdexaminator bij de hoofdstadexamens, en later dat jaar werd hij benoemd tot grootvoogd van de troonopvolger, een hoge eretitel die nog steeds bestond, hoewel de Mantsjoe-keizers de keuze van hun troonopvolgers al lang niet meer bekendmaakten. In mei 1764 ging Huitians gezondheid zo sterk achteruit dat hij zijn ontslag indiende. Keizer Qianlong besloot zijn taak te verlichten, maar verleende hem geen ontslag. Wel werd hij ontheven van de verplichting alle documenten van zijn ministerie te paraferen, zodat hij niet langer voor eventuele fouten verantwoordelijk kon worden gesteld.

Ondanks deze verlichting van zijn taak trad er geen verbetering op in de gezondheidstoestand van Huitian. Hij was nu tweeënzestig jaar, en in september vroeg hij opnieuw toestemming om met pensioen te gaan. Op 11 september gaf de keizer de Mantsjoe-minister van Strafvervolging, Shu-ho-te, opdracht verslag uit te brengen over Huitians gezondheid.[19] Blijkbaar bevestigde Shu-ho-te dat zijn collega ernstig ziek was, want op

14 september 1764 verklaarde de keizer: 'Minister Qin Huitian, die nog steeds niet van zijn ziekte is hersteld, heeft toestemming gevraagd ontslag te mogen nemen, zodat hij naar huis kan terugkeren om medische verzorging te ondergaan. Laat hem naar het zuiden vertrekken. De omgeving van zijn woonplaats zal hem goed doen en zijn herstel bevorderen. Maar hij hoeft geen ontslag te nemen. Laat Liu Lun voorlopig zijn functie overnemen.'[20]

Op 23 september berichtte Huitian de keizer dat hij per boot de thuisreis zou aanvaarden. Dit was het laatste contact tussen de minister en de keizer die hij bijna dertig jaar had gediend. Het keizerlijke antwoord bestond slechts uit één woord: 'Genoteerd.'

Huitian zou zijn woonplaats nooit bereiken. Op de ochtend van de 4de oktober 1764 overleed hij aan boord van een boot op het Grote Kanaal tussen Peking en Wuxi. Toen het bericht van zijn dood acht dagen later het hof bereikte, gaf de keizer de volgende verklaring uit: 'Minister Qin Huitian heeft het ministerie van Strafvervolging trouw en ijverig gediend. Hij heeft om verlof gevraagd en toestemming gekregen naar huis terug te keren voor medische verzorging. Ik hoopte dat hij zou herstellen. Nu bereikt mij het bericht dat hij op weg naar huis is overleden. Dit stemt mij zeer verdrietig. Op grond van precedenten zal worden onderzocht welke eerbewijzen hem toekomen. Als blijk van mijn zeer grote droefheid zal ik bovendien duizend zilverstukken aan zijn rouwceremonie bijdragen.'[21]

Postuum kreeg Huitian de eretitel Wen-Gong of 'Beschaafd en Eerbiedig'.

Na de dood van zijn vader besloot Taijun ook zijn ontslag aan te bieden, maar andere generaties van de Qin-familie zouden keizer Qianlong blijven dienen.

20. Qin Zhenjun: Een uur van roem

Toen keizer Qianlong in 1757 een bezoek aan Wuxi bracht, in het gezelschap van minister Qin Huitian, was een van de jongste leden van het ontvangstcomité de schuwe, teruggetrokken, tweeëntwintigjarige Qin Zhenjun. Ondanks zijn jeugdige leeftijd was hij al een goed kalligraaf en had hij in één boek alle gedichten samengebracht die de keizer tijdens zijn eerste bezoek over de Ji Chang-tuin had geschreven, aangevuld met de teksten van geleerden en functionarissen uit vroegere perioden. Dit boek bood hij de keizer aan, die het in dank aanvaardde en Zhenjun beloonde met enkele boeken en rollen zijde.[1] Hun volgende contact vond echter plaats in een geheel andere sfeer – niet tegen de achtergrond van een prachtige tuin, maar tijdens de bloedige onderdrukking van een opstand tegen de Qing-dynastie. En de held van dat moment was Qin Zhenjun.

Zhenjun was de achterkleinzoon van Songling, de kleinzoon van Shiran (Daorans broer) en de zoon van Chuntian, Huitians neef, die tot de negen oudste mannen had behoord die de keizer bij zijn eerste bezoek aan de Ji Chang-tuin hadden verwelkomd. Hij werd geboren in 1735, toen keizer Qianlong pas aan de macht was. Hij was de vierde van zes zonen. Zijn oudere broers waren allemaal binnen het huwelijk geboren, maar Zhenjun en zijn jongere broers waren kinderen van Huang, een concubine van zijn vader. In zijn jeugd kreeg hij thuis les van zijn oudste broer Hongjun, een gedesillusioneerd geleerde die al verscheidene keren voor de examens was gezakt en na zijn zesendertigste jaar iedere hoop op een overheidscarrière had laten varen en al zijn tijd besteedde aan de opvoeding van zijn eigen zonen en zijn jongste broers.
'Onze familie staat al sinds de Ming-dynastie bekend om haar goede studieprestaties,' hield Hongjun zijn leerlingen voor, 'en een heleboel familieleden hebben het tot hoge posities in de regering gebracht. Zelfs nu telt onze familie nog het grootste aantal geleerden van alle families ten zuiden van de Jang-tse. Maar de huidige jeugd is lui en wil niet studeren. Als de mensen vroeger een stel keurig opgevoede jongens op straat zagen, dachten ze: "Dat zijn er een paar van Qin." Maar dat is verleden tijd.'[2] Hongjun stelde voor een familieschool te stichten om alle zonen een kans te

geven te studeren. Dit plan zou later door Zhenjun en zijn oudste neef Qin Ying worden gerealiseerd.

In plaats van in Wuxi te blijven, vertrok Zhenjun op eenentwintigjarige leeftijd naar Peking, om zijn studie aan de Nationale Academie voort te zetten. Omdat hij de titel van *jiansheng* had gekocht – wat in die tijd heel gebruikelijk was – had hij zich het recht verworven om aan de provinciale examens deel te nemen. Nu volgde een frustrerende periode waarin Zhenjun herhaaldelijk voor zijn provinciale examens zakte. Ten slotte gaf hij zijn pogingen om de titel van *juren* te behalen op en besloot een ambt te kopen. Deze mogelijkheid bestond al heel lang, als alternatief voor de examens. Maar omdat hij slechts de laagste titel bezat, die hij bovendien had gekocht, waren zijn kansen op een glanzende carrière niet groot. Zhenjun kocht het ambt van assistent-magistraat, een functie onder aan de bureaucratische ladder.

In 1770 werd hij overgeplaatst naar het district Donga in de prefectuur Taian, ten oosten van het Grote Kanaal. Hij kweet zich naar behoren van zijn taak en een jaar later werd hij benoemd tot assistent-subprefect van Linqing, een van de belangrijkste steden in het noorden van China, ongeveer 100 kilometer van Donga en 450 kilometer ten zuiden van Peking. Linqing, een druk handelscentrum, was strategisch gelegen aan het Grote Kanaal en vormde een doorvoerhaven voor het graan dat uit het zuiden naar Peking werd vervoerd.

Volgens een oud Chinees gezegde scheppen sommige helden situaties waarin zij heldendaden kunnen verrichten, terwijl er ook situaties zijn die helden scheppen. De situatie in Linqing zou zo'n held voortbrengen.

Al enkele jaren had een zekere Wang Lun, een man uit Shouzhang, niet ver van Donga, een groeiend aantal volgelingen om zich heen verzameld. Hij preekte de leer van de Witte Lotus,[3] een van oorsprong religieuze sekte, die waarschijnlijk al in de vijfde eeuw was ontstaan als een ascetische afsplitsing van het Amidist-boeddhisme. In het begin van de veertiende eeuw was de sekte ook een politieke rol gaan spelen toen zij zich verzette tegen het wanbeleid van de Yuan-dynastie. Zhu Yuanzhang had zich van de steun van de Witte Lotus verzekerd toen hij de Yuan-dynastie versloeg en de Ming-dynastie stichtte. Zodra hij echter stevig op de troon zat, had de eerste Ming-keizer de afwijkende opvattingen van de Witte Lotus streng veroordeeld en de sekte meedogenloos laten vervolgen. De Witte Lotus was ondergronds gegaan en had eeuwenlang stand weten te houden. De aanhang bestond vooral uit mensen die zich niet konden verenigen met het confucianisme van de ambtenaren en geleerden. Anders dan het orthodoxe boeddhisme geloofden de volgelingen van de Witte Lotus in een godheid die zij de Opperste en Eerbiedwaardige Moeder noemden.

Wang Lun, de plaatselijke leider van de Witte Lotus, stamde uit een boerenfamilie die al tweehonderd jaar in het district Shouzhang woonde. Hij werd geboren omstreeks 1745 en bekwaamde zich al op jeugdige leeftijd in de vechtsporten, waarin hij zich tot een erkend meester ontwikkelde, ook al was hij nog geen anderhalve meter lang.
Een tijd lang werkte hij in ondergeschikte overheidsbetrekkingen in Yangku en andere districten, waar hij onder zijn collega's zijn eerste aanhangers won. Hij gaf niet alleen les in vechtsporten, maar ook in yoga, meditatie, ademhalingsoefeningen en vasten. Zijn sekte kreeg de bijnaam 'Zuiver-Water Sekte', omdat Wang Lun het lange tijd zonder voedsel kon stellen als hij 'gezuiverd water' had gedronken. Hij leerde zijn discipelen dat dit nodig was om de ramp te overleven die zich onvermijdelijk zou voltrekken wanneer de Boeddha Maitreya op aarde zou neerdalen – een gebeurtenis die de overgang van deze wereld naar het volgende grote tijdperk in de geschiedenis zou markeren.
Wang Lun had zichzelf ook de geneeskunst bijgebracht en zijn genezende krachten leverden hem niet alleen veel geld maar ook veel volgelingen op, vooral boeren, lagere ambtenaren en randfiguren uit de samenleving. De leden van de Witte Lotus deelden het traditionele Chinese geloof dat het heelal werd beheerst door de twee tegengestelde maar complementaire krachten *yin* en *yang*, waarbij *yin* met het vrouwelijke en *yang* met het mannelijke principe werd geassocieerd. *Yin* werd als donker, nat en negatief beschouwd, *yang* als licht, actief en positief.
In het begin van de jaren zeventig, kort nadat Zhenjung naar Linqing was overgeplaatst, begon Wang Lun voor het eerst te zinspelen op ingrijpende veranderingen. Aanvankelijk in vage termen, maar later meer expliciet, onthulde hij aan zijn volgelingen dat hijzelf de incarnatie van de Boeddha Maitreya was. Hij staafde deze bewering met verhalen over dromen en visioenen. Volgens hem was het nieuwe tijdperk dat zou aanbreken onlosmakelijk verbonden met de omverwerping van de Qing-dynastie. Wang Lun liet er geen twijfel over bestaan dat hij de nieuwe keizer moest worden. Geleidelijk bereidde hij zijn volgelingen op actie voor. Omdat hij wist dat zijn aanhangers, slechts gewapend met messen, stokken en hooivorken, geen partij vormden voor de goed bewapende regeringstroepen, leerde hij hun allerlei kreten en leuzen, die hen onkwetsbaar moesten maken voor kogels en pijlen.
In de zomer van 1774 had hij zijn plannen bijna rond. Steeds meer mensen sloten zich bij hem aan en de geruchten over een op handen zijnde revolutie namen toe. Shen Qiyi, de magistraat van Shouzhang, kreeg van een spion te horen dat sommige mensen uit Yangku bij de opstand betrokken zouden zijn. Daarom vroeg hij zijn collega in Yangku de sekteleden in zijn stad te arresteren. Maar een van zijn ondergeschikten, een politieman Liu

Huan genaamd, was een aanhanger van Wang Lun en hij waarschuwde zijn leider. Wang Lun besloot onmiddellijk tot actie over te gaan. De opstand zou beginnen op de achtentwintigste dag van de achtste maand, 3 oktober 1774, om middernacht precies.

Het eerste doelwit was de stad Shouzhang,[4] de zetel van het district waar Wang Lun woonde. Zijn aanhangers in verschillende districten kregen die avond bevel zich te bewapenen en op te rukken naar Shouzhang. Omdat magistraat Shen en het militaire gezag waren gewaarschuwd, waren de troepen in Shouzhang in staat van paraatheid gebracht en werd de omgeving door militaire patrouilles verkend, maar zij rapporteerden niets bijzonders. De vier poorten van de ommuurde stad werden elk door ongeveer veertig soldaten bewaakt, maar die nacht slaagden politieman Liu Huan en andere sekteleden erin een van de poorten te openen. Het rebellenleger, aangevoerd door enkelen van Wang Luns trouwste discipelen, trok de stad binnen. Snel schakelden ze de wachtposten uit en slopen naar het hoofdkwartier van de keizerlijke troepen. De bevelhebber, majoor Kan-fu, wist te ontkomen en vluchtte naar Yangku, maar magistraat Shen had minder geluk. Toen hij weigerde zich bij de sekte aan te sluiten, werd hij doodgestoken.

Nu ze de stad in handen hadden, plunderden de rebellen de schatkist en de graanvoorraden. Ze openden de deuren van de plaatselijke gevangenis en vroegen de gevangenen zich bij hen aan te sluiten.

Nog diezelfde avond organiseerde Wang Jinglong, een van de belangrijkste aanhangers van Wang Lun, een opstand in zijn eigen dorp Chang-ssu-ku, ten noorden van Shouzhang. Ook hij wist het dorp in handen te krijgen, waarbij meer dan twaalf mensen werden gedood en de helft van de huizen in brand werd gestoken. Maar in plaats van het dorp bezet te houden vertrokken de rebellen de volgende dag naar Shouzhang, om zich bij hun kameraden te voegen.

Op die dag, 4 oktober, kwamen Wang Lun en zijn gezin in Shouzhang aan. Hij werd met veel plichtplegingen begroet en elke soldaat van het rebellenleger wierp zich acht keer voor hem in het stof. De opstandelingen bleven nog enkele dagen in Shouzhang, terwijl hun gelederen snel aangroeiden.

Omstreeks deze tijd hoorde Zhenjun voor het eerst van de problemen.[5] De subprefect van Linqing was afwezig en daarom had de negenendertigjarige Zhenjun tijdelijk de leiding. Zoals uit zijn dagboek blijkt, kwamen gevluchte dorpelingen uit Chang-ssu-ku in Linqing aan, met nieuws over de opstand. Zhenjun wist echter nog niet dat ook Shouzhang was ingenomen. Toch kwam hij meteen in actie. Samen met de plaatselijke militaire commandant, kolonel Ye Xin, die nog geen driehonderd man onder zijn bevel had, kwam Zhenjun op de ochtend van de 5de oktober in Chang-ssu-ku aan. Het dorp was verwoest en de rebellen waren vertrokken, maar zijn troepen slaagden erin negentien mannen en twee vrouwen gevangen te nemen, onder wie de vrouw van Wang Jinglong. Op dat moment kreeg Zhenjun ook te horen dat Shouzhang was gevallen. Hij haastte zich terug om de verdediging van Linqing voor te bereiden. De gevangenen werden naar Tangyi, de zetel van het district gestuurd, waar ze door de waarnemend magistraat in verzekerde bewaring werden gesteld.

Terug in Linqing stelde Zhenjun een avondklok in en waarschuwde Xu Ji, de gouverneur van Shandong, die onmiddellijk een rapport stuurde aan keizer Qianlong. De keizer bevond zich op dat moment in Rehe, zijn zomerverblijf ten noorden van Peking. Op 9 oktober ontving hij het bericht over de opstand. Inmiddels hadden de rebellen Shouzhang alweer verlaten. De keizer, die dat nog niet wist, gaf gouverneur Xu Ji opdracht de stad te omsingelen en te voorkomen dat de rebellen zouden ontsnappen. Ook gaf hij bevel om alle gevangenen onmiddellijk te laten overbrengen naar Ji'nan, de hoofdstad van de provincie, om te voorkomen dat ze zouden worden bevrijd.[6] Dat was een verstandig besluit, maar het kwam te laat.

Op 6 oktober waren de opstandelingen al in noordelijke richting vertrokken, op weg naar Peking. Op 7 oktober viel het rebellenleger, dat inmiddels meer dan duizend man telde, Yangku aan. De stad was geheel weerloos omdat de soldaten van het plaatselijke garnizoen op bevel van de gouverneur naar Shouzhang waren opgerukt – een situatie die nogal komisch aandeed, maar waarvan de gevolgen bijzonder tragisch waren. In het donker waren de regeringstroepen en het rebellenleger elkaar blijkbaar ongemerkt gepasseerd. Ook Yangku werd door de opstandelingen geplunderd en alle gevangenen werden bevrijd.

Bij hun vertrek uit de stad stuitten ze echter wel op verzet. Een troepenmacht onder bevel van brigadegeneraal Wei-i en majoor Kan-fu, die bliksemsnel naar Yangku was teruggekeerd, trok de stad via de oostelijke poort binnen, juist op het moment dat de rebellen door de zuidelijke poort wilden vertrekken. In de schermutselingen die volgden, moesten beide partijen verliezen incasseren. Majoor Kan-fu werd gedood en het opstandelingenleger trok verder naar het noorden.

Op die dag, 7 oktober, gaf gouverneur Xu Ji – op basis van informatie die alweer achterhaald was – kolonel Ye Xin bevel om tweehonderd soldaten uit Linqing te sturen om Shouzhang te ontzetten, waardoor Linqing onbeschermd achterbleef. De gouverneur wist niet dat Shouzhang al lang verlaten was en dat zijn legertje van tweehonderd man bovendien ver in de minderheid zou zijn geweest tegenover de troepenmacht van de rebellen, die nog steeds groeide.

Toen het nieuws over de successen van de opstandelingen ook tot Linqing doordrong, sloeg de angst toe. Linqing bestond uit een grote Oude Stad met veel winkels, waar het grootste deel van de bevolking woonde, en een kleinere Nieuwe Stad. De omtrek van de Oude Stad volgde min of meer de loop van het Grote Kanaal, dat niet ver van Linqing in de rivier de Wei uitkwam. De muur rondom de Oude Stad was bijna vijfentwintig kilometer lang en beschermde ook de waterweg. Maar een groot deel ervan verkeerde in zeer slechte staat. De muren van de Nieuwe Stad, in het noordwesten van Linqing, waren hoog en sterk. Het hoofdkwartier van het plaatselijke garnizoen bevond zich in de Oude Stad, maar het kantoor van de subprefect, de graanschuren en het belastingkantoor lagen in de Nieuwe Stad.

Nu kolonel Ye met het grootste deel van het garnizoen vertrokken was, brak er paniek uit onder de burgers van Linqing. Zhenjun ging naar de Oude Stad om te proberen de mensen tot kalmte te brengen. Hij gaf de zieken en de ouden van dagen de raad zich in de Nieuwe Stad terug te trekken en adviseerde hun hun kostbaarheden goed te verbergen. De angst onder de bevolking was zo groot dat Zhenjuns persoonlijke medewerkers allemaal de vlucht namen, op één na. Maar de man die achterbleef, een zekere Deng, was hem in de daaropvolgende dagen tot grote steun bij het bedenken van een strategie om de rebellen van de Witte Lotus de voet dwars te zetten.

Omdat de muur rondom de Oude Stad weinig bescherming bood, vormde het Grote Kanaal de belangrijkste barrière tussen de opstandelingen en de Nieuwe Stad. De meest voor de hand liggende plaats om het kanaal over te steken was bij een houten sluis in het zuiden van de Oude Stad. Zhenjun gaf bevel de beweegbare brug bij de sluis af te breken. Ook liet hij alle boten in het kanaal verwijderen. Nadat hij een dringend verzoek om hulp aan gouverneur Xu had gezonden, organiseerde hij een plaatselijke militie, die uit ongeveer achthonderd man bestond.

Een aanval van de troepen van gouverneur Xu op het rebellenleger was intussen mislukt. De regeringstroepen werden in het nauw gebracht en konden slechts op het laatste nippertje door een eenheid van brigadegeneraal Wei-i worden ontzet. Gouverneur Xu was zo onder de indruk van de moed en de kracht van het rebellenleger dat hij aan de keizer rapporteerde: 'Ik zag dat een van de leiders messen in zijn beide handen had en zijn armen en benen zo snel bewoog dat hij als een aap heen en weer vloog. Ook de anderen vreesden de dood niet en deden geen pogingen aan onze vuurwapens te ontkomen.'[7] Geen wonder dat het gerucht zich verspreidde dat de rebellen van de Witte Lotus over magische krachten beschikten waardoor ze onkwetsbaar waren voor kogels.

Gelukkig voor Linqing keerden kolonel Ye en zijn kleine troepenmacht weer naar de stad terug en in de ochtend van de 9de oktober arriveerde er

nog een legertje van honderdveertig man uit Dezhou. Deze versterkingen kwamen geen moment te vroeg, want enkele uren later verscheen de voorhoede van het rebellenleger voor de muren van Linqing. De opstandelingen rukten meteen op naar de houten sluis. Toen ze ontdekten dat de brug was ontmanteld, sloopten ze de huizen in de buurt en bouwden van de planken een aantal vlotten, die ze tot een drijvende brug verbonden. Tegen de middag waren al ruim honderd rebellen de brug overgestoken.
De eerste aanval op de westelijke en zuidelijke poort van de Nieuwe Stad werd afgeslagen, maar tegen het einde van de middag bevond ook de hoofdmacht van de rebellen, een paar duizend man sterk, zich op de noordoever van het kanaal. De opstandelingen rukten op over de toegangsweg, terwijl ze onderweg het kantoor van kolonel Ye in brand staken. De rode gloed van het vuur verlichtte de avondhemel.
Vanaf de muur van de Nieuwe Stad zag Zhenjun de vijand opnieuw de zuidelijke poort naderen. Het was een vreemd schouwspel. Het opstandelingenleger werd voorafgegaan door een groep vrouwen die met witte waaiers zwaaiden en bezweringen riepen. Ze waren in het gezelschap van enkele monniken, die ieder een zwaard in hun ene hand en een vlag in hun andere hielden en zo de aanval leidden.
De aanblik van de rebellen met hun tulbanden, aangevuurd door monniken en heksen, boezemde de verdedigers grote angst in. Kogels en pijlen misten hun doel en de soldaten begonnen de moed te verliezen. Met *yin*-magie probeerden ze de *yang*-bezweringen van de 'onkwetsbare' rebellen te neutraliseren. Prostituées werden naar de stadsmuren ontboden, waar ze hun haar losgooiden, zich uitkleedden en hun geslachtsdelen ontblootten. Daarna werden – nog altijd volgens het dagboek van Zhenjun – honden geslacht, waarvan het bloed op de muur werd gesmeerd, blijkbaar om menstruatiebloed te simuleren, als remedie tegen de zwarte magie van de Witte Lotus-sekte.
De ban werd verbroken, de kanonnen op de stadsmuren kwamen weer tot leven en de aanvallers werden op een regen van stenen en keien onthaald. De rebellen, die merkten dat hun bezweringen niet meer werkten, raakten in verwarring en trokken zich terug. Ook deze aanval werd afgeslagen.[8]
Hoewel de opstandelingen de Oude Stad bezet hielden en de toegang tot de westelijke en zuidelijke poort beheersten, kon Zhenjun contact met de gouverneur onderhouden via de noordelijke en oostelijke poort van de Nieuwe Stad. Hij stuurde boodschappers met berichten, die door gouverneur Xu aan keizer Qianlong werden doorgegeven. De keizer betuigde zijn steun aan de verdedigers van de stad en liet weten dat alle functionarissen zouden worden beloond, maar ook de soldaten die zich vanaf de stadsmuur lieten zakken en lijf-aan-lijfgevechten met de vijand aangingen.

Ze zouden allemaal tot sergeant worden bevorderd, beloofde de keizer. Andere soldaten kregen een extra maand rantsoen en soldij. Gouverneur Xu kreeg opdracht alle verdiensten van Zhenjun te noteren en de keizer zegde toe dat hij Zhenjun na afloop van de strijd in persoonlijke audiëntie zou ontvangen.[9]

Het beleg sleepte zich voort. Op 13 oktober, vier dagen na de eerste aanval, verlieten Wang Lun en zijn aanhangers hun kamp buiten Linqing en namen hun intrek in de huizen van de Oude Stad, om duidelijk te maken dat ze niet zouden vertrekken voordat de Nieuwe Stad was gevallen. Winkels werden geplunderd en de inwoners die in de Oude Stad waren achtergebleven werden gevangen genomen. De mannen moesten dwangarbeid verrichten en een groot aantal vrouwen werd verkracht. Slechts de moslemwijk van de Oude Stad bleef uit handen van de rebellen, omdat de moslems zich met hand en tand verzetten.

Op 15 oktober arriveerden nog eens honderd soldaten om bij de verdediging van de stad te helpen en een dag later verschenen brigadegeneraal Wei-i en bevelhebber Ke-tu-ken met vijfhonderd man. Generaal Wei-i sloeg zijn tenten op ten noordoosten van de stad, op enige afstand van de rebellen in het zuiden en westen. Die middag werd het kamp aangevallen door enkele honderden strijders van de Witte Lotus. Zhenjun en zijn verdedigingsmacht konden de strijd vanaf de stadsmuur volgen, maar ze konden de generaal niet helpen omdat ze bang waren zijn eigen soldaten te raken. De goed bewapende regeringstroepen raakten in paniek en sloegen op de vlucht. De rebellen achtervolgden hen nog een paar kilometer en keerden toen naar Linqing terug.

Nadat ze zich opnieuw hadden verzameld, deden de rebellen weer een aanval op de Nieuwe Stad. Ze beschoten de zuidelijke poort, waarbij een kanonskogel het kantoor van de subprefect raakte en een stenen plaquette verbrijzelde, maar gelukkig bleef Zhenjun ongedeerd. De strijd woedde voort tot aan het ochtendgloren, toen de rebellen zich weer terugtrokken.

De volgende zes dagen hielden de opstandelingen zich vrij rustig. Binnen de belegerde muren van de Nieuwe Stad probeerde Zhenjun het moreel van zijn troepen hoog te houden. Als hoogste functionaris in Linqing was het zijn taak de mannen moed in te spreken, ondanks de ernst van de situatie. Hij beloonde de soldaten met geld en kleding en verdeelde graan, brood, koek en haverpap onder de burgers om de stemming wat te verbeteren. En opnieuw stuurde hij een dringend verzoek om hulp aan de gouverneur.

De volgende dag kreeg Zhenjun bemoedigend nieuws. De keizer had drie van zijn hoogste ambtenaren – een grootsecretaris, zijn eigen zevende schoonzoon en de voorzitter van het censoraat – aan het hoofd van een leger gesteld dat de Witte Lotus-rebellen moest vernietigen. Troepen in

de aangrenzende provincies Zhili en Henan waren gemobiliseerd om de vluchtroutes af te sluiten. Ondertussen werden nieuwe voorraden buskruit, lonten en munitie aangevoerd.
Toen Zhenjun op 20 oktober de verdedigingswerken van de stad inspecteerde, zag hij een pijl die door de rebellen was afgeschoten. De pijl stak horizontaal in een muur. Als hij vanaf de grond zou zijn afgevuurd, had hij schuin in de muur moeten steken, besefte Zhenjun. Blijkbaar hadden de opstandelingen zich geïnstalleerd in een gebouw dat even hoog lag als de stadsmuur. Het enige gebouw dat hiervoor in aanmerking kwam was een pandjeshuis in het zuidwesten. Zhenjun gaf opdracht tot een geheime missie. De twaalf vrijwilligers die zich aanmeldden lieten zich die nacht langs de stadsmuur omlaag zakken met een lading stro op hun rug. Ze wisten het pandjeshuis ongezien te bereiken. Toen ze naar binnen keken, zagen ze dat iedereen in het gebouw lag te slapen, behalve twee wachtposten die zaten te drinken. Zo geruisloos mogelijk staken ze de strobundels in brand en even later stond het pandjeshuis in lichterlaaie. De rebellen vluchtten het gebouw uit, terwijl de soldaten terugrenden naar de Nieuwe Stad, achterna gezeten door drie vrouwen in het zwart, die hen met dolken bedreigden en hen tot aan de stadspoort achtervolgden. De wachtposten op de poort openden het vuur. De vrouwen – volgens de geruchten drie geadopteerde dochters van Wang Lun – schudden hun vuist tegen de soldaten, maar bliezen de aftocht.
Zonder dat hij het wist was Zhenjun intussen door de keizer, die zeer tevreden was over de volharding van de verdedigers, met onmiddellijke ingang van assistent-subprefect tot subprefect bevorderd. Binnen enkele weken had hij dank zij zijn optreden tegen de rebellen van de Witte Lotus een positie verworven die hij anders pas na enkele tientallen jaren zou hebben bereikt.[10]
Op 23 oktober voerden de rebellen opnieuw een grote aanval op de Nieuwe Stad uit. Ze volgden nu een strategie die was bedacht door een aanhanger van de sekte, een zekere Wu Zhalong, die een militaire training had gehad. Tot dan toe hadden de opstandelingen de poorten niet kunnen veroveren wegens de regen van kogels en pijlen die vanaf de stadswallen op hen werd afgevuurd. Wu liet nu drie grote kisten met explosieven gereedmaken, waar hij lange planken overheen legde die aan de zijkanten uitstaken. Deze kisten werden door groepjes van zeven of acht man op de rug genomen, zodanig dat de mannen door de planken tegen de pijlen en kogels werden beschermd. Onder dekking van de duisternis liepen ze met de kisten in de richting van de zuidelijke poort. Ze werden pas door de verdedigers opgemerkt toen een van de groepjes de poort al gevaarlijk dicht was genaderd. Zhenjun, die de ernst van de situatie inzag, gaf zijn soldaten opdracht stenen en keien voor de eerste kist te werpen, om de

rebellen tegen te houden. Even later was de toegangsweg naar de poort door stenen en puin geblokkeerd.
Er werden ook stenen naar de twee andere kisten geworpen, die al snel zo zwaar werden dat de dragers onder het gewicht bezweken, hun last op de grond lieten vallen en de vlucht namen. Zhenjun liet deze twee kisten in brand schieten, zodat ze explodeerden. De voorste kist was echter te dicht bij de poort om een explosie te riskeren en daarom lieten enkele soldaten zich langs de muur naar beneden zakken. Ze rekenden snel met de zes dragers onder de planken af en goten daarna water over de explosieven om ze onschadelijk te maken. Daarmee was de laatste grote aanval van de Witte Lotus op de Nieuwe Stad afgeslagen.
Kort daarna werden de opstandelingen gedwongen hun beleg van de Nieuwe Stad op te geven omdat ze zelf in de verdediging werden gedrongen. Op 24 oktober arriveerden de eerste versterkingen van het regeringsleger bij Linqing en sloegen hun tenten op in de noordelijke buitenwijken van de stad. Wang Lun, die het initiatief wilde behouden, verzamelde zijn mannen en voerde een verrassingsaanval uit, maar dit keer gaf het regeringsleger geen krimp en moesten de rebellen zich terugtrekken. Het was hun eerste nederlaag sinds de verovering van Shouzhang, tweeëntwintig dagen eerder.
De volgende dag verliet Zhenjun de Nieuwe Stad, voor het eerst sinds het begin van het beleg. Via een grote omweg bereikte hij het kamp van gouverneur Xu en zijn troepen, ten zuiden van de stad. Zhenjun had een verkenner meegenomen om de gouverneur te helpen bij de gecoördineerde aanval op de Oude Stad, die de volgende dag zou plaatsvinden. Zhenjun keerde weer naar de Nieuwe Stad terug.
De aanval van de regeringstroepen in de ochtend van de 27ste oktober werd ingeluid door zwaar kanonvuur vanuit het zuiden. Even later mengden troepen uit het noorden zich in de strijd en tegen de middag kregen ze versterking van het leger van keizerlijk commissaris Shu-ho-te. De rebellen waren nu aan alle kanten omsingeld en moesten zich steeds verder terugtrekken. Ze leden zware verliezen en een groot aantal opstandelingen zocht een goed heenkomen in de huizen van de Oude Stad, die echter door de regeringstroepen in brand werden gestoken.
Hoewel hun situatie hopeloos was, gaven de rebellen van de Witte Lotus de strijd niet op. De regeringstroepen rukten op, maar door de aanwezigheid van burgers verliep hun opmars erg traag, omdat iedere straat en ieder huis moest worden doorzocht. De gevechten duurden verscheidene dagen.
Ook al waren ze nu zwaar in de minderheid, toch bleven de volgelingen van de Witte Lotus zich met hand en tand verzetten. Met messen en speren namen ze het tegen de geweren van de regeringssoldaten op. Een vrouw,

die door Zhenjun een 'heks' wordt genoemd, speelde een heel bijzondere rol. Wu San-niang, de 'Derde dochter van de Wu-familie', een mooie vrouw van een jaar of twintig, was niet alleen een pupil van Wang Lun, maar ook zijn concubine. Ze was een rondreizende actrice, die zich had gespecialiseerd in vechtsporten en bovendien over magische krachten leek te beschikken. Hoewel iedereen om haar heen al was gedood, bleef ze tegenstand bieden. Gekleed in keizerlijk geel en met een kort zwaard in iedere hand liet ze zich niet gevangen nemen, ook niet toen ze aan alle kanten was omsingeld. Ze bleef doorvechten en leek onkwetsbaar voor de salvo's die op haar werden afgevuurd. Ooggetuigen beschreven hoe ze van haar paard op het dak van een huis sprong, en vandaar op een nog hoger gebouw. De regeringstroepen bestookten haar met pijlen en kogels maar ze zwaaide met haar wapperende mouwen en werd niet geraakt. De strijd sleepte zich uren voort, totdat de schemering inviel en de soldaten begonnen te vrezen dat ze in het donker zou kunnen ontsnappen. Toen besloot een oude militair haar *yin*-kracht met *yang*-magie te bestrijden. Hij sneed de geslachtsdelen van een gesneuvelde opstandeling af, legde ze op een kanon en vuurde. San-niang sloeg tegen de grond en haar lichaam werd onmiddellijk door de soldaten aan stukken gehakt.

De gevechten eisten ook slachtoffers onder de bevolking. De burgers van de Oude Stad dromden naar de poorten van de Nieuwe Stad, maar de autoriteiten waren bevreesd voor infiltranten. Uiteindelijk besloot Zhenjun alleen de vrouwen, kinderen en ouden-van-dagen toe te laten.

Op 28 oktober vond er voor het front van de troepen een openbare executie plaats. Op bevel van de keizer werden brigade-generaal Wei-i en commandant Ke-tu-ken terechtgesteld omdat ze op 16 oktober de slag verloren hadden, toen hun goed getrainde troepen op de vlucht sloegen voor de gebrekkig opgeleide en slecht bewapende rebellen van de Witte Lotus. De executie werd vlak voor de laatste en beslissende aanval voltrokken, om ervoor te zorgen dat de regeringstroepen hun uiterste best zouden doen.

Hoewel de opstand was neergeslagen, bleven er in de Oude Stad nog enkele verzetshaarden over. Bovendien was Wang Lun zelf nog voortvluchtig. Op 30 oktober werd hij bijna gevangengenomen, maar zijn lijfwachten wisten dat op het laatste nippertje te voorkomen en vluchtten met hun leider een toren in. Het hele terrein werd omsingeld. Op 31 oktober, omstreeks middernacht, probeerden de rebellen door het kordon te breken, maar ze werden gedood of door het zware geweervuur teruggedreven. Tot de gesneuvelden behoorde ook de broer van Wang Lun. Enkele gevangengenomen rebellen beweerden dat ze Wang Lun waren, om tijd te winnen voor hun leider. Maar Wang Lun wist dat ontsnappen niet meer mogelijk was. Omdat hij niet levend in handen van de regering wilde vallen, stak hij op 1 november de toren in brand. Enkelen van zijn aanhangers konden de hitte en de rook niet verdragen en sprongen uit het raam, maar Wang Lun bleef achter. Aan zijn zwaard en zijn armbanden kon zijn verkoolde lichaam later worden geïdentificeerd.

De opstand, die zoveel slachtoffers eiste, had precies negenentwintig dagen geduurd. De rebellenleiders die de strijd hadden overleefd werden naar Peking overgebracht om te worden verhoord, voordat ze – samen met meer dan duizend van hun volgelingen – werden geëxecuteerd.

De rebellie van Wang Lun bleek slechts de eerste van een hele reeks opstanden tegen de Qing-dynastie die veel moeilijker te onderdrukken waren. Hoewel de opstand van de Witte Lotus in 1774 binnen een maand was neergeslagen, luidde zij een periode van verval voor de Mantsjoes in, die meer dan een eeuw zou duren, tot aan de definitieve val van de dynastie in 1911.

Na de dood van Wang Lun begon keizerlijk commissaris Shu-ho-te aan de wederopbouw van Linqing. Blijkbaar achtte hij Zhenjun, die zich tijdens de strijd zo voortreffelijk had gedragen, niet geschikt als bestuurder in vredestijd. Misschien vond hij hem te bescheiden. Daarom ontving keizer Qianlong een rapport, ondertekend door Shu-ho-te, de schoonzoon van de keizer, de voorzitter van het censoraat en gouverneur Xu Ji, waarin zij Li Tao, de districtsmagistraat van Feicheng voordroegen als nieuwe subprefect van Linqing. Ze stelden voor Zhenjun in Li's oude functie te benoemen. In feite betekende dit een degradatie, hoewel Zhenjun zijn rang van subprefect zou behouden. De keizer nam dit advies over en prees Shu-ho-te vanwege zijn moed om tegen een keizerlijke benoeming in te gaan.[11] Op 20 juni 1775 ontving hij zowel Zhenjun als de nieuwe subprefect Li Tao in audiëntie en ondervroeg hen uitvoerig over de situatie in Linqing. Blijkbaar maakte Zhenjun geen grote indruk op de keizer, want na het gesprek verklaarde Qianlong dat Li Tao een goed inzicht in de situatie had, maar dat Zhenjun een dapper en oprecht man was, met onmiskenbare verdiensten. Hij beloofde Zhenjun dat deze voor een functie als subprefect in aanmerking zou komen zodra zich een mogelijkheid hiertoe voordeed.[12]

Subprefecturen werden in categorieën ingedeeld. Linqing, een strategisch belangrijke stad in een onveilig gebied, gold als 'moeilijk', terwijl Feicheng als 'eenvoudig' werd beschouwd. In een 'drukke' subprefectuur werden veel officiële zaken afgehandeld.

De keizer vergat zijn belofte echter niet en niet veel later kreeg de eenenveertigjarige Zhenjun de kans zich te bewijzen, toen hij werd aangesteld in Pingdu in de provincie Shandong, een subprefectuur die ook als 'moeilijk' werd aangemerkt. Zhenjun was vastbesloten zich een goed bestuurder te tonen. Hij richtte zijn inspanningen vooral op het onderwijs en moderni-

seerde de plaatselijke academie. Twee keer per maand gaf hij zelf les en
wees de studenten op het belang van de literatuur en van moreel gedrag.
Zhenjun deed veel voor de armen en voor reizigers. Elke winter gaf hij
opdracht om warme kleding te verstrekken aan de armlastigen, en reizigers die in Pingdu waren gestrand kregen onderdak tot aan de lente.[13]
Zhenjun kweet zich zo goed van zijn taak dat hij na drie jaar werd bevorderd tot prefect en werd overgeplaatst naar Xining, in de noordwestelijke
provincie Gansu. Zhenjun bedankte echter voor deze benoeming, wegens
de hoge leeftijd van zijn ouders. Als hij in de provincie Shandong zou
blijven, konden zijn ouders een betrekkelijk comfortabel bestaan leiden in
de provinciehoofdstad Ji'nan, maar het leven in het afgelegen Gansu was
veel primitiever. Daarom bleef hij liever in Pingdu. In 1783 kon hij opnieuw prefect worden, dit keer in Caozhou, een van de elf prefecturen
in Shandong. Zhenjun accepteerde de benoeming, maar voordat hij zijn
nieuwe taak kon opvatten, overleed zijn vader. Hij reisde met de kist terug
naar Wuxi en nam daar de gebruikelijke rouwperiode in acht, die nog
werd verlengd doordat korte tijd later ook zijn moeder overleed.
Toen hij in 1786 de rouwperiode voor zijn beide ouders had volbracht,
vatte Zhenjun zijn loopbaan weer op. Opnieuw kreeg hij een benoeming
in Gansu, dit keer als prefect van Pingliang. Nu was hij wel bereid naar
deze verre provincie af te reizen. Pingliang was een belangrijk transportcentrum, maar het gebied was erg onvruchtbaar. Toch deed Zhenjun zijn
best voor de economische ontwikkeling ervan, door de transportfacilitei-
ten uit te breiden en enkele verbeteringen in de landbouw door te voeren.
Zijn belangrijkste wapenfeit als prefect van Pingliang was echter zijn besluit de plaatselijke academie, die al tientallen jaren niet meer functioneerde, nieuw leven in te blazen. Er werden nieuwe gebouwen neergezet,
leraren in dienst genomen en studenten geselecteerd. Al spoedig leverde
de academie de eerste studenten af die voor de provinciale examens slaagden.[14] De plaatselijke bevolking was Zhenjun erg dankbaar, omdat de
academie hun een kans op een overheidscarrière bood.
Nadat hij nog twee keer was bevorderd – tot graancommissaris in Shaanxi
en later tot zoutcontroleur in Zhejiang – diende hij in 1795 een verzoek om
ontslag in. De reden die hij aanvoerde was zijn zwakke gezondheid, maar
vermoedelijk was de werkelijke reden een conflict met een van zijn superieuren. Het verzoek werd ingewilligd, zodat hij op eenenzestigjarige leeftijd naar Wuxi kon terugkeren.
Nadat hij zich uit het openbare leven had teruggetrokken wijdde Zhenjun
zich aan het welzijn van zijn familie. Samen met een familielid, Qin Yunjin, wist hij uiteindelijk alle graven van zijn voorouders op te sporen, van
Qin Guan – de dichter uit de Song-dynastie – tot aan Weizheng. Dit
betekende dat nu de locaties van de graven van alle vijfentwintig genera-

ties vanaf Qin Guan tot aan hun eigen tijd bekend waren. Ter ere van de voorouders werden plaquettes vervaardigd en jaarlijkse offerceremonies ingesteld. Ook werden de portretten van veertien voorouders geschilderd. Zhenjun breidde ook het gemeenschappelijke grondbezit van de familie – het 'liefdadigheidsland', zo genoemd omdat de opbrengsten voor de armste familieleden waren bestemd – aanzienlijk uit. Zhenjuns oom Huitian had ooit als doel een oppervlakte van duizend *mu* of ongeveer zestig hectare gesteld. Dit was een groot stuk grond, waar slechts weinig families over konden beschikken. In 1795, na zijn pensionering, schonk Zhenjun de familie 490 *mu*, waarmee de doelstelling van duizend *mu* was bereikt. Dit kostte Zhenjun bijna al zijn geld, waarmee hij veel meer voor de familie had gedaan dan anderen die het zich misschien beter hadden kunnen veroorloven.

Qin Jin had de eerste stamboom samengesteld, Qin Rui had de voorouderhal gebouwd, Qin Daoran had de aanzet gegeven tot de bouw van de tempel voor de 'trouwe zonen', Qin Huitian had regels en voorschriften voor de leden van de familie opgesteld en nu had Qin Zhenjun de lang gekoesterde wens van een reguliere bron van inkomsten voor de armste familieleden gerealiseerd. Het enige dat nog ontbrak was een familieschool.

Ook daar zette Zhenjun zich nu voor in. Hij stelde nog eens zes hectare land beschikbaar voor de stichting van een eigen school, een idee dat afkomstig was van zijn oudere broer en leraar. Ook zijn neef Ying droeg zes hectare bij. De opbrengsten van deze grond moesten worden gebruikt om goede docenten te huren. 'Ik hoop dat onze nakomelingen die deze school bezoeken, zullen leren hoe ze hun land moeten dienen en het voorbeeld van onze voorouders zullen volgen,' schreef Zhenjun. 'En ik hoop dat ze hun ouders en hun broers zullen eren.'

Zhenjun had zelf vier zonen en een dochter. Tegen het eind van zijn leven had hij ook drie kleinzonen, zeven kleindochters en drie achterkleinzonen. Om onduidelijke redenen werd er in 1803, toen Zhenjun al achtenzestig was, opnieuw een beroep op hem gedaan. Misschien was de functionaris met wie hij onenigheid had gehad inmiddels verdwenen. Hoe het ook zij, Zhenjun werd alsnog benoemd tot sector-intendant in Shandong, belast met het toezicht op de prefecturen Ji'nan (de provinciehoofdstad), Dongchang, Tai'an, Wuting en Linqing. Deze prefecturen vormden verreweg de belangrijkste van de drie sectoren waarin de provincie was verdeeld.

In die tijd werd de aangrenzende provincie Henan geteisterd door overstromingen, die ook gevolgen hadden voor Shandong. Zhenjun was de eerste bestuurder die het hof om extra hulp vroeg. Ook gaf hij bevel dammen te bouwen om het water tegen te houden en zorgde hij voor tweehonderd boten voor voedseltransporten en voor hulp aan de slacht-

offers. In de winter van 1806 werd hij benoemd tot gerechtelijk commissaris, hoewel sommigen van zijn ondergeschikten hoger in rang waren dan hij.
In de herfst van 1807 werd hij ziek toen hij onderweg was van Dongchang naar Jining, en enkele weken later overleed hij in zijn kantoor. Hij was toen tweeënzeventig. Hoewel Zhenjun tientallen jaren als bestuurder heeft gewerkt en de op twee na hoogste positie wist te bereiken – een opmerkelijke prestatie voor iemand die nooit voor de hoofdstadexamens of zelfs maar voor de provinciale examens was geslaagd – is hij toch vooral bekend geworden door zijn rol bij de verdediging van de stad Linqing.

21. Qin Ying: Provinciaal rechter en strijder tegen piraten

Qin Ying, de over-over-overgrootvader van mijn moeder, was een van de weinige mensen die tot de positie van minister opklommen zonder ooit de graad van *jinshi* te hebben behaald – normaal gesproken een vereiste voor zo'n hoge functie. Qin Ying werd op 22 februari 1743 geboren als eerste zoon van Hongjun, de broer van Zhenjun. Zijn moeder stamde af van een beroemd geleerde en bestuurder, Xu Qianxue, een vriend en collega van Songling. Tussen de families Xu en Qin bestonden verscheidene huwelijksbanden. De kleinzoon van Xu was getrouwd met de kleindochter van Songling, een huwelijk waaruit een dochter werd geboren, die weer tot de familie Qin toetrad door met haar neef Hongjun te trouwen.

Hoewel zijn oudoom een hoge positie bekleedde, was Yings familie niet rijk. Nadat hij op achttienjarige leeftijd met een dochter van de familie Zhu was getrouwd, moest hij het eerste jaar zelfs bij zijn schoonfamilie intrekken, terwijl zijn vader als leraar aan een academie in een andere stad werkte om zijn grote gezin te kunnen onderhouden.

Enkele jaren nadat hij het licentiaatsexamen had afgelegd vertrok Qin Ying naar de hoofdstad om aan de Keizerlijke Academie te studeren. Zijn oudoom Huitian was op dat moment minister van Strafvervolging. Ying werd door Huitian als assistent aangenomen en raakte al snel vertrouwd met het reilen en zeilen van een ministerie – een ervaring die hem later goed van pas zou komen.

In 1774 – hij was inmiddels eenendertig – slaagde Ying eindelijk voor zijn provinciale examens en mocht hij zich *juren* noemen. In hetzelfde jaar onderscheidde zijn favoriete oom Zhenjun zich bij de verdediging van Linqing. Twee jaar later maakte de keizer een reis door Shandong, waarbij hij in Tai'an een examen hield om plaatselijk talent op te sporen. Qin Ying behoorde tot de beste kandidaten en de keizer benoemde hem onmiddellijk tot secretaris bij het door Mantsjoes beheerste Centraal Ontwerpkantoor van het Grootsecretariaat.[1]

Voordat hij deze functie aanvaardde keerde Ying naar Wuxi terug om zijn ouders te bezoeken. Het zou de laatste keer zijn dat hij zijn moeder zag. Het jaar nadat Ying naar Peking verhuisde, voegden zijn vrouw en zijn twee zoontjes zich bij hem. Het zou zeven jaar duren voordat Ying weer

naar Wuxi terugkeerde, maar in gedachten was hij bij zijn familie en voor zijn ouders wist hij enkele eretitels te verwerven.
In 1781 werd Ying naast zijn andere functie benoemd tot secretaris bij de Hoge Raad, die het Grootsecretariaat als machtigste instelling had verdrongen. Het was een felbegeerde positie. Ying werd betrokken bij de samenstelling van de *Siku Quanshu*, de *Complete Bibliotheek van de Vier Takken van Letterkunde*, het meest ambitieuze project uit de Qing-dynastie, waarbij ongeveer 3450 zeldzame boeken en manuscripten op allerlei gebied voor het nageslacht werden gekopieerd.
Ying werkte vier jaar aan dit project, onder leiding van directeur-generaal Ho-shen, een jonge Mantsjoe, een gunsteling van de keizer. Het gerucht ging dat de bejaarde keizer een homoseksuele affaire met de knappe voormalige lijfwacht had. Volgens andere verhalen zag hij in de jongeman de reïncarnatie van een vrouw van wie hij in zijn jeugd gehouden had. Ho-shen had veel meer macht dan de zonen van de keizer. Na diens overlijden gaf zijn zoon en opvolger, keizer Jiaqing, Ho-shen daarom onmiddellijk bevel zelfmoord te plegen. Door de geschiedschrijving wordt Ho-shen afgeschilderd als een zeer corrupt, incompetent en machtsbelust man.
In de herfst van 1783 maakte keizer Qianlong, die inmiddels tweeënzeventig was, een reis naar Mukden, de hoofdstad van Mantsjoerije. Ying maakte deel uit van het keizerlijk gevolg. Onderweg kreeg hij een brief van zijn vader, die hem schreef dat zijn moeder een borstaandoening had. Ying was echter op dat moment niet in staat haar te bezoeken.
Toen hij in de hoofdstad terugkeerde hoorde hij dat zijn moeder was overleden. Zeven maanden later stierf ook zijn vader. Het verhaal wil dat het bericht van de dood van zijn vader zo'n schok betekende voor Yings jongere broer Lian, dat hij bloed begon op te geven en binnen enkele weken ook zelf overleed.[2]
In 1787, na de gebruikelijke rouwperiode, keerde Ying met zijn gezin naar de hoofdstad terug, waar hij zijn werk bij de Hoge Raad weer opvatte. Meteen raakte hij betrokken bij een nieuwe crisis, een gevaarlijke opstand in Taiwan, die pas een jaar later kon worden neergeslagen. Kort daarna, in 1789, besloot Qianlong tot een militair ingrijpen in de burgeroorlog in Annam, het huidige Vietnam. In hetzelfde jaar vond de driejaarlijkse beoordeling van alle hoge ambtenaren plaats. Ying kreeg daarbij een zeer gunstig rapport. Als gevolg hiervan maakte hij promotie en werd benoemd tot assistent-lector bij het Grootsecretariaat, dat geheel door Mantsjoes werd gedomineerd. Slechts twee van de zestien functies waren voor Chinezen gereserveerd.
Ying maakte snel carrière. Hoewel hij geen bondgenoot van Ho-shen was, behoorde hij ook niet tot de tegenstanders van zijn voormalige chef. Ying erkende zelf dat hij en Ho-shen op vriendschappelijke voet verkeerden,

hoewel zijn biografen de indruk wekken dat Ho-shen hem slecht gezind was maar Ying wel voor promotie moest voordragen omdat de keizer zo'n hoge dunk van hem had.

In 1793 werd Ying benoemd tot sector-intendant in de provincie Zhejiang. Daardoor miste hij het historische bezoek dat Lord Macartney, de gezant van koning George III van Engeland, die zomer aan Peking bracht. De Engelsman moest keizer Qianlong overreden een Britse ambassadeur in Peking toe te laten en de handelsbetrekkingen uit te breiden. Hij verzette zich echter hevig tegen de Chinese eis dat hij zich voor de keizer in het stof moest werpen. Macartney was bereid de keizer hetzelfde respect te betonen als zijn eigen koning, maar meer ook niet.

Het Chinese rijk bevond zich toen op het hoogtepunt van zijn macht en de Chinese keizer was niet van plan de Engelse vorst als zijns gelijke te erkennen. In een scherpe reactie liet Qianlong George III dan ook weten: 'Met betrekking tot uw verzoek, o koning, om een van uw onderdanen als permanente afgezant naar het Hemelse Rijk te mogen sturen om de handelsbelangen van uw land te behartigen, deel ik u mede dat dit niet verenigbaar is met het ceremoniële stelsel van het Hemelse Rijk, en daarom geheel uitgesloten...

Het Hemelse Rijk, dat heerser is over alles binnen de vier zeeën, richt al zijn aandacht op het uitoefenen van een juist bestuur en heeft geen belangstelling voor zeldzame of kostbare zaken... De deugdzaamheid en macht van de Hemelse Dynastie is overigens al doorgedrongen tot talloze koninkrijken, die ons bij wijze van eerbetoon met allerlei kostbare voorwerpen "van over de bergen en de zee" hebben overladen – voorwerpen die uw afgezant en anderen zelf hebben kunnen zien. Toch hebben wij nooit belang gehecht aan vernuftige artikelen en hebben wij de produkten van uw land in het geheel niet nodig.'[3]

Deze bekrompen houding droeg de kiem van de val van de Qing-dynastie al in zich. Slechts enkele tientallen jaren later kreeg het eens zo machtige rijk een bittere pil te slikken toen buitenlandse troepen met moderne wapens de Chinese legers een verpletterende nederlaag toebrachten – het begin van een eeuw van diepe vernederingen voor China.

Toen Qin Ying in 1793 als sector-intendant naar Zhejiang werd gezonden, was hij al vijftig jaar. Hij was verantwoordelijk voor de twee prefecturen Wenzhou en Chuzhou, een van de vier sectoren waarin de provincie was verdeeld.

In Zhejiang ontdekte Ying dat het de gewoonte was van plaatselijke ambtenaren om dorpshoofden, die meestal uit rijke families stamden, de belastingen te laten innen, waarbij ze eventuele tekorten uit eigen zak moesten bijpassen. Hierdoor waren er in Zhejiang bijna geen rijke families meer over. Bovendien werden ze soms tegen hun wil bij overheidsprojecten tewerkgesteld. Ying vond dat deze praktijken niet langer getolereerd konden worden en in 1794 schreef hij aan de prefect van Wenzhou: 'Het innen van belastingen is de verantwoordelijkheid van de ambtenaren. Waarom moet deze taak aan de dorpshoofden worden overgedragen? Waarom moeten gewone burgers worden belast met de taken van de overheid?' Vervolgens verzocht hij de gouverneur een einde te maken aan dit systeem, en om verder misbruik te voorkomen liet hij zijn orders in steen graveren. 'Uw edele heeft ons van de slavernij bevrijd,' zeiden de dankbare dorpelingen tegen hem. 'Van onze kant zullen wij onze belastingen op tijd betalen, om u niet in verlegenheid te brengen.' En om hem te eren hingen de dorpelingen naast de Tempel van de God van de Landbouw een plaquette op.[4]

In Wenzhou werd Ying ook tot waarnemend gerechtscommissaris of provinciaal rechter benoemd, waarmee hij in rang de op twee na hoogste functie in de provincie bekleedde. Slechts de gouverneur en de regeringscommissaris, die voor financiële zaken verantwoordelijk was, stonden boven hem. Als provinciaal rechter was hij rechtstreeks betrokken bij de strijd tegen de piraterij langs de kust, die aan het einde van de achttiende eeuw en het begin van de negentiende eeuw een hoogtepunt bereikte. Vooral de provincies Zhejiang, Fujian en Guangdong werden hierdoor geteisterd. Behalve van 'inheemse' piraten ondervond de kustvaart ook last van Annamese zeerovers. In zekere zin was dit het gevolg van de interventie van keizer Qianlong in de Annamese burgeroorlog. De nieuwe Nguyen-dynastie had zich neergelegd bij de status van Annam als vazalstaat, maar stond haar marine wel toe de Chinese kust te bestoken en bood de Chinese piraten een veilig heenkomen.

Toen Ying tot provinciaal rechter werd benoemd, vormden de piraten zijn grootste probleem. Ze waren veel sterker dan de Chinese marine. De Chinese bevelhebbers meden vaak een confrontatie en verschenen pas na afloop op de plaats van de overval, waarna ze de slachtoffers als 'piraten' in de boeien sloegen.

Het was Yings vrouw die dit probleem onder de aandacht van haar echtgenoot bracht. Toen hij een keer 's avonds in haar gezelschap zat te werken, zei ze: 'Ik hoor dat de meeste mensen die van piraterij worden verdacht uit Fujian afkomstig zijn. Wij kunnen hen niet eens verstaan. Als er geen concrete bewijzen zijn, hoe weten we dan dat zij werkelijk piraten zijn?' Ying nam alle zaken nog eens kritisch door en ontdekte dat veel zogenaamde piraten in werkelijkheid vluchtelingen waren, die vals waren beschuldigd.[5]

In het voorjaar van 1795 werd Ying formeel overgeplaatst naar Hangzhou, als intendant van de belangrijkste sector van Zhejiang, belast met het toezicht op de drie prefecturen van Hangzhou, Jiaxing en Huzhou. Hij behield echter zijn functie van provinciaal rechter. Enkele maanden later overleed zijn vrouw, nog geen vierenvijftig jaar oud. In zijn grafrede prees Ying haar als een ideale echtgenote en een grote steun. 'Soms hadden we wel eens verschil van mening, maar meestal had zij gelijk. Wie moet mij nu adviseren, nu zij er niet meer is?' vroeg hij zich bedroefd af.

Zijn verdriet weerhield hem er overigens niet van om een jaar later, toen hij drieënvijftig was, een meisje van vijftien jaar oud als concubine bij zich in huis te nemen. Het meisje, afkomstig uit de arme familie Dai uit Wuxi, was tien jaar jonger dan haar oudste stiefzoon, die haar vier jaar later 'grootmoeder' zou maken.

In hetzelfde jaar waarin Ying hertrouwde, deed keizer Qianlong – die inmiddels vijfentachtig was – formeel afstand van de troon, na een bewind van zestig jaar. Hij had gebeden om een bijna even lange regeringsperiode als zijn grootvader Kangxi, en uit respect wilde hij het eenenzestigjarige bewind van zijn voorganger niet overtreffen. In de tweeënhalf jaar dat hij nog leefde, bleef Qianlong echter het land besturen, hoewel hij formeel was opgevolgd door zijn zoon Jiaqing.

Ying kocht een stuk land op Gushan, een schiereiland in het Westmeer, en bouwde daar een tempel ter ere van zijn voorvader Qin Guan, de dichter uit de Song-dynastie, die zelf korte tijd vice-prefect van Hangzhou was geweest. Ook bouwde hij een tempel ter ere van Qin Guans mentor Su Dongbo, die ooit tot prefect van Hangzhou was benoemd.

Als sector-intendant, met Hangzhou als standplaats, was Ying verantwoordelijk voor de kustverdediging in de drie prefecturen onder zijn jurisdictie. Als provinciaal rechter van Zhejiang had hij bovendien de leiding over het hoogste rechtscollege van de provincie. Zo was hij op twee manieren bij de bestrijding van de piraterij betrokken. De veiligheid op de binnenlandse waterwegen viel onder de verantwoordelijkheid van het burgerlijk gezag, maar het leger zorgde voor de veiligheid op zee. De militaire eenheden die de strijd met de piraten aanbonden stonden onder bevel van een brigadegeneraal, die verantwoording schuldig was aan de provinciale opperbevelhebber.

Piratenschepen waren normaal gesproken niet van andere te onderscheiden en konden dus tot op het laatste moment hun ware bedoelingen verhullen. Ze hadden het niet alleen op de lading van andere schepen voorzien, maar namen die schepen vaak ook in beslag om hun eigen vloot uit te breiden. De bemanning werd gedwongen voor hen te werken en voor de passagiers werd losgeld gevraagd. Het was zelfs niet ongebruikelijk dat de bemanningsleden eerst het slachtoffer werden van een homoseksuele verkrachting voordat ze door de piraten als slaven werden ingelijfd.

Omdat in die tijd functionarissen werden bestraft als ze geen resultaten boekten, kwamen de militairen vaak in de verleiding onschuldigen als piraten te arresteren. Alleen al in 1797 deden zich meer dan tien gevallen voor waarin Ying adviseerde bepaalde functionarissen wegens nalatigheid te bestraffen. Zo was er het geval van een koopman die Wang heette. Zijn schip werd door piraten overvallen, waarbij hij niet alleen zijn lading suiker en tabak verspeelde, maar ook drie van zijn bemanningsleden verloor, die door de piraten werden meegenomen. Op de terugreis, twee maanden later, werd de ongelukkige koopman opnieuw het slachtoffer van piraterij. Dit keer werden er geen bemanningsleden ontvoerd, maar wel raakte hij zijn hele lading tabak aan de piraten kwijt. Toen er na een jaar nog geen arrestaties waren verricht, adviseerde Ying om een brigadegeneraal en drie compagniescommandanten te bestraffen. Keizer Jiaqing nam dit advies over en gaf de ministeries van Oorlog en Strafvervolging opdracht de juiste straf te bepalen.[6]

Maar zelf ondervond Ying ook de gevolgen van dit systeem. Toen hij een keer een vrouwelijke verdachte ter dood had veroordeeld, hing de vrouw zichzelf op, voordat het vonnis kon worden uitgevoerd. Ying werd voor haar dood verantwoordelijk gesteld, omdat hij door nalatigheid de staat de mogelijkheid had ontnomen de vrouw te straffen. Het ministerie van Strafvervolging adviseerde Ying te degraderen en over te plaatsen. Keizer Jiaqing besloot echter om Ying te handhaven.

Ook rivierhavens – die onder de verantwoordelijkheid van het burgerlijk gezag vielen – vormden soms het doelwit van piraten. In 1800 onderzocht Ying een overval op een schip dat een lading suiker had vervoerd. De zaak dateerde al van twee jaar terug, maar er was nooit iemand voor bestraft. Uiteindelijk werd een groep piraten in de aangrenzende provincie Fujian gearresteerd, die de overval op het suikerschip in Zhejiang bekende. Toch diende Qin Ying een lijst in van burgerlijke functionarissen (onder wie een sector-intendant, een magistraat van een subprefectuur, een vice-magistraat en een assistent-magistraat) die volgens hem gestraft moesten worden. De piraten waren wel aangehouden, aldus Ying, maar in een andere provincie en voor een ander vergrijp. De ambtenaren in Zhejiang hadden dus niet aan hun opdracht voldaan.

Natuurlijk hield Qin Ying zich ook met andere zaken dan piraterij bezig en daarbij ontwikkelde hij een grote mensenkennis. Een van de zaken die hij behandelde betrof een dienstmeisje dat samen met een medeplichtige haar echtgenoot vermoordde en haar baas hiervan beschuldigde. De baas werd gemarteld en bekende de misdaad, die hij niet had begaan. Ying doorzag echter het complot en stelde de identiteit van de ware schuldigen vast. De man van het stel ontkende eerst, maar Ying zei: 'Ik heb zeven verdachten voor me gehad. Vijf van hen waren bezorgd en nerveus, maar alleen u en de vrouw leken heel rustig. Het is duidelijk dat u schuldig bent.' De man gaf toe, maar het is niet bekend of hij eerst moest worden gefolterd.

Eind 1799 werd Yings vriend Ruan Yuan tot waarnemend gouverneur benoemd. Daarmee werd hij Yings directe chef en de twee mannen werkten uitstekend samen. Kort na Ruans benoeming schreef Ying een rapport aan de nieuwe gouverneur over de bestrijding van de piraterij, waarbij hij uit een jarenlange ervaring kon putten:

> Omdat wij niet de juiste militaire maatregelen treffen, worden op zee nog altijd rijstschepen overvallen. In Zhejiang zijn militaire commando's opgericht in de steden Huangyan, Dinghai en Wenzhou. Deze posten zijn voldoende bemand. Behalve van oorlogsschepen kan de marine nu ook gebruik maken van schepen die speciaal zijn gebouwd voor het onderscheppen van piraten. Deze eenheden moeten in staat zijn de piraterij de kop in te drukken. Als de mannen behoorlijk worden getraind en initiatief tonen, kunnen de patrouilleschepen elk rijstschip te hulp komen dat door piraten wordt bedreigd.
>
> Maar helaas zijn de soldaten nooit ter plaatse als er iets gebeurt. Ze verbergen zich. Rijstschepen worden meestal in de binnenhavens overvallen, waar de piraten soms dagenlang in hinderlaag blijven liggen, zonder dat hun een strobreed in de weg wordt gelegd. De patrouilleschepen weten zogenaamd van niets en blijven op open zee. De militaire gezagvoerders geven hun schepen pas veel te laat bevel naar de havens terug te keren. De schepen verbergen zich tussen de eilanden en de bevelhebbers zijn niet in staat de discipline te handhaven.
>
> Er liggen nu al dagenlang enkele piratenschepen in de buurt van Changtushan, bij Dinghai, in hinderlaag en onze oorlogsschepen zijn nog steeds niet gesignaleerd. Volgens mij zijn deze piraten slecht getraind en bestaat de kern van geharde criminelen slechts uit een man of twaalf. De rest zijn gewone mensen uit Changchuan, die vanwege de hongersnood op het verkeerde pad zijn geraakt. Hun wapens zijn heel primitief, en sommige piraten weten niet eens hoe ze ermee om moeten gaan. Als we hen bij verrassing overvallen terwijl ze voor anker liggen, moeten we hen in één keer kunnen verslaan. Bij militaire operaties is voorzichtigheid natuurlijk geboden, maar soms is ook een snelle actie noodzakelijk en kan het verrassingselement de doorslag geven. De piraten liggen hier al enige tijd en waarschijnlijk is hun waakzaamheid verslapt. Als wij snel aanvallen, moeten we de overwinning kunnen behalen. Maar als we deze kans voorbij laten gaan en hen laten ontsnappen, zal het bijzonder moeilijk zijn hen op open zee weer op te sporen, omdat het gebied zo groot is en het weer zo onvoorspelbaar... Als wij willen winnen, moeten we onze kracht tonen, en om onze kracht te kunnen tonen moeten we laten zien dat we lafheid bestraffen en moed belonen. Beloon dus degenen die hun orders opvolgen en

straf hen die dat niet doen. Als de discipline weer is hersteld, zal de kracht van onze vloot duidelijk worden en zal het niet moeilijk zijn de piraten te verdrijven en de angst van de burgers weg te nemen.'[7]

In december 1799 kon gouverneur Ruan Yuan tot zijn tevredenheid twee geslaagde acties tegen de piraten melden.[8] In het eerste geval had de marine een piratenschip voor de kust van Ninghai geënterd. In de gevechten waren zes piraten gedood en vier gevangengenomen. In het ruim werden zeven van hun slachtoffers ontdekt. De tweede actie vond plaats voor de kust van het district Xiangshan. Een piratenschip was opgebracht, waarbij twee piraten waren gedood en vijf gevangengenomen. Negen slachtoffers konden worden bevrijd.

Alle gevangenen werden naar Hangzhou overgebracht om te worden verhoord. Daarna bepaalde provinciaal rechter Qin Ying de straffen. Zijn voorstel werd door gouverneur Ruan Yuan goedgekeurd en aan de keizer voorgelegd, die het laatste woord had.

Een van de piraten van het eerste schip heette Ding Dong en kwam uit Fujian. Ding was visser van beroep. Op 18 mei 1799 was hij tijdens het vissen beroofd en gevangengenomen door de piratenleider Fei Xing. Ding sloot zich vervolgens bij de groep piraten aan, die nog achttien andere leden telde. Een van de achttien, Zhu Jin, was ook door de piraten gevangengenomen en had zich bij de bende aangesloten toen hij door Fei Xing was verkracht.

Volgens Ding had de bende in vijf maanden tijd vier overvallen uitgevoerd op vissersschepen of vrachtvaarders die rijst of zout vervoerden. Eén schip was voor een bedrag van 1500 zilveren dollars door de eigenaars teruggekocht. Bij de overvallen hadden de piraten twaalf gevangenen gemaakt, van wie er drie na betaling van een losgeld – in geld, vis en rijst – waren vrijgelaten. Twee anderen hadden zich bij de piraten gevoegd, de rest was in het ruim opgesloten. Op 16 november was het schip van Fei Xing op strooptocht met vier andere piratenschepen toen ze door de marine werden verrast. In de strijd die volgde waren Fei Xing en een aantal van zijn makkers gedood.

De vonnissen die in beide zaken werden uitgesproken waren gebaseerd op voorschriften en precedenten. Gebruikelijk was dat de piraten onmiddellijk werden onthoofd en dat hun hoofden als waarschuwing werden tentoongesteld. De executies werden in het openbaar op het marktplein voltrokken, onder toezicht van de provinciaal rechter. Verdachten die de piraten hadden geholpen zonder zelf aan het geweld deel te nemen werden verbannen. De plaats van hun verbanningsoord hing af van de ernst van hun vergrijpen. Mensen die door piraten gevangen werden genomen stonden dus voor een moeilijke keuze: zich tegen de piraten verzetten, met alle

gevolgen vandien, of zich bij de piraten aansluiten, met de kans dat ze later ter dood zouden worden veroordeeld of verbannen.
In 1800 schreef Ying een tweede brief over de piraterij aan gouverneur Ruan Yuan. Dit keer ging het hem vooral om militairen die, in plaats van de piraten te bestrijden, onschuldige mensen arresteerden:

> In de afgelopen drie maanden hebt u persoonlijk de leiding gehad van de acties tegen de piraten, maar de piraterij is nog niet geheel uitgeroeid. Alle burgers en ambtenaren haten de piraten en zullen pas tevreden zijn als ze tot de laatste man zijn gedood. Dat dit zo lang duurt, is te wijten aan de incompetentie van de bevelhebbers, die de echte piraten met rust laten en gewone bemanningsleden van vrachtschepen van piraterij beschuldigen. Zij richten nog meer schade aan dan de piraten. Hiervoor zijn twee verklaringen:
> 1) Nadat de piraten een vrachtschip hebben overvallen, varen ze weg voordat de marine ter plaatse is, waarna de slachtoffers door de marine als piraten worden gearresteerd.
> 2) De marineschepen durven niet in de buurt te komen van de piraten. Als zij een vrachtschip tegenkomen, vragen ze om smeergeld. Als dat niet wordt betaald, arresteren ze de bemanning als piraten.
> Het eerste geval – een vrachtschip per abuis voor een piratenschip aanzien – is natuurlijk geen excuus. Het tweede geval is nog bedenkelijker. Wat moet je daarvan zeggen?

Daarna besprak Ying een recent geval waarbij twaalf mensen waren betrokken die volgens hem vals waren beschuldigd, maar toch waren veroordeeld.

> Kort geleden zijn in Dinghai twaalf mensen als piraten ingerekend en gevonnist. Ik heb deze zaak grondig onderzocht en ben tot de conclusie gekomen dat het om gewone burgers ging, niet om piraten. Het waren visverkopers uit Fujian, waar hun schepen stonden ingeschreven. Het graan dat ze aan boord hadden, was niet geroofd, maar van Tayushan gekocht. Op zee waren ze piraten tegengekomen, maar ze wisten te ontkomen en voeren naar Dinghai. Toen ze daar afmeerden, vroegen havenfunctionarissen om smeergeld, maar de vishandelaren weigerden te betalen. Daarom werden ze van piraterij beschuldigd. Gisteren zijn ze van Dinghai naar Ningbo overgebracht. Acht- tot negenhonderd van hun dorpsgenoten, die ook graan naar Fujian vervoerden, hielden een demonstratie en verklaarden dat zij onschuldig waren. Ik weet zeker dat zij onschuldige slachtoffers zijn. De verantwoordelijke functionarissen hebben de piraten laten ontsnappen en gewone burgers als ban-

dieten aangehouden. Zulke praktijken zijn zeer verwerpelijk.
Ik stuur u deze twaalf mensen nu voor nader verhoor. Ik weet zeker dat u, scherpzinnig als u bent, de waarheid onmiddellijk zult ontdekken. Ik schrijf u deze brief omdat ik bang ben dat u het onderzoek anders aan ondergeschikten zult overlaten die de gevangenen misschien onder martelingen zullen dwingen de valse aanklacht toe te geven. Er staan vele levens op het spel. Deze mensen moesten eerst voor de piraten vluchten, daarna werden ze vals beschuldigd en vervolgens ten onrechte veroordeeld. Dat is zeer verdrietig voor hen. Deze arme burgers zijn als onze eigen zonen. Als echte piraten worden vrijgelaten, is dat een misdrijf. Als gewone mensen vals worden beschuldigd en veroordeeld, druist dat tegen alle principes van rechtvaardigheid in. U bent een rechtvaardig man en het gewone volk beschouwt u als een vader. Ik weet zeker dat u deze twaalf mensen zult vrijlaten.[9]

Gouverneur Ruan Yuan was het met Ying eens en liet de onschuldige slachtoffers vrij.
Ruan toonde zich een uitstekend gouverneur. Na enige tijd benoemde hij Qin Ying voor een periode van enkele maanden tot regeringscommissaris, de op één na hoogste positie in de provincie. In deze functie was Ying hoofdzakelijk belast met financiële zaken, belastingen en personeelsbeleid, maar ook de piraterij bleef hem bezighouden. Een van de problemen was dat de kanonnen van de marine vaak zo oud waren dat ze explodeerden als ze werden afgevuurd. Bovendien paste de munitie van de soldaten vaak niet bij de boring van hun geweren. Daarom gaf Ying bevel om alle oude kanonnen en geweren om te smelten en nieuwe wapens te vervaardigen. Hij maakte een schatting van de kosten van deze operatie, compleet met de hoeveelheid steenkool die ervoor nodig was.
In 1800 werden drie prefecturen in het oosten van Zhejiang getroffen door zware overstromingen, gevolgd door hongersnood. De plaatselijke bestuurders, die bang waren van incompetentie te worden beschuldigd als ze om extra geld zouden vragen, meldden de situatie daarom niet aan het hof. 'Een begroting is niet meer dan een schatting en geeft de werkelijke situatie soms niet weer,' schreef Ying aan Ruan Yuan. 'Deze overstromingen kwamen geheel onverwacht en daarom moet Zijne Majesteit van de werkelijke situatie op de hoogte worden gesteld. Hoe kunnen we toezien dat burgers sterven?' Het hof werd over de noodtoestand ingelicht en er kwamen extra voorraden. De omvang van de verwoestingen blijkt uit een gedicht dat Ying erover schreef:

> De zwarte wind joeg over de heuvel, de draak steigerde,
> de donder rolde en de bliksem flitste.

De berg stortte in, getroffen door het hoofd van de godheid
toen zijn voet de golven honderd passen hoog liet opspatten.
Stenen en dakpannen vlogen voor de wolken uit;
In geen enkel dorp bleven de deuren of ramen op hun plaats.

In deze wereld bestonden geen kippen of honden meer;
Alleen de uilen en adelaars waren nog te horen.
Overal regeerde de verschrikking.
De wegen lagen bezaaid met lijken,
skeletten hingen als apen aan de bomen.
De doden waren verdwenen, de levenden waren te beklagen.

Weduwen huilden om hun man,
zonen om hun vader.
De greppels lagen vol naakte, hongerige mensen.
Het evenwicht in de natuur was verstoord.
Wij zijn bestuurders zonder geweten;
Hoe moet het gewone volk overleven?

In december 1800 werd Ying eindelijk officieel tot provinciaal rechter benoemd, een functie die hij zes jaar lang als waarnemer had vervuld.[10] Een jaar later werd hij als provinciaal rechter naar de provincie Hunan overgeplaatst.[11]
Toen Ying in Hunan aankwam, werd een van de prefecturen, Hengzhou, door hongersnood geteisterd. De oogst was tegengevallen en er hadden zich roversbenden gevormd die niet alleen de uithoeken van de prefectuur onveilig maakten, maar ook grotere steden, zoals Changsha en Hengyang, aanvielen. De plaatselijke autoriteiten hadden het nieuws over deze roversbenden achtergehouden, maar Qin Ying stelde de gouverneur op de hoogte, waarna Hengzhou hulp kreeg uit andere delen van de provincie.[12] De bendeleiders werden aangehouden en door Ying veroordeeld.
In 1802 werd Ying, die inmiddels negenenvijftig was, getroffen door een aandoening in zijn arm. Hij kreeg twee jaar ziekteverlof en na zijn herstel werd hij halverwege 1804 tot provinciaal rechter in Guangdong benoemd. Keizer Jiaqing stuurde hem een brief waarin hij verklaarde: 'Het leven van een burger is kostbaar. Daarom is het van groot belang de waarheid te achterhalen. Hoewel bestuurlijke taken nooit eenvoudig zijn, mag uw waakzaamheid geen moment verslappen. Laat nooit mensen vrij die straf verdienen en zorg ervoor dat onschuldigen geen haar wordt gekrenkt. Laat u in uw werk door deze principes leiden.'[13]
Guangdong had zo mogelijk nog meer van piraterij te lijden dan Zhejiang, omdat deze provincie nog dichter bij Vietnam lag. De piraten hadden hier

vrij spel. De regeringstroepen negeerden de overvallen en de burgers moesten zichzelf beschermen.

Ying nam daar geen genoegen mee en bond de strijd met de piraten aan. Hij behaalde enkele kleine successen. Twee van de piratenleiders werden gevangengenomen.

Ying verwierf de reputatie van een rechtvaardig man, die meer in de waarheid dan in een veroordeling was geïnteresseerd. Dat blijkt wel uit een zaak die speelde tegen het einde van zijn verblijf in Guangdong. Een koopman, Lin Wu genaamd, was vals beschuldigd van piraterij, maar Ying was van zijn onschuld overtuigd. Juist op dat moment werd hij echter benoemd tot regeringscommissaris van Zhejiang en moest hij Guangdong verlaten. Na zijn vertrek werd de koopman veroordeeld en terechtgesteld. Vlak voor zijn executie riep hij uit: 'Als rechter Qin hier nog was geweest, had ik niet hoeven sterven.'[14]

22. Qin Ying: Minister in Peking

Qin Ying is 'een man met beperkte kennis en capaciteiten', schreef Na-yen-cheng, de gouverneur-generaal van Guangdong en Guangxi aan de keizer. 'De vertraging in een groot aantal rechtszaken was aan zijn laksheid te wijten. Toen ik hier kwam, droeg ik hem op de relatie tussen de zeerovers en de bandieten op het land aan te tonen. Hij was het echter niet met me eens en volgde mijn instructies niet op.'[1]

Dit rapport werd geschreven kort na Yings vertrek uit Guangdong. Hij had daar een minder aangename tijd gehad dan in Zhejiang, voornamelijk omdat hij in Guangdong moest samenwerken met deze gouverneur-generaal, een Mantsjoe die in 1804 was benoemd vanwege zijn goede staat van dienst als militair bevelhebber.[2]

Keizer Jiaqing maakte zich grote zorgen over het piratenprobleem in Guangdong en eiste harde maatregelen. Hij stelde ruim 40 000 zilverstukken beschikbaar voor het herstel van beschadigde oorlogsschepen en besloot ook de zoutbelasting van 140 000 zilverstukken aan de nieuwe gouverneur-generaal ter beschikking te stellen. 'Na-yen-cheng is jong en sterk,' verklaarde de keizer. 'Hij moet in staat zijn de rovers en piraten uit te roeien.' Maar dat was gemakkelijker gezegd dan gedaan.

Tijdens zijn eerste maanden in Guangdong had Qin Ying het bijzonder druk. Hij was betrokken bij de arrestatie van twee piratenleiders, onder wie een zekere Liang Xiu-ping. De aanhouding van Liang was voorafgegaan door de arrestatie van zes van zijn medeplichtigen in mei 1804, langs de grens tussen de districten Xinhui en Houshan. Het was bekend dat Liangs bende op wraak zon en een aanval voorbereidde. Ying liet de verdediging van het gebied versterken en stelde een avondklok in. Met gongsignalen moesten de militaire eenheden elkaar van de bewegingen van de piraten op de hoogte houden. Aan dit waarschuwingssysteem werd streng de hand gehouden en wie zijn plicht verzaakte werd gestraft. Toen Liang en zijn aanhangers arriveerden, liepen ze in de fuik. Achtentwintig piraten, onder wie Liang zelf, werden in Houshan gearresteerd.[3]

De nieuwe gouverneur-generaal nam persoonlijk de leiding van de strijd tegen de piraten op zich, zoals de keizer hem had opgedragen. De regeringstroepen onder Na-yen-cheng bleken echter niet opgewassen tegen de zeerovers van Guangdong. Maar als er piraten gevangen werden genomen, werden ze aan zware martelingen onderworpen. In één geval, waarbij achttien verdachten waren aangehouden, meldde gouverneur-generaal Na-yen-cheng dat elf van hen na verhoor 'aan ziekten waren overleden'. Verdachten die werden verbannen kregen het woord 'bandiet' op hun gezicht getatoeëerd. In strijd met het voorschrift dat de provinciale rechter alle piratenzaken moest horen, richtte gouverneur-generaal Na-yen-cheng buiten medeweten van de keizer een speciale afdeling op, het Departement voor Militaire Arbeid, dat zich uitsluitend met de piraten bezighield. Dat sommige piraten betrekkingen met Annam onderhielden was duidelijk. Dat bleek bijvoorbeeld uit het geval van de piratenhoofdman Fu Laohong, die in 1801 naar Annam vluchtte, nadat negenennegentig van zijn bendeleden waren gearresteerd. Daar werd hij tot kapitein van een Annamees schip benoemd, waarna hij zijn plunderingen gewoon voortzette. Uiteindelijk werd hij gevangengenomen en terechtgesteld op het marktplein van Canton. Zijn hoofd werd teruggestuurd naar zijn woonplaats Haikang, waar het werd tentoongesteld, als een waarschuwing aan anderen.

Om te voorkomen dat wapens in verkeerde handen vielen, was het particulieren verboden munitie te vervaardigen. Dit leidde tot een paradoxale situatie. Vrachtschepen die zich tegen de piraten wilden verdedigen wendden zich tot illegale wapenfabrikanten. Een aantal handelaren die in 1800 hoorde dat er vraag naar kanonnen bestond, begonnen onmiddellijk schroot te verzamelen en om te smelten, zodat ze in december 1800 al vijf kanonnen hadden geproduceerd. Vijf maanden later waren er weer drie gereed. Deze illegaal gefabriceerde kanonnen werden steeds zwaarder en daardoor ook duurder. Omstreeks september 1801 produceerden de illegale wapenhandelaren al kanonnen van zo'n 364 pond. Tegen het einde van het jaar leverden ze zelfs 455-ponders af. In totaal bouwden ze drieënveertig kanonnen, die hun 427 zilveren dollars kostten en die ze voor 2284 dollar verkochten. Al spoedig hoorde een andere groep zakenlieden van het succes van deze handel en stortte zich ook op de wapenproduktie. Dit consortium produceerde twintig kanonnen voordat er een eind aan hun handel werd gemaakt. In 1805 werden de illegale wapenfabrikanten gearresteerd en in staat van beschuldiging gesteld. Elf van hen werden ter dood veroordeeld.[4]

In de zomer van 1805 werd Qin Ying door keizer Jiaqing tot regeringscommissaris van de provincie Zhejiang benoemd. Terwijl hij zich gereed maakte voor zijn vertrek, werd er een geheim complot gesmeed tegen zijn tegenstander Na-yen-cheng. In de herfst van dat jaar stuurde de gouverneur van Guangdong een geheim rapport aan de keizer waarin hij zijn directe chef, de gouverneur-generaal, van nalatigheid beschuldigde. Na-yen-cheng zou zich te buiten gaan aan drank en andere pleziertjes, zoals theaterbezoek. Evenals zijn voorgangers stimuleerde keizer Jiaqing het indienen van geheime rapporten als een middel om informatie te verzamelen. De keizer stuurde een afgezant, Mou Yuanming, om de zaak te onderzoeken, maar Mou rapporteerde dat er niets aan de hand was. De keizer vertrouwde hem echter niet en gaf gouverneur-generaal Wu Xiongguang van Huguang opdracht Mou stevig aan de tand te voelen. Tijdens het verhoor bekende Mou dat hij door Na-yen-cheng feestelijk was onthaald en daarom een gunstig rapport over hem had geschreven.

Na-yen-cheng moest zich verantwoorden. Hij schreef een rapport waarin hij uitlegde welke maatregelen hij had genomen om de piraterij te bestrijden. Hij had eerst de bandieten op het land willen uitschakelen, die de piraten van voedsel en andere benodigdheden voorzagen. Bij deze plannen had hij echter de medewerking van andere functionarissen, zoals de regeringscommissaris en de provinciale rechter, nodig gehad. Volgens de gouverneur-generaal had regeringscommissaris Kuang-hou het belang van een harde aanpak ingezien, maar had 'de voormalige provinciale rechter Qin Ying' zijn medewerking geweigerd. Misschien was dat inderdaad het geval, omdat Yings ervaringen in Zhejiang hem hadden geleerd zeer zorgvuldig te werk te gaan, om onschuldige verdachten niet door martelingen tot valse bekentenissen te dwingen.

Bovendien, verklaarde Na-yen-cheng, viel Qin Ying tijdens 'gemeenschappelijke ondervragingen' (vermoedelijk doelde hij daarmee op zittingen van het Departement voor Militaire Arbeid) geregeld in slaap. 'Een keer moest ik hem door een gerechtsdienaar laten wekken,' aldus Na-yen-cheng. 'Hij was niet alleen lichamelijk zwak, maar ook dom.' Hij voegde eraan toe dat hij de keizer een geheim rapport over Ying had willen sturen, maar dat het al te laat was omdat de keizer Yings promotie al bekend had gemaakt.

De keizer was niet erg onder de indruk van Na-yen-chengs verdediging. Het is niet bekend of Ying op de hoogte was van de kritiek die de gouverneur-generaal op hem had, maar hij zou spoedig de gelegenheid krijgen zijn kant van het verhaal te laten horen tijdens een keizerlijke audiëntie.

Een van de laatste zaken waarover Na-yen-cheng voor het vertrek van Qin Ying verslag uitbracht betrof de belangrijke piratenkapitein Li Chongyu. Toen Na-yen-cheng tot gouverneur-generaal van Guangdong was benoemd, had de keizer hem opgedragen vooral deze man op te sporen.

In het begin van de lente kregen de autoriteiten informatie over de verblijfplaats van Li en werd een plan opgesteld om hem bij verrassing te overmeesteren. Om te voorkomen dat hij over zee zou ontsnappen werd de haven geblokkeerd, terwijl op het land een grote troepenmacht met vijf kanonnen, zestig fuseliers en meer dan honderd infanteristen Li's schuilplaats omsingelde. De angst voor Li en zijn rebellenleger was echter zo groot dat de soldaten het bevel om hem te verrassen negeerden en zijn verblijfplaats meteen begonnen te beschieten. In de veldslag die hierop volgde, werden vijfentwintig van Li's aanhangers gevangengenomen, maar Li zelf wist te ontkomen. Na de verhoren werden alle officieren vrijgesproken van de verdenking dat ze met de piraten onder één hoedje hadden gespeeld. De commandant die het bevel tot vuren had gegeven, bekende echter dat hij uit lafheid had gehandeld. De officieren kregen verschillende straffen, variërend van zweepslagen tot ontslag en verbanning. Bovendien bleek uit de verhoren dat Li al lang was vertrokken op het moment dat de soldaten met hun beschieting waren begonnen.[5]

Li werd nooit gevangengenomen. Later dat jaar accepteerde hij een aanbod van Na-yen-cheng om zich 'over te geven', in ruil waarvoor hij tot luitenant in het regeringsleger werd benoemd en een groot aantal van zijn eigen mannen onder zich mocht houden. Dit aanbod paste in de strategie van Na-yen-cheng om de piraten aan zijn zijde te krijgen, omdat hij hen niet kon verslaan. De gouverneur-generaal beloofde tien zilverstukken aan iedere piraat die zichzelf aangaf. In totaal gingen vijfduizend piraten op dit aanbod in. Fondsen die voor de strijd tegen de piraten waren bestemd werden zo gebruikt om de piraten te betalen. Gouverneur Bai-ling van Guangdong was het niet met deze strategie (die ook in andere provincies werd gevolgd) eens en wees de keizer op de risico's van het rekruteren van piraten.

Zoals gebruikelijk moest Qin Ying naar Peking terugkeren voor een keizerlijke audiëntie, voordat hij officieel in zijn nieuwe functie in Zhejiang zou worden geïnstalleerd. Dit gesprek vond plaats op 1 december, en bij deze gelegenheid kreeg Ying de kans zijn visie op de situatie in Guangdong te geven. Keizer Jiaqing vroeg Ying naar zijn mening over het optreden van Na-yen-cheng. Blijkbaar bevestigde Yings verhaal de twijfels die de keizer over Na-yen-cheng koesterde, want na het gesprek gaf hij een verklaring uit waarin hij de gouverneur-generaal veroordeelde. Vooral de oprichting van het Departement voor Militaire Arbeid, dat alle zaken van piraterij behandelde, beviel hem niet:

> Hoewel er in Guangdong vele zaken moeten worden gehoord, dient dit volgens de traditionele voorschriften te gebeuren en is uitsluitend de provinciale rechter hiertoe bevoegd. Als hij het daar te druk voor heeft, dient hij ter verantwoording te worden geroepen. Het Departement voor Militaire Arbeid is een belachelijke instelling... Hoe durft Na-yen-cheng de traditionele procedures te wijzigen! Hij heeft bij de Hoge Raad gewerkt en zou dus beter moeten weten... Hierbij geef ik hem opdracht dit systeem onmiddellijk af te schaffen.

Wat betreft het rapport dat door [gouverneur] Bai-ling is ingediend over het alcoholgebruik van Na-yen-cheng en zijn veelvuldige theaterbezoek, heeft Qin Ying mij verteld dat het kantoor van Na-yen-cheng drie tot vier keer per maand een banket en een theatervoorstelling organiseert. Na-yen-cheng heeft ook [regeringscommissaris] Kuang-hou uitgenodigd om verscheidene keren per maand een voorstelling bij Yan Feng thuis bij te wonen. Elke maand bezoekt Na-yen-cheng dus een groot aantal voorstellingen. Hoe houdt hij dan nog tijd over om zijn werk goed te doen?[6]

Er werd opnieuw een onderzoek naar het gedrag van Na-yen-cheng ingesteld, dat uiteindelijk leidde tot het ontslag van de gouverneur-generaal. De keizer liet hem naar Xinjiang verbannen, waar hij twee jaar verbleef, totdat hij opnieuw een bestuurlijke functie kreeg.
Tijdens zijn audiëntie bij de keizer vroeg Qin Ying of hij in de hoofdstad mocht blijven in plaats van naar Zhejiang te worden gestuurd. Gezien Yings leeftijd willigde de keizer dit verzoek in en benoemde hem tot minister van het Hof van Keizerlijk Vermaak. Korte tijd later volgde zijn benoeming tot minister bij het Hof van Keizerlijke Offers.[7] In deze functie schreef hij zijn belangrijkste rapport over het piratenprobleem in Guangdong.
Eerst stipte hij de bekende problemen aan. De regeringstroepen hadden te weinig geld, te weinig wapens en incompetente officieren, die de piraten liever met rust lieten en in hun plaats onschuldige burgers arresteerden. Daarna deed hij een aantal voorstellen om de situatie te verbeteren. De belangrijkste daarvan waren:

– Het leger versterken. Buitenlandse kooplieden en zouthandelaren zijn bereid geld aan het leger bij te dragen, maar de functionarissen die bij deze transacties betrokken zijn, steken het geld in eigen zak. Bovendien zijn de militaire bevelhebbers nog altijd hooghartig en laks. Er dienen strenge regels te worden opgesteld om dubieuze praktijken te voorkomen en ervoor te zorgen dat onze troepen werkelijk worden versterkt – niet alleen op papier.

– Het prestige van het leger versterken. De piraten beschikken over talloze spionnen. Zolang wij hen geen angst kunnen aanjagen, zullen zij onze troepen minachten. Als de troepen uitrukken, lijkt het me zinvol dat de gouverneur-generaal hen uitgeleide doet en op hun succes drinkt. Wie als held terugkeert, dient in het openbaar te worden beloond. Wie zijn orders niet gehoorzaamt, moet zonder pardon worden terechtgesteld.

- Valse beschuldigingen vermijden. Het is van het grootste belang dat alleen echte piraten worden gearresteerd. Terwille van een beloning zijn soldaten vaak bereid de waarheid te verdraaien en onschuldigen aan te houden.

- Ogenschijnlijke kracht door werkelijke kracht vervangen. Onze kusten worden beschermd door artilleriestellingen, maar de kust is lang en we hebben maar weinig militaire posten, zodat de zeerovers gemakkelijk een zwakke plek kunnen vinden. De patrouilleschepen zijn niet tegen de piraten opgewassen en worden vaak gekaapt. Het *bao-jia*-systeem [van wederzijdse bescherming] is uitgehold en verworden tot een middel voor lagere ambtenaren om geld af te persen. Als wij een *bao-jia* of militie willen oprichten, zullen wij eerst het vertrouwen van de bevolking moeten winnen. Ik ben ervan overtuigd dat wij ter wille van een doelmatige verdediging eerst bestuurshervormingen zullen moeten doorvoeren, en daarom mogen wij de belangen van het volk niet uit het oog verliezen.

- De afhandeling van rechtszaken bespoedigen. De inwoners van Guangdong zijn snel geneigd een rechtszaak tegen elkaar aan te spannen. Daarom moet er een keizerlijk edict worden uitgevaardigd om rechtszaken snel af te wikkelen, onverschillig of het een groot of klein vergrijp betreft. Als een zaak wordt vertraagd, kan iedereen zich ermee bemoeien en wordt het steeds moeilijker de waarheid te achterhalen.

- Bezuinigen waar dat mogelijk is. Onlangs is in het district Haizhou een fonds ingesteld om de kosten van het aanhouden en vervoeren van verdachten te bestrijden. Bezuinigingen zijn noodzakelijk om de financiële lasten beperkt te houden. Een magistraat krijgt meteen een toelage voor particuliere secretarissen en bedienden. Als hij zoveel monden moet voeden, kan hij onmogelijk zijn integriteit bewaren. Ook militaire officieren zijn vaak op hun eigen voordeel uit, en als zij eenmaal macht bezitten, proberen zij burgerlijke functionarissen te intimideren. Ook het aantal lagere functies moet worden beperkt, om de kosten te drukken.

- Corrupte ondergeschikten straffen. Bestuurders moeten gebruik maken van functionarissen die de plaatselijke situatie goed kennen. Maar als zij geen afstand bewaren, is dat rampzalig voor de bevolking. In Guanglong zijn er velen die smeergeld van piraten aannemen. Zulke activiteiten moeten zwaar worden bestraft.

Als deze voorstellen worden uitgevoerd, zal het bestuur worden gezuiverd en daardoor zal het vertrouwen van de bevolking worden hersteld. Pas dan is het mogelijk een goed *bao-jia*-systeem in te stellen – een effectieve militie die de provincie kan beschermen.

Toen de keizer dit rapport had gelezen gaf hij via de Hoge Raad de nieuwe gouverneur-generaal van Guangdong opdracht om Yings adviezen uit te voeren. Kopieën van zijn rapport werden aan de bestuurders van de kustgebieden gestuurd.
Korte tijd later werd Ying benoemd tot gouverneur van de prefectuur Shuntian, die de hoofdstad omringde – een belangrijke post met een grote symbolische betekenis. Als de keizer niet in staat was zijn ceremoniële verplichtingen na te komen, werd hij vervangen door de gouverneur van Shuntian. Het belang van deze functie werd ook weerspiegeld door de bijbehorende versierselen. Het zegel van vergelijkbare posten was vervaardigd uit brons, het zegel van de gouverneur van Shuntian uit zilver.
Begin 1807 volgde Yings benoeming tot onderminister van Strafvervolging. In juni van dat jaar werd hij disciplinair gestraft omdat hij samen met andere functionarissen aan de viering van het traditionele Mid-Herfst Festival had deelgenomen. Wegens grote droogte in de omgeving van Peking had keizer Jiaqing bepaald dat er pas feest mocht worden gevierd als het geregend had. Maar op de dag van het festival waren de prinsen en hoge functionarissen toch naar het keizerlijke Yuan Ming Yuan Park gegaan om zich te amuseren en de keizer een feestelijke groet te brengen. De keizer liet daarop een verklaring uitgaan: 'Als wij een feest houden voordat het heeft geregend, zal het volk denken dat ik mij niets van hun problemen aantrek en alleen maar in feesten en pleziertjes ben geïnteresseerd. Waarom kunnen de prinsen en hovelingen geen begrip opbrengen voor mijn gevoelens?' Daarna bepaalde hij dat iedereen die in het park was geweest (dus ook Qin Ying) drie maanden geen salaris zou krijgen.[8]
Op het ministerie van Strafvervolging werd Ying ook belast met zaken die nog uit het verleden stamden. Een van de pijnlijkste affaires was een inbraak in de kas van het ministerie zelf, die in 1804 had plaatsgevonden en waarbij een bedrag van ongeveer 19 000 zilverstukken was buitgemaakt. De zaak sleepte zich jarenlang voort en ondanks arrestaties en martelingen werden de schuldigen niet gevonden en het geld niet ontdekt. De onderzoekers werden bestraft omdat ze geen resultaten boekten en uiteindelijk moesten de hoogste functionarissen van het ministerie het bedrag uit eigen zak aanzuiveren.
Tijdens de voorbereidingen van de jaarlijkse Herfstzitting in september 1807 bleek het gerechtshof in Hunan een achterstand te hebben. Omdat hij provinciaal rechter in Hunan was geweest, werd Ying verantwoordelijk

gesteld. Het ministerie van Personeelszaken stelde voor hem twee rangen te degraderen en hem over te plaatsen. Keizer Jiaqing besloot hem echter in zijn functie te handhaven.

Een van Yings taken als onderminister van Strafvervolging was het toezicht op de executie van mensen die zware misdaden hadden begaan. Zo'n zaak deed zich bijvoorbeeld voor in december 1807 en betrof een man die Zhong Kuan heette en van het uitoefenen van zwarte magie werd beschuldigd. Zhong was al eerder berecht en tot de dood door wurging veroordeeld. Dit werd als het minst wrede doodvonnis beschouwd omdat hierbij het lichaam intact werd gelaten. Minder mild was onthoofding, waarbij het hoofd vaak werd tentoongesteld als waarschuwing aan het publiek. En het strengste vonnis was natuurlijk *lingchi*, waarbij het slachtoffer op een kruis werd gebonden en aan repen gesneden. Pas bij de laatste snee werd het hoofd van het lichaam gescheiden.

In de zaak-Zhong stelde de veroordeelde zijn terechtstelling uit door luidkeels zijn onschuld te betuigen – een aloude vertragingstactiek, die de beul dwong de executie op te schorten tot er een nader onderzoek was ingesteld. Grootsecretaris Qing-gui kreeg van de keizer opdracht om Zhong Kuan opnieuw te ondervragen, maar na een tweede onderzoek bevestigde de grootsecretaris de schuld van de verdachte en adviseerde hij zelfs de straf te verzwaren tot onthoofding. Keizer Jiaqing bekrachtigde dit vonnis en beval bovendien om Zhong voor zijn terechtstelling te straffen met veertig stokslagen, 'als een waarschuwing aan andere misdadigers'.

Ying en een collega moesten toezicht houden bij de executie en bekendmaken dat Zhong een strengere straf had gekregen omdat hij had beweerd dat hij onschuldig was.

Omdat China een zeer hiërarchische samenleving was, waarin de Chinezen onderworpen waren aan de Mantsjoes, het gewone volk aan de ambtenaren, zonen aan hun vaders en iedereen aan de keizer, werd het verstoren van de sociale orde als het zwaarste vergrijp beschouwd. Als een bediende ongestraft zijn hand tegen zijn meester kon opheffen, of een zoon tegen zijn vader, was dat in principe gelijk aan majesteitsschennis. De zwaarste straffen werden daarom opgelegd aan slaven of bedienden die hun meester aanvielen of – erger nog – vermoordden. Een zo'n zaak waar Ying mee te maken kreeg betrof een paar mannen die een complot tegen hun heer, Li Yuchang, hadden beraamd. Een van de mannen had, door bedrog, 23 000 zilverstukken in handen gekregen die naar Shandong waren gestuurd om de hongersnood te bestrijden. Li Yuchang ontdekte dit, maar voordat hij iets kon doen werd hij door een van de mannen vergiftigd. Toen de moord werd onderzocht, werd de betrokken functionaris met 2000 zilverstukken omgekocht. Uiteindelijk kwam de zaak toch bij het ministerie van Strafvervolging terecht, en via het ministerie ook bij de keizer. Jiaqing gaf

bevel de hoofdverdachte naar het graf van zijn meester te brengen, waar hij werd gemarteld en onthoofd, waarna zijn hart werd uitgerukt en aan de geest van zijn overleden meester werd geofferd. Qin Ying moest de twee medeplichtigen naar het marktplein begeleiden, om toe te zien op hun executie. De corrupte functionaris werd veroordeeld tot de dood door wurging.[9]
Het jaar daarop kwam Qin Ying voor een dilemma te staan. Een familielid van de keizer, Min-xue, was in een moordzaak verwikkeld. De kwestie werd onderzocht door het ministerie van Strafvervolging en de Keizerlijke Familieraad, die een beslissende stem had in alle juridische zaken die leden van de keizerlijke familie betroffen. Beide instanties waren zich bewust van het gevoelige karakter van de zaak en zochten excuses om Min-xue te kunnen vrijpleiten. Maar omdat het rapport vol tegenstrijdigheden stond, werd het door andere ministers opnieuw beoordeeld en zij adviseerden om de functionarissen die het oorspronkelijke onderzoek hadden geleid te ontslaan. Qin Ying werd drie rangen gedegradeerd en overgeplaatst. Keizer Jiaqing verklaarde dat Ying niet voldoende aandacht aan de zaak had besteed en dat hij 'oud en nutteloos' was.[10]
In februari 1809 was Qin Ying daarom weer terug op zijn oude post als minister van het Hof van Keizerlijk Vermaak. In de loop van het volgende jaar wist hij echter het respect van de keizer terug te winnen.
In april werd Ying benoemd tot adjunct-hoofd van het censoraat,[11] en hoewel hij nooit de graad van *jinshi* had behaald viel hem dat jaar toch de eer te beurt toezicht te mogen houden bij de hoofdstadexamens. Toen er drie kandidaten werden betrapt die werkstukken op hun lichaam hadden verborgen, was de keizer zeer tevreden en beloonde hij alle betrokken examinatoren.[12]
In juli 1809 werd er een groot tekort ontdekt in een graanschuur in Tongzhou, in de buurt van Peking. Een speciale commissie van vier man, onder wie Qin Ying als adjunct-hoofd van het censoraat, moest de zaak onderzoeken en iedere vijf dagen verslag uitbrengen aan de keizer. De vraag was vooral of er diefstal in het spel was, en als dat zo was, of die diefstal had plaatsgevonden voordat of nadat het graan in de schuur was opgeslagen.[13]
De conclusies van het onderzoek waren schokkend. De commissie ontdekte dat er honderdduizenden pikols rijst waren gestolen en dat de boekhouding was vervalst. Volgens een van de rapporten hadden de dieven de rijst in een vloeistof geweekt, zodat de korrels uitzetten en de kisten voller leken dan ze in werkelijkheid waren. Ying deed echter een experiment met de vloeistof en merkte dat het in de praktijk niet werkte. Hij meldde zijn bevindingen aan de keizer, die hem antwoordde dat hij ook een experiment had laten uitvoeren, met hetzelfde resultaat. Hierdoor had Ying

het vertrouwen van de keizer weer geheel herwonnen. Hij had immers laten blijken dat hij niet alles geloofde wat hem werd verteld, maar zelf pogingen deed de waarheid te achterhalen. Dank zij dit experiment kon Ying de onschuld aantonen van enkele verdachten, die ervan waren beschuldigd dat ze deze vloeistof hadden aangeboden, opgeslagen of gekocht.[14]

Later die maand werd Ying bevorderd tot vice-kanselier van het Grootsecretariaat en gelijktijdig tot onderminister van Riten. Daarna volgden nog enkele andere posten, totdat hij in februari 1810 opnieuw tot onderminister van Strafvervolging werd benoemd. Bijna een jaar nadat hij was gedegradeerd wegens laksheid in de zaak tegen Min-xue, had hij zijn oude positie weer terug.[15]

In september fungeerde Qin Ying ook nog als onderminister van Publieke Werken, belast met de Keizerlijke Munt. Inmiddels was hij dus onderminister op vijf van de zes ministeries geweest.

Tegen het einde van 1810 diende Qin Ying een verzoek om ontslag in. Hij was nu achtenzestig en zijn ogen werden slecht, wat een riskante handicap kon zijn voor iemand in zijn positie, zoals zijn oudoom Huitian had ondervonden. In zijn verzoek schreef Ying dat hij in de herfst een ernstige verkoudheid had opgelopen, waardoor zijn ogen ontstoken waren geraakt. Hoewel hij van de verkoudheid was hersteld, gingen zijn ogen snel achteruit. 'Als ik naar het hof ga, heb ik moeite de weg te vinden,' schreef hij, 'en als ik stukken lees, wordt alles vaag. Bovendien gonzen mijn oren en hoor ik niet zo goed meer.' Ying vroeg toestemming het volgend voorjaar met pensioen te mogen gaan, nadat keizer Jiaqing op zijn gebruikelijke reis naar het noordoosten was vertrokken.

De keizer willigde het verzoek in en vatte Yings carrière als volgt samen: 'Qin Ying heeft het hof vele jaren gediend en zijn werk zeer zorgvuldig gedaan. Ook toen hij nog in de provincie werkte, had hij een uitstekende reputatie. Door een zware verkoudheid heeft hij nu een oogaandoening opgelopen, waarvan het herstel enige tijd zal vergen. Ik geef hem daarom toestemming zich terug te trekken en tot rust te komen. Hij mag het volgend voorjaar vertrekken, nadat hij mij uitgeleide heeft gedaan. Omdat zijn oogproblemen het gevolg zijn van een verkoudheid, moeten ze te genezen zijn. Als hij weer is hersteld, kan hij naar de hoofdstad terugkeren, in afwachting van een nieuwe benoeming.'

In zijn afscheidsbrief aan de keizer schreef Qin Ying: 'Ik heb geen bijzondere talenten, maar toch vraagt Uwe Majesteit mij na mijn herstel naar het hof terug te keren. Als ik het geluk heb van deze oog- en oorkwalen te genezen, zal ik zeker terugkomen om het hof te dienen. Ik zou mij niet durven terugtrekken om een gemakkelijk leven te leiden.'

Begin 1811 reisde Qin Ying terug naar Wuxi, waar hij zich tot aan zijn dood met letterkundige projecten bezighield. Niet alleen werkte hij mee aan de redactie van een nieuwe editie van de familiestamboom, maar ook verrichtte hij een diepgaand onderzoek naar het leven van zijn voorvader Qin Guan, de dichter uit de Song-dynastie, en annoteerde hij de uitvoerige biografie die de Ming-geleerde Qin Yong over Guan had geschreven. Bovendien was hij de drijvende kracht achter een volgende editie van de *Wuxi Almanak*, die in 1813 verscheen.

Dat hij, ondanks zijn oogaandoening, een goede gezondheid genoot, blijkt wel uit het feit dat hij in 1813, op zeventigjarige leeftijd, nog vader werd van een zoon, geboren uit een concubine. De carrière van deze zoon, Xiangye, zou die van zijn oudere broers – die binnen het huwelijk waren geboren en dus hoger in aanzien stonden – verre overtreffen.

In 1818, toen Ying vijfenzeventig was, vierde hij het feit dat hij zestig jaar geleden zijn eerste graad had behaald. Het kwam zelden voor dat mensen zo oud werden dat ze dit heuglijke feit konden gedenken. Het was een belangrijke mijlpaal, omdat in China alles in een cyclus van zestig jaar werd gevierd. Het feest kreeg nog extra glans doordat een van Yings kleinzonen tot de plaatselijke academie werd toegelaten nadat hij hetzelfde examen had afgelegd als zijn grootvader zestig jaar voor hem.

Op 21 juli 1821 schreef Qin Ying een brief aan zijn oude vriend Chen Yongguang, waarin hij hem vroeg zijn grafschrift op te stellen. 'Mijn gezondheid gaat nu snel achteruit en ik vrees dat ik spoedig zal sterven,' schreef Ying. 'Jij kent me en je bent vertrouwd met de klassieke literatuur. Ik ben zo vrij jou te vragen de tekst voor mijn grafsteen te schrijven. Mijn eigen zonen en mijn studenten kennen mijn karakter en mijn leven veel minder goed.' Qin Ying overleed op 7 augustus 1821, juist op het moment dat China de inhuldiging van een nieuwe keizer, Daoguang, vierde.

23. Qin Xiangye: De 'eervol gezakte'

'Ben je dan vergeten wat je vader je heeft geleerd?' vroeg de weduwe van Qin Ying huilend aan haar zoon, Xiangye, terwijl ze hem tot betere prestaties aanspoorde.[1]
Omdat Xiangye een nakomertje was – zijn oudste broer Xiangwu[2] was tweeënveertig jaar ouder dan hij – groeide hij niet samen met zijn broers op. Zijn moeder was grotendeels verantwoordelijk voor zijn opvoeding. Als hij van school thuiskwam, liet ze hem alles herhalen wat hij die dag had geleerd. Als het goed ging, was ze blij, maar als hij er niets van terecht bracht, liet ze hem tot laat in de avond studeren. En steeds als zijn prestaties tegenvielen, greep ze naar de zorgvuldig bewaarde vellen papier waarop haar overleden echtgenoot de lessen voor zijn jongste zoon had genoteerd.
Over het algemeen genomen was Xiangye een goede leerling. Nog voordat hij twintig was, had hij al een aantal gedichten geschreven waar hij erg trots op was. Omdat hij ze wilde laten publiceren, stuurde hij ze naar een goede vriend van zijn vader, Ruan Yuan, en vroeg hem er een voorwoord bij te schrijven. Maar dit brutale verzoek werd blijkbaar genegeerd door Ruan, die inmiddels tot de hoge positie van grootsecretaris was opgeklommen.
Xiangyes moeder regelde een huwelijk voor hem met een achternicht uit de familie Wang, die drie jaar ouder was dan hij. De grootvader van haar moeders kant was een Qin. Huwelijken tussen neven en nichten waren heel gebruikelijk, als ze maar een verschillende achternaam hadden. 'Een hechte relatie nog hechter maken' – zo werd zo'n verbintenis getypeerd. Dit huwelijk verbond de rijke Wangs met de vooraanstaande Qins en schiep daardoor een sterke band.
Nadat hij het licentiaatsexamen had afgelegd, vertrok Xiangye in 1835 naar Peking om zich aan de Nationale Academie op de provinciale examens te gaan voorbereiden, zoals zijn vader ook had gedaan. Hij was toen tweeëntwintig. Maar hoewel hij bijna twintig jaar in de hoofdstad zou blijven, zou hij de titel van *juren* nooit behalen.
In deze periode trad de zwakte van het Chinese rijk steeds duidelijker aan het licht. In 1839 vond keizer Daoguang de tijd gekomen om maatregelen

te nemen tegen de Britse kooplieden die steeds grotere hoeveelheden opium naar China importeerden, die zij verhandelden voor thee, zijde en porselein. Niet alleen betekende dit een aanslag op de nationale financiën, maar ook werd het moreel van het land erdoor aangetast.

In maart 1839 kwam keizerlijk commissaris Lin Zexu aan in Canton, het centrum van de Chinese buitenlandse handel. Hij had opdracht het kwaad van het opiumschuiven met wortel en tak uit te roeien. De opium was afkomstig uit Brits-Indië en Britse handelaren namen het grootste deel van deze lucratieve handel voor hun rekening. De commissaris nam meer dan twintigduizend kisten opium van Britse handelaren in beslag en liet ze vernietigen. De Chinezen hadden een nogal irreëel beeld van hun eigen macht. De keizer dreigde de export van thee te verbieden, in de veronderstelling dat hij daarmee het Britse rijk ernstig zou treffen.

De Britse handelaren wisten de Britse premier Lord Palmerston te overreden een expeditiemacht naar China te sturen, waarmee de Opiumoorlog, die van 1839 tot 1842 zou duren, was begonnen.

De Chinezen hadden verwacht dat dit expeditieleger, dat uit ongeveer twintig oorlogsschepen met vierduizend Britse en Brits-Indische soldaten bestond, Canton zou aanvallen en ze werden volkomen verrast toen de schepen in noordelijke richting voeren. Na een langdurige beschieting werd op 5 juli het bijna weerloze Dinghai in de provincie Zhejiang door de Britten veroverd.

Een maand later bereikte de Britse vloot Tianjin en vormde daardoor een directe bedreiging voor Peking. De Britten legden de eisen van Lord Palmerston, waaronder compensatie voor de in beslag genomen opium en de kosten van de Britse expeditie, aan de Chinese regering voor.

Het Chinese hof was bereid tot onderhandelen, op voorwaarde dat de Britten hun troepen naar het zuiden zouden terugtrekken. De onderhandelingen sleepten zich voort totdat de Britten, ongeduldig geworden, in januari 1841 de kracht van hun kanonnen demonstreerden door de forten van Chuanbi – die Canton beschermden – te veroveren en het grootste deel van de Chinese vloot te vernietigen. Dit machtsvertoon had het gewenste resultaat. Binnen twee weken gingen de Chinezen in Canton akkoord met de Britse eisen, waaronder de overdracht van het eiland Hong Kong aan Groot-Brittannië, een schadeloosstelling van zes miljoen dollar en de hervatting van de buitenlandse handel vanuit Canton.

Voordat het akkoord door beide partijen kon worden geratificeerd, werd Hong Kong door Britse troepen bezet. Op grond hiervan werd de overeenkomst door Peking ongeldig verklaard en stuurde het Chinese hof troepen naar Canton, met het doel de Britten te verslaan. In de loop van de volgende maand vielen de Britten opnieuw aan en slaagden er zonder noemenswaardige tegenstand in de forten en buitenlandse fabrieken te

bezetten. Gebruik makend van het netwerk van waterwegen onderwierpen Britse oorlogsschepen het platteland, terwijl de plaatselijke functionarissen uit vrees voor de toorn van de keizer de werkelijke situatie in hun rapporten verzwegen.
Zodra de Britten echter beseften dat de Chinezen in Canton hun beloften niet waar konden maken, ondernamen ze een tweede expeditie naar het noorden, waarbij ze in juni 1842 de stad Shanghai veroverden. Daarna voeren ze de Jang-tse op, onderwierpen Zhenjian en bedreigden Nanking. De Chinese keizer besefte dat de situatie hopeloos was en stemde toe in onderhandelingen in Nanking. Het resultaat was het Verdrag van Nanking, dat in 1842 werd ondertekend. China moest Hong Kong afstaan, een schadevergoeding van eenentwintig miljoen dollar betalen, vijf havens – Canton, Amoy, Fuzhou, Ningbo en Shanghai – voor buitenlandse handel openstellen en de diplomatieke gelijkheid tussen Chinese en Britse functionarissen erkennen. In de schadeloosstelling was de zes miljoen dollar voor het verlies van de opium opgenomen. Hoewel opium niet met name in het verdrag werd genoemd, werd de handel in dit verdovende middel dus impliciet gesanctioneerd.
Hoewel de Opiumoorlog nu algemeen als een keerpunt in de Chinese geschiedenis wordt beschouwd, waren er velen in de Chinese hoofdstad die het belang ervan niet beseften en alleen maar opgelucht waren dat de buitenlandse troepen weer waren vertrokken. Ze waren ervan overtuigd dat de westerse 'barbaren' de eeuwenoude tradities van het Hemelse Rijk nooit zouden kunnen veranderen.
Ongetwijfeld nam Xiangye ook deel aan de discussies over deze ontwikkelingen, maar helaas zijn de meeste van zijn geschriften uit deze periode als gevolg van latere militaire conflicten verloren gegaan.
In 1846 nam Xiangye opnieuw aan de provinciale examens deel. Weer zakte hij, maar het scheelde zo weinig dat hij werd opgenomen in een aparte groep van veertig kandidaten, die een speciale vermelding als 'eervol gezakten' kregen. Verder zou hij het in dit opzicht nooit brengen.
Hij had inmiddels vijf zonen en een dochter, en hoewel hij een bescheiden erfenis had gekregen en zijn vrouw uit een rijke familie kwam, moest hij toch de kost verdienen. Daarom nam hij een baan als particulier secretaris aan, een van de weinige mogelijkheden voor geleerden die geen officiële functie konden krijgen. Hoewel hij als licentiaat theoretisch recht had op een overheidsfunctie, was het aantal beschikbare posten zo klein en het aantal kandidaten zo groot, dat de overheid wachtlijsten had aangelegd. Kandidaten voor een post moesten betalen om op een wachtlijst te worden geplaatst. Ook Xiangye liet zich op een wachtlijst plaatsen, voor de functie van subprefect. Het kostte hem een aanzienlijk bedrag. In 1856 werd hij door keizer Xianfeng naar de provincie Zhejiang gestuurd, om daar te

wachten tot er een functie beschikbaar kwam. Tijdens zijn wachttijd kreeg hij verscheidene tijdelijke opdrachten, die enkele weken of enkele maanden duurden, en waarvoor hij werd betaald. Zo moest hij bijvoorbeeld tussen Suzhou en Changzhou heen en weer reizen om voorraden voor het leger bijeen te brengen. Als beloning voor zijn werk werd hij tot de rang van prefect bevorderd, maar hij had nog steeds geen prefectuur.

In de jaren vijftig van de negentiende eeuw werd China verscheurd door de Taiping-opstand, geleid door een man Hong Xiuquan geheten, een licentiaat die – evenals Xiangye – herhaalde malen voor het provinciale examen was gezakt. Deze opstand, die het land veertien jaar verlamde en waarbij dertig miljoen mensen om het leven kwamen, was een voorbode van het naderende einde van de heersende dynastie.

Hong Xiuquan voelde zich aangetrokken tot het christelijk geloof dat door de missionarissen werd gepredikt. Op een dag raakte hij in trance en verklaarde dat hij de jongere broer van Jezus was. Hij en zijn volgelingen riepen een nieuwe staat uit, het Hemels Koninkrijk Taiping. Ze wilden de Mantsjoes verdrijven, China weer aan de Chinezen teruggeven en hun eigen variant van het christendom verbreiden. Door deze christelijke invalshoek stond het Westen aanvankelijk sympathiek tegenover de beweging, maar uiteindelijk bleken de westerse economische en politieke belangen beter te worden gediend door de Qing-dynastie en daarom steunden de westerse landen de regeringstroepen.

In 1853 werd Nanking door de rebellen veroverd en tot de hoofdstad van het Hemels Koninkrijk Taiping uitgeroepen. Toen het nieuws over de val van Nanking bekend werd, brak er paniek uit onder de inwoners van Wuxi, maar het zou zeven jaar duren voordat ook Wuxi door de opstandelingen werd aangevallen en bezet. Toen de Taiping-troepen in maart 1860 de stad binnenvielen, hingen ze overal pamfletten op waarin stond dat zij de bevolking geen kwaad zouden doen, maar een dag later richtten de rebellen – die te herkennen waren aan de rode zakdoeken die ze om hun hoofd hadden geknoopt – een verschrikkelijk bloedbad aan. Een groot deel van de mannelijke bevolking werd vermoord en de vrouwen werden ontvoerd en verkracht.[3]

De Taipings probeerden de plaatselijke bevolking te rekruteren, maar buiten de stad bleven haarden van verzet bestaan. In Tangkou werd dit verzet geleid door Xiangyes vriend Hua Yilun, wiens dochter met Xiangyes oudste zoon was getrouwd. Hua's troepen droegen witte zakdoeken om hun hoofd geknoopt om zich van de rebellen te onderscheiden.

De centrale regering in Peking was niet in staat de provincies te hulp te komen. De keizer stond onder voortdurende druk van het Westen om het binnenland voor buitenlandse handel open te stellen, en toen dit niet snel genoeg gebeurde, werd Canton in 1858 opnieuw bezet, ditmaal door een

gecombineerde Engels-Franse troepenmacht. Nog in hetzelfde jaar sloot China met Groot-Brittannië, Frankrijk, de Verenigde Staten en Rusland het Verdrag van Tianjin, nadat een Engels-Frans leger had gedreigd de Chinese hoofdstad te bezetten.
Toen de Britten en Fransen een jaar later met een grote vloot terugkeerden om het verdrag te ratificeren, boden de Chinezen verzet. Daarop rukten de geallieerde troepen in 1860 naar Peking op. De keizer sloeg op de vlucht, onder het mom van een jachtpartij in zijn noordelijke domeinen. De bezetting van de hoofdstad deed de Chinezen eindelijk beseffen hoe kwetsbaar zij waren voor de superieure westerse militaire technologie. De Conventie van Peking dwong de Chinese regering tot nieuwe concessies en herstelbetalingen. Deze opeenvolging van crises werd keizer Xianfeng te veel. Zijn gezondheid ging snel achteruit en in 1861 overleed hij, pas dertig jaar oud. Hij werd opgevolgd door zijn vijfjarig zoontje, maar de komende vijftig jaar zou China in werkelijkheid worden geregeerd door de beruchte keizerin-moeder Cixi, de macht achter de troon.
In Wuxi bleek de Taiping-opstand de grootste ramp die de stad in duizend jaar had getroffen. Het Hemels Koninkrijk heerste bijna vier jaar in Wuxi. Alleen al in de eerste maand werden 190 000 mannen, vrouwen en kinderen gedood. Tijdens het vierjarig schrikbewind pleegden vele inwoners zelfmoord door zich te verhangen of zich in de bronnen en rivieren te werpen. Wuxi en de directe omgeving veranderden in een woestenij waar zelfs geen mussen meer leefden. Tegen het einde van deze gruwelijke episode werden de inwoners tot kannibalisme gedwongen.
Toen Wuxi door de rebellen werd veroverd was Xiangye in Hangzhou, maar zijn moeder woonde nog in Wuxi. Xiangyes oudste zoon Guangjian bracht zijn grootmoeder op het platteland in veiligheid. Xiangye wist uit Hangzhou te vluchten voordat de rebellen ook hier hun slag sloegen, en hij verborg zich een maand lang in de wildernis voordat hij een boot vond die hem naar Wuxi kon brengen. Hij vond onderdak in Tangkou, het voorstadje dat door de militie van zijn vriend Hua Yilun bezet werd gehouden. In het voorjaar van 1862 reisde hij samen met Hua naar Shanghai. Daar ontmoetten zij generaal Li Hongzhang, die juist tot waarnemend gouverneur van Jiangsu was benoemd. Xiangye en Hua werden zijn particuliere secretarissen en adviseurs.
Tegen het einde van 1863 slaagden Li Hongzhang en zijn troepen erin de Taiping-rebellen uit Wuxi en Suzhou te verdrijven. Tegen de tijd dat Wuxi werd bevrijd was 90 procent van de stad echter al verwoest, waaronder ook vele huizen langs de Zesde Pijl Rivier, waar de meeste leden van de Qin-familie woonden. Na hun overwinning gingen de regeringstroepen zich bovendien te buiten aan een orgie van geweld en vernietiging die de wandaden van het Hemels Koninkrijk nog ver overtrof.

Na de herovering van Wuxi schreef Xiangye aan de nieuw benoemde magistraat van het district dat hij graag een officiële functie zou bekleden, maar dat hij niet genoeg geld had om een ambt te kopen. 'Ik ben arm en ik heb zware familieverplichtingen,' schreef hij. 'Hoewel ik veel rijke vrienden heb, is het toch niet eenvoudig voldoende geld bijeen te brengen.'[4]

Op de een of andere manier lukte het Xiangye blijkbaar toch het benodigde bedrag bij elkaar te krijgen, want in 1864 nam hij ontslag als particulier secretaris van gouverneur Li en verhuisde met zijn gezin naar Suzhou, waar hij een overheidsfunctie kreeg.

In 1866, toen hij als waarnemend zoutcontroleur in Zhejiang werkzaam was, voerde hij een experiment uit waarbij zout niet langer daadwerkelijk van het ene naar het andere gebied vervoerd hoefde te worden. In plaats daarvan gaf hij coupons of promessen uit, die uitbetaling van een bepaalde hoeveelheid zout garandeerden. Helaas was hij niet in staat zijn ideeën in praktijk te brengen, omdat de gouverneur er niets in zag.

In dat jaar, na een hete zomer en een extreem koude winter, werden zijn moeder en zijn zoon Guangzu ernstig ziek en stierven binnen drie dagen na elkaar. Xiangye reisde met de stoffelijke resten terug naar Wuxi, om hen te begraven. In haar grafschrift betreurde Xiangye het feit dat zijn vijfentachtigjarige moeder juist was overleden op het moment dat hij een redelijk inkomen begon te verdienen, en dat hij nooit de kans had gekregen haar iets terug te geven voor alles wat ze voor hem had gedaan.[5]

De rest van zijn verblijf in Zhejiang besteedde Xiangye vooral aan historisch onderzoek en letterkundige activiteiten. Van de gouverneur kreeg hij opdracht een verslag te schrijven over de overwinning van generaal Zuo Zongtang op de Taiping-rebellen. Het kostte hem twee jaar om dit boek, *Een verslag van de pacificatie van Zhejiang*, te voltooien. Uiteraard was dit werk gebaseerd op officiële bronnen en werd er geen aandacht geschonken aan het standpunt van de Taiping-rebellen.

De bevrijding van Zhejiang en het geleidelijke economische herstel van het gebied betekende dat er ook weer belastingen konden worden geheven van deze normaal gesproken zo welvarende provincie. Toch dienden Xiangye en twee andere provinciale bestuurders een verzoek om belastingvermindering in. Na zoveel jaren oorlog had de bevolking tijd nodig om zich te herstellen, schreven ze. Daarom vonden ze dat de regering geen betaling van de achterstallige belastingen uit 1862 – toen de provincie nog door de rebellen werd bezet – mocht eisen. 'De belastingen zouden pas over de periode na 1862 mogen worden geheven, om de bevolking de kans te geven deze moeilijke tijd te boven te komen,' was hun conclusie.

Nu de provincie weer in staat was voldoende graan te leveren aan het keizerlijk hof, diende ook het probleem van een efficiënt vervoer zich weer aan. Het provinciale bestuur discussieerde al tientallen jaren over de vraag of men zeeroutes moest vinden ter vervanging van de route over het Grote Kanaal, dat door overstromingen en verzilting steeds moeilijker bevaarbaar werd. Dit probleem was na 1840 urgent geworden en had zelfs tot voedseltekorten in de hoofdstad geleid. Hoewel er herstelwerkzaamheden aan het Grote Kanaal werden uitgevoerd, was het in 1849 geheel dichtgeslibd, zodat alle vervoer over zee moest plaatsvinden. De Taipingopstand, die het hele binnenlandse transport had verlamd, had voorlopig een einde gemaakt aan de discussie over heropening van het kanaal.

De geschiedenis van de zeeroute van Zhejiang naar het noorden werd vastgelegd in een boek van gouverneur Ma Xinyi, waarbij Xiangye het voorwoord schreef. Transport over zee, aldus Xiangye, vergde minder moeite en minder tijd dan vervoer over het Grote Kanaal. Toch zag hij wel problemen, vooral nu de provincie zich weer van de oorlog begon te herstellen en de produktie toenam. Hij vreesde dat er niet genoeg schepen zouden zijn om al het graan naar het noorden te vervoeren. 'De laatste tijd,' verklaarde Xiangye, 'geven steeds meer handelaren de voorkeur aan buitenlandse schepen. Chinese schepen worden bijna niet meer gebruikt.'

In 1871 werd hij opnieuw tot waarnemend zoutcontroleur benoemd. Hij ontdekte dat vele posten binnen het zoutdepartement niet bezet waren en dat andere bestuurders de salarissen voor deze niet-vervulde functies gewoon in hun eigen zak staken. Xiangye besloot een van de ergste overtreders aan te pakken door zijn boekhouding zorgvuldig te controleren en zijn corrupte praktijken aan de kaak te stellen. Hierna durfden zijn collega's geen misbruik meer te maken van het systeem en werden de openstaande vacatures vervuld.

Evenals zijn vader telde Xiangye onder zijn vrienden een groot aantal vooraanstaande schrijvers en dichters. In 1867 richtte hij samen met andere dichters een letterkundig genootschap op. De leden kwamen twee keer per maand bijeen en wilden een bloemlezing van hun gedichten uitgeven. Het genootschap viel echter uiteen toen sommige leden naar andere delen van het land werden overgeplaatst en enkele oudere dichters overleden. Een paar jaar later, in 1873, werd Xiangye benaderd door een andere dichter, Bai Shaxi, die hem niet alleen zijn eigen gedichten liet lezen, maar ook het werk van zeven of acht andere geleerden, van wie de meesten nog altijd op een overheidsfunctie wachtten. Ook dit genootschap bestond niet meer, omdat de leden waren gestorven of verhuisd. Bai vroeg Xiangye de beste gedichten te selecteren en ze in een bundel te publiceren. Xiangye voldeed graag aan dit verzoek.

Omstreeks dezelfde tijd werd hij gevraagd de redactie van een nieuwe editie van de familiestamboom op zich te nemen. Zijn vader had de vorige uitgave geredigeerd, die in 1819 was verschenen. Velen van zijn neven en achterneven hadden een hogere titel dan Xiangye, en ook zij werkten aan deze nieuwe editie mee, maar Xiangye stond niet alleen in aanzien door zijn leeftijd, maar hij was ook de belangrijkste wetenschapper van de familie.

In zijn voorwoord weet Xiangye de vertraging in de verschijning van deze nieuwe editie aan de chaos van de Taiping-opstand. Tijdens deze rebellie waren veel familieleden gedood of uit Wuxi gevlucht en was veel informatie verloren gegaan. Xiangye constateerde dat de familie groot aanzien had genoten onder de Ming-dynastie en het bewind van de keizers Qianlong en Jiaqing van de Qing-dynastie. Op sommige momenten hadden 'tientallen familieleden gelijktijdig in de hoofdstad of in de provincies gediend', van wie velen in hoge functies. De Qin-familie had een groot aantal goede examenkandidaten voortgebracht, die zich hadden onderscheiden als hovelingen, ambtenaren, geleerden of trouwe zonen.

Maar nu, merkte Xiangye op, 'zijn er nauwelijks geleerden of studenten meer over. Er nemen nu zelfs minder familieleden aan het licentiaatsexamen deel dan er vroeger voor de provinciale examens werden ingeschreven.' Blijkbaar had Xiangye het gevoel dat voor de Qin-familie, net als voor de keizerlijke dynastie, een periode van verval was aangebroken.

De opkomst en neergang van de familie kan zelfs statistisch worden weergegeven. In de vijftiende eeuw bracht de familie twee *jinshi* voort, in de zestiende eeuw drie, in de zeventiende eeuw negen en in de achttiende eeuw zelfs zestien. Maar in de negentiende eeuw zakte dit cijfer opeens naar twee. Ook het aantal *juren* steeg van tien in de zestiende eeuw naar veertien in de zeventiende en eenendertig in de achttiende eeuw, om in de negentiende eeuw weer tot zestien te dalen. De familie maakte in de achttiende eeuw duidelijk een bloeiperiode door, vooral tijdens het bewind van keizer Qianlong. Xiangye betreurde dat hij zelf dit verval niet had kunnen tegenhouden. 'Bij het schrijven van dit voorwoord,' besloot hij, 'voel ik mij triest en beschaamd.'

Het is interessant dat de curator van het museum in Wuxi meer dan een eeuw later ook een parallel trok tussen het verval van de Qin-familie en de neergang van de keizerlijke dynastie:

'Het verval van de Qin-familie uit Wuxi weerspiegelt een historische ontwikkeling die de ondergang van de feodale samenleving in China markeert,' schreef hij. 'Feodale functionarissen en landheren hadden een fatale ziekte opgelopen, en niets of niemand kon hen nog redden.'

In 1875 deed zich een merkwaardige gebeurtenis voor. Xiangye's achterneef Baoji, een bekend geleerde, ontdekte in een boekwinkel in de provincie Shanxi de kleine dichtbundel die Xiangye als jongeman had geschreven en een halve eeuw geleden aan Ruan Yuan had gestuurd. Ruan was natuurlijk al lang overleden. Baoji kocht de bundel voor zijn oudoom,

maar Xiangye vond de gedichten achteraf eigenlijk het publiceren niet waard. De oude man werd nu zelf geregeld gevraagd een voorwoord te schrijven bij het werk van jongere auteurs.
In 1878 stierf Xiangyes echtgenote, na een huwelijk van meer dan veertig jaar. Een jaar later werd Xiangye op voordracht van Li Hongzhang – die inmiddels grootsecretaris was – benoemd tot waarnemend intendant van de prefecturen Jinhua, Chuzhou en Yanzhou. Hij maakte zich daar vooral verdienstelijk door zijn strijd tegen enkele bandietenbendes.
Hoewel hij niet langer adviseur van Li Hongzhang was, had Xiangye nog steeds een grote belangstelling voor de nationale en internationale politiek. Hij correspondeerde met Li en gaf hem zijn mening over belangrijke ontwikkelingen.
In deze tijd werd China gedwongen een groot deel van het westelijk gelegen Ili aan de Russen af te staan. Xiangye schreef aan grootsecretaris Li – op dat moment waarschijnlijk de machtigste functionaris van het land – dat Rusland veel te hoge eisen stelde en uitte zijn verontwaardiging over het feit dat de Russen oorlogsschepen naar de Chinese wateren hadden gestuurd om hun onderhandelingspositie te versterken. Als de Russen aan land werden gelokt, meende Xiangye, zouden ze verslagen kunnen worden, omdat hun schepen en kanonnen dan niet langer effectief waren en 'onze heldhaftige troepen ongetwijfeld korte metten met hen zullen maken'.
In het algemeen drong hij echter op voorzichtigheid aan. Hij vond dat de kustprovincies niet voldoende waren beschermd. 'In Zhejiang,' schreef hij, 'liggen de steden Wenzhou, Ningzhou, Taizhou, Shaoxing, Hangzhou en Jiaxing allemaal aan de kust. Als een van deze steden onvoorzichtig is en wordt bezet, zullen alle andere daar de gevolgen van ondervinden.'
De zwakte van China was voor een deel te wijten aan slecht bestuur, meende Xiangye. 'Dit jaar, na de hongersnood, hebben ambtenaren de oogstresultaten veel te rooskleurig voorgesteld, om hun superieuren te laten geloven dat er een overschot was. Daardoor zijn de belastingen verhoogd, wat tot een reeks opstanden in de drie prefecturen Hangzhou, Jiaxing en Huzhou heeft geleid. Het volk heeft geen vertrouwen meer in het bestuur.' Als rebellen en smokkelaars binnenlandse problemen zouden veroorzaken op hetzelfde moment dat de Russen een dreigende houding zouden aannemen, 'zou de situatie rampzalig kunnen worden'.
En Xiangye concludeerde: 'Het is misschien niet juist over vrede te onderhandelen, maar gezien de situatie in het zuidoosten van ons land lijkt het me ook niet verstandig een oorlog te beginnen.'
In zijn volgende brief aan de grootsecretaris vroeg Xiangye aandacht voor de belangrijke verschillen tussen de Russen en Japanners aan de ene en de Britten aan de andere kant – zoals hij die zag. Binnenlandse politieke

problemen vormden de voornaamste reden waarom de Russen nog geen militaire stappen hadden ondernomen, aldus Xiangye. In het verleden hadden de Russen de Japanse aanspraken op Taiwan gesteund en zelf pogingen gedaan strategische gebieden in Mongolië in handen te krijgen. 'Ze gedroegen zich zeer agressief en daarom wilde iedereen hun de oorlog verklaren,' schreef Xiangye. Maar, voegde hij daaraan toe, China was nog niet gereed voor een militaire confrontatie. 'Hoewel Zhejiang nu kanonnen aanschaft en zijn kustverdediging probeert te versterken, vrees ik dat dit niet voldoende is. Hetzelfde geldt voor Fujian en Guangdong. Maar de Britten zijn heel anders dan de Russen en de Japanners,' vervolgde Xiangye. 'Zij willen alleen maar handeldrijven en ons vredesakkoord met Groot-Brittannië is daarom veel duurzamer. De Russen en Japanners willen meer land, dus zal een vredesverdrag altijd onbetrouwbaar zijn. Binnen enkele jaren zullen ze nieuwe problemen veroorzaken en ons aanvallen als wij er niet op verdacht zijn.'

Met het oog op de toekomst meende Xiangye dat China, zelfs als het voor vrede zou kiezen, 'zijn fronttroepen moet versterken en de belastingen moet verlagen om de steun van het volk te verkrijgen. En als er weer oorlog uitbreekt, moeten wij op het land strijden en onze havens goed beschermen. Alleen dan kunnen we de overwinning behalen, daar ben ik van overtuigd.' Daarmee verwoordde Xiangye de wijdverbreide opvatting in China dat de buitenlanders alleen strijd konden voeren vanaf hun veilige kanonneerboten, maar dat ze op het land vernietigend zouden worden verslagen: 'De geschiedenis bewijst het. Onder het bewind van keizer Kangxi hebben de Russen ons twee keer aangevallen en beide keren hebben we hen verslagen. Daaruit blijkt dat we op het land tegen hen opgewassen zijn.' Over de Japanners schreef Xiangye dat ze 'zijn uitgerust met oorlogsschepen en kanonnen. Daarom kunnen we alleen onze havens beschermen. We zijn niet in staat hen op zee te bestrijden.'

De provincie Zhejiang had een officiële uitgeverij opgericht. In 1880 werd Xiangye op grond van zijn letterkundige prestaties tot directeur benoemd en belast met de uitgave van boeken van historisch belang, niet alleen voor Zhejiang maar voor het hele land. Een van zijn grootste projecten was een supplement bij de twaalfde-eeuwse studie van de Noordelijke Song-dynastie door de historicus Li Tao, getiteld *Een Chronologische Voortzetting van een Beknopte Spiegel tot Steun bij het Bestuur*. Delen van Li's werk die in de loop der jaren verloren waren gegaan werden in dit supplement opgenomen. Het betrof onder meer de gegevens over het bewind van de keizers Huizong en Qinzong, de twee vorsten van de Noordelijke Song-dynastie die door de Jurchens gevangen waren genomen.

In zijn voorwoord schreef Xiangye: 'De voltooiing van dit project heeft

twee jaar gekost en een grote fysieke en mentale inspanning gevergd van de acht tot negen medewerkers, die een groot aantal verwijzingen moesten controleren. Wij durven te verklaren dat de grootste zorgvuldigheid is betracht.'
Tegen het einde van zijn carrière fungeerde Xiangye nog enige tijd als adviseur van de nieuwe gouverneur, Chen Shijie. Hij deed een aantal voorstellen tot belastinghervormingen en adviseerde het zoutmonopolie van de staat af te schaffen, de particuliere zoutproduktie te legaliseren en de producenten te belasten. Het zou echter nog veertig jaar duren voordat deze hervormingen werden doorgevoerd, op het moment dat de zoutproduktie onder buitenlands beheer kwam. Xiangye was teleurgesteld dat zijn adviezen niet werden opgevolgd. In 1881 schreef hij de gouverneur dat hij een oude man was en besloten had zich terug te trekken. Hij wilde wel in functie blijven, mits er naar zijn adviezen werd geluisterd. 'Een hoge functionaris die niet naar anderen luistert, maakt geen gebruik van hen. Maar als hun raad wordt opgevolgd, lijkt het alsof ze een officiële functie hebben gekregen. Ik kan mijn eigen adviezen niet beoordelen. Dat laat ik aan u edele over.'
Terug in Wuxi werd hem gevraagd de redactie van de nieuwe editie van de *Wuxi Almanak* op zich te nemen. De laatste uitgave dateerde uit 1813, het geboortejaar van Xiangye, en was nog door zijn vader geredigeerd. Xiangye had de trieste taak de verwoestingen van Wuxi tijdens de Taiping-opstand vast te leggen – de grootste ramp die zijn geboortestad in duizend jaar was overkomen. Achter in de almanak nam hij een lijst op van vooraanstaande slachtoffers van de rebellie. Onder hen waren honderd leden van de Qin-familie. Deze editie van de *Wuxi Almanak* uit 1881 is de laatste die ooit is verschenen.
In de almanak nam Xiangye ook een eigen verhandeling over de onrechtvaardigheid van de graanbelasting op, die niet in natura maar in geld werd geïnd. Voor gewone burgers gold een vast bedrag, aldus Xiangye, 'maar de tarieven voor de landadel zijn afhankelijk van de macht van de desbetreffende families en de omvang van hun bezittingen.' Hij kende voorbeelden van grootgrondbezitters die zelf hun tarief hadden berekend 'en de belastingambtenaren hadden gedwongen dit tarief te accepteren. De kleine boeren bezitten niet veel land,' vervolgde hij, 'en na een jaar hard werken zijn de opbrengsten niet voldoende om een gezin van acht mensen te voeden. Deze boeren hebben geen contant geld om de belasting te voldoen. Daarom zijn ze gedwongen de rijst die zij voor hun dagelijkse voeding nodig hebben tegen lage prijzen te verkopen.'[6]
Hoewel Xiangye op grond van zijn opleiding en functie zelf tot de hogere klassen werd gerekend, was hij geen grootgrondbezitter en lag zijn sympathie duidelijk bij de arme bevolking. Het publiceren van deze verhande-

ling vergde enige moed, want hierdoor deed hij een duidelijke aanval op de gevestigde belangen van de landadel in Wuxi. Xiangye suggereerde twee oplossingen voor het probleem van de verschillende omrekentabellen van graan in geld. Het ene voorstel was graanschuren te bouwen, zodat de belasting weer in natura kon worden geïnd en het probleem van de omrekening kon worden omzeild. Een andere mogelijkheid was de belastingen wel in geld te innen, maar daarbij de marktprijs voor het graan als uitgangspunt te nemen, met een kleine toeslag voor administratieve kosten. Zoals zo vaak werden zijn adviezen genegeerd.

Zijn hele leven had Xiangye het moeilijk kunnen verkroppen dat hij nooit een hoge functie had gekregen. Daarom had hij bij iedere gelegenheid zijn ideeën aan zijn superieuren voorgelegd, in de hoop dat hij op die manier invloed op het beleid zou kunnen uitoefenen. Zijn bekendste verhandeling betrof de kustverdediging.

In deze verhandeling verkondigde Xiangye de nogal ongebruikelijke opvatting dat de meeste buitenlanders geen agressors waren. Buitenlanders waren alleen in handel geïnteresseerd, aldus Xiangye, en hadden geen belang bij een oorlog. Soms, schreef hij, 'koesteren één of twee landen wel sluwe ambities', maar die werden meestal beteugeld door andere landen, die hun belangen niet in gevaar wilden brengen.

'Japan vormt echter een uitzondering,' schreef hij. 'De Japanners hebben heimelijke bedoelingen en hun handel is gering van omvang.' Deze woorden zouden profetisch blijken.

De Japanse stalen schepen behoorden tot de beste ter wereld, aldus Xiangye, en het was van het grootste belang dat China ook dergelijke schepen zou gaan bouwen. Oorlogsschepen waren duur en China kon er slechts enkele kopen. Bovendien verkocht het buitenland de Chinezen vaak verouderde typen. 'Als wij eindelijk hebben geleerd hoe we iets moeten maken, passen de buitenlanders weer nieuwere technieken toe. Zolang wij alleen maar navolgen, zullen we het buitenland nooit inhalen.

Buitenlanders zijn wel gevaarlijk op zee, maar niet op het land,' vervolgde hij. Dit was de mening van de meeste Chinezen. Daarom moest China zoveel mogelijk geld in de opbouw van een modern leger investeren. Bovendien adviseerde Xiangye de belastingen te verlagen, zodat kuststeden in staat zouden zijn een eigen militie te vormen. 'De buitenlanders zijn banger voor onze burgers dan voor onze soldaten,' verklaarde hij. 'Ze durven zich niet aan land te wagen. Aan boord van hun schepen voelen ze zich veilig en daarom blijven ze daar. Ze zijn ver van hun eigen land en hebben problemen met hun bevoorrading. Die problemen hebben wij niet. Als de mensen langs de kust kunnen voorkomen dat de buitenlanders door verraders worden bevoorraad, als we meer vissersboten huren en meer piraten rekruteren, zullen de buitenlanders onze havens niet meer

kunnen binnenvallen en zullen wij hen op het land gemakkelijk kunnen verslaan. "Ons voordeel tegenover hun zwakte uitbuiten", noem ik dat.'
Bovendien zou een goed getraind beroepsleger niet alleen de buitenlanders kunnen verslaan, maar ook binnenlandse opstanden kunnen onderdrukken. Al die geweren, kanonnen en kleine schepen konden immers ook tegen rebellen worden ingezet.
Alleen de beste mensen mochten in bestuurlijke functies worden benoemd, het volk moest een goede opleiding krijgen en de levensstandaard moest worden verbeterd, aldus Xiangye. 'Als het volk vertrouwen heeft, zal het land sterk zijn en kan de vrede gehandhaafd blijven. De Westerlingen en de Japanners zullen ons dan niet meer durven bedreigen,' besloot hij.
Nadat hij zich uit het openbare leven had teruggetrokken, leidde Xiangye het bestaan van een arme geleerde. Zijn leven lang had hij financiële problemen gekend, behalve in de korte perioden dat hij als zoutcontroleur had gewerkt. Hoewel hij nu bijna zeventig was, werd hij toch gevraagd naar Hangzhou te komen om les te geven aan de Oostelijke-Stad Academie. Xiangye nam het aanbod aan, maar moest twee schilderijen verkopen om het geld voor de reis bijeen te brengen. In de herfst van 1883, vlak voor zijn vertrek, werd hij echter ziek en op 11 november van dat jaar overleed hij, zeventig jaar oud.
In een grafschrift verklaarde zijn vriend Sun Yiyan: 'Ik treur om Xiangye. Hoewel hij een intelligent man was, heeft hij nooit een belangrijke positie bekleed. Hij werkte hard en als hij dezelfde kansen had gekregen als zijn vader, had hij veel voor ons land kunnen betekenen. Helaas heeft hij het niet verder gebracht dan zoutcontroleur en is hij in armoede gestorven. Maar ach, een geleerde moet niet naar zijn wereldse prestaties worden beoordeeld!'[7]

24. Mijn grootvader: Districtsmagistraat Qin Guojun

In de editie van de familiestamboom die door Xiangye werd samengesteld is de volgende aantekening over mijn grootvader te vinden: 'Guojun: Achter-achterkleinzoon van Wenjin... Genaamd Leping. Student aan de Nationale Academie. Wachtend op rang 9b. Geboren op de zevende dag van de twaalfde maand van het tweede jaar van het bewind van keizer Xianfeng (1852). Verloofd met juffrouw Qiu, dochter van Yundong, toekomstig subprefect van Zhejiang, geboren op de achtste dag van de tweede maand van het eerste jaar van Xianfeng (1851).'
Op het moment dat deze editie werd geschreven was mijn grootvader dus al verloofd. Zijn toekomstige vrouw was ruim een jaar ouder dan hij. Blijkbaar had hij ook al de titel gekocht van *jiansheng*, student aan de Nationale Academie. Deze graad stond gelijk aan het licentiaat en gaf hem het recht aan de provinciale examens deel te nemen. Bovendien was hij kandidaat voor een functie van de negende rang, de laagste in de hiërarchie, slechts een rang hoger dan die van klerk, bode of secretaris, functies die niet tot de echte bureaucratie werden gerekend.
Zijn vader, Bingbiao, die ook een graad had gekocht en assistent-magistraat in Zhejiang was geworden, was overleden toen hij nog geen veertig was. Guojun was toen zes jaar en enig kind. Drie oudere broers waren jong gestorven.
Mijn overgrootmoeder reisde met haar zoontje naar Xi'an, waar ze werden opgenomen door het gezin van haar broer, maar ook zij overleed al spoedig. Guojuns naaste familielid, zijn oom Bingsu, had een overheidsfunctie in Zhejiang, maar binnen enkele jaren overleden Bingsu en zijn vrouw, zonder kinderen na te laten. De jonge Guojun was daardoor de enige erfgenaam van zowel zijn vader als zijn oom, en op hem rustte nu de plicht de familielijn van beide takken voort te zetten.
Toen hij nog maar een tiener was, sloot Guojun zich aan bij het leger van generaal Zuo Zongtang, die als gouverneur-generaal van de provincies Shaanxi en Gansu een grote moslem-opstand moest neerslaan. Over deze periode uit zijn leven is niet veel bekend, maar volgens de familieverhalen zou grootvader onder twee van Zuo's beste officieren hebben gediend en vooral betrokken zijn geweest bij de bevoorrading van de troepen.

In februari 1871 werd de rebellenleider verslagen en gedood. Na deze veldtocht begon grootvader zijn officiële carrière door de graad van *jiansheng* te kopen. Dit was een vrij 'goedkope' titel,[1] maar het kostte hem veel meer geld om zijn naam op een wachtlijst voor een overheidsfunctie te krijgen. Tegen het einde van de negentiende eeuw werden de meeste lagere overheidsfuncties gekocht en niet langer vervuld op basis van examenresultaten – een systeem dat de overheid een aanzienlijk bedrag aan inkomsten opleverde.

Grootvader was inmiddels naar Zhejiang gereisd om met zijn verloofde te huwen. Haar vader, de geleerde Qiu Yundong, was assistent-administrateur van Hangzhou, de hoofdstad van de provincie. Het verhaal wil dat de familie Qiu, die rijker was dan de Qins, voor het huwelijk enkele bedienden naar grootvaders huis stuurde om de beddespreien in de bruidskamer te controleren. Een gladde sprei was van zijde, een ruwe sprei slechts van katoen. De spreien van mijn grootvader bleken van zijde te zijn en het huwelijk kon worden gesloten. De plechtigheden stonden onder toezicht van Qin Xiangye, het oudste lid van de familie, die op dat moment voor de tweede keer tot zoutcontroleur was benoemd.

In 1872 werd Guojuns eerste kind geboren, een dochter. Uiteindelijk zou het echtpaar vijf dochters en twee zonen krijgen. De oudste zoon, Lianyuan, moest de familielijn van zijn oom voortzetten. De jongste zoon, Liankui, was mijn vader.

Al spoedig ontdekte grootvader dat zijn vrouw bijzonder begaafd was. Ze was zeer ontwikkeld, omdat haar vader haar persoonlijk les had gegeven. Als meisje van dertien schreef ze al gedichten, twee jaar later ook verhandelingen, en op haar achttiende wist ze alles van de Chinese geschiedenis en de klassieken. Op letterkundig gebied was ze veel begaafder dan mijn grootvader, en ze schreef gedichten uit zijn naam, die hij aan zijn vrienden opdroeg, zoals toen gebruikelijk was. Maar mijn grootmoeder was ook geschoold in de vechtsporten en leerde haar zonen hoe ze met zwaard en pijl en boog moesten omgaan.

Wat mijn grootvader in de tien jaar na zijn huwelijk deed, is niet geheel duidelijk, maar in 1880 – hij was toen achtentwintig – vinden we hem terug als aankomend assistent-districtsmagistraat. In die functie was hij betrokken bij het innen van de graanbelasting in Zhejiang en het vervoer van het graan naar de hoofdstad, over zee.[2] Dit vervoer was erg belangrijk, omdat de lading niet alleen bestond uit graan voor de bevolking van Peking en omgeving, maar ook uit een extra-kwaliteit rijst voor het keizerlijk hof. Omdat hij zijn werk goed deed, werd grootvader halverwege 1882 beloond met een voorlopige promotie: hij kreeg de belofte dat hij, zodra hij de functie van assistent-magistraat zou krijgen, als magistraat zou worden behandeld. Dit was een gebruikelijke vorm van beloning tijdens de laatste

jaren van de dynastie. Het klonk mooi, en het kostte niets.
Hoewel de reis overzee zeer zwaar was, genoot grootvader er kennelijk van. In het noorden aangekomen, talmde hij zo lang dat hij tegen het einde van het jaar nog steeds in de provincie Shandong was. Mijn grootmoeder, die met de kinderen in Zhejiang was achtergebleven, schreef het volgende gedicht:

> Het jaar zal eindigen met de wintertrommels;
> Ik droog mijn tranen voordat ik het afscheidslied heb gehoord.
> Pas op voor de winden en de dauw van onbekende streken;
> Thuis wachten de pijnbomen en chrysanten op je.
> Je zult je doel bereiken en jezelf ontplooien;
> Wees niet bang dat wij niet te eten hebben, al is het leven hard.
> Wees voorzichtig en zie niet om;
> Maar laat je ambities niet je hart verzuren.

Het jaar daarop reisde grootvader naar de provincie Shaanxi, misschien om een bezoek te brengen aan de familie van zijn moeder, waarmee hij was opgegroeid. Hij hield van muziek en had altijd een metalen fluit bij zich, niet alleen om op te spelen, maar ook als wapen om de wolven te verjagen. Hij noemde zich zelfs 'De man met de metalen fluit', een bijnaam die mijn grootmoeder ook in haar gedichten over hem gebruikte.
Door de reislust van mijn grootvader kwam de opvoeding van de kinderen geheel op mijn grootmoeder neer. De familie had niet veel geld en daarom moest zij wat bijverdienen door thuis garen te spinnen, zoals veel vrouwen deden. Toch onderscheidde ze zich van haar tijdgenoten door te gaan schrijven – 'free-lance', zouden we tegenwoordig zeggen. Onder een pseudoniem, om haar sekse te verhullen, schreef ze artikelen over actuele zaken in een tijdschrift dat werd uitgegeven door de beroemde Kujing Jingshe Academie in Hangzhou. 's Avonds leerde ze haar kinderen gedichten uit de Tang-dynastie en las ze hen voor uit de klassieken. Maar 's nachts lag ze vaak wakker en voelde zich eenzaam en verdrietig.
Tegen het einde van de jaren tachtig was grootvader enkele jaren verantwoordelijk voor het transport van grote hoeveelheden zilver, dat als deel van de belastingen naar Peking werd vervoerd. Hij kweet zich goed van zijn taak en in 1889 werd hij in Peking door de keizer in audiëntie ontvangen. Een jaar eerder had hij eindelijk genoeg geld bijeengebracht om de laatste termijn te betalen voor de titel van *jiansheng*, die hij zeventien jaar eerder had gekocht. Waarschijnlijk moest dit bedrag zijn voldaan voordat hij door de keizer kon worden ontvangen. De audiëntie vond plaats op 25 augustus, en na afloop van het gesprek bepaalde de keizer dat Qin Guojun in aanmerking kwam voor de functie van districtsmagistraat,

zodra er een vacature beschikbaar zou komen. Dit betekende dat hij misschien nog jaren zou moeten wachten, want er waren veel kandidaten en maar weinig posten. Voorlopig bleef hij verantwoordelijk voor het transport van zilver uit Zhejiang naar de hoofdstad, en in de loop van de jaren verdiende hij weer enkele goede aantekeningen.

In 1894 brak er tussen China en Japan een oorlog uit over de belangrijkste Chinese vazalstaat, Korea. De Chinezen leden een zware nederlaag. Bij de onderhandelingen in 1895 kreeg Korea zijn onafhankelijkheid (wat in de praktijk betekende dat het onder Japanse invloed kwam) en moest China Taiwan, het schiereiland Liaodong en de Pescadores aan Japan afstaan. Grootmoeder, die toen in slechte gezondheid verkeerde, schreef op haar ziekbed een gedicht waarin ze haar machteloosheid betreurde:

> Drie jaar lang heb ik les gehad in zwaardvechten;
> Ik schaam mij als ik nu mijn dolk betast.
> Wie kan ons land de vrede brengen?

Het ging slecht met China. Buitenlandse mogendheden oefenden steeds meer druk op de grenzen uit en in de binnenlandse politiek ontbrak het aan een krachtig centraal gezag. Hoewel keizerin-moeder Cixi zich in het Zomerpaleis had teruggetrokken en de macht officieel aan haar neef, keizer Guangxu, had overgedragen, had zij achter de schermen nog altijd de grootste invloed. Haar neef had van jongs af aan geleerd haar te gehoorzamen en durfde zich niet tegen haar te verzetten. Door de hoge schadevergoedingen die China het buitenland moest betalen werd de regering bovendien gedwongen de belastingen voortdurend te verhogen, waardoor de onrust in het land toenam. In 1898 barstte de bom.

In de lente van dat jaar werden er uit een twaalftal provincies ernstige voedsteltekorten gemeld als gevolg van een tegenvallende rijstoogst na een bijzonder nat jaar. De hoge graanprijzen leidden tot rellen, waarbij de graanschuren en regeringsgebouwen door woedende volksmassa's werden bestormd.

Vooral in Zhejiang vonden ernstige onlusten plaats. De districtsmagistraat werd wegens incompetentie ontslagen en mijn grootvader, Guojun, werd tot waarnemend districtsmagistraat benoemd. Zijn eerste taak was het opsporen van de leiders van de opstootjes. In een telegram aan de hoofdstad meldde de gouverneur dat de rijstprijzen na de komst van de nieuwe magistraat waren gedaald en dat er een onderzoek werd ingesteld naar de schuldigen aan de ordeverstoringen.

De situatie was zo ernstig dat de Britse consul in Ningbo, G.M.H. Playfair, een dringend rapport aan de ambassade in Peking zond, dat aan Londen werd doorgestuurd. Hoewel de rellen niet tegen Europeanen waren ge-

richt, aldus consul Playfair, 'vormen zij onderdeel van een beweging die zich over bijna geheel China lijkt uit te strekken'.[3]
De berichten over voedseltekorten in Zhejiang en elders dwongen de keizer actie te ondernemen. Op 11 juni kwam hij met een eerste hervormingsbesluit, waarin in brede termen de noodzaak tot verandering werd benadrukt, om China in staat te stellen de achterstand op het Westen en Japan in te lopen. De volgende drie maanden voerde de keizer, samen met een klein groepje jonge, enthousiaste hervormers, een aantal maatregelen door om het landsbestuur te moderniseren. Tot deze maatregelen behoorden de afschaffing van het traditionele essay als onderdeel van de overheidsexamens, het ontslag van conservatieve ambtenaren op belangrijke posten, de stichting van een moderne universiteit in Peking en het invoeren van westerse militaire trainingsmethoden. Al deze hervormingen stuitten op groot verzet bij behoudende groeperingen, die steun zochten bij de keizerin-moeder. Ook zij vreesde dat haar macht zou worden beknot en nam daarom krachtige tegenmaatregelen. Op 22 september ontbood ze haar neef, liet hem arresteren en nam zelf het regentschap weer op zich. De laatste tien jaar van zijn leven was de keizer haar gevangene, hoewel alle rapporten aan zijn tante en hem gezamenlijk werden gericht en alle besluiten door hen beiden werden ondertekend. In feite had er in Peking een coup plaatsgevonden.
Dit werd bevestigd door de verklaring die het hof op 1 december 1898 uitgaf, waarin niet met name genoemde functionarissen ervan werden beschuldigd dat ze verhalen over hongersnood en droogte hadden verzonnen om belastingvermindering te verkrijgen. Hoewel de verklaring nog enkele mooie woorden wijdde aan het welzijn van het volk, was de conclusie dat alle belastingen volledig en op tijd moesten worden voldaan. Over de noodzaak om voldoende voedsel tegen redelijke prijzen beschikbaar te stellen werd met geen woord gerept.
Omdat het Westen in het algemeen sympathiek tegenover de hervormingsvoorstellen had gestaan, werd het vooroordeel van de keizerin-moeder tegen buitenlanders nog versterkt. Dit leidde twee jaar later tot haar steun aan de xenofobische Boksers, die alle buitenlanders wilden doden of uit China verdrijven.
Grootvader Guojun slaagde erin de orde in Wenzhou, in de provincie Zhejiang, te herstellen, op een wijze die het respect van zijn superieuren en de bewondering van de burgerij afdwong. Maar hij had niet voldoende dienstjaren om zijn post te kunnen behouden en moest daarom plaats maken voor een andere kandidaat. Niet veel later braken er in Wenzhou opnieuw onlusten uit, dit keer in verband met de Bokseropstand van 1900, en opnieuw werd een beroep op grootvader gedaan. In totaal verbleef hij bijna zes jaar in Wenzhou.

De Bokseropstand begon in het noorden en breidde zich langzaam in de richting van Peking uit. De Boksers (een politiek-religieuze sekte die zich de *I-ho chu'an* of 'Vuisten van gerechtigheid en harmonie' noemden, vandaar de naam) voelden zich gesterkt door de steun van de keizerin-moeder en belegerden de diplomatieke wijk van Peking. Een Japans diplomaat en een Duits minister werden gedood. Troepen uit acht landen werden naar Peking gestuurd om de diplomaten te ontzetten. Op 14 augustus rukte dit expeditieleger Peking binnen. Voor de tweede maal in veertig jaar werd de Chinese hoofdstad door buitenlandse troepen bezet. De keizerin-moeder vluchtte naar Xi'an, met de gevangengenomen keizer op sleeptouw.

De zuidoostelijke provincies bleven grotendeels afzijdig van dit conflict. Nadat het Chinese hof op 21 juni alle buitenlanders de oorlog had verklaard, hadden de gouverneurs-generaal in het zuiden zich van dit besluit gedistantieerd, omdat zij het onverantwoord vonden. Zij besloten de buitenlanders te beschermen en de geheime genootschappen te verbieden.

Ondanks hun inspanningen breidde de Bokseropstand zich toch naar het oosten en het zuiden van China – en dus ook naar Zhejiang – uit en zorgde daar voor grote angst onder de bestuurders en de buitenlanders. Een edict van de beruchte vreemdelingenhater prins Tuan, dat in andere provincies in het zuidoosten niet mocht worden gepubliceerd, werd met toestemming van gouverneur Liu Shutang in Zhejiang wel openbaar gemaakt. Door sommigen werd dit beschouwd als een stilzwijgende goedkeuring van het geweld tegen buitenlanders, met name missionarissen, en hun Chinese bekeerlingen. Vooral in Wenzhou was de situatie bijzonder gespannen.

Gezien de geïsoleerde positie van Wenzhou – dat slechts eens in de tien dagen door het stoomschip *Poochi* uit Shanghai werd bezocht – besloot de pas benoemde Britse consul in Wenzhou, Pierce Essex O'Brien-Butler, dat alle buitenlanders onmiddellijk moesten worden geëvacueerd. Dit besluit werd nog versterkt door de komst van vijf Chinese christenen, die meldden dat 'de Boksers een lijst hadden met de namen van achtentwintig christenen en openlijk verklaarden dat er evenveel hoofden moesten rollen'.

In een rapport aan het Britse ministerie van Buitenlandse Zaken schreef O'Brien-Butler onder meer: "s Middags hoorden wij dat de Boksers gewelddadig hadden huisgehouden in een plaats op slechts 25 kilometer van Wenzhou. Het was duidelijk dat zij de stad begonnen te naderen en er bestond nu geen enkele twijfel meer aan de noodzaak de havenstad te verlaten. Ten slotte bereikte ons uit drie verschillende bronnen het nieuws dat een groep Boksers van ongeveer 3000 man sterk uit een plaats op 15 kilometer van Wenzhou was vertrokken met de bedoeling de kerken en de buitenlanders in de stad Wenzhou aan te vallen. Het meest uitvoerige verslag kreeg een rooms-katholiek priester te horen van een Chinees christen die vertelde dat de relschoppers zo langzaam naderden omdat ze alle christelijke eigendommen vernietigden die ze op hun weg tegenkwamen en onderweg bovendien bepaalde offerrituelen moesten uitvoeren. Vermoedelijk zouden ze Wenzhou donderdagochtend vroeg bereiken. Toen ik dit bericht hoorde, waarschuwde ik alle buitenlanders om zich zo snel mogelijk aan boord van de *Poochi* in te schepen en liet de machines onder stoom brengen.'[4]

De in Italië gebouwde *Poochi* vertrok op 12 juli naar Shanghai met, behalve de bemanning, negentien mannen, tien vrouwen en tien kinderen aan boord.

Nog geen tien dagen na de evacuatie van Wenzhou vond in de naburige prefectuur Chuzhou een slachting onder buitenlandse zendelingen plaats, waarbij twee mannen, zes vrouwen en drie kinderen werden gedood – van wie er negen uit Engeland en twee uit de Verenigde Staten afkomstig waren. Door dit bloedbad nam de spanning in Zhejiang nog toe. De buitenlandse mogendheden eisten dat enkele provinciale bestuurders, onder wie de gouverneur, zouden worden terechtgesteld.

Hoewel de zendelingen en missionarissen uit Wenzhou de stad op tijd hadden verlaten, hadden hun Chinese bekeerlingen minder geluk. Honderden van hen vluchtten de bergen in. Sommigen stierven aan de ontberingen, anderen werden gedood. De prefect van Wenzhou, die een felle haat jegens vreemdelingen koesterde, stookte het vuurtje nog op.

In deze zeer gespannen situatie werd grootvader opnieuw naar Wenzhou gestuurd. Hij had opdracht de schuldigen te arresteren, de klachten te onderzoeken, de omvang van de schade vast te stellen en de orde te herstellen. Ook moest hij deelnemen aan de onderhandelingen over de schadeloosstelling die de Chinese autoriteiten zouden moeten betalen. Hij reisde naar Wenzhou in de functie van *weiyuan* of commissaris van Buitenlandse Zaken. Zijn komst werd gemeld in een bericht in de Engelstalige *Shanghai Mercury* van 12 augustus 1900:

'Met de *Poochi* arriveerde ook een *weiyuan*, die speciaal is gestuurd om een onderzoek in te stellen naar de recente plaatselijke problemen. De bestuurders van de stad zitten blijkbaar niet op zijn komst te wachten en verzinnen de meest onnozele excuses om hem niet te woord te hoeven staan.'[5]

Grootvader had het dus niet gemakkelijk. Maar de wijze waarop hij zijn taak vervulde en het feit dat hij er twee jaar eerder ook al in was geslaagd de orde te herstellen, bezorgden hem de reputatie van een bekwaam bestuurder.

Er zijn niet veel bijzonderheden over grootvaders optreden bewaard gebleven, maar duidelijk is wel dat hij niet alleen de waardering van zijn superieuren maar ook het respect van de buitenlanders verdiende. Twee van de rebellenleiders werden al snel gearresteerd en er werden maatregelen getroffen om ook de andere schuldigen op te sporen.

Over de eisen van de protestanten werd snel overeenstemming bereikt. De betrokken partijen kwamen een schadeloosstelling van iets meer dan 16000 Mexicaanse dollars overeen. (De Mexicaanse dollar was de meest gehanteerde buitenlandse munteenheid in China.) De rooms-katholieke eisen lagen wat moeilijker. Père Louat, de plaatselijke katholieke missionaris, schatte de verliezen van zijn eigen missie op 20000 Mexicaanse dollars en die van de Chinese christenen op nog eens 20000 dollar. Blijkbaar had de priester de steun van de Franse consul in Hangzhou, die dreigde troepen en oorlogsschepen naar Wenzhou te zullen sturen.

Toen grootvader contact opnam met père Louat, werd hij doorverwezen naar de bisschop in Ningbo, bij wie de zaak nu berustte. Begin 1901 vertrok grootvader naar Ningbo, maar de besprekingen met de bisschop leverden niets op en half maart meldde de *North China Herald* dat de Chinezen en de katholieken 'niet tot overeenstemming zijn gekomen – goed geïnformeerde bronnen lijkt dit niet te verbazen – omdat de Chinezen de eisen exorbitant vinden. Wij zijn geneigd het hiermee eens te zijn. De zaak wordt nu besproken in de provinciale hoofdstad Hangzhou.'[6] Grootvader nam ook deel aan de onderhandelingen in Hangzhou, die pas eind juli werden afgerond.

In een artikel in de *North China Herald* van 24 april 1901 sprak de krant haar waardering uit voor de inspanningen van grootvader en zijn superieur, de sector-intendant:

'Gelukkig bezitten wij in onze *taotai* een tolerant man, die zijn uiterste best heeft gedaan het kwaad te herstellen dat door de prefect was aangericht. Hij werd daarbij krachtig gesteund door de toenmalige *weiyuan* voor Buitenlandse Zaken, Ch'in [Qin], die hier toen – en nu opnieuw – als magistraat werkzaam was. Het is aan deze twee functionarissen te danken dat de situatie niet volledig uit de hand is gelopen. Dank zij hun ingrijpen hebben de onlusten slechts enkele dagen geduurd en konden vele christenen binnen een maand weer naar huis terugkeerden. Ch'in Ta-lao yeh [de edelachtbare Qin] heeft uitstekend werk gedaan bij de afwikkeling van de eisen tot schadevergoeding in zijn *hsien* [district]. Bovendien heeft hij een adviserende stem gehad in de afhandeling van andere eisen waarover hij geen directe zeggenschap had. Hij heeft persoonlijk de plaatsen bezocht die het zwaarst zijn getroffen en toezicht gehouden op de teruggave van goederen die uit de huizen van christenen waren gestolen. De protestantse eisen zijn nu allemaal geregeld en het geld zal binnenkort worden uitbetaald.'

Het jaar daarop stuurde gouverneur Ren Daoyong een speciaal rapport aan de keizer, waarin hij grootvader voordroeg als een van de drie functionarissen in de provincie die het meest voor promotie in aanmerking kwamen.[7] Maar ondanks deze aanbeveling werd grootvader niet bevorderd. Wel wilde de keizer de genoemde functionarissen in audiëntie ontvangen, maar het duurde twee jaar voordat dit eindelijk gebeurde. Nog altijd waren er te veel kandidaten voor te weinig posten. Gouverneur Ren verzocht het hof zelfs geen nieuwe kandidaten meer naar zijn provincie te sturen. Hij wees erop dat er al 27 aankomende sector-intendanten waren, 74 aankomende prefecten, meer dan 150 aankomende subprefecten en ruim 300 aankomende magistraten, terwijl er slechts plaats was voor 2 intendanten, 5 prefecten, 24 subprefecten en 76 magistraten.[8] Vermoedelijk werd zijn verzoek echter genegeerd, want de verkoop van ambten vormde een te belangrijke bron van inkomsten voor de overheid.

De Bokseropstand nam in 1900 en 1901 een groot deel van grootvaders tijd in beslag, maar als districtsmagistraat had hij ook nog andere taken, zoals ordehandhaving, rechtspraak en het innen van belastingen. In China bestond traditioneel geen scheiding tussen de uitvoerende en de rechtsprekende macht. Aan de top waren deze taken verenigd in de persoon van de keizer, onder aan de bureaucratische ladder in de persoon van de districtsmagistraat.

Wenzhou lag in een vrij arme streek, waar veel diefstallen en berovingen plaatsvonden. Bovendien werden er talloze familievetes uitgevochten, meestal over het bezit van land, waarbij vele doden vielen. En omdat familieleden elkaar beschermden, was het vaak heel moeilijk voor de magistraat de schuldigen te arresteren. Een van de zaken die grootvader tot een oplossing bracht deed zich voor in de nacht van 20 oktober 1901, toen er werd ingebroken in het huis van Wang Jiada, een inwoner van Wenzhou. De inbrekers gebruikten stenen om de deur in te slaan en verwondden twee van zijn bedienden, waarna ze er met geld, sieraden en kleren vandoor gingen. De waarde van de buit werd op 303 zilverstukken geschat. Vijf maanden later vond er een inbraak plaats bij de familie Chen. Samen met de politie bracht grootvader een bezoek aan de plaats van het misdrijf. Er was een achterdeur geforceerd en de dieven hadden enkele kasten en kisten opengebroken. De buit bedroeg ongeveer 639 zilverstukken. Aan de hand van beschrijvingen door de gedupeerden werden tekeningen van de daders gemaakt, die op muren in de stad werden aangeplakt.

Nog geen vier dagen later werden er acht mannen gearresteerd. Onder de gestolen goederen die bij hen werden aangetroffen waren ook voorwerpen van de families Wang en Chen. Bij het verhoor bleek dat de leider van de dievenbende, He Changlin, bij beide inbraken betrokken was. Hij was een vijfendertigjarige man uit Hunan, huurling van beroep, die in verscheidene irreguliere legertjes had gediend. Toen deze waren ontbonden was hij gaan zwerven en had een groep van zo'n twintig bandieten om zich heen verzameld, van wie de meesten nog op vrije voeten waren. Hij bekende schuld en beschreef hoe hij de inbraken had uitgevoerd. Hij had een militair uniform gedragen en was met een pistool gewapend geweest. Ook vertelde hij dat zijn aandeel in de buit 40 Mexicaanse dollar uit de inbraak bij de Wangs en 26 dollar uit de diefstal bij de Chens had bedragen. Zijn familieleden waren niet bij zijn activiteiten betrokken en hij wist niet waar de andere bendeleden waren.

Grootvader veroordeelde de gearresteerde bandieten tot straffen variërend van onthoofding tot verbanning, al dan niet als slaaf. De meeste dieven in deze twee zaken waren ex-soldaten. Chinese soldaten kwamen uit de laagste klassen van de maatschappij en waren meestal arm en ongeletterd. Zoals een Chinees gezegde luidt: 'Goed ijzer wordt niet voor spijkers gebruikt en goede mannen worden geen soldaten.'

Nadat grootvader vonnis had geveld, werden de twee zaken ter controle doorverwezen naar de prefectuur. De verdachten werden nu opnieuw ondervraagd door magistraten uit andere districten. In het geval-Wang werden alle vonnissen bekrachtigd en werd de zaak vervolgens overgedragen aan de sector-intendant. Tegen de tijd dat het ministerie van Strafvervolging er een uitspraak over moest doen, was er tweeënhalf jaar verstreken. In het geval-Chen werden de doodvonnissen bekrachtigd, maar de andere verdachten werden naar het district teruggewezen voor een nieuw onderzoek, omdat ze op hun bekentenissen waren teruggekomen. Tegen die tijd was grootvader niet langer in Wenzhou. De verdachten werden daarom verhoord door een nieuwe magistraat, die de oorspronkelijke vonnissen en straffen bekrachtigde. Maar ondanks de arrestatie en veroordeling van de acht mannen kreeg grootvader toch een reprimande, omdat de rest van de bende nog op vrije voeten was. Een magistraat moest àlle overtreders aanhouden, niet slechts een deel van hen. Toch werd in dit geval besloten hem niet op het matje te roepen.

Een districtsmagistraat had een veelomvattende taak. In oktober 1902 werden zeventien Koreaanse vissers gered, nadat ze voor de kust van Wenzhou schipbreuk hadden geleden. Drie van hen waren gewond en hadden medische verzorging nodig. Grootvader zorgde ervoor dat ze een behandeling kregen voordat ze naar hun eigen land werden teruggestuurd. Samen met een groep vluchtelingen werden ze naar de provinciehoofdstad Hangzhou gebracht, vanwaar ze onder begeleiding naar Shanghai reisden en daar aan boord van een Japans passagiersschip gingen.

De behandeling van deze Koreaanse schipbreukelingen weerspiegelde de verandering in de driehoeksverhouding tussen China, Japan en Korea. Korea – in het Westen bekend als het 'kluizenaars-koninkrijk', omdat het zich zo sterk isoleerde – was jarenlang China's belangrijkste vazalstaat geweest. De Koreanen hadden zich daarbij neergelegd en de Chinese politieke en culturele instellingen overgenomen. Maar door het Chinese verval en de snelle opkomst van Japan als moderne mogendheid was deze situatie opeens veranderd. Na de Chinees-Japanse Oorlog van 1894-1895 kwam Korea duidelijk binnen de Japanse invloedssfeer te liggen, en toen er in Zhejiang een Japans consulaat was gevestigd, werden gestrande Koreaanse vissers vaak rechtstreeks aan dit consulaat overgedragen, dat ervoor zorgde dat de Koreanen via Japan weer naar hun vaderland konden terugkeren. Op die manier erkende China impliciet het Japanse gezag in Korea.

Het innen van belastingen was misschien wel de belangrijkste taak van een districtsmagistraat. Als de belastingen niet op tijd werden voldaan, werd de magistraat verantwoordelijk gesteld. In welvarende gebieden kon hij een extra belasting opleggen om zijn eigen kosten te dekken. In armere streken, zoals Wenzhou en omgeving, was het niet eenvoudig alle belastingen op tijd te innen. In 1903 werd grootvader een rang gedegradeerd omdat hij slechts 90 procent van de belastingen had ontvangen. Hij werd echter in zijn functie gehandhaafd.

Maar zijn problemen bij het innen van belastingen leidden uiteindelijk tot de grootste klap in zijn carrière. Op 4 juni 1904 vroeg de gouverneur om grootvaders ontslag. Hij zette de belastingbetalers niet voldoende onder druk en volgens het rapport van de gouverneur was het bedrag dat hij het vorige jaar had binnengehaald niet hoog genoeg. De gouverneur had hem al twee keer gewaarschuwd, maar grootvader had het vereiste bedrag niet op tijd kunnen innen. Het gevolg was dat hij, drieëndertig jaar nadat hij een officiële functie had gekocht, weer uit overheidsdienst werd ontslagen.[9]

Grootvaders begrip voor mensen met belastingproblemen had hem blijkbaar bij de bevolking van Wenzhou erg geliefd gemaakt, want bij zijn vertrek kreeg hij een '10 000 Burgers Parasol', waarop stukjes papier waren gelijmd met de namen van talloze inwoners van Wenzhou. Bovendien werd op een heuvel een herinneringsplaquette voor hem geplaatst. De waardering voor grootvader bleek zelfs nog in 1937, vijfentwintig jaar na zijn dood, toen enkelen van zijn kinderen en kleinkinderen door Wenzhou reisden. Een neef van mij, die erbij aanwezig was, vertelde me dat ze op een dag in een hotel zaten te praten toen er een oude kok naar hen toe kwam die vroeg waar ze het karakteristieke maar zeer lastige dialect van Wenzhou hadden geleerd.

'Toen we nog jong waren, werkte onze vader in Wenzhou,' antwoordde een van mijn tantes.

'Wat voor werk deed uw vader dan?' vroeg de oude man.

'Hij was magistraat van het district Yongjia, Qin Leping.'

Toen hij dat hoorde, stak de oude man zijn duimen omhoog en herhaalde

een paar keer: 'Een rechtschapen man! Een rechtschapen man!'
Vanuit Wenzhou keerden mijn grootvader en zijn gezin naar Hangzhou terug. In die tijd – en nog steeds – was de gemakkelijkste route een bootreis via Shanghai. In Shanghai werd grootvader verliefd op een jong meisje dat door haar ouders als dienstmeid was verkocht. Grootmoeder begreep zijn gevoelens en ondanks haar opleiding en haar vrij moderne opvattingen was de invloed van de traditionele Chinese cultuur nog zo groot dat zij het haar plicht achtte het meisje vrij te kopen en haar aan grootvader als concubine aan te bieden. Maar het brak haar hart.

Een maand na grootvaders ontslag rapporteerde de gouverneur aan het hof dat het belastingtekort was aangevuld en vroeg hij grootvader weer in zijn functie te herstellen. Het is niet duidelijk hoe grootvader deze fondsen bijeen had gebracht. Misschien had hij een lening gesloten bij een van de pas opgerichte Chinese banken.

Het duurde echter enkele maanden voordat grootvader weer als aankomend districtsmagistraat werd aangenomen. In juli 1904 werd de benoeming goedgekeurd, maar het besluit werd pas op 9 november bekrachtigd, toen hij opnieuw in Peking door de keizer in audiëntie werd ontvangen, op voorstel van het ministerie van Personeelszaken. Na de audiëntie vaardigde het hof een keizerlijk edict uit, waarin de herbenoeming van 'de voormalige aankomend magistraat Qin Guojun' werd goedgekeurd en grootvader naar Zhejiang werd teruggestuurd.[10]

Een maand later, op 10 december, werd grootvader opnieuw door de keizer in audiëntie ontvangen, nu naar aanleiding van de aanbeveling die gouverneur Ren twee jaar eerder had gedaan. Hij werd nu benoemd tot magistraat van een onafhankelijk departement, maar ondanks deze theoretische promotie moest hij nog altijd wachten op een vrijkomende post.

Wat grootvader in de jaren 1905 en 1906 precies deed, is niet helemaal duidelijk. Waarschijnlijk werkte hij als waarnemer in verschillende districten.

Depressies en emotionele spanningen eisten hun tol van grootmoeder en in februari 1905 overleed zij op de leeftijd van zesenvijftig jaar. Mijn vader vertelde me dat hij, toen hij aan haar sterfbed zat, probeerde haar mond open te houden, in de hoop dat ze dan zou blijven ademhalen. In haar laatste doodskramp beet ze bijna zijn vingers af. Zijn andere hand hield hij op haar hoofd, om te voorkomen dat haar ziel haar lichaam zou verlaten.

Dit was een kritieke periode voor China. De bezetting van Peking door buitenlandse troepen in 1900 had het Chinese hof eindelijk tot daden gedwongen. Vele Chinezen waren ervan overtuigd dat de val van het rijk nabij was. De Qing-dynastie zag nu de noodzaak van hervormingen in en hoewel de keizerin-moeder nog altijd de teugels in handen hield, begon ze toch met de uitvoering van het hervormingsprogramma dat haar neef in 1898 niet had kunnen verwezenlijken. Zelfs het eeuwenoude examenstelsel werd in 1905 afgeschaft. Studenten werden naar buitenlandse universiteiten gestuurd en het hof vormde een kabinet.

Steeds meer Chinese intellectuelen raakten er echter van doordrongen dat het hof zelf het grootste probleem vormde en dat de Mantsjoes de Chinese belangen zouden blijven versjacheren als hun dat beter uitkwam. Geruchten deden de ronde over een op handen zijnde revolutie, die niet alleen de Mantsjoes van de troon zou stoten maar het keizerrijk zou veranderen in een republiek naar westers model.

Zoals de geschiedenis zou uitwijzen hadden de Qings te lang met hun nieuwe politiek gewacht. Bovendien werkten de hervomingen juist in het voordeel van de revolutionairen, die vonden dat de veranderingen niet ver genoeg gingen. Ironisch genoeg kwamen de studenten die door de regering naar het buitenland waren gestuurd meestal terug met revolutionaire, democratische ideeën en plannen om de dynastie omver te werpen in plaats van haar te verdedigen.

In de provincie Zhejiang werden in het begin van de twintigste eeuw verboden genootschappen gevormd, die steeds beter werden georganiseerd. Een van de opvallendste revolutionaire leiders uit deze tijd was Qiu Jin, een vrouw uit Zhejiang die in Japan had gestudeerd. Nadat ze in 1906 in China was teruggekeerd, werd ze actief in de ondergrondse revolutionaire beweging en richtte ze een krant voor vrouwen op. Begin 1907 keerde ze terug naar Shaoxing, haar geboortestad, die ze tot haar basis maakte. Ze werd hoofd van de Datong Normaalschool, een centrum van revolutionaire activiteiten, en wist het bereik van de school uit te breiden door in het district Zhuji een organisatie voor lichamelijke opvoeding op te richten.

Omstreeks dezelfde tijd, eind 1906 of begin 1907, kreeg grootvader de post van waarnemend magistraat in Zhuji. Welke rol hij speelde in het onderdrukken van de revolutionaire activiteiten in dit district is niet duidelijk, maar in het voorjaar van 1907 werd hij tijdelijk overgeplaatst. Verscheidene provincies waren door natuurrampen getroffen en grootvader werd belast met de voedselhulp aan de betrokken gebieden. Hij reisde van stad naar stad, voornamelijk in de provincie Hubei, om toe te zien op het vervoer en de betaling van graan uit andere provincies en de kwaliteit ervan te controleren.[11]

Voor zijn inspanningen werd grootvader beloond met een promotie, dit keer tot subprefect, met het recht een azuurblauwe knoop op zijn hoed te dragen.

Uit Hubei keerde hij weer naar Zhejiang terug. Daar werd hij overgeplaatst naar Jiaxing, waar hij zijn eerste permanente functie kreeg, als districtsmagistraat van Xiushui, waar hij op 17 juli aankwam. Hij was net te laat om de arrestatie van Qiu Jin mee te maken, die op 13 juli werd geëxecuteerd omdat ze een opstand in Shaoxing had voorbereid. Tegenwoordig wordt ze zowel in Taiwan als in de Volksrepubliek als een martelaar van de revolutie vereerd.

Grootvader werkte drie jaar in Jiaxing, officieel aangeduid als een 'belangrijke' en 'moeilijke' post – een druk transportcentrum met veel problemen, dat lastig te besturen was. Omstreeks de tijd dat grootvader in Jiaxing aankwam, werd het gebied opeens getroffen door een wormenplaag, die een veelbelovende rijstoogst totaal vernielde. Op een zondag in september verzamelde een grote groep boeren zich buiten het kantoor van de prefect om hulp te eisen. De prefect vroeg grootvader en een andere districtsmagistraat om hulp en ten slotte verspreidde de menigte zich. De schade die door de wormen werd aangericht was zo groot, dat het provinciale bestuur het hof om belastingvermindering moest vragen.

In januari 1908 braken er rellen uit in Tongxiang, een ander district van Jiaxing, als gevolg van tegenvallende oogsten en te hoge belastingen. Volgens een krantebericht bleef het in Xiushui vrij rustig, omdat grootvader de situatie goed had aangepakt. Maar juist door zijn begripvolle houding kwam hij weer in moeilijkheden. In maart 1910 diende de gouverneur van Zhejiang een lijst in van functionarissen die meer dan 10 procent van de verschuldigde belastingen over 1909 nog niet hadden ontvangen. Grootvader had een achterstand van 30 tot 50 procent. Hij werd wel bestraft, maar niet ontslagen.[12]

De functie van districtsmagistraat had echter ook plezierige kanten. In het voorjaar van 1909 diende grootvader een verzoek in om 'een kuise vrouw, madame Chi Shen', te eren. Haar man was gestorven toen ze nog jong was en ze was niet hertrouwd. Met verstelwerk had ze wat geld verdiend en ze had haar kinderen geheel alleen opgevoed. Ze was er zelfs in geslaagd nog wat geld opzij te leggen en na twintig jaar was haar spaargeld tot een aardig kapitaaltje aangegroeid.

Toen grootvader districtsmagistraat was, schonk madame Chi een stuk land ter waarde van ruim duizend zilverstukken voor de bouw van een kleuterschool. Grootvader meende dat zo'n gebaar, afkomstig van een deugdzame weduwe, niet onopgemerkt mocht blijven. Nadat haar familieachtergrond was onderzocht en er een lijst met haar voorouders tot drie generaties terug was opgesteld, keurde de gouverneur het verzoek goed en vroeg hij het keizerlijk hof in Peking toestemming voor de oprichting van een ereboog voor madame Chi, met de inscriptie 'Hart voor Liefdadigheid'. Drie weken later kwam de toestemming van het hof.

Tijdens grootvaders verblijf in Jiaxing werd een begin gemaakt met de uitvoering van het hervormingsprogramma van de Qing-dynastie. Een belangrijk onderdeel daarvan was de controle op opium. Dit verdovende middel mocht alleen nog maar door officiële handelaren en in voorgeschreven hoeveelheden worden verkocht. Bovendien werd er belasting op de kant-en-klare opium geheven en mochten er geen nieuwe klanten worden geaccepteerd. Op die manier hoopte men het aantal verslaafden, dat zich in de loop der jaren had uitgebreid te kunnen terugdringen. Vooral in Jiaxing had de opiumbestrijding veel succes.

Aan het begin van de twintigste eeuw deden ook allerlei technische vernieuwingen hun intrede in het Chinese rijk. In maart 1904 werd de spoorlijn tussen Hangzhou en Jiaxing in gebruik genomen en in hetzelfde jaar kreeg Jiaxing eindelijk een telegraafverbinding.

Een ander belangrijk element in de hervormingsplannen van de Qing-dynastie was de instelling van een Nationale Vergadering in de hoofdstad en provinciale en plaatselijke raden elders in het land. Aanvankelijk hadden deze assemblées, die voornamelijk uit vooraanstaande burgers bestonden, slechts een adviserende taak, maar geleidelijk kregen ze meer macht.

Een van de opvallendste hervormingen was de oprichting van een beroepsleger, dat totaal verschilde van de ongetrainde bendes die voorheen het Chinese leger hadden gevormd. In het voorjaar van 1907 hielden deze nieuwe troepen een parade in Jiaxing. Grootvader, die in een draagstoel op het exercitieterrein arriveerde, was een van de functionarissen die van het schouwspel getuige waren.

Helaas voor de Mantsjoes werkte ook deze hervorming in hun nadeel, want het beroepsleger zou een van de belangrijkste pijlers van de republikeinse beweging worden, met name in Zhejiang.

Het doel van al deze hervormingen was om uiteindelijk een constitutionele monarchie te vormen, waarbij de provincies een hoge mate van zelfstandigheid zouden krijgen. Als voorbereiding hiertoe kwamen er ook moderne opleidingen, waaronder juridische faculteiten. Tot dan toe hadden magistraten altijd recht gesproken zonder enige formele juridische opleiding. Ook in Hangzhou, de provinciehoofdstad van Zhejiang, werd een Academie voor Rechten en Bestuurskunde opgericht. Grootvader stuurde zijn beide zonen – mijn vader en zijn oudere broer – erheen. Mijn oom Lianyuan studeerde in 1911 af, mijn vader in 1912, het jaar waarin de republiek werd uitgeroepen.

In de herfst van 1909 droeg gouverneur Zeng Yun, die pas naar Zhejiang was overgeplaatst, mijn grootvader voor als hoofd van het strategische district Huangyan, een post die al vele maanden vacant was. Volgens de Raad voor Personeelszaken kwam echter alleen iemand met drie jaar

ervaring als volwaardig districtsmagistraat voor de functie in aanmerking. Omdat grootvader die ervaring miste (en niet had betaald om deze eis te laten schrappen) werd het advies van de gouverneur niet opgevolgd.
Het jaar daarop droeg gouverneur Zeng, die een hoge dunk van grootvader had, hem opnieuw voor een functie voor, ditmaal voor de onafhankelijke subprefectuur van Dinghai. Dinghai was een eiland dat deel uitmaakte van een archipel en werd officieel als een 'belangrijke' post aangemerkt. Het was een strategisch steunpunt in de strijd tegen de piraten. Bovendien moesten in geval van oorlog buitenlandse kanonneerboten op weg naar Peking het eiland passeren.
De gouverneur wees erop dat grootvader nu al zes jaar lang als aankomend subprefect had gediend en dus alle kwalificaties voor deze functie bezat.[13] Dit keer werd het verzoek ingewilligd. Maar grootvader bekleedde zijn nieuwe post niet lang. Al in de herfst van het volgende jaar werd hij gevraagd tijdelijk de functie van subprefect van Haining, niet ver van Hangzhou, op zich te nemen.
Voordat hij vertrok brak er een opstand uit in Wuhan, als voorbode van de grote revolutie tegen de Qing-dynastie. In de ene provincie na de andere namen politieke activisten de macht over en maakten zich van Peking los.
Ook op gouverneur Zeng werd druk uitgeoefend om de onafhankelijkheid van Zhejiang uit te roepen, maar hij weigerde. Op 5 november, om twee uur 's nachts, kwam het goed getrainde beroepsleger van Zhejiang in opstand en wist zonder bloedvergieten de hoofdstad te bezetten. Gouverneur Zeng en zijn familie werden onder arrest gesteld en uit de provincie verbannen. Er kwam een nieuw provinciaal bestuur, dat zich onafhankelijk van Peking verklaarde, het Mantsjoe-bewind niet langer erkende en beloofde dat alle ambtenaren hun posities konden behouden als zij zich achter het nieuwe gezag zouden stellen.

Grootvader was pas tegen het einde van oktober in Haining aangekomen. Hij was amper een halve maand in functie toen de revolutionairen op 7 november Haining binnentrokken. Er werd familieberaad gehouden en grootvader besloot zich niet tegen de rebellen te verzetten. Een laken werd uit het raam van de subprefectuur gehangen. Toen de revolutionairen het gebouw betraden, ontving grootvader hen in zijn ambtskledij.
Tot zijn verbazing werd hij zeer hoffelijk behandeld. Toen zag hij dat zijn jongste zoon naar enkele revolutionaire leiders zwaaide. Het bleek dat Liankui, mijn vader, met de leiders van de opstand bevriend was en zelfs enkele rebellen in het kantoor van mijn grootvader had verborgen toen de regeringstroepen naar hen op zoek waren.
Nu er een einde was gekomen aan de dynastie, keerde grootvader naar Shanghai terug. Hij was inmiddels zestig jaar en had een zwakke gezond-

heid. Op 21 januari 1912 overleed hij aan astma. Nog dezelfde maand studeerde mijn vader af aan de Academie voor Rechten en Bestuurskunde in Zhejiang. In Nanking werd dr. Sun Yatsen tot voorlopig president van de pas uitgeroepen Chinese Republiek benoemd. Voor China was een nieuw tijdperk aangebroken en binnen mijn eigen familie bereidde mijn vader zich voor op een carrière in het nieuwe beroep van advocaat.

25. Mijn vader: Juridisch pionier Qin Liankui

'Twee jaar geleden zag men vaak een oude man door de straten van Hong Kong en Kowloon lopen. Hij was erg mager en had een verweerd gelaat. Hij droeg een Chinese kimono en een vilthoed, en had een rieten mand in zijn hand. Meestal liep hij alleen en maakte een eenzame, verlaten indruk. Deze man was Qin Liankui, de beroemde advocaat uit Shanghai.'
Dit bericht stond in 1960 in een tijdschrift in Hong Kong.[1] Het was een treffende beschrijving van de man die ik als mijn vader kende – een excentrieke, ongelukkige, zieke, norse en tegen het einde van zijn leven ook paranoïde man. Ik kende hem bijna niet anders. Hij was al in de vijftig toen ik werd geboren en hoewel ik later hoorde dat hij me verwende toen ik nog een kleuter was, herinner ik me hem vooral als een oude man die zelden tegen zijn kinderen sprak, niet eens wist of ze wel naar school gingen en geheel werd geobsedeerd door zijn eigen ziekten en de dreigende schaduw van de dood.
Maar zoals dit tijdschriftartikel al duidelijk maakte, was mijn vader veel meer geweest dan de bleke schim die ik kende. Volgens de schrijver was mijn vader als praktizerend advocaat 'een intelligent, rechtschapen en rechtvaardig man' geweest. 'Sinds de instelling van het advocatuurstelsel in China had hij licentienummer 7; hij was een van de hoogste advocaten.'
Meer dan twintig jaar na zijn dood in januari 1959 begon ik het leven van mijn vader te reconstrueren. Veel informatie kreeg ik natuurlijk van mijn oudere broers en zusters, en van mijn moeder. Maar omdat mijn vader achtentwintig jaar ouder was dan zij, wist ook zij niet alles over zijn vroegere leven. Maar uiteindelijk wist ik ook die leemten in te vullen, vooral op basis van artikelen in oude kranten, die teruggingen tot 1912.
Qin Liankui werd geboren in 1888, waarschijnlijk in Hangzhou, als het zevende en laatste kind van mijn grootouders. Omdat grootvader in verschillende steden in Zhejiang had gewerkt, sprak mijn vader vloeiend de dialecten van Hangzhou en Wenzhou. Hoewel onze familie eigenlijk uit Wuxi stamde, heeft hij daar nooit gewoond en kende ook het plaatselijke dialect niet.
Mijn vader werd grotendeels opgevoed door mijn grootmoeder, die hem niet alleen in geschiedenis en in de klassieken onderwees, maar hem ook in

vechtsporten trainde. Maar mijn grootmoeder stierf al jong, toen mijn vader nog maar acht jaar oud was. Daarna werd het huishouden bestierd door zijn oudste zuster Peilan, die zeventien jaar ouder was dan hij. Zij was een tweede moeder voor hem, maar toch had hij het meeste contact met Feiqing, de vijfde – en volgens de verhalen ook de intelligentste – dochter in het gezin.

Toen vader nog maar een tiener was, begon grootvader hem al voor te bereiden op een carrière als ambtenaar van de Qing-dynastie. Grootvader kocht verscheidene titels voor hem en liet hem studeren aan de pas opgerichte Academie voor Rechten en Bestuurskunde in Hangzhou. Daar ontmoette vader ook zijn politieke mentor, Xu Dafu, de broer van een van zijn leraren, die lid was van een geheim genootschap dat de Mantsjoes van de troon wilde stoten. Via hem raakte vader zo politiek betrokken dat hij activisten die door de politie werden gezocht onderdak bood in grootvaders huis, zonder dat de oude man het wist. Zo bouwde vader al heel jong een uitstekende relatie op met de revolutionairen van dr. Sun Yatsen, die als de vader van het moderne China wordt beschouwd.

Tijdens zijn driejarige studie aan de Academie maakte hij kennis met allerlei terreinen van de nationale en internationale rechtspraak. In januari 1912 studeerde hij af.

In dezelfde maand werd dr. Sun Yatsen beëdigd als voorlopige president van de Chinese Republiek, met Nanking als hoofdstad, terwijl de Qing-dynastie in Peking over het aftreden van de zeer jonge keizer Xuantong onderhandelde. De volgende maand werd een overeenkomst bereikt en deed de zesjarige keizer, die later in zijn leven bekend zou worden als Henry Puyi, formeel afstand van de troon, waarmee een einde kwam aan enkele duizenden jaren dynastiek bewind in China. Als onderdeel van de overeenkomst stemde dr. Sun Yatsen erin toe als voorlopig president af te treden ten gunste van Yuan Shikai, een militair en een hoge functionaris van de Qing-dynastie. Hoewel Yuan werd gewantrouwd, meende dr. Sun dat Yuans macht beperkt zou zijn omdat hij zich zou moeten houden aan de nieuwe republikeinse grondwet die op dat moment werd opgesteld.

De val van de Mantsjoe-dynastie viel samen met pogingen het Chinese rechtsstelsel te moderniseren naar westers model. Dit leidde vaak tot chaotische toestanden, vooral in de zeer internationale stad Shanghai, waar vader zijn praktijk begon. Van de ongeveer twee miljoen inwoners viel nauwelijks meer dan de helft onder Chinees gezag. De rest werd gevormd door buitenlanders, die China een regeling hadden opgedrongen – de zogenoemde 'International Settlement' – waardoor Shanghai nu grotendeels werd bestuurd door de consuls van de grote buitenlandse mogendheden, met name Groot-Brittannië, de Verenigde Staten en Japan. Bovendien hadden de Fransen nog een eigen enclave, bekend als de

Franse Concessie. Het Chinese gezag beperkte zich tot de Chinese wijk van Shanghai en de aangrenzende districten. Dit werd door de Chinezen als vernederend ervaren, maar omdat de buitenlandse sectoren veel beter werden bestuurd dan de rest van de stad, woonden ook vele Chinezen liever in die wijken.

In de International Settlement (de naam van het verdrag werd ook als aanduiding voor het gebied gebruikt) had zich een juridisch instituut ontwikkeld dat bekendstond als het International Mixed Court, waarbij een assistent van de magistraat van Shanghai vonnissen velde in samenwerking met buitenlandse juristen. In theorie was het een Chinees gerechtshof dat de Chinese wetten toepaste, maar in de praktijk werden zaken waarin buitenlandse belangen speelden gezamenlijk door de buitenlandse consuls berecht. Hierdoor ontstond een situatie waarin advocaten uit de gehele wereld een bloeiende praktijk in Shanghai konden opbouwen en zelfs hun eigen advocatenorden oprichtten.

In november 1911 was Shanghai veroverd door revolutionairen onder Chen Qimei, die vader nog uit Zhejiang kende. Chen, die een geslaagde aanval op het Jiangnan-arsenaal – een belangrijke militaire installatie – had geleid, werd de nieuwe gouverneur van Shanghai. Het Mixed Court werd tijdelijk gesloten en de buitenlandse consuls maakten van de verwarring gebruik om hun eigen positie te versterken. Toen het Mixed Court weer functioneerde, nam de invloed van de buitenlandse juristen sterk toe, ook in zaken waarbij geen buitenlanders betrokken waren. Het Mixed Court mocht echter geen doodvonnissen opleggen. Dit recht was uitsluitend aan de Chinese rechtbanken voorbehouden.

Zelfs in de Chinese sector verkeerde de rechtspraak door de overgang van een monarchie naar een republiek in grote chaos. De toestand werd nog gecompliceerder door de wisselende successen van de plaatselijke 'warlords', die zich slechts in naam aan het centrale gezag hadden onderworpen. Het ministerie van Justitie probeerde koortsachtig tot nieuwe wetgeving te komen, maar het was vaak zeer onduidelijk welke wetten op een bepaald moment in een bepaald gebied van kracht waren.

Veel zogenaamde advocaten hadden een zeer gebrekkige opleiding, omdat ze hun graad hadden behaald aan een 'diploma-fabriek' waar in feite geen college werd gegeven, of omdat ze via schriftelijk onderwijs aan een buitenlandse instelling hadden gestudeerd.

In deze chaotische sfeer begon vader zijn praktijk. In een advertentie in de plaatselijke krant, de *Shun Pao*, kondigde hij op 27 maart 1912 zijn komst aan. Hij was toen nauwelijks drieëntwintig jaar oud. Als nieuwkomer in Shanghai vond vader het nuttig zijn aanwezigheid duidelijk kenbaar te maken en daarom bleef hij adverteren.

Inmiddels had het ministerie van Justitie in september voorlopige regels opgesteld voor de vestiging van advocaten. Deze regels waren vrij algemeen maar kenden een belangrijke rol aan de advocatenorden toe. 'De voorzitter van een advocatenorde,' luidde een van de voorschriften, 'dient de naam van een advocaat en de datum van zijn toetreding onmiddellijk aan de plaatselijke arrondissementsrechtbank te melden.' Kort daarna begon het ministerie officiële certificaten aan geregistreerde advocaten uit te delen. Het certificaat van vader was gedateerd op 22 januari 1913. Hij was ook een van de eerste leden van de pas opgerichte Advocatenorde van Shanghai. Deze orde had een half-officieel karakter, omdat zij kon beslissen wie in haar arrondissement tot het uitoefenen van de advocatuur gerechtigd was. Een afgevaardigde van het kantoor van de officier had het recht bij de vergaderingen van de orde aanwezig te zijn.[2]

De situatie in Shanghai bleef zeer onrustig. Tien dagen na de oprichting van de advocatenorde werd een vooraanstaande politieke figuur, Song Jiaoren, in Shanghai vermoord. De dertigjarige Song had de voorlopige grondwet geschreven waaraan president Yuan Shikai zich zou moeten houden, en hij was door Sun Yatsen aangewezen als leider van de Kwomintang, de pas opgerichte revolutionaire partij. De jeugdige Song was de meest voor de hand liggende kandidaat voor het premierschap in een nieuwe regering. President Yuan had echter opdracht gegeven hem te vermoorden. Toen Song op het punt stond naar Peking te reizen was hij op het station van Shanghai gedood.

De moord op Song Jiaoren overtuigde Sun Yatsen en andere revolutionaire leiders ervan dat zij door president Yuan waren verraden en daarom brak er in 1913 in Shanghai een tweede revolutie uit, gericht tegen de man die Sun Yatsen enkele maanden eerder nog zijn vertrouwen had gegeven. Chen Qimei, die door president Yuan was gedwongen af te treden als militair gouverneur, leidde opnieuw een aanval op het Jiangnan-arsenaal in Shanghai, maar de Chinese marine had de kant van Yuan gekozen en sloeg de aanval af.

Intussen was vader bezig zijn praktijk op te bouwen. Hij was nog altijd een idealist en verzette zich tegen de autoriteiten die op basis van het militaire recht in Shanghai de dienst uitmaakten, omdat zij hun gezag ontleenden aan president Yuan Shikai in Peking. In augustus 1913 beschuldigden hij en Chen Zemin, de nieuwe voorzitter van de Advocatenorde van Shanghai, het hoofd van de politie, Mu Xiangyao, ervan dat hij zijn boekje te buiten was gegaan door vijf dieven te hebben laten executeren. Volgens artikel 9 van het militair wetboek gold de militaire rechtspraak alleen voor militaire kwesties. De dieven hadden dus door een civiele rechtbank moeten worden veroordeeld. De officier van justitie steunde hen in deze kritiek, die in feite ook een aanklacht inhield tegen de militaire gouverneur, die toestemming had gegeven voor deze executies.

Het is niet geheel duidelijk hoe deze klacht werd afgehandeld, maar hieruit blijkt wel dat vader zich niet alleen verzette tegen de machtswillekeur van een politiecommissaris, maar ook tegen het bewind van president Yuan, dat steeds meer dictatoriale trekjes ging vertonen.
Inmiddels was er een nieuw parlement gevormd, dat door de Kwomintang werd gedomineerd. Nadat Sun Yatsen zijn tweede revolutie was begonnen, trokken vele parlementsleden – ook vaders voormalige leraar Xu Dafu – zich om tactische redenen uit de Kwomintang terug. Yuan liet zich door het parlement officieel tot president benoemen en ontbond toen de assemblée, zonder zich iets van de grondwet aan te trekken.
Vader was toen een jaar of vijfentwintig en nog niet getrouwd, hoewel hij verliefd was geworden op een mooie jonge vrouw uit Suzhou, Cao Yueheng, die hij in een duur huis van plezier had leren kennen. Vader begon een verhouding met haar, maar omdat hij zich nog maar pas als advocaat had gevestigd, had hij geen geld om zich als enige van haar diensten te kunnen verzekeren. Toen hij dat wel kon, had Yueheng al een dochter van een andere man. Maar vader hield zoveel van haar dat hij haar, met haar dochter en haar moeder, in huis nam. Hij voedde het dochtertje op alsof het zijn eigen kind was en noemde haar Jiaxiu. Yueheng zou hem zes kinderen schenken, van wie er een al heel jong stierf.
Volgens de gangbare praktijk moest hij ook een officieel huwelijk sluiten. Een van de kandidaten was Xu Peihua, de jongere zuster van Xu Dafu, en uit respect voor zijn vroegere leraar trouwde vader met haar. Het huwelijk vond plaats op 20 april 1914. Vader had zijn bruid voor het huwelijk nooit gezien en ontweek haar ook daarna zoveel mogelijk. Niet alleen was ze pokdalig, maar had ook erg kleine ogen. Haar bijnaam in de familie was 'Kleinoogje'. Vader sliep niet bij haar, maar bij Cao Yueheng, die zijn echte liefde was, hoewel hij niet officieel met haar kon trouwen.
Om de eenzaamheid van Kleinoogje wat te verlichten, gaf vader haar Yuehengs eerste zoon, Ah Xiang, om te verzorgen. Helaas stierf Ah Xiang toen hij pas vier jaar oud was. Kleinoogje was ontroostbaar. Op een dag liet ze vader weten dat ze zelfmoord zou plegen. Hij haastte zich naar huis, waar ze hem vertelde dat ze het vergif al ingenomen had. Maar ze had wel een tegengif bij de hand. Als hij haar eisen inwilligde, zou ze het tegengif innemen, anders zou ze voor zijn ogen sterven. Vader gaf toe.
Haar eis was simpel. Vader moest bij haar blijven totdat ze zwanger was. Dat deed hij, en enige tijd later kreeg ze een zoon, die ze Herboren noemde, ter nagedachtenis van Ah Xiang. Tragisch genoeg overleed ook Herboren al heel jong, zodat Kleinoogje weer alleen achterbleef. Ze stierf in 1932, negenendertig jaar oud.
In 1916 werd Shanghai geschokt door een nieuwe politieke moord, ditmaal

op de revolutionair Chen Qimei. De voormalige militaire gouverneur was naar Shanghai teruggekeerd om acties te organiseren tegen president Yuan, die steeds meer van zijn aanhang verloor, deels door zijn poging de monarchie te herstellen door zichzelf tot keizer uit te roepen. Door het krachtige verzet tegen dit voornemen moest hij echter van zijn plannen afzien. Chen Qimei werd doodgeschoten door Yuans agenten, van wie er zes werden gearresteerd. Uiteindelijk werden twee van hen schuldig bevonden aan de moord. Een werd er vrijgesproken en de overige drie kregen lichtere straffen.

Omdat het Mixed Court niet de doodstraf mocht uitspreken werden de twee hoofdverdachten, Xu Guolin en Su Zhenfang, voor berechting aan de Chinese autoriteiten overgedragen. Dit proces werd slechts als een formaliteit beschouwd, omdat iedereen van hun schuld overtuigd was. Maar volgens het systeem van vrijwillige juridische hulp dat in die tijd bestond, kregen ze toch een advocaat toegewezen. Ironisch genoeg werd van alle advocaten in Shanghai juist vader uitgekozen om de twee verdachten van de moord op zijn vriend te verdedigen.

Toch deed vader zijn uiterste best. Halverwege het proces meldde zich nog een andere advocaat, met een civiele eis. Hij vertegenwoordigde Chens weduwe en stelde de moordenaars ook verantwoordelijk voor Chens schulden, die 350 000 dollar bedroegen.

Vader vond dit een onredelijke eis. Chen was vermoord, maar zijn bezittingen waren niet aangetast. Vader en de andere advocaat debatteerden ruim een uur, voordat de rechter de zitting schorste. De twee verdachten vroegen het hof om vader ook als pleiter in deze civiele zaak aan hen toe te wijzen, maar de rechter antwoordde dat hij daartoe niet bevoegd was. Daarop bood vader vrijwillig zijn diensten aan.

Zoals verwacht werden de twee verdachten toch schuldig bevonden. Xu werd ter dood veroordeeld en Su tot vijftien jaar gevangenisstraf. Ze gingen allebei in hoger beroep en kregen vermindering van straf. Xu werd nu tot levenslang gevonnist en Su tot twaalf jaar. Gedurende het hele proces was er niet één keer verwezen naar de man achter de politieke moord, president Yuan, die een maand na de aanslag op Chen een natuurlijke dood was gestorven.

De dood van president Yuan betekende het begin van de periode van de 'warlords', waarin de militaire machthebbers in Peking elkaar snel opvolgden, zonder dat ze veel gezag in de provincies konden verwerven. Uiteindelijk kwam de macht in handen van premier Tuan Qirui. Om zijn positie formeel te bevestigen riep hij het parlement, dat door president Yuan naar huis was gestuurd, opnieuw bijeen. Maar ook dit parlement werd in juni 1917 weer ontbonden, in de politieke chaos die ontstond toen een conservatieve generaal de Mantsjoe-keizer weer op de troon wilde zetten. In

Canton kwam een rompparlement bijeen dat een militaire regering onder leiding van Sun Yatsen installeerde.

Ondertussen groeide vaders praktijk in Shanghai nog steeds. Veel juridische geschillen werden behalve in de rechtszaal ook in de kranten uitgevochten. Zo publiceerde in de herfst van 1922 de advocaat Wang Huanqie een artikel waarin hij verklaarde dat bepaalde bezittingen niet mochten worden verkocht zonder toestemming van zijn cliënte, de weduwe Xu Wang. Vader plaatste nu ook een artikel, waarin hij deze bewering bestreed. Hij vertegenwoordigde twee broers van de overledene, en meende dat de opvatting van advocaat Wang strijdig was met de rechten van de beide broers en andere familieleden.

Toch kwam er langzamerhand meer orde in de juridische wereld. Advocaten mochten niet langer optreden buiten het arrondissement van hun eigen advocatenorde en bovendien bepaalde het ministerie van Justitie in 1919 dat de vergunningen van alle vier- tot vijfhonderd advocaten in de provincie Jiangsu – waartoe ook Shanghai behoorde – zouden worden herzien, met uitzondering van de licenties van juristen die drie jaar ervaring als rechter hadden. Tegen het einde van dat jaar werd in Peking een Nationale Bond van Advocatenorden opgericht.

Vader was nog altijd actief in de Advocatenorde van Shanghai en werd verscheidene malen als bestuurslid gekozen. Ondanks interne conflicten in de orde – zoals de tegenstelling tussen advocaten die uit verschillende provincies afkomstig waren – waren de leden het over één ding eens: de juridische macht van de buitenlanders in Shanghai moest worden beperkt. In 1918 werd vader gekozen in een commissie van negen man die deze kwestie, die zo nauw met de politiek verweven was, moest onderzoeken. Het bestaan van buitenlandse rechtbanken op Chinees grondgebied werd als een nationale belediging gezien, niet alleen door advocaten, maar ook door arbeiders, studenten en zakenlieden. Na de Eerste Wereldoorlog, waarin China aan de kant van de zegevierende geallieerden had gestreden, hoopte men dat de buitenlandse mogendheden afstand zouden doen van hun extraterritoriale rechten in China. Maar dat gebeurde niet. In plaats daarvan werd bij de vredesconferentie in Parijs besloten de Duitse rechten in de provincie Shandong over te dragen aan Japan, een beslissing die aanleiding vormde tot hevige studentenprotesten, later bekend geworden als de Beweging van de Vierde Mei van 1919. De Advocatenorde van Shanghai steunde deze protesten.

Bij iedere gelegenheid riep de advocatenorde op tot acties tegen het Mixed Court. Tijdens een juridisch congres in september 1922 diende de advocatenorde een resolutie in om het Mixed Court geheel aan het Chinese gezag te onderwerpen. In geen enkel verdrag was bepaald dat de buitenlandse consuls zeggenschap hadden over het Mixed Court, aldus de resolutie, maar in de huidige situatie waren de Chinese magistraten gedwongen besluiten te ondertekenen die door buitenlandse juristen waren genomen. Er moesten onmiddellijk stappen worden ondernomen om 'de rechten van ons land veilig te stellen'.

Terwijl de advocatenorde probeerde de Chinese rechtspraak van buitenlandse inmenging te zuiveren, werd het land nog altijd verscheurd door een interne politieke en militaire strijd. In augustus 1922 werd het parlement weer bijeengeroepen, ditmaal om de nieuwe sterke man, Cao Kun, als president te beëdigen. Een deel van het parlement weigerde dit echter en vluchtte naar het zuiden, om in Shanghai een tegenparlement te vormen. Deze poging mislukte en een aantal parlementsleden liet zich alsnog door Cao Kun overhalen naar Peking terug te keren en hem formeel als president te installeren. Xu Dafu, vaders zwager, was ook naar het zuiden gevlucht en besloot daar te blijven. Hij ging met zijn zuster in Suzhou wonen en sleet de rest van zijn dagen in politieke anonimiteit. Waarschijnlijk had vader zich in 1923 in Peking bij hem gevoegd en was hij samen met hem naar Shanghai gevlucht toen de pogingen om Cao Kun te dwarsbomen waren mislukt. Als gevolg van deze ervaringen bemoeide vader zich in zijn latere leven zomin mogelijk met politiek en weigerde hij een bestuurlijke functie te bekleden. Hij waarschuwde ook zijn kinderen zich nooit met politiek in te laten.

De campagne om het Mixed Court onder Chinees gezag te brengen sleepte zich jarenlang zonder veel succes voort. Uiteraard waren de buitenlandse advocaten tegen. Ze vormden een commissie die hun belangen moest behartigen, en de Far Eastern Bar Association – de organisatie van Amerikaanse advocaten in Shanghai – verzette zich in krachtige bewoordingen tegen de overdracht van het Mixed Court aan het provinciaal bestuur, omdat de Association dit als een zuiver militair bewind beschouwde. 'In de afgelopen twee jaar,' aldus de verklaring, 'heeft de provincie Kiangsu al vier keer een nieuw bestuur gekregen. Deze machtswisselingen voltrekken zich in een caleidoskopisch tempo. Maarschalk Sun Quanfang is pas korte tijd aan de macht, en als we de kranten mogen geloven zal hij spoedig worden opgevolgd door weer een andere generaal die de macht wil uitoefenen over het rijke gebied rondom de International Settlement van Shanghai.' De Amerikaanse advocaten voegden hier nog aan toe dat de Chinese inwoners van Shanghai meer vertrouwen hadden in het Mixed Court dan in de Chinese rechtbanken.

Deze verklaring was voor de Chinezen vooral zo pijnlijk omdat er een kern van waarheid in zat. De plaatselijke autoriteiten negeerden inderdaad vaak het centraal gezag. Bovendien bestonden er sinds 1921 in feite twee regeringen in China: het bewind van de warlords in Peking en de regering van dr. Sun Yatsen in Canton. Het bestuur van Sun werd echter niet erkend door de buitenlandse mogendheden, die zaken bleven doen met de machthebbers in Peking – wie dat ook waren. In 1921 was in China overigens nog een kandidaat voor de politieke macht op het toneel verschenen in de vorm van de jonge communistische partij. In 1924 sloten de communisten en de Kwomintang zich aaneen om de warlords in het noorden te verslaan.

Onder druk van de Advocatenorde van Shanghai en andere groeperingen, met name de Kamer van Koophandel in Shanghai, sloot het ministerie van Buitenlandse Zaken in 1926 eindelijk een overeenkomst waarbij het Mixed Court op 1 januari 1927 zou worden vervangen door het Provisional Court van Shanghai – een belangrijke stap in het lange proces om een einde te maken aan de buitenlandse overheersing. Zoals uit de naam van de nieuwe rechtbank bleek, had deze regeling slechts een tijdelijk karakter. Volgens de nieuwe overeenkomst moesten alle civiele kwesties en strafzaken in de International Settlement worden behandeld door het Provisional Court, behalve zaken die rechtstreeks verband hielden met de consulaire jurisdictie. Buitenlandse juristen hadden geen zeggenschap meer over het Hof. In zaken waarin buitenlandse belangen een rol speelden kon een buitenlandse waarnemer naast de rechter worden benoemd, die wel zijn bezwaren kon laten noteren maar de rechter niet zijn wil kon opleggen. In geschillen waarbij buitenlanders waren betrokken mochten buitenlandse advocaten beide partijen vertegenwoordigen. De overeenkomst bepaalde dat het Provisional Court drie jaar in functie zou blijven. Als er tegen die tijd geen definitieve regeling tot stand was gekomen, kon het bestaan van het Provisional Court worden verlengd. Hiermee was deze slepende zaak dus – voorlopig – opgelost.

Het einde van het Mixed Court betekende een nieuwe stap op de weg naar Chinese onafhankelijkheid, maar het had ook enkele merkwaardige bijverschijnselen. Chinese rechters en advocaten moesten in de rechtszaal speciale zijden toga's dragen. Een maand na de oprichting van het Provisional Court verscheen de Britse advocaat Covey voor een Chinese rechter. De volgende dialoog vond toen plaats:

Rechter: 'Waarom draagt u geen zijden toga?'
Covey: 'Omdat ik geen Chinees advocaat ben.'
Rechter: 'Dan bent u niet ontvankelijk...'
Covey: 'Moet ik hieruit afleiden dat ik als Brits jurist – die verondersteld wordt een Britse toga te dragen en niets anders, ook niet voor een andere rechtbank – mijn ambt hier niet mag uitoefenen? Dan heb ik geen andere keus dan mij bij het besluit van Uwe Edelachtbare neer te leggen.'
Covey's tolk: 'Mag ik met de cliënt van mr. Covey spreken?'
Rechter: 'Nee, dat mag u niet, want ik erken u niet als tolk, omdat u werkt voor een advocaat die geen Chinese toga draagt.'

Hoewel vader er nooit had gewoond en grootvader er als kleine jongen al was weggegaan, beschouwde vader Wuxi toch als zijn woonplaats. Een tijd lang gebruikte hij de familieschool van de Qins in Wuxi zelfs als postadres. Ongetwijfeld hielpen zijn connecties met Wuxi hem ook aan nieuwe cliënten. Er woonden meer dan 100000 mensen uit Wuxi in Shanghai, onder wie ook enkele vooraanstaande zakenlieden. Het Wuxi Gilde vormde een trefpunt voor al deze mensen en verleende allerlei diensten, onder meer de opslag van doodskisten voor transport naar Wuxi. Na grootvaders dood in januari 1912 had vader zijn kist ook bij het Wuxi Gilde ondergebracht. Hoewel het Gilde zijn leden meestal verzocht de kisten binnen twee jaar op te halen, wachtte vader vijfentwintig jaar. Al die tijd was hij op zoek naar een goede begraafplaats voor grootvader. Ook de stoffelijke resten van grootmoeder werden dertig jaar in een tempel in Hangzhou bewaard voordat de definitieve begrafenis plaatsvond.

Gezien zijn contacten met Wuxi lag het voor de hand dat vader ook betrokken werd bij de oprichting van het Wuxi Verblijfsgenootschap in 1923. Anders dan het Wuxi Gilde had dit genootschap niet in de eerste plaats een sociale functie, maar bood het hulp aan mensen uit Wuxi – zowel in Shanghai als in de oude woonplaats zelf. Het genootschap werd op 16 maart opgericht tijdens een vergadering van honderdvijftig sympathisanten. Al spoedig waren er meer dan zesduizend leden. Vader trad als juridisch adviseur van het genootschap op.

Tot de activiteiten van het genootschap behoorden liefdadigheid, juridische bijstand, onderwijs en amusement. Het lidmaatschap stond open voor alle mannen uit Wuxi ouder dan eenentwintig, op voordracht van twee andere leden. Het genootschap richtte een basisschool voor kinderen uit Wuxi en een tehuis voor de opvang van dakloze vrouwen en kinderen uit Wuxi op, en gaf ook een krant uit.[3]

Er werd een zware aanslag op de middelen van het jonge genootschap gepleegd toen het volgende jaar een oorlog uitbrak tussen de militaire gouverneurs van de provincies Jiangsu en Zhejiang. Ook Wuxi, in Jiangsu, werd het slachtoffer van de vijandelijkheden toen het leger van een van de warlords door de stad trok en een spoor van dood en vernieling achterliet. Het genootschap richtte een speciaal hulpcomité op. Er werden voedsel en andere voorraden naar Wuxi gestuurd en vijf- tot zesduizend vluchtelingen werden naar Shanghai geëvacueerd.

Op 27 augustus hield het Wuxi Verblijfsgenootschap een algemeen congres om het eenjarig bestaan te vieren. In een toespraak zei vader: 'In het verleden, voordat wij ons hadden georganiseerd, konden onze stadgenoten nergens terecht voor hulp bij problemen. Nu kunnen wij hen helpen als dat nodig is. Als er een conflict ontstaat tussen twee mensen uit Wuxi, kunnen wij bemiddelen en de problemen oplossen zonder dat de gevoelens van een van beide partijen worden gekwetst. Als juridisch adviseur zal ik mij hier zoveel mogelijk voor inzetten.'

Omstreeks deze tijd besloot onze familie een nieuwe editie van de stamboom uit te geven. In 1919 waren hier al plannen voor geweest, maar toen ontbraken de middelen. In de kranten werden advertenties geplaatst waarin familieleden werd verzocht bijgewerkte biografieën en nieuwe gegevens over geboorten, sterfgevallen en huwelijken in te sturen. Vader beoordeelde alle informatie die binnenkwam. De familie schoof hem als bekend jurist naar voren, om eventuele eisen tot schadevergoeding als gevolg van de publikatie van de stamboom te voorkomen. De vermelding van iemands naam in de stamboom gaf hem namelijk bepaalde erfrechten. En omdat er familieleden waren die de naam van een schoonfamilie zonder stamhouder hadden aangenomen, buitenstaanders die zich in de familie hadden ingetrouwd en verre verwanten die door de familie waren geadopteerd, was de kans op juridische problemen niet denkbeeldig.

De redactie van de stamboom berustte bij Qin Dunshi, een vooraanstaand geleerde met de graad van *juren*. Hij was een achterkleinzoon van Qin Ying en zijn tak van de familie had al generaties lang geleerden van naam voortgebracht. Vader was goed bevriend met Dunshi's zoon Tongli, zijn neef in de achtste graad, die de functie van assistent-zoutcontroleur vervulde onder maarschalk Sun Quanfang. De twee mannen waren van dezelfde leeftijd en hadden dezelfde interesses. Een daarvan was het Chinese theater. Niet alleen bezochten ze graag de voorstellingen van de Opera van Peking, maar beide mannen hadden zelf ook een zangopleiding gehad en traden graag op. De specialiteit van vader was de rol van *xiaosheng* of 'jeune premier'.

Tongli en vader hadden nog iets anders gemeen: hun belangstelling voor mooie vrouwen. Hoewel Tongli getrouwd was en drie kinderen had, versleet hij een hele reeks concubines, onder wie enkele bekende zangeressen. Toen een van hen zich in een krant 'mevrouw Qin Tongli' noemde, werd Tongli's vrouw zo kwaad dat ze een advertentie liet plaatsen waarin ze verklaarde dat 'mevrouw Qin Tongli' slechts een huisvrouw zonder theaterambities was. Daarna noemde de concubine zich alleen nog 'mevrouw Qin'. Tongli's vrouw legde zich hierbij neer en bespaarde haar echtgenoot een nieuwe openbare vernedering.

Hoewel vader geen andere vrouwen of concubines bij zich in huis nam, had hij talloze maîtresses, ook na zijn officiële huwelijk met Xu Peihua en zijn 'liefdeshuwelijk' met Cao Yueheng. Volgens de Chinese traditionele moraal kent de man vier zwakheden: vrouwen, gokken, drinken en opiumschuiven. Vader zei eens tegen een vriend dat hij van de eerste twee zwakheden werd beschuldigd. Hij dronk niet veel, maar rookte wel vijftig sigaretten per dag, bij voorkeur van het Britse merk Garrick. Zijn vingers waren geel van de nicotine. Een andere vriend schreef na de dood van vader dat hij op oudere leeftijd ziek was geworden 'omdat hij zich als jongeman te veel aan sensuele geneugten had overgegeven'.

Gokken – in alle vormen – was een obsessie van vader. Hij speculeerde in goud, effecten en valuta, ging naar de paardenrennen, speelde mahjong, kocht loten en wedde op het populaire spel *jai-alai*, vaak tot hij geen cent meer over had. Toen hij een keer drieduizend dollar aan honorarium had ontvangen ging hij er meteen mee naar een casino en speelde roulette tot hij alles weer kwijt was. Hij was zo gewend aan zijn goede inkomen als advocaat dat hij er nooit aan dacht wat geld opzij te zetten.

Overigens was gokken een goede manier om cliënten te ontmoeten en aan de mahjongtafels werden heel wat vriendschappen gesloten. Het was dan ook in een casino dat vader in contact kwam met een van de machtigste en meest gevreesde mannen in Shanghai, een merkwaardige figuur die zich bezighield met prostitutie en de handel in verdovende middelen, maar zich ook onderscheidde als zakenman, bankier en filantroop: Du Yuesheng. Tot hem wendde Tjiang Kai-sjek zich om hulp toen hij in 1927 besloot de communisten te vernietigen. Du, hoofd van een geheim genootschap dat bekendstond als de Groene Bende, hielp Tjiang onder meer door zijn mannen de buitenlandse wijken in te sturen, waar de troepen van de Kwomintang niet konden komen.

Zhu Rushan, een rijke zakenman, was bevriend met Du Yuesheng. Vader kende Zhu en ging een keer met hem mee naar een casino van Du Yuesheng. Die avond verloor vader 4000 zilveren dollars, een groot bedrag. Hij betaalde met een cheque en vertrok. Toen hij weg was, vroeg Du aan Zhu Rushan: 'Wie was die vriend van je?' 'De advocaat Qin Liankui,' antwoordde Zhu. Du haalde de cheque uit zijn zak en gaf hem aan Zhu met de woorden: 'Een advocaat moet hard werken, veel schrijven en eindeloze gesprekken voeren. Hoeveel zal hij verdienen? Van zo'n man wil ik geen geld winnen. Geef hem die cheque maar terug.'

De volgende dag gaf Zhu de cheque aan vader, die hem eerst niet wilde aannemen. Zhu herhaalde een paar keer dat Du's bedoelingen oprecht waren en dat hij niets dan respect voor vader had. Bovendien had Du de ongeschreven wet dat niemand zijn geld mocht weigeren. Dus nam vader de cheque aan. Daarna raakten de twee mannen bevriend.[4] Vader diende Du vrijblijvend van advies en hielp hem twintig jaar lang bij het ontwikkelen van zijn strategieën. Natuurlijk had Du ook andere advocaten, maar vader vertrouwde hij het meest. Vaak bracht vader hem onaangekondigd een bezoek en bleef dan eten. De twee mannen spraken elkaar aan met 'broer'. Via Du's uitgebreide vriendenkring kreeg vader veel cliënten, vooral in zijn latere jaren.

Toen dr. Sun Yatsen in 1925 overleed, was de Kwomintang enige tijd stuurloos, maar halverwege 1926 kwam generaal Tjiang Kai-sjek als opperbevelhebber naar voren. Hij was de man die het doel van Sun Yatsen – de eenwording van China – wilde verwezenlijken door een veldtocht naar het noorden om de legers van de warlords te verslaan.
Terwijl het ministerie van Buitenlandse Zaken in Peking nog onderhandelde over de afschaffing van het Mixed Court, rukten de troepen van Tjiang Kai-sjek vanuit Canton naar het noorden op. Ze veroverden Changsha en Wuhan en in maart 1927 lagen ze voor de poorten van Shanghai. De advocatenorde van vader had een vergadering belegd voor 20 maart, maar die zou nooit worden gehouden. Twee dagen later werd de stad door de Kwomintang bezet.
Het oude regime, dat banden onderhield met de warlords in het noorden, werd afgezet en de Kwomintang verstevigde snel haar positie in de grootste en rijkste stad van het land. De kapitalisten in Shanghai, die de opkomst van de communisten vreesden, waren blij met de machtswisseling. Ook Tjiang had zijn bedenkingen tegen de communisten – zijn bondgenoten in het Verenigd Front – en op 12 april richtte hij een bloedbad aan waarbij enkele duizenden leden van de communistische partij werden vermoord.
Maar de vriendschap tussen de zakenwereld en de Kwomintang was van korte duur. Tjiang Kai-sjek eiste grote bedragen van de ondernemers om zijn expeditie naar het noorden te kunnen financieren. De zakenwereld verzette zich, maar stond machteloos tegenover de Kwomintang die, gesteund door de criminele Groene Bende, via ontvoeringen en andere afpersingspraktijken geld begon in te zamelen. Een waarnemer uit die tijd schreef dat 'rijke Chinezen in hun huizen werden gearresteerd of op mysterieuze wijze op straat verdwenen... Miljonairs werden als "communisten" opgebracht!'[5]
Ook de juridische wereld vormde een doelwit voor de Kwomintang. Eerst richtten de nieuwe machthebbers een concurrerende advocatenorde op, maar toen de meeste advocaten in Shanghai niet bereid bleken om lid te worden, besloot de Kwomintang de bestaande vereniging te infiltreren. Toen op 24 april de uitgestelde voorjaarsvergadering van de Advocatenorde van Shanghai eindelijk plaatsvond, was er zoals gebruikelijk een afgezant van de overheid aanwezig, maar dit keer vertegenwoordigde hij de Kwomintang. De leden van de orde kregen te horen dat ze geen bijeenkomsten meer mochten houden totdat de statuten waren goedgekeurd door de Nationalistische regering van de Kwomintang. De aanwezige advocaten besloten een reorganisatie-comité op te richten, waarvan vader met de meeste stemmen tot voorzitter werd gekozen.
Toen andere advocaten van de reorganisatieplannen hoorden, kwamen er

felle protesten. Een groot aantal van hen deed een beroep op Zhang Yipeng, die al sinds 1917 voorzitter van de orde was, om de leiding niet uit handen te geven. Inmiddels had het reorganisatiecomité een overdrachtscommissie van zes man gekozen, waartoe ook vader behoorde. Dit plaatste hem in een moeilijke positie. Als een van de oprichters van de orde wilde hij natuurlijk de zelfstandigheid ervan bewaren, maar hij was ook persoonlijk bevriend met vele Kwomintang-leiders. Deze tegenstrijdige gevoelens vormden waarschijnlijk de reden waarom hij voor de overdrachtscommissie bedankte. Meer dan honderdtwintig leden stuurden nu een brief waarin ze het reorganisatiecomité afwezen en voorzitter Zhang Yipeng vroegen in functie te blijven totdat er een formele verkiezing kon plaatsvinden. Maar toen de Politieke Raad – het hoogste orgaan in de stad, geleid door Tjiang Kai-sjek – bepaalde dat de gevolgde procedure rechtsgeldig was, maakte Zhang Yipeng in het openbaar zijn aftreden als voorzitter bekend. Het nieuwe bestuur van de orde, waar vader geen deel van uitmaakte, stond geheel onder controle van de Kwomintang.

Maar ook de Kwomintang was verdeeld in een rechter- en een linkervleugel en op 27 januari 1927 werd in Wuhan een nieuwe regering gevormd, bestaande uit de Kwomintang en haar communistische bondgenoten. In april, na zijn triomf in Shanghai, besloten Tjiang Kai-sjek en andere tegenstanders van het Wuhan–bewind een eigen regering te vormen in Nanking. De warlords in Peking meegerekend, telde China op dat moment dus drie regeringen. In augustus werd Tjiang Kai-sjek echter door een krachtige oppositie tot aftreden gedwongen. Het jaar daarop keerde hij echter terug om de veldtocht naar het noorden voort te zetten.

Na zijn vertrek van het politieke toneel werd in Nanking een coalitieregering van de Kwomintang gevormd en namen de spanningen wat af. Ook de Advocatenorde van Shanghai kreeg weer een deel van haar vroegere zelfstandigheid terug. Na een vergadering van de nieuwe orde werd besloten de posten van voorzitter en vice-voorzitter af te schaffen en de leiding over te dragen aan een commissie van toezicht en een permanente commissie, beide van drie man, en een uitvoerend comité van vijftien man. Bij de verkiezingen kreeg vader de meeste stemmen. Hij werd niet alleen lid van de permanente commissie, maar ook het belangrijkste lid van het uitvoerend comité. Door de combinatie van deze twee functies was hij in feite voorzitter van de advocatenorde geworden. Omdat hij geen lid was van de partij, viel het hem misschien gemakkelijker de verschillen tussen de advocatenorde en de Kwomintang te overbruggen. Hoe het ook zij, hij was er blijkbaar in geslaagd de twijfels van veel advocaten tegenover de Kwomintang weg te nemen.

Na de vestiging van het Kwomintang-bewind in Nanking moesten alle advocaten opnieuw worden ingeschreven en werd een nieuwe licentie uitgereikt aan iedereen die geschikt werd geacht. De foto op de licentie van vader, gedateerd op 29 september 1927, toont een man van negenendertig, gekleed in een Chinese tuniek over een kimono met een hoge kraag, die opzij is dichtgeknoopt. Zijn haar is zonder scheiding achterover gekamd, boven een hoog voorhoofd, een paar doordringende ogen, een rechte neus en een vastberaden mond. Zijn huid lijkt van albast te zijn. Hij maakt een doelbewuste en zelfverzekerde indruk. Hij stond toen op het hoogtepunt van zijn carrière.

In zijn persoonlijk leven had hij na de dood van Cao Yueheng de zorg voor zes kinderen gekregen. Hij liet het huishouden over aan zijn schoonmoeder en enkelen van de kinderen werden naar Suzhou gestuurd om te worden opgevoed door haar oudste dochter, terwijl vader het zorgeloze leven van een vrijgezel bleef leiden.

26. Mijn moeder: Zhaohua maakt haar opwachting

Tijdens de oorlog van 1924-1925 tussen Jiangsu en Zhejiang werd er ook in Shanghai gevochten. De International Settlement en de Franse Concessie vormden echter eilanden van rust in deze roerige tijd. Tongli wilde zijn vrouw en kinderen uit de Chinese wijk evacueren, maar kon hen moeilijk bij zijn concubine in de Franse Concessie onderbrengen. Daarom vroeg hij zijn oude vriend om hun enige tijd onderdak te geven. Mijn vader stemde toe.
Hij kon hen echter niet in huis nemen, want daar logeerden al enkele familieleden die voor de gevechten waren gevlucht. Daarom zorgde hij ervoor dat ze voorlopig in een hotel in de International Settlement konden blijven.
Vader had Tongli's vrouw al eens eerder ontmoet, maar voor het eerst maakte hij nu kennis met zijn kinderen. De oudste, Kaihua, was een jongen van twaalf, zijn zusters Zhaohua en Wanhua waren acht en zes jaar oud. Omdat vader en Tongli neven waren, moesten de kinderen vader met 'oom' aanspreken.
Deze eerste ontmoeting, hoe kort ook, maakte indruk op vader en op Zhaohua, een klein meisje met vlechtjes en pony. Hij zag in haar een leuk kind, dat tot een mooie vrouw zou opgroeien. Zij zag in hem het prototype van de knappe geleerde: mager, met rechte schouders, gekleed in een traditionele Chinese kimono. Maar ze werd vooral getroffen door zijn eigenaardigheden – het snelle knipperen met zijn ogen als hij zat na te denken, en zijn kettingroken. Hij was bijzonder hoffelijk en bij haar aankomst en vertrek boog hij heel diep voor Tongli's vrouw, die hij 'zuster' noemde.
Het zou jaren duren voordat vader en Zhaohua elkaar zouden terugzien. In de tussentijd bekommerde hij zich om zijn praktijk, terwijl zij naar school ging. Na de basisschool ging ze naar de Britse Besant Middle School for Girls. Een van de andere leerlingen was Jiaxiu, de oudste dochter van vader. De twee meisjes raakten bevriend en jaren later zou het Jiaxiu zijn die vader en Zhaohua weer samenbracht.
Na de Besant Middle School ging Zhaohua naar de Amerikaanse doopsgezinde Elizabeth School, en vervolgens naar de elitaire McTyeire School for

Girls, waar de dochters van veel rijke en machtige Chinezen les kregen van methodistische zendelingen. Tot de studentes behoorden ook de beroemde gezusters Soong: Ching-ling trouwde met dr. Sun Yatsen, Mei-ling met Tjiang Kai-sjek en Ai-ling met de bankier en bestuurder H.H. Kung. Tongli hoopte dat zijn dochter door deze opleiding een man uit een rijke familie zou kunnen trouwen. Hij kon niet vermoeden dat ze de vrouw van zijn goede vriend en verre neef zou worden.

Na het succes van de noordelijke expeditie in 1928 werd China eindelijk weer verenigd onder één regering, die op 10 oktober in Nanking officieel werd uitgeroepen. Dit was het begin van een periode van wederopbouw en moderne ontwikkelingen op elk gebied.
Nu het land herenigd was, kon de Advocatenorde van Shanghai zich weer actief inzetten voor de vernieuwing van het rechtsstelsel. Behalve met een aantal technische zaken hield de orde zich nog altijd bezig met het vraagstuk van de buitenlandse invloed in de Chinese rechtspraak. Maar ook werd een resolutie aangenomen die bepaalde dat advocaten die geen lid van de orde waren niet tot het Provisional Court werden toegelaten. Dit was aanleiding tot een lang artikel in de *North China Herald*, waarin de orde ervan werd beschuldigd dat zij een monopoliepositie wilde verwerven. De krant typeerde de orde als een organisatie die door 'radicalen' werd beheerst. Toch besloot het provinciale bestuur van Jiangsu in januari van het volgende jaar dat alleen leden van de advocatenorde toegang hadden tot het Provisional Court. Dit besluit werd onmiddellijk op de proef gesteld toen op 5 januari 1929 de advocaat Tsah Lin-ching, die geen lid van de orde was, in het Provisional Court verscheen om een vrachtwagenchauffeur te verdedigen die van roekeloosheid was beschuldigd. De Chinese rechter ontzegde de advocaat de toegang tot de rechtszaal. Dit besluit stuitte op krachtig verzet van de Nederlandse vice-consul mr. Van den Berg, die op dat moment als waarnemer optrad. Hij dreigde op te stappen als Tsah zou worden weggestuurd. Zelfs de officier vond dat Tsah moest worden toegelaten en dat het besluit van het provinciebestuur onwettig was. Uiteindelijk werd de zaak voor onbepaalde tijd verdaagd.[1]
In het akkoord over het Mixed Court in 1926 was bepaald dat 'in strafzaken die rechtstreeks verband houden met de rust en orde in de International Settlement de consul een waarnemer naast de rechter kan benoemen'. Deze waarnemer mocht wel zijn bezwaren kenbaar maken, maar de rechter hield de beslissende stem. Ook was het de waarnemer niet toegestaan zonder toestemming van de rechter de verdachten of getuigen te ondervragen.
Op 23 februari mengde een advocaat vanaf de publieke tribune zich opeens in de discussie tijdens een rechtszaak tegen vier koelies. Hij verklaar-

de dat hij de echtgenoot en de schoonvader vertegenwoordigde van een vrouw die zij van overspel beschuldigden. De Chinese rechter Koh deelde hem mee dat die zaak op dat moment niet aan de orde was en vroeg hem te zwijgen. De advocaat, Tsu Zuching, ging echter met hem in discussie. De rechter sommeerde Tsu zich terug te trekken, maar toen dat niet gebeurde, gaf de waarnemer – opnieuw de Nederlandse diplomaat Van den Berg – de politie opdracht de advocaat de zaal uit te zetten. Toen de advocaat probeerde de zaal weer binnen te komen, werd hem door de politie de toegang geweigerd. Aan het einde van de zitting schorste Van den Berg de advocaat voor drie maanden, of tot het moment waarop hij zijn excuses zou aanbieden voor zijn onbehoorlijk gedrag in de rechtszaal. Een waarnemer, die niet eens de bevoegdheid had zonder toestemming van de rechter een getuige te ondervragen, eigende zich dus het recht toe een advocaat de toegang tot het gerechtshof te ontzeggen. Dit incident schokte de Chinese juridische gemeenschap en wakkerde het conflict nog aan.

De president van het Provisional Court verklaarde dat geen van de rechters meer met Van den Berg wilden samenwerken tot deze zaak was opgelost. De hoofdconsul, de Amerikaan Edwin S. Cunningham, koos echter de zijde van Van den Berg. Als de rechter zijn taak niet had vervuld, meende hij, 'was het aan de waarnemer om actie te ondernemen'. En als Van den Berg zou worden geboycot, schreef hij aan de president, zouden 'uw landgenoten hier de meeste schade van ondervinden, omdat zij langer in de gevangenis zullen moeten verblijven'.

Uiteindelijk werd besloten dat Tsu Zuching op 14 maart in de rechtszaal aanwezig zou zijn om zijn excuses aan te bieden, waarna Van den Berg zijn schorsing zou opheffen, zodat niemand gezichtsverlies hoefde te lijden. Na enig heen en weer gepraat verklaarde de rechter op de desbetreffende dag: 'De waarnemer van de hoofdconsul, de heer Van den Berg, is verzocht zijn bevel tot uw schorsing in te trekken. In de toekomst zal geen enkele waarnemer een advocaat meer mogen schorsen zonder toestemming van de rechter. Ik verzoek u nu om een verontschuldiging, aangezien u in het ongelijk stond.'

De advocaat protesteerde nog dat de waarnemer geen enkele bevoegdheid had hem te schorsen, maar uiteindelijk bood hij zijn verontschuldigingen aan. Van den Berg trok de schorsing in. De rechter wendde zich tot de advocaat en zei: 'Alles is nu geregeld. Uw schorsing is opgeheven. In de toekomst dient u het hof te gehoorzamen. En van nu af aan mag de politie alleen nog orders van de rechters uitvoeren.'

Maar de rechter vergiste zich. De zaak was nog niet geregeld. Van den Berg wilde dat de advocaat gestraft zou worden, niet alleen voor zijn optreden in de rechtszaal maar ook voor bedreigingen die hij buiten het gerechtshof aan het adres van andere personen zou hebben geuit. Toen hij de president niet kon overreden actie te ondernemen, verklaarde Van den Berg nog diezelfde middag de schorsing weer van kracht.

Het geschil groeide uit tot een krachtmeting tussen de Chinese rechters, de president, de buitenlandse consuls en de politie. In theorie had de Chinese rechter de beslissende stem, maar aangezien de International Settlement werd bestuurd als een ander land, met een eigen regering, een eigen politiemacht en een eigen gevangenis, was het voor een Chinese rechter erg moeilijk zijn gezag te laten gelden. Het incident met vice-consul Van den Berg onderstreepte nog eens de noodzaak tot hervormingen binnen het Provisional Court. In april 1929 deelde de regering in Nanking de buitenlandse vertegenwoordigingen mee dat zij van plan was na afloop van de driejarige overeenkomst het Provisional Court op te heffen.

Onderhandelaars probeerden zo snel mogelijk nog voor 31 december tot een akkoord te komen. Uiteindelijk kwam er een overeenkomst tot stand, die pas op 17 februari werd ondertekend. Het Provisional Court in Shanghai zou worden vervangen door een Special District Court en een speciale afdeling van het provinciale hooggerechtshof van Jiangsu. Indien nodig kon beroep worden aangetekend bij het hooggerechtshof in Nanking. Het oude systeem, waarbij zaken werden gehoord door een Chinese rechter en een buitenlandse waarnemer, werd eindelijk afgeschaft. Toch moest er nog altijd met het buitenlandse gezag worden samengewerkt, omdat de International Settlement zijn eigen politiemacht behield. Bovendien mochten politiefunctionarissen in het hof aanwezig zijn en de rechter van advies dienen in kwesties die verband hielden met het gezag van de politie. Ook werden buitenlandse advocaten tot het hof toegelaten, maar alleen als zij door het ministerie van Justitie waren erkend.

Deze overeenkomst betekende een nieuwe stap naar volledige Chinese zelfstandigheid, maar het ging de Chinezen niet snel genoeg. Daarom lieten ze weten dat ze vanaf 1 januari 1930 alle oude – ongelijkwaardige – verdragen eenzijdig ongeldig zouden verklaren. De buitenlandse mogendheden probeerden ervoor te zorgen dat er in de praktijk zo weinig mogelijk zou veranderen. Daarom verklaarden de Britten dat ze bereid waren te accepteren dat '1 januari 1930 zou worden beschouwd als de datum waarop het proces van de geleidelijke afschaffing van alle extraterritoriale rechten in principe in werking zou treden'.

Op 28 december 1929 gaf China eindelijk de langverwachte verklaring uit: 'Hierbij is besloten dat op en vanaf de eerste dag van de eerste maand van het negentiende jaar van de Republiek (1 januari 1930) alle buitenlanders op Chinees grondgebied die nu nog extraterritoriale privileges genieten zich aan de wetten en verordeningen van de centrale en plaatselijke overheden van China zullen moeten houden.'

Maar ondanks de zelfverzekerde toon van dit besluit veranderde er in de praktijk niet veel. De westerse mogendheden wensten de declaratie slechts als een intentieverklaring te beschouwen. Maatgevend voor de westerse houding was de opstelling van de Amerikanen, die uitgingen van een overgangsperiode van tien jaar, waarin de buitenlanders in de verdragshavens nog altijd speciale rechten zouden genieten.

Vanaf het moment dat hij in 1912 als voorlopig president was geïnstalleerd had Sun Yatsen gestreefd naar een Nationale Volksconventie die een einde moest maken aan alle ongelijkwaardige verdragen tussen China en de andere mogendheden. Hij had deze wens zelfs in zijn politieke testament opgenomen. In december 1930 besloot Tjiang Kai-sjek het idee van deze conventie nieuw leven in te blazen. Op 1 januari 1931 werden verkiezingen aangekondigd. Zowel de Chinese als de buitenlandse machthebbers wisten dat een Nationale Volksconventie een platform zou vormen voor de toenemende nationalistische gevoelens van het Chinese volk, maar nog altijd geloofden de buitenlandse mogendheden dat er weinig zou veranderen.

De afgevaardigden naar de Nationale Volksconventie werden gekozen op basis van hun beroep. De advocatuur werd bij de onderwijssector ingedeeld. Vader besloot zich kandidaat te stellen en voerde campagne op scholen en universiteiten in de hele provincie en in Wuxi, de stad van zijn voorouders, waar hij veel steun onder leraren en studenten verwierf. De kosten van zijn campagne werden grotendeels gedragen door zijn vriend Zhang Danru, een bankier en zouthandelaar. Van de zes advocaten die aan de verkiezingen deelnamen, kreeg vader verreweg de meeste stemmen.

Op vrijdag 5 mei om negen uur 's ochtends kwamen de 475 afgevaardigden, regeringsfunctionarissen en partijleiders van de Kwomintang in de aula van de Centrale Universiteit van Nanking bijeen. De opening van de Nationale Volksconventie werd ingeluid door saluutschoten vanaf de forten en de oorlogsschepen in de haven.

In zijn inaugurele rede verklaarde president Tjiang dat de conventie twee belangrijke doelstellingen had. Allereerst de consolidatie van de vrede en de nationale eenheid, gepaard aan plannen voor een verdere wederopbouw. Ten tweede de voorbereiding van een tijdperk van constitutioneel bestuur, waarbij de macht aan het volk zou worden teruggegeven. Volgens de politieke filosofie van Sun Yatsen was het constitutioneel bestuur de bekroning van een programma van drie fasen, dat was begonnen met de militaire acties om het land te verenigen, gevolgd door een periode van politieke bewustwording, waarin de Kwomintang de macht in handen zou houden. Uiteindelijk zou dit leiden tot de derde en laatste fase, waarin een constitutie zou worden opgesteld en de macht in handen van het volk zou komen. De oprichting van de Nationale Volksconventie betekende het einde van de eerste fase. Een belangrijke taak van de conventie was daarom het bespreken en voorbereiden van een voorlopige grondwet, die van kracht zou zijn gedurende de tweede fase, de periode van politieke bewustwording.

Voordat de vergadering begon, verzamelden de honderden afgevaardigden zich bij het graf van Sun Yatsen voor een plechtige ceremonie, waarbij zij beloofden zijn principes te zullen volgen en zijn wil te zullen uitvoeren. Tussen de plenaire vergaderingen door kwamen verschillende commissies bijeen om voorstellen te beoordelen en wetsontwerpen op te stellen. Ook vader nam deel aan de discussies over de voorlopige grondwet. Als belangrijkste vertegenwoordiger van de Chinese advocatuur was hij voorstander van een uniform rechtsstelsel in het hele land, inclusief de buitenlandse enclaves, maar hij kreeg onvoldoende steun voor zijn ideeën. Een van zijn andere voorstellen, dat betrekking had op de mensenrechten, werd wel aangenomen. Op zijn aandringen werd in de nieuwe, voorlopige grondwet een clausule opgenomen die bepaalde dat arrestanten niet langer dan vierentwintig uur zonder vorm van proces mochten worden vastgehouden. Een ander punt waar vader zich sterk voor maakte was de schadeloosstelling van mensen die ten onrechte waren gearresteerd of gevangengezet. Maar ook hiervoor kon hij niet voldoende medestanders krijgen.

Op 12 mei, toen de vierde plenaire vergadering werd gehouden, was de voorlopige grondwet gereed. De constitutie, die negenentachtig artikelen telde, werd onder luid gejuich aangenomen. De volgende dag schaarden de afgevaardigden zich ook achter een 'Manifest over de afschaffing van alle ongelijkwaardige verdragen'. Dit document verklaarde dat China zichzelf 'van zijn ketenen wilde bevrijden' en besloot met de volgende verklaring:

> Gezien de genoemde omstandigheden legt de Nationale Volksconventie, die het gehele Chinese volk vertegenwoordigt, hierbij plechtig de volgende verklaring tegenover de gehele wereld af:
> 1. Het Chinese volk zal de ongelijkwaardige verdragen die de Mogendheden in het verleden aan China hebben opgelegd niet erkennen.
> 2. De Nationale Regering zal, in overeenstemming met het testament van wijlen dr. Sun Yatsen, zo snel mogelijk de gelijkwaardigheid en onafhankelijkheid van China binnen de familie der naties bewerkstelligen.

Na deze verklaring werden de gesprekken met de westerse mogendheden, met name de Verenigde Staten en Groot-Brittannië, voortgezet. De onderhandelingen over de afschaffing van de extraterritoriale rechten waren nog in volle gang toen Japan op 18 september 1931 Mukden aanviel en een invasie in Mantsjoerije uitvoerde. President Tjiang Kai-sjek deed een beroep op de machteloze Volkenbond om tussenbeide te komen. De Japanners wisten hun greep op Mantsjoerije snel te verstevigen, maar om hun ware bedoelingen te verhullen installeerden zij een marionettenregering. Daartoe wendden ze zich tot de laatste Chinese keizer, Puyi, die in 1912 op zesjarige leeftijd was afgetreden. Puyi, die nu in Japan woonde, stemde erin toe de nieuwe regering van Mantsjoerije – dat nu Manchukuo zou gaan heten – te leiden. Op 9 maart 1932 werd hij formeel beëdigd, met Changchun als zijn hoofdstad.

Het nieuws over het Mukden-incident had tot grote verontwaardiging in China geleid en al snel ontstond er een krachtige anti-Japanse beweging, ook in de internationale gemeenschap van Shanghai. De Advocatenorde van Shanghai hield op 30 september 1931 een extra vergadering, waarbij ook mijn vader aanwezig was. De vergadering zond een telegram aan de regering met de vraag welke – eventueel ook militaire – stappen werden ondernomen om een einde aan deze situatie te maken. Ook werd aangedrongen op een economische boycot tegen Japan. De advocatenorde besloot om zelf niet langer met Japanse advocaten samen te werken of Japanse cliënten te accepteren.

Ondanks de nationale verontwaardiging over de Japanse invasie in Mantsjoerije besloot president Tjiang Kai-sjek een afwachtende houding aan te nemen. In plaats van de strijd met de Japanners aan te binden begon hij een oorlog tegen de communisten in eigen land. De stemming onder het volk werd goed weergegeven in een manifest dat de Advocatenorde van Shanghai op 18 december 1931 uitvaardigde, waarin de Kwomintang-regering verantwoordelijk werd gesteld voor de uitbreiding van civiele conflicten, de aantasting van mensenrechten, het verlies van nationaal grondgebied en het ontstaan van een financiële chaos. De orde verklaarde zelfs dat de Kwomintang zich nauwelijks anders gedroeg dan de warlords. Het manifest eindigde met een oproep om de wet te eerbiedigen.

Om fondsen bijeen te brengen voor de oorlogsslachtoffers in Mantsjoerije besloten vader en een aantal vrienden een liefdadigheidsvoorstelling te geven. Ze waren allemaal talentvolle amateurs en voor mannen met een zekere status was het in die tijd mode iets aan theater te doen. Drie avonden achtereen verzorgden ze speciale uitvoeringen van bekende opera's. Veel operaliefhebbers deden mee, onder wie Tongli en zijn nieuwste concubine, een meisje uit Wuxi genaamd Wang Jie, dat als danseres in de Black Cat Ballroom had gewerkt. Daarom werd ze ook wel 'Black Cat' genoemd.

Tongli handelde nu in Chileense salpeter en deed goede zaken. In de Franse Concessie had hij voor Black Cat en haar moeder een huis van twee verdiepingen in Spaanse stijl gehuurd en bovendien had hij haar zangstudie bekostigd. Ze bekwaamde zich in de Peking-opera en de Kunshan-opera, de zuidelijke variant. Het meisje bleek zo begaafd dat ze binnen twee jaar een beroemdheid werd, die zich met iedere beroepszangeres kon meten. In de beste traditie van de courtisanes kon ze niet alleen dansen en zingen, maar sprak ze ook haar talen. Ze kende Frans en Japans.

Op een dag stelde Tongli zijn dochter Zhaohua aan zijn concubine voor. Wang Jie en Zhaohua mochten elkaar meteen. Eerst kwam Zhaohua zo nu en dan logeren, later ieder weekend, en ten slotte werd hun huis haar tweede thuis.

Wang Jie leerde Zhaohua de liederen en technieken van de Kunshan-opera. Hoewel ze nog maar een tiener was, speelde ze heel overtuigend de rol van een ondeugende dienstmeid in de opera *Cunxiang Plaagt de Maan*. Zij, Tongli en Black Cat traden een keer op in een voorstelling die was georganiseerd door de Ningbo Fellow Provincials Association. Vader zat in de zaal. Het was voor het eerst dat hij Zhaohua weer zag sinds die keer, vele jaren geleden, dat Tongli's vrouw haar kinderen bij hem had gebracht. Hij raakte meteen in de ban van Zhaohua, die bijzonder mooi was.

Op 28 januari 1932 voerden Japanse troepen een aanval uit op Shanghai. Er brak paniek uit onder de bevolking, maar het Leger van de Negentiende Route wist de stad dapper te verdedigen. Vooraanstaande figuren uit de burgerij begonnen een actie om het leger van voorraden en materieel te voorzien. De advocatenorde richtte een commissie op voor het werven van fondsen. Ook vader had zitting in dit comité dat honderdduizend dollar voor de militaire zaak bijeen wist te brengen. Zhaohua werkte als vrijwilligster in de verpleging. Ze waste verbanden schoon en hielp gewonde soldaten bij het schrijven van brieven.

Halverwege 1932 kondigde vader het huwelijk aan van zijn geadopteerde dochter Jiaxiu met haar neef Wu Hanyuan, de zoon van zijn oudste zuster. Omdat Jiaxiu een dochter van vaders concubine was, waren de bruid en bruidegom geen bloedverwanten van elkaar. Vader maakte van de gelegenheid gebruik door Tongli te vragen of Zhaohua bruidsmeisje wilde zijn. Zo kreeg hij de kans haar beter te leren kennen.

Het huwelijksfeest duurde drie dagen. Na het huwelijksdiner vroeg vader Zhaohua of ze zijn dochter Margaret bijles wilde geven in Engels. Zhaohua aarzelde, maar stemde ten slotte toe. Vanaf dat moment kwam ze vaak bij vader thuis. Vader, die officieel weduwnaar was, trok zich van de conventies weinig aan en vond zijn belangstelling voor de tienerdochter van zijn vriend heel gewoon. Zhaohua was thuis niet erg gelukkig, omdat haar ouders alleen aandacht hadden voor hun zoon. Ze was zeer volwassen voor haar leeftijd en was op feestjes wel vaker in het gezelschap van oudere mannen.

Het was Zhaohua's moeder die haar, zonder het te weten, in de armen van een van deze oudere mannen dreef. Ze bekende haar dochter dat ze in het geheim in goud had gespeculeerd en nu grote schulden had. Ze had dringend tweeduizend dollar nodig, maar ze wist niet tot wie ze zich moest wenden. Omdat ze wist dat haar dochter met invloedrijke mannen omging, vroeg ze haar om hulp. Zhaohua dacht natuurlijk meteen aan 'oom' Liankui. Ze vroeg hem het geld en hij gaf het haar, met de verzekering dat hij niet wilde dat ze problemen had en dat hij graag voor haar wilde zorgen.

Waarschijnlijk kreeg de relatie tussen de oudere advocaat en de jonge studente vanaf dat moment een heel ander karakter. Op een dag liet hij haar de stamboom van de Qin-familie uit Wuxi zien, waaruit bleek dat ze maar heel in de verte familie van elkaar waren en dat die verwantschap geen belemmering voor een huwelijk hoefde te vormen.

Zhaohua's familie was geschokt toen duidelijk werd dat het meisje serieus van plan was om te trouwen met een man die zoveel ouder was – een familielid nog wel! Haar grootvader, de geleerde Dunshi, herhaalde verbijsterd de woorden van Confucius: 'Als zelfs dit getolereerd kan worden, wat blijft er dan nog over dat niet wordt getolereerd?' En Tongli, haar vader, vroeg zijn vrouw om snel een ander huwelijk voor Zhaohua te regelen.

Velen van vaders vrienden probeerden hem het huwelijk uit zijn hoofd te praten, en daarom besloot hij zijn kennis van de *ce-zi* aan te wenden. *Ce-zi* is de oude Chinese kunst om uit karakters de toekomst te voorspellen. Iemand die ergens over twijfelt, gaat naar een *ce-zi*-deskundige, vertelt hem wat het probleem is en kiest dan een willekeurig Chinees woord. De *ce-zi*-deskundige analyseert de componenten van het woord en interpreteert hun betekenis in relatie tot het probleem. Vader was hier zo goed in, dat mensen zeiden dat hij 'hemel-doorborende ogen' had – dat wil zeggen dat hij dingen kon zien die meestal voor gewone stervelingen verborgen bleven.

Dus probeerde vader nu via de *ce-zi* een antwoord op zijn eigen vragen te krijgen. Natuurlijk kon hij niet zelf een woord uitkiezen en het vervolgens analyseren. Hij was uitgenodigd voor een etentje bij de politiek leider Zhang Jingjiang. Bij de deur liep hij de boekhouder van de familie tegen het lijf, een man genaamd Li Lijing. Zonder hem te vertellen wat het probleem was, vroeg vader hem een woord te kiezen. Omdat Li zojuist zijn vriend Gu had gesproken, koos hij het woord *gu*.

Vader analyseerde het woord, dat bestaat uit eenentwintig strepen, om erachter te komen of hij zijn huwelijksplannen moest doorzetten. Toen riep hij opeens verheugd: 'Dit is geweldig! Dit is geweldig!' Hij vertelde boekhouder Li dat de linkerhelft van het woord *gu* bestond uit het woord *hu*, dat 'huis' betekent, met daaronder het woord *jie* of 'deugdzaam'. De bovenste twee strepen van de rechterhelft leken op het woord *ding* of 'zoon', boven het woord *bei* of 'schat'. Ter plaatse schreef vader een gedicht, gebaseerd op zijn interpretatie van het woord *gu*:

> Een deugdzame vrouw zal het huishouden betreden,
> Vele zonen zullen volgen en rijkdom zal toenemen

Deze gebeurtenis maakte grote indruk op boekhouder Li. Toen ik hem een halve eeuw later in Shanghai ontmoette, vertelde hij me het verhaal met smaak.[2]
Ondanks het schandaal en ondanks het koppige verzet van haar familie reisden vader en Zhaohua naar Hangzhou, waar ze op 22 mei 1933 in het huwelijk traden. In tegenstelling tot het huwelijksfeest van zijn oudste dochter, een paar maanden eerder, werd deze bruiloft heel sober gehouden. Van haar familie was niemand aanwezig, en van zijn kant waren slechts enkele directe verwanten gekomen, met twee plaatselijke advocaten die als getuigen optraden.
Toen ze na de huwelijksreis in Shanghai terugkeerden, wachtte moeder een schok. Haar familie had haar publiekelijk verstoten omdat ze met vader was getrouwd. Tongli had een advertentie in de krant gezet waarin hij verklaarde dat hij, op verzoek van zijn vader, alle banden met zijn ongehoorzame dochter Zhaohua had verbroken.
Gelukkig dachten haar moeder en haar zuster Wanhua er anders over en kwamen haar van tijd tot tijd opzoeken. Maar haar broer Kaihua wilde niets meer met haar te maken hebben. Als ze bij haar moeder op bezoek kwam, verliet hij het huis.
Moeder was diep gekwetst. Ze had niet gedacht dat haar vader zo ver zou gaan. En wat haar nog meer griefde was dat Tongli wel bevriend bleef met vader, die nu zijn schoonzoon was. Toen ze vader vroeg waarom hij zijn relatie met Tongli niet verbrak, antwoordde hij dat hij, als haar echtgenoot, haar ouders dank verschuldigd was omdat ze haar hadden grootgebracht.
Maar ook vader kreeg wegens het huwelijk heel wat kritiek te verduren. Tijdens een stormachtig familieberaad in Wuxi werd hij veroordeeld door de conservatieve oudere leden van de familie, en zelfs enkelen van zijn vrienden in Shanghai distantieerden zich van hem. Maar uiteindelijk legden ze zich bij de situatie neer. Hij was tenslotte een uitstekend en veelgevraagd advocaat, en hij liet zich niet isoleren. Geleidelijk werd ook moeder door vaders vriendenkring geaccepteerd.
Het jaar daarop raakte een van vaders beste vrienden, Zhang Danru, opeens in moeilijkheden. Zijn bank, de Tungyi Commercial and Savings Bank, waarvan vader een van de directeuren was, had grote problemen. In januari 1934 hadden de Verenigde Staten de dollar gedevalueerd, waar-

door de zilverprijs snel was gestegen. Hierdoor vloeide de Chinese zilvervoorraad weg. In een jaar tijd nam de reserve met enkele honderden miljoenen dollars af. De banken in Shanghai kwamen onder grote druk te staan, omdat de Chinese munt op de zilverstandaard was gebaseerd. In november van het volgende jaar werd China zelfs gedwongen de zilverstandaard los te laten. Het gevolg was dat de banken de kredieten eerst beperkten en later geheel introkken. 'Zakendoen was onmogelijk geworden en faillissementen waren aan de orde van de dag,' schreef een econoom.[3]
Dat jaar moesten twaalf van de zevenenzestig banken in Shanghai hun deuren sluiten. Een van de slachtoffers was de Tungyi Bank van Zhang Danru, die veel hypotheken op land en onroerend goed had uitstaan, waarvan de rente en aflossingen door de economische crisis niet konden worden voldaan. Een jaar lang hielp vader bij het oplossen van de juridische problemen van de bank, zonder dat hij daarvoor een honorarium vroeg. Hij was woedend dat de regering de bank niet te hulp was gekomen – en dat terwijl de familie Zhang zo'n belangrijke bijdrage aan de Chinese Revolutie had geleverd.
In het voorjaar van 1936 begon de Advocatenorde van Shanghai een actie om alsnog een bepaling in de grondwet te laten opnemen dat mensen die ten onrechte gevangen waren gezet een schadeloosstelling zouden krijgen. Vader had dit al in de Nationale Volksconventie voorgesteld maar niet voldoende steun gekregen. Hij en acht andere leden van het uitvoerend comité hielden overal toespraken en zelfs via de bioscopen en de radio werd aandacht voor het probleem gevraagd. Als gevolg van hun inspanningen werd alsnog een artikel 26 in de Chinese grondwet opgenomen, dat luidde:
'Iedere overheidsfunctionaris die op onrechtmatige wijze inbreuk maakt op de vrijheid en/of de rechten van een burger wordt niet alleen disciplinair gestraft maar zal ook verantwoordelijk worden gesteld onder het strafrecht en het civiele recht. De benadeelde partij kan bovendien, in overeenstemming met de wet, een eis tot schadeloosstelling door de staat indienen.'
Ondertussen werden plannen bekendgemaakt voor het bijeenroepen van een nationale grondwetgevende vergadering op 12 november 1936. De advocatuur kreeg tien zetels toegewezen. In augustus werden vader en de andere kandidaten genomineerd, maar half oktober kondigde de Kwomintang een jaar uitstel af, wegens de onrustige situatie in het land.

De toenemende Japanse agressie wakkerde de nationalistische gevoelens in China sterk aan, en het verzet tegen de passieve politiek van president Tjiang Kai-sjek nam toe. Nog altijd meende de president dat de communisten in eigen land op den duur een groter gevaar zouden vormen dan de Japanners. Als zij eenmaal waren verslagen, redeneerde hij, zou een verenigd China de Japanners wel kunnen verdrijven.

Veel mensen waren het daar niet mee eens en vonden dat de communisten en de nationalisten zo snel mogelijk de rijen moesten sluiten om te voorkomen dat China van de kaart zou worden geveegd. Een belangrijke exponent van deze stroming was de in mei 1936 opgerichte Organisatie voor Nationale Redding, die werd geleid door vaders oude vriend Shen Junru, die nu ook een advocatenpraktijk had. Deze organisatie drong aan op nationale samenwerking. Maar toen Mao Tse-toeng, die op dat moment in Yanan verbleef, zich bereid verklaarde zij aan zij met de nationalisten de Japanners te bestrijden, werd de Organisatie voor Nationale Redding door de Kwomintang van communistische sympathieën verdacht. Het gevolg was dat Shen Junru en zes andere leiders van de organisatie – onder wie een vrouw – op 23 november 1936 op beschuldiging van samenzwering werden gearresteerd. Shen Junru, lid van de permanente commissie van de Advocatenorde van Shanghai, bood zijn ontslag aan, maar de andere advocaten waren solidair en accepteerden het niet. De rechtszaak die volgde behoorde tot de meest spectaculaire politieke processen uit de Republikeinse periode. De verdachten werden bekend als de 'Zeven heren', ook al was één van hen een vrouw.

De zaak leidde tot grote beroering onder de bevolking en zelfs de Kwomintang raakte verdeeld. Meer dan twintig leden van het centrale uitvoerend comité van de partij, onder wie Sun Ke, de zoon van Sun Yatsen, stuurden Tjiang Kai-sjek een telegram waarin ze aandrongen op de vrijlating van de zeven. Ook maarschalk Zhang Xueliang, de commandant van Xi'an, stelde zich achter dit verzoek, omdat hij vond dat hun arrestatie de indruk wekte dat vaderlandsliefde een misdaad was. Vooraanstaande Amerikanen, onder wie Albert Einstein en de filosoof John Dewey, spraken hun bezorgdheid uit.

Op 12 december werd het land opgeschrikt door een sensationeel incident. Tijdens zijn verblijf in Xi'an werd president Tjiang Kai-sjek ontvoerd door maarschalk Zhang – die de 'jonge maarschalk' werd genoemd, om hem te onderscheiden van zijn vader, de 'oude maarschalk'. Zhang kon het niet verkroppen dat zijn vaderland Mantsjoerije door de Japanners onder de voet was gelopen zonder dat Tjiang Kai-sjek hier iets tegen had gedaan, en bovendien hadden zijn soldaten weinig zin tegen hun Chinese landgenoten te vechten. Zhang had contact gelegd met de communisten en was ervan overtuigd dat zij oprecht bereid waren samen met de Kwomintang tegen de Japanners te strijden. Zhang eiste dat president Tjiang met de communisten zou samenwerken – en dat de beschuldiging tegen de 'Zeven heren' zou worden ingetrokken.

Drie dagen na de ontvoering kwam een communistische delegatie onder leiding van Tsjow En-lai, Ye Jianying en Qin Bangxian[4] in Xi'an aan om Tjiang ervan te overtuigen dat zij, als hij de strijd met de Japanners zou aanbinden, zijn leiderschap wilden aanvaarden. Na tien dagen werd een akkoord bereikt en op eerste kerstdag 1936 werd Tjiang weer vrijgelaten. Om zijn goede wil te tonen vergezelde Zhang hem naar Nanking, maar na aankomst liet Tjiang hem onmiddellijk arresteren. Zhang moest terechtstaan voor een militaire rechtbank, die hem op 31 december tot tien jaar gevangenisstraf veroordeelde. Vier dagen later werd deze straf omgezet in huisarrest. Zolang Tjiang leefde, zou maarschalk Zhang onder huisarrest blijven. Hij werd eind 1948 zelfs naar Taiwan overgebracht, kort voordat Tjiang zelf de vlucht nam.

Tjiang Kai-sjek bleek eindelijk bereid zich tegen de Japanners te verzetten, maar trok zijn beschuldiging aan het adres van de 'Zeven heren' niet in. Na het incident in Xi'an vermoedde de aanklager zelfs dat de leiders van de Organisatie voor Nationale Redding betrokken waren geweest bij de ontvoering van de president.

Het proces vond plaats op 11 juni 1937 in Suzhou. De 'Zeven heren' hadden de beste advocaten uit het land. Shen Junru had vader als zijn persoonlijk raadsman gekozen. De verdachten werden onder zware bewaking naar het gerechtsgebouw overgebracht, omdat de autoriteiten vreesden dat de bevolking een poging zou doen hen met geweld te bevrijden. De officier las de beschuldigingen voor en Shen Junru, de hoofdverdachte, werd als eerste ondervraagd. Een uur lang verdedigde hij zich met verve tegen de beschuldigingen die tegen hem waren ingebracht. Ook de advocaten kwamen aan het woord en drongen vooral aan op bewijzen voor de beschuldiging dat Shen iets met het Xi'an-incident te maken zou hebben. Voorts vroegen ze het hof om maarschalk Zhang als getuige te laten optreden. Maar de rechters wezen al deze verzoeken af en beweerden dat er geen reden was voor een nader onderzoek.

Ook in het geval van de andere verdachten weigerde het hof ieder verzoek om de bewijzen aan een kritisch onderzoek te onderwerpen en nieuwe getuigen op te roepen. Zelfs de bewijzen die de advocaten voor de onschuld van de verdachten aandroegen werden van tafel geveegd.

Toen het hof die avond om zeven uur de zitting verdaagde, hielden de advocaten spoedoverleg, dat tot middernacht duurde. Ze vreesden dat de verdachten al de volgende dag zouden worden veroordeeld op grond van de 'Noodstrafwet voor verraad tegen de Republiek'. Er moest dus snel worden gehandeld. Volgens een van de aanwezigen was het vader die voorstelde een motie in te dienen waarin de rechters werden gewraakt wegens partijdigheid. De wet bepaalde dat bij zo'n motie van de verdediging de zaak moest worden verdaagd tot een onderzoek was ingesteld.

Het plan werkte. De volgende dag werd het proces geschorst totdat nieuwe rechters zouden zijn benoemd. Dit betekende een belangrijke tijdwinst voor de verdediging. Op 25 juni werd het proces hervat, met andere rechters. Die dag namen vader en enkelen van zijn collega's de exprestrein van acht uur 's ochtends uit Shanghai naar Suzhou. De zitting duurde zeven uur en draaide vooral om de beschuldiging dat de verdachten connecties hadden met maarschalk Zhang en betrokken zouden zijn geweest bij de ontvoering van Tjiang Kai-sjek. Maar ook de nieuwe rechters negeerden ieder verzoek om Zhang als getuige te horen of de stukken van het militaire proces tegen de 'jonge maarschalk' op te vragen, om te zien of daarin bewijzen voor de betrokkenheid van de zeven verdachten te vinden waren.
Ten slotte stond vader op en zei dat hij in zijn zesentwintigjarige praktijk als advocaat altijd had getracht onnodige botsingen met het Openbaar Ministerie te voorkomen. 'Vandaag,' verklaarde hij, 'hebben wij gezamenlijk een verzoek ingediend om de processtukken van Zhang Xueliang als aanvullend bewijs te laten gelden. Dit verzoek is niet alleen redelijk, maar ook in overeenstemming met de wetten van dit land. Het hof dient er dus aan te voldoen.'
De rechters schorsten hierop de zitting voor nader overleg. Toen zij terugkeerden, bleken ze bereid het verzoek in te willigen en de processtukken van maarschalk Zhang te laten komen. In afwachting van de ontvangst van de stukken werd de zaak verdaagd en werden de verdachten weer naar hun cel teruggebracht.
Opnieuw betekende dit tijdwinst voor de verdediging, en in de tussentijd namen de gebeurtenissen een dramatische wending. Onder leiding van madame Soong Ching-ling, de weduwe van dr. Sun Yatsen, was een solidariteitsactie op gang gekomen waarbij enkele honderden vooraanstaande Chinezen – en vele studenten en arbeiders – zich bij de gevangenispoorten meldden om zich te laten opsluiten. Als vaderlandsliefde een misdaad was, verklaarden ze, dan wilden zij ook gevangen worden gezet.
Op 7 juli begonnen de Japanners hun aanval op Peking, in die tijd nog Peiping genoemd, met een bestorming van de Marco-Polobrug. Dit leidde tot zulke woedende reacties in het hele land dat het voor de regering politiek onmogelijk was nog langer zeven mensen gevangen te houden die juist op verzet tegen de Japanners hadden aangedrongen. Op 31 juli werden de zeven verdachten 'op borgtocht' vrijgelaten. Het proces werd nooit meer hervat, maar pas in januari 1939, toen Suzhou, Shanghai en ook Nanking in handen van de Japanners waren gevallen, werd de aanklacht officieel ingetrokken.
Later, na het uitroepen van de Chinese Volksrepubliek in 1949, werd Shen Junru tot eerste voorzitter van het Volkshooggerechtshof benoemd.

27. Mijn broer: Communistisch martelaar Qin Jiajun

Na haar huwelijk met mijn vader had mijn moeder, zeventien jaar oud, opeens zes stiefkinderen, die niet veel jonger waren dan zijzelf en van wie er een al getrouwd was.
Deze kinderen waren op jeugdige leeftijd al van elkaar gescheiden, om mijn vader niet tezeer te belasten. De twee dochters, Margaret en Alice, waren door een tante in Suzhou opgevoed. Ze bleven bij haar wonen tot hun tante stierf, en keerden toen naar huis terug. De zonen groeiden thuis op, behalve de middelste, Jiajun.
Tongli's concubine, Yan Lizhen, die een goede vriendin van Jiajuns moeder was geweest, hield veel van Jiajun en adopteerde hem. Daarom kwam Jiajun al heel jong bij Tongli en Lizhen in huis. Toen hij tien jaar was gingen Tongli en Lizhen uit elkaar. Lizhen trouwde met een andere man en Jiajun kwam weer thuis. Maar hij zou altijd een nauwe relatie met Lizhen blijven houden. Ze was de enige moeder die hij ooit had gekend, want zijn eigen moeder was overleden toen hij nog maar een baby was.
De dood van zijn moeder en de lange periode waarin hij bij zijn pleegouders woonde hadden ongetwijfeld invloed op Jiajun. Vooral het huwelijk van zijn vader met de dochter van Tongli moet een grote schok voor hem zijn geweest. In zijn ogen leek het waarschijnlijk veel op incest, omdat zijn pleegzusje nu opeens zijn stiefmoeder was.
Misschien dat de ervaringen uit zijn jeugd hem de ogen openden voor het onrecht in de maatschappij. Hij liep over van jeugdig idealisme, beschouwde zich toen nog als boeddhist en werd al heel jong vegetariër. Toen zijn vrienden een keer kip hadden gegeten, componeerde Jiajun een requiem voor het geslachte dier.
Tegen de tijd dat mijn ouders trouwden, woonden de vijf ongehuwde kinderen allemaal weer thuis. Vader richtte twee huishoudens in, naast elkaar, aan Fuming Terrace en aan de Avenue Foch in de Franse Concessie. Hij en moeder woonden in het ene huis, daarnaast woonden de vijf kinderen en had vader zijn kantoor. Vader deed zijn best om zijn zeventien jaar oude bruid uit de buurt van zijn kinderen te houden. Jiaxiu, zijn pasgetrouwde dochter, had bij moeder in de klas gezeten en Margaret was maar een jaar jonger. Maar het ging vader vooral om zijn zonen. De

oudste, Jiaju, was vijftien, Jiajun en Jiahua waren respectievelijk veertien en twaalf.

Moeder probeerde zich zo goed mogelijk van haar nieuwe taak – waaronder ook de opvoeding van de kinderen – te kwijten. Een paar maanden na het huwelijk werd Jiahua, de jongste zoon, naar de Xuyi-basisschool gestuurd. De twee oudere jongens volgden middelbaar onderwijs aan de Zhengshi-school.[1] De leerlingen waren daar intern en kwamen alleen in de vakanties thuis. Het hoofd van de school was Chen Qun, een van de eerste volgelingen van Sun Yatsen en een goede vriend van Tjiang Kai-sjek.

Het verhaal ging dat Chen in 1933, nadat de landelijke toelatingsexamens waren gehouden, naar de hoofdinspecteur van het onderwijs stapte en vroeg om de beste leerlingen naar zijn school te sturen. Dat jaar werden Jiaju en Jiajun toegelaten. Hoewel Jiaju een jaar ouder was, kwamen de broers in dezelfde klas.

De Zhengshi-school werd geleid als een militaire academie. De school probeerde de leerlingen een krijgshaftige houding bij te brengen. Alle jongens moesten hun hoofd kaalscheren en een wit militair uniform dragen. De discipline was zeer streng.

Jiajun, die een uitstekende leerling was, werd natuurlijk beïnvloed door de politieke sfeer op school. Omdat directeur Chen een voormalig medewerker van de president was, koesterde Jiajun in die tijd ook grote bewondering voor Tjiang Kai-sjek.

Zijn opleiding werd ruw onderbroken door de Japanse aanval op Shanghai. Het bombardement op het Great World Amusement Park, waarbij meer dan duizend doden en nog veel meer gewonden vielen, maakte duidelijk dat het in Shanghai niet langer veilig was. Hoewel de Japanners de buitenlandse concessies met rust lieten, maakte vader toch plannen om de familie naar Hong Kong over te brengen.

Voordat hij kon vertrekken moest hij echter de begrafenis van zijn ouders regelen. Zijn moeder was al dertig jaar dood en zijn vader vijfentwintig jaar, maar hij had de definitieve begrafenis uitgesteld totdat hij een plek zou hebben gevonden die een goede toekomst voor hemzelf en zijn nakomelingen beloofde.

Ook de vrouw van zijn oudste zes kinderen, zijn concubine Cao Yueheng, was al tien jaar dood, en zijn broer Lianyuan[2] was in 1933 overleden. Door het uitbreken van de Chinees-Japanse Oorlog werd het vinden van een geschikte begraafplaats opeens heel dringend, omdat de kisten – die nog boven de grond stonden – bij de bombardementen vernietigd konden worden, waardoor de stoffelijke resten zouden worden onheiligd. Samen met zijn zuster Feiqing, die in leeftijd het minst met hem verschilde, kocht hij een stuk land buiten Hangzhou, waar drie graven gereed werden gemaakt. In het ene begroef hij zijn vader en moeder, in het tweede zijn broer en in het derde zijn concubine. Door haar en niet zijn echtgenote naast zijn ouders te begraven, erkende hij haar in feite officieel als zijn vrouw. Op het moment van de begrafenis vielen de Japanse bommen al uit de lucht.

Op zaterdag 28 augustus 1937 vertrok de *Conte Verde*, een passagiersschip van de Lloyd Triestino-lijn, uit de haven van Shanghai. Het schip had 1042 passagiers aan boord, onder wie negen leden van mijn familie. Inmiddels had mijn moeder twee kinderen gekregen, Julia en Anthony. Het 11 527 ton metende passagiersschip had de haven nauwelijks verlaten toen de opvarenden getuige waren van een van de grote tragedies uit deze oorlog: de aanval op de *President Hoover*, die door Chinese vliegtuigen voor een Japans transportschip werd aangezien. De passagiers van de *Conte Verde* zagen vier Chinese toestellen overkomen. Ze cirkelden een paar keer boven de *Conte Verde* en zetten toen koers naar de *President Hoover*, die even later werd gebombardeerd. De angstige passagiers van de *Conte Verde* vreesden dat zij daarna aan de beurt zouden zijn, maar blijkbaar werd hun schip gered door zijn opvallende crèmekleurige en witte beschildering.

Op 1 september bereikte het schip Hong Kong. De volgende dag werd de stad echter getroffen door de zwaarste tyfoon uit de geschiedenis van de kolonie. Mijn familie had juist een huis gevonden in Kowloon, maar door de tyfoon stortte het dak in en moesten ze een ander onderkomen zoeken. Via een huis aan Arbuthnot Road kwamen ze ten slotte terecht in een appartement aan Robinson Road 11A, halverwege Victoria Peak.

De drie jongens bleven niet lang in Hong Kong. Al voor het einde van het jaar keerden ze naar Shanghai terug om hun school af te maken. Hoewel een groot deel van Shanghai in brand stond, werden de buitenlandse concessies nog steeds ongemoeid gelaten en gingen de lessen aan de Zhengshi-school gewoon door. Als bescherming tegen de Japanners had de school een paar buitenlanders in de directie opgenomen. In deze vreemde atmosfeer maakten mijn broers hun studie af, maar veel andere leerlingen haakten af. Toen ze halverwege 1938 eindexamen deden, waren er van de vijftig leerlingen in de klas van Jiaju en Jiajun nog maar achttien over.

Hoewel de Kwomintang-troepen zich dapper verzetten, waren ze niet opgewassen tegen de Japanners, die in Shanghai een kwart miljoen slachtoffers maakten. Tjiang Kai-sjek trok zich steeds verder terug. Jiajun, die inmiddels negentien was, moest machteloos toezien hoe de Japanners ook Nanking veroverden. De Kwomintang verplaatste haar hoofdstad naar Hankow, totdat ook die stad verloren ging. Ten slotte werd de Kwomintang teruggedreven tot de provincie Sichuan in het zuidwesten, waar Chungking gedurende de rest van de oorlog als hoofdstad fungeerde.

Jiajun had graag naar Chungking willen vertrekken om zich bij de regeringstroepen aan te sluiten, maar vader wilde daar niet van horen en vond dat hij zijn school moest afmaken.
Gefrustreerd liet Jiajun zich daarna inschrijven aan de Datong-universiteit, waar hij natuurwetenschappen ging studeren. Aan de universiteit heerste een heel ander klimaat dan op de rechtse Zhengshi-school. Er waren allerlei agenten actief, die voor de Japanners, de Kwomintang of de communisten spioneerden. Hoewel de meeste studenten nationalistische sympathieën koesterden, durfden ze daar niet openlijk voor uit te komen. Ook in de buitenlandse concessies werden anti-Japanse activiteiten ontmoedigd. Het verenigd front tussen de Kwomintang en de communisten hield nog steeds stand, maar geen van beide partijen vertrouwde de andere.
Eind 1938 hadden de Japanners bijna het hele noorden van China in handen, en grote delen van het oosten en midden. Met toestemming van de Kwomintang hadden de Chinese communisten het Nieuwe Vierde Leger opgericht, dat actief was in het midden van het land, met name in het zuiden van de provincie Jiangsu, waarvan het noorden door de Kwonintang werd verdedigd. Zolang deze twee legers aan weerszijden van de Jang-tse bleven, liepen ze elkaar niet voor de voeten. Maar in het voorjaar van 1940 rukte het Nieuwe Vierde Leger op naar het noorden van Jiangsu en in juli van dat jaar werd bij het stadje Huangqiao een nationalistische eenheid door de communisten aangevallen en vernietigd. De Kwomintang liet versterkingen aanrukken en begin september vond er bij Huangqiao opnieuw een veldslag plaats. Beide zijden leden verliezen, maar uiteindelijk werd het Kwomintang-leger door de communisten verslagen.[3] Deze gevechten brachten de diepe kloof tussen de Kwomintang en de communisten duidelijk aan het licht.
In januari 1941 gaf de Kwomintang-regering opdracht tot de ontbinding van het Nieuwe Vierde Leger. De communisten negeerden dit bevel, en daarmee was in feite een einde gekomen aan hun bondgenootschap met de Kwomintang. Het Nieuwe Vierde Leger versterkte zijn positie in het noorden van Jiangsu, en vormde een baken voor de studenten en intellectuelen in Shanghai.
Jiajun was inmiddels lid geworden van een toneelgezelschap, dat een communistische mantelorganisatie bleek te zijn, hoewel Jiajun dat waarschijnlijk aanvankelijk niet wist. De communisten zagen wel wat in Jiajun, die weliswaar uit een rijke familie kwam, maar heel sober leefde, niet gokte en zich eenvoudig kleedde. Vele 'ondergrondse' communisten wisten zich in die tijd tot vooraanstaande posities op te werken, maar degene die de grootste invloed op Jiajun had, was een studente die zich Qu Jin noemde en in het geheim partijsecretaris was aan de Datong-universiteit.

Shanghai was een kosmopolitische stad en veel studentes gedroegen zich zeer mondain. Jiajun hield echter niet van dat type en gaf de voorkeur aan eenvoudige, vriendelijke meisjes, zoals Qu Jin. Haar vader was een rijke bankier, maar zij gebruikte geen make-up en droeg haar haar kort en sluik. Ze was heel levendig en goed van de tongriem gesneden. Ook was ze redactrice van een studentenblad.

Qu Jin wees Jiajun erop dat hij niet naar Chungking hoefde te gaan om zich tegen de Japanners te verzetten. Revolutionaire activiteiten waren overal mogelijk. Vaak wandelden ze samen door de straten van Shanghai, soms tot laat in de avond, terwijl Qu Jin haar politieke denkbeelden uiteenzette en Jiajun verliefd op haar werd. In het begin wist hij niets van haar communistische sympathieën en zag hij haar alleen als een gelijkgestemde geest en de grote liefde in zijn leven.

Waarschijnlijk maakte Qu Jin hem echter duidelijk dat zij geen romantische gevoelens voor hem koesterde. Dat is vermoedelijk de reden waarom hij probeerde zelfmoord te plegen door vergif in te nemen. De poging mislukte, en na zijn herstel besloot hij Qu Jin op haar eigen voorwaarden te accepteren. Zij introduceerde hem in de ondergrondse communistische partij.[4] In augustus of september 1940 werd hij officieel lid.

Leden van de communistische partij waren nooit als zodanig herkenbaar. Ze kenden ook elkaar meestal niet, omdat iedere cel – die uit drie leden bestond – geen enkel contact met de andere had, om het gevaar van ontdekking te verkleinen. Natuurlijk was het daardoor voor een communist erg moeilijk te bepalen wie hij kon vertrouwen. En als er een schakel in de keten werd verbroken, was het voor de lagere kaders niet eenvoudig het contact met de partijleiding te herstellen. Dit was ook de reden waarom tijdens de Culturele Revolutie vele partijleden gevangen werden gezet voor dingen die ze in de jaren dertig en veertig op bevel van de partijtop hadden gedaan. Omdat er geen documenten bestonden en de meeste voormalige leiders waren gearresteerd of gedood, konden ze hun onschuld niet bewijzen.

In maart 1941 dook Jiajun onder, op bevel van de partij. Om arrestatie te voorkomen kreeg hij het advies niet thuis te blijven wonen. Daarom zocht hij onderdak bij zijn pleegmoeder, Yan Lizhen. Later besloot de partij dat hij naar het noorden van Jiangsu moest vertrekken, dat nog altijd in handen was van het communistische Nieuwe Vierde Leger.

Begin 1942, halverwege zijn derde studiejaar, vertrok Jiajun uit Shanghai. Van zijn pleegmoeder kreeg hij tweehonderd dollar mee. Samen met andere studenten werd hij door het vijandelijke gebied geloodst door gidsen die zich tussen de Japanse en communistische sectoren bewogen. Alles ging in het diepste geheim en zelfs mensen in dezelfde groep kenden elkaars naam niet.

Vanuit Shanghai namen ze een passagiersschip over de Jang-tse, tot aan het punt waarop de rivier zich in een aantal smalle zijrivieren splitst. De Japanners beheersten de kust, maar het binnenland was bijna geheel in communistische handen. Jiajun en zijn metgezellen moesten soms dertig kilometer per dag lopen. Onderweg waren pleisterplaatsen, waar hij warm werd verwelkomd als een nieuwe kameraad. Hij kwam ook door Huangqiao, waar de twee grote veldslagen tussen de Kwomintang en de communisten hadden plaatsgevonden. Ten slotte bereikte hij zijn bestemming, Dongtai, de basis van het Nieuwe Vierde Leger, diep in het binnenland.

Toen Jiajun in Dongtai aankwam, was de toestand bijzonder moeilijk. Er was wel genoeg te eten, maar iedereen kreeg maar één dollar per maand voor eerste levensbehoeften als zeep en toiletpapier. Het geld dat Jiajun van zijn pleegmoeder had gekregen was onderweg gestolen toen hij door bandieten was overvallen. Jiajun schreef naar zijn oudste broer in Shanghai, die hem nog wat geld stuurde.

In het Nieuwe Vierde Leger kreeg Jiajun niet alleen een heel ander leven, maar ook een nieuwe naam. Hij noemde zich Wang Shengbai. Het was de gewoonte dat partijleden hun naam veranderden zodra ze in het door de communisten 'bevrijde' gebied aankwamen. Daar opereerden ze immers openlijk als communisten. Als ze hun echte naam zouden gebruiken, zouden ze daardoor hun vrienden en familie in gevaar kunnen brengen.

Jiajun kreeg de functie van politiek instructeur, compleet met het gebruikelijke grijze uniform met grijze pet en linnen schoenen. Tot zijn taken behoorden lesgeven, het organiseren van culturele evenementen en het verspreiden van anti-Japanse en pro-communistische propaganda.

Hiermee was hij echter niet tevreden. Hij wilde aan de militaire strijd deelnemen. Zijn enthousiasme voor de communistische zaak bleek duidelijk uit een van zijn schaarse brieven, aan een oude schoolvriend in Shanghai: 'Ik ben heel gelukkig, want vandaag heb ik mijn gouden horloge voor een pistool geruild.' Hij nam deel aan de gevechten in het noorden van Jiangsu.

In de herfst van 1942 raakte zijn eenheid betrokken in een veldslag met de Japanners in de omgeving van Dongtai. De strijd verliep gunstig en de communisten hadden duidelijk de overhand. In de hitte van de strijd richtte Jiajun zich op om tegen een paar vijandelijke soldaten in een bunker te roepen dat ze zich moesten overgeven. Op dat moment werd hij door een kogel dodelijk getroffen. Hij was drieëntwintig jaar oud toen hij sneuvelde.

Het duurde lang voordat mijn familie op de hoogte werd gesteld van zijn dood. Door de chaotische situatie was het Nieuwe Vierde Leger niet in staat de nabestaanden in te lichten. Toen de communisten in mei 1949 de overwinning behaalden en Shanghai binnentrokken, hoopte Margaret dat haar broer erbij zou zijn. Toen ze hem nergens kon vinden, plaatste ze een rubrieksadvertentie in verschillende kranten, maar daar kwam geen reactie op.

Drie jaar later, in 1952, kreeg Margaret een brief van een oude vriend van Jiajun, die haar schreef dat 'kameraad Jiajun zich in de winter van 1940 bij de revolutie in het noorden van Jiangsu had aangesloten. Hij was een dapper man. Helaas werd hij in de herfst van 1942 gedood in de slag bij Jiaoxie bij Dongtai.'

Jiajun was ter plekke begraven, in een anoniem graf, maar hij werd niet vergeten. In 1953 kreeg de familie van het gemeentebestuur van Shanghai een oorkonde waarin Jiajun een martelaar voor de communistische zaak werd genoemd. Deze oorkonde werd bij Margaret thuisbezorgd, met veel gongslagen om het heuglijke feit te vieren.

De oorkonde bewees later nog haar nut, omdat Margaret veel problemen kon oplossen door aan te tonen dat zij de zuster van een communistische martelaar was. Helaas ging de oorkonde bij latere politieke strubbelingen verloren.

Hoewel Margaret wist dat Jiajun gesneuveld was, duurde het nog jaren voordat de rest van de familie in Hong Kong en de Verenigde Staten het ook te horen kreeg. De afstand was groot en er was niet veel contact.

Blijkbaar vertelde Margaret het pas aan vader toen zij met haar gezin in 1957 naar Hong Kong verhuisde. Hij reageerde er nauwelijks op. Hij was toen al oud en werd volledig in beslag genomen door zijn psychische problemen en zijn slechte gezondheid.

Ik was nog geen twee jaar oud toen Jiajun sneuvelde en had hem nooit gezien. De familieleden bij wie ik opgroeide wisten niet precies wat er met Jiajun was gebeurd. Pas toen ik als correspondent voor *The Wall Street Journal* naar China terugkeerde, ontdekte ik dat ik een broer had gehad die in de ondergrondse communistische beweging actief was geweest en in de strijd tegen de Japanners zijn leven had geofferd.

28. Mijn vader: Zijn laatste jaren

Het jaar nadat we in Hong Kong waren aangekomen werd Priscilla, mijn moeders jongste dochter, geboren. Twee jaar later, op 13 december 1940, kwam ik zelf ter wereld. Priscilla en ik werden allebei geboren in het Hong Kong Sanatorium and Hospital in Happy Valley. Mijn moeder, die een grote bewondering koesterde voor president Franklin D. Roosevelt, besloot mij Frank te noemen.
Op 7 december 1941, toen ik bijna een jaar oud was, werd Pearl Harbor door de Japanners gebombardeerd. Daarmee had de Tweede Wereldoorlog zich ook tot het Stille-Zuidzeegebied uitgebreid. Enkele uren na het bombardement op Pearl Harbor vond er ook een aanval op Hong Kong plaats. Het vliegveld en het centrum van de stad werden gebombardeerd en tegelijkertijd vielen Japanse troepen die zich al in Guangdong bevonden de kolonie binnen.
Zodra de bevolking besefte dat Hong Kong voor het eerst in zijn geschiedenis werd aangevallen, brak er paniek uit. Iedereen sloeg voorraden in en al spoedig was er in de winkels zelfs geen rijst meer te krijgen. Gelukkig had een vriend van mijn zuster Alice een paar blikjes sardines en corned beef en twee zakken haver op de kop kunnen tikken. Twee andere zakken, waarvan hij dacht dat er bloem in zat, bleken maïsmeel te bevatten. Dit voedsel hielp ons de volgende achttien dagen door. 's Nachts werden zelfgemaakte zwarte gordijnen voor de ramen gehangen, zodat zelfs het licht van de kaarsen niet zichtbaar zou zijn.
Op mijn eerste verjaardag zat de familie angstig bij elkaar, terwijl Japanse bommen op de stad neerdaalden. Het gebouw tegenover ons werd geraakt en brandde tot de grond toe af. Vader vond ons huis te onveilig en bracht ons over naar het appartement van een vriend in Happy Valley. Omdat er geen vervoer was, moesten we er lopend naartoe. We vertrokken op de ochtend van 16 december. Alice nam mij op haar rug, terwijl moeder Priscilla in haar armen droeg. Vader hield Julia bij de hand en een vriend van hem ontfermde zich over Anthony, die astmatisch was. Toen we het appartement bereikten, zat het al vol met andere vluchtelingen. 's Nachts sliepen we allemaal op de vloer van één klein kamertje.
Hoewel het leger zich dapper verzette, was de Japanse overmacht te groot,

en op eerste kerstdag moest Hong Kong zich overgeven. De zegevierende Japanse soldaten trokken de stad binnen. Verhalen over moorden, plunderingen en verkrachtingen deden al snel de ronde.
Vader besloot dat we beter naar ons eigen huis konden terugkeren, maar op voorstel van Alice zochten de vrouwen en kinderen van de familie een veilig heenkomen in de nabijgelegen Italiaanse kloosterschool waar zij leerlinge was. (De katholieke scholen behoorden tot de beste van Hong Kong en ook niet-gelovigen werden toegelaten.) Alice veronderstelde dat de Japanners de Italiaanse nonnen wel met rust zouden laten, omdat Japan en Italië bondgenoten waren. In de school waren we voorlopig veilig.
Begin 1942 keerde de rust in de stad min of meer terug. Vader hervatte zijn oude gewoonte thee te gaan drinken in het luxueuze Gloucester Hotel, in het hartje van Victoria City. Op een dag kwam hij een oude vriend tegen, Xu Caicheng, die juist uit Shanghai was aangekomen. Xu was door huwelijk verwant aan Zhang Danru en handelde in textiel. Dit was echter een dekmantel, want in werkelijkheid was hij een Chinees geheim agent met Japanse connecties. Nog geen maand na de val van Hong Kong was hij met een Japans militair vliegtuig naar de stad gevlogen om familieleden van Chinese regeringsfunctionarissen te helpen naar Chungking te vluchten. Het door Japan bezette gebied was onder twee marionettenregeringen verdeeld, terwijl de Kwomintang nog altijd standhield in het binnenland, met Chungking als tijdelijke hoofdstad.
Hoewel het Japanse leger dringend schepen nodig had, was de handige Xu er toch in geslaagd een vrachtvaarder van bijna tienduizend ton te charteren. Aan boord was plaats voor ongeveer tweehonderd passagiers, voornamelijk vrouwen en kinderen, die Xu gratis naar Shanghai vervoerde. Shanghai was nog steeds door de Japanners bezet, maar de voedselsituatie was er veel beter dan in Hong Kong en daarom besloot mijn vader zijn hele familie terug te sturen. Zelf bleef hij achter, om een vriendin – een vrouw met twee jonge kinderen – de kans te geven mee te gaan. Twee maanden later zou hij zich bij ons voegen.
Het schip voerde een vlag die duidelijk maakte dat het vluchtelingen vervoerde, om te voorkomen dat het door de geallieerden zou worden gebombardeerd. Door het stormachtige februariweer duurde het een week voordat we Shanghai bereikten. In een gedrukte stemming werd aan boord het Chinese nieuwjaar gevierd.
Eenmaal in Shanghai aangekomen vond de familie onderdak bij mijn grootmoeder van moeders kant, de vrouw van Tongli. Zij woonde aan de Rue Retard, in de vroegere Franse Concessie. Ironisch genoeg had de Japanse bezetting meteen een einde gemaakt aan het bestaan van buitenlandse districten in de stad – wat de Chinezen nooit was gelukt. Nu alle verdragshavens in Japanse handen waren, konden de westerse mogend-

heden hun extraterritoriale rechten niet langer uitoefenen. Bovendien had China zich bij de geallieerden aangesloten. In januari 1943 werd tussen China, de Verenigde Staten en Groot-Brittannië eindelijk een verdrag getekend dat een einde maakte aan de extraterritoriale rechten van de westerse mogendheden in China. Frankrijk stond toen onder het gezag van de Vichy-regering, maar de Chinese regering verklaarde eenzijdig dat zij zich niet langer aan de vroegere akkoorden met Parijs gebonden achtte.[1]

Met het oog op zijn pensionering had Tongli in Shanghai een groep huizen laten bouwen. Op aandringen van grootmoeder schreef moeder een brief aan Tongli waarin ze hem vroeg of ze een van zijn huizen zou kunnen huren. Tongli stemde toe, hoewel hij veel meer geld voor het huis had kunnen krijgen als hij het aan iemand anders had verhuurd. Tongli werkte op dat moment in Tsingtao als belastinginspecteur voor de marionettenregering van Wang Keming. Hij nodigde moeder uit hem te komen bezoeken, en zo kwam er door de Japanse bezetting toch nog een verzoening tot stand tussen moeder en Tongli, haar grootvader Dunshi en haar broer Kaihua.

Ondanks de oorlog werd er in Shanghai niet gevochten en ging het leven gewoon zijn gang. Alice werd toegelaten tot de Aurora-universiteit en Julia tot de McTyeire Middle School. Vader werkte niet meer. Als advocaat moest hij zich laten registreren bij de marionettenregering die onder Japans gezag stond, en vader wilde dit bewind niet erkennen. Andere advocaten hadden minder scrupules of konden het zich niet veroorloven jarenlang niets te verdienen. Daarvoor zouden ze later de prijs moeten betalen.

Op een dag kreeg vader bezoek van Zhang Yipeng, die tien jaar voorzitter van de Advocatenorde van Shanghai was geweest. Hij vertelde vader dat hij de post van minister van Justitie in de marionettenregering had aanvaard en vroeg vader om zijn onderminister te worden. Zhang wilde verbetering brengen in de afschuwelijke situatie in de Chinese gevangenissen. Hulp aan landgenoten kon toch niet als verraad worden beschouwd, meende hij. Maar vader was voorzichtig en antwoordde dat hij om gezondheidsredenen het aanbod niet kon aannemen.

Zhang Yipeng deed inderdaad zijn best om de toestand in de gevangenissen, waar allerlei ziekten heersten, te verbeteren. Zes maanden nadat hij in functie was getreden, werd hij door een van deze ziekten besmet en overleed. Na de oorlog werd hij door de Kwomintang van landverraad beschuldigd en raakte zijn familie al haar bezittingen kwijt.

In de loop van 1945 verkocht Tongli zijn huizen in Shanghai en moesten wij naar een nieuw onderkomen uitzien. Vader besloot dat het veiliger was Shanghai te verlaten en daarom verhuisden we naar Suzhou. Toen we daar waren aangekomen hoorde vader dat de Japanners zich hadden overgegeven. Acht jaar lang had de Kwomintang standgehouden en in augustus 1945, vlak na de Amerikaanse bombardementen op Hirosjima en Nagasaki, had zij eindelijk de overwinning behaald. Heel China vierde het einde van de oorlog en in Shanghai keken de mensen met spanning uit naar de terugkeer van de 'echte' Chinese regering, die al die tijd in Chungking gevestigd was geweest.

Maar de terugkeer van de Kwomintang betekende een grote schok. Mensen die naar Chungking waren gevlucht werden door de nieuwe regering als loyale burgers beschouwd, maar alle achterblijvers waren verdacht, vooral als ze tijdens de bezetting veel geld hadden verdiend.

In de praktijk werden alleen vooraanstaande burgers van verraad beschuldigd. Anderen die voor de pro-Japanse marionettenregering hadden gewerkt werden met rust gelaten. Voor de advocatuur was de vervolging van de 'verraders' een leuke meevaller, want de verdachten waren niet alleen rijk, maar ook bereid te betalen. Als ze schuldig werden bevonden, raakten ze namelijk al hun bezittingen kwijt.

Ook vader kreeg veel verzoeken om in dit soort zaken als advocaat op te treden. Ondanks zijn zorgwekkende financiële positie weigerde hij dit echter. 'Als ik zo'n zaak win, benadeel ik mijn land, als ik verlies, bewijs ik mijn cliënt een slechte dienst. Ik geef de voorkeur aan armoede boven een slecht geweten.'[2]

Natuurlijk werden er ook advocaten van verraad beschuldigd en voor het leven geschorst. Vaders patriottisme was duidelijk bewezen aan het begin van de oorlog, toen hij een vooraanstaand lid was van het 'Anti-Japanse Hulpcomité voor Alle Geledingen' in Shanghai, dat in juli 1937 was opgericht om het burgerverzet tegen de Japanse invasie te organiseren.[3] In april 1946 werd hij weer toegelaten tot de arrondissementsrechtbank van Shanghai en een maand later tot het hooggerechtshof. Na acht jaar van gedwongen nietsdoen kon hij eindelijk weer aan het werk. Al snel behoorde hij opnieuw tot de belangrijkste advocaten van Shanghai.

Een van zijn cliënten was zijn oude vriend Du Yuesheng, op dat moment waarschijnlijk de machtigste man in Shanghai. Vóór de Chinees-Japanse Oorlog was Du voorzitter geweest van de effectenbeurs van Shanghai. Na de Japanse invasie op 13 augustus 1937 had de beurs al haar activiteiten gestaakt, maar tijdens de bezetting had de pro-Japanse marionettenregering van Wang Ching-wei een eigen beurs opgericht in hetzelfde gebouw, aan de Hankow Road. Na de oorlog was deze 'foute' beurs gesloten en werd een groot aantal van de betrokkenen vervolgd. Maar de oude beurs werd niet heropend. Haar aandeelhouders probeerden slechts hun geld terug te krijgen door alle bedrijfsmiddelen te verkopen. De Centrale Bank, de Chinese Bank en de Bank of Communications richtten een

nieuwe beurs op en Du werd buitengesloten.
Du vroeg vader advies. Hij wilde ook in de naoorlogse tijd een belangrijke rol blijven spelen. Samen met een andere advocaat en twee accountants stelde vader een plan op. Er vonden onderhandelingen plaats met een aantal partijen, waaronder de vroegere aandeelhouders en verscheidene overheidsinstanties. Ten slotte gaf het ministerie van Economische Zaken de oude beurs toestemming aandelen uit te geven waarop de namen van de aandeelhouders niet hoefden te worden ingevuld, zodat ze gemakkelijk overdraagbaar waren, net als geld.
De blanco aandelen konden als cadeaus aan leden van de directie en aan hoge ambtenaren worden gegeven om hun steun te verkrijgen. Vervolgens werd de oude beurs omgezet in een maatschappij voor onroerend goed. Deze maatschappij begon te investeren in de nieuwe beurs, met als gevolg dat Du in het bestuur werd opgenomen en uiteindelijk voorzitter werd.[4]
Als deel van zijn honorarium kreeg vader de bevoegdheid van effectenmakelaar, verbonden aan de beurs – een felbegeerde positie. Vader droeg deze bevoegdheid echter over op zijn schoonzoon Henry, die aan het begin van de oorlog met Margaret was getrouwd.
Hoewel vaders praktijk dus weer opbloeide, had hij grote twijfels over de toekomst. De meeste mensen hadden hoge verwachtingen gehad van de terugkeer van het Kwomintang-bewind, maar in de praktijk behandelden de Kwomintang-bestuurders de inwoners van Shanghai niet als landgenoten, maar als een overwonnen volk. Iedereen die onder de Japanse bezetting had geleefd was in hun ogen besmet. Studenten die tijdens de Japanse overheersing waren afgestudeerd werden verplicht speciale colleges in Kwomintang-ideologie te volgen, en docenten werden op hun loyaliteit aan de partij getest. Maar de Kwomintang-bestuurders leken zelf alleen geïnteresseerd in geld, huizen, status en vrouwen. Daardoor verspeelden ze al snel het respect van het volk, dat vroeger hun belangrijkste steunpilaar had gevormd. Bovendien bleken ze niet in staat het land op een behoorlijke wijze te besturen. Er werd geen samenhangend economisch beleid gevoerd en de inflatie steeg tot recordhoogte. Een miljoen dollar was nog niet voldoende om een maaltijd te kopen.[5]
Al vrij vroeg keerde vader zich geheel van de Kwomintang af. Onder vier ogen zei hij tegen moeder dat iemand die onder de Kwomintang-wetten ooit in bezet gebied een hapje had gegeten al van landverraad kon worden beschuldigd. In de loop van 1946 vertelde hij moeder dat hij wat geld opzij had gelegd. Hij liet haar de keuze of ze daarmee een huis in Shanghai zouden kopen of dat zij liever met het hele gezin naar Hong Kong wilde vertrekken. Hieruit bleken duidelijk zijn twijfels over de toekomst van China. Hij moet hebben geweten dat het bestand tussen de Kwomintang en de communisten slechts van korte duur zou zijn en dat de Kwomintang

uiteindelijk zou worden verslagen. Ook moeder had ernstige bedenkingen tegen het hooghartige optreden van de Kwomintang-bestuurders en besloot dat ze niet in Shanghai wilde blijven.
In de zomer van 1946 verhuisde ons gezin dus opnieuw. Met haar vier kinderen – Julia, Anthony, Priscilla en mij – vertrok moeder naar Hong Kong. Op voorstel van vader ging Alice, die haar propaedeuse aan de Aurora-universiteit had voltooid, ook met ons mee. Zelf bleef hij in Shanghai achter, om zich later bij ons te voegen. Dat zou nog tweeënhalf jaar duren. Nadat zijn gezin was vertrokken, nam vader zijn intrek in zijn kantoor in het gebouw van de Chung Wai Bank, dat eigendom was van Du Yuesheng.
Het besef dat zijn tweede carrière als advocaat wel eens van korte duur zou kunnen zijn, moet een bittere pil voor hem zijn geweest. De gedachte aan de dood of een permanente scheiding van zijn vaderland speelde hem natuurlijk voortdurend door het hoofd. Dit verklaart misschien een gebeurtenis die een jaar later plaatsvond. Qin Jinjian, een neef van hem, die ooit voorzitter van het Wuxi Verblijfsgenootschap was geweest, bracht samen met zijn zoon Zhihao een bezoek aan Shanghai. Vader ging koffie met hen drinken en zei: 'Ik zal niet naar Wuxi kunnen teruggaan. Maar zoals het gezegde luidt, keert het vallende blad toch tot de wortels terug. Ik zal jullie een tand meegeven om in Wuxi te begraven – als symbool van mijn terugkeer naar mijn voorouderlijk huis.' Qin Jinjian nam de tand mee en begroef hem op het terrein van de vooroudertempel van onze familie.
In Hong Kong deden moeder en Alice hun best een appartement en een school voor de kinderen te vinden. De kolonie was zwaar gehavend uit de oorlog gekomen en er heerste grote woningnood, maar uiteindelijk konden we terecht in een appartementengebouw van drie verdiepingen aan de Kennedy Road. Wij kregen de benedenverdieping, die we met een andere familie moesten delen. In dit huis bracht ik de volgende veertien jaar van mijn leven door. Als ik aan mijn jeugd terugdenk, zie ik altijd deze omgeving, met de school voor doofstomme kinderen vlakbij, en de ruzies die we soms met de buren hadden over het gebruik van de gemeenschappelijke keuken en w.c.
Alice bleef niet lang bij ons. Moeder stond erop dat ze zou teruggaan naar de Aurora-universiteit om verder te studeren. Zelf had ze die kans nooit gehad en ze wist hoe belangrijk het voor Alice was om een graad te halen.

Ondertussen werden in China voorbereidingen getroffen voor het bijeenroepen van een Nationale Assemblée, die een grondwet zou aannemen en een einde zou maken aan het één-partij-stelsel. De afgevaardigden waren al in 1936 gekozen, maar wegens de Japanse invasie was het congres toen

voor onbepaalde tijd uitgesteld.[6]
Tijdens de oorlog met Japan, die acht jaar had geduurd, was er officieel een verbond geweest tussen de communisten en de Kwomintang. Meteen na de oorlog had president Tjiang Kai-sjek voorzitter Mao Tse-toeng uitgenodigd naar Chungking te komen voor besprekingen. De twee mannen kwamen overeen afgezanten te benoemen, die elkaar in oktober ontmoetten.
De communisten vonden dat de verkiezingen uit 1936 te sterk onder invloed van de Kwomintang hadden gestaan. De regering wilde zich echter nog steeds aan de uitslag van deze verkiezingen houden. Uiteindelijk werd besloten het aantal afgevaardigden uit te breiden. De communisten zouden de 1200 in 1936 gekozen afgevaardigden erkennen, en de Kwomintang stemde erin toe 850 nieuwe afgevaardigden te laten kiezen, zodat de Nationale Assemblée in totaal 2050 leden zou gaan tellen.
De samenwerking tussen de communisten en de Kwomintang leek dus goed te verlopen. Er werd een commissie opgericht om op basis van de bestaande ontwerp-grondwet een nieuw ontwerp voor de Nationale Assemblée voor te bereiden, waarvan de eerste vergadering op 5 mei zou plaatsvinden, en alle leden die in 1936 wettig waren gekozen kregen een officiële verklaring. Vader ontving zijn certificaat in maart.
De commissie ter voorbereiding van de grondwet kwam op 14 februari 1946 voor het eerst bijeen. Tegelijkertijd nam het centrale uitvoerend comité van de Kwomintang echter enkele resoluties aan die de indruk wekten dat zij op eerdere politieke afspraken was teruggekomen. Daardoor ontstond een nieuwe discussie tussen de communisten en de Kwomintang, met als gevolg dat op 24 april de eerste bijeenkomst van de Assemblée werd uitgesteld, hoewel vele afgevaardigden al in de hoofdstad waren aangekomen.
Uiteindelijk kwam de Nationale Assemblée pas op 15 november in Nanking bijeen, maar de Assemblée werd geboycot door de communisten en enkele kleinere partijen. Van de 2050 afgevaardigden waren er maar 1400 aanwezig.
Op 28 november legde president Tjiang de ontwerp-grondwet ter beoordeling aan de Assemblée voor. Iedere afgevaardigde mocht zijn mening geven. Op 4 december hield vader zijn toespraak, waarin hij zich – zoals altijd – sterk maakte voor de mensenrechten. Zijn ideeën vormden de grondslag voor artikel 10 van de grondwet van de Chinese Republiek, dat als volgt luidde:
'Het volk heeft het recht van domicilie en verandering van domicilie.'
Dit lijkt misschien een onnozel artikel, maar in China – waar iedereen traditioneel zijn verblijfplaats moest laten registreren – was dit geen onbelangrijk recht. Zelfs nu nog moet, zowel in de Volksrepubliek als op

Taiwan, iedere familie de namen van alle leden van een huishouding bij de overheid laten registreren. Als vrienden of familieleden blijven logeren moet dit aan de politie worden gemeld.
Drie dagen lang gaf president Tjiang lunches en diners, waarbij alle afgevaardigden de kans kregen hem te ontmoeten. Volgens vader kwam Tjiang tijdens een van deze diners naar hem toe. 'Nou, advocaat Qin,' merkte de president op, 'u zit te genieten, zie ik. U kluift zelfs de kippebotjes af.' Vader, die vreesde dat hij voor een officiële functie zou worden gevraagd, stak meteen zijn vingers in zijn mond en haalde zijn gebit eruit. 'Ik heb geen tanden meer,' zei hij. 'Alles is vals.'
Op 25 december 1946 werd de grondwet unaniem aangenomen. Op 25 december 1947 zou zij officieel in werking moeten treden. Vijfendertig jaar na de omverwerping van de Qing-dynastie leek China eindelijk af te stevenen op een tijdperk van constitutioneel bestuur.
Inmiddels waren echter weer verspreide gevechten uitgebroken tussen communistische eenheden en de Kwomintang. Nu deze had geweigerd de Nationale Assemblée te ontbinden – zoals de communisten eisten – en de communisten op hun beurt weigerden terug te keren tot de militaire status quo van januari 1946, was een burgeroorlog onvermijdelijk. Toch waren er maar weinig afgevaardigden die konden vermoeden dat de Kwomintang binnen drie jaar door de communisten van het Chinese vasteland naar Taiwan zou zijn verdreven en dat de grondwet waaraan zij zo hard hadden gewerkt buiten Taiwan weinig betekenis meer zou hebben.
In de zomer van 1948 rukten de communisten naar het zuiden op. Toen zij Shanghai naderden, waar vader nog steeds als advocaat werkte, achtte hij het moment gekomen om te vertrekken. Hij verliet zijn land en reisde naar Hong Kong om zich bij moeder en de kinderen te voegen.
Ook Alice, die in 1947 was afgestudeerd, had Shanghai verlaten. In Hong Kong werkte ze als grond-stewardess voor een luchtvaartmaatschappij, de China National Aviation Company. Als eerste van onze familie vertrok ze in 1949 naar de Verenigde Staten. Haar vertrek liet een grote leegte in mijn leven na. Als oudste zuster had ze ons op zondag altijd meegenomen, eerst naar de kerk, en daarna voor de lunch. Zelfs als ze een afspraakje had, mochten we vaak mee. Ik was pas acht jaar toen ze vertrok, en maandenlang droomde ik van haar terugkeer.
In Peking werd door Mao Tse-toeng op 1 oktober 1949 de Volksrepubliek China uitgeroepen. 'Het Chinese volk is opgestaan!' verklaarde Mao. Daarmee was de scheiding tussen het communistische vasteland van China en het nationalistische bewind op Taiwan (het vroegere Formosa) een feit. Tientallen jaren werden mannen en vrouwen, ouders en kinderen en broers en zusters door deze politieke tweedeling gescheiden gehouden.

Voordat Alice naar de Verenigde Staten vertrok, had ze moeder geholpen om alle vier de kinderen op een katholieke missieschool te krijgen. Zelf zat ik eerst bij Italiaanse nonnen op school, en daarna bij Ierse broeders. Van vaders andere kinderen was Jiaxiu, zijn oudste dochter, in 1949 aan een ziekte overleden. Margaret was met haar man Henry en hun kinderen in Shanghai gebleven. Jiajun was gesneuveld en Jiahua, de derde zoon, had allerlei baantjes en was soms werkloos. In elk geval waren ze allemaal volwassen en was hij niet langer verantwoordelijk voor hen.
Hoewel wij veel jonger waren dan de kinderen uit zijn vorige verbintenissen, zorgde vader niet voor financiële zekerheid. Hij had een aardig kapitaal uit China meegenomen, maar in Hong Kong had hij geen regulier inkomen meer. In plaats van zijn geld verstandig te beleggen zette hij zijn oude levensstijl voort en bleef hij gokken en speculeren. Zo nu en dan bracht hij een bezoek aan de casino's van Macao, waar hij onveranderlijk met lege zakken vandaan kwam.
Misschien dacht hij dat ook dit een voorbijgaande fase in zijn leven was. Toen hij jong was, had hij zichzelf een andere naam gegeven, die hij altijd gebruikte, behalve bij officiële gelegenheden. De naam die hij had gekozen was Daishi, of 'Wachtend op de tijd'. Vader had altijd het gevoel dat zijn tijd wel zou komen, en daar wachtte hij op. Hij had zich tot moeder aangetrokken gevoeld toen ze nog maar heel jong was, en hij had gewacht tot ze was opgegroeid. Tijdens de Japanse bezetting had hij acht jaar gewacht tot de vijand zou worden verslagen. Nu de communisten het vasteland in handen hadden, wachtte hij opnieuw. Maar op een gegeven moment moet het tot hem zijn doorgedrongen dat de tijd begon te dringen.
Toch ontbrak het hem nooit aan vrienden, ook niet in Hong Kong. Hij was zelf altijd gul geweest met tijd en geld, en als hij problemen had, kreeg hij vaak geld van anderen. Onder de twee miljoen mensen die voor de communisten naar Hong Kong waren gevlucht waren ook enkelen van zijn beste vrienden, onder wie Du Yuesheng en Zhang Danru. Net als vader woonden zij liever in de Britse kolonie dan op het vasteland onder de communisten of op Taiwan onder de Kwomintang.
Op een gegeven moment stuurde Mao Tse-toeng een afgezant naar Hong Kong om vooraanstaande figuren als Du Yuesheng te overreden naar China terug te keren. Deze afgezant was Zhang Shizhao, een uitnemend rechtsgeleerde en een goede vriend van vader. Volgens ooggetuigen verliep het gesprek tussen Du en Zhang aldus:
Du: 'Is het waar, meneer Zhang, dat u hebt besloten naar Peiping [Peking] terug te keren?'
Zhang: 'Inderdaad.'
Du: 'En gaat u daar uw praktijk uitoefenen?'
Zhang: 'Eh... onder het communistische bewind zullen advocaten niet

meer nodig zijn. Ik zal dus geen praktijk kunnen uitoefenen, maar...'
Du: 'Bent u soms van plan in zaken te gaan, als u geen advocaat meer kunt zijn?'
Zhang: 'Het communistische systeem zal misschien geen particulier ondernemerschap toelaten. Maar voorzitter Mao heeft mij persoonlijk gezegd dat hij verantwoordelijk is voor mijn welzijn. Met zo'n belofte van voorzitter Mao hoef ik mij toch geen zorgen te maken over mijn broodwinning?'
Du: 'O, dus daar maakt u zich niet druk over?'[7]
Du Yuesheng besloot niet terug te keren. Ook vader, die hetzelfde verzoek kreeg, bleef liever in Hong Kong, hoewel zijn oude vriend Shen Junru tot president van het Volkshooggerechtshof was benoemd.
In de beginjaren van de Volksrepubliek was het nog vrij eenvoudig om het land te verlaten. In 1951 stond onze oudste broer Jiaju opeens op de stoep, samen met zijn vriendin. Maar vader vond dat hij Shanghai, waar hij een baan had, niet mocht verruilen voor een onzeker bestaan in Hong Kong. Ook vader verdiende nog altijd niets. Mijn oudste broer was altijd zijn lieveling geweest, en het moet heel moeilijk voor vader zijn geweest om Jiaju naar China terug te sturen.
In het begin van de jaren vijftig vertrokken ook Julia en Anthony uit Hong Kong, Julia naar de Verenigde Staten en Anthony naar Frankrijk. Voor zijn vertrek zei vader nog tegen mijn broer dat hij het niet erg zou vinden als Anthony met een niet-Chinees meisje zou trouwen. Dat gebeurde uiteindelijk ook.
Moeder moest werken om het gezin te onderhouden. Ook het huishouden en de opvoeding van de kinderen kwamen op haar neer. Toen ze een keer boos was dat ik op school was achtergeraakt, sleepte ze me mee naar vader en klaagde dat ik lui was. Hij werd zo kwaad, dat hij meteen zijn schoen uittrok en me ermee in mijn gezicht begon te slaan. Moeder maakte daar meteen een eind aan, en vanaf dat moment betrok ze hem nooit meer bij de problemen met de kinderen.
Toch had hij soms wel belangstelling voor ons. Toen hij Priscilla en mij een keer op straat zag rolschaatsen, zei hij dat het gevaarlijk was en vroeg ons ermee te stoppen. Een andere keer nodigde hij op mijn verjaardag een paar vrienden uit voor een etentje in een restaurant, en zei dat ik de gastheer was, hoewel hijzelf alles betaalde. Blijkbaar vond hij het een leuke gedachte dat zijn jongste zoon nu oud genoeg was om hem mee uit eten te nemen.
Maar zowel geestelijk als lichamelijk ging het steeds slechter met vader. Zijn ogen en zijn gehoor gingen achteruit, maar het ergst was zijn buikpijn. Hij durfde er niet mee naar een dokter te gaan, omdat hij bang was dat hij kanker had. Om de pijn te verlichten hield hij altijd een hete kruik tegen zijn middel gedrukt. Na een tijdje werd zijn huid op die plek hele-

maal zwart. Naarmate hij ouder werd, kreeg hij ook steeds meer last van constipatie en maakte hij lange wandelingen om zijn spijsvertering te bevorderen. Ook was hij erg gevoelig voor licht. Op zijn verzoek schilderde ik alle ramen van zijn kamer groen, maar dat was niet voldoende. Ten slotte moest ik planken voor de ramen spijkeren, zodat zijn kamer zelfs overdag aardedonker was. Hij had alleen een kleine bureaulamp, met een lampje van vijf watt, afgeschermd door een groene kap. Daar hing hij zelfs nog handdoeken overheen, zodat er een dun lichtstraaltje overbleef.

Omdat hij altijd etensresten liet slingeren en zijn kamer nooit schoonmaakte, wemelde het er na enige tijd van de ratten en de muizen. Maar omdat hij was geboren in het jaar van de rat, wilde hij de dieren geen kwaad doen. Toen hij een keer niet thuis was, ging ik op onderzoek uit. Ik schoof de meubels weg, maar kon het ongedierte niet vinden. Ik ging op het bed zitten om na te denken, en hoorde toen een luid gepiep. De muizen bleken hun nest in vaders bed te hebben, onder zijn matras. Uiteindelijk vond vader dat hij moest terugvechten. Het ging nu tussen de ratten en hemzelf, verklaarde hij. Ik zette een muizeval en hoorde 's nachts een ijselijk gejank. Onze kat was erin beklemd geraakt.

Maar nog erger dan vaders lichamelijke aftakeling was zijn geestelijke achteruitgang. Hij begon aan achtervolgingswaan te lijden en verdacht mensen – ook moeder en mij – ervan dat ze hem wilden vermoorden. Op een avond zat ik met een zaklantaarn te seinen naar een andere jongen, die boven ons woonde. Vader beweerde dat ik iemand signalen gaf om hem met gifgas te doden. Hij had het alleen overleefd omdat hij de hele nacht was opgebleven en een sinaasappelschil als gasmasker tegen zijn neus had gedrukt, zei hij.

Omdat hij met een zoveel jongere vrouw was getrouwd, was vader altijd erg jaloers geweest. Nu hij zich oud en hulpeloos voelde, beschuldigde hij moeder ervan dat ze hem wilde vermoorden om te kunnen hertrouwen. Ten slotte zei moeder dat het misschien beter was dat ze zouden scheiden, omdat zij dan geen reden meer zou hebben om hem te vermoorden. Vader verzette zich daar eerst tegen, maar gaf toch toe. Hij stond erop zelf de stukken op te stellen, waar hij twee jaar over deed. Toen ze gereed waren, beschouwden mijn ouders zich als gescheiden, hoewel er niets met de papieren gebeurde. De 'scheiding' maakte geen verschil.

In 1957 kwamen Margaret en Henry uit Shanghai, met hun kinderen Edward, Michael en Rita. Hoewel Edward een oomzegger van mij is, is hij vijf dagen ouder dan ik. Hun komst maakte mijn leven veel leuker. De dag dat Margaret aankwam, ging ze meteen naar vader toe. Hoewel Margaret dol op hem was, bleef vader bij haar uit de buurt, omdat zij was geboren in het jaar van de slang, en slangen eten ratten.

Op een dag vroeg vader me hem op een van zijn wandelingen te vergezellen. We liepen urenlang, totdat hij een restaurant binnenstapte voor de lunch. Blijkbaar kwam hij daar vaker. Onder het eten had ik het eerste en enige gesprek met vader over mijn toekomst. Omdat hij advocaat was, schraapte ik al mijn moed bijeen en vroeg hem: 'Vader, vindt u dat ik advocaat moet worden?' Meteen antwoordde hij: 'Nee, nee, daar moet je erg slim voor zijn.'

Ons huis lag op een heuvel en was alleen te bereiken via een lange stenen trap. Omdat vader die klim erg vermoeiend vond, kwam hij soms niet thuis, maar bleef in een hotel slapen. Zijn favoriete hotel was Winner House. Priscilla en ik gingen hem daar opzoeken als hij in bed lag. Later, toen hij steeds langer in hotels verbleef, hield Priscilla hem 's nachts vaak gezelschap en sliep ze op de vloer naast zijn bed. Steeds als hij begon te hoesten sprong ze op en hield hem een leeg Garrick-blikje met kranten voor, dat hij als kwispedoor gebruikte. Hij vond dat erg lief van haar, maar ze vertelde mij dat ze zo snel reageerde omdat ze bang was dat hij over haar heen zou spuwen.

Tot aan het eind bekommerde vader zich altijd om zijn uiterlijk. Hij verfde zijn haar, maar zo onregelmatig dat er altijd grijze plukken zichtbaar bleven. Zijn gezicht was helemaal glad, niet doordat hij zich zo goed schoor, maar doordat hij alle baardharen uittrok. Hij ging niet graag in bad. Zo nu en dan waste hij zich met een natte handdoek en één keer per jaar nam hij een stoombad.

Hij bleef ziekelijk achterdochtig en vertelde vaak dat hij een brief in zijn kluis had liggen waarin mijn moeder van moord werd beschuldigd. De brief moest na zijn dood worden geopend. Achteraf bleek die brief niet te bestaan. Vader was vreselijk bang voor de dood en zei tegen Priscilla dat het jammer was dat zij hem niet een paar jaar van haar leven kon geven, omdat zij er nog zoveel over had.

Op 27 januari 1959 werd vader dood in bed aangetroffen, met zijn bovenlichaam half over een stoel. Blijkbaar had hij nog geprobeerd uit bed te komen. Hij was zeventig jaar geworden.

Mijn eerste reactie op het nieuws van zijn dood was een gevoel van opluchting. Ik vond dat hij moeder en de kinderen het leven erg moeilijk had gemaakt. Maar Margaret was vreselijk verdrietig. Later besefte ik dat zij hem nog in zijn goede jaren had meegemaakt, terwijl ik niet veel meer van hem had gekend dan een lege huls.

Terugkijkend op al deze gebeurtenissen zie ik mijn vader in een heel ander licht. Hij was, denk ik, een man vol tegenstrijdigheden; een man die trouw was aan zijn vrienden, maar zijn naaste familieleden verwaarloosde; een man met hoogstaande principes, maar praktisch genoeg om zich verre van politieke verwikkelingen te houden; een romanticus die zich weinig van conventies aantrok, maar de vrouwen in zijn leven ook wreed behandelde.

En natuurlijk was hij een briljant advocaat, die een zeer geslaagde loopbaan achter de rug had in een turbulente periode uit de Chinese geschiedenis. Maar de zwakke punten in zijn persoonlijkheid, waarvan zijn gokverslaving een symptoom vormde, waren er de oorzaak van dat hij zich door incidenten liet leiden in plaats van zijn lot in eigen hand te nemen. Uiteindelijk was hij een tragische figuur. Zijn motto, dat hij zijn vrouw en zijn oudste kinderen altijd voorhield, was:

> Probeer niemand te kwetsen, maar
> wees op je hoede tegenover iedereen.

Het duurde geruime tijd voor het bericht van vaders dood mijn oudste broers in China bereikte. Waarschijnlijk wist vader zelf nauwelijks meer waar ze woonden. Als hij dat wel had geweten, zou het zijn sterven niet hebben verzacht, want ze waren allebei in politieke problemen geraakt. In de herfst van 1957 was Jiahua, die bij de Xinhua-boekwinkel werkte, van rechtse sympathieën beschuldigd en naar een werkkamp gestuurd om te worden 'heropgevoed'. Enkele maanden later trof hetzelfde lot Jiaju. Mijn twee broers waren het slachtoffer van het politieke klimaat. In het voorjaar van 1957 had voorzitter Mao – met de leuze 'Laat honderd bloemen bloeien, laat honderd denkrichtingen elkaar bestrijden' – critici aangemoedigd zich uit te spreken. De brede kritiek op het communistische bewind die hierdoor loskwam, was voor Mao aanleiding terug te slaan. Honderdduizenden mensen werden van reactionaire opvattingen beschuldigd.

Op het moment van vaders dood konden maar weinig mensen buiten China vermoeden dat er ernstige meningsverschillen binnen de leiding van de communistische partij bestonden. Wij hadden in elk geval heel andere zorgen aan ons hoofd. Ons gezin maakte zich gereed om Hong Kong te verlaten. Binnen enkele maanden na vaders dood vertrok Priscilla naar de Verenigde Staten en moeder naar de Britse kolonie Borneo, waar ze voor de regering zou gaan werken en – naar wij hoopten – een nieuw leven beginnen. Een jaar later vertrok ik ook naar Amerika. Dat ik naar China zou terugkeren om mijn wortels te zoeken, kwam niet in me op.

Paradoxaal genoeg was het de geheime reis van Henry Kissinger naar China in 1971, gevolgd door het officiële bezoek van president Richard Nixon enkele maanden later, die mijn aandacht weer op mijn oude vaderland vestigde. De dooi in de Amerikaans-Chinese betrekkingen maakte het voor Chinese Amerikanen veel gemakkelijker hun familie in China op te zoeken. Langzamerhand werd het verlangen bij mij wakker meer over mijn eigen achtergrond te weten te komen. Jarenlang was ik doof geweest voor de roep van mijn voorouders, maar toen ik er eindelijk gehoor aan gaf, deed ik dat met heel mijn hart.

Noten

Woord vooraf

1. Gesprek in Peking op 30 juni 1984 met Lu Dingyi uit Wuxi, een voormalig plaatsvervangend lid van het Politburo en propagandachef van de Chinese communistische partij.
2. Vervolgens ontdekte ik dat beide boeken in een groot aantal bibliotheken te vinden zijn, onder meer in die van Peking en Hangzhou. De boeken zijn getiteld *Ming Qiu Guan Wenji (Verhandelingen van de Heldere Herfst Studie)* en *Ming Qiu Guan Shiji (Gedichten van de Heldere Herfst Studie)*. Ze geven bijzonderheden over het persoonlijk leven van mijn grootouders en bevatten ook de enige foto van mijn grootmoeder, die vierendertig jaar voor mijn geboorte overleed.
3. *Wen Hui Bao*, 26 juli 1982, p. 2.
4. *The Wall Street Journal*, 2 februari 1983.
5. Wegens geldgebrek konden de autoriteiten van Wuxi geen weg naar het graf aanleggen, daarom is het nog altijd moeilijk te vinden. Maar in 1987 is wel een tramlijn van de voet van de berg Hui naar de top aangelegd.

Hoofdstuk 1

1. Dit incident wordt beschreven in de chronologische biografie van Qin Guan, samengesteld door Qin Ying, een van zijn nakomelingen van de achtentwintigste generatie. Het is ook te vinden in *Qin Shaoyou Yanjiu (Een studie van Qin Shaoyou Qin Guan)*, geschreven door Wang Pao-chen (Taiwan, Hsueh Hai Publishing House, 1981, p. 7), waar geciteerd wordt uit *Leng Zai Ye Hua (Nachtelijke gesprekken in het Kille Atelier)*. Veel bijzonderheden uit het leven van Qin Guan in dit en het volgende hoofdstuk zijn afkomstig uit deze twee bronnen. Omdat het boek van mevrouw Wang wat toegankelijker is, wordt hieruit het meest geciteerd. Mevrouw Wang was zo vriendelijk mij een exemplaar van haar werk ter beschikking te stellen.
2. Edwin O. Reischauer, *Ennin's Travels in T'ang China* (New York, Ronald Press Co., 1955, p. 263).
3. *The Travels of Marco Polo* (The Broadway Traveller's Series) (Londen, Routledge & Kegan Paul, 1950, p. 224-225). Een Engelse vertaling van de tekst van L.F. Benedetto door professor Aldo Ricci. Geciteerd door Reischauer, *Ennin's*

Travels, p. 2.
4. Wang Pao-chen, op. cit., p. 1. Ook te vinden in de verhalende biografie van Hilary Kromelow Josephs in *The tz'u of Ch'in Kuan (1049-1100)*, dissertatie, Harvard University, 1973), en in Julia Ching's essay over 'Ch'in Kuan' in *Sung Biographies*, onder redactie van Herbert Franke (Wiesbaden, Steiner, 1976, p. 235-241).
5. Voor bijzonderheden over de opvoeding van kinderen tijdens de Song-dynastie, zie: Thomas H.C. Lee, 'Life in the Schools of Sung China', in *Journal of Asian Studies*, november 1977.
6. John William Chaffee, *Education and Examinations in Sung Society* (dissertatie, University of Chicago, 1979, p. 82).
7. Wang Pao-chen, op. cit., p. 3.
8. De voorgeschreven rouwplechtigheden zijn te vinden in *Da-Dai li-ji (Het Boek der Riten, volgens de oudste Dai)*.
9. Persoonlijke gegevens over de schoonfamilie van Qin Guan zijn te vinden in: Peter Bol, *Culture and the Way in the Northern Sung* (dissertatie, University of Chicago, 1981). De informatie is afkomstig uit eigen geschriften van Qin Guan, met name de biografieën in de grafteksten van zijn schoonouders. Het werk van Qin Guan is in het Chinees uitgegeven als *Huai Hai Ji (Verzamelde werken van Huai Hai)*. Huai Hai was een van de namen waaronder Qin Guan bekend stond.
10. De huwelijksgebruiken tijdens de Song-dynastie worden uitvoerig beschreven in *Songdai Zheng Jiao Shi (Geschiedenis van de politieke en culturele gebruiken tijdens de Song-dynastie)* en in *Dongjing Meng Hua Lu (Een verslag van de dromen van Hua in Dongjing)*, de rijkste bron van gegevens over het stedelijk leven onder de Noordelijke Song-dynastie. Voor informatie over dit belangrijke boek, zie: Stephen H. West, 'The Source, Evaluation and Influence of the Dongjing Meng Hua Lu', in *T'oung Pao*, dl. LXXI (1985), p. 63-105.
11. Voor een uitvoerige beschrijving van de Liao-maatschappij, zie: Karl A. Wittfogel en Feng Chia-hsiang: *History of Chinese Society, 907-1125* (New York, The MacMillan Co., 1949).
12. Bol, op. cit., p. 279.
13. De verklaring voor de naam 'Grote Leegte' heb ik gevonden bij Peter Bol. Zie zijn dissertatie, p. 278-282.
14. De merkwaardige eetgewoonten van Wang Anshi worden beschreven in Lin Yutang, *The Gay Genius: The Life and Times of Su Tungpo* (New York, John Day Co., 1947, p. 76-77). Ik dank professor James T.C. Liu van de universiteit van Princeton, die mij erop wees dat Lins stereotiepe stelling dat Wang Anshi gebruik maakte van duistere figuren om zijn dubieuze politiek te realiseren tegenwoordig niet meer algemeen wordt onderschreven.
15. Voor een uitvoeriger beschrijving van het leven van Wang Anshi, zie: James T.C. Liu, *Reform in Sung China: Wang An-shih (1021-1086)* (Cambridge, Mass., Harvard University Press, 1959), en John Meskill (red.), *Wang An-shih: Practical Reformer?* (Boston, D.C. Heath and Co., 1963).
16. E.A. Kracke jr., *Civil Service in Early Sung China, 960-1067* (Cambridge, Mass., Harvard University Press, 1953, p. 33-37).

17. Geciteerd door James T.C. Liu in *Reform in Sung China*, p. 66.
18. Voor de biografie van Sun Jue, zie de officiële geschiedschrijving van de dynastie: *Song Shi (Song-geschiedenis)*, dl. 103.
19. Een uitvoerig verslag van de arrestatie van Su Dongbo en het proces tegen hem is te vinden in Lin, op. cit., p. 187-204.
20. Door de beknoptheid van de Chinese taal, het veelvuldig gebruik van klassieke en literaire verwijzingen en een grammatica die zinnen mogelijk maakt zonder onderwerp of lijdend voorwerp, is het bijzonder moeilijk om een Chinees gedicht in het Engels of het Nederlands te vertalen. Het woord dat in dit gedicht als 'Sprookjesland' wordt vertaald is in werkelijkheid *Penglai*, de naam van een taoïstisch paradijs, maar toevallig ook de naam van het paviljoen waar Qin Guan verbleef. Waarschijnlijk is Qin Guan tijdens zijn verblijf in Yuezhou verliefd geworden en vormt het gedicht dus een persoonlijke ervaring. De eerste regel, 'Bergen, gestreeld door lichte wolken', is in het Chinees *Shan mo wei yun* of letterlijk: 'Berg streel geringe wolk'. Su Dongbo hield zoveel van dit gedicht dat hij het op zijn waaier kopieerde en Qin Guan vaak 'Meneer Berg Streel Geringe Wolk' noemde. Het gedicht werd een van de populairste teksten die door de courtisanes in Kaifeng en andere grote steden werden gezongen. Zowel de vertaling als de verklaring is gebaseerd op James J.Y. Liu's *Major Lyricists of the Northern Sung* (Princeton, N.J., Princeton University Press, 1971), opgenomen met toestemming van de Princeton University Press.
21. Engelse vertaling van Burton Watson in *Su Tung-p'o: Selections from a Sung Dynasty Poet* (New York, Columbia University Press, 1965, p. 78-79).
22. Bol, op. cit., p. 316-321, verklaart de betekenis van deze nieuwe naam.

Hoofdstuk 2

1. Lin, op. cit., p. 154-155.
2. Engelse vertaling van Josephs, op. cit., p. 81-82, opgenomen met toestemming van de uitgever. Josephs verklaart 'Kao-chai shih-hua' als aanwijzing voor het feit dat deze vrouw een legercourtisane was.
3. Engelse vertaling van James J.Y. Liu, op. cit., p. 113. Liu noemt dit als een voorbeeld van Qin Guan's 'gewaagde erotische stijl en zijn niet minder gewaagde gebruik van volkstaal'. Opgenomen met toestemming van de Princeton University Press.
4. De kritiek dat Qin Guan's gedichten 'meisjespoëzie' zouden zijn was afkomstig van Yuan Haowen, die na het lezen van Qin's gedicht 'Lente' – dat hij veel te sentimenteel vond – verklaarde dat hij 'eindelijk besefte dat je meisjespoëzie schreef'. Deze opmerking wordt geciteerd in Kojiro Yoshikawa, *An Introduction to Sung Poetry*, vertaald door Burton Watson (Harvard-Yenching Monograph Series, XVII, Cambridge, Mass., Harvard University Press, 1967, p. 133).
5. Bol (op. cit., p. 317) verklaart: 'Aanvallen op zijn gedrag achtervolgden Qin ook nog nadat hij een benoeming had gekregen. Benoemingen werden dan ook herhaaldelijk ingetrokken en promoties ongedaan gemaakt. Was hij moreel

verdorven? Bevatte zijn romantische lyriek te veel verwijzingen naar (verboden) geneugten? In de bewaard gebleven bronnen worden de beschuldigingen niet nader toegelicht, maar alleen een dergelijke aanklacht was in die tijd misschien al schadelijk genoeg.'
6. Deze beschrijving van Kaifeng is ontleend aan *A Record of Dreaming of Hua in Dongjing*. Een Engelstalige beschrijving is te vinden in E.A. Kracke jr., 'Sung Kaifeng: Pragmatic Metropolis and Formalistic Capital' in *Crisis and Prosperity in Sung China*, onder redactie van John Winthrop Haeger (Tucson, University of Arizona Press, 1975). Een opmerkelijke rol met voorstellingen uit het dagelijks leven tijdens de Noordelijke Song-dynastie is de 'Qing Ming Shang He Tu', die als basis is gebruikt voor een geïllustreerd boek, *A City of Cathay* (Taipei, National Palace Museum, 1980), met een tekst van Lin Yutang.
7. De courtisanes waren in die tijd zelf goede dichteressen, die ook konden improviseren als dat nodig was. Wijlen professor Fang Chaoying herinnerde zich eens in een persoonlijke brief van 5 november 1984, geschreven in Englewood, N.J., iets dat zestig jaar eerder in zijn studententijd was gebeurd: 'Ik herinner me nog een verhaal dat mijn professor ons vertelde. Tijdens een diner werd een vooraanstaande geisha gevraagd een lied te zingen. Na de eerste regel riepen de aanwezigen "Fout!", omdat ze de regel beëindigde met *xiejang* in plaats van *chaomen*. De prefect wilde haar straffen, maar de eregast kwam tussenbeide en vroeg haar het lied af te maken met het *yang*-rijm. Na een korte aarzeling zong ze verder en toen het lied uit was, applaudisseerde zelfs de prefect.' Door enkele woorden te vervangen had ze een uitstekende nieuwe tekst geschreven.
8. Deel 463 van *Xu Zi Zhi Tong Jian Chang Pian (Vervolg op het Lange Concept van de Beknopte Spiegel voor Hulp bij Bestuurszaken)*, een geschiedenis van de Noordelijke Sung-dynastie die een vervolg is op het werk van Sima Guang *(Beknopte Spiegel voor Hulp bij Bestuurszaken)*, die eindigde bij het begin van de Song-dynastie.
9. Ibid., dl. 484.
10. *Vervolg op het Lange Concept van de Beknopte Spiegel...* dl. 83, waarin een functionaris, Liu Cheng, Qin Guan ervan beschuldigde dat hij gebruik had gemaakt van het prestige van Su om het *Waarachtig archief* te vervalsen.
11. *Nachtelijke gesprekken in het Kille Atelier*.
12. In het Engels vertaald door James J.Y. Liu, op. cit., p. 116. Opgenomen met toestemming van de Princeton University Press.
13. In het Engels vertaald door Josephs, op. cit., p. 22.
14. Beschrijvingen van de dood van Qin Guan zijn te vinden in *Dong Du Shi Lue (Gebeurtenissen in de Oostelijke Hoofdstad)*, de biografie van Qin Guan en *Nachtelijke gesprekken in het Kille Atelier*, hfdst. 7.
15. *Song-geschiedenis*, dl. 19, en Kojiro Yoshikawa, op. cit., p. 134-135, waarin staat: 'Een lijst met namen van de honderdtwintig personen van de behoudende vleugel die zouden worden gezuiverd werd aan de provincies gestuurd, met het bevel deze namen in steen te laten graveren en op openbare plaatsen te tonen... Ook werd bevel gegeven de publikatie van literaire werken van de op de lijst voorkomende personen tegen te houden.'
16. *Changzhou Fuzhi (Changzhou Almanak)*, hfdst. 13.

17. *Song-geschiedenis*, dl. 19.
18. *Hui Chen Lu (Verwijdering van obstakels)*, dl. 3, p. 14.
19. *Wuxi Xianzhi (Wuxi Almanak)*, editie 1881, hfdst. 35, p. 27-28. Er zijn vele edities van de *Wuxi Almanak* verschenen, waarnaar later in dit boek nog zal worden verwezen, maar alle citaten zijn afkomstig uit deze meest recente uitgave, geredigeerd door Qin Xiangye. Deze editie werd in 1968 in Taipei herdrukt door de Wuxi Fellow Townsmen's Association, onder supervisie van de eminente historicus Ch'ien Mu.

Hoofdstuk 3

1. 'Peking Gains Favor with Chinese in U.S.', in *The New York Times*, 22 februari 1971, p. 1.
2. *Xishan Qin Shi Zongpu (Stamboom van de Qin-familie uit Wuxi)*, voorwoord. In totaal zijn er negen edities van deze stamboom verschenen, maar er zal steeds worden verwezen naar de meest recente uitgave, die onder supervisie van mijn overgrootvader van moeders kant, Qin Dunshi, in 1928 gereedkwam en waarschijnlijk in 1929 is verschenen.
3. *Wuxi Almanak*, hfdst. 35, p. 27-28.
4. Voor het verlies van noordelijk China aan de Jurchens, zie *Sung Biographies*, p. 1092-1095.
5. De tekst van de verdragsdocumenten is te vinden in Herbert Franke, 'Treaties Between Sung and Chin', in *Sung Studies, Series 1*, onder redactie van Françoise Aubin (Parijs, Mouton & Co., 1970), p. 60-64 voor de verdragen uit 1123, p. 68-73 voor de verdragen uit 1126 en p. 77-78 voor de verdragen uit 1141.

Hoofdstuk 4

1. Tijdens het gesprek met de curator van het museum van Shanghai hoorde ik voor het eerst over de stadsgod. Veel van deze informatie is ook terug te vinden in de *Shanghai Xianzhi (Shanghai Almanak)*.
2. Het levensverhaal van Qin Yubo en zijn latere 'belevenissen' als stadsgod van Shanghai zijn bijeengebracht in één enkel boek, *Qin Jingrong Xiangsheng Shiji Kao (Een onderzoek naar het historisch verleden van de heer Qin Jingrong)*, dat in 1933 geschreven werd door Qin Xitian, die behoorde tot een tak van de Qin-familie uit Shanghai. 'Jingrong' was een andere naam voor Yubo.
3. Reischauer, *East Asia: The Great Tradition*, p. 272.
4. De Mongolen verdeelden de bevolking in vier categorieën: 1) Mongolen; 2) 'mensen met gekleurde ogen', zoals inwoners van Turkse, Centraal-Aziatische of westerse afkomst; 3) noordelijke Chinezen; en 4) zuidelijke Chinezen, die de laagste categorie vormden. Een aanwijzing voor de minachting die de Mongolen voor de Chinezen koesterden was de suggestie van een belangrijke raadsman dat het doden van iedereen met een van de vijf meest voorkomende achternamen (Zhang, Wang, Liu, Li en Zhao, dat wil zeggen: de halve bevol-

king) een groot deel van de problemen zou oplossen. Zie Charles O. Hucker, *The Ming Dynasty: Its Origins and Evolving Institutions* (Michigan Papers in Chinese Studies, Ann Arbor, University of Michigan, Center for Chinese Studies, 1978, nr. 34).
5. Biografie van Qin Zhirou in de *Shanghai Almanak*.
6. Biografie van Qin Lianghao in de *Shanghai Almanak*.
7. Zie *Ming Shi (Ming-geschiedenis)* voor de levensbeschrijving van Qin Yubo. Taipei: Kaiming Shudian, p. 705.
8. Voor bijzonderheden over Zhu's opkomst en zijn overwinning op Zhang, zie: L. Carrington Goodrich en Fang Chaoying (red.), *Dictionary of Ming Biography, 1368-1644* (New York, Columbia University Press, 1976, p. 381-385, biografie van Chu Yuan-chang).
9. De teksten van alle brieven van Zhu Yuanzhang aan Qin Yubo en Qins antwoorden zijn te vinden in Qin Xitian, op. cit., waarin de stamboom van de Qin-familie als bron wordt genoemd.
10. Argumenten als loyaliteit en familietrouw wogen in het traditionele China het zwaarst. Dit deel uit Qin Yubo's brief wordt geciteerd in de meeste van zijn biografieën, ook die in de *Ming-geschiedenis*.
11. De betekenis van dit gezegde is dat zelfs paarden en vogels instinctief weten waar zij thuishoren. Als dat zo is, aldus Zhu Yuanzhang, dan moest een man als Qin Yubo toch weten dat zijn loyaliteit bij de Chinezen hoort te liggen en niet bij de Mongolen.
12. Edward L. Dreyer schrijft in *Early Ming China* (Stanford, Calif., Stanford University Press, 1982, p. 105) dat de keizer alle functies hoger dan minister afschafte en de betrokken bestuurders opdracht gaf 'aan hem persoonlijk te rapporteren'. Maar zoals Dreyer op p. 213 opmerkt, was het gevolg dat de grootsecretarissen, die oorspronkelijk alleen tot taak hadden de keizer te helpen bij het opstellen van documenten, uiteindelijk 'van de positie van klerk tot die van minister' wisten op te klimmen.
13. Cao Yishi, 'Shanghai-xian Cheng-huang Shen-ling Yi-ji' ('Verslag van vreemde gebeurtenissen met betrekking tot de stadsgod van Shanghai'), in *Een onderzoek naar het historisch verleden van de heer Qin Jingrong*, p. 24-31.
14. *North China Herald*, 21 augustus 1935.
15. Bijzonderheden over wat er tijdens de Culturele Revolutie met de stadsgod en zijn tempel is gebeurd zijn afkomstig uit een gesprek met een woordvoerder van het Taoïstisch Genootschap van China, gehouden op 28 mei 1986.

Hoofdstuk 5

1. In 1819 werd een poging gedaan de portretten van alle belangrijke voorouders op te sporen. Daarbij werden portretten van Qin Guan en Qin Weizheng, in hun eigen tijd geschilderd, teruggevonden. In de *Stamboom van de Qin-familie uit Piling* werd ook nog een portret van Qin Zhan, de zoon van Qin Guan, ontdekt. Maar de portretten van acht anderen konden niet worden achterhaald. Ten slotte kreeg een schilder opdracht veertien portretten te vervaardigen,

waarvan er enkele op oude voorbeelden waren gebaseerd, maar het merendeel slechts op beschrijvingen in de geschriften die over deze mannen bestaan. Minstens zes van deze portretten zijn bewaard gebleven.
2. De kans om voor deze examens te slagen was zeer klein, omdat het quotum voor elk niveau van tevoren vaststond. Bovendien waren de salarissen van de leraren, de reiskosten naar de examens in verschillende steden en de inkomstenderving doordat een student niets verdiende zo hoog dat de meeste families bijna tot de bedelstaf werden gebracht door hun zonen steeds weer aan de examens te laten deelnemen.
3. *Xiancheng Jipu (Extra informatie over de vooroudergraven)*, p. 18. Dit boek dateert uit 1795 en bevat voornamelijk gegevens over de graven van vooraanstaande familieleden, aangevuld met wat persoonlijke informatie.
4. Onderzoek in de negentiende eeuw toonde aan dat Weizheng een jongere broer had, die Ruiba werd genoemd en niet in de stamboom van de familie uit Wuxi voorkwam. Deze ontdekking werd gedaan door Qin Zhenjun, die tijdens een bezoek aan Majishan – waar hij op zoek was naar het graf van de grootvader van Weizheng – de nakomelingen van Ruiba tegenkwam.
5. Het verhaal over de droom van Wang Yazhou werd mondeling overgeleverd binnen de familie. Een aantal bronnen verwijst naar de droom, onder meer enkele artikelen van Gu Guangxu, Liu Yong en Zhou Xiying, die te vinden zijn in *Zu De Lu (Verslag van de deugden van de voorouders)*, een handgeschreven boek in vier delen, samengesteld in 1852, waarvan slechts twee delen bewaard zijn gebleven. Het meest gedetailleerde verslag is een negentiende-eeuws artikel van Qin Yuzhang, een afstammeling van Weizheng van de achttiende generatie, gepubliceerd in *Xishan Qinshi Wenchao (Prozawerk van leden van de Qin-familie uit Wuxi)*, hfdst. 8, p. 17. Het voorstel van Wang om zijn dochter aan Qin Weizheng uit te huwelijken is terug te vinden in het artikel van Gu Guangxu.
6. In *Extra informatie over de vooroudergraven* is een beschrijving te vinden van het graf van Wang Yazhou, dat zich rechts van het graf van Qin Weizheng bevond.
7. Dit gedicht maakt deel uit van een bloemlezing, *Xishan Qin Shi Shi Chao (Gedichten van leden van de Qin-familie uit Wuxi)*, die omstreeks 1839 werd uitgegeven. Het schilderij zelf bestaat niet meer.
8. Een artikel van Zhou Xiying, dat ook te vinden is in deel 1 van *Verslag van de deugden van de voorouders*.
9. De verhalen over Gou-jian en Fan li zijn, met kleine veranderingen, ontleend aan *Selections from Records of the Historian* (Peking, Foreign Languages Press, 1979), in het Engels vertaald door Yang Hsienyi en Gladys Yang.

Hoofdstuk 6

1. De legende over de geboorte van Qin Xu wordt vermeld in *Xijin Shi Xiaolu (Verhalen uit Wuxi)*, hfdst. 5, p. 79. Xijin is een andere naam voor Wuxi.
2. Qin Xu werd beschouwd als een van de belangrijkste geleerden uit de Qin-

familie. Afgezien van Qin Guan behoort hij tot de enige drie mannen van wie een chronologische biografie is samengesteld, waarin zijn activiteiten van jaar tot jaar beschreven staan. Deze biografie maakt deel uit van de zeventiendelige *Stamboom van de Qin-familie uit Wuxi*.
3. *A Persian Embassy to China: Being an Extract from Zubdatu't Tawarikh of Hafiz Abru* (New York, Paragon Book Reprint Corp., 1970, p. 83-85), in het Engels vertaald door K.M. Maitra.
4. De geschriften van Qin Kuai zijn na zijn dood verzameld en uitgegeven in een vierdelig werk, getiteld *Wu Feng Yi Gao (Handschrift van de Vijfde Top, nagelaten door de overledene)*. Qin Kuais huis had namelijk op de vijfde heuveltop gestaan. Dit werk, dat nooit in druk is verschenen, is nog altijd verkrijgbaar in een handgeschreven editie.
5. Verhalen en gedichten over het bamboefornuis zijn verzameld en uitgegeven in een klein boekje getiteld *Annalen van het Bamboefornuis van de Ting Songtempel op de berg Hui*, met een voorwoord van Qin Dunshi, de grootvader van mijn moeder.

Hoofdstuk 7

1. Zie *The Book of Filial Duty* (vertaald door Ivan Chen, Londen, John Murray, 1908), voor verhalen over Wu Meng en andere trouwe zonen.
2. Geciteerd uit Fung Yu-lan, *A History of Chinese Philosophy* (Peiping, Henri Vetch, 1937), in het Engels vertaald door Derk Bodde.
3. Zowel het gebruik van bloed voor medicinale doeleinden als de behandeling van de ontstoken knie wordt vermeld in de *Wuxi Almanak*, hfdst. 24, Biografieën van trouwe zonen, p. 5.
4. De namen van deze twee trouwe zonen komen voor in de *Ming-geschiedenis*, dl. 296, p. 4.
5. De tekst van Wen Zhengming is te vinden in het *Verslag van de deugden van de voorouders*, dl. 2.
6. Aantekening bij het verzoek van Zhang Dalun.
7. Geciteerd uit de biografie van Qin Tang door Xu Wen, het *Verslag van de deugden van de voorouders*, dl. 2.
8. De kopie van het ministerie van Personeelzaken van het verzoek van Huai's zoon is te vinden in het *Verslag van de deugden van de voorouders*, dl. 2.
9. *Wuxi Almanak*, hfdst. 24, p. 6-7.
10. Biografie van Xu Wen in het *Verslag van de deugden van de voorouders*, dl. 2.
11. Een artikel over de wijze waarop Qin Tang werd geëerd in de Tempel van Beroemdheden is opgenomen in het *Verslag van de deugden van de voorouders*, dl. 2.
12. Het verhaal van de twee trouwe zonen uit de negentiende eeuw is verwerkt in een boek, *Xishan Qin-shi hou shuang-xiao wei-wen hui-lu (Een verzameling van verhandelingen over de twee latere trouwe zonen van de Qin-familie uit Wuxi)*. In de bibliotheek van Peking bevindt zich nog een exemplaar hiervan.
13. Over Sung-yun, zie: Arthur W. Hummel (red.), *Eminent Chinese of the Ch'ing*

Period (Washington D.C., U.S. Government Printing Office, 1943, p. 691-692).
14. Bijzonderheden over de droom, de daden en de gesprekken van de twee trouwe zonen, en de wijze waarop ze werden geëerd, zijn afkomstig uit *Een verzameling van verhandelingen over de twee latere trouwe zonen...*

Hoofdstuk 8

1. Voor de officiële biografie van Qin Jin, zie de *Ming-geschiedenis*, hfdst. 294, p. 12-15, en voorts *Ming Ming-chen yan-xing lu (Woorden en daden van beroemde functionarissen uit de Ming-dynastie)*, hfdst. 47, en *Ben Chao Jing-sheng Renwu kao (Een studie van belangrijke personen uit de huidige dynastie)*, hfdst. 28. Bovendien is in de familiestamboom nog een chronologische biografie van Qin Jin opgenomen.
2. De *Xiancheng Jipu*, samengesteld door Qin Jins achter-achter-achter-achter-achter-achterkleinzoon Qin Yunjin.
3. Dit verhaal over de huisgod is afkomstig uit *Verhalen uit Wuxi*, hfdst. 11, p. 14.
4. Bijna driehonderd jaar later zou in Linqing de opstand van de Witte Lotus van 1774 worden neergeslagen, waarbij een van de afstammelingen van de Qin-familie uit Wuxi een centrale rol zou spelen.
5. Een zeer uitvoerig verslag van de strijd is te vinden in het artikel van Liu Wuchen in de *Fengqiu Xianzhi (Fengqiu Almanak)*, hfdst. 7, p. 21-24.
6. *Selected Works of Mao Tse-tung* (Peking, Foreign Languages Press, 1965, dl. 2, p. 308).
7. *Waarachtig archief van keizer Zhengde*, hfdst. 91, p. 1.
8. Ibid., hfdst. 119, p. 3.
9. Ibid., hfdst. 126, p. 10.
10. Ibid., hfdst. 152, p. 2.
11. Gao Dai, *Hong Yu-lu (Archief van Grote Bandieten)*, gepubliceerd in 1557, hfdst. 14, p. 168-170. Dit boek maakt deel uit van het verzamelwerk *Ji-lu hui-pian (Een bewerkte classificatie van archieven)*, door Shen Jiefu, uitgegeven in 1617. Het *Archief van Grote Bandieten* begint bij hoofdstuk 80. Over het leven van Gao Dai, zie: Goodrich en Fang, op. cit., biografie van Kao Tai, p. 710-711.
12. Omdat Qin Jin en Qin Rui neven in de vijfde graad waren, werden ze niet als naaste verwanten beschouwd en hoefden ze zelfs niet om elkaars dood te rouwen. Het feit dat ze samenwerkten bij de bouw van de voorouderstempel maakt wel duidelijk dat ze het belang van de hele familie op het oog hadden en niet uitsluitend aan hun directe verwanten dachten. Hieruit blijkt ook hoe groot de saamhorigheid binnen de familie nog was, zes generaties na de verhuizing naar Wuxi.

Hoofdstuk 9

1. De tekst van het memo is te vinden in *Huang Ming jing-shi wen-pian*, een verzameling essays en memo's uit de Ming-dynastie over politieke en economische problemen, samengesteld in 1638. Dit citaat is afkomstig uit een nieuwe editie (Taipei, 1964, hfdst. 174, p. 1775).
2. Ibid., p. 1774-1775. Het Tai-ah zwaard is een legendarisch zwaard uit de oudheid.
3. Voor de tekst van het memo, zie de *Qin-ting si-ku quan-shu (Keizerlijk goedgekeurde volledige bibliotheek in Vier Takken van Letterkunde)*, sectie over de He Mengcun-memo's, hfdst. 10, p. 61-62.
4. *Waarachtig archief van keizer Jiajing*, hfdst. 55, p. 4-5.
5. In zijn boek *Taxation and Governmental Finance in Sixteenth-Century Ming China* (New York, Cambridge University Press, 1974) verklaart Ray Huang op p. 12 duidelijk dat Qin Jin 'zich na een verloren strijd tegen de eunuchen in 1527 terugtrok'.
6. *Waarachtig archief van keizer Jiajing*, hfdst. 74, p. 7.
7. Ibid., hfdst. 133, p. 8-9.
8. Ibid., hfdst. 191, p. 12.
9. Dit verhaal is afkomstig uit *Verhalen uit Wuxi*, hfdst. 9.

Hoofdstuk 10

1. *Verhalen uit Wuxi*, hfdst. 9, p. 34. Deze voorspelling wordt echter vermeld onder het hoofdje 'Twijfelgevallen'. Het verhaal moet dus met enige scepsis worden bezien.
2. Uit de tekst die Qin Liang's neef Chen Yizhong na Liang's dood over hem schreef, en die is opgenomen in *Liang Qi Wen-chao (Essays over Wuxi)*, hfdst. 11, p. 10-17. Liang Qi was een andere naam voor Wuxi. Veel van de informatie over Liangs leven is hieruit afkomstig.
3. Qin Han is een van de drie vooraanstaande schrijvers uit de Qin-familie uit Wuxi over wie een biografie is samengesteld waarin zijn leven van jaar tot jaar wordt beschreven. Het verhaal over Han's tante die hem adopteerde is afkomstig uit deze biografie, die onderdeel vormt van de stamboom van de familie.
4. Geciteerd in het grafschrift van Qin Han, opgesteld door grootsecretaris Li Shifang. Deze houding past bij de overtuiging dat het de plicht van een functionaris is – ook al riskeert hij daarmee zijn leven – om de keizer te bekritiseren als hij afwijkt van het pad der rechtschapenheid.
5. De herleving van het Dichtersgenootschap van de Blauwe Berg leidde tot een groot aantal publikaties van vooraanstaande geleerden, onder wie de toekomstige grootsecretaris Xu Jie. Deze geschriften zijn verzameld en gepubliceerd in het boek *Geschriften van de Drie Heren van de Qin-Familie*, waarmee Qin Xu, Qin Jin en Qin Han worden bedoeld. Het boek bevindt zich in de bibliotheek van Peking.
6. Uit het grafschrift van Qin Han.

7. Voorwoord uit de *Wuxi Almanak*.
8. Liang's laatste woorden worden door Chen Yizhong in zijn grafschrift geciteerd.

Hoofdstuk 11

1. Voor achtergrondinformatie over de piraterij omstreeks 1550, zie: Charles O. Hucker, 'Hu Tsung-hsien's Campaign Against Hsu Hai, 1556', in *Two Studies on Ming History* (Michigan Papers in Chinese Studies, nr. 12, Ann Arbor, University of Michigan, Center for Chinese Studies, 1971).
2. *Jinhua Fuzhi (Jinhua Prefectuur-almanak)*, hfdst. 2, p. 707. De almanak voegt er nog aan toe dat hij 'van de mensen hield, bewondering had voor de literatuur, de riten in acht nam en zich geheel als een confuciaans geleerde gedroeg'.
3. Bijzonderheden over Yao's loopbaan zijn te vinden in zijn grafschrift, opgesteld door Shi Ce. De tekst is opgenomen in *Essays over Wuxi*, hfdst. 11, p. 5-9.
4. In de *Ming-geschiedenis*, hfdst. 224, p. 2587, wordt verklaard dat de minister van Personeelszaken geen andere keus had dan in te stemmen met grootsecretaris Zhang. Daar wordt nog bij vermeld dat Qin Yao en Zhang's andere protégés een complot hadden gesmeed tegen de critici van de grootsecretaris.
5. De overwinning van Qin Yao op Li Yuanlang en de levensloop van de bandietenleider worden beschreven in *Wanli Wu-gong lu (Militaire verrichtingen uit het Wanli-tijdperk)*, p. 203-207.
6. *Essays over Wuxi*, p. 32-33. Qin Yao's rapporten uit Huguang zijn gebundeld en uitgegeven als *Quan Qu Zou Shu (Volledige rapporten uit Huguang)*. In de National Central Library in Taipei bevindt zich de tekst, op microfilm.
7. *Verhalen uit Wuxi*, hfdst. 9.
8. Zie Ray Huang's uitstekende verslag in *1587: A Year of No Significance* (New Haven, Yale University Press, 1981).
9. *Prozawerk van leden van de Qin-familie uit Wuxi*, hfdst. 2, p. 33.
10. Ibid., hfdst. 7, p. 27-28.

Hoofdstuk 12

1. Liao Mosha, directeur van het Verenigd Front Departement van het Gemeentelijk Comité van Peking, schreef samen met Deng Tuo en Wu Han een reeks artikelen waarin zij de partijleiding bekritiseerden via historische overeenkomsten en satire. Deze artikelen werden tussen oktober 1961 en juli 1964 gepubliceerd in de theoriekrant van de partij-afdeling van Peking, *Frontlijn*.
2. Minister van Defensie Peng Dehuai werd vergeleken met Hai Rui, een integere functionaris uit de Ming-dynastie.
3. Geciteerd door Heinrich Busch in 'The Tung-lin Academy and Its Political and Philosophical Significance' (MS, XIV, 1949-1955, p. 123, 129).
4. Yong's activiteiten in Qingjiang worden uitvoerig vermeld in zijn grafschrift, dat werd opgesteld door zijn broer en gepubliceerd is in *Essays over Wuxi*,

hfdst. 39, p. 25-35.
5. De 'Vier Verboden' komen voor in een bloemlezing van gedichten uit de Qing-dynastie, bekend als de *Qing shi duo*, hfdst. 19, p. 630-631.
6. Voor een grafische beschrijving van de laatste dagen van de laatste Ming-keizer, zie Frederic Wakeman jr.: 'The Shun Interregnum of 1644', in *From Ming to Ching*, onder redactie van Jonathan D. Spence en John E. Wills jr. (New Haven en Londen, Yale University Press, 1979).
7. Ibid., p. 59.
8. *Jiashen chuanxin lu (Archief van de berichten uit 1644)*, p. 96.
9. Zhang Youyu, een *jinshi* uit 1622, diende de Ming- en de Zuidelijke Ming-dynastie en werd tot grootvoogd van de troonopvolger benoemd. Hij sleet zijn laatste jaren als taoïstisch wijsgeer.

Hoofdstuk 13

1. Voor Schalls relatie met Shunzhi, zie C.W. Allan: *Jesuits at the Court of Peking* (Shanghai, Kelly and Walsh, herdrukt in 1975 door University Publications of America, Inc., Arlington, Va.), met name p. 143-147. Keizer Shunzhi eerde de jezuïet op de Chinese wijze, door eerst zijn ouders eretitels toe te kennen en vervolgens ook zijn grootouders en overgrootouders.
2. Over de legende dat keizer Shunzhi in een klooster zou zijn gegaan, zie Arthur W. Hummel (red.): *Eminent Chinese of the Ch'ing Period*, p. 255-259, waarin een biografie van de keizer is te vinden.
3. Een katholieke Europese missionaris, Andreas Xavier Koffler, schreef in die tijd in een brief naar huis: 'Als teken van onderwerping knipten Chinezen hun haar af, dat ze altijd heel lang en keurig gekamd droegen. Ze hechtten zoveel belang aan hun haar dat velen van hen zich liever de keel dan hun haar lieten afsnijden.' Ik dank Albert Chan, S.J., voor zijn vertaling van dit document, dat de val van de Ming-dynastie beschrijft en dat door hem werd ontdekt in de Nationale Bibliotheek van Madrid.
4. Lawrence D. Kessler zegt in *K'ang-hsi and the Consolidation of Ch'ing Rule, 1661-1684* (Chicago, University of Chicago Press, 1976, p. 170) het volgende: 'De zuidelijke reizen gaven K'ang-hsi alle gelegenheid de deugden van de confuciaanse leer en de vitaliteit van de Mantsjoe-traditie bewust met elkaar te combineren. Tijdens zijn eerste reis in 1684 was hij de "serieuze" geleerde, in 1689 de "gevoelige estheet", maar in 1699 de harde, onverzettelijke Mantsjoe.'
5. Veel van de algemene informatie over de zuidelijke reizen van keizer Kangxi is ontleend aan Jonathan D. Spence: *Ts'ao Yin and the K'ang-hsi Emperor* (New Haven, Yale University Press, 1966). De informatie over Wuxi is afkomstig uit het *Waarachtig archief* van deze keizer.
6. Deze eerste ontmoeting met de keizer wordt beschreven in de biografie van Qin Dezao die voorkomt in het boek *Guochao qixian leicheng chupian (Eerste editie van de verscheidene categorieën van eerbiedwaardige personen uit de huidige dynastie)*, samengesteld door Li Huan. Dit boek behandelt de periode van 1616 tot 1850. De biografie van Qin Dezao is te vinden in de sectie over 'Familie-

trouw en broederlijke harmonie', hfdst. 383, p. 1-3. De biografie zelf werd samengesteld door Zhang Yushu, een functionaris en geleerde die het uiteindelijk tot grootsecretaris bracht.
7. Dit keizerlijke gesprek met Songqi is vastgelegd in de chronologische biografie van Qin Dezao.
8. In *Qiu Shui Wenji (Verzamelde essays over herfstwateren)*, p. 5-7, komt een grafbiografie van Qin Dezao voor, geschreven door de geleerde Yan Shengsun uit Wuxi.

Hoofdstuk 14

1. De benoeming van Qin Songling als lid van de Hanlin Academie wordt vermeld in het *Waarachtig archief van keizer Shunzhi*, hfdst. 111, p. 19. Hij was een van de drie mannen tijdens de Qing-dynastie die de graad van *jinshi* behaalden voordat ze getrouwd waren.
2. *Waarachtig archief*, hfdst. 117, p. 8-10, gedateerd 12 juni 1658, slechts een week na het eerbetoon aan de overleden echtgenote van prins Haoge.
3. Het advies van Qin Dezao aan Songling zich niet te verdedigen is te vinden in de grafbiografie van de oudste van de twee mannen, geschreven door Yan Shengsun.
4. Voor de ommekeer die de regenten in Shunzhi's politiek tegenover de Chinezen bewerkstelligden, zie Robert B. Oxnam: 'Policies and Institutions of the Oboi Regency, 1661-1669', in *Journal of Asian Studies*, februari 1973. Volgens Oxnam werd Shunzhi's testament onderschept en vervangen door een vals testament, dat door zijn moeder en de regenten was geschreven.
5. Meng Sen: 'Zou Xiao An' ('Belastingkwestie'), in *Ming-Qing shi lun-zhu ji-kan)* (Taipei, 1961, p. 434-452). Het geval van Qin Songling wordt uitvoerig behandeld op p. 451, waarbij de auteur erop wijst dat de officiële geschiedschrijving bij het rapport over het ontslag van Songling bewust elke verwijzing naar de belastingkwestie vermeed.
6. Voor meer informatie over het belang van deze speciale examens, zie Helmut Wilhelm: 'The Po-hsueh Hung-ju Examination of 1679', in *Journal of the American Oriental Society*, LXXI (1951), p. 60-66. Wilhelm ziet deze examens als een poging om opstandige Chinese geleerden gunstig te stemmen en hen te bewegen zich in het officiële regime te schikken.
7. *Waarachtig archief van keizer Kangxi*, 14 februari 1678, vertaald door Helmut Wilhelm, enigszins bekort.
8. Een uitvoerige beschrijving van deze examens, met biografieën van alle geslaagde kandidaten, werd samengesteld door Qin Ying, de achter-achterkleinzoon van Qin Songling.
9. *Qing-dai wen-xian man-gu-lu (Oude feiten over de literatuur uit de Qing-dynastie)*, hfdst. 7, p. 203, noemt Qin Songling als de eerste van de elf man die tijdens deze dynastie tweemaal tot lid van de Hanlin Academie werden benoemd.
10. *Kangxi qi-ju-zhu (Dagboek van Kangxi)*, First Historical Archives of China (Zhonghua Publishing House, 1984, dl. 2, p. 871-872).

11. Ibid., p. 897-898.
12. Ibid., p. 937-938.
13. Ibid., p. 949-950. Kangxi's wantrouwen tegen de keizerlijke dagboekschrijvers dateerde al uit 1679. In dat jaar, bijvoorbeeld, 'bleek zijn achterdocht uit zijn vraag of er ook persoonlijke verzinsels aan de archieven waren toegevoegd'. Zie Adam Yuen-chung Lui: *The Hanlin Academy* (New York, Archon Books, 1981, p. 31).
14. *Dagboek van Kangxi*, p. 1056-1057.

Hoofdstuk 15

1. Hummel, op. cit., p. 899, citeert dat Yao 'in het begin van het daaropvolgende jaar overleed. Zijn dood was verhaast, zo werd beweerd, door teleurstelling en verdriet.'
2. *Dagboek van Kangxi*, dl. 2, p. 1066-1067.
3. Ibid., p. 1079-1082.
4. Ibid., p. 1100-1101.
5. Ibid., p. 1148-1149.
6. *Waarachtig archief van keizer Kangxi*, hfdst. 116, p. 11.
7. Ibid., p. 25.
8. *Qing Shi Gao (Voorlopige geschiedenis van de Qing-dynastie)*, hfdst. 271, biografie van Xu Qianxue. De Xu-familie bracht vele knappe geleerden voort. Xu Qianxue zelf eindigde als derde bij de *jinshi*-examens van zijn jaar, terwijl een van zijn broers als eerste en een andere ook als derde eindigde.
9. Dit gesprek wordt vermeld door Zhang Ying, die de keizer op deze reis vergezelde, in zijn verslag over de zuidelijke reis, dat is opgenomen in de *Keizerlijk goedgekeurde volledige bibliotheek van de Vier Takken van Letterkunde*. Het betreffende verslag is te vinden op p. 6 en 7 van Zhang Ying's bijdrage. Volgens de legende zou de kamferboom waarvoor Kangxi zoveel belangstelling toonde na de dood van de keizer zijn verdord en gestorven. Dit wordt onder meer vermeld op p. 20 van *Qing Gong Yi Wen (Vreemde verhalen over het Qing-hof)*.
10. Verslag van Yan Shengsun in de *Wuxi Almanak*, hfdst. 38, p. 1-3.
11. *Memoirs of Father Ripa*, geselecteerd en uit het Italiaans vertaald door Fortunato Prandi (New York, Wiley & Putnam, 1846, hfdst. 16, p. 99-100).
12. *Wanshou Shengdian Chuji*, een boek waarin de viering van de zestigste verjaardag van keizer Kangxi op 12 april 1713 wordt beschreven, werd pas in 1716 voltooid. Songling's deelneming wordt vermeld in hoofdstuk 10 van dit 120 hoofdstukken tellende werk.

Hoofdstuk 16

1. De meest complete biografie over Qin Daoran is waarschijnlijk zijn grafschrift, opgesteld door Qian Weicheng, een bekend bestuurder en kunstenaar, en is te vinden in de verzameling van Qian's geschriften, getiteld *Chashan wenji*, hfdst.

12, p. 12-15.
2. *Liang Qi Shi Chao (Poëzie uit Wuxi)*, hfdst. 27, p. 1-2. 'Liang Qi' was een andere naam voor Wuxi.
3. Biografische aantekeningen over Daoran in *Prozawerk van leden van de Qin-familie uit Wuxi*, hfdst. 5, p. 14.
4. In *Qing Ming shu-hua-jia pi-lu (Overzicht van kalligrafen en schilders uit de Qing- en de Ming-dynastie)*, hfdst. 1, p. 10, wordt Qin Daoran genoemd bij de vermaarde kalligrafen uit de Qing-dynastie.
5. *Poëzie uit Wuxi*, herdrukt in 1912, hfdst. 27, p. 2.
6. Een uitstekende studie van de relatie van keizer Kangxi met zijn zonen is Silas H.L. Wu: *Passage to Power* (Harvard East Asian Series, nr. 91, Cambridge, Mass., Harvard University Press, 1979). De aanstelling van He Chao (of Ho Ch'o) als leraar van de achtste prins wordt door Wu vermeld op p. 75.
7. 'Qing-dai Huangzi jiaoyu' ('Opvoeding der prinsen in de Qing-dynastie'), in *Jindai shi yu renwu (Moderne geschiedenis en persoonlijkheden)*.
8. Wu, op. cit., p. 47.
9. Wu, op. cit., p. 127, waar Qin Daoran wordt geciteerd, die gezegd zou hebben: 'Ze stelden alles in het werk om de oude prins Yu te plezieren en vroegen hem prins Yin-ssu de achtste prins bij de keizer aan te bevelen. Hoewel hij ernstig ziek was, beval prins Yu daarom toch Yin-ssu bij de keizer aan, op grond van zijn talenten en deugdzaamheid.'
10. Wu, op. cit., p. 118-120.
11. Wu, op. cit., p. 164.
12. Wu, op. cit., p. 138-140.
13. *Dagboek van Kangxi*, dl. 3, p. 2466-2467.
14. Ibid., p. 2469-2470.
15. Ibid., p. 2472.
16. Ibid., p. 2472-2473.
17. In Adam Yuen-chung Lui: 'The Hanlin Academy', p. 31, en meer in het bijzonder het artikel 'Qing-dai qi-ju-zhu' ('Keizerlijke dagboekschrijvers uit de Qing-dynastie'), door Dan Shiyuan, wordt verklaard dat Kangxi vermoedde dat de keizerlijke dagboekschrijvers agenten van zijn zonen zouden zijn en hun informatie over hem zouden toespelen – met name zijn voorkeur voor een troonopvolger. 'He Chao en Qin Daoran werden later schuldig bevonden aan medeplichtigheid,' aldus Dan.
18. Wu, op. cit., p. 128, schrijft dat de benoeming van Qin Daoran door Yin-tang als zijn boekhouder en hoofd van zijn huishouding tegen een keizerlijk edict indruiste waarin was vastgelegd dat deze functies alleen mochten worden vervuld door horig personeel, niet door regeringsfunctionarissen.

Hoofdstuk 17

1. Of keizer Yongzheng zich ten onrechte de troon heeft toegeëigend is nog altijd niet duidelijk. Robert C.I. King draagt in zijn artikel 'Emperor Yung-cheng's Usurpation: The Question of Yin-t'i' (gepubliceerd in *Ch'ing-shi Wen-t'i*, nr. 3,

november 1978, p. 112-121) overtuigende argumenten aan voor de theorie dat de veertiende prins als troonopvolger zou zijn aangewezen.
2. Op p. 917 van zijn biografie van keizer Yongzheng verklaart Hummel: 'In de wetenschap dat sommige officiële stukken uit de tweede helft van het bewind van zijn vader nogal ongunstig voor hem en gunstig voor zijn opponenten waren, besloot hij alle stukken die hem niet bevielen te laten aanpassen. Een van de onthullende feiten over het *shih-lu* of "waarachtig archief" van het bewind van zijn vader – waarin zeer veel gebeurde – is dat ze per jaar een veel geringere omvang hebben dan die van enig andere keizer uit de Ch'ing-periode.' Hummel schrijft ook dat Yongzheng 'zoveel documenten over zijn broer Yin-t'i liet verdwijnen, dat er over diens expeditie naar Lhasa bijna niets meer bekend is'. In het licht hiervan is het hierboven genoemde artikel van Robert King bijzonder interessant.
3. Dit incident wordt vermeld in *Wenxian Congpian (Diverse historische documenten uit de Qing-dynastie)* (herdruk, Taipei, 1964), dat de tekst van de verklaringen van Qin Daoran bevat, in een deel dat is getiteld 'De zaak van Yin-ssu en Yin-tang'. Op p. 26 bevestigde Qin Daoran dat hij was gewaarschuwd door een afgezant van Yin-tang.
4. *Waarachtig archief van keizer Yongzheng*, hfdst. 4, p. 8-10.
5. Ibid., hfdst. 12.
6. *Memoirs of Father Ripa*, p. 137.
7. Shao Yuanlong, die ook als leraar van Yin-tang was aangesteld, werd opzijgeschoven en kreeg opdracht de zoon van Yin-tang les te geven. In zijn getuigenis verklaarde hij dat Qin Daoran iedere dag via een geheime deur bij de prins op bezoek kwam en pas laat in de avond weer vertrok. Hij zei ook dat Qin Daoran zijn *jinshi*-graad aan Yin-tangs invloed te danken had en dat Daoran en de eunuch He Yuzhu gezworen broeders waren. Beide beschuldigingen werden door Qin Daoran ontkend. Zie 'De zaak van Yin-ssu en Yin-tang', p. 34-35.
8. Zie het *Waarachtig archief*, hfdst. 41, 10 maart 1726 (2de maand, 7de dag, 4de jaar).
9. Deze tweede verklaring is te vinden in 'De zaak van Yin-ssu en Yin-tang', p. 4-10.
10. Ibid., p. 17.
11. *Yongzheng Zhu-pi Yu-zhi (Vermiljoenen edicten van keizer Yongzheng)*, geschreven op de 6de dag van de 6de maand van het 5de jaar van het bewind van Yongzheng (24 juli 1727).
12. *Prozawerk van leden van de Qin-familie uit Wuxi*, hfdst. 5, p. 14.

Hoofdstuk 18

1. Zie Harold L. Kahn: *Monarchy in the Emperor's Eyes* (Cambridge, Mass., Harvard University Press, 1971, p. 11), waar ook wordt beweerd dat Qianlong de auteur zou zijn van 'zo'n 1260 prozastukken – studieaantekeningen, verhandelingen, meningen, verslagen, voorwoorden, colofons, inscripties, prozagedichten, grafschriften en lofredes'. Een groot deel hiervan is waarschijnlijk

geschreven met de hulp van hovelingen.
2. Grafschrift van Qin Huitian, opgesteld door de geleerde Qian Daxin, onder meer te vinden in *Guochao Qixian Leicheng Chubian (Eerste editie van de verscheidene categorieën van eerbiedwaardige personen uit de huidige dynastie)*. Deze grafbiografie is opgenomen in de sectie 'Ministers', hfdst. 81, p. 20-24.
3. De examenonderwerpen van dat jaar zijn te vinden in *Qing Bi Shu Wen (Geheime informatie over de Qing-dynastie)*, hfdst. 5, p. 154, samengesteld in 1798 door de Mongoolse geleerde Fa-shih-shan, waarin de examinatoren bij de provinciale en hoofdstedelijke examens worden vermeld, alsmede de beste kandidaten.
4. Qin Huitian's examenwerkstuk is herdrukt in *Prozawerk van leden van de Qin-familie uit Wuxi*, hfdst. 6, p. 9-12.
5. Een beschrijving van Qianlong's beoordeling van de kandidaten in 1736 bij de paleisexamens is te vinden in het *Waarachtig archief van keizer Qianlong*, hfdst. 16, p. 7-8.
6. *Waarachtig archief*, hfdst. 17, p. 18.
7. Ibid., hfdst. 18, p. 22.
8. Huitian heeft zijn adoptiefvader, Yiran, zelfs nooit gezien, omdat hij twee dagen voor Huitian's geboorte overleed. Dit feit speelde waarschijnlijk een rol in het besluit om de baby postuum door hem te laten adopteren, omdat het mogelijk werd geacht dat Huitian zijn reïncarnatie was.
9. De andere trouwe zoon uit deze tijd was Fang Guancheng, wiens vader en grootvader naar Tsitsihar waren verbannen. Fang, die in zijn jeugd in Nanking woonde, bezocht hen vaak en woonde uiteindelijk ook zelf nog jaren in Tsitsihar. Hij stond in de gunst bij keizer Qianlong en bracht het tot de rang van gouverneur-generaal.
10. Ook dit edict werd aangetroffen in de Ming-Qing Archieven. Uit de formulering blijkt dat Qianlong, althans op dit punt, Daoran niet geheel vertrouwde en niet bereid was sommige van de acties van zijn vader te veroordelen.
11. Dit gebruik is tot op de huidige dag gehandhaafd. Het woord *fu* of 'geluk' wordt vaak ondersteboven op de deur geplakt, omdat de term 'ondersteboven' een homoniem is van 'gekomen'. Zo kan *fu dao le* dus betekenen dat het woord *fu* ondersteboven staat, maar ook dat 'geluk is gekomen'.
12. De beschrijving van de ceremonie van het keizerlijk ploegen is ontleend aan drie essays uit de Ming-Qing Archieven, geschreven door Huitian en twee andere functionarissen. In het *Waarachtig archief*, hfdst. 63, p. 7, wordt het slechts terloops genoemd.
13. *Waarachtig archief*, hfdst. 90, p. 8.
14. *Qing-dai Dingjia Lu (Overzicht van de beste drie kandidaten tijdens de Qing-dynastie)*, hfdst. 1, p. 10.
15. *Waarachtig archief*, hfdst. 159, p. 8.
16. Ibid., hfdst. 205, p. 4.
17. De tekst van dit rapport is te vinden in *Huang Qing Zou Yi (Rapporten aan de troon tijdens de Qing-dynastie)*, hfdst. 41, p. 13-16.
18. Ibid., hfdst. 42, p. 1-8.
19. Qianlong's antwoord op Huitians rapport is opgenomen in dl. 7, hfdst. 81, p.

1-2, van *Qinding Nanxum Shengdian (Keizerlijk goedgekeurd verslag van de zuidelijke reizen)*, de officiële beschrijving van de eerste vier zuidelijke reizen van de keizer, samengesteld in 1771.
20. De bijzonderheden over de voorbereidingen in Wuxi voor het keizerlijk bezoek zijn ontleend aan *Zhuo Quan Lu (Verslag van de uitstroming van de lente)*, een boek over Wuxi.
21. *Waarachtig archief*, hfdst. 383, p. 4-5. Het *Verslag van de uitstroming van de lente* geeft in het gedeelte over de zuidelijke reizen meer bijzonderheden.
22. Qianlong's gedicht is onder meer te vinden in de *Wuxi Almanak*, p. 6 (de sectie over keizerlijke geschriften).
23. Geciteerd in You Qi: 'Ji Chang Yuan: An Enchanting Garden' in *PRC Quarterly*, eerste nummer, p. 216.

Hoofdstuk 19

1. *Prozawerk van leden van de Qin-familie uit Wuxi*, hfdst. 6, p. 21-22. Het Chinese rechtsstelsel ontwikkelde zich grotendeels uit een combinatie van confuciaanse principes en de harde straffen die door de legalistische filosofische school werden gepropageerd. Zie Derk Bodde en Clarence Morris: *Law in Imperial China* (Philadelphia, University of Pennsylvania Press, 1967), met name het gedeelte getiteld 'Legalist Triumph but Confucianization of Law' en de volgende secties.
2. Een dossier in de Ming-Qing Archieven, onder de categorie 'Functionarissen', subcategorie 'Straffen'. Helaas is het niet mogelijk de afzonderlijke documenten in de archieven nader te preciseren, omdat ze niet genummerd zijn. Vaak is het noodzakelijk vele stapels dossiers door te werken, die in papier zijn verpakt en met touw zijn dichtgebonden, om een bepaald document te vinden.
3. *Letterkundige archieven van de Qing-dynastie*, hfdst. 9, p. 231. Ook drie andere families brachten vier generaties lang Hanlin-academieleden voort. Het belang van het examenstelsel tijdens de gehele dynastieke periode blijkt wel uit het feit dat dit soort gegevens nauwgezet werd bijgehouden.
4. *Waarachtig archief van keizer Qianlong*, hfdst. 500, p. 17. Het oude gebruik dat de keizer samen met vooraanstaande functionarissen klassieke teksten las en besprak, werd tijdens de Ming-dynastie geformaliseerd. Deze bijeenkomsten vonden toen tweemaal per jaar plaats. Zie Charles O. Hucker: *A Dictionary of Official Titles in Imperial China* (Stanford, Calif., Stanford University Press, 1985, p. 173).
5. *Waarachtig archief*, hfdst. 580, p. 14-17.
6. Zie voor Huitian's eerste lezing *Prozawerk*, hfdst. 6, p. 14-17.
7. *Waarachtig archief*, hfdst. 630, p. 4-6.
8. Ibid., hfdst. 543, p. 36-37. Daar Huitian slechts vrij kort het ministerie van Publieke Werken leidde, is dit zijn enige voorstel uit die tijd dat ik heb kunnen ontdekken. Het geeft een goed inzicht in Huitians systematische aanpak van bestuurlijke en andere problemen.
9. Ibid., hfdst. 546, p. 11-17. 'Nominaal ontslag' was waarschijnlijk een unieke

Chinese straf, waarbij een functionaris die zich aan een vrij onbelangrijk vergrijp schuldig had gemaakt in theorie zijn titel verloor, maar wel zijn functie behield. Zie *Ch'ing Administrative Terms*, vertaald en bewerkt door E-tu Zen Sun (Cambridge, Mass., Harvard University Press, 1961, p. 18).
10. *Waarachtig archief*, hfdst. 555, p. 21. Hoewel de hoofden van de zes ministeries allen dezelfde rang bekleedden, stond de minister van Publieke Werken het laagst op de ladder, terwijl de minister van Personeelszaken het meeste aanzien genoot. Huitian's benoeming tot minister van Strafvervolging kon dus als een promotie worden beschouwd.
11. Zie *Prozawerk*, hfdst. 6, p. 20-21, voor de tekst van dit rapport. Het *Waarachtig archief*, hfdst. 558, p. 12-13, schrijft het voorstel toe aan de Mantsjoe-minister van Strafvervolging 'en anderen', conform het protocol, omdat de Mantsjoeminister hoger in rang was dan zijn Chinese collega en zijn naam op memo's van het ministerie altijd bovenaan stond. Maar de opname van de tekst in Huitian's verzamelde werk maakt duidelijk dat het voorstel van hem afkomstig was.
12. Ming-Qing Archieven. Toen ik deze archieven doorzocht op gevallen waarin Huitian verantwoordelijk was gesteld, kreeg ik van Chu Deyuan te horen dat hij ooit een document was tegengekomen dat aangaf dat Huitian door Qianlong was gestraft omdat hij bevriend was geraakt met een van de zonen van de keizer – een ernstige misstap, omdat sociale contacten tussen hoge functionarissen en de keizerlijke familie streng verboden waren. Hoewel we een groot aantal dossiers hebben doorgewerkt, konden we dit document echter niet meer terugvinden.
13. *Waarachtig archief*, hfdst. 560, p. 21-22. De *bao-jia* was een systeem dat tijdens de Song-dynastie ontstond en waarbij elk huishouden deel uitmaakte van een beschermend netwerk. Voor de geschiedenis en ontwikkeling van dit stelsel zie Philip A. Kuhn: *Rebellion and Its Enemies in Late Imperial China* (Cambridge, Mass., Harvard University Press, 1970).
14. Zie het *Waarachtig archief*, hfdst. 601, p. 24-26, en hfdst. 606, p. 5-8, voor informatie over deze periode. Relevante edicten zijn te vinden in *Gaozong Shun Huangdi Shengxun*, een verzameling van Qianlongs besluiten en geschriften, uitgegeven in 1799.
15. *Waarachtig archief*, hfdst. 608, p. 9. Ook dit was een geval waarin Huitian, ondanks zijn persoonlijke betrokkenheid, een systeem trachtte te ontwerpen om te voorkomen dat dergelijke problemen zich in de toekomst opnieuw zouden voordoen.
16. Toen Ho-shen in 1795 hoofdexaminator werd, was hij zo zeker van zichzelf dat hij slechts acht essays aan Qianlong ter beoordeling aanbood.
17. Naarmate zijn zoon hoger op de hiërarchische ladder steeg, kreeg ook Daoran postuum steeds hogere titels toegewezen, te beginnen met onderminister van Strafvervolging, tot de verheven rang van Guanglu-Grootofficier en lector in het Colloquium der Klassieken, titels die Huitian ook droeg.
18. *Waarachtig archief*, hfdst. 657, p. 22. Binnenlandse verbanning was een veel voorkomende straf, die echter vele kwalificaties kende, van 'zeer dichtbij' via 'afgelegen grensstreek' tot 'malariagebied'. Als een veroordeelde al in een grensstreek woonde, werd hij naar een ander grensgebied verbannen. Zie

Bodde en Morris, op. cit., p. 87-91.
19. *Waarachtig archief*, hfdst. 717, p. 1.
20. Ibid., hfdst. 717, p. 4-5.
21. Ibid., hfdst. 719, p. 2.

Hoofdstuk 20

1. Deze informatie is afkomstig uit een biografie van Zhenjun, geschreven door zijn neef Qin Ying, gepubliceerd in *Prozawerk van leden van de Qin-familie uit Wuxi*, hfdst. 7, p. 51-53.
2. Dit citaat is ontleend aan een essay in een handgeschreven boekje getiteld *Qin-shi Wenxian (Literatuur van de Qin-familie)*, dat in Wuxi is teruggevonden. Hierin bevindt zich ook een aantal handgeschreven artikelen van Qin Zhenjun.
3. Veel van de informatie in dit hoofdstuk is afkomstig uit Susan Naquin: *Shantung Rebellion: The Wang Lun Uprising of 1774* (New Haven en Londen, Yale University Press, 1981).
4. *Shouzhang Almanak*, hfdst. 10, p. 7.
5. De beschrijving van Zhenjun's rol bij het beleg van Linqing is grotendeels gebaseerd op zijn dagboek, en op het *Waarachtig archief van keizer Qianlong*.
6. *Waarachtig archief*, hfdst. 966, p. 14-16.
7. Vertaling door Naquin, p. 89-90.
8. Sommige van de gruwelijke details van deze aanval werden beschreven door Yu Qiao, die op dat moment zelf in Linqing was en zijn ervaringen later vastlegde in *Linqing kou-lue (Kort verslag van de aanval op Linqing)*.
9. *Waarachtig archief*, hfdst. 966, p. 53.
10. Ibid., hfdst. 967, p. 10-11.
11. De tekst van het edict van Qianlong is te vinden in het *Waarachtig archief*, hfdst. 968, p. 26.
12. *Jiao-pu Linqing ni-fei ji-lue*, een verzameling documenten die betrekking heeft op de opstand van Wang Lun, gepubliceerd in 1781, dl. 2, hfdst. 16, p. 40-41.
13. Biografie door Qin Ying.
14. Artikel getiteld 'De herbouw van de Liuhu Academie', in *Tan-jing-zhai quan-ji*, door Kong Jinghan.

Hoofdstuk 21

1. *Waarachtig archief van keizer Qianlong*, hfdst. 1005, p. 1.
2. Ying schreef de grafbiografieën van zijn ouders en zijn broer, die te vinden zijn in een bloemlezing van zijn essays, *Xiaoxian Shanren Wenji*.
3. De tekst van Qianlong's boodschap aan koning George III van Engeland is ontleend aan Ssu-yu Teng en John K. Fairbank: *China's Response to the West* (Cambridge, Mass. en Londen, Harvard University Press, 1979, p. 19).
4. Ying's verslag van dit incident is te vinden in *Xiaoxian Shanren Wenji*, dl. 1, p. 20.

5. De rol van zijn vrouw wordt door Ying vermeld in de grafbiografie die hij voor haar schreef.
6. De rapporten uit deze sectie van het boek zijn aangetroffen in het Institute of History and Philology van de Academia Sinica in Taiwan.
7. Deze brief aan Ruan Yuan is te vinden in *Xiaoxian Shanren Wenji*, dl. 2, p. 9-12.
8. Ik ben dank verschuldigd aan dr. Wei Peh T'i, auteur van een dissertatie over Ruan Yuan, getiteld *Juan Yuan: A Biographical Study with Special Reference to Mid-Ch'ing Security and Control in Southern China, 1799-1835*, voor vele nuttige opmerkingen en suggesties.
9. Ying's tweede brief aan Ruan Yuan is te vinden in *Xiaoxian Shanren Wenji*, dl. 2, p. 10-12.
10. *Waarachtig archief van keizer Jiaqing*, hfdst. 66, p. 11.
11. Ibid., hfdst. 75, p. 29.
12. *Voorlopige geschiedenis van de Qing-dynastie*, hfdst. 357, p. 11 292, biografie van Qin Ying.
13. *Waarachtig archief*, hfdst. 130, p. 40.
14. Dit incident wordt beschreven in de biografie van Qin Ying, gegraveerd op de *shendaobei* boven zijn graf. Deze grafbiografie is geschreven door Tao Shu, een vooraanstaand functionaris en letterkundige.

Hoofdstuk 22

1. *Na Wen-yi gong Liang Guang Zongdu zou-yi (Rapporten van de gouverneur-generaal Liang Guang Na-yen-cheng)*, hfdst. 12, p. 1614-1630.
2. De achtergrondinformatie over de piraterij in Guangdong en de rol van Na-yen-cheng is voor een deel gebaseerd op een dissertatie van Dian Hechtner Murray, *Sea Bandits: A Studiy of Piracy in Early Nineteenth-Century China* (Cornell University, 1979).
3. *Xinhui Almanak*, hfdst. 14, p. 4.
4. Rapport van Na-yen-cheng uit de hierboven vermelde verzameling, hfdst. 12, p. 1511-1517.
5. Ibid., p. 1932-1958.
6. *Waarachtig archief van keizer Jiaqing*, hfdst. 151, p. 7-9.
7. Ibid., hfdst. 154, p. 10.
8. Ibid., hfdst. 179, p. 6-8.
9. Ibid., hfdst. 215, p. 28-29.
10. *Qing Shi Lie Zhuan (Biografieën uit de Qing-dynastie)*, biografie van Qin Yin, in de sectie 'Vooraanstaande functionarissen', hfdst. 32, p. 42-44.
11. *Waarachtig archief*, hfdst. 208, p. 5.
12. Ibid., hfdst. 208, p. 9-10.
13. Ibid., hfdst. 212, p. 12-15.
14. Grafrede voor Qin Ying door Chen Yongguang in *Xiaoxian Shanren Wenji*, p. 4-8.
15. *Waarachtig archief*, hfdst. 224, p. 22.

Hoofdstuk 23

1. De woorden van Xiangye's moeder worden door hem geciteerd in zijn biografie van haar, die te vinden is in een bloemlezing van zijn werk, *Hongqiao Laowu Yigao*.
2. Een voorlopige versie van Qin Xiangwu's officiële biografie bevindt zich in het archief van het National Palace Museum in Taipei. Een bloemlezing van zijn gedichten, getiteld *Cheng Xi Caotang Shiji (Gedichten van het Westelijke Stadshuis)*, zijn te vinden in de Library of Congress.
3. Het verlies en de herovering van Wuxi tijdens de Taiping-opstand worden beschreven in *Xu Xijin Xiao Lu (Verhalen uit Wuxi, vervolg)* en in hfdst. 5 van *Zhongguo Jindai Shiliao Congkan (Een verzameling modern Chinees historisch materiaal)*.
4. Xiangye's brief aan de magistraat, die hij als 'Wen Mei' aanspreekt, bevindt zich in de bibliotheek van Shanghai.
5. Xiangye's grafrede voor zijn moeder en de biografie van zijn zoon zijn te vinden in de bloemlezing van zijn werk.
6. Geciteerd en vertaald door Chung-li Chang in zijn boek *The Income of the Chinese Gentry*, p. 135.
7. Grafschrift door Sun Yiyan, in *Beizhuang Jibu*, in 1932 uitgegeven door de universiteit van Yanjing.

Hoofdstuk 24

1. Het originele document dat deze betaling bevestigt, gedateerd 11 december 1889, is een schrijven van het ministerie van Belastingen aan het ministerie van Personeelszaken en bevindt zich in de Ming-Qing Archieven in Peking.
2. Grootvaders officiële carrière in deze periode is grotendeels gereconstrueerd uit rapporten van de verschillende gouverneurs van de provincie Zhejiang, afkomstig uit het archief van het National Palace Museum in Taipei.
3. Groot-Brittannië, Foreign Office Records, bewaard op microfilm in de archieven van de algemene correspondentie, serie FO 17. Helaas zijn de archieven over Wenzhou, evenals die over consulaire posten elders, niet erg zorgvuldig bijgehouden en ernstig verwaarloosd.
4. Het rapport van O'Brien-Butler is opgenomen in *Correspondence Respecting the Disturbances in China*, uitgegeven door het Britse ministerie van Buitenlandse Zaken (Londen, Harrison & Sons, 1901, nr. 1, p. 119-121).
5. Bericht in de *Shanghai Mercury* van 12 augustus 1900, herdrukt in *The Boxer Rising* (New York, Paragon Book Reprint Corp., 1967).
6. *North China Herald*, 13 maart 1901.
7. Bericht van gouverneur Ren Daoyong, te vinden in *Yu Zhe Hui Cun (In het geheim bewaarde keizerlijke documenten)* (Wenhai Publishing House, dl. 41, p. 3462-3463).
8. Rapport in het archief van het National Palace Museum, Taipei.
9. Rapport van gouverneur Nie Jigui van de provincie Zhejiang, in het archief van

het National Palace Museum, Taipei.
10. De documenten die betrekking hebben op grootvaders eerherstel zijn te vinden in de Ming-Qing Archieven, in de sectie 'Functionarissen'.
11. Grootvaders rol in de hulp na de Hubei-catastrofe blijkt uit de dossiers van Tuan-fang, de Mantsjoe-functionaris die de leiding had. Deze dossiers bevinden zich in de Ming-Qing Archieven.
12. Documenten die betrekking hebben op grootvaders positie tegen het einde van de dynastie zijn te vinden in de Huiyi Zhengwuchu-dossiers in de Ming-Qing Archieven.
13. *Zhengzhi Guanbao (Regerings-gazet)*, derde jaar van het Xuantong-bewind (1911), nr. 1049, p. 17-18.

Hoofdstuk 25

1. Dit artikel, 'Du Yuesheng Wai Zhuan', verscheen in de *Chun Qiu (De observatiepost)*, een veertiendaags tijdschrift, 1961, nr. 88, p. 9. Het was een feuilletonversie van het boek *Du Yuesheng Wai Zhuan* van Wei Yang.
2. De informatie over de Advocatenorde van Shanghai is afkomstig uit *Shun Pao* en uit het tijdschrift van de orde zelf, waarvan enkele exemplaren worden bewaard in de bibliotheek en het gemeentearchief van Shanghai. In het gemeentearchief bevinden zich ook de dossiers van de orde.
3. Enkele nummers van dit tijdschrift, *Wuxi Lukan*, zijn te vinden in de bibliotheek van Shanghai.
4. Vaders ontmoeting met Du Yuesheng wordt beschreven in *Du Yuesheng Zhuan (Biografie van Du Yuesheng)* door Zhang Jungu (Taipei, 1978, p. 241-242). Volgens *De observatiepost*, 1961, nr. 88, p. 9, vond deze ontmoeting in 1929 of 1930 plaats.
5. Parks M. Coble jr.: *The Shanghai Capitalists* (Cambridge, Mass., Harvard East Asian Monographs, Harvard University Press, 1986, p. 35). Coble beschrijft ook de overneming van de Kamer van Koophandel door de Kwomintang.

Hoofdstuk 26

1. *North China Herald*, 12 januari 1929.
2. Mijn gesprek met boekhouder Li Lijing vond plaats in zijn huis in Shanghai, op 23 februari 1982.
3. E. Kann, in *China Year Book 1935*, hfdst. XIV: 'Currency and Banking'.
4. Qin Bangxian, beter bekend onder zijn pseudoniem Bo Gu, behoorde tot de Qin-familie in Wuxi. Van 1931 tot 1935 was hij algemeen secretaris van de communistische partij. In 1946 kwam hij bij een vliegtuigongeluk om het leven.

Hoofdstuk 27

1. Du Yuesheng was voorzitter van het schoolbestuur.
2. In een overlijdensbericht beschreef vader Lianyuan als het middelpunt van de familie, een rots in de branding voor zijn broers en zusters, na de dood van hun ouders. 'Hoe kan ik de familietradities overnemen en voortzetten?' vroeg hij zich af. 'De dood van mijn broer kan de ondergang van onze familie betekenen.'
3. De veldslagen bij Huangqiao en de rol van het Nieuwe Vierde Leger in het noorden van Jiangsu worden beschreven in Chalmers A. Johnson: *Peasant Nationalism and Communist Power* (Stanford, Calif., Stanford University Press, 1962).
4. Qu Jin, die zich nu Zhang Hong noemt, vertelde mij enkele van deze bijzonderheden tijdens een gesprek dat ik met haar had bij haar thuis in Peking, op 8 augustus 1983.

Hoofdstuk 28

1. Voor een uitvoeriger behandeling van dit onderwerp zie Wesley R. Fishel: *The End of Extraterritoriality in China* (Berkeley, Calif., University of California Press, 1952).
2. Met zijn weigering om 'verraders' te verdedigen oogstte vader veel respect, zoals blijkt uit een artikel in *De observatiepost* van 1966, nr. 25, p. 10.
3. *Shun Pao* van 23 juli 1937 meldde dat vader tot lid van de permanente commissie was gekozen en een dag later ook als lid van het secretariaat.
4. De strategie die vader voor Du Yuesheng uitstippelde om de leiding van de nieuwe beurs in handen te krijgen werd mij uit de doeken gedaan door Li Wenjie, een advocaat en accountant die bij dit project met hem had samengewerkt.
5. De geweldige inflatie tijdens de laatste jaren van het Kwomintang-bewind op het vasteland wordt uitvoerig behandeld in Shun-hsin Chou: *The Chinese Inflation, 1937-1949* (New York, Columbia University Press, 1963).
6. De formulering van de Chinese grondwet tot aan de vooravond van de bijeenkomst van de Nationale Vergadering wordt beschreven in Pan Wei-tung: *The Chinese Constitution: A Study of Forty Years of Constitution-Making in China*, uitgegeven met subsidie van het Institute of Chinese Culture, Washington D.C., 1945.
7. *Biografie van Du Yuesheng*, dl. 4, p. 201-203.

Register

A

Abahai 155
Academie voor Rechten en Bestuurskunde 295, 296, 300
'Acht Tijgers' 103
Advocatenorde van Shanghai 302, 305, 306, 307, 312, 316, 321, 322, 325, 326, 339
A-ku-ta 57
Alexander VII, paus 149
Annam 244, 246, 256
An Xifan 143
Asian Wall Street Journal, The 21, 23
Ax Xiang 303

B

Bai-ling 258
Bai Shaxi 273
bamboefornuis 86-89, 214
bao-jia-stelsel 221
'Bende van Vier' 21, 58
Berg, mr. Van den (vice-consul) 316, 317, 318
'Bewaarder v/h Keizerlijke Dagboek' 36, 169-178, 188
Beweging van de Vierde Mei 305
Bian Zhaohua 49, 50
Blauwe Berg, dichtersgenootschap 84, 85, 86, 122, 124, 148
Boeddha Maitreya 229
Boek der Poëzie 180
Bokseropstand 285, 286, 287, 288, 289
Boulevard v/d Eeuwige Vrede 20

C

Cai Bian 50
Cai Yurong 167, 168
Caizhou 43, 44, 46
Can-liao 37, 38, 39
Canton, verovering van 268
Cao Kun 306
Cao Yueheng 15, 303, 309, 313, 330
Cathay 34
Chang de Blinde 201
Chang Lei 48
Chang Pi-te 163
Chang Xing Lou 47
Changzhou 26, 52, 54
Chao Huang 116
Cha-pi-na 197, 201
Chen Fu 203
Chengui, opstand in 107
Cheng Yi 44, 46, 47
Chen Qimei 301, 302, 304
Chen Qun 330
Chen Shijie 277
Chen Yongguang 265
Chen Zemin 302
China Travel Service 17, 18
Chinees-Japanse Oorlog (1894-1895) 284, 291
Chinees-Japanse Oorlog (1937-1945) 330, 331, 332, 333, 334, 335
Chinese dichtkunst 45, 46, 47
Chinese muur 31
Chinese Republiek 297, 300, 343
Chinese Volksrepubliek 328, 344
Ching, Alice 27, 329, 338, 339, 342, 344, 345

Ching, Anthony 331, 337, 342, 346
Ching, Julia 27, 331, 339, 342
Ching, Margaret 21, 329, 334, 335, 341, 345, 347, 348
Ching, Priscilla 16, 139, 337, 342, 346, 348, 349
Chi Shen 294
Chongzhen, keizer 147, 148
Chuzhou 50
ci-gedichten 45
Cixi, keizerin-moeder 271, 284, 285, 286, 292
'College van Vertalers' 132
Columbus 40
communisten 311, 325, 326, 332, 333, 334, 343, 344, 345, 346
Complete Bibliotheek van de Vier Takken van Letterkunde 224, 244
Complete Geografie van het Rijk 208
concubines 33, 34
Confucius 76, 91, 159
Culturele Revolutie 18, 20, 23, 24, 27, 38, 58, 72, 99, 100, 121, 138, 139, 142, 143, 333
Cunningham, Edward S. 317

D

Dalai Lama 156
Daming (klooster) 29
Daoguang, keizer 265, 267
Datong Normaalschool 293
Deng Xiang 104
Deng Xiaoping 23, 143
Deng Tuo 142
Dewey, John 326
Ding Dong 250
Dinghai 43
Dod 156
Donglin Academie 78, 141, 142, 143, 144, 145, 150, 185
Donglin Museum 141, 142
Donglin Partij 141, 143, 144, 145
Dongtai, Slag bij 334, 335
Dorgon 155, 156, 164

'Dorp van de Drie Families' 142
'Drie Leenmannen', opstand 167
Du Yuesheng 310, 340, 342, 345
Dzjenghis Khan 61

E

Einstein, Albert 326

F

familietrouw 91 e.v.
Fan Li 76, 77
Far Eastern Bar Association 306
Fei Xing 250
'Fenggu Xingwo' 26
Fengqiu, beleg van 104, 105, 106
Foshan 20
Franse Concessie 301, 315, 329
Fu-cha, koning 76, 77
Fu-heng 212
Fu Laohong 256
Fu, prins van 148

G

Gao Cheng 224
Gao Panlong 142, 143, 144, 145, 150
Gao Shiqi 179
Gao Shitai 145, 150
Gaoyou 25, 26, 28, 29, 30, 32, 33, 39, 40
Gaozong, keizer 52, 57, 58
Geborduurde-Uniform Garde 113, 115, 142
Genootschap van het Kleine Zwaard 69
George III, Engelse koning 245
Ghuanghua-paviljoen 51
ginseng 198
Gou-jian, koning 76, 77
Gouden Dynastie 55, 56, 57, 58
Groene Bende 310, 311
Grote Kanaal, dichtslibbing van 273
'Grote Ritenstrijd' 116, 117

Grote Sprong Voorwaarts 99, 142
Guan-bao 223
Guangdong, opstand in 135
Guangdong 18, 20
Guangxu, keizer 15, 284, 285, 286
Gui, prins van 149
Gu Wenbi 54, 121, 139
Gu Xiancheng 143
Gu Yuncheng 143
Gu Zhenguan 87

H

Hainan 50
Han-dynastie 32, 40
Hangzhou 37, 50, 53
Hanlin Academie 68, 94, 102, 130, 157, 163, 166, 168, 171, 172, 178, 183, 188, 207, 217, 220
Haoge 155, 164
He Chao 186, 188, 189, 199
He Changlin 289
He-lu, koning 76
He Mengcun 115
He Tu 201
He Yuzhu 196, 199
Hong Kong, overdracht van 268, 269
Hong Xiuquan 270
Hongzhi, keizer 103, 122
Ho-shen 244, 245
Hou Ping 131
Huang Bing 197, 201
Huangqiao, Slag bij 332
Huang Tingjian 48
Huangzhou 39
Hua Pan 127
Hua Yilun 270, 271
Huguang, hongersnood in 133-135
Huguang, opstand in 107
Hui (berg) 27, 52, 54, 77, 78, 84, 117, 127, 213
Huizong, keizer 51, 52, 55
Hu Shaolong 165
huwelijksrituelen 33, 34
Huzhou 38

I

I-fei 186
Innocentius x, paus 149
International Mixed Court 301, 304, 305, 306, 307, 311, 316
International Settlement 300, 301, 306, 307, 316, 318

J

Japanse agressie 320, 321, 325, 328
jezuïeten 156
Ji Huang 219
Ji Chang-tuin 26, 78, 79, 159, 160, 161, 204, 211, 212, 214, 218, 227
Jiajing, keizer 111, 123, 129
Jiangnan-arsenaal 301, 302
Jiang Bing 219
Jiaqing, keizer 244, 247, 248, 253, 255, 256, 257, 258, 261, 262, 263, 264
Jia Yi 48
Jin-chuans 212
Jiujiang 30
Jurchens 53-58, 80

K

Kaifeng 40, 46, 47, 50, 52, 58, 104
Kaixi-bewind 54
Kan-fu 229, 231
Kangxi, keizer 87, 158, 159, 160, 161, 165, 167-173, 175-182, 186, 187, 188, 189, 190, 191, 192, 193, 195, 199, 202, 212, 214, 247
keizerlijke dagboeken 169-178
Keizerlijke Studieraad 207
Ke-tu-ken 234, 237
Khitans 34, 35, 55
Kissinger, Henry 349
Kitai 34
'Kluizenaars-koninkrijk' (Korea) 290
Kong Fuquan 107, 108
koppelaarsters 33

Koxinga 165, 175
Kuaiqi 38
Kuang-hou 257
Kublai Khan 30, 61
Kujing Jinshe Academie 283
Kwomintang 16, 23, 108, 303, 307, 311, 312, 319, 321, 325, 326, 331, 332, 334, 338, 340, 341, 342, 343, 344

L

Lange Mars 108
Leger van de Negentiende Route 322
Lesiheng 196
Liang Dong 116
Lianghao 62
Liangxian 62
Liang Xiu-ping 255
Liao 34, 35
Liao Mosha 142
Liaodong 284
Li Changning 46
Li Chengzhi 54
Li Chongyu 257, 258
Li Chunfang 125, 126
Li Guangdi 188
Li Hongzhang 121
Li Hongzhang 271, 274
Li Kun 203
Li Lijing 323, 324
Lin'an 52, 57
Lingqing, beleg van 231-238
Lin Zexu 268
Lin Zhenzong 25
Li Pei 132, 133
Li Tao 238
Liu Bang 32
Liu Congmin 147
Liu Huan 230
Liu Lun 226
Liu Shutang 286
Liu de Zesde 104, 105
Liu de Zevende 104
Liu Zhi 48, 52
Li Yuan-tuin 77

Li Yuanlang 133
Li Yuchang 262
Li Zhen 136
Li Zicheng 137
Li Zicheng 145, 147, 148
Long Jin 92
Longqing, keizer 130
Longzhou 67
Louat, Père 288
Lowu 17
Loyang 26
Lu Dafang 52
Lu Gongqu 36
Lu Yihao 57

M

Macartney, Lord 245
Mantsjoe (taal) 187
Mantsjoerije 321
Mantsjoes 22, 23, 54, 137, 147, 148, 149 154-159, 193, 205, 238, 262, 293, 295, 296, 300, 304
Mao Cheng 111
Mao Tse-toeng 15, 16, 18, 20, 21, 38, 45, 58, 106, 108, 138, 142, 326, 343, 344, 345, 346, 349
Mao Xungou 21
Marco Polo 30, 61, 62
Ma Shaoyou 40, 41
Ma Xiang 225
Meng Sen 179
Min-xue 263
Ming-dynastie 22, 25, 38, 67, 69, 96, 103, 104, 105, 111, 116, 125, 131, 145, 147, 168, 228
Mingzhou 43
Mo-lao 197
Mongolen 34, 61, 62, 123, 124, 193, 200
Mou Yuanming 257
Mourao, Jean 201
Mu Xiangyao 302
muzhiming 100, 139

N

Nankan, opstand in 132
Nanking, Verdrag van 269
Nanking, verovering van 270
Nationale Academie 47, 228, 267, 281
Nationale Assemblée 342, 343, 344
Nationale Volksconventie 319, 320, 325
Na-yen-cheng 255, 256, 257, 258, 259
'Negen Hoofdministers' 219
New York Times, The 17, 53
nien pu 24
Nieuwe Vierde Leger 332, 333, 334
Ningbo, bisschop van 288
Nixon, Richard 349
North China Herald, The 70, 288, 316
Nurhaci 154, 155
Nuzhen-tataren 53

O

Oboi 165
O'Brien-Butler, Pierce Essex 286
opiumbestrijding 295
Opiumoorlog 79, 268, 269
Organisatie voor Nationale Redding 326, 327
overheidsexamens 31, 32, 37, 40, 46, 82, 94, 95, 102, 122, 130, 155, 169, 178, 179, 185, 188, 206, 223, 243, 267, 281, 282
Oxtoby, William 27

P

Pacificatie van Huguang 107, 126
Palmerston, Lord 268
Pan Kecheng 86
Peking, Conventie van 272
Pescadores 284
Ping de Twaalfde 122, 123
Pingshan-zaal 29, 37
piraterij 129, 130, 246-252, 254-257, 259, 260

Playfair, G.M.H. 284, 285
Plein v/d Hemelse Vrede 20, 21
Pottinger, Sir Henry 69
President Hoover 331
Provisional Court 307, 316, 317, 318
Puyi, Henry, *zie* Xuantong

Q

Qianlong, keizer 69, 78, 87, 205, 206, 207, 208, 210, 212, 213, 214, 217, 218, 219, 220, 221, 222, 224, 225, 226, 227, 233, 244, 245, 247
Qian Rucheng 222, 223
Qin Bangxian 327
Qin Baoji 274
Qin Bingbiao 281
Qin Chongfu 92, 93
Qin Chu 54
Qin Chuntian 227
Qin Daoran 54, 166, 173, 180, 181, 183, 185-204, 206, 208, 210
Qin Dashi 59
Qin Decheng 153
Qin Dezao 153-161, 163
Qin Dezhan 153
Qin Dunshi 309, 323
Qin-dynastie 31, 32, 59
Qin Ercai 144
Qin Fengxiang 95, 96, 97, 98
Qing-dynastie 25, 27, 68, 69, 145, 148, 155, 168, 229, 238, 245, 292, 293, 296, 300, 344
Qing-gui 262
Qin Guan 22, 24, 25, 26, 27, 28, 29-53, 55, 61, 62, 73, 104, 109, 118, 247, 265
Qin Guangjian 271
Qin Guangzu 272
Qin Guojun 281-297
Qin Han 121, 122, 123, 124, 126
Qin He 95, 129, 130
Qin Hongjun 227, 243
Qin Huai 73, 74, 94, 95
Qin Huitian 205-226, 227
Qin Jiacong (Frank Ching) 19

Qin Jiahua 330, 345, 349
Qin Jiaju 27, 28, 330, 331, 346
Qin Jiajun 329-335, 345
Qin Jiaxiu 330
Qin Jin 26, 85, 99-120, 121
Qin Jingran 183
Qin Jinjian 342
Qin Jisheng 79, 80, 81
Qin Jun 153
Qin Kaihua 19
Qin Kaijie 95, 97, 98
Qin Kuai 82, 83, 86, 108, 126
Qin Kui 53-59, 203
Qin Liang 121-128, 129
Qin Liankui 15, 282, 296, 299-313, 337-350
Qin Lianyuan 282, 295, 330
Qin Lin 100, 101, 102
Qin Long Tu 28
Qin Lu 157
Qin Mo 74
Qin Pan 102
Qin Qi 22
Qin Rannhe 79
Qin Rong 224, 225
Qin Rui 108, 109
Qin Ruiba 74
Qin Shi 157, 166
Qin Shi Huang-di 31
Qin Shiran 166, 203, 227
Qin Songdai 150, 153, 154
Qin Songling 153, 154, 157, 159, 160, 185, 188, 163-183, 212, 227, 243
Qin Songqiao 157
Qin Songqiu 158
Qin Songru 157, 158
Qin Sonqi 154, 157, 159
Qin Taijun 223, 226
Qin Tang 93, 94, 95, 122
Qin Tianyou 62
Qin Tongli 309, 315, 321, 322, 323, 324, 329, 339
Qin Weihang 157
Qin Weizheng 26, 73-79
Qin Xian 147
Qin Xiangwu 267

Qin Xiangye 88, 265, 281, 267-279, 282
Qin Xu 79, 80-89, 92, 93, 122, 161
Qin Xun 93
Qin Yao 26, 129-139, 160, 211
Qin Ying 138, 240, 243-265, 267
Qin Yiran 207
Qin Yong 141-151, 265
Qin Yongcan 98
Qin Yongfu 92, 93
Qin Yongjun 209
Qin Yuanhua 30
Qin Yubo 25, 61-71
Qin Yuliu 22
Qin Yunjing 239
Qin Yunquan 95, 96, 97, 98
Qin Zhan 52, 73
Qin Zhengyi 30
Qin Zhenjun 227-241, 243
Qin Zhihao 24, 129
Qin Zhirou 63, 139
Qin Zhitian 183
Qin Zhongxi 153
Qinzong, keizer 52, 55, 56
Qiu Jin 294
Qiu Yundong 282
Qu Jin 332, 333

R

Ren Daoyong 288, 289, 292
Renzong, keizer 32
Ripa, Matteo 181, 196
Rode Gardisten 20, 23, 27, 71, 139
Ruan Yuan 249, 250, 251, 252, 267, 274
Russisch-Japanse dreiging 275, 276, 278, 279
Rijk van het Midden, *zie* Zhongguo

S

Schall, Adam 155
Seres 40
Serica 40
Shahrukh 81

Shang-dynastie 67, 76
Shanghai Mercury, The 287
Shao Xi, keizer 112, 113
Shao Yuanlong 197, 198, 201
shendaobei 120
Shen Fu 136, 138
Shen Junru 326, 327, 328, 346
Shen Qiyi 229, 230
Shenzhen 18
Shen Zhou 85
Shenzong, keizer 29, 35, 36, 43, 44, 49, 50
Shi Lang 175
Shu-ho-te 225, 236, 238
Shun Pao 301
Shunzhi, keizer 151, 155, 156, 163, 164, 165
Sima Guang 49, 52
Singde 87
Song Jiaoren 302
Song-chuan 87
Song-dynastie 22, 24, 25, 29, 31, 34, 35, 36, 40, 52, 53, 55, 58, 61
Songgotu 187
Soong, gezusters 316, 328
'Stamboom van de Qin-familie uit Wuxi' 22
Su Dongbo 29, 30, 37, 38, 39, 40, 41, 44, 46, 48, 49, 50, 51, 52, 247
Sung-yun 96
Sun Hao 211
Sun Jue 29, 36, 37, 38, 44
Sun Quanfang 306
Sun, Shirley 25
Sun Yatsen 23, 296, 300, 302, 305, 306, 311, 319, 320, 328
Sun Yiyan 279
Su Shi (Su Dongbo) 29
Su Zhe 44
Su Zhenfang 304
Suzhou 62, 63

T

Taichang, keizer 143
Tai-meer 39, 62, 77
Taiping, Hemels Koninkrijk van 270, 271
Taiping-opstand 70, 88, 98, 270, 271, 272, 277
Taiwan 21, 175, 244, 284, 344
Tai Xu (Qin Guan) 35
Taizu 29
Ta-lan 57
Tang-dynastie 35, 65, 89, 283
Tanguts 34
Te-fei 186
'Tempel van de Vijf Heren', *zie* Voorouderhal
Temur Khan 62
'Terras van Literatuur en Ontspanning' 26
Tianchang, onrust in 146
Tianjin, Verdrag van 271
Tianqi, keizer, 143, 145
Tibet 193, 200
Tibetanen 34
Ting Song-tempel 86, 87, 88
Tin-shih 188
Tjiang Kai-sjek 15, 16, 22, 108, 310, 311, 312, 319, 320, 321, 326, 327, 328, 343, 344
'trouwe zonen' 91 e.v.
Tsah Lin-ching 316
Tsjow En-lai 21, 143, 327
Tsu Zuching 317
Tuan, prins 286
Tuan Qirui 304
'Tuin van Ontspanning' 138
Tungyi Commercial and Savings Bank 324, 325
Tijger Yang 104

U

Uitvoerige Studie van de Vijf Riten 212, 224
Urumqi 96, 97

V

valsemunterij 220
Verboden Stad 160
Verenigd Front 311
Verslag van de pacificatie van Zhejiang 272
'Vier Eminente Geleerden uit de Su-School' 30
'Vier Verboden' 146
'Villa van de Phoenixvallei' 127, 128
Volkenbond 321
voorouderhal 73, 108, 109
Vriendschapswinkel 20
'Vijf Geboden' 146

W

'Waarachtig Archief' 195, 196
Wall Street Journal, The 23, 28, 335
Wang An 143
Wang Anshi 35, 36, 37, 43, 44, 49, 50
Wang Ching-wei 340
Wang Chun 115
Wang Guan 30
Wang Huanqie 305
Wang Hui 159
Wang Jie 321, 322
Wang Jing 68
Wang Jinglong 230
Wang Lun 228, 229, 230, 234, 235, 236, 237, 238
Wang Qiaolin 206
Wang Shengbai (Qin Jiajun) 334
Wang Sunhui 147
Wang Ting 69
Wang Yazhou 74, 75, 76
Wang Zhongbi 86, 88
Wanli, keizer 131, 132, 137, 143
Wan Yukai 94
Wei-i 231, 234, 237
Wei Qing 65
Wei Zhongxian 142, 143, 144, 145
Wen Zhengming 94
Wen Zhong 77

Wereldoorlog, Eerste 305
Wereldoorlog, Tweede 337
'Wet van Vermijding' 130
Witte Lotus 133, 228, 232, 233, 234, 235, 236, 238
Wu, koning 76
Wu Chen 89
Wu-di, keizer 32
Wu Han 38, 142
Wu Sangui 147, 157, 167
Wu San-niang 237
Wuxi, bezetting van 271
Wuxi Almanak 126, 127, 180, 265, 277
Wuxi Gilde 308
Wu Xiongguang 257
Wuxi Verblijfsgenootschap 308, 342
Wu Zhalong 235

X

Xi'an 31
Xiangfeng, keizer 271, 281
Xianyu Xian 38, 44, 46
Xiao Jing 91
Xiao Yu 25
Xichao 20
Xinjiang 96, 97
Xishi 77
Xixia 34, 35
Xuantong, keizer (Henry Puyi) 300, 321
Xu Caicheng 338
Xu Chengfu 33
Xu Dafu 300, 303, 306
Xu Guolin 304
Xu Ji 231, 232, 233, 234, 236, 238
Xu Jie 125
Xu Peihua 15, 303, 309
Xu Qianxue 179, 243
Xuwen 51
Xu Wenmei 34, 52

Y

Yangzhou 29, 30, 37, 38
Yan Lizhen 329, 333
Yan Shifan 124, 125
Yan Song 120, 125
Yao Qisheng 175, 176
Yao Zixiao 197, 198
Ye Jianying 327
Ye Xin 230, 231, 232
Yin-chen 193, 194, 195
yin en *yang* 229, 233, 237
Ying Chunzhi 55
Yingzong, keizer 35, 82
Yin-hsiang 187
Yin-jeng 173, 186, 187, 188
Yin-shih 187
Yin-ssu 186, 187, 188, 194, 195, 197, 198, 199, 200, 201, 202, 206
Yin-tang 173, 181, 183, 186, 187, 188, 193, 194, 195, 196, 197, 198, 199, 200, 201, 202, 203, 206
Yin-ti 193, 194, 195, 197, 198, 199, 200, 201, 202, 203
Yong-le, keizer 80
Yongzheng, keizer 54, 55, 195, 196, 197, 200, 203, 204, 205, 208
Yuan-dynastie 61, 62, 63, 64, 65, 67, 228
Yuan Shikai 300, 302, 303, 304
Yue 76, 77
Yue Fei 53, 57, 58, 59, 107
Yuezhou 39
Yu de Grote 39

Z

Zeng Yun 295, 296
'Zeven heren' 326, 327
Zhang Bangchang 56
Zhang Danru 319, 324, 338, 345
Zhang Jingjiang 323, 325
Zhang Juzheng 130, 131, 132
Zhang Shicheng 62, 63, 64, 65
Zhang Shizhao 345, 346
Zhang Xueliang 326, 327, 328
Zhang Yuli 108
Zhang Ying 217
Zhang Yipeng 312, 339
Zhang Youyu 151
Zhao Junxi 48
Zhao Puzhi 48
Zhaohua 19, 21, 315-328
Zhengde, keizer 103, 111
Zhen Gong 86
Zhengshi-school 330, 331, 332
Zhenzhou 51
Zhezong, keizer 49, 51
Zhongguo (Rijk van het Midden) 32
Zhong Kuan 262
Zhou Bangjie 126
Zhou-dynastie 32, 66, 76
Zhou Jinfu 139
Zhuang Tinglong 22
Zhu Pilie 221, 222, 223
Zhu Rushan 310
Zhu Xiyuan 25, 26
Zhu Yuanzhang 62-68, 228
zong pu 22
'Zuiver-Water Sekte' 229
Zuo Zongtang 281